U0828724

一个人的诗歌史

/上

刘春 / 著

华龄出版社
HUALING PRESS

有 态 度 的 阅 读

小马过河（天津）文化传播有限公司

序言

“一个人的诗歌史”与“最初的泪水”

王家新

2008年，我本人参与评选工作的“宇龙诗歌奖”决定将那一年度的“宇龙诗歌奖”授予寒烟、李以亮、刘春三位诗人时，我曾代表评委会写有以下的颁奖词：

> 本年度“宇龙诗歌奖”授予诗人刘春。多年以来，刘春的创作始终保持了他对诗歌的谦卑、敏感和真诚，他的诗日益贴近他自己的生活，由技艺的练习转向对内心的发掘和呈现……值得一提的是他的诗歌批评文集《朦胧诗以后：1986—2007中国诗坛地图》，不仅显示出他对诗歌现场的持续关注，更体现了一种独立的批评品格和独到、睿智的诗歌眼光。

这应该说体现了大家对刘春诗歌和诗歌批评的某种共同看法

和评价。这些年来，诗坛上众声喧哗，花样繁多，从事诗歌批评或研究的人也真不少，但为什么刘春写下的那些文字能够引起人们的关注呢？首先，刘春不是以一个评判者或纯学术研究者的姿态，而是以一个读者的身份，从个人的接受和阅历出发，切入了中国当代诗歌数十年来的历程。这就使人感到亲切。他为我们提供的，首先是一份个人的亲历和心灵的见证。在这本《一个人的诗歌史》中，他比他所论述的诗人都要小一辈或半辈。他所讲述的，是他作为一个年轻诗人在他人生的不同阶段与那些诗歌心灵的相遇和对话，同时，在这个过程中，他也向我们展示了他自己的“经验的生长”。这里，我不禁想起了两个细节：一是他在一篇论及本人的长文中所回忆的他在读到《帕斯捷尔纳克》一诗后“突然感到自己长大了”；一是他写到早年在一个地方实习时，从那里图书馆的杂志上第一次读到《瓦雷金诺叙事曲》，最后竟忍不住把那两页纸撕了下来带走，并说这是他生平所做的最“见不得人”的事。但正是这样的袒露，使我对他一下子产生了信任。因为诗要寻找的正是这样的读者，正是这样一颗满怀着秘密的爱、渴望和战栗的心灵。

诗人策兰曾把诗歌比喻成一种“瓶中的信息”：“它可能什么时候在什么地点被冲上陆地，也许是心灵的陆地。”刘春的《一个人的诗歌史》之可贵，我想正在于它为人们敞开了这样一片“心灵的陆地”。它以一颗真诚、敏感的心灵对诗歌的寻求和接受，唤起了人们的阅读记忆，也再次唤起了我们对诗歌及对那些照亮、提升我们精神的事物的爱。

与此相关，刘春所做的工作，也让我想到了人们所说的“现象学还原”。他所做的不是那种纯理论阐释或模式化的研究，而是以充满经验血肉的叙述，力求把我们带回到“现场”，从中真切地感到一种诗歌脉搏的跳动。在这本《一个人的诗歌史》中，他不仅从个人的阅历出发，还运用了很多资料和细节，尤其是注重把一个诗人的生活、创作历程与时代语境结合起来，以写出如他自己所说的“一代诗坛精英的成长史与心灵史”。例如写顾城的那一篇，面对顾城看似单纯而又复杂难解的创作历程，尤其是面对那众说纷纭的“诗人之死”，他决不把问题简单化。一方面，他注重广泛收集资料，展示各方面反应；另一方面，他很独到地以一些细节、现象和文本解读（比如对《墓床》一诗的解读）为线索，以深入那黑暗的谜一样的命运之中。说实话，我一直以为自己对顾城比较了解，但读了刘春的这篇文章后，我需要调整自己的看法了。的确，这不同于文坛和媒体上那些煞有介事的“揭秘”，它通过更深入、确切的叙述，帮助读者建立了对诗人命运的某种“可理解性”。就在这篇长文的最后，刘春还引用了这样一席话作为结尾：

> 记得顾城在“漓江诗会”上说过这样一句话：“伟大的诗人都不是现存功利的获取者，他们在生活中一败涂地，而他们的声音，他们展示的生命世界，则与人类共存。”

这样的话，因为有了顾城自己的悲剧性一生作为背景，我自己在今天读了也“感慨万分”！这样的诗人评传把读者引向的，绝不是那些表面的逸闻趣事，而是对命运之谜的沉思，也是对身处黑暗而又超越黑暗的那种灵魂力量的最终揭示和肯定。

然而，说到最后，刘春的诗歌批评之所以值得关注，正如“宇龙诗歌奖”颁奖词中所提到的，不仅在于其对诗歌现场的关注，也不仅在于其亲切可信，更在于体现了一种独立的批评品格。刘春属于诗坛上活跃的“70后”一代，但他绝没有同时代有些年轻人常显露的那种“弑父情结”，他始终保持了对诗歌的敬重和谦卑。他也没有被当下诗坛种种的“圈子批评”和门户之见所左右，始终保持了自己的独立和清醒。他不从利害出发，也不油滑，而是始终忠实于自己对诗歌的心灵直觉和认知。这一切，正如他写欧阳江河的那篇文章的题目：事物坚持了最初的泪水。

这种清醒的眼光和独立的品格，在当下中国诗坛尤为难得。近十多年来，正如很多人已很痛心地指出的那样，诗歌圈子里的“风气”已坏到几乎无以复加的地步。党同伐异，价值颠倒，或肆意诋毁，或自我炒作，所谓诗坛几乎已沦为一个权力场和垃圾场，让人避之唯恐不及。这种风气已严重影响到诗歌批评和诗歌研究。我们看到的是，批评文字的满天飞，恰与“批评的缺席”成正比。环顾当下，又有多少公正、有眼光、有勇气的批评呢？

刘春自觉地同这一切拉开了距离。他不屈从于种种偏见甚至压力。他向我们显现了一种批评的良知和伦理。

他避开了诗坛上那些种种的权力和利害关系。他只是为心目中的诗歌和价值而工作。他所做的工作，让人们在一个沮丧的年代再次感到了从事诗歌研究的意义。这里我还想特意指出，即使对他喜欢的诗人，他也不盲从，该有所保留就有所保留。他保持了他的诚实，也保持了作为诗歌批评的尊严。阿多诺晚年曾这样讲过：知识分子的希望不是对世界有影响，而是某天、某地、某人能完全了解他的写作。这种希望，也就是“一种绝望背景下的希望”吧。

刘春对中国当代诗歌持续的关注，让我再次感到了这种希望。长久以来，许多中国诗人的写作，并没有得到充分、深入的阅读和认识。看来它只能“对个别的心灵讲话”。不过这样也好，正好合乎其性质。这也会把它们留给未来。这里，我不禁想起了诗人蓝蓝写矿工的一句诗：“作为剩余，你却发出真正的光芒。”

那些真正的诗人和诗歌研究者，都是这样的“矿工”。

到目前为止，刘春已出版和即将出版好几本诗歌批评随笔方面的书。这不禁使我们感到了他的热忱。正好在他请我为《一个人的诗歌史》作序的时候，我从书店买回了列夫·洛谢夫的《布罗茨基传》。这本书我一读就很难放下。洛谢夫在这本诗人评传后面的访谈中谈到他很早就和布罗茨基认识，但直到第一次听到布罗茨基的朗诵，这才意识到出现在他面前的是怎样的一个诗人，“因为我似乎感觉到，我听到的诗源于某个人的梦，也是我始终梦寐以求的，似乎是某人捕获了它，把它写了下来”。

这样的时刻，对于我们每一个人来说都会是一个重要的、天启般的时刻。愿刘春在这条道路上继续走下去，不断带给我们“从深海听到的词”（策兰语），或者如海子所说，把那“幸福的闪电”告诉他的，也告诉每一个人。

目录

我是一个悲哀的孩子，
始终没有长大

从明天起，做一个幸福的人

我们一辈子的奋斗，就是想装得像个人

事物坚持了最初的泪水

有一种神秘 你无法驾驭

我是一个悲哀的孩子，始终没有长大

我会呼吸得像青草一样

把轻轻的梦想告诉春天

我希望会唱许多歌曲

让唯一的微笑永不消失

——顾城《我会像青草一样呼吸》节选

顾城，原籍上海，1956年9月24日出生于北京。著有诗集《黑眼睛》《顾城诗集》《顾城童话寓言诗选》《顾城诗全集》，文集《生命停止的地方，灵魂在前进》《顾城文选》，长篇小说《英儿》等。1993年10月8日去世。

2000年夏天，我在应“90年代诗歌论坛”（又称“衡山诗会”）主办者之邀列举90年代最震撼人心的十个诗坛事件时，列出了《后朦胧诗全集》出版，顾城袭妻、自缢，《诗歌报》停刊、复刊再停刊，《他们：〈他们〉十年诗歌选》出版，盘峰会议，“70后”诗人浮出水面并引起关注，诗生活、界限等网站的出现等内容。尽管在行文时将“《后朦胧诗全集》出版”列于首位，但事实上我首先想到的是顾城。

我至今忘不了1993年10月13日。那一天上午，正在四川乐山市造纸厂毕业实习的我，从当天出版的《乐山日报》上看到了顾城于10月8日在新西兰上吊自杀的消息。这个消息给我双重震惊：首先，我几近崇拜的诗人英年早逝；其次，是他离开人世所采取的方式以及此前的行为——用斧头袭击妻子谢烨并最终致其死亡！

那之后整整两天，我都神志恍惚，百感交集。我知道，受到震撼的绝不止我一个，直到今天，人们仍然不时谈论这一话题。在纷纭的传闻中，每个人都在对事件做出自己的甄别和判断，自然结果不尽相同。

狭长贝壳里的梦与幻影

1956 年 9 月 24 日，顾城出生于北京白塔寺边的人民医院，父亲顾工是位有影响力的部队诗人，但从顾城后来发表的作品来看，他的写作风格并没有受到父亲的影响。

六岁的时候，顾城“写”下了他生命中的第一首诗：“星星在闪耀，/ 月亮在微笑。/ 我和姐姐呵！ / 等得爸爸回来了。”说是写，其实是“口授”，由比他大两岁的姐姐顾乡记录在一张明信片上，因为当时顾城还不会写字。

这样的“诗歌”自然不会有什么微言大义，它更接近顺口溜，但明信片寄出后，仍然在顾工的单位引起了轰动。

在顾城看来，自己五岁前是快乐的，后来进了幼儿园就不那么快乐了。为了逃脱幼儿园的拘束生活，顾城没有上大班就直接读小学。哪料到小学同样不幸福，从一年级到三年级，他反复更换学校。只有在课外时间，顾城才会开心起来——他可以在草地上找小动物玩。

“文革”开始时，顾城正读三年级。“同学都兴奋起来，老师开始也还高兴，给我们念一段《燕山夜话》，然后怒火万丈地批判；很快好的就都变成了坏的，老师带头造反，把校长围了起来，校长也大声背诵毛主席语录，要把模范老师修正主义地主分子捉起来。”（顾城：《责任与思索》）学校乱了，学生们自然无人管束，可以“自由自在”地玩耍。那个暑假因而很漫长，从夏天一直放到冬天，斗争也愈演愈烈，老师和学生都分成两派，互不相让。顾城换了一所学校，上课不久，学校再次停课。从

1966 年冬天起，顾城再也没有进入过学校学习。

最初的兴奋逐渐演变为恐惧。有一天，有人在顾城家对面的墙壁上贴标语，不小心贴反了，被路人发现，贴标语者马上被众多群众围攻、殴打。这个场景正好被顾城透过窗户的缝隙看到，幼小的顾城吓得脸色苍白，全身发抖。他不敢再往窗外看，而是把窗户关紧，像蜗牛般蜷缩在床头。也许正是从这一刻起，顾城躲开喧嚣、回归宁静，终生寻找属于自己的世界的性格已经初步形成。

“文革”运动开始“革”到顾工头上。1968 年，军宣队将顾工保存的书籍用麻袋装走，只剩下一本《昆虫记》因为包在旧报纸里而未被发现。这本唯一幸存下来的科普读物对顾城后来的诗歌创作产生了难以估量的影响，在后来很多次演讲中，顾城都会提到书中的一句话：“它来到世界上，没有谁欢迎它，石头是摇篮……”而他的那些融入天地、歌唱自然，充满了对微小事物的热爱与亲近的“童话诗”，也可以从这里找到源头。

那一年9月，十二岁的顾城第一次用笔写下诗歌《星月的来由》和《烟囱》。

树枝想去撕裂天空，
却只戳了几个微小的窟窿，
它透出天外的光亮，
人们把它叫做月亮和星星。

——《星月的来由》

烟囱犹如平地耸立起来的巨人，
望着布满灯火的大地，
不断地吸着烟卷，
思索着一件谁也不知道的事情。

——《烟囱》

这两首诗作为顾城的处女作，被置于人民文学出版社出版的《顾城的诗》篇首，我们从中可以很明显地感受到诗人丰富的想象力，以及对自然万物的倾心。

受《昆虫记》影响，幼小的顾城对大自然充满了向往。1969年秋天，当顾城听到全家要下放到山东火道村时，竟然欢喜万分。少年的心中，对远方有着绚烂的想象，那是一个童话般的世界，没有争斗，没有喧嚣，只有纤细的野草、清丽的花朵、可爱的虫儿、在天空中自由飞翔的小鸟……然而，到达目的地后，顾城狂热的心冷却了下来：等待他们的不是自由自在的昆虫世界，而是灰暗的茅草房、斑驳的土墙和无边无际的滩涂。

那以后的三年里，顾城由一个昆虫爱好者变成了“放猪和拾柴爱好者”。每一天顾城在拾柴之余，就跟着父亲一起拌猪饲料、煮猪食、喂猪。顾城还根据每头猪的身材、性情等特征，给它们取名为“老病号”“老祖宗”“天吃星”“饿死鬼”。北方文艺出版社2005年出版的《顾城文选·卷一：别有天地》一书里，就收录了好几幅顾城与猪的合影。其中有一幅：小小少年身着灰衣，站在猪圈门口，一脸宁静。

虽然每天放猪拾柴，但顾城没有放弃他的文学爱好。仅

1970 年这一年，他就写下了五十多首诗歌，这些作品多与自然景物有关，如树、草、大雁、云朵、星星、月亮等，虽然稚气简单，但清新生动，诗意盎然。难得的是，其中少数作品颇值得琢磨，如四行短诗《风和树》：“风如鞭抽打树丛 / 树如针切削着风 / 风可以说是树在哭泣 / 树可以说是风在呻吟。”通过风与树的搏斗，指出了因视角差异而造成的认识区别，俨然进入辩证哲学的范畴。

另一些时候，这个十四岁的少年也会流露出那个年龄段特有的青春蓬勃与昂然斗志 ：

我在密林中穿行，
我在瀑布下游泳，
我能去一切不能到达的地方，
不论是地层还是高空。

当我骑上洁净的白云，
身后便刮起了二十四级狂风 ；
我又以闪电的速度，
去追赶永无止境的旅程。

——《旅行》

诗句铿锵有力，体现出了一种难得的乐观向上精神，但这样的诗歌缺陷也很明显，它的空洞令人想起了那个年代广泛张贴于墙上的标语。当然，考虑到作者只是一个十四岁的孩子，我们对这些作品也不必有过高的要求。

顾城迷恋上了西班牙诗人洛尔迦，一本不知从哪儿找来的《洛尔迦诗选》被他翻得残破不堪。有时候，还向作为著名诗人的父亲发出挑战："爸爸，我和你对诗好吗？……你有首诗题目是《黄浦江畔》，我想对首《渤海滩头》；你还有一首叫《芦苇中的雁》，我想对首《沼泽里的鱼》。"父子俩把诗用树枝写在灰烬上，火焰是他们唯一的读者。（顾工：《顾城和诗》）

我注意到，在顾工笔下，顾城少年时便接触到《洛尔迦诗选》并极为喜欢，而在北岛笔下，顾城接触洛尔迦要晚好几年，而且是他将洛尔迦介绍给顾城的："80 年代初，我把洛尔迦介绍给顾城，于是他的诗染上洛尔迦的颜色。"（北岛：《洛尔迦：橄榄树林的一阵悲风》）到底是顾工还是北岛记忆出错了呢？无法考证。但可以肯定的是，就是在这样的寂寞荒凉之地，顾城写下了《生命幻想曲》《我赞美世界》等后来引起广泛影响的诗歌。

长达六十四行的《生命幻想曲》，是 1971 年夏天顾城利用放猪的时间用手指写在沙地上的，这首诗被批评家吴晓东誉为"20 世纪 70 年代初贫瘠的诗坛上难得的一朵幻想之花"，也是顾城少年时期最满意的作品。现在看来，它的确写得开阔而瑰丽。诗歌中的许多句子，后来都被论者反复提起："把我的幻影和梦 / 放在狭长的贝壳里"；"让阳光的瀑布 / 洗黑我的皮肤"；"太阳烘着地球 / 像烤一块面包 / 我行走着 / 赤着双脚 / 我把我的足迹 / 像图章印遍大地 / 世界也就融进了 / 我的生命"；"我要唱 / 一支人类的歌曲 / 千百年后 / 在宇宙中共鸣"。

接下来的情形简直像是后人有意为名人编造的神话故事——

顾城在沙滩上写这首诗时，顾工正在河里游泳，诗歌完成后，顾城发现父亲不知什么时候已经站在他的身后，忧心忡忡地说：儿子，我们放的猪不见了。

我的诗只发出小小的声音

1973 年，顾工被“落实政策”，安排到济南军区宣传部工作。顾城除了携带一些必需的物品，其余所有行李就是在乡下采集的昆虫标本和两册自编手抄诗集：新诗集《无名的小花》、格律诗集《白云梦》。

在济南，顾城见到了《高山下的花环》的作者李存葆。李存葆听说顾城写诗，便兴致勃勃地叫顾城念两句。顾城背诵了《生命幻想曲》里的几句：“车轮滚过 / 百里香和野菊的草间 / 蟋蟀欢迎我 / 抖动着琴弦 / 我把希望溶进花香 / 黑夜像山谷 / 白昼像峰巅 / 睡吧！合上双眼 / 世界就与我无关。”李存葆听了，一时不知说什么才好，但最后还是很大方地鼓励了几句。而这些诗在《闪闪的红星》的作者李心田看来，思想不够进步，“属于三四十年代的货色”，“得批判”。后来，又有人把顾城的诗推荐给当时还未被“落实政策”的郭小川，郭小川读后，批了几个大字：“艺术的没落，政治的死亡。”

1974 年，顾城重新回到北京，开始在《北京文艺》《山东文艺》《少年文艺》《北京日报》等报刊零星地发表作品。此时的顾城已经成长为一个十八岁的清俊青年，为了生活，他必须在做文学梦的同时融入世俗生活。他相继干过油漆工、木匠、翻糖工、搬运工、商店营业员，还被借调到电影院画电影广告、到体育报社担任记者，以及做过《大众电影》的美术编辑。

应该说，那个时候的顾城是热爱生活的，用顾工的话说："他去街道服务所里服务，什么苦活、脏活、累得死去活来的活，他都争着抢着一马当先地去干：掏阴沟、爬到楼顶去刮铁锈、拉大锯、刨树根、油漆各种家具、去高温的熔炉旁边拌糖浆……他这时真成了一枚万能的螺丝钉，拧在什么机件上都能发光发亮。他为自己能成为一枚螺丝钉而自豪、而得意。"（顾工：《顾城和诗》）

有一件"逸事"可以证明顾城的"积极"：1976年4月5日，顾城参加了天安门广场悼念周恩来的大集会，面对壮观浩瀚的场面，他激动万分。被拥挤的人流撞倒在地时，诗人如梦初醒，忽然懂得了"毕生的使命"，于是对热衷于培养他的党支部书记说："我要写，一生都不够。"书记愣了半天后，反问了一句："那么，工作呢？"

书记的话可谓歪打正着，那几年里，顾城的工作是个令他头疼的问题。虽然他在各个借调的单位都干得不错，但最终都因所有制的局限而无法正式调入这些单位，只能在半年借调期满后回到街道集体单位，然后被另一个单位借调，周而复始。

随着阅历的丰富，顾城对世界的怀疑日益增多，尤其是1978年底，在四川看到大片的红卫兵墓地之后，这个"童话诗人"更深刻地体会到现实的无情："最初的呼喊和血是美丽的，但最后浮现出来的依旧是无情的天宇——天道无情。尘世的运行，轻

轻地压碎了它。”（顾城：《金色的鸟落在我面前》）

两年后，顾城写下了组诗《永别了，墓地》，对“文革”和红卫兵运动进行了反思。诗歌的最后一段这样写道：

我离开了墓地
只留下，夜和
失明的野藤
还在那里摸索着
碑上的字迹
摸索着
你们的一生
远了，更远了，墓地
愿你们安息
愿那模糊的小路
也会被一个浅绿的春天
悄悄擦去

诗人清醒过来了，对时代、生活和命运有了新的思索，于是，做“螺丝钉”的理想彻底退让给了《辞海》和众多的世界名著。

其实，与几乎所有一二十岁的小青年一样，顾城一直是矛盾的，时而低沉，时而激越。早在 1972 年他还在火道村时，一些孤独沉思的诗歌就在那些清新向上的文字中时隐时现，那一年 11 月，他写下了预示一生选择的诗行：“我的诗只发出小小的声音；/它没有溶入时代的洪流，/它只是支独唱的歌曲。”（《巨石》）

与此同时，他继续着自己所习惯的梦游般的写作方式：专门准备一支笔，晚上灵感来时，就到处摸纸，如找不到纸，就把自己想到的诗句写到枕边的墙壁上。这样的写作习惯伴随了顾城很多年，据说，他的代表作《一代人》也是在 1979 年一个寂静的夜晚描画到墙上去的。

我是一个任性的孩子

习诗以来，我阅读过顾城的大量作品，20 世纪 80 年代末 90 年代初，他的好几首诗曾令正在与诗“热恋”的我神往和迷醉。记得有一本书是《青年诗选（1985—1986）》，由中国青年出版社出版，从这本书和当时接触到的其他几本诗集里，我读到许多当年引领潮流的诗人的作品：于坚的《作品 91 号》《作品 67 号》《南高原》，韩东的《明月降临》《一切安排就绪》，顾城的《早晨的花》《小春天的谣曲》《等待黎明》……《早晨的花》语言丰富，想象奇崛，是典型的天才之作：

1

所有花都在睡去
风一点点走近篱笆

所有花都在睡去
风一点点走近篱笆

所有花都逐渐在草坡上
睡去，风一点点走近篱笆
所有花都含着蜜水
所有细碎的叶子
都含着蜜水

2

她们用花英鸣叫
她们用花英鸣叫
她用花心鸣叫
细细的舌尖上闪着蜜水
她用花心鸣叫
蜂鸟在我耳边轻轻啄着
她用花心鸣叫
风在篱笆附近响着

远处是孩子，是泡沫的喧嚷
她用花心鸣叫
午后的影子又大又轻
她用花心鸣叫

我同时看见
她和近旁的梦幻

3

午后的影子又大又轻
早晨的花很薄
早晨的花在坡地上睡去
早晨的花很薄
被海水涂过的扇贝
也是这样，很薄
早晨的花很薄
陆地像木盆一样摇着
木盆在海上，木盆是海上的
早晨的花也是海上的

4

我不是海上的

空气中有明亮的波纹
花朵很薄

我不是海上的
早晨的花呵
我不是海上的

她们用花心歌唱
在海上，我被轻轻揉着
像叶子一样碎了
海有点甜了
我不是海上的

花在睡去，早晨在哪儿
风正一点点侧过身
穿越篱笆

《早晨的花》作于1983年4月，那时候顾城作为“朦胧诗”的代表人物，正处在被批评与赞扬的“冰火两重天”之中，而对于他的创作而言，却是黄金时代。他的大部分有影响的作品都创作于1979—1983年，比如《一代人》《远和近》《我是一个任性的孩子》《感觉》《风的梦》《等待黎明》《提示》等。

这首诗运用的手法很简单，无非是拟人、排比、反复。将花和风拟人化，通过一些简单的排比，对这些花朵和清风进行反复描画，使一种单纯、自然的印象深入人心。全诗四节，每一节的词句间都有反复，比如第一节，短短九行，“所有花”就出现四次，“风一点点走近篱笆”出现三次，“睡去”出现三次，“蜜水”出现两次。第二节，“她们用花英鸣叫”出现两次，“她用花心鸣叫”出现五次。第三节，“早晨的花很薄”出现三次，“木盆”出现三次，“海上”出现三次。最后一节，“我不是海上的”和“花”分别出现四次。而节与节之间，则是诗句与诗意的回环，花、叶子、风、草坡、篱笆等交叉出现。这种反复，就像音乐中的回旋，起到了暗示和强调的作用，一次又一次把读者带回到既熟悉又陌生的境地。整首诗像一首温婉的催眠曲，营造了一个童话般的氛围，露水般晶莹，梦幻般轻灵，单纯而美好。

1983年，中国诗歌正“朦胧”得一塌糊涂，像这样的清新之作十分少见。从这首诗可以很明确地感受到顾城与北岛、杨炼等“朦胧诗”同人们的区别：北岛的诗歌气势昂扬，有殉道者的悲壮；杨炼的诗歌浑厚磅礴，文化感浓郁；顾城的诗歌所专注的都是自然界中纤弱而明媚的事物，再辅以丰富奇崛的想象，创造了一个令人神往的艺术空间。

需要说明的是，在《青年诗选（1985—1986）》中，诗中第三节的“水盆”，后来各版本均为“木盆”，估计是顾城后来进行了修改。

类似的诗歌在顾城的作品中数量不少，比如作于1983年3月的《倾听时间》，作于1982年4月的《风的梦》和作于1982年2月的《等待黎明》，这几首诗无论语言之美还是内在气质之雅，都完全可以和《早晨的花》媲美。在我看来，介绍顾城的诗，这几首和《一代人》《墓床》一样，是必须重点提及的。

先看这首《风的梦》：

在冬天那个巨大的白瓷瓶里
风呜呜地哭了很久
后来，他很疲倦
他相信了，没有人听见

没有道路通向南方
通向有白色鸟群栖息的城市
那里的花岗石喜爱露水

他睡觉了
弯弯曲曲地睡着
像那些永远在祈求谅解的柽柳树
像那些树下
冬眠的蛇

他开始做梦
梦见自己的愿望
像星星一样，在燧石中闪烁
梦见自己在撞击的瞬间
挣扎出来，变成火焰
他希望那些苍白的手
能够展开
变得柔和而亲切
再不会被月亮的碎片
割破

后来，他又梦见一个村庄
像大木船一样任性地摇动
在北方的夜里

无数深颜色的波纹
正在扩展
在接近黎明的地方
变成一片浅蓝的泡沫

由于陌生的光明
狗惊慌地叫着
为了主人
为了那些无关的惧怕和需要
汪汪地叫着
在土墙那边
是什么落进了草堆

最后，他梦见
他不断地醒了
一条条小海鱼钻进泥里
沾着沙粒的孩子聚在一起
像一堆怪诞的黄色石块
不远的地方
波浪喘息一下
终于沿着那些可爱的小脊背
涌上天空

在湿淋淋的阳光中

没有尘土
贝壳们继续眯着眼睛

春天，春天已经来了
很近
在别人不注意的时候
换上淡紫色的长裙

是的，他醒了
醒在一个明亮的梦里
凝望着梳洗完毕的天空
他在长大
按照自己的愿望年轻地生长着
他的腿那么细长
微微错开
在远处，摇晃着这片土地

如标题所示，《风的梦》如同孩子的梦境，清新、轻盈、美妙、飘忽，具有良好的叙事性和极强的童话色彩，人们完全可以将它作为经典童话诗推荐给孩子阅读。而当我重读这首诗时，注意到了“春天，春天已经来了 / 很近 / 在别人不注意的时候 / 换上淡紫色的长裙”这几句，对我而言，这几句诗实在是太眼熟了，它们让我找到了自己受顾城诗歌影响的痕迹。那是在 1991 年我在四川求学的时候，写了一首和春天有关的诗歌，现在看来，那是收笔就应该扔进废纸篓的文字，因此具体的标题已忘记了，但里面肯定有几句是对上面那几句的拙劣模仿。当然，我并不为自己的模仿而汗颜，因为对于大多数作家来说，在早期对名作的“模仿”几乎是必由之路。真正令我汗颜的是在二十年后，自己的写作仍未见明显进步。好在这只是我一个人的悲哀。

如果说《风的梦》所体现的心理年龄比较青涩，那么相比之下，《等待黎明》则要“成熟”一些：

这一夜
风很安静
竹节虫一样的桥栏杆
悄悄爬动着
带走了黄昏时的小灌木和
他的情人

我在等

钟声
沉入海洋的钟声
石灰岩的教堂正在岸边融化
正在变成一片沙土
在一阵阵可怕的大暴雨后
变得温暖而湿润

我等

我站着
身上布满了明亮的泪水
我独自站着
高举着幸福
高举着沉重得不再颤动的天空
棕灰色的圆柱顶端
安息着一片白云

最后
舞会散了
一群蝙蝠星从这里路过
她们别着黄金的胸针
她们吱吱地说：
你真傻
灯都睡了
都把自己献给了平庸的黑暗
影子都回家了，走吧
没有谁知道你
没有谁需要
这种忠诚

等

你是知道的
你需要
你亮过一切星星和灯
我也知道
当一切都静静地
在困倦的失望中熄灭之后
你才会到来
才会从身后走近我
在第一声鸟叫醒来之前
走近我
摘下淡绿色长长的围巾

你是黎明

在诗人笔下，“黎明”是有灵性的。如果我们不看标题，会误以为这是一首情诗，一个痴情者在黑夜里等待他心爱的人。是啊，从“我在等”，到“我等”，到“等”，一次比一次坚决，一次比一次坚定，不计较流言、劝诫和嘲讽，的确像热恋中的人们那么虔诚，那么不顾一切。读完最后一句，才知道他等的是黎明，或者说等待光明。于是，“黎明”在这里已经不仅是一个时间概念，还是一种精神，这种精神，值得每一个人在黑暗中磨炼，在寂寞中坚持，在荒凉中仰望。

《等待黎明》这首诗，无论意象运用还是语言风格，甚至长度都与前面提到的《早晨的花》和《风的梦》一脉相承。它们在技巧上已经极为娴熟，收发自如，虽然没有此前的《一代人》和此后的《墓床》影响广泛，但是从清新可读的“童话抒情诗”的层面而言，它们取得了很高的成就，堪称当代诗歌的经典之作。

由这些诗歌可以看出，顾城是一个天生的诗人，一个连小学都没读完的人，如果没有超人的天赋，不可能在中国当代诗歌经典阵营中稳居一席。顾城作诗，依靠的不是社会经验，而是对万物的敏感和与生俱来的才华。无论是北京十月文艺出版社出版的早年诗选《走了一万一千里路》，还是人民文学出版社出版的精选集《顾城的诗》中，想象新奇、语言独特的诗篇都难以计数。

与顾城的诗歌意境一样新奇的是顾城的不谙世事。

诗人杨克在《诗歌·1985 前后的几个片断》中，形象地描述了顾城 1986 年 10 月参加漓江诗会的情景：“那时开笔会，二十来岁的，没有一个人能够带夫人，但是顾城每次都带谢烨，因为他连买个火车票也弄不太明白。顾城跟日常生活有隔膜，会议晚上有卡拉 OK 什么的，他觉得受不了，只想钻到桌子底下去，他似乎只能跑去森林里面，听那种诸如鸟的叫声、树叶掉下的声音、蚂蚁从地上爬过的声音。顾城发言时眼睛会翻到上面去看屋顶，不看会场，说：‘街上走过的女孩像水草，男人都像矿石’，他用这种语言来谈诗。我跟他一起在桂林上街，街边有人卖古钱币，我过去问，这个多少钱？人家会说二十或三十块。顾城一问，人家会说：你们买不起的，走吧。就把我们赶走。”

诗人王小妮也是当年漓江诗会的参与者。2015 年 10 月下旬，王小妮到桂林讲学，也谈及当年顾城在桂林的趣事：这个诗会，贺敬之、柯岩等人也参加了。老派诗人和新锐诗人一起搞活动，总会有一些“不和谐”的时候。有一天，主办方请与会诗人们游览芦笛岩，顾城起初如孩子般地跃跃欲试，但进去之后很快就逃了出来，连连说，大家快撤，大家快撤！年轻诗友们问为什么，顾城说，贺敬之在里面，贺敬之在里面！大家哈哈大笑，最后，顾城一直在外面等到贺敬之走远了才钻进洞里。

舒婷在《忆顾城》一文中，也提到不少顾城的趣事。有一次，顾城收到了一百五十元稿费，非常开心，便跟谢烨手拉手，穿过一个很大的公园，把钱存到银行里。几个小时后他们才发现忘记留下买菜的钱了，于是两人又手拉手，穿过公园，去银行取了十元钱。第二天早上，他们又发现自行车胎破了，便再次手拉手，穿过广场和街道，去银行取出十元钱。营业员终于被弄得有些不耐烦，半生气半开玩笑地问：“你能不能把下午的十块钱一起领了？”

还有一次在国外，舒婷和顾城、谢烨一起逛商店。谢烨看中了一个中国制造的小玩具，思乡之情顿生，再加上这个玩具售价低廉，不足两美元，便想买回去给儿子木耳。顾城不同意，就像小孩子撒娇一样坐地上不愿意起来，气得谢烨当场流下眼泪。舒婷忙说由她买来送给木耳，顾城才很不好意思地站起身。

舒婷把顾城的这些表现归结为穷惯了，“为了这个钱犯愁”，但从另外的角度看，何尝不表现了顾城对生活的单纯？

顾城肯定也意识到自己与世俗格格不入的毛病，因此偶尔也会自嘲一下。1992 年 6 月 5 日，顾城在伦敦大学举办的“中国现代诗歌讨论会”上发言，讲述了关于自己的一件趣事：1988 年，顾城应邀赴美国讲学，在和谢烨去办签证时，办事员问顾城是什么肤色的人种，顾城说，你可以在这一栏里写上“美丽的”。

世俗生活的“弱智”到了艺术世界中，却成为罕见的天才，被万人追捧、仰慕，造物主就是这么神奇。

诗歌万岁，诗人万岁

关于北岛、顾城、舒婷等诗人当年受欢迎的程度，可以讲出无数故事作为证明。

这里仅举一例。

1986 年 12 月上旬，《星星》诗刊在成都举办“中国・星星诗歌节”，诗歌节还没开始，两千张门票就被一抢而光。为了防止出现意外，开幕那天，主办方专门安排了工人纠察队维持秩序。诗人在场上演讲时，不时被台下“诗人万岁”的呼喊声打断。演讲结束后，由于大量读者在通道旁等着索要诗人签名，需要警察或纠察队保护才能顺利离开。有一次，舒婷甚至被“围困”得根本无法离开会场，最后只好由几个警察架着她，另几个警察在前边开路，“硬闯”出去。

尽管主办方对场面的火爆程度早有心理和人力准备，但后来还是出现了“事故”。一些没弄到票的读者爬窗子进入场内，致使会场秩序大乱。大量听众冲上舞台，要求诗人签名，有的人还把钢笔直接戳在诗人身上。诗人们招架不住，赶忙逃进更衣室，把灯关掉，小偷般地缩在桌子底下。有人推门进来问：“顾城、北岛他们呢？”一个尚未来得及躲藏的诗人急中生智，战战兢兢地用手一指后门口：“从那边溜了。”听众顺着诗人手指的方向如潮水般往后门涌去。

活动的主办者之一、诗人叶延滨2008年7月在接受《中国财经报》记者的采访时，对当时的盛况进行了更详细的描述：

1986年在成都举办的“中国·星星诗歌节”，是中国诗歌热度最高的一个标志了。当时我任副主编，诗刊发起“我最喜爱的10位当代中青年诗人”活动。读者参加投票的信件如雪花般纷至沓来，最后舒婷、北岛、傅天琳、杨牧、顾城、李钢、杨炼、江河、叶文福，还有我10人当选。

当时，对于诗人们的动向，成都3家电视台每天在《新闻联播》前先报告15分钟，诗人受关注程度真不亚于奥运传火炬。举办讲座的票由2块钱一张炒到20块钱，是当年人们40元钱工资的一半。

记得叶文福讲演那天，我主持会场。结果讲演厅6道大门挤坏了5道，椅子被踩坏了几十把。所有的听众都挤到了讲台的跟前，前胸抵后背，没有一个人肯坐下来。为了防止踩踏事故的发生，我站在讲台上向听众鞠了三十几个躬。朗诵晚会那一天，观众把现场挤得水泄不通，人群中甚至有人不断高呼“诗歌万岁！”“诗人万岁！”场面热到无法控制，听完后人们一齐往上涌。叶文福的脸上又是口红又是鼻涕、眼泪，我说的一点也不夸张。现在的明星没有一个能享受到这样的待遇。

上面这些说法在一个严谨的学者那里得到了证实。2006 年 9 月，北大教授洪子诚到广西师范大学讲学时也谈到了这次活动的盛况：当主办方为“十佳青年诗人”颁奖时，获奖诗人叶文福被冲上台来的“粉丝”们抬着一个劲地往天上抛。另一些人围着顾城，如众星拱月，顾城躺在地上高呼“反对个人崇拜”。有一个为了诗歌而辞掉工作的大连青年，在那几天里一直跟着诗人们，要向诗人倾诉内心的痛苦。在被诗人拒绝之后，这个小伙子二话没说，掏出一把匕首戳进自己的手背，说：“我要用我的血，让你们看到我对你们、对诗的热爱！”

这个小伙子绝对不会想到，仅仅七年之后，他的偶像也像他一样操起了刀斧，但他的偶像砍的不是自己，而是相濡以沫十余年的妻子。

上面所说的事情发生在 1986 年。对于中国新时期诗歌来说，这是一个值得注意的年份。一方面，在这一年，新世纪出版社出版了《北岛诗选》，人民文学出版社出版了顾城的诗集《黑眼睛》，作家出版社出版了北岛、舒婷、顾城、江河、杨炼的诗合集《五人诗选》，“朦胧诗人”的地位终于获得全面肯定，并达到了他们诗歌生涯的顶峰。

另一方面，1986 年 10 月，一群后来被称为“第三代”的更年轻、更具破坏力的诗人果断结束他们的潜伏生涯，“揭竿而起”——在徐敬亚等人操持的“现代诗群体大展”上，近百个“流派”迅速聚集起来，喊出了“Pass 北岛”“打倒舒婷”的口号。在当时中国所有报纸都只有四个版的情况下，《深圳青年报》和安徽《诗歌报》连续三期破天荒地拿出了七个大版面来刊登他们的作品，轰动全国。

也是从这次大展开始，“第三代诗人”取代“朦胧诗人”，走上了前台，至今，他们中的优秀者如于坚、韩东、西川、欧阳江河等人仍然是中国诗歌界乃至于中国文学界的中坚。虽然顾城等人也以“朦胧诗人”的名义参加了“86 大展”，但读者的目光已经更多地停留在那些更新锐而有“破坏力”的诗人身上了。因此，也可以说，1986 年是“朦胧诗”的最后辉煌。

对于顾城而言，1986 年的另一件大事是在这一年 6 月北京市作协举行的“新诗潮研讨会”上与时任《诗刊》编辑的李英（即英儿）相识，从此，命运之神在他与英儿、谢烨之间纠葛不清，直到家破人亡。

黑夜给了我黑色的眼睛

参加天安门广场的“四五”集会后，顾城对诗歌有了新的认识，不再一味地歌颂小花小草，而是开始了对生活和命运的思考。在那一个月，顾城写下了一首与以往任何时候都不同的短诗《巨星》：

在宇宙的心脏，燃烧过一颗巨星
从灼亮的光焰中，播出万粒火种
它们飞驰、它们迸射，点燃了无数星云

它燃尽了最后一簇，像礼花飘散太空
但光明并没有消逝，黑暗并没有得逞
一千条燃烧的银河都继承了它的生命

很明显，诗人在这个时候豪情万丈，信心十足，特别是最后两句颇有北岛的悲壮慷慨之风。

与此同时，顾城开始了“疯狂”的投稿行动——把一大摞信封堆在桌子上，按照本子上的报刊地址填好，每个信封塞一两首诗，也不管这些杂志是国家级的《诗刊》《人民文学》，还是省市级刊物，以及县区级的内部小报，只要有稿费，都一视同仁。给编辑的信也是复印好的，上面写着“编辑同志，寄上拙作，多多批评”等字样。

多年以后，在接受记者采访时，顾城回忆起了当年的“投稿生涯”，不无幽默地说：“我觉得这就跟玩电子游戏机似的，你这边诗往信筒里一扔，扔着扔着扔着，那边儿‘哗啦’来一张汇款单。这是实际的，就跟那个‘老虎角子’机似的，比较省心。”

尽管也在一些刊物上发表了作品，但对于一个有“我要写，一生都不够”的理想的诗人来说，光有信心和热情远远不够，还需要对现实生活有足够深入的认识，以及开阔的艺术视野。在随后的两年中，顾城开始多方面地锻炼和深入地思考，终于在1979年4月，写下了几乎是当代诗歌中流传最为广泛的作品《一代人》：

黑夜给了我黑色的眼睛
我却用它寻找光明

《一代人》既是生动形象的诗歌，又是易于背诵的哲理名言，它与北岛的《回答》一起代表了一代人“在黑夜中寻找光明”与“我不相信”的思想气质，同时也是“朦胧诗”最有代表性的作品，至今仍然是各种新时期诗歌选本的必选作品。

这首诗，以对“文革”残酷性的委婉揭露和对个人愿望的无畏袒露而获得极强的艺术张力。诗歌中，“黑夜”与“光明”首尾相连，相互联系又相互对应，形成了强烈的反差，由此反衬出“我”这一代人对“光明”迫切的渴求之心。而在黑夜里“寻找光明”的“黑色的眼睛”，总让我想起冷冰川的版画，这画面有一种刀镌般的深刻。从此，“黑眼睛”这个意象进入了读者的视野，并成为顾城的个人形象标志，1986 年人民文学出版社出版的顾城诗集，书名干脆就叫《黑眼睛》。

也是在 1979 年，顾城读到了北岛、芒克等人创办于 1978 年 12 月底的《今天》杂志，惊讶万分，在此之前，他以为这个世界上除了自己，没有人会写这样的诗。在姐姐顾乡的带领下，顾城在《今天》编辑部认识了北岛、芒克等“今天派”诗人，并以“古城”为笔名在《今天》上发表作品。后来，他们一起被命名为“朦胧诗人”。当然，包括北岛在内的很多诗人并不认同这样的命名。

现在，有人认为，顾城是在《今天》发表作品后才受到关注的，这与事实不符。因为顾城在《今天》上发表作品已经是 1980 年 4 月，而早在 1979 年初，顾城便已崭露头角。1979 年 3 月，北京西城区文化馆创办的《蒲公英》报第三期，在头版以半个版的篇幅发表顾城的油印诗集《无名的小花》中的诗作，排列在最前面的就是那首在水边沙地上写的《生命幻想曲》。

因为顾城的诗，首印五万份的《蒲公英》报很快销售一空。那一天，顾城买了一百份报纸，兴奋地沿街狂奔。

由于反响热烈，《蒲公英》开始分期选载《无名的小花》中的其他诗作，被称为"国刊"的《诗刊》也向顾城伸出橄榄枝，于当年10月发表了他的《歌乐山诗组》。

1979年3月中旬，"右派"平反之后被安排在安徽省文联工作的著名诗人公刘读到顾城发表于《蒲公英》上的诗歌，认为是新生事物，值得重视，激动之下，提笔写了《新的课题——从顾城同志的几首诗谈起》一文。公刘在文章中热情地肯定了顾城作品的优点，认为人们应该要有承认年轻一代的探索的勇气，也要有指出他们的不足的勇气，要关注他们的创作，不能让他们自生自灭。公刘的文章完成后，在"地下"广为流传，几经波折，才发表在当年10月出版的《星星》复刊号上，1980年被《文艺报》1月号转载，并加了编者按。四个月后，谢冕在《光明日报》上发表《在新的崛起面前》，由此掀起了全国范围内的"朦胧诗大讨论"。

此时的顾城已声名鹊起，受到了更大范围的关注。1980年七八月份，《诗刊》在北京和北戴河组织了首届"青年诗作者创作学习会"，在全国范围内选拔了顾城、梁小斌、张学梦、叶延滨、舒婷、江河、杨牧、徐敬亚、王小妮等十七个青年诗人参加。"学习会"结束后，《诗刊》10月号以"青春诗会"为名推出专号，此后，一年一度的"青春诗会"成为中国诗坛最具影响力的活动品牌，被誉为"诗坛黄埔"。

这一届"青春诗会"历时一个多月，其时间长度和隆重程度堪称空前绝后，艾青、臧克家、田间、贺敬之、蔡其矫、李瑛、冯牧、黄永玉、高莽、袁可嘉等当时在诗歌界最有名望的诗人和理论家分别给青年诗人授课。很多与会诗人的命运因“青春诗会”而改变。据时任《诗刊》编辑的王燕生介绍，“青春诗会”后不久，舒婷就从工厂被调到作协，之后就被提为作协副主席；张学梦也从工厂被调到市文联工作，第二年就当了省作协副主席；叶延滨从北京广播学院毕业就到了《星星》诗刊，后来一直干到副主编、主编，《诗刊》副主编、主编。

那次诗会，顾城是男诗人中年纪最小的一个，他对诗歌的热爱和对朋友的真诚给与会者留下了深刻的印象。据《中国，我的钥匙丢了》的作者、诗人梁小斌回忆，当时的顾城个子不高，笑吟吟的，十分和善。第一次见面时，顾城背着书包，里面全是诗稿，风一吹，稿子满院子乱飞。而徐敬亚至今仍清楚地记得，诗会结束前，顾城专门装了一书包的梨送给在场的每个人，以示分离。顾城的父母还专门在全聚德烤鸭店请邵燕祥、王燕生、舒婷等十多个编辑和诗人吃了一顿饭。

由于当时比较兴奋，也没见过什么大场面，顾城在发言时有些口无遮拦，他对中国人见面就问“吃饭了吗”的习惯十分不解，说：怎么就没人问“你快乐不快乐”呢？第二天早上，有人一见到顾城，就问：“你忧郁吗？”

这只能算是小插曲。在那次诗会上，顾城的另一段发言差一点闯了大祸。

顾城谈起了现实与大自然之于诗歌创作的关系，认为政治口号只是一阵风，大自然要长久得多，并举了一个例子：以云朵的角度看大地，某些庄严的事物跟瓢虫身上的花纹没什么两样，甚至还没瓢虫花纹好看。话一出口，好几个老诗人当场拂袖而去，唯一留下来的柯岩很严肃地说："你要是我儿子，我现在就给你两耳光！"

朦胧诗和朦胧诗人

青年诗人们的作品开始在更大的范围内引起议论。

1980 年 8 月，《诗刊》发表了章明的《令人气闷的"朦胧"》一文，文章尝试着分析了杜运燮的《秋》和李小雨的《海南情思·夜》，然后将这类"读不懂"的诗歌命名为"朦胧诗"。从此，"朦胧诗"一词不胫而走，成为中国新时期最为模糊但流传最广的诗学概念。

"大批判"接踵而至——老诗人臧克家发表文章严正指出："朦胧诗"是诗歌领域内刮起的一股"黑风"，也是新时期社会主义文艺发展中的逆流，应该批判；批评家丁力则将这些"读不懂"的诗歌统称为脱离现实、脱离生活、脱离人民的"古怪诗"，认为这样的诗歌是在为"以李金发为代表的反动派"翻案；支持"朦胧诗"的谢冕、孙绍振等学者则一再被扣"帽子"，其理论被认为是对经典理论的严重挑战……

最令人不寒而栗的是一位评论家的言论。据洪子诚与刘登翰合著的《中国当代新诗史》转引唐晓渡《人与事：我所亲历的八十年代〈诗刊〉》一文介绍，1983 年 9 月，在新疆石河子的"绿风诗会”上，该评论家在痛斥了“三个崛起”的“自由化谰言”之后，说：“我们是不是太天真了啊？你给他们讲学术，人家可不跟你讲学术。不是说要用不同的方法解决不同性质的矛盾吗？那好，是学术的就用学术的方法来解决，不是学术，就用不是学术的方法来解决！”

让人哭笑不得的是，1980年10月出版的《诗刊》“青春诗会”专号发表了顾城的《小诗六首》后，一位在大学中文系当主任的朋友找到王燕生，指着顾城的《弧线》说：这也是诗吗？什么“鸟儿在疾风中迅速转向”，小孩撒尿难道不是弧线……如果要将当年讨论“朦胧诗”的文章收集出版，篇幅肯定不亚于所有“朦胧诗人”的作品合集。

与老诗人的保守相对应，青年诗人们得到了大量读者的声援。《今天》杂志每一期都有固定的订户，诗人们出门参加集会和演讲，往往一呼百应。孙绍振关于《新的美学原则在崛起》的一段往事，可作为最生动的证明：

> 《诗刊》在北京召开了一次诗会，邀请我参加，会后约我写稿。我写了《新的美学原则在崛起》一文，但不久便被退了回来。可没过几个月，《诗刊》两次向我要稿子。此时，我也说不好自己是傻还是聪明，感觉气氛有些不对劲，把自己稿子里最露骨的话都删了，但还是把稿子给了《诗刊》。后来，才知有人授意《诗刊》要回我的稿子，目的是要对此进行批判。我得知此事时，立即要求撤回，但是《诗刊》没有答应。

> 1981年3月，《新的美学原则在崛起》在《诗刊》上发表。诗论发表时在前面加了编者按，表示这篇文章代表了违背社会主义方向的倾向，同期刊登了程代熙的批判文章。随后，批判文章被《人民日报》《红旗》杂志等党报党刊纷纷转载。
>
> 在《人民日报》发表批判文章的当天，我走在去课堂的路上，心里忐忑不安。从上世纪50年代过来的人都知道，《人民日报》发表批判文章对一个人意味着什么。我不知道怎么去课堂面对学生。但没想到，一走进教室，学生们竟全体起立，为我鼓掌。（张映光：《孙绍振：命运浮沉因诗歌》）

历史是公正的，仅仅数年之后，《新的美学原则在崛起》与谢冕的《在新的崛起面前》及徐敬亚的《崛起的诗群》被合称为“三崛起”，成为研究“朦胧诗”最经典的文献。

随后几年，顾城等人的作品引起了更广泛的争论。作为这场历时多年的争论的当事人，在《命运浮沉因诗歌》中，孙绍振举了一个例子：

> 1980年，我参加了南宁的诗会。会议即将结束时，会议组织者张炯觉得不够热闹，说叫我“放一炮”。当时顾城刚刚在四川的《星星》上发表了《一代人》《弧线》，被很多人称为“古怪诗”。我为之做了辩护。没想到，诗会一下变得四分五裂，展开了激烈的争论。有人说，现在的问题不在古怪诗而在于古怪理论。我回击说，你们说你们读不懂那些诗，还说要对年轻人加强指导。你们既然读不懂凭什么指

导人家，凭你们比别人干饭吃得多？凭你们胡子比别人长？这番讲话激怒了很多人。他们说，这家伙说我们是吃干饭的，不行，不能让他溜了。会议因此延期，继续讨论。

《刘三姐》的作者黄永剁就反击我说，1958 年，困难时期，很多人吃不上饭，《人民日报》登了篇文章说，从树叶中可以提炼出一种小球藻，比猪肉还有营养，这个东西其实是骗人的，现在这么长时间过去了，在诗歌界又出现了一些小球藻理论家。

南宁会议是一次没有官方色彩的会议，讨论的都是学术问题。但是，一些人将这次会议的内容向上级做了汇报。我的名字也传到很多人的耳朵里。据说，一位老诗人听了后特意给谢冕写了封信，告诉他要与我划清界限。当然遭到谢冕的断然拒绝。

1982 年，舒婷、顾城的诗合集《舒婷、顾城抒情诗选》由福建人民出版社出版，读者反应强烈，出版社连连加印，一时洛阳纸贵。与此相应，对“朦胧诗”的声讨也逐渐升级，到了 1983 年，“朦胧诗人”承受的压力几近极限，用顾城的话说，是“几乎失去了发表作品的资格”。在这一年 3 月举办的“中国作家协会第一届全国优秀新诗（诗集）奖”颁奖仪式上，以《双桅船》获奖的舒婷只说了一句话：“在中国，写诗为什么这样难？”就泪水横流。曾与顾城一同参加过“青春诗会”的徐敬亚，更是因为在 1983 年第 1 期《当代文艺思潮》发表了著名的《崛起的诗群——评我国诗歌的现代倾向》，而一再被作为“资产阶级自由化”的流毒，在全国范围内被反复批判。

批判到底隆重到什么程度？在张映光《徐敬亚：因诗歌“掘墓”而“殉道”》一文中，徐敬亚回忆道：

> 1983年新年刚过，发表我文章的刊物还没有印出来，1月10日，按照指示，大型“讨论”会就在北京召开。不久，长春、兰州、重庆等地也召开了很多会议。随后，对“三个崛起”乃至朦胧诗的批判开始了。据《朦胧诗论争集》的不完全统计，当年，批评《崛起的诗群》的文章达数百篇之多，总字数应该有几百万字吧。后来，由于当时一位领导将我的文章定性为“背离了社会主义文艺方向”，并亲笔删掉了我名字后面的“同志”两个字，事情变得异常可怕，在基层，吉林省的“讨论”力度尤其重大。之后，已经不是“同志”的我所在的单位领导让我写一篇检讨，我以为这不过是一个单位内部的检讨书，但修改多次通过后，我奇怪地发现它突然被正式发表在1984年3月5日的《人民日报》上！很快，《文艺报》《诗刊》《文学研究》等报刊全部进行转载。当我拿到《人民日报》寄来的稿费时，心里感觉非常怪诞。

在那篇《时刻牢记社会主义的文艺方向》的检讨文章中，徐敬亚被迫承认自己“受当时泛滥的资产阶级自由化思想的影响很深，使这种探索和评价偏离了正确的方向，在一系列原则问题上出现了重大的失误和错误”。据说，直到现在，徐敬亚仍把此事作为他毕生的耻辱。

值得反复回味的是有关刊物和部门“引蛇出洞”的方式，这是当年十分流行的一种方式，最初作者并不知道自己已经被当作“蛇”，反而因为受到刊物的优待而沾沾自喜，最后，他们才明白，此前所受到的“优待”，无非是相关单位即将对自己进行大批判的一步棋而已。徐敬亚《崛起的诗群——评我国诗歌的现代倾向》也是如此，在《一篇诗歌评论引来几百万字的批判》中，徐敬亚详细地描述了被“引蛇出洞”的经过：

> 《当代文艺思潮》发表了很多带有新潮色彩的评论文章，影响很大，文章寄出后，很快收到回信。他们就说要我删到两三万字左右。我就作了一次删改。令我有点意外的是，杂志社非常重视，还来了几次长途电话，后来的事情就变得微妙起来。
>
> 2001 年，退休后的原《当代文艺思潮》主编谢昌余先生在《山西文学》撰文回忆了那段往事。文章的题目是“《当代文艺思潮》的创刊与停刊”，文中对此有非常详尽的史料性介绍，非常惊人，其中凡是跟我的交往都做了记录，包括信与长途电话的全部内容。从那篇文章中我才知道，他们收到我的文章后，觉得事关重大，马上将其作为好文章推荐给上级领导。结果引起了中央部门的注意并如获至宝，在文章尚未发表前，已经开始组织力量进行批判，他们认为这篇文章是一份非常典型的反面教材。中宣部担心，你们甘肃省有这样的力量吗，要不要组织全国力量进行反击？当时他们认为我文章的气势很强。
>
> 《当代文艺思潮》立刻给我打长途电话催稿，并迂回着问：你对你的观点确认吗？如果有人与你讨论可以吗？我当

时对一切背景全不知情。假如我有“反右”的经验，我就能感觉到这是引蛇出洞前的询问。但我当时很高兴，我说我准备迎接最权威的挑战，谁跟我辩论，我都回应。后来看到谢昌余先生的回忆录才知道，这些电话他们都做了录音。文章发表前，大样已经送到北京。批判的文章、批判的会议都在着手准备。文章发表在 1983 年第 1 期的《当代文艺思潮》上，而在 1983 年 1 月上旬批判会议就在北京召开了。

2009 年 5 月，在西安举行的第二届中国诗歌节上，我看到了一个非常熟悉的名字。这个名字与“丁力”“程代熙”一样，可以说是当年的“朦胧诗论争”中的一个关键词。我曾在山东文艺出版社出版的《中国新时期诗歌研究资料》一书中，读到他发表在《诗刊》1983 年第 12 期上的对“朦胧诗”的声讨文章。在那篇题为“在‘崛起’的声浪面前——对一种文艺思潮的剖析”的大作里，这个擅长格律诗的诗人一起笔就把谢冕、孙绍振和徐敬亚批判了一通，然后义正词严地指出：“如何对待六十年来的革命新诗传统，如何看待今后新诗的发展道路？是摒弃传统，走西方现代主义的道路，还是继承革新‘五四’以来的新诗传统，走具有中国特色的社会主义文艺道路？这是关系到诗歌要不要坚持为人民服务、为社会主义服务的方向，要不要坚持社会主义旗帜的重大问题。”对艺术的争论就这样被扯到了政治层面。而文章中充斥的大量政治词汇，以及对国家领导人讲话的引用，总令我感觉这不是一篇文学争鸣文章，而是一篇政论。

最令人不寒而栗的是，文章中无处不在的“结论”。比如此君引用了当时中央领导人胡耀邦的话："要正确地引导他们，对青年不要一味捧场。我们要像培育鲜花似的爱护他们，可是不能无原则地吹捧他们，不能迎合一部分青年中的错误思想倾向和低级情趣。"（中共中央书记处研究室文化组编：《党和国家领导人论文艺》，文化艺术出版社1982年9月出版，第232页）然后紧接着来一句："看来，有些同志对于引导是很不以为然的。正当诗歌界努力对一些青年作者做工作的时候，谢冕、孙绍振等同志的文章发表了。"这样的行为难道就是"像培育鲜花似的爱护他们"吗？令我欣慰的是，事隔二十六年后，这位老人终于用实际行动否定了自己当年的冒失——他在诗歌节的专题发言的标题是：新诗和格律诗将在21世纪比翼双飞。

当然，这是我乐观的猜想，也许他所指的"新诗"仍然是"古典加民歌"，而不是新时期以来青年诗人们的探索成果。也正因为这份疑虑，在诗歌节的七天里，同为与会者，我没有主动向这位老人打招呼。这是我的不对，因为这位老人当年写那样的批判文章的目的，应该也是诚恳的，为青年人的健康成长着想的，那样的行文方式也是刚从"文革"走出来的中国文坛很常见的一种。再说，这事都快三十年了，再强的敌意都应该消弭了。

古怪的"弧线"

现在，让我们回过头来看看《弧线》到底"古怪"和"朦胧"到什么程度，竟然让那么多读者喜欢、迷茫甚至愤怒：

鸟儿在疾风中
迅速转向

少年去捡拾
一枚分币

葡萄藤因幻想
而延伸的触丝

海浪因退缩
而耸起的背脊

诗歌很短，只有八行，分别出现了“鸟儿在风中转向”“少年捡拾分币”“葡萄藤伸长触丝”“海浪耸起背脊”这四个并列的动作。从表面上看，这些动作零碎、突兀，放在一首诗里，相互之间毫无瓜葛。但是我们将这些动作与标题“弧线”联系起来就不难发现，诗歌的每一小节，都描画了一条弧线：“鸟儿在疾风中迅速转向”，绘出的是一条往前然后往左（右）拐弯的弧线；“少年去捡拾一枚分币”需要有一个弯腰的形状；“葡萄藤因幻想而延伸的触丝”体现了一种前倾的姿态；而“海浪因退缩而耸起的背脊”是一条起伏不定的波浪线。这四条弧线，线条不同，方向也各异，先是向左或向右，接着是向下，再后来是向前或向上，最后是向后，前后左右上下六个方位皆已包括。

作为一首只有八行的短诗，《弧线》在语言对形象的描绘方面，已经达到了自足，没有什么“朦胧”的地方。对自小就习惯从文学作品中归纳“中心思想”或找寻言外之意的中国读者来说，这种只有形象而没有“内容”的做法也许是最大的“朦胧”，因此，我猜想，《弧线》一诗引起纷纭议论，并非没有人意识到它的形象感，而在于它的内容的缺失。

《弧线》到底有没有内容，这是仁者见仁、智者见智的事情。比如我的朋友王布衣就认为，《弧线》不仅不缺思想，而且意蕴相当丰富。在王布衣看来，这几句诗，分别对应了人一生中的不同时期。的确，循着这一理解方式进入这首诗，一个更大的空间就展现在我们面前。“鸟儿在疾风中迅速转向”写的是人的幼年，那时候的人没有独立的思想意识，容易受诱惑，如同小鸟在风中迅速调转方向。“少年去捡拾一枚分币”一句，毫无疑问是指人的青少年时期，“分币”这一意象以及大小的程度，也与这一年龄段的人相适合，更何况那个时候全国几乎所有的少年都会唱一首歌：“我在马路边，捡到一分钱……”“葡萄藤因幻想而延伸的触丝”说的是人的中青年时期，葡萄藤的青翠，暗含青春之喻；更明显的是，这句话体现了人生阶段线条的形状和走向——藤蔓的触丝是向外伸展的，而且抓住了就紧紧缠绕，说明这一时期的人有自己的理想，并且有实现理想的愿望。“海浪因退缩而耸起的背脊”无疑是指老年，首先，老年人相对缺乏向前掘进的勇气，因此他们的内心是保守的，行为是“退缩”的；其次，诗歌中“耸起的背脊”一句，形象地指明了老年人的生理特征。

这样的解释，虽然有些牵强，但也还能自圆其说。如果将《弧线》所描绘的“线条”和“线条”所指代的内容结合起来，我们似乎可以这么理解：这首诗描述的其实不是什么鸟儿、少年、分币、葡萄藤、触丝、海浪、背脊，也不是一些各不相同的线条或者人的形象，而是错综复杂的生活片段。用王布衣的话说，是“抽象的线条，具象的人生”。

人们对《弧线》的不理解，除了“意义”的游离，还与此诗采用的表达技巧有关。经过数十年“革命文学”的熏陶，人们已经习惯了那些在形式上平铺直叙、按部就班的诗歌，他们喜欢自己的智力能够掌握的作品，而对自己不熟悉的表达方式持一种本能的怀疑与排斥。因此，当《弧线》这种运用了电影蒙太奇技法的破碎、断裂、不照顾内容的“完整性”的作品出现时，可想而知会引起多么大的恐慌。

此处顺便啰唆几句，谈谈《弧线》的发表情况。

从前文王燕生和孙绍振的叙述，我们可以得出这样的结论：《弧线》同时在北京的《诗刊》和四川的《星星》发表过。这一状况的发生在顾城身上，也可以理解，前面已经介绍过顾城堪称前无古人的投稿方式，偶尔发生一稿两投，也不算什么令人意外的事情。另一种可能是：王燕生与孙绍振之中有一个人记忆出错。

只要我们了解“南宁诗会”的举行时间和《弧线》的创作时间，这个问题就可迎刃而解了。

对中国新诗史比较了解的读者，一般都知晓“南宁诗会”的召开时间和关键内容。在1980年4月召开的这次诗歌理论界盛会，是“文革”后召开得较早的关于新诗状况的大型学术会议（有论者认为“南宁诗会”是“文革”后首次举行的全国性诗歌座谈会，这不确切，事实上早在1979年1月，《诗刊》就在北京西苑饭店召开过一次全国诗歌大型座谈会）。“南宁诗会”上，与会者对青年诗人的作品的理解存在差异，导致激烈争论。

而从人民文学出版社出版的《顾城的诗》和江苏文艺出版社出版的《顾城诗全集》中，我们可以得知《弧线》创作于 1980 年 8 月“青春诗会”期间或者诗会后不久。创作于当年 8 月的作品，怎么可能在当年 4 月就发表？

由此可见，孙绍振的“当时顾城刚刚在四川的《星星》上发表了《一代人》《弧线》”一说有误。《弧线》应该如王燕生所说，发表于当年 10 月的《诗刊》“青春诗会”专号上。

当然，这也仅仅是基于常识上的推论，我没有查对过《诗刊》“青春诗会”专号，也没有考证过《顾城的诗》中所标注的《弧线》创作于 1980 年 8 月是否确切。在没有得到新的结果之前，也只好付之阙如了。

其实，对于本文的主旨来说，《弧线》作于哪一年并不重要，无论这首诗创作于哪一年、发表于何处，无论读者“懂”还是“不懂”、它是不是“古怪诗”，20 世纪 80 年代初期，北岛、顾城、舒婷等诗人的作品极受关注是不争的事实。

你颈后的最淡的头发

1979 年 7 月，二十三岁的顾城在上海至北京的火车上遇到谢烨，两个人正好坐在一排，于是很自然地攀谈起来。分别时，顾城给谢烨留下了地址。几天后，两人在北京又见了面。谢烨离开北京时，顾城专门去车站相送。

顾城和谢烨最早的两封情书，详细地描写了当年两人相识的过程。

晚上，所有的人都睡了，你在我旁边没有睡，我们是怎么开始谈话的，我已经记不得了，只记得你用清楚的北京话回答，眼睛又大又美，深深的像是梦幻的鱼群，鼻线和嘴角有一种金属的光辉，我不知道该说些什么，就给你念起诗来，又说起电影，又说起遥远的小时候的事。你看着我，回答我，每走一步都有回声。我完全忘记了刚刚几个小时之前我们还很陌生，甚至连一个礼貌的招呼都不能打。现在却能听着你的声音，穿过薄薄的世界走进你的声音，你的目光，走着却又不断回到此刻，我还在看你颈后的最淡的头发。

火车走着，进入早晨，太阳在海河上明晃晃升起来，我好像惊醒了，我站着，我知道此刻正在失去，再过一会儿你将成为永生的幻觉。你还在笑，我对你愤怒起来，我知道世界上有一个你活着，生长着比我更真实。我掏出纸片写下我的住址，车到站了你慢慢收拾行李，人向两边走去，我把地址给你就下了火车。

顾城

1979 年 7 月

你是个怪人，照我爸爸的说法也许是个骗子，你把地址塞在我手里，样子礼貌又满含怒气。为了能去找你，我想了好多理由，我沿着长长的长着白杨树的道路走，轻轻敲了你的门，开门的是你母亲，她好像已经知道了我，就那么注意地看我。你走出来，好像还没睡醒，黑钢笔直接放在口袋里。你不该同我谈哲学，因为衣服上的墨迹惹人发笑，我想提醒你，又发现别的口袋同样有许多墨水的颜色，才知道这是你的习惯。

我给你留下地址，还挺傻地告诉你我走的日子，离开那天你去送我，我们什么都没说，我们知道这是开始而不是告别。

你会给我写信么？你说会的。写多少呢？你用手比了比，那厚度至少等于两部长篇小说。

小烨

1979 年 7 月

在顾城看来，谢烨就是他梦中天使的化身，为这一次相遇，他已经等待多年。1986 年 10 月，顾城到桂林参加“漓江诗会”，接受记者采访时谈到了与谢烨相遇前对爱情的憧憬：“在这以前我就感到了她——她在南方细细编结的薄瓦下安睡，手里拿着玩具，像百合一样光明；她是真实的我，长大，生活，使周围灰暗的世界变得洁净；她是真实的我，正向我走来，我们将在时间的某一点相遇，我灰色的翅膀为此变成眼泪。我知道，我有两次生命，一次还没有结束，另一次刚刚开始。后来在开往北方的火车上我就遇见了她。我们坐在一起，我一看见她就知道是她。”

从 1979 年 7 月到 1983 年 8 月，顾城和谢烨开始了长达四年的异地恋爱，两人写下了大量情书，顾城还多次赴上海找谢烨，但谢烨的父母一直在犹豫。据说，顾城为了显示诚意，曾搬了一只大木箱子睡在谢家门前，最终将谢烨的父母打动。

恋爱期间的顾城写过很多温馨之作，其中最有代表性的可能是作于 1982 年 8 月的《门前》：

我多么希望，有一个门口
早晨，阳光照在草上

我们站着
扶着自己的门扇
门很低，但太阳是明亮的

草在结它的种子
风在摇它的叶子
我们站着，不说话
就十分美好

有门，不用开开
是我们的，就十分美好

与顾城其他诗歌一脉相承，《门前》无论文字还是内容，都表现出一种谦卑的姿态，不必花费过多笔墨去解读，读者也能感受到诗人的对生活的小小愿望及满足感。但这并不是一首爱情诗，据顾乡编选的《顾城诗全集》所载，《门前》一诗原本有三十行，在目前这个版本的文字后面还有十九行，谈及的都是“土地”问题，如“我们需要土地 / 需要永不毁灭的土地 / 我们要乘着它 / 度过一生”；“我们爱土地 / 我们站着，用木鞋挖着 / 泥土，门也晒热了 / 我们轻轻靠着 / 十分美好”……我们能否说，《门前》是一首关于个人权益的诗歌呢？如果真的如此，那么顾城的诗歌内涵空间要比人们想象的大得多。

1983 年 8 月 8 日，顾城和谢烨在上海登记结婚。

新婚后的顾城是否幸福，我没做过考证，从顾乡编选的《顾城诗全集》（江苏文艺出版社 2010 年 4 月出版）所罗列的顾城婚后几个月的作品看，他的心情有细微的起伏。结婚的第二个月，顾城写了一首《波浪推送着你》，诗中反复出现“你是美的”这个句子，而且一再强调“你是大海唯一的珍奇”“你是我唯一的陆地”。但这个内心单纯如孩童的诗人在慢慢成熟，开始审视生活本身的模样。在这期间，有两首诗值得重视。第一首是结婚三个月后的 1983 年 11 月写的《相合》：

我结婚了
一天到晚听
屋顶漏水的声音
我们看不见
两边的爱情

它和蛇在风中舞蹈
嘴唇是铁锚的嘴唇

光把我偷到一张纸上
让我把人类引向广场
然后陷我于绝境
摸摸我画的叶子
又帮我画出四肢

诗歌一开篇就表明一个事实："我结婚了。"结婚意味着一种美好的缘分的到来，也意味着两个人性格上的碰撞、交锋、妥协与磨合，于是，诗歌中出现了安静和无聊（一天到晚听／屋顶漏水的声音），试探与无奈（我们看不见／两边的爱情），对立与冲突（它和蛇在风中舞蹈／嘴唇是铁锚的嘴唇）……此处的"它"，指人们百般寻求但"看不见"的"爱情"。象征着美好的"爱情"与象征着邪恶与危机的"蛇"同在，则柔软的嘴唇有时候也会冷硬如铁锚。

第一节描述的是夜晚的冥想与冲突，白天的生活则在第二节进行了表述。危机中的"蛇"必然要面向生活和人群，而结果仍然是无奈（陷我于绝境），不仅如此，"光"还照亮了一个人内心隐秘的活动——将一条没有脚的蛇隐形的四肢曝光。

浪漫爱情的灼热之中，不可避免地夹杂着对世俗生活的不适应。《相合》一诗，展示的正是这种乍入围城之后的惶惑。

在这期间创作的另一首短诗《提示》，同样展示了对新婚后的思索：

和一个女孩子结婚
在琴箱中生活
听风吹出她心中的声音
看她从床边走到窗前
海水在轻轻移动
巨石还没有离去
你的名字叫约翰
你的道路叫安妮

与《相合》类似，《提示》的开头也直接表明了一种生活状态（“和一个女孩子结婚”），但不同的是，这一次他的感觉很美好，情境也异常和谐——不仅有曼妙的琴音，就连她在卧室中移动到窗前，也像海水轻轻移动那样优美浪漫，或者说看到的是海水与巨石的缠绵。

在这里，“听”到的琴声对应“看”到的缠绵，“海水”的柔对应着“巨石”的刚。“你的名字叫约翰 / 你的道路叫安妮”很有意思，如同一个大人在给两个童稚的孩子命名；在技巧上，这种刻意重复的表达，也体现出了童话般的和谐。从“名字”到“道路”，是一种“既定事实”与“情感确认”。因此，《提示》所描述的是与《相合》完全不同的新婚生活的另一种状态，是一种令人羡慕的真正意义上的“相合”。诗歌结尾出现的人名，不用中国人习惯的名字，而是用英语中常用的人名，仍然是为了增强作品的童话性和浪漫感。

实际情况确如上述诗歌所说，顾城在婚后几个月，心情动荡。如同他在结婚前几个月写下的《早晨的花》中反复出现的诗句“我不是海上的”，对上海，顾城感觉非常糟。于是他跟谢烨说，我实在太烦了，我得把自己丢掉，你给我二十块钱，我买个船票，然后随便某一站下船。见谢烨不理睬，顾城开始耍小孩子脾气，坐着不动，一天不吃饭。谢烨把他带去码头，但没有买票，而是让顾城到马路对面的水果摊讨一个橘子，如果他能够讨到，就给他买船票。顾城愣了老半天，仍然没有勇气去问别人要橘子，只好乖乖地跟着谢烨回家。回到家不久，顾城抑郁成疾。

半年后，顾城如愿以偿，带着谢烨移居北京。

夫唱妇随，周游列国

1987年5月27日，顾城夫妇应邀赴德国参加明斯特国际诗歌节，开始了周游世界的旅程。

此前，顾城就有好几次出国的机会，但被他一次又一次地拒绝了。而拒绝的原因，是他认识了谢烨。后来终于成行，是因为情况得到了解决。

在《顾城和诗》中，顾工详细地介绍了其中的前因后果：

> 八十年代初的一个早晨，中国作家协会来电话，说从瑞典来的一位汉学家想和顾城谈谈……

……老人请他背一首他那时写的诗。顾城用他刚刚从童年转化成的男低音，背诵了那首在炙热的河滩上，用手指在沙砾中写下的诗：《生命幻想曲》……老人听入了神，听入了迷："请你再背一首，再背一首！"顾城又背了昨夜才写的《我是一个任性的孩子》，当他背到"……我想涂去一切不幸／我想在大地上／画满窗子／让所有习惯黑暗的眼睛／都习惯光明……"这些句子时，老人早已老泪纵横，他情不自禁地拥抱着小小的顾城说："我一定要再见到你，在瑞典，在我海边的家里。"

这位瑞典老人，后来顾城才清楚地知道，他是"欧洲汉学会"主席，是"诺贝尔奖金委员会"的评委。他回国后，果真一次又一次向顾城发来了邀请信，邀请他去北欧、去瑞典访问。但顾城却一次又一次婉言推托了。他倒不完全是由于舍不得离别哺育他、养他的这方热土，他的姐姐、爸爸、妈妈；或许更主要的是他这时已有了一位东方的维纳斯。他觉得她太美了。这不是上帝的杰作，而是他自己的灵魂和生命凝成的天使。他不能离开她一天、一小时、一分钟，不能，不能，绝不能……

几年后，他和这和诗一样纯情纯美的女孩结了婚；婚后不久，他又接到从德国发来的邀请，邀请他去参加在明斯特市举行的"国际诗歌节"。顾城这时沉浸在空前未有的幸福中、甜美中，他欣然接受了邀请。但提出一个必不可少的条件，就是必须和他新婚的妻子谢烨同行。这次出席"国际诗歌节"的世界各地的诗人都没有带夫人的，可是顾城却破例地被恩准了。

顾工的叙述在时间上似乎有纰漏，顾城与谢烨是在 1983 年 8 月结婚的，而顾城和谢烨第一次出国，不是“婚后不久”，而是四年之后了。不过这并不重要，重要的是顾城第一次出国，的确是和谢烨一起去的，这再次证明了他对谢烨的爱和依赖。

因为不通外语，又是第一次出国，顾城专门学习了两个最常用的词：Sorry 和 Thank you。一下飞机，看到干干净净的机场大厅，顾城马上恍惚起来。迷糊中，行李车撞上了一位女士的脚后跟，顾城忙中出错，说“Thank you！”对方听了，拂袖而去。

顾城和谢烨到达时，诗歌节已快举行闭幕式了。大会主席决定推迟举行闭幕式，请顾城当场发表了两个小时的演说，随后，谢烨朗诵了自己的诗歌，“德国汉学会”主席、波恩大学汉学系教授顾彬还为顾城的诗歌做了专题报告。

随后，顾城和谢烨先后到奥地利、丹麦、荷兰、芬兰、瑞典、法国、英国等国家的高校讲学和访问，所讲的除了自己的诗歌，还讲中国历史人物老子、庄子、屈原、李白……

据毕业于北京大学西语系、后来担任法国文化传媒协会主席的陈力川介绍，1987 年 10 月，顾城在巴黎的一次诗歌研讨会上演讲时，发生了一件趣事。由于研讨会之间，陈力川带着顾城与谢烨等人到野外捡栗子，差一点儿错过了会议。当几个人匆匆忙忙地走进会场时，会场里几乎坐满了人。在发言时，顾城长时间的沉默差一点儿令听众误解：

我们刚坐到椅子上，就听见会议主持者介绍说：“火是顾城的第一个读者，因为他最早写的一些抒情诗都被他自己扔进火里烧掉了。诗人顾城好像是一只浴火再生的凤凰鸟，今天这只凤凰鸟飞到了巴黎。现在我们就请‘鸟’讲话。”“鸟”沉默了很久说不出话来。冷场的时候，时间过得非常慢。有几个听众等得不耐烦了，开始交头接耳。我看到顾城的一只手不停地摸着上衣兜里的栗子，像要努力收回那颗在山林里流连忘返的心。不知过了多久，“鸟”终于开口说道：“世界上只有难看的人，没有难看的树。”会场立即变得鸦雀无声，刚才交头接耳的那几个人现在面面相觑，好像有点儿自惭形秽，恨不得一下子从人变成树。这时“鸟”接着又说：“树也会痛苦，但痛苦的树仍然是美的。”（陈力川：《“人可生如蚁而美如神”——忆顾城与谢烨》）

读到这里，我突然想起了2008年徐敬亚的访谈《一篇诗歌评论引来几百万字的批评》中所提到的一个细节：1980年，首届“青春诗会”结束前，顾城的父母请与会的部分编辑和诗人吃饭，徐敬亚认为顾城父母之所以请客，是因为这些人也许能成为“将来顾城能用得上的朋友，希望大家对他多帮忙，因为顾城当时没有工作，还有偶尔发作的癫痫病”。

此处不讨论顾城父母请客的目的，单说“偶尔发作的癫痫病”。这是我第一次也是唯一的一次读到关于顾城患有癫痫病这一说法，也不知道可信度有多高。如果顾城真的患有癫痫病，那么很多关于顾城的传闻就能获得比较合理的解释，比如癫痫病患者除了令人恐惧的大发作——全身抽搐而晕倒，其他相对轻微的表现还有：与人交流时常走神，在说话时突然会出现长达几秒甚至几十秒的失语，容易动怒、容易“歇斯底里”并做出极端行为，等等。

反观顾城的日常表现——顾城和别人交谈时常常不正视对方，显出一种心不在焉的茫然表情；在上面提及的诗歌研讨会上演讲时突然“沉默了很久说不出话来”；甚至1993年10月8日苦劝谢烨无果之后的极端行为……都与此病的临床表现极其相似。

有人说，癫痫是一种天才比较易患的疾病，并以弗洛伊德将陀思妥耶夫斯基命名为“精神病人”为例，因为陀思妥耶夫斯基是癫痫病患者。这其实是对癫痫病的误解。癫痫病是一种神经性疾病，目前尚无药可根治，只能通过药物控制，患者不发病时，一如常人（因此这是一种隐蔽性和隐私性都极强的疾病，一般不愿被外人获知），但每发作一次，都对脑神经有很大的伤害，也就是说，发病次数多了，人就会越来越傻。

那些津津乐道于“癫痫天才”的人，把癫痫等同于疯癫了。

从欧洲回国不久，顾城又接到美国的邀请，去纽约参加诗歌朗诵会。在朗诵会上，顾城以其清新优美的作品和高超的朗诵能力倾倒了所有听众，驻美国《文汇报》记者这样描述这次朗诵会：“中美当代诗歌朗诵会别开生面，开创了中美诗坛交流的先河……尤其令美国听众倾倒的，是中国诗人顾城的朗诵表演及其诗作……”

离开美国后，顾城和谢烨乘着渡轮到新西兰旅游，迷上了奥克兰海湾的瓦西基岛（即激流岛，又译作怀希基岛）。激流岛位于奥克兰东北部近二十海里处，岛上约有八千居民，还有不少“怪人”也住在那里。因为岛上交通设施比较落后，在岛上生活不甚方便。而这种外人心目中的缺憾，正好为顾城天性所向往。

1988 年 1 月，顾城获工作签证移居新西兰，被新西兰奥克兰大学聘为亚语系研究员。3 月，谢烨在奥克兰的妇女医院生下一个男婴，顾城给儿子取名“木耳”。三个月后，夫妻俩以符合技术移民条件被准许在新西兰永久居留。随后，两人在激流岛买下一座房子定居。次年 6 月，顾城辞去了奥克兰大学教职，开始隐居生活。

在新西兰，顾城并没有和国内的李英中断联系，而是想方设法让李英出国。经过努力，1990 年 7 月，李英来到激流岛（在此前和此后的几个月里，顾城还先后帮助谢烨同父异母的弟弟张纯及自己的姐姐顾乡移居新西兰）。后来的三年中，顾城、谢烨、李英三个人的生活与情感问题丛生，关于爱、孤独、占有、背叛与出走……

永远的“杀妻”之谜

新西兰媒体报道了顾城和谢烨去世的消息后，天津《今晚报》在 1993 年 10 月 11 日进行了转载。文章援引新西兰奥克兰警方侦缉督察乔治·伍德的话说：“顾城的一名亲戚，上星期五在奥克兰附近的怀希基岛发现三十七岁的顾城吊死在一棵树上。他的妻子，三十五岁的谢烨，头部被一柄斧头击中。她被发现躺在一条通往附近一间偏僻房屋的小道上，当时她已奄奄一息，警方用直升机急送她到医院抢救；但终因伤势过重，失血太多，在一个小时半之后死亡……警方掌握的线索显示，他俩存在着‘婚姻不和’问题……顾城用一把像是斧头的武器袭击妻子。”

在事件发生前，顾城与谢烨一直被人们认为是天作之合，彼此无法离开。如此恩爱的夫妻，突然发生命案，让所有人都始料未及。这一点从案件发生后，顾工的言语中可见一斑：“我们简直不能相信，至今我都不相信。这孩子性格特别温和，待人彬彬有礼，那么谦恭，怎么会……他们两人又一直那么好，和一个人似的，在北京时就是出去打电话、上街买菜都手拉手一块儿去，别说让他们分开一年，就是分开一小时都不行……我至今认为他俩是天生的一对，十年来形影不离，十年，实在太短了，如果没有意外，他俩美好的人生会很长很长……”

作为顾城自小就十分信任的同胞姐姐，顾乡可以说是顾城和谢烨恩爱情感的最权威的见证人。在事情发生十一年后，顾乡回想起往事，对弟弟袭击妻子一事仍表示难以置信。

2005 年，顾乡在整理顾城的文集《别有天地》时，写下了这样一段话：“我至今都无法相信这件事情，一直到 10 月 8 日中午弟在我这里向烨要了车钥匙去学车等她一起去搬东西看孩子的时候（按：此句以及下面个别句子似有些不通，但原文如此），从他那里看不到任何日子将中断的迹象，他正在安排打算下边一步步的生活。事情突发在下午近四点的时候。弟来告诉我他把谢烨打了。他离世后，医生对我说谢烨会好的。烨经由直升机送至医院后晚七时略过竟亦离世。后‘斧子’传言极广。经警方检验，数月后排除了斧与事件有关，并在我自北京返回前往时向我证实；

警方不以为有确认其他器物的必要，因为两人均已去世。同时仍结论烨伤自顾城，因为我说顾城说他将谢烨‘打了’。”

在人民文学出版社1998年出版的《顾城的诗》附录的遗书后，有一段“附注”：“此四封遗书是1993年10月8日下午在出事现场被警察拾取，字迹缭乱，说明遗书是当时仓促写的。结合他遗书中所言，他是被逼上绝路的，他写遗书时还想着等会儿最后去看儿子木耳（三木Sam），并为之流泪。

“从遗书中还可看出，谢烨是将继续在世上的。否则顾城不会要求把照片手稿等交由姐姐保管，更不用点明房子等归木耳。因为如果没有了谢烨，房子等必然是木耳的，手稿等当然由姐姐保管。看来事发突然，不知谢烨最后又带给他什么打击。顾城自尽前向姐姐顾乡说：‘我把谢烨打了’，是有叫姐姐去救谢烨之意的。顾城离世后，谢烨被顾乡叫来的救护车又转直升机，越过海峡送入医院后，抢救数小时失败。顾城四封遗书于当年12月22日由新西兰警方出示并当场复印送交各方，后经中国驻新使馆认证及国内公证。遗书上有陈××及另一男子原名及身份。”

由此可见，顾城的举动很可能是受了刺激一时情急而伤人，而且所用的凶器不是斧头，因为警方最终也没认定凶器的类别。本文为了叙述方便，仍沿袭世人已经习惯的“斧头之说”。

是什么让顾城举起手中的斧头？坊间传闻很多，但说法千差万别。

窃以为，可以从顾城与谢烨合著的长篇小说《英儿》找到蛛丝马迹。《英儿》一书中有如下简介：“据说是一部真切的情爱忏悔录，书中主人公与作者同名。作品描写了男主人公顾城和两个女性在太平洋一个小岛上的生活、情爱、冲突和阴差阳错。他不仅不想建功立业，做一个桃花源中人，甚至不想为夫为父，疏远子裔，仇视自己的欲望，以实现他意念中的净土——女儿国的幻想。他渴望爱慕他的两个女子互相爱慕，这异样的幻影最终驱使他走向毁灭。”

小说的内容透露出了主人公在生活上面临的困境：“一夫两妻”同居一段时间后，一方面，英儿跟着一个传授气功的洋老头私奔，另一方面顾城与谢烨的关系也出现了问题。顾城去世前，留下了四封遗书，其中一封遗书上写道：“我现在无奈了，英走了也罢，烨也私下与别人好，在岛上和一个小 ××，在德国和一个叫陈 ×× 的人。现在正在分家、离婚。她说要和陈生个娃娃。烨许多事一直瞒我。她好心、合理，亦有计划地毁灭我的生活。我在木耳的事上伤了她的心，后来我爱木耳，要好好过她也不许了。她的隐情被发现，我才大悟，为什么他们一直用英文写信通电话，当面骗我。英出事后，他们就一直等我自杀，或去杀英。他们安排得好呢，等我死他们好过日子，直到被发现后亦如此，奈何。烨也好心救过我几次，但到她隐情处，她和陈就盼我死……如此，我只有走了。”

据《三联生活周刊》2003 年 10 月总第 259 期刊登的《顾城十周年祭》一文介绍，一个“住得离激流岛不算远，跟顾城、谢烨还算熟悉”的女诗人说：“那个下午，谢烨已经收拾好了东西要离开，那个德国男人马克，已经在附近等她了。”如果这个女诗人所言属实，那么，顾城在遗书中所写的“烨许多事一直瞒我”则非空穴来风。情急之下举起凶器，也就顺理成章了。

关于这个说法，陈力川也予以附和：“后来听北岛说顾城和谢烨的悲剧就发生在大渝从德国来新西兰接谢烨的那天。大渝在德国上飞机的时候，谢烨还活着。他抵达新西兰的时候，谢烨已经不在了。不知是时间无情地捉弄人，还是人无情地捉弄自己。令人困惑的是，如果顾城不爱谢烨了，为什么要杀害她呢？如果顾城还爱谢烨，又怎能忍心杀害她呢？是因为不愿意看到谢烨离他而去，所以不惜留下杀妻的恶名而离去吗？”（《“人可生如蚁而美如神”——忆顾城与谢烨》）

在同一篇文章中，陈力川还提供了一个非常震撼人心的细节：

> 我第二次也是最后一次见到顾城和谢烨是 1992 年 12 月 28 日。那年顾城受德国学术交流中心的邀请在柏林写作，岁末年初来巴黎散心，正赶上红宝石餐馆的老板鲁念华大宴宾客。顾城仍然把自己套在中山装和直筒帽里，一双大眼睛无精打采地看着周围的一切。谢烨还是那样白皙，但显得憔悴，笑容明显失去了五年前捡栗子时的灿烂。听说他们这五年大部分时间住在新西兰，还长期隐居在激流岛，1992 年才重返欧洲游历。那时外界纷传顾城和谢烨要分手，而且两人都结识了新人。顾城的女友叫英子，谢烨的男友叫大渝。晚餐结束的时候，我笨拙地问顾城和谢烨：“你们还好吧？”没想到顾城回答说：“我早晚要杀了谢烨。”尽管当时听起来口气好像是开玩笑，但我和金丝燕仍然禁不住一愣。谢烨勉强地笑着说：“跟顾城在一起活得很累。”我们一时都不知再说什么好，像四根电线杆子直愣愣地戳在那里。

值得一提的是，以上文章分别出现了“陈 ××”“马克”“大渝”等名字，此三人为同一人，陈大渝应为旅居德国的华人，有德国名字“马克”。

在小说《英儿》中，顾城还写了这样的话：“在爱的时候，死是平常的事。但有两件事你不应该，一是你把我们的事弄给了别人。你让我死不干净。二是你光想你父母。我也有妈妈，已患心脏病。这是两个我不喜欢的事。我知道，我是你，你等我死，我就死。但你太脆弱，最后也不说一句话，看一看。你太爱自己的心。其实说过，你一个电话就能叫我回来。孤寂为什么不打呢？我也昏了，想挣个白房子之类的送给你，我拼命干。不说了，我还会努力活几天，最后等一下你的电话。在死之前我的生命是白天，不睡觉了，也许以后可以补上……”

如果说《英儿》一书取材于是顾城的真实生活，那么从这些文字中可以很明显地看出，顾城放不下英儿，更离不开谢烨。顾城对自己的爱人有一种强烈得近乎狭隘的占有欲，这一点已经不算什么秘密。前面提到过的舒婷《忆顾城》一文，就谈到了一个非常典型的事例：谢烨嫁给顾城之初，心情并不顺畅。顾城不准谢烨打扮，不让她戴耳环戴项链，甚至外出交往前穿什么衣服都要经他同意，更不喜欢谢烨穿游泳衣在公众场所出现，哪怕是跟舒婷她们游泳。而另一方面，顾城在外面的生活大多是谢烨出面操持，因此有的外国人和汉学家认为，甚至顾城的诗也是谢烨帮写的。

连自己的妻子穿泳衣跟同性好友去游泳都不乐意，由此可以想象，谢烨和英儿的“背叛”，会让顾城绝望到什么程度。《英儿》

创作于 1993 年 3 月英儿离开激流岛两个月后，由于小说内容与作者的现实生活高度重合，很多读者把这部小说当作极具参考价值的纪实文字。不管书中所写的是否属于生活中已经存在的事实，总之完成《英儿》一书后，1993 年 9 月 18 日，顾城对记者说了这么一句意味深长的话：“知道该怎么办了。”

二十天后，1993 年 10 月 8 日下午近 4 点，顾城重伤谢烨，然后上吊自杀。

利斧下的童话

人们对于“顾城袭妻”事件性质的残酷性虽然没什么疑问，但出于各种因素，不同的人还是发表了不同的看法。

事件发生后，顾工这样回忆顾城幼时的情况：“他妈妈记起在顾城很小的时候，有一次喂饭他坐在窗台上，摔到地下，会不会对脑神经有影响？在家里时，他偶尔会激动起来，只是偶尔。为他妈妈一两句话把杯子推翻，可那只是刹那间，很短，他又像孩子似的请他妈妈原谅。顾城就像是一个长不大的孩子。”这样看来，似乎顾城的脑子太简单，他最终做出恶行也是一时冲动，因此不能过于苛责。

在互联网上，一个自称顾城粉丝的诗歌爱好者则用另一种方式为顾城开脱：“谢烨的死并非顾城的本意，也并非很多人说的，这是必然的，一切只是一场意外。他们发生了争吵、冲突，激动的顾城用斧头误伤了谢烨，吓坏了，跑了，然后自杀了，一切就是这样。我甚至能想象出当时的情景，他们冲突发生的起因，想象出谢烨说的刺激他的话……”

与顾城同为“朦胧诗旗手”的舒婷言语中更是充满了爱护与惦念：“顾城对生活很尊重，很热爱，对一朵花或一只鸟都曾经给予很大的热情和关注。现在我还认为他是一个善良的人，我一直很喜欢他和谢烨，从前是这样，现在也这样……希望每一个人不要过多惊扰他，愿他安息。”

著名老诗人牛汉这样回忆道：“顾城和谢烨的悲剧发生后，舒婷到我办公室来过。她和我有共同的认识——他俩不愿回国，在国外又活不下去，于是，他们商量好了一块儿死。他们的死，并非缘于人们传说中的‘感情纠葛’。”

最具冲击力的是上海三联书店 1994 年出版的一本书。在这本名为《利斧下的童话》的书里，收录了许多文坛人士对顾城的怀念文章。一个人死了，活着的朋友撰文悼念很正常，遗憾的是这本书收录的大部分文字中，“利斧”不见了，只有“童话”闪烁。用诗人于坚的话说：“听那些人的口气，似乎新西兰警方的记录是虚构的，似乎杀人的并非顾城，而是童话诗人所逃避的这个世俗世界在合谋玷污他的桂冠。”

读了这些文字，我开始怀疑自己曾经的判断，一桩血腥四射的惨案被模糊了，一段缠绵悱恻的情史却清晰了起来。我虽然不认为这是这些文章的作者们有意“偏袒”死者，也不认为谢烨在整个过程中没有丝毫差错，但我仍然隐约感觉到这里面有一些微妙而奇怪的逻辑——一个人死了，活着的人忙着怀念行凶者，这是为什么？

著名作家李锐则要犀利得多，他认为顾城是“典型的自恋型精神撒娇者”，顾城生前的许多行为包括袭妻、自尽都说明诗人的精神撒娇症状十分明显，而且有自恋倾向。过于自恋的人往往也自私，甚至极端自私。在现实残酷地打碎诗人的梦境时，他已别无选择，由此引起了生活和价值体系的混乱。最后，李锐给出结论：顾城发生悲剧不因为别的，就因为他是个极有天赋却脆弱得不堪一击的诗人。

几乎所有发表意见的人都围绕着顾城转圈，要么痛恨，要么惋惜，要么感慨，要么回忆起顾城在世时的点滴，事件的另一主角谢烨从未摆脱从属和被动的地位。

我反复用“百度”搜索，终于找到了谢烨父母的短短几句话——谢烨的父亲得知女儿出事的消息时，痛哭失声：“事情怎么这么残忍？”而谢烨的母亲谢文华凄惨地呼喊：“人间，还我一个公道吧！”

我知道永逝降临

每次想到顾城的死，我都会想起他的那首《墓床》，这是我读到的顾城最令人动容的作品，无论从艺术角度还是社会角度都值得细细琢磨。它冥冥中折射出了顾城的生活以及他内心所面临的困境，甚至暗示了诗人的最终结局：

我知道永逝降临，并不悲伤

松林中安放着我的愿望
下边有海，远看像水池
一点点跟我的是下午的阳光

人时已尽，人世很长
我在中间应当休息
走过的人说树枝低了
走过的人说树枝在长

第一句定下了全诗的情感基调。“我知道永逝降临，并不悲伤”，有一种洞悉命运的坦然，所以尽管知道自己将永远逝去，内心却仍然很平静，“并不悲伤”。

“松林中安放着我的愿望”和“一点点跟我的是下午的阳光”，点明了“我”对大自然的亲近。在人群的喧嚣与大自然的宁静之间，“我”选择了后者。这符合顾城一贯的性情。

“人时已尽，人世很长”，这句话值得注意，“人时”指的应该是肉体存在的时间，而人世，则是指生活。也就是说生命消失了，但生活仍在继续。而“我”感到累了，想“休息”。注意这句话的“中间”二字，在生命与生活中间休息，无疑是烘托出一种深刻的失落，也就是说，无论是生命还是生活，“我”都不再身处其中，因此“我”也不再关心。从这句诗，可以看出顾城的绝望与执拗。

“走过的人说树枝低了 / 走过的人说树枝在长”这两句初读有些费解，仿佛作者在梦呓，但细细琢磨之后，就会发现其中的深意。两句话里“走过的人”，不是指同一个人，而是指不同的人；甚至不是指两个，而是指川流不息的人群。对于同一种事物“树枝”，有的人只看到它的方位——“低了”，而另一些人却看到了它内在的生命力——“在长”。对艺术品的欣赏也是如此，不同的角度和心情，得到的结果就大相径庭。我们也可以说，最后两句与前面两句相互呼应，树枝的“低”是对前面所描述的“永逝”的一种哀悼，树枝的“长”则是对“愿望”的期待。

结合顾城的诗歌追求与他的生活态度，我们不难理解这首诗的内涵。从表面看，整首诗安详、平静，仿佛一个看透世事的老人在喃喃低语，然而实际上却充斥着“永逝”“悲伤”“人时已尽”“休息”等谶语，这些词句无声地揭示出了诗人内心的厌倦以及因厌倦而招致的结果。从诗歌传达出的信息来看，顾城走到自杀这条路，早已预定。

事实上，作于 1988 年 1 月的《墓床》并不是顾城对自己命运的首次预言，早在 1984 年 11 月，顾城就写过一首短诗《失误》：

> 我本不该在世界上生活
> 我第一次打开小方盒
> 鸟就飞了，飞向阴暗的火焰
>
> 我第一次打开

表面上，诗歌写的是“我”的一次失误：一只鸟装在小方盒里，我在打开的时候不小心让它飞走了。实际上，这何尝不是指人生的“失误”？当我们看到短短四句，就两次强调“第一次打开”时，一种失落、失望乃至绝望的感觉就扑面而来。

不过，《失误》不算好诗，虽然诗歌中具备了形象和感情，但太抽象、简单，充其量只能算一首好诗的片段。这一类诗歌，堪称典范的还是《墓床》。多年以来，我向大量朋友介绍过《墓床》。2003 年 1 月，我在一篇关于张枣诗歌印象的文章中，再一次提起了它：“读张枣的诗歌我总是情不自禁地想起顾城，那个绝代天才，他对文字有着天生的敏感，他的诗就像用手指轻拂丝绸，总能让你产生一种难以言说的舒适，即使他的本意是要表现并不‘舒适’的诗意，最典型的代表是八行短诗《墓床》……”把最不舒适的诗意用最舒适的语言表达出来，当代诗坛，除了顾城，还有几人能够做到？

喜欢《墓床》的自然不止我一个，近几年，这首诗开始在一些选本上出现，民谣歌手万晓利将这首诗谱曲演唱，旋律压抑，嗓音低沉，看得出歌手对于《墓床》的热爱。但我对作为歌曲的《墓床》总是喜欢不起来，也许是顾城这首诗太优异了，流行音乐界很少能够创作出与之般配的曲子。或者说源于对顾城和谢烨的悲剧的理解，我内心本能地抗拒别人为这首诗谱曲，就像我不大喜欢周云蓬为海子的《九月》谱曲一样，尽管万晓利和周云蓬都是具有诗人气质的歌手，甚至他们原本就是一个诗人。

万晓利还在演唱时更改了《墓床》的两处文字，一是将“松林中安放着我的愿望”改为“松林里安放着我的愿望”，另一处是将“一点点跟我的是下午的阳光”改成了“一点点跟着我的是下午的阳光”。朋友陈远岸说，这样的改动可能是为了使歌曲唱得顺口一些，比如她听张继青唱《牡丹亭》，也有些句子是在汤显祖写的词里添了字的。我没有听过张继青演绎的《牡丹亭》，不敢评论其增加字词之举是否科学，但我反复地听《墓床》，感觉不到万晓利将“中”字改成“里”字，以及增加一个“着”的必要。不用改动，同样可以唱得很顺畅。在我看来，对于名作改编的歌曲，演唱者不宜擅自修改词句，至多能增添些语气助词，比如“啊”“啦”“哪”之类。有朋友因此赞我严谨，我想，这不过是每个诗歌写作者都会染上的“文字的洁癖”罢了。

除了《墓床》，在顾城的短诗中，作于1980年的《悟》，也因其精练的语言和巨大的张力而不朽：

树胶般
缓缓流下的泪
粘和了心的碎片

使我们相恋的
是共同的痛苦
而不是狂欢

前三句写的是形象：浑浊的泪水如同树胶，使心与心相逢；后三句，写的是结果：是痛苦而不是欢乐使人相互信任和相互依恋。的确，结缘于欢乐中的人们，情感往往难以持久，而受到苦难磨炼的情感，则更为牢固。从技艺上来说，第二节的“相恋”接纳了第一节的“粘和”，第二节的“痛苦”对应了第一节的“泪”

和“心的碎片”。有情有理有形象，诗歌上升到了哲学的高度。这首诗远比那些干瘪枯燥的格言来得生动有力。

当我翻开一部过往的文学作品集时，我习惯给那些优秀或不优秀、著名或不著名的作品进行如下分类：哪些是有文学意义的，哪些是有文学史意义的，哪些两者兼具，哪些两者皆无。

用这一套方法，不同的读者可以较为便捷地从一本书里挑选出各自感兴趣的篇章。《墓床》和《悟》无疑首先是以其文学价值而存在的，但因为字里行间若隐若现的心路历程，它足以成为研究者的重点关注对象，即它兼具了文学和文学史的价值。当然，这仅仅是我个人的想法。我知道，更多的顾城诗歌爱好者的目光不会在这首诗上过多停留，他们喜欢《一代人》，简短、响亮，所蕴含的“道理”得来全不费功夫；或者喜欢《弧线》，晦涩、迷离，能让人充分发挥自己的想象；或者喜欢《简历》，清新、直接，从中可以窥视诗人的性情：

我是一个悲哀的孩子
始终没有长大

我从北方的草滩上
走出，沿着一条
发白的路，走进
布满齿轮的城市
走进狭小的街巷
板棚。每颗低低的心

在一片淡漠的烟中
继续讲绿色的故事

我相信我的听众
——天空，还有
海上迸溅的水滴
它们将覆盖我的一切
覆盖那无法寻找的
坟墓。我知道
那时，所有的草和小花
都会围拢
在灯光暗淡的一瞬
轻轻地亲吻我的悲哀

不能说那些文字不漂亮，也不能说没有价值，它和其他很多作品一样，对读者了解顾城的诗风不无帮助，可是在“命运”本身面前，风格只能退居其次，所以顾城那些“风格清新、想象奇崛”的作品，除了《早晨的花》等有限几首，其他大部分作品，我不像某些论者所评价的那么高。我不大喜欢那种风格与命运剥离的作品，比如北岛的《回答》。后者社会学上的意义更为突出而文学性稀薄，或者说，它具有文学史的意义而不具有文学的意义，它“震撼人心”依靠的是历史的外因帮助而不是艺术本身的魅力。历史是“人造”的，而艺术永恒。

诗人杀人犯

自然地联想起黑龙江诗人阿橹（鲁荣福），这个据说也曾经是天才诗人的杀人犯。

我对阿橹作品的最初印象是他发表在1992年冬天某一期《诗歌报》上的随笔，内容是喜欢清净的生活，安于贫穷，只有如此灵魂才会干净，才能写出优秀的诗篇之类。这篇大约两千字的短文于次年成为《诗歌报》的两篇年度随笔奖作品之一，另一篇获奖作品的作者好像是甘肃诗人林染。对阿橹的诗歌，我却没有多少印象，20世纪90年代初期，我太年轻，对诗歌的理解能力有限，更不要说“先锋诗”了，而阿橹却是“先锋诗”的代表人物之一，获得过某权威刊物评选的“中国十大先锋诗人”的称号。也许他的确优秀——当他东窗事发之后，太多人露出了遗憾的表情：

> 这些年来，我常常想到你，却无法和人谈你。在这世上，我还能和谁谈你。谁能懂得我心中的痛苦。谁又能尊重我心中的这份追忆……重新翻开那珍藏得发了黄的旧报纸，再读你的《阿橹之死》，我只有沉重和悲哀，也许那诗里早已隐藏了对宿命的暗示，而相信预感的你并没有参悟其中的玄机，而对于我来说，你从来是遥远的，却从来也不陌生。我想无论在哪里，我都能凭借着文字，与你相认。（理由：《写给阿橹》）

在中国当代诗歌苦苦寻找出路，但又无法突破的时候，是阿橹的诗歌让我们看见了一抹希望的亮色。而阿橹当选为世界华人诗人协会最年轻的理事的时候，说实话，不论是官方或者是民间，不论是前辈诗人或者是后来者，对阿橹都曾寄予了更大的希望。那时候，包括笔者这样的诗歌发烧友，都曾把阿橹当作一个坐标，作为超越自己的一个显著标尺。（荒城之月：《海子·顾城·阿橹》）

那段时间，我拼命地迷上了三个诗人：顾城、海子，对了，还有黑龙江朦胧诗人阿橹。可惜，如今这三位诗人都相继离世。再顺便一提的是，阿橹曾在黑龙江某银行工作，同时也是一个极有名气的诗人。后来，阿橹因为诗歌而辞职，再后来，阿橹因为和同乡杀人抢劫被拉上了刑场。一个优秀的诗人就这样给自己的生命画上了一个本应该圆满但很不圆满的句号。当然，如果单从阿橹的诗歌文本上进行分析的话，我认为，这个诗人是个优秀的诗人。（田金双：《谁来关爱谢烨的儿子木耳》）

我在网上搜索阿橹的诗歌，只找到《阿橹之死》《雪的草原》《船歌》《秋鸿》《源自深秋的宁静歌声》等几首。《阿橹之死》发表于 1989 年的《诗歌报》上，据说曾引起很大的反响，但今天读起来，除了看得出诗人不错的语言组织能力，我没有感受到作为一件艺术品所应有的深刻。《雪的草原》等发表于《星星》诗刊 1991 年第 6 期的诗歌，很遗憾，我同样没感觉好在哪里。

此外，诗人张静波在一篇短文里引用了阿橹的诗句："我的歌声，把我的马送上冰山”“在冬天里巡视，那片绿过的草原”“我和我幼小的孩子，在午夜的岸上等船”。张静波对这些句子给予盛赞。可这样的诗句也能算好诗吗？在我看来，即使将它们放回80年代的语境中，仍然算是普通，要知道整个80年代，出现了多少激动人心的诗句啊！值得一提的是，本文在结集成书前，曾在新星出版社出版的《读库》上发表过部分章节，张静波在读到相关内容后，来信说他博客所列举的阿橹的诗句没有进行专门校对过，而是凭记忆列举的，因此可能给我造成了“阿橹的诗歌一般”的印象。比如：“我的歌声，把我的马送上冰山”，原句为“马的嘶鸣/将我宁静的歌声/送上冰山”；“在冬天里巡视，那片绿过的草原”，原句为“那些幻影，望着冬夜之中那片绿过的草原”；“我和我幼小的孩子，在午夜的岸上等船”，原句为“我领着我的孩子在午夜的河岸等船”。其实，我很理解张静波的苦心，不管他列举的是不是原句，作为阿橹的朋友，张静波对阿橹的称赞应该带有个人感情的成分。也就是说，张静波更多的不是称赞阿橹的作品——实际上哪怕是更正后的那几个句子，也没有表现出多么高妙的水准——而是在为朋友的失足而惋惜，对于逝者也不忍苛责了。

倒是同为黑龙江诗人的马永波提及的一段往事有助于人们更清楚地认识阿橹这个“著名诗人”的本质。马永波的作品已通过《人民文学》终审待发，阿橹为了在《人民文学》上发表作品，便悄悄以马永波的名义给《人民文学》编辑写信，称那些诗歌已在《飞天》上发表，不能在《人民文学》上发表了，希望换上阿橹的诗歌。

我对阿橹最深刻的印象是他成了谋财害命的杀人犯。他与顾城不同，顾城是一时情急之下误伤谢烨，阿橹杀人完全是经过周密谋划和安排，而且所杀不止一人。从一个崇尚安静贫穷的人沦为杀人犯并于1997年被枪决，不过三四年时间，我看到了贫穷对一个诗人人格的伤害，也看到了一个灵魂走向疯狂时的狰狞。

饶有深意的是，在阿橹那篇随笔获奖的那一年，顾城对相伴十年的妻子举起了利斧。

顾城和阿橹的行为以及结果，不知道是不是如同某些学者所说的，昭示了诗人乌托邦的破灭。的确，十余年来，优秀的诗人一个接一个地离去，或者出国，或者早逝。除了顾城、阿橹、沈河，因故离世的还有海子、戈麦、方向、昌耀、徐迟、宇龙、杨春光、余地、周建岐、吾同树……死因各不相同，却各有方式和理由。而无论崇高还是卑贱，这些身影会渐渐消失在我们的记忆中，留下来的是干净的诗篇。或许相对于永恒的艺术，肉身是微不足道的，艺术之神是一盏明灯，需要人们忘我地寻求。在这个过程中，不同的追寻者采用了不同的方式，有梭罗式的隐居者，有史蒂文斯式的公司副总裁，也有艾略特式的银行职员。套用顾城的诗歌来说，是“我唱自己的歌”。

但是无论是诗人还是其他类别的艺术家，他们与普通人的区别也只是在他们进行创作之时，创作之外，所做出的一切行为都不应当被“特殊对待”。就像其他行业的人也会做坏事一样，诗人干了坏事，结果只能由他自己负责。然而文学界内外都有一种“不把诗人当人看”的观点，于是我们看到了太多对诗人的指责，而且这些出自个人的行为往往在无形中被别有用心地“推广”——

海子想用朗诵的方式与酒吧老板换酒喝，人们就认定所有写诗的人都是疯子；食指脑子出现障碍，人们便认为所有诗人都应当住进福利院；顾城伤害了妻子，所有的诗人便成了六亲不认的潜在杀人犯。

1997年的某一天，阿橹从一个诗人变成“死人”之后，我看到了下面这些想象力丰富的文字：“当阿橹在骗取他的一个又一个的东北老乡信任，然后又残忍地杀掉，仅仅是为了谋财害命，由一个追求理想的诗人变成一个十恶不赦的杀人魔王的时候，我们更深地思考着：真正堕落的不仅仅是阿橹个人，而是中国走在变革时期的诗歌。”（荒城之月：《海子·顾城·阿橹》）

再没有比这更混账的逻辑了，一个诗人犯罪，整个诗坛都要承担后果！

杀人是一朵荷花

翻阅顾城的诗集，我们会发现，顾城似乎很早就为自己后来的举动发出了预言。事发前几个月，顾城写了一首题为“新街口”的短诗，诗歌中充满了血腥之气：

杀人是一朵荷花
杀了　就拿在手上
手是不能换的

一开头就是“杀人”！短短三行，出现了两个“杀”字和两个“手”字。如果把这两个字连起来，就成为一个令人毛骨悚然的名词：杀手。可想而知，很少读者会乐意去面对这个不祥的词语，但它是这首诗的诗眼，若要解读诗歌，就不能绕过。

将“杀人”这一残酷的动作比喻为优美的名词“荷花”，除了技艺上的考虑，更强化了一个曾经单纯率真的诗人发展成一个夺人性命的恶魔的人格反差，而用“荷花”这一美好事物为意象，也多少还能令人联想到当年“童话诗人”的身影。简而言之，“杀人是一朵荷花”表明的是当事者的变态心理，他把“杀人”这么惨烈的事情也视如荷花一样美好；后面的“杀了就拿在手上／手是不能换的”两句，则强调了杀人行为的独特性。杀人的方式有千万种，各不相同，《新街口》展现的就是这种残酷的美学。

姑且撇开顾城夫妇之间的爱怨，单从技术上说，杀人也是一种独特的美学。在古代，刽子手执法时，同样是刀，同样是人的脖子，刀的锋利程度与刽子手的力度稍有不同，其结果就有天壤之别。事前打点过执法者的，可以死得很爽快；让刽子手不高兴的，可能就会死得很难受、很难看。我猜测，诗歌标题“新街口”也许在古代是一个很传奇的地方。

这首诗是诗人内心思想的反映，在写作的时候，诗人的心理已经产生变化，人格在扭曲，不复有以前人们熟知的“童话诗人”的单纯。

凑巧的是，我在《保罗·策兰诗文选》一书的学者芮虎的“译后记”中读到了策兰的一首题为“死亡”的短诗，开头也将死亡比喻为花朵：“死亡是花，只开放一次。／它就这样绽开，开得不像自己……”策兰与顾城，两个英年早逝的天才诗人，时隔数十年，找到了同一个比喻，也以同样的方式（自杀）找到了自己生命的归宿，实在令人无言……

《我把刀给你们》一诗把死亡写得更绚烂，也更阴森：

我把刀给你们
你们这些杀害我的人
像花藏好它的刺
因为　我爱过
芳香的时间
矮人　矮子　一队队转弯的队伍
侏儒的心

因为我在河岸上劳动
白杨树一直响到尽头

再刻一些花纹，再刻一些花纹
一直等
凶手
爱
把鲜艳的死亡带来

在这里，“我”单纯而无辜，倾心于“劳动”，热爱“芳香的时间”；“凶手”——“你们这些杀害我的人”——像花朵般美丽，而且善于掩藏；而行凶的残酷行径被比喻为“爱”。的确，“杀人”这一行为也是一种艺术，其中就包含了“爱”。更重要的是，“爱”却带来了“鲜艳的死亡”。联想到顾城的人生经历和最终结局，我们无法不服膺于诗人的预感。顾城的一生，不就是在“爱”中纠缠，顾城向自己的妻子举起斧头，不就是因为曾经的爱已无法挽回了吗？

值得一提的是，诗歌中突然出现了两个令人费解的句子：“矮人　矮子　一队队转弯的队伍／侏儒的心。”这种旁逸斜出的诗意，或许正好反映出顾城内心的混乱。当年单纯稚气的“童话诗人”正在被生活逐步改变，因而到后来，他写出《虎坊桥》等梦呓般的“诗歌”，也就顺理成章了。

顾城的诗歌里，还有不少像《我把刀给你们》这样的死亡想象：“假如钟声响了／就请用羽毛／把我安葬／我将在冥夜中／编织一对／巨大的翅膀”（《假如……》）；“别问，我累了／明天还在黑夜那边／还很遥远……我累了，真累／我想在你的凝视中／休息片刻”（《归来》）；“在秋天／有一个国度是蓝色的／路上，落满蓝莹莹的鸟／和叶片／所有枯萎的纸币／都在空中飘飞”（《净土》）……

有一次，我和作家王布衣聊起顾城，王布衣说起了这么一件事：在1986年举行的“漓江诗会”上，顾城悄悄地告诉王布衣，他最喜欢的诗人是洛尔迦和安徒生。数年后，顾城袭妻案发生。王布衣如此总结道：洛尔迦和安徒生都是木工，顾城也是木工，而木工的工具就是斧头……王布衣的话，不一定完全准确，比如关于顾城最喜欢的两个诗人，应该是惠特曼和洛尔迦，尽管顾城写过两首诗向安徒生致敬。但王布衣的话仍令人内心凛然，一个貌似手无缚鸡之力的诗人，一个多次向童话大师安徒生致敬的诗人，他怎么能够与那么凶残的事物联系在一起呢？他的灵魂到底是什么样子的？我不禁想起了顾城的短诗《摄》：“阳光 / 在天上一闪 / 又被乌云埋掩 // 暴雨冲洗着 / 我灵魂的底片”。

他变成了浮雕

对于顾城，不同的人有不同的看法，即使是对同一件事，也常常会被弄得真假难辨。这种形象，犹如顾城的诗歌《山影》所言——

他变成了浮雕
变成了纷纭的故事
今天像恶魔
明天又是天使

可以把这几句话当作顾城对自己身后形象的总结。作为诗人的顾城，将像天使那样长久地立足于人们的记忆中；作为一个杀人凶手，顾城与恶魔无异。因此，他既是永恒的浮雕，也是纷纷纭纭没有定论的故事。一千个人的眼中有一千个哈姆雷特，一千个人的眼中有一千个顾城。飘忽不定扑朔迷离之处，又不得不让人想起他早期写下的《远和近》：“你 / 一会儿看我 / 一会儿看云 // 我觉得 / 你看我时很远 / 你看云时很近”。

芒克曾写过《顾城》一文，文章里提到他和顾城第一次见面以及其他情况，这篇文章后来遭到了顾乡的反驳。从芒克和顾乡的笔下，我们也可以明显地看到同一件事情中的“两个顾城”。

下面是芒克文章的有关段落：

他已死于异国他乡。听从那里来的人讲，他的孤坟在一座岛上无人光顾，永远孤零零的，可悲而又荒凉。

我和顾城头一次见面是在1979年初。那一天他姐姐顾乡把他带到了《今天》编辑部……那天我和北岛等人正在埋头印刷杂志。顾城进屋后像个胆小的孩子躲在他姐姐的身后，他一句话不说，两眼怯生生地盯着我。我心说这里又没人打你，你这是干什么呀？……后来我们在《今天》杂志诗歌专号那一期，选了顾城的两首诗发表，并给他换了个名字叫古城。

顾城再一次发表诗作是在当时由西城区文化馆办的一份小报上，他曾拿给我看过，是哪几首诗我忘了。从此他开始渐渐小有名气，直到20世纪80年代他成为“朦胧诗”的主要一员。

……顾城总是头戴一顶用牛仔裤裤腿制作的帽子出现在各种场合。我多次说过让他把这破帽子扔了，我觉得晦气，可他却说这帽子是他的烟筒，他有气就能从那里冒跑了。一天会后我们走在街上，他头上的那顶帽子引来了几个好奇的醉醺醺的黑人酒鬼。那几个酒鬼年轻力壮人高马大，他们一把抢下顾城的帽子，互相扔着，开心地戏耍。而顾城则被吓得抱头鼠窜，扎进了人堆里。我真觉得他太丢人了，上前帮他要回帽子……

这段文字中的顾城，纯真、可爱、耽于幻想而不谙世事，是一个典型的“童话诗人”。

在同一篇文章里，芒克还写下了这样的句子：“我当初认为他这人生性怯懦，并且烟酒不沾。只是后来听杨炼讲，才知他也够狠，他在新西兰时曾一口气杀掉上百只鸡，血流成河，绝不是闹着玩的。”

这段文字，又让人看到了“童话诗人”的另一面。

读了芒克的文章后，顾乡于2006年6月19日发表了一封公开信，认为芒克的文章基本上属于想象与编造，并对芒克进行了全面的反驳。

顾乡说，她和顾城第一次去《今天》编辑部时，只有北岛等人在，去了很多次以后，才见到芒克。当时芒克也不是在油印，而是从外边进来，抽着烟，就进里间了。而且顾城的诗稿交给《今天》时署名就是“古城”，因此“古城”并非芒克等人帮取的。

关于“古城”这个笔名是顾城自己取的还是芒克等人代取的，我比较倾向于顾乡的意见，因为我在广西师范大学出版社2009年5月出版的《持灯的使者》一书中看到了芒克的一句话：“顾城是他姐姐顾乡带着找去的，夹着他的一大卷诗。我对他的诗不大满意，直到第二次诗专号才发了他署名‘古城’的两首诗。”由此可见芒克的话有些自相矛盾，“发了他署名‘古城’的两首诗”，本身就已经说明了顾城的诗稿一开始就是署名“古城”。

针对芒克文章中所说的“顾城在《今天》诗专号上登了两首诗后，才在其他地方发表作品并为人所知”这一说法，顾乡说，《今天》“诗专号”是1979年8月左右出版的，而顾城的《无名的小花》诗集从1979年3月1日起就已在《蒲公英》报上连载，连载完后，影响较大，连《诗刊》等著名刊物都向顾城约稿。

从“今天”成员鄂复明提供的《〈今天〉编辑部活动大事记》和《〈今天〉编辑部出版发行刊物总目》中，我们可以看到，《今天》共出版了两次“诗专号”，第一次“诗专号”出版于1979年4月，第二次“诗专号”出版于1980年4月（而不是顾乡所说的“1979年8月左右”）。那么，芒克说“顾城在《今天》诗专号上登了两首诗后，才在其他地方发表作品并为人所知”的论断就更不符合事实了，因为从1979年3月到1980年4月期间，顾城已经在《诗刊》等刊物上发表了作品，并且公刘的文章《新的课题——从顾城同志的几首诗谈起》已经在1979年10月出版的《星星》复刊号上发表，又被1980年《文艺报》1月号转载，由此可见，顾城在《今天》发表作品前已经是一个小有名气的诗人了。

值得一提的是，在鄂复明统计的1980年4月出版的《今天》总第八期（第二次诗歌专号）目录上，“古城”名下只有《雪人》一首诗；而据一个保存有全套《今天》杂志的读者在“顾城之城”网站上透露，“古城”在那一期《今天》发表的诗歌有四首。看来，到底是芒克说的两首，还是鄂复明说的一首，抑或是那位不知名的读者所说的四首，只有收藏了那一期《今天》的人们才知道了。

对于芒克说“顾城的帽子是裤腿做的”，顾乡也提出了反驳，说帽子是用与裤子同样的布料做的。而对于“抱头鼠窜”一说，顾乡也表示不可能，因为顾城是常遇到事的人，从不可能“抱头鼠窜”。

顾乡还对顾城“杀人”的工具、证据以及芒克所说的顾城的“坟”提出了自己的看法：“他们最后的结局我不愿为顾城辩解，痛心是全部。但不是斧子就不要说是斧子吧！是人们都偏爱斧子吗？顾城先死的，他要是真有心，又何必？有这样杀人的人吗？警方最后也没有任何物证，唯一的证据是我提供的，就是我说顾城对我说的‘我把谢烨打了’。你要是愿意知道更多的细节，就上网看一下我写在 1994 年的《我面对的顾城最后十四天》吧。你还说到坟，你这都是哪儿听来的呀！”

读芒克这篇文章，印象最深的是所谓顾城“在新西兰时曾一口气杀掉上百只鸡，血流成河”一说，因为这与顾城以往的宁静、单纯的形象太不协调了。如果真的“一口气杀掉上百只鸡，血流成河”，那么顾城的形象将会被彻底颠覆。既然关系如此重大，自然值得认真对待。顾乡就认为芒克此说十分滑稽，她说，整个过程中其实是谢烨辛苦杀鸡，顾城负责抓鸡和拔鸡毛。

舒婷也在《忆顾城》一文中重点写到了这个事情，并以知情人的身份叙述了“杀鸡”背后的隐情：

> 后来我看到别人写的文章，我觉得很生气，里面好像对顾城有点误会，说顾城养了两百多只鸡，说他有嗜血的本性，居然在一夜之间把这些鸡都给杀了。这话是不对的。
>
> 事实上，是执法的小官吏上岛来，给他限定 3 天以内要把鸡剩下 12 只，如果两百多只就侵犯了他人利益。所以他

们必须把这些鸡都杀了。谢烨跟我说的，说得非常生动，说他们怎么杀：舒婷啊，杀得真是血流遍地！她说，杀两百只鸡，3 天以内必须要杀完。

那鸡放野了，放在岛上，抓到这个鸡都很困难。杀完了放在毛利人那个酋长那里。他们打猎人有那种大冰库，放在大冰库里面冰着。谢烨拿出来做鸡肉春卷，跟顾城到圩上去卖。他杀这个鸡确实是迫不得已，但是有人把他说成是嗜血成性啊，亲手养的鸡，一夜把它杀光。说得顾城原来就有杀人的倾向似的。

不过，照顾乡的说法，鸡是谢烨杀的，而从舒婷的文字中看，顾城和谢烨两人都动了手。但无论如何，“一口气杀掉上百只鸡”是不得已之举。而芒克的描述的确给人一种“顾城十分残暴”的误导。

李英撰写的《魂断激流岛》也写到了此次“杀鸡事件”，相比之下，披着小说面纱的《魂断激流岛》，文字更飘逸、不确定：

血腥的大屠杀开始了，房间里到处是鸡毛、鸡内脏，空气里是血腥味。那些鸡都是被城命了名的呵！

整整一个星期，城没有说过一句话。

他拎了斧子上山砍树，一下一下地砍着树上的刀口。

那时，我的脑子里只有怨恨和绝望。城说话的时候，我还可以感觉到那种痛苦的寒气。

女官员再来检查的时候，城就提了一大塑料袋的鸡头，扔到了她的面前。

女官员不知道口袋里是什么，凑近了往口袋里看，那些死鸡的眼睛血腥地盯着她，她大叫一声，折回身一溜烟地跑下山去。汽车发动的声音在阳光里颤动着。

从这段文字，看不出是顾城还是谢烨操的刀。但从这本书里，我们至少可以得知，顾城杀过兔子，而且动作相当“坚决”、行为更加残暴：

雷，他叫。

什么？雷在楼下打水。

我要杀掉那只兔子，它们需要太多的草和胡萝卜了，喂不起它们，也没有必要喂养它们。

别杀，留着给木耳玩吧，雷话一出口，已经发现是说错了。“要杀你杀，我只会杀鸡，不会杀兔子。”雷说，继续干自己的活。

城站在兔子窝边上，瞪着兔子发愣，脸上一丝表情也没有，然后，开始四下里找东西。在他身后的垃圾堆里，他发现了一只大布口袋，他把口袋看了看，又扔回到垃圾堆里，口袋被一段铁丝挂住，像旗帜一样在风里飘着，他于是又一把把它扯回手里。这一次，他好像有了主意。

这时候，城已经把捆紧了口的口袋挂到了树上，手里拿着一根碗口粗的木棒。

我闭了眼，心里一时空虚。

城把木棒举起来，用力地往大约是兔子头的地方打去，本来就蠕动着的口袋猛烈地晃动起来。

终于，口袋不动了，血迹从里面渗出来。

看到这段文字，再重读芒克、舒婷、顾乡的文字，真会产生一种如在梦中的感觉——该相信谁呢？

总的说来，顾乡这封公开信澄清了人们对一些事情的误解，也向我们指出了解“顾城袭妻事件”的一条线索——顾乡写于1994年的《我面对的顾城最后十四天》，该文公开出版过，在互联网上能够找到，感兴趣者不妨按图索骥，这里就不再赘言了。这些说法，孰真孰假、孰是孰非，就不是我这个局外人所能了解的了。值得一提的是，顾城去世后，他的书桌上留下了这样一首短诗：“一个人弄错了爱 / 就像投错了胎 / 你的样子就十分奇怪 / 一辈子也改不过来 // 你的心问你的脑袋 / 怎么总不明白 / 要是你心里明白 / 怕已没了脑袋。”这首诗简单而直接，像顺口溜，没什么艺术性，内容却颇值得思索。

顾城与舒婷

在“朦胧诗”三巨头中，顾城与舒婷是好朋友，顾城一直把比他年长四岁的舒婷尊称为“干姐姐”，他们曾经合作出版过《舒婷、顾城抒情诗选》。因为此前舒婷刚刚出版了诗集《双桅船》，不愿意重复发表，因此这本诗合集只收录了她近二十首诗歌，顾城的作品则占了百分之七十以上。在排版前，顾城主动提出将目录中的署名去掉，并模仿舒婷的诗风写了几首，使整本诗集看起来更为平衡。由此可见，顾城与舒婷友情之深厚。

除了前文所说的与谢烨牵手到邮局领稿费、不愿意看到谢烨在人前穿游泳衣，在舒婷与顾城的交往中，有许多事情令她印象深刻。

1992年，顾城、舒婷等人应邀到美国参加诗会，吃早餐时，顾城把舒婷吃剩的半块蛋糕拿来吃了。舒婷觉得很奇怪，就说，顾城，那边有很多的。谢烨告诉舒婷，那天早上，顾城已经吃了七块蛋糕了。当时美国方面给与会诗人的待遇很优厚，每三天就给两百美金的餐费，旅馆提供早餐，晚上都有宴请，所以一般只需要自己找午餐来吃。用舒婷的话说，“一顿午餐，附近吃一碗海鲜面，有大虾，有鱼片，有肉片，一大碗面才四块九，加小费也不过五块五吧”。然而顾城舍不得花钱吃午饭，便在早餐时大吃特吃，然后睡觉，下午四点起来后再吃免费的晚饭。

从这个细节也可以看出，当时的顾城，心理已经不大正常。这让人想起顾城曾经说过的一句话：“我是个偏执的人，喜欢绝对。朋友在给我做过心理测验后警告我：要小心发疯。”

随后，又发生了前文提及的谢烨要给木耳买礼物顾城不同意，坐在地上不愿起来的事件。有人因此认为顾城小气、吝啬，连那么一点儿小钱都舍不得花在自己儿子身上。但舒婷并不这么认为，舒婷说，70年代末80年代初，她所认识的诗人中，在花钱上面比较像男子汉的，一个是北岛，另一个就是顾城。80年代初，舒婷到北京开会，顾城等六个写诗的朋友到宾馆看舒婷，中午，舒婷决定在宾馆附近的饭馆请他们吃饭。令舒婷惊讶的是，到了饭馆，那一帮人就坐在远远的椅子上，自顾自地说笑、打闹，任由舒婷一个人去点菜、付钱，再把买来的菜和啤酒一份一份地送到他们面前。“花的钱极便宜，可是没有一个男子汉过来帮忙……只有顾城，拿了一张十块钱来跟我争，那十块钱非常小心地折得干干净净的，来跟我争付钱。”当然，最后舒婷没让顾城付钱，但对另几个诗人的吝啬已刻骨铭心。

在 80 年代如此大方而具有绅士风度的顾城，到了 90 年代，怎么小气到连不到两美元的纪念品都不愿买给儿子了呢？后来，舒婷才知道，顾城突然“小气”起来，实在有着说不出口的苦衷：“因为他确实太没有办法了。他那个小岛要分期付款，如果他没付款，银行要没收回去，拍卖，他就无家可归。木耳寄放在酋长家里，酋长就到法院去告他们不能负父母责任。顾城没有钱雇律师，他就替顾城雇了一个律师，酋长居然自己请律师跟顾城打官司。顾城说，为了表示他有抚养能力，他要象征性地每年给这毛利人酋长付一点他儿子的抚养费，不然要剥夺他的抚养权利，毛利人就想把这孩子接管。为了保住这个儿子，他必须还得付这个钱。所以他说：我在外面参加笔会，跑来跑去，所有的钱我都必须带回家去。”（《忆顾城》）

1981 年，顾城也写过一篇关于舒婷的文章，这篇题为“爱的光波”的短文，题材似可归入时下报纸时常发表的人物通讯一类。文章通篇讲述的是舒婷的生活经历与诗歌的隐秘关系，没有涉及两人之间的交往。在文章中，顾城这样写道：“为什么那么多人喜欢她的诗呢？是因为她新鲜的语言？是因为她独特优美的联想？是关于她性格的传闻？是因为她获得新诗奖？……呵！我想，更多的还是因为她在诗中展现的那颗善良的心吧！”“有人把舒婷的思想归纳为‘博爱思想’，我觉得这是一种曲解。舒婷爱的‘人’，是人民，是和她共命运的中国人民。”顾城不愧为舒婷的好友，他是理解舒婷的。

顾城与北岛

舒婷与顾城情同姐弟，“朦胧诗”另一巨头北岛与顾城同样颇有渊源。表面看来，虽然同为80年代中国诗歌界的代表人物，但顾城与北岛的形象、气质、作品风格等方面截然不同。无论从人生经历还是诗歌取向，北岛身上都具有一种勇于怀疑和担当的英雄气质，这种形象高大而倔强，令人尊敬和仰望。而顾城则像一个纯真的孩子，用天真的目光打量世界。北岛坚决、刚硬，毫不妥协；顾城稚气、单纯，充满童心。

这些特点，在1986年与北大学生座谈时表露无遗。“北岛持重木讷，面无表情，话少，但条理清晰。顾城着浅白色中山装，戴一顶白色绒线帽，白净脸蛋，巧笑动人，舌生莲花，是三人中最能说会道的。我记得有一张条子是要北岛回答的，北岛还在沉吟，顾城已接过话筒，‘这个问题我替北岛来回答’，张口滔滔不绝。不过，顾城说话的时候并不看听众，而是抬头望着空中的某处，他的声音也仿佛从某个极远的地方传来，仿佛山洞中幽咽的泉水，给人的感觉仿佛不是顾城在说话，而是某个温柔的精灵

通过顾城的嘴在说话。我敢保证连顾城自己都被那声音迷住了。”（西渡：《燕园学诗琐忆》）

对于自己与北岛的区别，顾城曾经在《等待这个声音》中用“爬墙”作过比喻：“我经常爬一个墙，不是北岛说的那个北京火车站的墙，一爬过去可以走遍全国，或者跑出国境，走遍世界；不是这样的墙。我爬的是一个动物园的墙，一爬进去呢，自然有很多动物；但是我要去拜见的不是那些伟大的动物，不是老虎和狮子，而是我喜欢的那些小虫子。”

事实并非如此简单。尽管顾城的大部分作品像童话一般纯净优美，但也有少数作品具有相当强烈的怀疑精神，比如《两个情场》：“在那边 / 权力爱慕金币 / 在这边 / 金币追求权力 / 可人民呢 / 人民，却总是他们定情的赠礼”；尖锐、凛冽，以“情场”为桥梁，一针见血地揭露了金钱、权力与民众的关系。又如《石壁》：“两块高大的石壁 / 在倾斜中步步进逼 / 是多么灼热的仇恨 / 烧弯了铁黑的躯体 / 树根的韧带紧紧绷住 / 岩石的肌肉高高耸起 / 可怕的角力就要爆发 / 只要露水再落下一滴 / 这一滴却在压缩中突然凝结 / 时间变成了固体 / 于是这古老的仇恨便得以保存 / 引起了我今天的一点惊异。”诗意紧张而干脆，极具象征意味，厚重的历史感凸显无遗。

最令人惊讶的是《不要说了，我不会屈服》一诗，它的意韵、内涵与北岛的《雨夜》及《结局或开始》简直异曲同工，甚至有些句式都极为相似。这首诗创作于 1980 年 10 月，即使不比北岛的《雨夜》和《结局或开始》更早，至少也是同一时期。

顾城后来逐渐淡出这一不甚擅长的主题，回归花草与自然之中，用一大批佳作进一步确立了“童话诗人”不容动摇的地位。他与北岛形成的强烈反差，使得诗歌的田野更为丰富、葱茏。

令人遗憾的是，80年代中期顾城出国以后，其作品的“童话”虽然仍在，但已不再明媚，而是遍布梦呓般的“超现实”，远不如80年代初期受人瞩目了。看看下面这首《虎坊桥》：

老虎在过道里走来走去
你看事不太好
窗子下的猫脸朝上
看向日葵
你一下拿出了那个钉钩
掉了的杆盘在麦穗上
麦穗掉了麦秆站着
依莲娜是瑞典画家

他们一下砍掉了他的脑袋
三分之一　你能和老鼠说些什么
他们拉他过去
又拿着毛乎乎的椰子回来
在路灯下一刀
你劝他　告诉他　这一回
要把腿掰了
小椰子里边也长头发

〈大地上有这么多金黄的日子〉

他们在后边走在后边
〈金黄的花在微风中摇曳〉
你靠前边一下子笑了

在《关于〈城〉的两封信》中，顾城专门提及《虎坊桥》中括号的用法，他认为，“大地上有这么多金黄的日子”和“金黄的花在微风中摇曳”两句中的括号之所以用单书名号“〈〉”，而不是圆括弧“（）”，是因为“〈〉”有字幕、书名的暗示。可是，这丝毫无助于改变这首诗的实质。这些结构凌乱、思路拥堵、上句不搭下句、整个不知所云的诗句，很难相信是出于有“天才诗人”之誉的顾城之手。

类似的诗歌顾城写了不少，比如《琉璃厂》《鬼进城》《白塔寺》《建国门》《象来街》等。也许顾城这样写自有他的想法，但对于大部分读者而言，这不是诗歌，顶多是徒有诗歌的形式而已。如果这样的文字也能算是诗歌，如果诗歌真的如此容易完成，那么，也就怪不得90年代以后世人会发出“一块石头砸下来，砸到十个人中有九个是诗人”的感叹了。

不独顾城，北岛在出国之后，也走向了同样的循环。北岛在90年代以后的作品，无论是诗歌还是散文随笔，都缺乏早期深入骨髓的批判性，精进的不过是写作的技艺，思想的光芒逐渐减退。特别是他的散文随笔，除了一部分颇有情趣，大部分要么讲述与世界名家的交往，要么游走于休闲美景之间，要么在这里朗诵在那里开会，虽然文笔日益精湛，但总让人觉得缺少了某种厚重的思想。当前的北岛，与七八十年代时候给人的印象已经偏离很远了。

我离开你是因为害怕看你

在我看来，出国之后的顾城必定是苦痛缠身，这苦痛来自日常生活的逼压，更来自精神的煎熬。他在国外过着十分窘迫的生活，为了过日子而不得不做一些不符合自己心性的事情；他想同时拥有两个女人，把自己当作至高无上的帝王。而最后当他发现这一切都不如自己所想象的那么完美时，结局只有无可阻拒的疯狂……在这里面，没有谁是幸运者，温柔善良的谢烨死了；顾城也在惶恐和悔恨中结束了自己的性命；英儿活着，但她的一生都不会安妥。而我最关注的是顾城和谢烨的儿子小木耳，一个无辜的在幼年便失去父母的孤单孩子。

资料显示：顾城和谢烨去世后，一些亲朋好友自发设立了“木耳基金会”，以资助木耳的成长。此前一直收养木耳的波格夫妇（即舒婷笔下的酋长）、顾城的姐姐顾乡、谢烨的弟弟张纯三方同时向法院申请了木耳的抚养权。最后顾乡冲破重重艰难，获得抚养权，但孩子已经与波格夫妇产生了深厚的感情，于是他把两边都当自己的家，两个家都住。

据一个当年曾经参加谢烨的葬礼仪式并上岛采访过的记者介绍，他 1994 年上激流岛采访时，小木耳正好过六岁生日，小家伙“长得活泼可爱，也非常聪明。他是岛上幼稚园中唯一的一个亚裔孩子。收养他的老人波格夫妇对孩子照顾得很细心。他们对木耳非常疼爱，犹如对自己的亲生子女一样，以致有时都不太情愿谢烨去看望自己的儿子。孩子从小就未能像其他同龄的孩子一样得到父母全身心的爱。他比别的孩子要早熟，从小就知道如何不让大人生气。他爱父亲，但更怕父亲。他渴望见到母亲，但又担心抚养他的波格夫妇不高兴。每次和母亲见面分别时，他总要说上一句：‘谢谢妈妈来看我。’孩子希望亲人们去看他，但每当分别时，他却常常回避说‘再见’。”（乐陶陶：《想起了顾城夫妇》）。这段话读得人心酸，但小木耳对波格夫妇的感情由此也可见一斑。

顾城去世前一个月，写下了一生中的最后一首诗《回家》。每一次读到里面的片段，我都禁不住眼角酸涩：“我离开你／是因为害怕看你／我的爱／像玻璃／是因为害怕／在台阶上你把手给我／说：胖／你要我带你回家。”顾城的最后一封遗书也是写给小木耳的：“木耳：你将来会读这些话，是你爸爸最后写给你的。我本来想写一本书，告诉你我为什么怕你、离开你、爱你。你妈妈要和别人走，她拆了这个家，在你爸爸悔过回头的时候，她跟了别人。木耳，我今天最后去看你，当马给你骑，我们都开心。可是我哭了，因为我知道这是最后一次见你，别怪你爸爸，他爱你、你妈妈，他不能没有这个家再活下去。木耳，好孩，你的日子长呢，留给你的屋子里有你爸爸画的画，124 号。你爸爸想和你妈妈和你住在那，但你妈妈拒绝。三木，我只有死了。愿你别太像我。”通篇温言软语，慈父之爱跃然纸上。

谢烨也给小木耳写过一段话，同样温馨无比："有一天，我要带你回家，给你尝一百岁的外婆做的白酒瓜丁，带你看灯影湿润的江南水乡，看捉蟹的小灯在湖面闪烁，划一只小船。在那，北方古老的院落里停立着春天。"现在读来，这种温馨让人忍不住想哭。

这篇文章从2002年开始动笔，到定稿后在《读库》首发已八年有余，八年中，我反复修改，斟酌词句、甄别材料，已记不起几易其稿。在我终于修改完这篇文字的时候，却没有任何欣慰的感觉，只有无尽的感伤。现在是2010年6月[1]，距1993年已过了十七年，小木耳也已长大成二十二岁的男子汉了，我和大部分关注顾城诗歌的读者一样，对他的现状所知不多，只是在网络上了解到他正好就读于顾城曾经工作过的奥克兰大学；他不会说中文；不喜欢与别人谈论自己的父母……我想，还是不去打搅他为好，让他安静地生活吧，心中留着美好，把忧郁的往事当作一场梦，在该出现的时候，他自然会出现在我们面前。正如二十七年前，顾城写下的词句：

> 不要问我的过去……
> 我回来了
> 这就是全部故事
>
> ——《归来》节选

1 作者注：2010年为《一个人的诗歌史》首版时间。

昔人已去，留下我们这些碌碌之辈，为谋取每日的口粮而低首敛眉，过着平常而自得其乐的日子，没有得到顾城般的才华，但也没有沾染上那份血腥；没有谢烨般的宽怀，但也没有经历她那样的苦痛。那么，置身矛盾与困境之中的人，他要如何走出心灵的桎梏呢？陈力川在《“人可生如蚁而美如神”——忆顾城与谢烨》一文里提供了顾城的解决方式：

1993 年 2 月，中国当代诗歌的法文译者尚德兰女士从柏林带回两幅顾城送给她的字，第一幅字写着：“鱼在盘子里想家”。第二幅字写着：“人可生如蚁而美如神”。不知是有心还是无意，“人蚁”两字写得难看，“美神”两字却写得漂亮。竖着读，人蚁与美神相对；横着看，美人与神蚁相对；斜着看，美蚁与人神相对。这三种不同的读法和看法或许正可以解释整句话的矛盾和真实。据尚德兰回忆，那时顾城的诗歌创作好像面对一堵墙，书法似乎成为他新的表达方式。那天下午很长一段时间，她看到顾城在厨房里磨刀，那专心致志的样子让人看了发怵。写这两幅字的时候，顾城情绪激动，写完字露出如释重负的表情。

正如顾城所写：“人可生如蚁而美如神。”这样的日子已经值得庆幸，那么，就让我们先学习做一个寻常人吧，少张扬，不骄奢，该放手时就放手，为小小的幸福而感恩，而内心永葆纯洁与高贵……

记得顾城在“漓江诗会”上说过这样一句话：“伟大的诗人

都不是现存功利的获取者，他们在生活中一败涂地，而他们的声音，他们展示的生命世界，则与人类共存。”今天，当我重读顾城那些清新明快的诗作感慨万分，在这一瞬间，我忘记了前面所说的关于“文学的价值和文学史的价值”的分类，我想，即使仅仅是出于对一个“始终没有长大”的诗人的缅怀，我们也有理由记住它们。

从明天起，做一个幸福的人

秋天深了　神的家中鹰在集合

神的故乡鹰在言语

秋天深了　王在写诗

在这个世界上秋天深了

该得到的尚未得到

该丧失的早已丧失

——海子《秋》节选

海子，原名查海生，1964 年 3 月 24 日生于安徽省怀宁县高河镇查湾村，1983 年毕业于北京大学法律系。著有诗集《土地》《海子的诗》《海子、骆一禾作品集》《海子诗全编》《海子诗全集》等。1989 年 3 月 26 日去世。

1989年3月25日上午，一个诗人从中国政法大学北京学院路校址出发，前往山海关。

在山海关住了一个晚上后，第二天中午，他沿着铁道朝龙家营方向缓缓行走。没有人知道他要干什么，直到一辆列车开过……

今天，中国文学界没有人不知道这个诗人的名字——海子。

作为这个时代最具有才华的诗人之一，海子在短短的二十五年生命历程中，严格地说是在1984—1989年不到五年的时间里，创作了以诗歌为主的大量文学作品。随着时间的推移，海子的成就一再被张扬、被确认，成为我们这个时代的“神话”（西川语）。

在我看来，20世纪80年代中后期的中国诗坛，只有《诗歌报》与《深圳青年报》举办的“1986现代诗歌群体大展”和“海子卧轨”两件大事，这两件事情的微妙联系是：它们都预示着一个诗歌时代的结束和另一个时代的开始。“两报大展”结束了“朦胧诗”的“好日子”，点亮了“第三代诗”的火炬，使一代诗坛新人从幕后走到前台。

海子之死则是一曲唱给田园与淳朴精神的挽歌，经过短时间的“麦地诗潮”后，中国现代诗歌道路开始分岔，一条朝向“暧昧”的“知识分子写作”，另一条通往世俗生活的“民间立场”，而无一例外的是，这两条道路都抛弃了海子孤独的歌唱和对乡土的缅怀。

如果说“两报大展”还属于纯粹的“诗事”，那么海子自杀所暗示的内容则要广泛得多，当今时代更多的是仰慕钢铁的秩序，不再需要古典而温润的心灵。

十五岁的北大生

在海子的诗歌中，他的故乡安徽省怀宁县高河镇查湾村“贫穷而荒凉”，自 1964 年 3 月 24 日海子出生起直到他去北京上大学，他都没有度过多少好日子。在怀上海子之前，查正全和操采菊夫妇曾有两个女儿，不幸的是，第一个女儿在两岁时因病夭折，第二个女儿也只活了几天。海子出生后，夫妻俩给他取名“查海生”，可见这个“生”字包含了夫妇俩多少期待。后来的几年里，操采菊又为海子增添了三个弟弟：查曙明、查训成、查舜君。四兄弟的童年和少年时光都是在饥饿和半饥饿的环境中度过的。据相关材料介绍，海子作为几兄弟中的老大，上小学的时候，每次放学回家，总是让几个弟弟先吃饭，自己只吃些残羹冷菜。读初中时，每个农忙时的星期六，海子就从学校步行回家，替家里干活，以此为家里挣几个工分。在周末假期结束时，他就从菜地里拔几棵白菜，炒熟装入瓶中，再背一瓶子的腌萝卜和四五斤米赶往学校。

海子年幼时就表现出了极高的天赋。因为时常听大人背诵毛主席语录，海子也把很多句子铭记在心，五岁时就能背诵五十多条“语录”。当时查湾村每次开批斗大会，总要由海子家人把他抱上台去背诵一段毛主席语录。早慧的海子没满六岁便读小学，十岁的时候，海子就开始读中学。

1979 年，海子以 378.25 分的成绩考取了北京大学法律系，在当地引起轰动。据说得知自己考上大学的时候，海子正在地里干活，听到这个消息，他一口气跑到几里地外的高河中学。为了庆祝儿子考上北大，查正全将家里那头两百多斤的老母猪杀了，请亲戚朋友吃饭。

接到录取通知书时，海子非常兴奋，在家里大喊大叫，因为自己将要看见真实的火车。

现在看来，在海子短短的一生中，“火车”是一个极其重要的关键词，比如他的名作《日记》就是在去西藏途中，在经过青海省德令哈市的火车上构思完成的；海子第二次去西藏，是逃票回来的。令人感伤的是，考上大学十年之后，这个向往火车的青年正好选择了火车作为结束生命的工具。

海子启程去北京前，操采菊向亲友借了三十元钱交给儿子。而作为乡村裁缝师的父亲查正全，为了给儿子提供在校园里每月十元钱的生活费，开始了紧张的劳碌。

因为海子考上大学时只有十五岁，年纪太小，班上同学的年龄都比他大一截，加上长得像《闪闪的红星》里的冬子，上学时，整个北大法律系的人差不多都认识他，昵称他为“冬子”。有一次，全班同学去香山郊游，照相时，一位同学搂着他开玩笑：“来，咱爷俩照一张。”

从《小站》出发

80年代初期，北岛、芒克等人创办的《今天》杂志正在校园中流传，海子开始了对文学作品的阅读。不过，与其他“第三代诗人”在写作早期受惠于“朦胧诗”不同，没有证据证明海子受到《今天》的直接影响（但海子早期的一些作品有顾城的影子）。当时的北京大学成立了许多文学社团，这些社团里也没有海子的身影。

1982年，大学三年级的海子开始写诗，但在最初的半年里他到底写了哪些作品，没有人知道。海子的第一部诗集《小站》“出版”于1983年6月，不知道是否收录了他的最初习作，但西川认为，《小站》收录的只是海子1983年4月至6月的作品。这本六十多页的油印小册子分为“给土地”“静物”“故乡四题”“远山风景”“告别的两端”五个小辑，内有长短诗歌二十三首。那时候海子还没用笔名。在诗集的扉页上，他写道：“一条汉子立在一块土地上，苦难始终在周围盘旋。他弯下身去，劳作的姿势被印在太阳、文字、城徽和后代的面貌上。这就是一切。诗的体验就从这里开始。但愿他的折光也照着这个小站。”字里行间充满了“嘤其鸣矣，求其友声”的期待。

而在《小站》的后记里，查海生在感谢了为该书问世付出劳动的陈四海、李存棒、甘培忠、刘大生等同学，以及因为纸型限制破坏了版式美观而请求读者谅解之后，马上表达了内心的愿望：“我期望着理解和交流。”之后又引用惠特曼的诗，对可能存在的知音发出更迫切的呼唤：“陌生人哟，假使你偶然走过我身边并愿意和我说话，你为什么不和我说话呢？/我又为什么不和你说话呢？”而且充满信心地向人们“保证”：“对宽容我的我回报以宽容。对伸出手臂的我同样伸出手臂。因为对话是人性最美好的姿势。对帮助我从幼稚走向成熟，我以更加的成熟的产品奉献给他。”后来的事实证明，海子没有辜负自己的承诺。

《小站》只印刷了二十册，分送给了一些诗友，因此，至今保留着这本薄薄的油印诗集的人数只能用凤毛麟角来形容。在作品风格和质量上，《小站》也和一个诗歌初学者身份相符，我们可以明显地看出当时正如日中天的“朦胧诗人”对海子的影响，特别是第一辑“给土地”里的几首中型作品，很明显模仿了杨炼和江河的题材和角度，诗集的最后一首诗《小叙事》，则颇有顾城之风。但即便如此，第一辑及《小叙事》仍然是整本《小站》中质量最高的，因此，1997年上海三联书店出版的《海子诗全编》（西川编选）中，只选入了第一辑里的《东方山脉》一诗。2009年作家出版社出版的《海子诗全集》也只是把《小站》作为“补遗”收录，并在《出版说明》中明确指出，当年《海子诗全编》只收入《小站》的一首诗“是因为编者当时认为其中的有些作品质量上尚欠火候，现在收进来是出于为研究者提供方便的考虑”。

印数虽少，质量虽不算高，但“即使诗作质量不如后来的诗集，在反映海子的心路历程、诗歌风格的变化上至少有资料的意义……这是海子一生诗歌写作的开端，它所透露的趣味与气质在后来的写作中清晰可见，这是海子诗歌旅程一个出发的‘小站’，文字有典型的海子风格”（荣光启：《关于海子第一本诗集〈小站〉的出版》）。而且在当时，《小站》的印行也引起了不小的反响。《南方都市报》2009年3月29日载文，海子的法律系朋友、诗人陈陟云回忆，在北大，中文系的学生在文学创作这一块，比外系的学生要强势得多，著名的五四文学社也只吸纳中文系的学生。《小站》出来后，这一局面就逐渐被改变了，同学们争相传阅，骆一禾还专门去找海子，在五四文学社为他搞了一个讨论会。因为《小站》，海子与中文系79级的骆一禾、老木，西语系81级的西川结识。后来，人们把骆一禾、海子和西川排在一起，称为“北大三剑客”，也有人在此基础上加上老木，称他们为“北大四剑客”。但大多数时候，海子是孤独的，从开始写作，直到去世之前，收获到的更多的是打击与讽刺，去世之后，人们才如梦初醒般认识到海子诗歌的价值，从而带动了一股声势浩大的“麦地诗潮”。

众说纷纭的数字之争

有意思的是，《小站》虽然只有六十多页，但对于此书收录了多少首诗，却众说纷纭。比如西川在《海子诗全集》里说《小站》收录了“诗十七首”，曾写过《海子诗传》的边建松认为是二十三首，《海子——一个时代的故事》的作者于萍则这样写道：“同宿舍一同学在门口给海子刻蜡纸，帮他油印平生第一本诗集《小站》，收录了海子1983年写的十五首诗。”海子的朋友、诗人陈陟云则在回忆海子的文章《八十年代的北大诗歌，我们生命之中的青春小站》中，认为是十八首：“2005年的3月

26日凌晨1点。在辗转反侧、吞下仅剩的两颗‘安定’后仍然无法入睡的情况下，我悄悄地走到书房，打开了台灯。书桌上仍然搁放着晚上刚刚翻看过的几本书和几页反复涂改过的诗稿。其中一本陈旧的黄皮油印小册子尤其显眼，那是我们北大法律系七九级同学查海生（海子）的第一本诗集《小站》……这本只有薄薄的六十多页的小册子……集中了海子最早（1983年4至6月）的十八首诗作。”为此我向曾专门研究过《小站》的朋友、青年学者荣光启求证，荣光启反复两次回复，认为是二十五首。

在这些人中，至少我们可以肯定，西川、荣光启和陈陟云是收藏有《小站》原版的，于萍和边建松是否接触过《小站》原版不得而知。不过我认可边建松的说法：《小站》收录的诗歌是二十三首。当然，西川、荣光启和陈陟云也没错，为什么他们会给出截然不同的数据呢？我猜测主要源于对诗歌的“首”的认识区别。

荣光启在《关于海子第一本诗集〈小站〉的出版》一文中，指出了“诗集的整体结构的辨认”问题导致他的“二十五首”与陈陟云“十八首”的区别：

> 由于刻印者的疏漏，原书目录页中没有标出第一辑“给土地”中的诗作《年轻的山群》，以至于此诗到底是与《以山的名义，兄弟们（组诗）》《丘陵之歌》和《高原节奏》同级，还是隶属于《以山的名义，兄弟们（组诗）》，叫人难以辨认。我从《年轻的山群》与《丘陵之歌》和《高原节奏》在篇幅上、诗句排列的风格相近（多长句）等因素考虑，还

是认为《年轻的山群》与《以山的名义，兄弟们（组诗）》《丘陵之歌》和《高原节奏》同级。而《以山的名义，兄弟们（组诗）》则可以视为是由《东方山脉》《上山的孩子》和《恋歌》三首构成。也是从此三首诗的独立性上说，我认为《小站》包括长诗、短诗、小诗共二十五首。当然，若将第四辑“远山风景”八首短诗算为一组，认为《小站》集中诗作为“十八首”也成立。

西川说十七首，有两个可能：其一，将第一辑“给土地”中《小山素描》所包含的《上山的孩子》《恋歌》两首诗视作一首，同时，将第四辑“远山风景”中的八首短诗视为一首，这样，整本书就正好十七首；其二，由于《小站》“原书目录页中没有标出第一辑‘给土地’中的诗作《年轻的山群》”，西川只是按照目录上的诗歌标题计算，故得出十七首的结论。

陈陟云则没有像西川那样把《小山素描》所包含的两首诗视作一首，而是和荣光启一样，将它们视为两首，同时“将第四辑‘远山风景’八首短诗算为一组”，故得出十八首的结论。荣光启则正好和西川相反，不仅将《小山素描》的两首诗以及“远山风景”一辑的八首诗独立出来，还将第三辑“故乡四题”中的《红喜事》一诗包含的三首短诗《起点》《途中》《终点》独立计算，因而加起来正好是二十五首。而我和边建松没有把《起点》《途中》《终点》作为独立的作品，认为它们只是《红喜事》一诗的三个小标题，因此我们认为《小站》收入的诗歌是二十三首。至于于萍是怎么算出是十五首，我还找不到合适的解释角度。

当然，这些都是猜测，我没有接触过原版《小站》，也不知道如此推论是否符合事实。其实无论是十五、十七、十八，还是二十三、二十五，都是一个数字而已，对于普通读者来说没有任何意义，在这个鸡毛蒜皮的问题上纠缠，大概是证明了我的研究已误入歧途而已。

你是唯一的一块埋人的地方

《小站》面世一个多月后，1983 年 7 月，海子大学毕业，被分配到中国政法大学校刊编辑部工作，在当校刊编辑期间，海子与一个同事以及一批学生成立了“星尘”诗社，并油印了诗社成员的作品合集《草绿色的节日》。

海子对学生和诗歌爱好者非常热情，毕业于中国政法大学的作家刘明清在随笔《诗歌与青春不再来》中曾经回忆起海子的一件往事：“那天是星期日，一大早，我们几个爱写诗的男女同学就挤上了开往门头沟的公共汽车，海子也混迹于我们这伙人里面。由于他有教师的身份，再加上他‘校园诗人’的桂冠，所以很自然，他成了我们一行人马的领队。确实，他不仅指挥、张罗着，而且主动替大家买票。中午在潭柘寺解决午餐问题，又是他掏腰包买的面包、汽水。这一天我与他聊了许多，当然最多的还是诗歌。其时他告诉我正在读英国诗人弥尔顿的《失乐园》，感觉非常好。我还发现，他是个羞怯的人，与女孩子正面讲话都似乎要脸红。这也难怪，那个时候我们都还不到二十岁，上世纪 80 年代毕竟还不像今天这么开放。我知道，海子那时虽没有交女朋友，但周围却是很有一批女性崇拜者的。那天与我们一起游玩的四个女同学都争着要和海子照相，让他的娃娃脸不知红了多少次。记得我们俩照相的时候，就有个女孩子悄悄隐蔽在我们后面，结果二人照变成了三人照。”

渐渐地，海子在政法大学有了一批朋友，比如诗人吴霖、爱画画的孙理波、喜欢气功的常远。于萍在《海子——一个时代的故事》中谈到了海子的业余生活和创作：

在孙理波看来，海子算得“时髦青年”。他们总相伴去看电影，海子订了电影杂志，喜欢《乱世佳人》，迷恋嘉宝；时不常听点卡篷特的磁带，看到孙理波画油画，海子也试着来上几笔；他的打扮看不出乡村青年的痕迹，整洁朴素，偶尔露花俏，有一次穿了件红毛衣，在一群黑灰蓝中很扎眼，校领导在班车上隐晦地表达了意见。他们看《等待戈多》，喝时兴的果子酒，喝到兴起走在路上大声吹牛，傍晚溜达回宿舍，瞥见副食品店门口摆摊卖菜的老农，突然对那平常景色生出些异样的感觉，海子嘟囔：“别以为我们荒诞的生活才是生活，你看，粮食和蔬菜，这才是生活。”孙理波说，《面朝大海，春暖花开》中的那句“从明天起，关心粮食和蔬菜”，正来自此。

可他的创作过程还是神秘的。在昌平蜗居的5年是创作的高峰期，就像一只橘子，他没办法把自己从里往外全翻给人看，表现出来的仅仅是布满凹洞的圆壳。有一年从贵州来了位狂放诗人，听过海子的大名，颇有兴致地提议去游览十三陵，在大红门，海子留下了日后流传最广的一张照片：阳光下他伸展双臂，头高高昂起，帽子捏在手上，阳光穿透他在地上留下阴影。孙理波是这张照片的拍摄者，他说，也许叫人失望，海子生性内向，不擅表现，这姿势是那位狂放诗人的主意，海子学样来了一张。

在校刊编辑部工作一年后，海子被调到哲学教研室任教。

现在时常有人指责海子不负责任，认为海子把父母留在贫穷的乡下，自己选择了自杀，愧对父母的养育之恩。这个观点是否有道理，外人说不清，就像在生活与精神的选择之间，不同的人会有不同的答案。从我接触到的材料看，海子并非人们所想象的那么“不孝顺”：海子上班第一个月，得到了九十元的工资，他就寄了六十元回家；1988 年，海子把母亲接到北京昌平生活了一段时间，临别前，海子给了母亲三百元钱；同年，海子花了五百元帮家里买了一台“星宇牌”十四寸黑白电视机……而海子当时的生活也极其艰苦，不仅没有电视机、录音机，甚至收音机也没有，用他的朋友常远的话说：“‘穷极了’，临时到商店买个东西都没钱。”在北京读书时，海子还把当时所能接触到的金庸、古龙、梁羽生的作品集全部读了一遍，并且打算将来帮乡下的父亲开个租书铺，遗憾的是，这个理想没能如愿。

经过将近两年的写作尝试，1984 年 10 月，海子写出了短诗《亚洲铜》：

亚洲铜，亚洲铜
祖父死在这里，父亲死在这里，我也将死在这里
你是唯一的一块埋人的地方

亚洲铜，亚洲铜
爱怀疑和爱飞翔的是鸟，淹没一切的是海水
你的主人却是青草，住在自己细小的腰上，守住野花的
　手掌和秘密

亚洲铜，亚洲铜
看见了吗？那两只白鸽子，它是屈原遗落在沙滩上的
　白鞋子
让我们——我们和河流一起，穿上它吧

亚洲铜，亚洲铜
击鼓之后，我们把在黑暗中跳舞的心脏叫作月亮
这月亮主要由你构成

《亚洲铜》一般被人们认为是海子进入真正的诗歌创作的肇始之作，据说骆一禾非常喜欢，赞为“不朽之作”。这首诗开阔而自由，既温婉细腻又大气磅礴，诗歌中的很多词语后来成为海子乃至于大量青年诗人的“词典”，比如鸟、青草、野花、河流、黑暗、月亮……

1985年，《亚洲铜》在四川诗歌民刊《现代诗内部交流资料》

第一期上发表，“海子”这个笔名正式启用，而此前，海子只在自己编辑的中国政法大学的校刊上用“海子”发表过新闻稿。现在，有人想当然地认为“海子”这个笔名是指“大海的儿子”，实则不然，“海子”指的是高原上的湖泊。海子与高原有缘，他曾去了西藏两次，还与内蒙古的一个女孩恋爱，不知道这是不是命运冥冥中的安排。

海子曾在《现代诗内部交流资料》上发表的《亚洲铜》一诗旁边写过几句凌乱的注释，从这些注释里我们可以知道，“亚洲铜”指的是像铜一样的黄土地，而海子的老家盛产铜矿，由此我们知道，《亚洲铜》写的是对故乡黄土地的赞美与依恋。理解了这一点，全诗的疑难之处就迎刃而解了。而在这首诗的旁边，海子专门用书名号括着了“土地”二字，莫非长诗《土地》的构思在这个时候已经粗具雏形了？

我还发现，这首诗的最初发表的部分词句和现在经过整理的《海子诗全集》等有细微的区别，比如第二句“我也将死在这里”，原文为“我也会死在这里”；“它是屈原遗落在沙滩上的白鞋子”一句，现在有版本为“它们是屈原遗落在沙滩上的白鞋子”；“穿上它吧”一句，有的版本则是“穿上它们吧”；“我们把在黑暗中跳舞的心脏叫作月亮”，现在有的版本写成“我们把在黑暗中跳舞的心脏叫做月亮”。不知道是后来发表时编者还是出版社编辑修改的，或者是海子自己修改的。海子的很多诗歌都是如此，在字词上有所差别，因此西川在《海子诗全编》和《海子诗全集》的“编后记”中专门指出：“海子时常有一诗数稿的情况。”

1985 年左右，海子开始了初恋，对方是一个内蒙古女孩，正在中国政法大学就读。关于这段恋情，有一个十分传奇的起因：海子在上课时问学生喜欢哪些诗人，这个学生站起来回答“海子”，引来一阵哄笑，两人从此开始产生好感。海子一生中最爱的就是这个女孩，海子所写的情诗中，绝大多数与她有关。甚至海子几年后之所以自杀，传闻之一就是因为海子以为自己亵渎了他们之间的感情。1986 年春节，查曙明看到过海子写给这个女孩的情书，“哥哥像任何一个陷入初恋的年轻人一样，与女友约定时间，一起为他们的爱情祈祷”。不过，他们的恋情并没有完满的结果，女孩子毕业后，去了南方，两人就分手了。

1986 年暑假，海子从北京出发，经过四川去西藏。海子一生中共去过西藏两次，这是第一次。毫无疑问，西藏给海子留下了深刻的印象，回来后，海子写了一首《云朵》，开头一句是：“西藏村庄 / 神秘的村庄”。为了改善生活环境，1989 年，海子跟父亲提出想辞掉教职，跟北大的同学一起去海南办报纸，但这一提议遭到了查正全的坚决反对，并被查正全狠狠地骂了一顿。二十二年后，面对来访的记者，查正全仍对当初自己反对儿子辞职而懊悔：“现在想想不如让他去，也许他现在还活着。”

你从远方来，我到远方去

1990 年年底，我从《中国现代主义诗群大观 1986—1988》（同济大学出版社 1988 年 9 月出版）中第一次接触到海子的诗歌时，海子已经去世将近两年了，但我并没有感到有多么惋惜，我读到的不是《村庄》《秋》《九月》《四姐妹》等值得反复吟诵的佳作，而是《明天醒来我会在哪一只鞋子里》等几首不算很成熟的分行文字："我想我已经够小心翼翼的／我的脚趾正好十个／我的手指正好十个／我生下来时哭几声／我死去时别人又哭……"句式短促，节奏稍微有些别扭，一个十六岁的少年自然品味不出这玩笑背后的苍凉。但我很快就读到了《九月》《答复》，少年的多愁善感找到了依托。很多个夜晚，我的阅读是伴随着"我的琴声呜咽　泪水全无／只身打马过草原"；"当我痛苦地站在你的面前／你不能说我一无所有／你不能说我两手空空"这些诗句度过的。

和大量同龄人一样，我刚刚开始的涂鸦也表现出了十分明显的"海子风格"，马匹、泪水、雨水、野花、麦地、山冈、草原、死亡、荒凉、王、姐姐等词语随处可见，但我学习不到海子诗歌中的那种黑暗、悲伤与绝望，因为当时我年少，而且悲伤与绝望本来就是只能靠自己体验而无法学习的。《黑夜的献诗》中的词汇和情愫在海子的诗歌中相当典型：

黑夜从大地上升起
遮住了光明的天空
丰收后荒凉的大地
黑夜从你内部上升

你从远方来，我到远方去
遥远的路程经过这里

天空一无所有
为何给我安慰

丰收之后荒凉的大地
人们取走了一年的收成
取走了粮食骑走了马
留在地里的人，埋得很深

草杈闪闪发亮，稻草堆在火上
稻谷堆在黑暗的谷仓
谷仓中太黑暗，太寂静，太丰收
也太荒凉，我在丰收中看到了阎王的眼睛

黑雨滴一样的鸟群
从黄昏飞入黑夜
黑夜一无所有
为何给我安慰

走在路上
放声歌唱
大风刮过山冈
上面是无边的天空

诗歌一开始就是浓重的黑暗：“黑夜从大地上升起／遮住了

光明的天空。”这大地曾经历过丰收的喜庆，但现在已经荒凉，黑夜降临，不仅涂黑了它的表层，更感染了它的灵魂——从“内部升起”。

“丰收后荒凉的大地／黑夜从你内部上升”这两句，更是意味深长。据说，在自杀前半个月，海子在西川家里曾经谈起过这样一个事实：城里人对乡村生活有隔阂，一想到乡村的麦田就以为充满生机，实际上收割后的田野荒凉万分。说的是自然界中的田野，何尝不是指人的内心？其间蕴含的绝望，令人刻骨铭心，遗憾的是，当时在场的朋友因故没有就这个话题展开。如果当时就这个话题深入交流下去，有朋友的关怀和开导，海子或许不会走到那一步。

在黑暗中，人们在奔波，“你从远方来，我到远方去”，在黑暗中相互交错，却彼此难见，这个时候，连天空都不再博大，“一无所有”，所谓的安慰又值几何？

大地广阔，却徒有其表，人们注重的仅仅是索取。“丰收之后”，土地被抛到一边，独自荒凉，而贪婪的“人们取走了一年的收成／取走了粮食骑走了马”，只留下空荡荡的土地，以及那些死去的、埋在地下的人。

“草杈闪闪发亮，稻草堆在火上。”作为丰收之后的遗物，稻草显得多余，人们将它叉起，将它们堆积起来焚烧，成为次年再次索取的肥料。而作为“战利品”的稻谷堆在黑暗而寂静的谷仓里，虽然仓库饱满，却是另一种荒凉，因为它们即将等到的是死亡——“我在丰收中看到了阎王的眼睛”。

第五节和第六节，画面有了动感，鸟群飞起，人走在路上并且歌唱，大风刮过山冈。诗歌开始有了一些亮色。“我”的思绪也从最初的由亮转暗的孤单（天空一无所有 / 为何给我安慰）转变为洞悉世事之后的坦然（黑夜一无所有 / 为何给我安慰）。正因为这样，所以我“走在路上 / 放声歌唱”，目光越过了山冈，直抵“无边的天空”。

荒凉、伤感、决绝的情绪，配以优美无比的词汇，构成了海子诗歌直抵人心的力度。这种悲伤与期待交错、希望与绝望纠缠的情感，怎不令人浮想联翩？

因为对海子作品的喜爱，我顺带把部分注意力停留在了海子的校友戈麦和海子的老乡陈先发身上，他们具有与海子同样的才华。我先后邮购了南京出版社出版的《海子、骆一禾作品集》和安徽文艺出版社出版的陈先发诗集《春天的死亡之书》。1995 年，又购得漓江出版社出版的戈麦诗集《彗星》。戈麦与海子有相似之处，同出于北大，诗风都相当抒情，而且都是自己结束自己的生命。他的《献给黄昏的星》是我喜欢的诗歌之一。但戈麦的大部分作品很驳杂，甚至近于臃肿，能给人留下较深印象的并不多，这也许是后来人们很少提及他的诗歌的原因。

而我留给陈先发的时间极为短暂，除了 1991 年和 1992 年在《诗歌报》上多次读到，1993 年后，我几乎把这个诗人遗忘了。到了 1994 年，沙光编的《中国诗选》出版，我再次看到“陈先发”几个字时，已恍若隔世。好在近几年陈先发又重现江湖，并且日益精进。

2000 年以后，我仍然偶尔会阅读海子的作品，但已经不是因为喜欢，而是希望给他一个定位，一个完全属于个人趣味而不理会世俗标准的定位。比如他与西川、骆一禾，谁更优秀？为了这个问题，朋友们在酒桌上多次争论过，当然，这样的争论从来就不可能得出结果。

今夜我不关心人类

1988 年暑假，海子开始了他的第二次西藏之旅，火车经过青海省德令哈市时，海子默默地记住了这个名字。很快，“德令哈”出现在海子的诗歌中。这首名为“日记”的短诗，已经成为今天流传最广的海子的作品之一：

姐姐，今夜我在德令哈，夜色笼罩
姐姐，我今夜只有戈壁

草原尽头我两手空空
悲痛时握不住一颗泪滴
姐姐，今夜我在德令哈
这是雨水中一座荒凉的城

除了那些路过的和居住的
德令哈……今夜
这是唯一的，最后的，抒情。
这是唯一的，最后的，草原。

我把石头还给石头
让胜利的胜利
今夜青稞只属于他自己
一切都在生长
今夜我只有美丽的戈壁　空空
姐姐，今夜我不关心人类，我只想你

这首诗的名气有多大？我们可以用西川在接受记者采访时说的一句话来证明：“有人知道德令哈，是因为读了海子的‘姐姐，今夜我在德令哈’。”的确，如果没有海子的《日记》，德令哈不会成为中国文学作品中一个标志性的词语。但直到2012年，当地才想起要回报诗人——在7月下旬举办中国首届“海子青年诗歌节”，并专门将新闻发布会地点选择在海子的母校北京大学。只是不知道这里的“姐姐”指的是谁？

从这首诗也可以看出，虽然西川与海子是多年好友，而且时常交流，但他们的诗歌风格几乎没有交叉。海子飘逸、热烈，有飞蛾扑火般的激情；西川则相对冷静、节制，如智者般敏睿。倒是骆一禾的短诗与海子的追求较为接近，从总体而言，骆一禾的诗歌佳作数量不如海子和西川，但骆一禾作品中的稳重和淳厚似乎也为他的两个挚友所不及。

这一次去西藏，海子背回了两块重达二十公斤的藏传佛教石头浮雕。海子死后，这两块石雕作为海子的遗物被托运回老家，镶嵌在他的坟墓上。

据《中国新闻周刊》载，从西藏回来后很长一段时间，海子都十分兴奋，曾向一位同事绘声绘色地描述自己的西藏之行，“他说到自己没带多少钱，是蹭火车回来的”。

而那个时候，海子已经不能继续教他最开始教的美学，而是改教马克思主义哲学课，显然，他并不喜欢这门课程。一个学生在回忆文章里写道：“由于是第一节课……他聊了不少佛教的内容，还有他去西藏的见闻，其中有：一个喇嘛当众用利刃切开自己的腹部，整理肠子肚子后又把切开的部分合上，整个过程一滴血也没流。他说他道家的小周天练通了——就是从脑顶到尾骨，再从尾骨到后脑的一个逆时针的一个管道，练通了的人就可以在这个管道里运气……”

1989 年 3 月 26 日，海子自杀。人们在他身边发现了四本书：《新旧约全书》、梭罗的《瓦尔登湖》、海雅达尔的《孤筏重洋》和《康拉德小说选》。

关于海子去世前两天的行踪，目前流行比较广泛的是西川在《死亡后记》中的记述：“海子大概是 25 日早上从政法大学在北京学院路的校址出发去山海关的。那天早上我母亲在上班的路上看到了从学院路朝西直门火车站方向低头疾走的海子。当时我母亲骑着自行车；由于急着上班，而且由于她和海子距离较远，不敢肯定那是不是海子，便没有叫他。现在推算起来，如果那真是海子，那么他中午便应到了山海关，我想任何人，心里难处再大，一经火车颠荡，一看到大自然，胸中郁闷也应化解了。看来海子是抱定了自杀的决心。他大概在山海关溜达了一下午，第二天又在那儿闲逛了一上午，中午开始沿着铁道朝龙家营方向走去。”但西川的这段文字充满了不确定性，这从文字中的两个“大概”

和一个“不敢肯定”及“推算起来”可以得到证明。

而据刘明清了解的情况，海子3月25日晚上住在学院路的政法大学（政法大学在学院路、昌平两地办学）集体宿舍，和其他单身青年教师一样，海子只是在周末才回到位于昌平校区的家里。那个晚上，海子就睡在刘明清的同学的上铺。半夜12点左右，海子突然起床叫嚷，将其他人惊醒。有人问他怎么回事，他回答说做了一个噩梦，叫别人继续睡觉。第二天早上，人们起床后发现海子不见了。

如果刘明清的叙述是真实的，那么海子应该是3月26日凌晨才赶往山海关的，西川母亲25日上午看到的就不是海子。当然，无论西川还是刘明清的说法，都是“大概”，真实情况如何，可能只有天堂里的海子才清楚了。

得知海子自杀的消息后，骆一禾与西川马上进行了分工，由骆一禾与中国政法大学及海子家人一起去山海关料理海子的后事，西川则留在北京为海子家人募捐。骆一禾回来后，向西川描述了海子最后的情形：戴着眼镜，右额角有擦伤，嘴张开，身子断为两截。而另一个到了现场的朋友总结道：海子死得很有尊严。

随后，骆一禾与西川就整理海子的作品问题再次进行了分工，骆一禾负责整理海子的长诗，西川负责整理短诗，并投入了紧张的工作中。当年5月14日凌晨，骆一禾在天安门广场突然晕倒，被送到北京天坛医院治疗无效，于5月31日中午去世。

抒情的两副面孔

对于海子诗歌的抒情性，同行们有两种截然相反的评价。

大部分读者持赞赏的态度，但也有一些论者认为，海子的抒情存在着弊端，比如周伦佑就曾在文章中表达过对“海子作品泛滥”的担忧，认为海子作品的流行使中国当代诗歌的探索成就毁于一旦。另一些批评家和诗人还保持了对诗歌的抒情性的警惕，他们认为，诗歌的抒情是矫揉造作的，诗歌发展到今天，抒情应该被抛弃。

我并不认同那种将诗歌中的抒情认为是“矫揉造作的”的论断，抒情作为一种文学表现手法，本身并没有什么错。如果说，在诗歌中将不合时宜地、矫揉造作的抒情抛弃，我同意。其实，无论在什么时候，在诗歌中矫揉造作地抒情都会被人抛弃，有的抒情诗歌之所以不被“抛弃”，要么是它能够将“矫情”的成分掩饰得天衣无缝，让普通读者难以察觉，要么是因为它们表面上看起来矫情，但实际上并非如此。辨别这些微妙的差别需要慧眼。一句话：抒情的诗风没什么不妥，只要它不是为抒情而抒情。

曾经有这么一种说法，认为诗歌就是探索，就是求新，就是不能使用“陈旧”“老套”的词语。这是一种误解。在诗歌创作中，词语与技巧本身没有优劣之分，关键是如何将它们与需要表达的内容达成平衡。“陈旧”和“老套”并不等同于“陈词滥调”，杰出的抒情同样能增强读者对生活的理解，对现实的重新发现。南唐后主李煜的《虞美人》就是一个很有说服力的例子：

春花秋月何时了，往事知多少。小楼昨夜又东风，故国不堪回首月明中。

雕栏玉砌应犹在，只是朱颜改。问君能有几多愁？恰似一江春水向东流。

在这首短短的词中，出现了春花、秋月、往事、小楼、东风、雕栏玉砌、朱颜、春水等庸常的词语，但它们经过词人的艺术处理和精神灌注，再与词人的命运映衬，呈现出何等生动和刻骨铭心的情景！

也许有人会认为《虞美人》不足以说明问题，那么我们不妨看看海子这首《村庄》：

村庄，在五谷丰盛的村庄，我安顿下来
我顺手摸到的东西越少越好！
珍惜黄昏的村庄，珍惜雨水的村庄
万里无云如同我永恒的悲伤

再看看这首《九月》：

目击众神死亡的草原上野花一片
远在远方的风比远方更远
我的琴声呜咽　泪水全无
我把这远方的远归还草原
一个叫木头　一个叫马尾

我的琴声呜咽　泪水全无

远方只有在死亡中凝聚野花一片
明月如镜高悬草原映照千年岁月
我的琴声呜咽　泪水全无
只身打马过草原

在这两首典型的抒情短诗中，村庄、五谷丰盛、雨水、悲伤、草原、野花、泪水、远方、琴声、明月……“俗套”的词语举目皆是，但你觉得它俗套吗？

诗人的内心不是机械厂，诗歌不是模具，不能批量生产，也不能笼统命名。评价一首诗或者一种风格的优劣，只能以具体的作品为例，而不能“一棍子打倒一船人”。当然，从我个人的写作经验而言，我比较喜欢抒情与智性相结合的作品，这也是海子在我个人的“诗人排行榜”中不是最靠前的原因。至于抒情性的诗歌如何才能进入更高的领域，我想，最终还是看每个诗人的个体是否足够强大。

席勒在他那篇著名的论文《论素朴的诗和感伤的诗》里，将“伤感之诗”的等级划分为三个层次：讽刺诗、哀歌、牧歌。同时命名了素朴的诗、感伤的诗、素朴与感伤相结合的诗。在他看来，所谓“素朴的诗”，就是忠实地描写自然的诗歌，这种诗歌在古代诗人中比较多见，其特点是不存在理想与现实的分裂，显得自然而率性。而“感伤的诗”则因为诗人不满意于现存秩序，他们渴望理想与观念的统一，却苦于无法达到，由这种人性的分裂而导致感伤的情绪。而真正的审美标准是将素朴与感伤相结合，两种因素相互成就，相互提防走向极端。详细地说，就是以素朴的节制，来提防心灵过于夸张；以伤感的情绪，提防心灵走向松弛。两者完美结合起来，在诗歌中体现一种理想中的优美人性。席勒将这样的诗歌命名为“感伤牧歌”，并称之为“最高类型的诗”，这种诗歌的性质使现实与理想之间的一切矛盾完全被克服，给人们一种“宁静”的感觉，它使诗歌中的各种力量达到平衡，充实而有力。但这样的诗很难出现。

以此观照海子的诗歌，我们也许能够得到一些启示。海子的诗歌，无疑是席勒所说的较高境界的诗歌，即素朴与感伤相结合的诗歌，它的词汇、意境体现了素朴的特质，而内在的情感则相当感伤。当这两种因素作用于同一首诗并取得平衡时，像《村庄》《九月》那样的佳作就出现了。虽然海子的大部分诗歌是素朴与感伤相结合，但我们也可以看到，并不是海子的所有作品都能够达到这种“感伤牧歌”的高度，在另一些诗歌中，作者的情绪有泛滥之嫌。也许，海子内心的情感太丰富了，无法平静下来，作品中那种飞蛾扑火般的激越总是无法被完美控制。比如《我请求：雨》，过多的渴盼，缺乏情绪上的节制，充其量只能算是“感伤的诗”而已。

最后一首诗，最后一个海子

春天，十个海子全部复活

在光明的景色中
嘲笑这一个野蛮而悲伤的海子
你这么长久地沉睡究竟为了什么？

春天，十个海子低低地怒吼
围着你和我跳舞，唱歌
扯乱你的黑头发，骑上你飞奔而去，尘土飞扬
你被劈开的疼痛在大地弥漫

在春天，野蛮而悲伤的海子
就剩下这一个，最后一个
这是一个黑夜的儿子，沉浸于冬天，倾心死亡
不能自拔，热爱着空虚而寒冷的乡村

那里的谷物高高堆起，遮住了窗户
他们把一半用于一家六口人的嘴，吃和胃
一半用于农业，他们自己的繁殖
大风从东刮到西，从北刮到南，无视黑夜和黎明
你所说的曙光究竟是什么意思

——《春天，十个海子》

《春天，十个海子》是海子生命中的最后一首诗，创作于1989年3月14日凌晨3点多钟。

诗歌开始于一个想象，诗人以已故者的视角，勾勒出一幅幅

热闹而凄凉的场景：春天，十个海子在光明的景色中嘲笑“这一个野蛮而悲伤的海子”；“十个海子低低地怒吼／围着你和我跳舞，唱歌／扯乱你的黑头发，骑上你飞奔而去，尘土飞扬”。在这里，出现了两个极为强烈的对应。其一是春天光明的景色与死亡的对比。春天代表着希望，而死亡使万事皆空。这种渴望中的绝望，一开始就定下了基调。其二是一个海子与十个海子的对比。这复活的十个海子，与已经死去的海子是什么关系呢？诗人这里运用了反语，借十个“复活”的海子之口，诘问“这一个”海子离开尘世的原因。在这“十个海子”看来，“这一个”海子是“野蛮而悲伤”的，他的死是不值得的；他们“劈开”“这一个”海子之后，在尘土飞扬中飞奔而去，留下那一份疼痛给大地承受。由此我们知道了，这“十个海子”虽然名叫“海子”，但他们不等同于真正的海子，他们代表着已经接受了世俗规则的“海子”，即芸芸众生。就连复活后的自己都对曾经活着的自己产生怀疑和反叛，“扯乱你的黑头发，骑上你飞奔而去”，诗人对人与人之间的陌生、隔阂以及对人类的堕落的失望，由此可见一斑。

请注意“你被劈开的疼痛在大地弥漫”这一句中的“劈开”二字，它呈现的力度，它残酷而形象，让人联想起海子的自杀方式——卧轨。莫非在写下这首诗的时候，海子已经有了明确的选择？

“这一个”海子是孤单的（“就剩下这一个，最后一个”），也是固执的，他不向往尘世的热闹，不理会光芒的缠绕，他有难以抑制的乡村情结和死亡情结（“这是一个黑夜的儿子，沉浸于冬天，倾心死亡／不能自拔，热爱着空虚而寒冷的乡村”）。这里的“乡村”，可以实指海子的故乡，它空虚而寒冷，但被远方的游子所怀念和热爱。如果真是实指，那么诗歌中“他们把一半用于一家六口人的嘴，吃和胃”这一句就很容易解释，因为海子一家正好六口人：父母亲、海子及海子的三个弟弟。我们也可以把“乡村”理解为海子心目中的乡村，它虽然不繁华，却能够带给自己实实在在的温饱。他们经营农业，收获的一半用于短期的温饱；另一半用于经营以后的生活，“自己的繁殖”，自得其乐，任由“大风从东刮到西，从北刮到南，无视黑夜和黎明”。这是一种清贫者的满足，是一个离群者的幸福，是一个倾心于黑夜的人内心的光明，面对这一切，世俗者追求的幸福到底价值几何？

同样，这里的“大风”，可以理解成自然界的大风，也可以理解成人世间的贫穷、诋毁、伤害、利用、背叛等人性之恶的代名词。海子一生饱经痛苦，饱受冷落，处处被“大风”侵袭，在这样的情况下，他已经对“曙光”绝望，不再抱有任何信心，“你所说的曙光究竟是什么意思”？

孤独无依的绝望感和幻灭感在字里行间流溢而出，无边的绝望像黑夜一般笼罩了整首诗歌。由它所蕴含的情感以及作者的生活和生命立场看，海子已对人世深深地失望，他要去追求自己心目中的“曙光”——天堂。

十二天后，海子自杀。

被自己否认的遗书

1989年3月24日，是海子二十五岁生日，在这个晚上，海子写下了两段话：

> 今晚，我十分清醒地意识到：是常远和孙舸这两个道教巫徒使我耳朵里充满了幻听，大部分声音都是他俩的声音。他们大概在上个星期四那天就使我突然昏迷，弄开我的心眼。我的所谓“心眼通”和“天耳通”就是他们造成的。还是有关朋友告诉我，我也是这样感到的。他们想使我精神分裂，或自杀。
>
> 今天晚上，他们对我幻听的折磨达到顶点。我的任何突然死亡或精神分裂或自杀，都是他们一手造成的。一定要追究这两个人的刑事责任。

第二天凌晨 3 点，海子突然在宿舍里大喊“我不行了”“活着没有意义了”，几个被吵醒的同事赶紧跑过来询问，但海子找了比较适当的理由把他们敷衍走了。事实上，海子一夜无眠，两个小时后，海子又续写道：

> 另外，我还提醒人们注意，今天晚上他们对我的幻听折磨表明，他们对我的言语威胁表明，和我有关的其他人员的精神分裂或任何死亡都肯定与他们有关。我幻听到的心声中大部分阴暗内容都是他们灌输的。
>
> 现在我的神智十分清醒。

由此我们知道，尽管海子自认为“神智十分清醒”，在那个晚上，海子的神智受到了重大干扰，“精神分裂”。他把这一切归咎于他所练的气功，或者说归咎于曾与他探讨气功的常远和孙舸。

在那个清晨，海子的自杀之念已不可遏止，接着他又提笔写下了三封遗书：

爸爸、妈妈、弟弟：

如若我精神分裂，或自杀，或突然死亡，一定要找中央政法管理干部学院常远报仇，但首先必须学好气功。

一禾兄：

我是被害而死。凶手是邪恶奸险的道教败类常远。他把我逼到了精神边缘的边缘。我只有一死。

诗稿在昌平的一木箱子中，如可能请帮助整理一些。《十月》2期的稿费可还一平兄。欠他的钱永远不能还清了。遗憾。

校领导：

从上个星期四以来，我的所有行为都是因暴徒常远残暴地揭开我的心眼或耳神通引起的。然后，他和孙舸又对我进行了一个多星期的听幻觉折磨，直到现在仍然愈演愈烈地进行，直到他们的预期目的——就是造成我的精神分裂、突然死亡或自杀。这一切后果，都必须由常远或孙舸负责。

常远：中央政法管理干部学院；孙舸：现在武汉。

其他有关人员的一切精神伤害或死亡都必须也由常远和孙舸负责。

三封遗书，落款都是“海子，1989. 3. 25”，我们可以看到，这三封遗书分别是写给家人、好友和学校领导的，可见“寻死”之心的坚定，也可以看出“自杀”不是一时冲动。而与头一天晚上写的那两段话一样，在每一封遗书中，海子都提到了常远或孙舸的名字。当然，神志不清似的言语当不得真，无论从情理还是法律上，我们都不可能把过错归结到他们头上。事实上，第二天海子自杀前，留下的最后一封遗书已经明确推翻了头一天的说法：“我自杀和任何人没有关系。”不过我们至少从这几封遗书中可以看出气功对海子的巨大影响。

死亡细节

于萍的长文《海子—— 一个时代的故事》，有一些段落，对海子自杀后几天内的各种情况进行过梳理，其中出现了不少细节，诸如海子“精神分裂”的状况，卧轨前的镇静，海子追悼会的场面等。除了关于卧轨的描写我持保留态度（毕竟海子卧轨时，没有目击者），其他的我认为都是相当难得的材料，值得重视。现转摘如下，供感兴趣的读者参考：

> 海子失踪了两天，3 月 26 号，政法大学校方打开了海子宿舍的门。房间明亮干净，蓝色窗帘依然微微透光，书架整理过了，7 卷本印度史诗《罗摩衍那》摆在书桌显眼处，

没来得及修改的手稿，都被塑料绳捆成小捆，放在从家乡带来的小木箱里，摆得一丝不苟。捆扎的塑料绳被仔细编成了麻花辫的样式。5封“遗书”放在抽屉里。

常远急了。他被要求立刻写出一份交代材料，他也祈盼尽快找到海子，“把这件事情彻底澄清”。他写：“这些年来，我在与海子的整个交往过程中，关系一直很好，我从未与他吵过一次嘴，也从未与他闹过任何别扭。”自杀消息传来，常远本打算也去一趟山海关，被同事按住，学校通知他“不许外出，随叫随到”。4月的精神鉴定会上，常远解释说，也许海子练气功走火入魔，脑子里出现幻象，把这幻象强加到了他的头上；可他又坚称海子绝对没有精神分裂。“有一次他大叫屋子里闹鬼了，我和马琛过去一看，一面墙上的唐卡突然飞到了另一面墙上，地上的椅子咔咔抖动。不是幻象，是我们亲眼看见的。”海子最终被鉴定为“精神分裂”。

海子躺到火车慢行道之前，把外套脱了，叠好，放在一旁，下面垫着书包，里面有最后一封遗书，他否认了前5封“遗书”，写道：“我的死与任何人无关。”在后来不断衍生的神话里，海子肠胃里仅有的几瓣橘子成为太阳的象征。神话里说，橘子在他手上，不偏不倚被火车斩为两半，就像海子的身体一样。

学校接到警方的电话时，已是26日深夜，电报迅速发到安徽：“海子病重，父母双方速来。”海子的父亲查正全说，这叫“骗”。在山海关，他们见到的是冰冻过、整理过遗容的儿子。有张追悼会的照片，海子躺在花簇中，穿一身藏蓝色中山装，脸被抹得灰白，头发往后背，神色有一点窘迫。他以一种全中国的殡仪馆都极为擅长的弱化个性的方式，变成了另外一个人。查正全和操采菊穿着土布棉袄，为防昏倒，被众人架在一旁。

他们在北京只待了 4 天，走时带着海子斑驳的小皮箱、亮黄色的绒毛小狗、蓝格子床单、行军水壶、绿色挎包……还有 2000 多册藏书。辗转几次搬家，它们都没有被丢掉。最后一次，海子大弟弟查曙明的儿子、二弟弟查训成的媳妇和三弟弟查舜君，花了两个月为这些书编写序号，再由在文化馆工作的堂姐输入电脑，就像组建一个小型图书馆，四家人里有文化的，都出了力。它们整整齐齐，脊背上粘着小标签，码进“历史的房间”。

我的死与任何人无关

尽管海子说“我的死与任何人无关”，但坊间还是流传着很多种说法。

有说海子生性就具有死亡情结的，有说练气功走火入魔的，有说恋爱失败从而对人生失去信心的，有说因为被圈内人批评受不了最终自寻短见的……

“海子具有死亡情结”的说法，是人们从海子作品中随处可见的“死亡”意象中归纳而来的。西川在《死亡后记》中讨论海子的死因，“死亡情结”列于首位：“海子是一个有自杀情结的人。我在《怀念》中已经引述过海子于1986年写下的一篇日记，那篇日记记于他一次自杀未遂之后。此外，我们从海子的大量诗作中（如发表于1989年第一、二期《十月》上的《太阳·诗剧》和他至今未发表过的长诗《太阳·断头篇》等），也可以找到海子自杀的精神线索。他在诗中反复、具体地谈到死亡——死亡与农业、死亡与泥土、死亡与天堂，以及鲜血、头盖骨、尸体等。”

西川所提及的海子那篇关于自杀未遂的日记写于1986年11月18日，这是海子留下来的三篇日记之一，日记中有这样的句子：“我一直就预感到今天是一个很大的难关。一生中最艰难、最凶险的关头。我差一点被毁了。两年来的情感和烦闷的枷锁，在这两个星期（尤其是前一个星期）以充分显露的死神的面貌出现。我差一点自杀了：我的尸体或许已经沉下海水，或许已经焚化；父母兄弟仍在痛苦，别人仍在惊异鄙视……”

但让人疑惑不解的是，在这段伤心绝望的话语之后，海子笔锋一转，似乎走出了死亡的阴影：“但那是另一个我——另一具尸体。那不是我。我坦然地写下这句话：他死了。我曾以多种方式结束了他的生命。但我活下来了，我——一个更坚强的他活下来了，我第一次体会到了强者的尊严、幸福和神圣。我又生活在圣洁之中。过去蜕下了，如一张皮。我对过去的一张面孔，尤其是其中一张大扁脸充满了鄙视……我永远摆脱了，我将大踏步前进。我体会到了生与死的两副面孔，似乎是多赚了一条生命。这生命是谁重新赋予的？我将永远珍惜生命——保护她，强化她，使她放出美丽光华。”

又有一次，海子和孙理波喝酒到深夜11点，然后郁郁而归。

恰好第二天下雪，让海子平静了许多。几天后，海子见到孙理波，说：“我本来打算干掉自己……第二天中午起来看到外面白茫茫一片，突然就不想死了。”

说了要“珍惜生命”“不想死”，但事实上并没有做到，作为旁人，能用来解释的，大约也只有“世事无常”这几个字了。

“海子对于死亡的谈论甚至不仅限于诗歌写作中。”西川说。海子死后，朋友们回忆起他生前说过的一些话，都后悔以前没有太留意。王家新就谈起过这样的事情：1989 年 3 月初，海子临死前大半个月，还到《诗刊》编辑部找王家新谈诗。海子谈到他春节在老家安庆期间的一个发现：黑暗不是从别处，是在傍晚从麦地里升起来的。当时王家新并没有在意这一点，直到后来读到海子的遗作《黑夜的献诗》：“黑夜从大地上升起 / 遮住了光明的天空 / 丰收后荒凉的大地 / 黑夜从你内部上升……”才如梦初醒般地理解了海子的死：“海子完全是洞穿了生与死的奥秘，用几乎是神示的语言来讲话了，他在精神上已经完全超越生与死了。”

在 1988 年秋天，海子自杀前半年左右，曾与散文家苇岸讨论过死亡的尊严问题。苇岸认为上吊很难看，海子则认为最体面的死法是从飞机上往下跳。西川分析说，海子是在死亡意象、死亡幻象、死亡话题中沉浸太深了，这一切对他形成了一种巨大的暗示，而海子是一个不避讖的人，这使得他最终不可控制地朝自身的黑暗陷落。海子最终之所以选择卧轨，或许是因为在各种自杀方式中，卧轨似乎是最便当、最干净、最有尊严的一种方式。

此外，西川还指出了海子与死亡“缘分”的另一条途径，他认为，海子常常有一种自我暗示。海子曾经对以往的作家、艺术家的工作方式与其寿命的关系进行过分析，得出了“天才短命”的结论。海子尊称那些短命天才为光洁的“王子”。“或许海子与那些‘王子’有着某种心理和写作风格上的认同，于是‘短命’对他的生命和写作方式形成了巨大的压力。”

而对于练气功走火入魔的说法，西川这样写道：“练气功的诗人和画家我认识几个，据说气功有助于写作，可以给人以超凡的感觉。海子似乎也从练气功中悟到了什么。他跟他的一位同事，也是朋友，学气功。有一回他高兴地告诉我，他已开了小周天。他可能是在开大周天的时候出了问题。他开始出现幻听，总觉得有人在他耳边说话，搞得他无法写作。而对海子来说，无法写作就意味着彻底失去了生活。也是在那时，海子对自己的身体也有了某种幻觉，他觉得自己的肺已经全部烂掉了。海子前后留有三封遗书。他留给父母的那封遗书写得最为混乱，其中说到有人要谋害他，要父母为他报仇……海子自杀后医生的死亡诊断为‘精神分裂症’。海子所在的学校基本上是据此处理海子自杀的事的。”

海子的弟弟查曙明也承认海子练过气功。查曙明说，1986年春节，海子就曾给他表演“发功”。当时海子盘腿坐在床上，两手相隔五六十厘米，让弟弟把手放在中间去感觉。“时至今日，查曙明仍记得他能感受到‘有灼热感’。”

诗人孙文波也在《做诗人图个自在》中表示亲眼看过海子练气功，那是在1988年，海子带孙文波去参加“幸存者俱乐部”的聚会，正好碰上俱乐部成员们讨论发展新会员。程序是先由人朗读那些候补会员的诗，然后大家举手表决。当时现场气氛非常严肃，唯有海子显得非常无所谓，有人问到他的意见，他都是说：“发封信吧。”当天晚上活动结束后，孙文波和海子一起到王家新家住宿，两人聊到 4 点多时，孙文波有些疲倦，先睡下了。海子则开始练气功。

前文已经说过，海子在自杀的前一天，写了几封遗书，把自己即将死亡的责任指向了常远和孙舸。后来，《中国新闻周刊》记者采访常远：“在记者的再三追问下，常远承认自己曾研究过人体科学，而海子也确实请求他教点什么，但他否认自己会气功，也没有教过海子气功。不过，常远承认自己‘曾给他介绍过一位藏密气功的传人’。”据常远回忆，海子在练气功的过程中曾出现过幻觉，“那是在 1986 年或 1987 年，海子惊慌失措地把同一栋楼的几个朋友叫到自己的房间，讲述了他刚才看见的‘闹鬼’：海子说，看见自己的书在地上走动，而他挂在墙上的西藏唐卡画像也飞向对面的墙壁”。

关于因失恋而生起寻短见之意的说法，也曾得到一些人的证明。1989 年 2 月 23 日，也就是海子自杀前一个月，曾经写过深情款款的《四姐妹》：

荒凉的山冈上站着四姐妹
所有的风只向她们吹
所有的日子都为她们破碎

空气中的一棵麦子
高举到我的头顶

我身在这荒芜的山冈
怀念我空空的房间，落满灰尘

我爱过的这糊涂的四姐妹啊
光芒四射的四姐妹
夜里我头枕卷册和神州
想起蓝色远方的四姐妹
我爱过的这糊涂的四姐妹啊
像爱着我亲手写下的四首诗
我的美丽的结伴而行的四姐妹
比命运女神还要多出一个
赶着美丽苍白的奶牛　走向月亮形的山峰

到了二月，你是从哪里来的
天上滚过春天的雷，你是从哪里来的
不和陌生人一起来
不和运货马车一起来
不和鸟群一起来

四姐妹抱着这一棵
一棵空气中的麦子
抱着昨天的大雪，今天的雨水
明日的粮食与灰烬
这是绝望的麦子

请告诉四姐妹：这是绝望的麦子
永远是这样
风后面是风
天空上面是天空
道路前面还是道路

据燎原的《扑向太阳之豹：海子评传》一书及批评家悠哉的《海子诗歌研究》介绍，这“四姐妹”确有其人，分别代表海子爱过的四个女人。“四姐妹”的头一个来自内蒙古自治区首府呼和浩特，是中国政法大学一个政治系 83 级学生，此人是海子的初恋女友，海子爱上她的时间大约是在 1985 年，这次初恋大约维持了两年时间。“四姐妹”的第二个是当时在昌平工作的女孩，在海子的诗歌中以“S”代替，海子和她的恋情仅维持了三个月。“四姐妹”的第三个是一个四川达县的姑娘，她大学毕业后在成都工作。海子在达县的《巴山文艺》上两次发表诗歌，可能就是通过这个女友的穿针引线。1987 年，海子绕远道前往四川成都、九寨沟、达县、万县，然后乘船下三峡，抵安庆老家。海子这一奇怪的行程安排，据燎原推测，除了拜访几位四川诗人如欧阳江河、石光华、刘太亨、尚仲敏等，还包括与她见面的目的。也许是因地域相距遥远，海子生前只和这个姑娘见过一面。而“四姐妹”中的第四个可能是一位年岁较大而有着良好的艺术鉴赏力的已婚妇女。

那么，这位年岁较大、有着良好的艺术鉴赏力的已婚妇女到底是谁呢？坊间传闻甚多，每个人都言之凿凿，但不约而同地指向了一位因写西藏而出名的马姓作家。前面说到的1988年夏天海子进行的第二次西藏之旅，在火车经过德令哈市时，写下那首“姐姐，今夜我不关心人类，我只想你”，这里的“姐姐”，据说就是这位马姓作家。有人甚至还亲历者般描述过海子与这位女作家的“过节”。比如一个名叫周雁羽的网友在其随笔《闲读》中这么写道：“马××就在那片神奇的土地上，成长为一位名副其实的人文学者。还知道，海子曾经进入拉萨，见到过马××。在海子诗人的心窍里，精神相融的人应当在肉体上合而为一吧？于是，在凌晨，他去敲马××的门。他当然遭到了拒绝和永远的远离！”

关于此事，海子的朋友、评论家唐晓渡的介绍大同小异：1988年8月初，他去西藏参加诗会，在拉萨遇到已经云游了半个多月的海子与一平。海子结识了正在组织诗歌节的一个女诗人，第一天见面，海子就向这个已经成家的女诗人表达爱意。女诗人当他是个小孩，并不当真，只是向朋友抱怨了一下。几天后的一个深夜，海子到女诗人家喝酒，然后要求留下，被女诗人愠怒地撵走。

在唐晓渡的理解中，海子之所以喜欢那位女诗人，“也许带了一点西藏既可接近又不能参透的心情”。

关于海子凌晨敲门的细节，2004年江苏文艺出版社出版的《海子传》中有更详细的描述。作者余徐刚将这位女作家命名为“姗姗”（海子的诗中把她称为H），据余徐刚介绍，姗姗大海子十岁左右，当时在《西藏文学》做编辑，离异后独居于文联家属院的一处套房。在此之前，海子与姗姗同时在骆一禾编辑的《十月》

杂志上发表过诗歌，因而通过几封信。来到拉萨的第二天，海子便找到了姗姗，并对姗姗一见钟情。

《海子传》对“凌晨敲门”的细节发挥了充分的想象，所讲述的内容与其他人的大同小异，此处就不引用了。老实说，作为一篇文学作品，《海子传》关于此事的描写冗长而幼稚，学生腔十足，特别是对话，简直是琼瑶剧的翻版。不过，联想到余徐刚在写《海子传》时，还是一个大学二年级的学生，也就不忍苛求了。

而一个化名为“雪地候鸟”的网友则叙述得更有“江湖味”：“听说海子笔下的这个姐姐是他暗恋的小说家马××，海子爱她爱得不能自拔，但是她看不起海子。海子当时的名气不大，且其貌不扬。海子不断地给她写情诗，不分场合向她献殷勤，圈内很多人以此为笑谈，马××觉得丢人，就叫人痛打了一顿海子。以后经常唆使他人打骂海子，海子的精神世界从此坍塌。”

从上面这些叙述，我们可以看到一个问题——那句著名的“姐姐，今夜我不关心人类，我只想你”中的“姐姐”，到底是不是这个马姓作家？明显不是，因为写这首诗时，海子还在去西藏的路上，尚未认识“马姐姐”呢！诗中的“姐姐”，应该是指昌平的S。因为海子一直称S为姐姐，而S称海子为傻弟弟，而且据说S的家乡就是德令哈。这样，诗人乘火车经过意中人的老家，有感而发，获得佳句也就顺理成章了。

无论传闻如何，结果只有一个：海子和“四姐妹”的恋情都以失败告终，因此，很多人认为，不排除海子因多次失恋而自杀这一可能。

西川也认为爱情失败，是海子自杀的导火索，并提供了一条重要线索——在自杀前的那个星期五，海子见到了他初恋的女朋友，即毕业于中国政法大学的内蒙古女孩。在海子见到这个女孩时，她已结婚，因而对海子很冷淡。当天晚上，海子与同事喝了很多酒，醉后讲了许多当年他和这个女孩子的事。第二天早上酒醒过来，海子为自己讲了伤害那个女孩的话而万分自责，无法原谅自己，最终起了自杀之意。

据《海子——一个时代的故事》一文透露，海子的四个恋人中的两个，都经历了波折的婚姻，至今仍孑然一身。西藏女诗人也几乎忘记了那个二十年前在半夜敲门的小伙子，当记者向她提起海子时，她只是淡淡地说：海子不该自杀，他和骆一禾，他们都是富有才华的年轻诗人。

什么让他钻入车轮之下

在众多传闻中，我注意到关于“被圈内人批评和伤害”也是海子最终选择自杀的重要原因。首当其冲的是成都诗人尚仲敏。

1988 年 3 月，海子去成都拜访了几个诗人，曾在尚仲敏的宿舍住了一个星期，两人多次长谈，因此，海子对尚仲敏怀有好感。回到北京后，海子对骆一禾说，尚仲敏为人不错，我们在北京应该帮帮他。然而几个月后，海子认为“不错”的尚仲敏就在《非非年鉴·1988 年理论卷》上发表了一篇题为《向自己学习》的文章，其中有一些段落谈到了海子：

有一位寻根的诗友从外省来，带来了很多这方面（宏大史诗写作）的消息：假如你要写诗，你就必须对这个民族负责，要紧紧抓住它的过去。你不能把诗写得太短，因为现在是呼唤史诗的时候了。诗歌一定要有玄学上的意义，否则就会愧对祖先的伟大回声……和我相处的几日，他一直愁眉不展，闷闷不乐，通过仔细观察，我发现他的痛苦是真实的、自然的、根深蒂固的。这使我敬畏和惭愧。

他从书包里掏出了一部一万多行的诗，我禁不住想起了《神曲》的作者但丁，尽管我知道在这种朋友面前是应当谦虚的，但我还是怀着一种惋惜的情绪劝告他说：有一个但丁就足够了！

在空泛、漫长的言辞后面，隐藏了一颗乏味和自囚的心灵。对旧事物的迷恋和复辟，对过往岁月的感伤，必然伴随着对新事物和今天的反动。我们现在还能够默默相对、各怀心思，但用不了多久，他就会成为我的敌人。

读到这些坦诚、调侃与讥讽交杂的文字，海子伤心得跑到骆一禾处大哭一通。这件事对海子的打击是巨大的，据燎原在《海子评传》中透露，1988 年 11 月底，海子在北京接待四川诗人雨田，还拿出了《非非》，说：“他妈的，成都的尚仲敏开始批判我了！”然后对雨田朗读了上述的那段文字。“而骆一禾对此也同样耿耿于怀，在雨田于北京同骆一禾、海子商定准备成立一个诗歌同人组织回到绵阳后，骆一禾又专门去了一封信，其中特意提到了此事，并提醒雨田在物色人选时一定要注意这种‘人和’

条件上的暗伤。”

而在尚仲敏看来，他那篇文章并无讽刺的成分，海子仍然是他非常尊敬的朋友。2009 年 1 月 16 日，淡出诗坛近二十年的尚仲敏在读到《海子评传》后，提笔写下了一篇短文《怀念海子》，对当年与海子的交往情况进行了简要介绍，并对燎原的批评进行了回应。

尚仲敏说，海子 1988 年上半年来成都，四川诗人表现得不尽热情。一方面因为四川诗人的恃才自傲，另一方面是因为海子本人的沉默少言和过于内敛的性情。当年的诗坛纯粹是一个江湖，诗人相见往往对酒当歌，壮怀天下，而海子则儒雅得有点书生气，与四川诗人显得格格不入。那个时候，尚仲敏在一所电力学校教书，有一间房子，海子在那里住了一周左右，两人朝夕相处。虽然海子很少喝酒，但尚仲敏每天仍会去买一瓶沱牌曲酒回来，两人通宵达旦地饮酒长谈。他自己很喜欢海子，也看得出海子与世俗的格格不入，因此他当时多次开导海子，希望海子面对现实，做个有平常心的人。“如果成就一代大师要以生命为代价，那还不如选择好好地活着。”

在那段时间里，尚仲敏还专门为海子写过一首题为“告别”的短诗，表达了自己对待诗歌与生活的态度：

过往年代的大师
那些美丽的名字和语句
深入人心，势不可挡
但这一切多么徒劳

我已上当受骗
后面的人还将继续

生命琐碎，诗歌虚假无力
我们痛悔的事物日新月异
看一看眼前吧
歌唱或者沉默
这一切多么徒劳

从这首诗我们可以很明显地看到，在诗歌观念方面，海子和尚仲敏无疑是有分歧的，海子“纯净而又脆弱的心灵，承担了太多的人类命运和时代苦难”，而尚仲敏更喜欢平实而贴近生活现场的作品，他认为诗歌具有局限性，有时候，诗歌在日新月异的事物面前，甚至“虚假无力”。这也许是他写出前面那些被认为是“讽刺打击”的话的最终目的，也是被人误读的最大原因。

尚仲敏的确是尊敬海子的。1989 年 3 月底，得知海子自杀的消息时，尚仲敏正在上课：“当我从悲痛中回过神来，我让同学们全体起来，向北默哀。坐在前排的女生甚至有人泪流满面……”

虽然燎原是我非常尊敬的批评家，但这一次，我更愿意接受尚仲敏的解释，这不仅因为我见过尚仲敏，而且像海子一样，对他的爽朗真诚怀有好感，更因为我认为他的那些话并不算过分，即使是过分，也是立足于诗歌见解上的分歧，只要被批评者不过于敏感脆弱，应该属于可接受的范围之内。

也许是过于热爱海子，在《海子评传》中，燎原对尚仲敏这个“伤害”过海子的诗人，下笔甚至比尚仲敏在《非非》上评价海子时更不客气：“尚仲敏，当时四川青年诗人群中的晚生代诗人。作为诗人，未能有作品在那个时代留下更深的印痕。他与诗歌有关的最大作为，则是1986年在重庆大学读书期间，与人合办过一张《大学生诗报》。顾名思义，《大学生诗报》本是几个大学生自办的一张报纸，但它给人造成的模糊性印象，则成了中国大学生们的一张诗歌报纸。尚仲敏也因而将错就错地成为1986年‘两报诗歌大展’上‘大学生诗派’的发言人……”

事实上，只要经历过80年代诗歌的诗人都知道，当时的《大学生诗报》并不像燎原所说的那么幼稚，用周伦佑在《当代诗歌：跨越年代的言说》一文中的话说：“1985年由燕晓东、尚仲敏等人发起的‘大学生诗派’运动向‘朦胧诗’发出公开的挑战，对‘第三代诗’的形成起到了有力的推动作用，功不可没。”当年，尚仲敏的影响即使不比海子大很多，也至少不在海子之下，他的作品如《卡尔·马克思》《渴望生活》《我在等一个人，想不起她的名字》等颇有影响，20世纪90年代我曾读过，至今仍能记得其中的片段。下面这首写于1986年4月的短诗《大草原》，即使放到三十多年后的今天，仍不失为一首佳作：

这草原真大
这草原没有路
这草原遍地都是路
大草原
只生长石头和野草的大草原

即使最强大的男人
在这里
也会连一根草都不如

更重要的是，那个年代，诗歌的“气场”比较纯正，诗人之间对于诗歌的批评，时常是坦率而严厉的，不像今天那样喜欢昧着内心虚伪地恭维。因此，也难怪尚仲敏在《怀念海子》一文的结尾这样对燎原说：“如果你真的对诗歌怀有真诚，你就应该回到 80 年代，一个字、一个字地读读那个年代的诗，也读读我本人的诗……”

那次在四川，海子还见到了欧阳江河、钟鸣、石光华、万夏等诗人，但同样“抱憾而去”。在虞金星对欧阳江河的访谈文章《八十年代：诗歌十年》中，欧阳江河回忆起当年海子在成都的情景：“我记得是钟鸣把他带来的，来之前他在和石光华、万夏他们几个喝酒，石光华、尚仲敏他们几个就批判他的长诗《土地》，弄得海子很难受，就喝了很多酒。海子本来把这首诗带到成都来，是因为在北京得不到承认，想在成都找同行承认。他拿到我这儿来，当然我认为海子最好的诗是他的短诗，但是当时我看了这首诗之后倒是觉得这首长诗尽管不成熟，还是体现了一种抱负。海子到我那儿的时候酒也有点喝多了，就在我那儿倾诉苦衷，然后在那儿发牢骚。我们谈了两个小时，我当时闻到酒味，就把窗户打开，结果风一吹，两三分钟他就呕吐了，我就赶紧在那儿打扫了，钟鸣之后就离开了。我和海子就到另外一个单间，聊到 4 点钟。”

诗人俱乐部的争吵

海子受到的另一个打击是，他曾经将自己的诗歌复印寄给一个诗人，而这个诗人竟然署上自己的名字拿去发表，当时海子自己的作品极难发表，这一打击更让海子脆弱的内心雪上加霜。

让海子难以承受的并不止此，诗人芒克在《瞧！这些人》中提供了另一个例子："我看过西川写过一篇关于海子死因的文章，里面提到海子在死前不久，曾遭到一些诗人对他的诗作严厉的批评和否认。这对海子的打击很大，以至于成为海子自杀的原因之一。我想不起那一天西川是否在场。当时的聚会是在我家里，来者挺多。……那天话说得最多的人是多多……多多言辞激烈只是针对海子写长诗的不足之处，我们都觉得他所讲的没什么不能接受的。诗人之间因诗发生争论太正常不过了。当然你也可以只去写你的，让他说他的。我还以为海子对此满不在乎呢，因为那天他几乎一声不吭一句话也没反驳。"

芒克的文章只是说"多多言辞激烈"，那么，多多究竟说了什么让海子觉得难受的话呢？我在《王家新：我的寂寞是一条蛇》中找到了答案："有一次在我家举行的诗人俱乐部活动，去了二三十人……大家沉默了两三分钟之后，海子自告奋勇地念了一首他的诗，没什么反响，'我再念一首吧'，接着念了一首新写得比较长的和草原有关的诗，这一首节奏更为缓慢，依然没有什么反响，气氛就有点尴尬。多多说话了：'海子，你是不是故意要让我们打瞌睡呢？'就是这句话，使多多后来深深地内疚不安。”

而在刘晋锋写的《打捞诗歌的日子》一文中，评论家唐晓渡又提供了这样一个细节：“我们的诗人俱乐部成立于1988年7月，当时我、杨炼、芒克同住劲松，一次和杨炼聊天，说到应寻求一种更直接也更日常化的交流方式，于是一起去找芒克，几番讨论，定下了名称、宗旨、活动方式等，然后以我们三人的名义发起，邀请一批我们认为合适的诗人参加，包括林莽、海子、西川、骆一禾、黑大春等，其中只发生过一次不愉快，那天讨论的是海子的长诗《东方金字塔》，不少人都批评他结构有问题。一位批评者和海子都有点意气用事，批评者对海子说：‘反正你这样写不行。’海子反问：‘怎么不行？’于是不欢而散。”

于萍的《海子——一个时代的故事》描写得更为生动：

> 1988年冬天，唐晓渡与诗人芒克、杨炼等组建诗歌团体“幸存者俱乐部”，将北京的《今天》诗歌圈和圆明园诗社聚合在一起，邀请人名单中有骆一禾、海子和西川。骆一禾以一封长信婉言拒绝了，信中大意为：诗人确实应该为自己创造一个小环境，但是我天生不喜欢进入任何一个集体，我更愿意一个人独立地读、写、想，考虑再三，我还是不参加了，希望俱乐部越办越好。“北大四才子”中的老木急了，他跑到《诗刊》质问唐晓渡为何不邀请他，唐答：“幸存者俱乐部”又不是什么了不起的权力机构，不过是大家志同道合造一个氛围。俱乐部每月一聚，每次集中讨论一个人的作品，大约第三次讨论到海子时，因为“长诗”的创作理念起

了些冲突，大都认为海子的长诗不够丰满，缺少足够的支撑点。起初还比较讲风度，诗人多多说着说着起了意气，甩出一句“你们这些年轻人，说你们不行就是不行”！海子急红了脸，匆匆离去。

芒克、王家新、唐晓渡等人所说的应该是同一次活动，虽然结果相似，但细节各不相同，也许是因为事过境迁，回忆不可避免地出现了偏差。但不管怎么样，批评者“言辞激烈”，无非是“海子，你是不是故意要让我们打瞌睡呢”“反正你这样写不行”，即使是有点霸道的“说你们不行就是不行”，也不算什么难以承受的事情，正如王家新和芒克所说：“了解80年代诗歌圈子的人知道，那时的人们就是这样在一起谈诗的，不像现在有那么多的矜持和顾虑”；“没什么不能接受的。诗人之间因诗发生争论太正常不过了”。

那个年代，不仅诗人之间发生争论很正常，小说家之间、小说家和批评家之间因为作品而发生十分尖锐的争论也很正常，而且一般不会影响相互之间的感情。

在三联书店出版的《八十年代：访谈录》一书中，李陀对查建英回忆起当年的一些事情：1984年10月初，李陀和从未见过面的马原约好一起谈谈马原刚发表的小说《冈底斯的诱惑》。马原一进门，坐下来没说几句话，就带着万分肯定、不容辩驳的语气说：“世界上最伟大的作家就是霍桑！”李陀表示不同意，不料刚说了几句，就立刻被马原以更为不容辩驳的语气批评道：“你根本不懂小说！”两人争吵了起来，吵完后，没事一样一起到附近的小饭馆吃午饭。后来，两人的友情也丝毫没有受这次争吵的影响。

又有一次，《钟山》编辑傅晓红请李陀一起去见小说家张欣，让他给张欣的作品提意见。李陀就像马原批评自己一样对张欣说：“你根本没明白什么是小说，你还没学会写小说。”于是，双方争论得面红耳赤。争论过后，三人一起高高兴兴地去吃饭，张欣做东。

由此可见，那时候文友之间的坦诚与苛刻是十分常见的事。不过现在回想起来，海子难以承受批评，也许与批评者的姿态有关，那是一种真理在握、自认“老大”，甚至有些居高临下的姿态，像海子这样有强烈自尊心的人不可能不在乎，所谓“士可杀不可辱”啊。同时，海子在这个过程中感到受了伤害，也可能与他当时的处境有关——他太渴望得到朋友们的肯定了。否则在那样的环境下，作为一个男人，即使仅仅为了体现风度，也不见得会为这样的批评而生气的。

有意思的是，在芒克的回忆中，这一事件发生在芒克家里；而在王家新的回忆中，事件则发生在王家新家里。那么，到底发生在谁的家里呢？我没有能找到当时参与聚会的第三个人的证明。好在发生在谁家并不重要，不管发生在谁家，不管是因何而死，海子毕竟还是死了。

从后来的情况看来，对于自己最后的选择，海子应该是经过深思熟虑的，许多人以为海子卧轨是事先躺在铁轨上，让飞驰而过的火车将其碾断；或者迎向呼啸而来的火车头。事实上，这些方法的结果只能是被火车头撞飞。真实的情形是：海子选择的是山海关与龙家营之间的一段火车慢行道，当火车缓慢地驶来，他很从容地让过车头，然后钻入某节车厢的轮下……

从明天起，做一个幸福的人

2001 年，海子作品《面朝大海，春暖花开》入选人民教育出版社出版的高中语文第一册必修教材，这一结果令许多诗人欢欣鼓舞。中国新诗发展至今已有近百年历史，在这几十年中，出现了大量优秀之作，而青少年却对现代诗越来越隔阂，不能说与教材中所选的作品老化、跟不上人们的审美需求无关。诗不长，姑且引用如下：

从明天起，做一个幸福的人
喂马，劈柴，周游世界
从明天起，关心粮食和蔬菜
我有一所房子，面朝大海，春暖花开

从明天起，和每一个亲人通信
告诉他们我的幸福
那幸福的闪电告诉我的
我将告诉每一个人

给每一条河每一座山取一个温暖的名字
陌生人，我也为你祝福
愿你有一个灿烂的前程
愿你有情人终成眷属
愿你在尘世获得幸福
我只愿面朝大海，春暖花开

《面朝大海，春暖花开》创作于1989年1月中旬，这是很多人心目中海子的代表作，它语言浅近优美，意蕴悠远，而且具有多种阐释角度，比如有人认为，诗歌中的“我有一所房子”指的是世俗生活中的房子，而另一些人则认为，这里的“房子”指的是坟墓。对同一个词的两种理解方式，使这首诗的含义截然有别。

先看第一种。

海子的朋友孙理波曾于2009年10月7日在天涯论坛的“闲闲书话”专栏中写过一篇《“蔬菜和粮食”的由来》，谈论了《面朝大海，春暖花开》的创作背景：

> 在昌平的生活简单而有规律，一般是早上十一点前后起床，下午看书，四五点钟去西环里口上买点菜之类的东西，晚饭后聊天或自己躲在屋里看书，海子的写作一般都是在此时开始。（但要强调的是并非每天都这样，夏天会起来比较早）。
>
> 1988年深秋，一天下午，我俩又如往常一样，去小区路口小店买东西，那时每天都有一些农民在路口设摊卖菜，有些放在板车上，有些席地而设，一边卖一边吆喝，一副暖暖的生活图景。我指着卖菜的老农对海子说：人家这才是生活啊。也许那时我们正在看《等待多戈》的缘故，海子发出他一贯的笑声，“嘿嘿，你对司空见惯的东西开始怀疑，说明你有荒诞感了”。在买完东西回去的路上，我们又在议论刚才的感觉，其实，生活本身不复杂，你看那老农，白天种

菜、卖菜，晚上回去喝点儿二锅头，嘿，老婆孩子热炕头。我们似乎在那个时刻都意识到生活无需太多。不是否定我们平时一贯的思想，而是感到我们平时那么多的忧虑，与生命的存在、与生活本身有些“隔”。好像那时我们都感到，想做个“幸福的人”其实不难啊！

年末放寒假前，海子拿了几张稿子到我屋里来，对我说：“我把那天我们聊天的感觉写了一首诗，你看看。”三四张的稿子有十几段，我看后对他说：这首诗还比较轻松，不像有些诗，感觉就是血、刀与死亡。另外，我又说，看来你还是比较喜欢大海啊，因为他以前告诉过我，在去北戴河之前，他从未看到过大海，因为向往，他在暑假时去了一趟离北京最近的海边。

我们现在读到的《面朝大海，春暖花开》是海子在初稿的基础上修改和删减过的，比初稿要简练，主题更突出。

由此看来，《面朝大海，春暖花开》写的其实就是海子的日常生活，以及他对大海的向往，并没有什么暗示性。

应该说，作为海子多年的朋友，孙理波的理解自有其道理。但是，如果诗歌仅仅是日常生活的平面描摹或转述，那么我们写一篇小散文，甚至用相机拍张照片就行了。我们知道，文学作品，特别是位于文学金字塔顶端的诗歌，是极其丰富和幽深的艺术，它不仅表现的是作者的生活面貌，更是内心的思绪，甚至是某种连作者也无法预知的潜意识感受。因此，从海子的人生历程和最终命运看，我更愿意把《面朝大海，春暖花开》理解为一首忧伤的歌谣。诗歌里的三个词——明天、房子、尘世——有助于我们进入文字深处。

我们先来看看“明天”这个词。诗人为什么要“从明天起，做一个幸福的人”“从明天起，关心粮食和蔬菜”“从明天起，和每一个亲人通信”，而不是“从今天起”？显然是因为他的“今天”很糟糕，或者在他的意识里已经没有了“今天”。那么“明天”是什么呢？毫无疑问，是指“来生”。对世俗绝望的诗人希望来生没有那么多的痛苦，希望过一种“幸福”的生活。

在诗人眼里，什么样的生活才是幸福的生活？首先，是无牵挂的隐逸者的生活——“喂马，劈柴，周游世界”；其次，是一个平常百姓的生活——像普通人一样“关心粮食和蔬菜”“和每一个亲人通信”。这正好反证出诗人的难堪，他不仅无法逃离城市的重压，就连这些最普通的生活也没能得到。所以，他只能寄希望于“明天”。

再看看诗歌中的“房子”。很多读者望文生义，想当然地以为“房子”就是现实生活中的房子，而且是“面朝大海”的海景房。有一所房子，面朝大海，和自己的爱人享受春暖花开，那是多么浪漫的事啊。但这个和诗人的本意南辕北辙了！从诗人的生活经历和这首诗透露出的信息来看，“房子”实际上是“坟墓”的同义词。为什么这么说？大家再看看诗歌的倒数第二句“愿你在尘世获得幸福”。只有不在尘世的人才会这样祝愿别人，对吧！有谁见过一个正常的人这样祝福另外一个人——“愿你在尘世获得幸福”的？

所以，综合这三个关键词的指向，以及海子的人生经历，我们可以断定整首诗的基调是“苍凉”和“绝望”。诗人把自己在生活中无法获得的“灿烂的前程”“有情人终成眷属”“在尘世获得幸福”作为祝愿，送给了活着的人们，而他所需要的，只是一座面朝大海的坟墓。

“面朝大海，春暖花开”也是这首诗的关键词，标题里出现一次，内文中出现两次。表面上是说自己能够葬在海边，实际上暗示的是诗人对自然的主动靠近。与现实生活中的“人群”对等的，正是诗人想象中的“大海”，大海是博大的、宽容的，诗人希望“面朝大海，春暖花开”，也就是在渴望人们用大海般宽广的胸怀接纳他。而他活着的时候并没有享受到这个看似普通的待遇。所以，“面朝大海，春暖花开”既不美丽，也不温暖，它反衬出的仍然是诗人对现实的无力感。

还有一个比较有意思的说法来自《海子诗传》的作者边建松，他认为海子写这首诗是为了祝福即将去太平洋彼岸的美国生活的前女友，诗歌中的“大海”其实就是指茫茫太平洋。

的确，我们可以从海子在 1989 年元月以后的诗歌中发现，“太平洋”多次出现，其中 2 月 3 日写的《折梅》一诗甚至想象过这样的细节：“太平洋上海水茫茫 / 上帝带给我一封信 / 是她写给我的信 / 我坐在茫茫太平洋上折梅，写信。”但是这种理解方式也比较牵强，“大海”和“太平洋”并不是 1989 年元月之后才出现在海子诗歌中的。即使按照这个角度来理解，也正好印证了上面所说的“绝望”的底蕴。对“有情人终成眷属”的祝福，对“太平洋彼岸来信”的想象，都反证出了海子内心的痛苦。

语文课本编选者的“苦心”

《面朝大海，春暖花开》是优秀的，但从艺术角度上说，这只能算是海子中上水平的作品。海子还有不少作品比这首诗艺术含金量更高，但这些作品要么太长，如《弥赛亚》《祖国》；要么太短，如《村庄》《秋》（被列入高中二年级语文的辅助阅读篇目）；要么“消沉”得近乎绝望——无疑，有关部门会认为那样的诗不利于青少年的身心健康成长——如《春天，十个海子》《九月》《七月不远》；要么深情得足以令人想入非非（不入选的理由可能和前者一样），如《四姐妹》《日记》；还有的太热烈，如《麦地与诗人》；太“先锋”，如《黑夜的献诗》《打钟》……而《面朝大海，春暖花开》是海子那些充满了死亡、黑暗、宿命、忧伤的诗歌中少有的语言干净优美、节奏明快（特别是最后一节，明快得近乎俗气）、主题健康向上（考虑到读者主要是高中生，教材编者有必要把这一点放在首位）的一首。在海子的诗歌中，具有与其相近质地的，大约只有《幸福的一日——致秋天的花楸树》《祖国（或以梦为马）》等有限的几首。所以，教材的编选者在选海子的诗时也是煞费苦心的，可能是多种因素折中的结果。

从众多的优秀诗人和佳作中，选择海子的作品进入中学语文教材是出于一种什么样的考虑呢？是编者对诗歌形式的理解问题——比如我们通常所认为的诗歌要讲究语言优美、意象贴切、境界高远等等，海子的诗歌几乎都满足了这些条件——还是想抓住海子传奇的生活经历这一“卖点”？如果是在“选人”而不是

“选诗”，那也还罢了，如果是“选诗”，那么西川、欧阳江河、于坚、韩东等人就不应被忽视，这些诗人创作了很多比《面朝大海，春暖花开》优秀的作品。更令人担忧的是，这首诗已被谱成了歌曲，我不止一次听到过，虽然不能说曲作者把好端端的一首诗给糟蹋了，但事实上作为歌曲的《面朝大海，春暖花开》的确深情而近于矫情，实际上，这首诗的情感底蕴应该是平和而淡泊，或者颇为绝望的。在“歌迷”多如牛毛而“诗迷”凤毛麟角的今天，再优秀的诗歌也不会比三流歌曲更受人关注，在中学校园里更是如此——对于这首诗歌，学生们是否会像平常日子一样，以看电视连续剧《红楼梦》代替了对原著的阅读？我还担心教师对诗歌的理解能力，不能进行更为精到的讲解，从而无法让学生对作为“流行歌曲”的《面朝大海，春暖花开》和作为诗歌的《面朝大海，春暖花开》做出区分。

现在回过头来继续讨论《面朝大海，春暖花开》入选课本的问题。从诗歌风格而言，这一次教材改革也有遗憾之处。既然选了一首“华美”的诗入选教材，为什么不再选一首风格迥异的口语诗呢？20世纪80年代中期以来，此类作品的影响并不比以海子为代表的那一类诗歌小，比如《中文系》《尚义街六号》《对一只乌鸦的命名》《我们的朋友》《有关大雁塔》《看一支蜡烛点燃》等，早已成为公认的经典，在诗歌发展史的意义以及在文坛上的影响都不在《面朝大海，春暖花开》之下，它们进入中学教材的资格绰绰有余。乃至于影响相对较小的秦巴子、南野、郑单衣等人都有质量不在上述作品之下的佳作，如《怀念未来》（南野）、《中药房》（秦巴子）、《夏天的翅膀》（郑单衣）等。

此次教材改革，也将韩东的短诗《山民》列入选读篇目，但这是韩东早期的作品，根本不能代表其创作风格。而且地球人都知道“选读”和“必读”的区别。其实，且不管这两种风格的诗歌艺术价值孰高孰低，如果能够同时入选，必能让学生对中国新时期以来的诗歌状况有更为广泛的认识。

从前面的分析可以看出，2001 年中学语文教材选取了海子的诗歌是试探性的、有所保留的，除了考虑诗人的影响，更考虑作品的风格意蕴等方面的因素。也就是说，教材的编选者认为《面朝大海，春暖花开》是乐观向上的、节奏明快的。然而结合海子的生活考虑，就可以发现，编选者多少有点谬托知己。这首诗具有的其实仅仅是表面上的明快，内涵却相当悲凉。

两种完全相反的解释，使教师和学生有些无所适从。正如评论家冷霜所说，一方面，中学生们往往不易体会这首诗表面的单纯之下所隐含的矛盾，而当教师进行启发并辅以海子生平的介绍时，他又必须面对如何向学生们解释海子自杀原因的困境，告诫学生“不能学习海子的做法”。如此一来，就难免招致学生的疑问：既然这首诗如此消极，为什么还要给我们学习？

不知是不是由于上述因素的影响，2004 年，人民教育出版社出版的新版高中语文教材将《面朝大海，春暖花开》撤了下来。但这已不能阻止这首诗在更广阔的范围内传播，除了被谱成歌曲，还进入了更多的诗歌选本、语文选读教材和大众读物中，并在商业领域被广泛引用。

活着的凄苦与离世后的辉煌

麦地
别人看见你
觉得你温暖，美丽
我则站在你痛苦质问的中心
被你灼伤
我站在太阳　痛苦的芒上

麦地
神秘的质问者啊

当我痛苦地站在你的面前
你不能说我一无所有
你不能说我两手空空

——《答复》

十余年来，海子的死成就了一个又一个诗人，有的成就了诗歌，有的成就了名声，有的仅仅成就了肤浅的虚荣。许多人以海子的朋友自居，另一些人则犯了逆反心理，以贬损海子为乐事，纷纷纭纭，真真假假，诗坛和市场一样，发生什么样的事情都不值得过于意外。

然而悲哀的是，许多自诩“海子朋友”的人正在以他们的行为印证德国物理学家利希滕贝格的话：“好人一旦死了，这个人便戴起他的帽，那个人便佩起他的剑，另一个便剪像他那样的头发，第四个模仿他走路。但是，尽管好人诚实，却再也没有人要那东西。”是的，在这个利益至上的时代，“诚实”已经沦为“傻帽”的代名词。当海子“两手空空”地离去，那些在海子生前几乎从不往来或者交情一般的“朋友”却从未“一无所有”“两手空空”。

海子曾经有过一次荒唐而幽默的经历——有一次，他走进北京昌平的一家饭馆，对老板说：“我给大家朗诵我的诗，你们能不能给我酒喝？”饭馆老板回答道：“我可以给你酒喝，但你别在这儿朗诵。”后来，我在好几篇文章中读到这个海子“想以诗换酒喝却被嘲弄”的故事，所有的传达者都说得活灵活现，好像当时他就在现场。我粗略估算了一番，要是这些“在场者”真的在场，那么当时与海子一起在那个小酒馆喝酒的“朋友”可能不下于三大桌。

2002 年底，我又亲耳听到了一次。一个我从来没听说过的诗人很得意地告诉我：他是海子最亲密的哥们儿之一，自然，“以诗换酒事件”他也“亲身经历”了。谈论海子并没什么，但就是连傻子都看得出他们意不在海子，而在于向别人炫耀他的身份和资历。面对这样的人，我除了装作很惊讶地发出“哦”“哦”的赞叹声，再说不出其他话语。

作为一个人，海子在世界上存在的时间很短，但他的作品，延长了他留在我们记忆中的时间。去世二十多年来，无论外界对其诗歌质量的分歧如何巨大，他一直稳居新时期诗坛的热门话题榜首，他的事迹已经成为中国出版的所有《当代文学史》新版本不能绕过的一章。

在夜色中
我有三次受难：流浪、爱情、生存
我有三种幸福：诗歌、王位、太阳

——《夜色》

这首创作于1988年2月的《夜色》可以作为海子的世俗生活与精神世界的写照，海子有着贫穷的少年生活，他的家人一直在安徽农村过着极其困苦的生活。虽然海子大学毕业后有了工作，却极少有能够交心的朋友，灵魂一直孤独无依。海子有过多次恋爱，但无一不是以失败告终。家境的贫寒，精神的孤独，让生存变得异常艰难。但海子又是幸福的，因为他有诗歌。无论诗人海子在世俗生活中多么窘迫，但回到诗歌中，他就是这块巨大空间的帝王。诗歌的光芒如同灿烂的太阳，沐浴着这个单纯而饱满的诗人，使他一再感受到缪斯温暖的灵光。

在很多读者心目中，“受难”的海子即使已经离去，却也是“幸福”的——海子已经成为他们的“王”和“太阳”。

王家新曾对《南方都市报》记者举了一个很生动的事例：“有一次，我参加北大的诗歌朗诵会。会上，一个学生上台朗诵海子那首诗《祖国（或以梦为马）》，他一朗诵台下几百个学生都背诵起来，诵声如雷。我旁边一个国外的汉学家很惊讶，他赶紧拿录音机录下来。这样的局面让人说不出什么滋味。诗歌是个人灵魂讲话的东西，应该是一个人静静地面对诗歌。像这么几百人齐声朗诵诗歌，已经让人感到恐怖了。”的确，每一年，全国各地都会有大量诗人和读者用自己的方式怀念这位早逝的诗人。远的不说，单说最近，在 2009 年 3 月 26 日——海子去世二十周年纪念日，海子生前好友西川和海子的读者前往诗人故乡安徽省安庆市扫墓，北京大学举行以海子为主题的诗歌节，上海诗人和读者在 909 咖啡馆朗诵海子诗歌，海子故乡的安庆师院等当地机构也在近期举行海子的相关纪念活动，安徽怀宁县政府甚至要把海子发展为一种文化产业……在当代中国，能够享有如此殊荣的诗人，非常少见，它甚至让人想到了神话。好在西川早在二十多年前就预言过了，在那篇名为《怀念》的文章中，开头就是：“诗人海子的死将成为我们这个时代的神话之一。”

除了作品进入教材，在读者中广为流传，二十年来十余家出版社出版了海子的诗集，如《土地》《海子诗全编》《海子的诗》《海子、骆一禾作品集》等。还有多部海子传记和诗歌赏析著作。海子逝世二十周年时，湖南文艺出版社重新出版了海子的第一本诗集《小站》（荣光启编），作家出版社出版了《海子诗全集》（西川编）。

海子去世后，留下了大量诗稿。海子生前的两个好友骆一禾和西川就整理海子遗作问题进行了分工。1989 年 5 月，骆一禾因病去世，整理海子作品的任务全部落到西川一个人身上。从西川的表现看，他没有辜负自己与骆一禾的“契约”。这些年来，他为推出海子的作品呕心沥血，撰写了诸多相关文章，参加了大量相关活动，从 1995 年开始，西川相继编选了《海子的诗》《海子诗全编》《海子诗全集》等书，使海子的诗歌日益深入人心。

在众多海子诗歌选集中，我一直认为1995年人民文学出版社出版的《海子的诗》是迄今为止海子作品的各种选集中较为得当的一本，尽管这本书也有一些文字上的差错。其“得当”首先表现在诗作的编排上，短诗方面它从海子较为正式的诗作《亚洲铜》开始，按时间顺序依次排列到其最后一首作品《春天，十个海子》，最后是长诗《弥赛亚》节选，让读者看到海子诗歌的艺术走向和思维脉络；其次，以往的海子作品集编者都没考虑到海子的许多作品均有诗意重复的弊病，只知道一股脑地收入书里。贪大求全的结果是全书重复而臃肿，阅读好诗如同沙里淘金，且错漏难以避免，1997年出版的《海子诗全编》即是一例，后来的事实也证明，这本书的发行量远不如《海子的诗》。事实上，除了少数对海子热爱得近乎疯狂的诗歌爱好者和专门的诗歌研究者，又有几个读者对全集感兴趣？《海子的诗》在这一方面的梳理令人赏心悦目，入选的作品都较有代表性。更重要的是，海子的某些作品常常因为词句的混乱而削弱了整首诗的美感，在这本诗集中，西川凭着自己渊博的学识和高超的诗艺对这些有微瑕的作品进行了调整，使全诗更自然，更富有韵味。

《海子的诗》出版过程有些曲折。据西川说，1995年，在人民文学出版社担任编辑的诗人清平和王晓与西川联系，希望出版一本海子诗集。西川从他当时正在编辑的《海子诗全编》中挑选了一些有代表性的作品交给了出版社。然而这本书在征订时，征订数只有五本，这一结果令出版社极为担忧。但西川最终说服了出版方，使这本书得以开印。

而在《海子的诗》的“后记”中，关于此事的说法稍有出入：“1991年秋天，我们找到西川先生，请他编一部海子的短诗集。在这之前，已有几家出版社向西川先生约稿。同行的心情可以理解。但我们很快和西川先生达成了共识：由人民文学出版社出版一部比较完备的海子短诗选集更为适宜。1992年春天我们开始发稿，原拟1993年春天出版见书，但就在即将付印时，由于工作的安排和人员变动被迫停了下来……”

无论出于何种理由，都指向了同一个问题：盛名如海子，在当今社会，要出版一本诗集都饱经波折。诗歌在出版商眼中的地位可想而知。

1997年出版的《海子诗全编》也是如此，一家出版社连纸型都打出来了，又担心亏本，最终半途而废，后来《海子诗全编》辗转到上海三联书店才得以出版。

甚至2009年出版的《海子诗全集》也颇受波折。据安徽某出版社的一个朋友透露，早在2007年，他就与西川联系，希望出版《海子诗全集》，并于2008年3月26日海子去世十九周年的当天在北京与西川见面，双方就出版《海子诗全集》事宜进行了详细的沟通。孰料万事俱备之际，出版社领导竟然出尔反尔，在审核时将原本答应的选题否决掉。朋友十分伤心且愤怒，用他的话说，是“差一点和领导动手了”。后来，该领导调离原单位，但《海子诗全集》已经通过作家出版社的选题了。直到今天，谈起此事，朋友仍引为毕生憾事。

平心而论，出版社的担忧也在情理之中，尽管海子的作品广受青年人喜爱，但他毕竟已离开人世多年，而这些年来人们乐于经商挣钱羞于言诗，谁能指望一门心思放在腰包上的人们大发善心，掏钱买死人的诗集？事情的结果出乎意料，《海子的诗》出版后，“第一次印刷三千册未及进入书店就被抢购一空”（西渡:《以梦为马的诗人》）。在加印后虽算不上热销，却成为常销书，至今已多次再版，累计印行了二十万册。甚至砖头般厚重的《海子诗全编》也卖出了上万册。原以为必赔结果却还有不小的赚头，这份意外让有关人士久久回不过神来。

其实，只要我们回顾一下近年来国人的生活及纯文学状况，就可知道《海子的诗》的受欢迎并不是偶然的。一方面，人们腰包渐鼓，精神领域却闹饥荒，他们开始意识到文化品位的重要，开始寻找真正能浸润灵魂的佳作，但正因为商业的冲击，严肃作家们要么一窝蜂地改写通俗小说、纪实文学，要么就退缩到书斋里埋头创作脱离现实、曲高和寡的“探索性作品”。这时候，海子那空灵明快、意境高远，充满乡村气息的诗歌引起了他们的注目。另一方面，青年人中热爱海子诗歌者极多，他们对这个早逝的诗才心怀敬意，而对海子所知不多的更年轻的一群人也不会放过了解这位传奇诗人的机会。

还有一个不容忽视的事实是：《海子的诗》的编选者西川是公认的优秀诗人，以严谨朴实著称，他编的书，爱诗者自然也放心。几个因素结合起来，《海子的诗》一再加印也就不足为奇了。

海子离去二十多年了，可是死亡又有什么大不了的？这些年里，尽管诗坛风起云涌，各种“流派”和“主义”争奇斗艳，尽管商海的潮流时时冲撞着诗人们颠沛的灵魂，尽管批评之声从未断绝，但海子纯粹的歌声一直没有被淹没，甚至更为清晰。我想，人们怀念海子，也许不仅仅是出于对其作品的喜爱，更是在这个物欲横流的时代呼吁一种简单而纯粹的诗心。

六十多年前，臧克家老人写下了他的代表作《有的人》：“有的人死了，他还活着……”这首诗，也完全适用于海子——这个大地之子。

两封邮件

下面这些文字是一段事后的补记。

本文的初稿完成后，在“江湖上人称老六”的张立宪兄主编的《读库》丛刊2009年第二期以“海子的事”为题发表，引起不少读者的关注。5月21日，接到张立宪邮件，称一个读者专门就文内引用的海子诗歌版本问题提出了质疑，认为我引用的诗歌与人民文学出版社出版的《海子的诗》多有出入，希望我回应一下。因为两封信谈及的是我文章中没有详细论及的“海子诗歌版本”这一关键话题，故将张立宪的来信与我的回复附录如下，以期对读者理解海子的创作有所帮助。

需要说明的是，本文此次结集成书时，我已如信中所言，全部按照作家出版社2009年4月出版的《海子诗全集》（西川编）对所有诗歌进行校订，并在《读库》原文的基础上增加了大量内容，几成一篇新作了。

刘春兄：

收到读者邮件，将海子的诗详细核对了一下。以下是该读者的邮件——

《海子的事》一文中，引述了很多海子的诗，不知作者参考的是哪个版本，与人民文学出版社1995年4月出版的《海子的诗》相比，有多处出入，或多字或少字或移植别的字词，让人不明就里——比如《春天，十个海子》一诗中，《海子的事》是“在春天，野蛮而复仇的海子”，《海子的诗》是“在春天，野蛮而悲伤的海子”；比如《夜色》一诗中，《海子的事》是“我有三次幸福”，《海子的诗》是“我有三种幸福”……

花点时间，将《海子的事》所引海子的诗，与《海子的诗》（西川编，人民文学出版社1995年4月版）对照一下，列出不同之处。按，在《海子的事》一文中，作者刘春说，“在众多海子诗歌选集中，我一直认为1995年人民文学出版社出版的《海子的诗》是迄今为止各种选集中最为得当的一本”——我手边的这本《海子的诗》，应该就是他所盛赞的版本。我的整理原则是，只记录文字的差异，其他方面（如标点符号、空格）的差异，未计在内。两相对比，有些文字差异并不影响诗意，但有些就和原意有了偏差。我这工作是吹毛求疵吗？

《秋》——

《海子的事》：“得到的尚未得到”

《海子的诗》：“该得到的尚未得到”

《亚洲铜》——

《海子的事》："我也会死在这里""爱怀疑和飞翔的是鸟""穿上它吧""我们把在黑暗中跳舞的心脏叫做月亮"

《海子的诗》："我也将死在这里""爱怀疑和飞翔的鸟""穿上它们吧""我们把在黑暗中跳舞的心脏叫作月亮"

《日记》——

《海子的事》："今夜青稞只属于他自己"

《海子的诗》："今夜青稞只属于她自己"

《黑夜的献诗》——

《海子的事》："黑夜从你内部升起"

《海子的诗》："黑夜从你内部上升"

《春天，十个海子》——

《海子的事》："嘲笑这一野蛮而悲伤的海子""你这么长久地沉睡到底是为了什么""在春天，野蛮而复仇的海子""就剩这一个""这是黑夜的儿子""它们一半用于一家六口人的嘴""他们自己繁殖""大风从东吹到西"

《海子的诗》："嘲笑这一个野蛮而悲伤的海子""你这么长久地沉睡究竟是为了什么""在春天，野蛮而悲伤的海子""就剩下这一个""这是一个黑夜的儿子""他们把一半用于一家六口人的嘴""他们自己的繁殖""大风从东刮到西"

《四姐妹》——

《海子的事》："明天的粮食与灰烬"

《海子的诗》："明日的粮食与灰烬"

《夜色》——

《海子的事》：“我有三次幸福”

《海子的诗》：“我有三种幸福”

最好做个解释，我给读者回复一下。您说呢？

老六

2009 年 5 月 21 日

张立宪兄好：

想不到《海子的事》受到那么多朋友的关注——我知道，这不是因为我的文章写得有多好，而是因为海子独特的诗歌和人生吸引了大家。

《海子的事》是我理想中的一本书中的一篇文章，这本书从 2002 年开始写——我在上次发给你的写顾城那篇文章的最后部分提到：“这篇文章从 2002 年开始动笔，至今已七年有余，七年中，我反复修改，斟酌词句、甄别材料，已记不起几易其稿……”开始是给每个代表性诗人写一篇短文，写了 30 多个诗人，在后来的 7 年中，我反复修改、充实，每篇文章从两三千字充实到两三万字。由于时间和环境的变化，所参考的诗歌选本不可能是固定的一两本，而是包括了很多个人诗集、选本以及网络上流传的版本，这也许是造成有些诗歌中的个别词语与某个选本有区别的最主要的原因。

比如这位读者所列举的《亚洲铜》一诗，人民文学出版社 1995 年出版的《海子的诗》（西川编）中是“穿上它们吧”，而作家出版社2009年出版的《海子诗全集》（也是西川编）以及不少选本，包括海子的原作都是“穿上它吧”。还有，《海子的诗》是“爱怀疑和飞翔的鸟”，《海子诗全集》是“爱怀疑和飞翔的是鸟”。如果说前者是版本不同，那么后一句就是《海子的诗》弄错了，不需要去找其他版本对照，只需要连着下面一句读一遍就可知道——“爱怀疑和飞翔的是鸟/淹没一切的是海水”。在这种情况下，我不可能按照《海子的诗》中错误的版本来引用。

这位读者还提到这首诗的“我们把在黑暗中跳舞的心脏叫做月亮”一句，《海子的诗》里写作“叫作”，但最新出版的《海子诗全集》是“叫做”。所以，这些我没有向《海子的诗》“靠拢”。事实上，海子这句话的最初版本就是“叫做”。（按：据现行文字规范，“叫作”为首选词，因改之。）

而《春天，十个海子》一诗，《海子的诗》是“你这么长久地沉睡究竟是为了什么”，而《海子诗全集》则是“你这么长久地沉睡究竟为了什么”，少了一个“是”字。我选用的则是另一个版本“到底是”，这个版本同样流传于世。

如果一个人搞过诗歌创作与研究，他应该会知道，很多诗人的诗歌是没有定稿的。海子的诗歌尤其如此，即使有大致的定稿，个别字词也可能有出入。这里面有作者本人的原因。西川在《海子诗全编》和《海子诗全集》的“编后记”中专门指出：“海子时常有一诗数稿的情况。”“海子行文，‘的’和‘地’时常混用，我已尽量将它们区分开来。海子在标点符号的使用上相当随意，我尽量遵从海子的本意：有时诗行末尾有句号，有时没有；有时省略号点三点，有时点六点。由于海子晚期情绪波动较大，其行文难免存在混乱、不通之处。”以这位读者所指出的“它们一半用于一家六口人的嘴”为例，我所用的版本是“它们”，这里的“它们”无疑是指上一句所说的“谷物”，而后来《海子的诗》改成了“他们把一半用于一家六口人的嘴”，变成了“他们把”，主语改变了，由物变成人，所以又加了一个“把”字？这两句话孰优孰劣暂且不管，但两种表达方式都有其存在的理由，这是毫无疑问的。在紧接着的“他们自己繁殖”一句，《海子的诗》改成了“他们自己的繁殖”，在我看来，这个增加了一个“的”字的版本是错误的，除非同时把这一句前面的逗号改成顿号。这个问题，写起来很长，感兴趣的读者不妨自己找这首诗来读一读，再考虑一下标点符号的用法即可得出结论。

造成“一诗数稿”的情况，也有编选者的原因。西川在编《海子的诗》时，就曾经帮海子梳理过一些字词。（这一点我在《海子的事》一文的结尾提到过，另外，在《海子诗全编》和《海子诗全集》“编后记”中，西川也做了说明：“在不损害海子原作词意、语气、风格的前提下，我在几处做了极其有限的更动，例如删除冗句，重新安排诗节等；这些作品包括《叙事诗》、《黎明》（之三）、《四姐妹》、《日全食》。”）

当然，也不排除我在输入时疏忽，或者有的版本校对不仔细把字词弄错，后来的研究者正好引用了这个错误的版本而导致以讹传讹的可能。比如“嘲笑这一野蛮而悲伤的海子”一句，应该是“这一个”；“我有三次幸福”也应为“我有三种幸福”。尽管网络上两种版本并存，但我比较倾向于修改过的版本。对类似的失误，我要向张兄和读者们致歉。

这位读者还列出了他所读到的版本和我文章中版本的小小的差异，比如“明天”和“明日”“大风从东吹到西”和“大风从东刮到西”“野蛮而悲伤的海子”和“野蛮而复仇的海子”“你这么长久地沉睡到底是为了什么”和“你这么长久地沉睡究竟是为了什么”“就剩这一个”和“就剩下这一个”“这是黑夜的儿子”和“这是一个黑夜的儿子”“我也会死在这里”和“我也将死在这里”“今夜青稞只属于他自己”和“今夜青稞只属于她自己”“黑夜从你内部升起”和“黑夜从你内部上升”等。很明显可以看出，我们依据的是不同版本，这些句子历来都是各种版本并存的，感兴趣者可把这些句子在网上查一查即可发现。其实这并不重要，正如这位读者所说的，“两相对比，有些文字差异并不影响诗意”。有的版本甚至比这位读者所说的《海子的诗》更好。因此，我无法、无兴趣也无时间去找到其他所有海子的诗歌版本来一一回应这位读者指出的几个“区别”，毕竟这篇文章历时 7 年，无数次更改，参考了大量不同资料。当然，如果我在交稿子之前把所有诗歌都按照刚刚出版的《海子诗全集》修改过来，会显得更“权威”些。

最后，我想强调一下，虽然我曾经说过，“在众多海子诗歌选集中，我一直认为 1995 年人民文学出版社出版的《海子的诗》是迄今为止各种选集中最为得当的一本”，但并不意味着《海子的诗》毫无差错，甚至这个选本的封面就有错，把出版《海子、骆一禾作品集》的“南京出版社”写成了“南京大学出版社”。我说《海子的诗》选诗得当，同样不意味着我不再参考其他版本，更不意味着我连里面的错别字也要举手赞成。

《海子的事》写得还不够好，我在把稿子交给《读库》后又增补了6000多字，涉及一些很关键的内容，希望以后有机会让大家读到。同时，我会对我这一系列的其他文章所引用的诗歌进行一次检查和清理。最后，再次向这位热心的读者以及关心此文的朋友们致敬！

刘春

2009年5月21日下午匆匆，22日清晨修改

我们一辈子的奋斗，就是想装得像个人

青鸟　看看我　又看看暴雨

雨越下越大　闪电湿淋淋地垂下

青鸟　突然　飞去朝着暴风雨消失

一阵寒战　似乎熄灭的不是那朵火焰

而是我的心灵

——于坚《避雨的鸟》节选

于坚，1954 年 8 月 8 日生于昆明，1984 年毕业于云南大学中文系。著有诗集《诗六十首》《对一只乌鸦的命名》《一枚穿过天空的钉子》《于坚的诗》《于坚诗歌·便条集》，长诗《0档案》，随笔集《棕皮手记》《人间笔记》《相遇了几分钟》《众神之河》等。另有《于坚文集》五卷。现居昆明。

毫无疑问，于坚已成了一面“旗帜”，套用娱乐圈颁奖晚会上的一个流行词，是“实至名归”，像歌坛的刘欢。我不知道于坚本人是否喜欢这个类比，因为据我了解，他更欣赏崔健。于坚曾写过一篇文章，题目就叫《怀念崔健》。文章中谈到了两人的几次交往，并指出了两人作品内涵的一致性，比如于坚有一句诗“我们一辈子的奋斗／就是想装得像个人”，崔健的一句歌词则是“我脚踏着大地，我头顶着太阳，我装作这世界唯我独在”，内涵何其相似。

在于坚看来，“崔健直到今天都是中国为数不多的知识分子歌手之一……他的歌不是歌词，而是来自音乐本身”。这句话其实也可以作为于坚的自况，但于坚比崔健更“坚挺”，20 世纪 90 年代中期后，崔健的锐气一日不如一日，而于坚的棱角则日益峥嵘，无论是诗歌还是随笔，都堪称“朦胧诗”之后的文坛翘楚。

一个“迟到”的革命者

在于坚的印象中，他的父母这一代人比老革命们更忙于革命。

他把父母这一代人定义为“1949年9月30日，当五星红旗已经快升到旗顶，才立马跑入广场报到的革命者”。这些人开始对革命十分陌生，但受时势影响，马上变得十分热情。他们认为，“革命是一种全新的唯一的意识形态，是口号、标语、思想总结与汇报”，而不是老一辈的枪林弹雨，在死亡边缘穿梭。这种既能调动智力又不影响身体的运动自然让人们乐此不疲。最明显的证明是：于坚出生后，作为机关中层领导干部的父亲和中学教师的母亲马上投入“运动”之中，很少有时间顾及家庭和孩子。夫妻俩忙于革命的结果是，儿子两岁时差一点酿出一场悲剧。

于坚曾在一篇文章里对这场悲剧的原委进行过详尽的交代：“当我诞生之际，我的父母正处于青春、光明的生命时光，他们狂热地投入革命之中。对于那个充满激情、轰轰烈烈的时代，一个婴儿的诞生实在是微不足道，我的生命为革命所忽视。我的父母由于投身革命而无暇顾及我的发育成长，因而当我两岁时，感染了急性肺炎，未能及时送入医院治疗，直到奄奄一息，才被送往医院，过量的链霉素注射将我从死亡中拯救出来，却使我的听力受到影响，从此我再也听不到钟表、蚊子、雨滴和落叶的声音……”（《关于我自己的一些事情》，以下引用部分如未特别说明，均引自该文）从此，声音对于于坚而言，成了亦幻亦真的梦境，他只能依靠眼睛来把握周围的世界。

长期以来，“听力”成为于坚生活中的一个敏感词。“青春期我对这种歧视敏感到近于疯狂的地步，以致我多年处于白天面红耳赤，一触即发，夜晚痛心疾首，难以成眠的状态中。”因此，交朋友时，他对对方是否歧视自己的听力十分在乎。在《作品39

号》中，他所倾心的那个朋友，其中一大优点就是“你从来也不嘲笑我的耳朵”。当丁坚终于拥有了一个助听器时，他所做的第一件事，就是跑到郊外的树林里倾听鸟儿和昆虫的鸣叫：“当我听到往昔我以为无声无息的树林里有那么多生命在歌唱时，我一个人独自泪流满面。”

由于全身心地“忙于革命”，于坚的父母便把儿子交给当时五十多岁的外祖母带。于坚从童年到青年时代一直跟着外祖母，直到她逝世。在于坚心目中，外祖母是他最敬重的亲人，虽然她是个文盲，没有对于坚讲述任何大道理，但她教会了于坚爱、原谅和宽恕。在回答诗人乌蒙的提问时，于坚这样谈及他的外祖母：“我如果说我父母给我知识分子的教育的话，我外祖母则给我民间草根的自然教育。她给我的是第一的教育，道生一的教育。她的教育具有超越时代的永恒性。如果说，孔子、老子们是有文的教育的话，在我外祖母这里则是无文的。”（《答诗人乌蒙问》）

上小学的时候，于坚就阅读了包括《三国演义》等古典名著在内的大量书籍，还背诵了整本《新华字典》。“文革”前夕，于坚的父亲悄悄地烧掉了许多藏书，只留下马克思著作和《鲁迅全集》，但于坚却非常善于寻找“漏网之鱼”，在后来的几年里，他通过各种方式找到并阅读了不少古代经典作品，比如《唐诗三百首》《古文观止》《左传》，甚至还包括《论语》，尽管那个时候他根本看不懂孔夫子的这部巨著。

喂养少年时期的于坚的除了少数接触得到的古典文学和鲁迅著作，还有大量非文学的读物。这些读物包括报纸、“反右”材料、传单、缝纫机使用说明书、赤脚医生手册、《新华字典》、小人书、大字报、招牌、启事、标语、通知、小纸条、地下流传的禁书、领袖语录、厕所里的黄色留言、枪毙犯人的布告等。如果说文学作品培养了于坚对理想的憧憬，那么，毫无诗意的非文学读物则让一个少年尽早地了解了社会。

于坚十二岁时，“文革”开始。学校停课，一停就是三年。于坚和大部分同学一样，渴望成为一个红卫兵，“为革命献身”，但因为父母是被专政对象，这一愿望没能实现。于是，少年们开始忘情地玩耍。人们在大街上游行时，少年们就兴高采烈地跟在队伍后面捡传单。“1966 年 6 月 24 日的夜晚，昆明最大的政治集会，广场上几十万人在举行火炬游行，我和一群少年伙伴在大人群中钻来钻去，仿佛穿过一座野兽的森林，那个夜晚我永远难忘，我第一次见到世界上有这么多人，有这么庞大、喧嚣的集体。我兴奋不已，跟着乱喊乱叫……”

那段时间里，由于干部大院的门卫被批斗，没人守门，人们可以自由地进出，于坚的朋友圈也从院子里的干部子弟逐渐扩大到街上的“小混混”。无人管束的孩子们如脱缰的野马，“翻进空荡荡的办公大楼玩打字机和电话，在空无一人的大学教室里乱涂乱画、吸烟、喝酒，并且及时地从一个坏孩子那里学会了手淫”。

形势越来越糟。很快曾经热衷于革命的父母开始被“革命”，于坚目睹了红卫兵冲进家里把父亲带走的场景，但当时玩疯了的于坚仍然没有意识到问题的严重性，反而为以后父母很少能回家而兴奋异常，因为这样一来，自己获得解放、没人管了。甚至直到大字报贴到自己家门口，父亲被挂了黑牌，年少的于坚仍然得意万分，他以为这不过是表明了自己的父亲很重要而已，而“文革”无非是大人之间的游戏。

慢慢地，于坚意识到事情不大对头。有一次，于坚去流放地探望父亲，发现父亲的头发全白了，便告诉父亲，父亲不相信。起初于坚觉得很奇怪，后来才恍然大悟，流放地没有镜子，父亲已经很久没机会照镜子了。一天，父亲的两个同事趾高气扬地来到于坚家里，软硬兼施，要于坚揭发父亲在家里的反动行为。这个情景，在2001年6月被于坚记录进了一首诗中：

1966年冬天
两个大人来到我家　他们
不是警察　是父亲单位的
革命同志　要我揭发
爸爸　在日记里写了些什么
他思想反动　暗藏在我们的
队伍里　昔日的战友说
我一直都叫他们叔叔
在春天的楼梯上　掏出
一大把牛奶糖　给我
像两头可以信赖的奶牛
那样微笑着　还摸摸孩子
肩膀上　正在天天向上的头
突然间　草原崩溃　露出了
暗藏在草根里面的铁蹄

——《往事二三》节选

在那一瞬间，于坚对这两个以前时常到自己家串门的叔叔感到了陌生，他以沉默作为反抗。父亲朋友对友情的背叛，深深地渗入于坚的思想，多年以后，于坚在另一首诗里专门描述过这种阴险而易碎的“友情”。关于那首诗，稍后会提及。

在家里玩了几年后，1970 年，十六岁的于坚进入一所中学学习，一年后，就离开学校，到昆明北郊的一家工厂当铆工。于坚不大愿意干这份工作，便对厂领导说自己有耳疾，领导的回答让于坚终生难忘：“听不见正好干这工作！”于是，从 1971 年到 1980 年，于坚在工厂里整整干了十年，相继当过铆工、电焊工、搬运工、农场工、宣传干事等，直到 1980 年考上大学。

从《采桑子》到《今天》

1971 年，于坚就开始了古体诗词的写作，填的第一首词是《采桑子》。那一年冬天，于坚到父亲的流放地看望父亲，在生产队谷仓里发现了一本 60 年代印给干部学习的古典诗歌小册子，里面有李白、杜甫、白居易等人的诗歌，如获至宝，此前，他从未读过这些人的作品。在返回昆明的大卡车上，于坚就在脑子里构思了几首七绝。不过那个时候，他对旧体诗的种种规范还没完全清楚，于是回到家里，他开始学习平仄。在后来的一段时间里，于坚写了好几十首诗词，并结识了一个比他大五岁的知音，两人时常切磋诗艺。与此同时，于坚还读完了《鲁迅全集》，受鲁迅文章的影响，于坚“学会了杂文式的与人相处”，因而经常碰壁。

那几年，最令于坚兴奋的事情莫过于在工厂附近发现了一座幸存的图书馆了。只要厂里一停电，于坚就跑到这个图书馆看书。在这里，于坚读到了《唐诗三百首》等大量古典文学作品，并第一次接触到西方文学著作。“第一本是朗费罗的诗集，我完全看不懂，只觉得非常累；第二本是屠格涅夫的《父与子》，看不懂；第三本是屠格涅夫的《罗亭》，我看懂了。此后我开始了西方19世纪文学的漫游……”如果说在70年代初期鲁迅是影响青年于坚最深的中国作家，那么在西方作家中，对于坚形成深入骨髓的影响的非罗曼·罗兰莫属，很长一段时间里，他笔下的约翰·克利斯朵夫成为于坚的第一号偶像，于坚在文学道路上不倦地求新求变，也可以从罗曼·罗兰的名言“只有创造的欢乐才是真正的欢乐”中找到源头。

惠特曼的《草叶集》是于坚读到的第二本西方诗集。那是1973年，打开书页，这个美国诗人慷慨豪迈的长句一下子就征服了以写旧体诗词为荣的年轻人，他突然对写了多年的旧体诗厌倦起来，开始喜欢自由无羁的新诗。此后，于坚没有再写旧体诗，而是开始了新诗的写作。据于坚回忆，他的第一首新诗“写的是对一个市内公园的感觉，小浪漫、小感伤、阴暗、朦胧，为赋新词强说愁的东西。主题是‘总有一天，我就要……’”。遗憾的是，现在我们已经无法读到了。

于坚读到的第三本外国诗集应该是泰戈尔的《飞鸟集》。

1975年的一天，于坚骑着自行车经过昆明市华山西路，遇到一个男子，手里拿着两本小书，表示要卖，又担心被人揭发，显得畏首畏尾，鬼鬼祟祟。于坚把书拿过来一看，是泰戈尔的《飞鸟集》和《园丁集》。此前于坚从未听说过泰戈尔的名字，但只读了几页，就被彻底征服。问那人价钱，对方回答说三元，而那本书的定价是一角五分，整整翻了二十倍。当时于坚在工厂上班，每月工资才十五元，但于坚毫不犹豫地将《飞鸟集》买了下来。这是于坚有生以来买下的第一本堪称“昂贵”的图书。回家读完后，又转给朋友们读，由于大家都很喜欢，便有朋友将书中内容刻了蜡版，油印了十二份，人手一册。

很多年以后，于坚提起此事，仍然激动不已：“我相当幸运，当我二十一岁的时候，泰戈尔来了，他是最适合这个年纪阅读的诗人。他充满神性地歌颂了自然，万物有灵，那正是云南高原给我的心灵经验。云南是一片原始淳朴的土地，各民族的部落中住着众神，河流高山森林百兽都是神的化身，就是‘文革’时代高音喇叭的喧嚣也不能将它们驱除，它们已经来到我年轻的心中，直到我读到泰戈尔的诗，它们才在我的心灵中出场显身。泰戈尔是诸神的使者。”（《诸神的使者泰戈尔》）

由于阅读的广泛，1980 年于坚进入大学读书，老师给学生开列书目，于坚发现，其中的绝大部分对他来说，已经简单得不能再简单。因此大学四年，他更多的是自己找书读。

对中国新诗的阅读也始于 1975 年。一天，于坚坐在工厂里的一堆废钢材上吃午饭，读到了抄在信笺上的食指诗歌《相信未来》，但并没有多激动，毕竟在此之前，他已经阅读过了前面提到的不少外国文学作品，他的心目中没有“中国诗坛”这个概念，他的抱负和视野要广阔得多。在于坚看来，《相信未来》还不如自己的朋友曾立的诗歌。

1976 年，于坚与朋友在工厂办了个大字报专栏，纪念天安门广场的“四五运动”，并写了一首马雅可夫斯基式的诗歌。随后，于坚开始了自己的比较正式意义的创作，他的手抄本作品集已经在部分朋友和大学生之间传阅。1979 年，于坚参加了昆明一个文学刊物《地火》的活动，首次在人群前朗诵自己的诗歌。朗诵完，在场的二十几个人同时热烈鼓掌，于坚这才发现自己的诗歌竟然有这么多人喜欢，对写作的热情一发不可收拾。

也是在这个地下诗歌沙龙里，于坚读到了北岛等人编印的《今天》，为同时代人写下的这些“可怕的文字”激动不已，在于坚看来，“今天派”诗人的作品，使此前的当代文学史变得黯淡万分。

《今天》对于坚的影响持续了两年，直到 1981 年，才逐步消失。

被惊醒的夜鸟的睡梦

于坚考了三次大学。1977 年，于坚参加高考，据说语文成绩在昆明排名第二，但因为幼时注射链霉素过多所导致的耳疾，没通过体检而未被录取。1978 年，于坚再次参加高考，成绩超过录取分数线，被昆明师范学院（现在的云南师范大学）录取，因害怕体检而没有去。1980 年，于坚第三度参加高考。这次于坚“学乖”了，请一个朋友顶替自己参加体检，顺利进入云南大学中文系读书。那个时候，于坚已经二十六岁，是全班年龄最大的几个学生之一，而班上年龄最小的同学只有十七岁。

读大学之前，于坚一直是工厂的工人，算起来只读过六年书——五年小学和一年初中。考大学时，外语和数学都只得了几分，能被录取，主要得益于语文和历史的高分。

“拿到录取通知书，我有从地狱奔天堂的感受。”在吴怀尧对于坚的访谈文章《写诗取悦世界》中，于坚这样回忆他那一阶段的心路历程：“大学改变了我的人生方向，我曾经只想当个优秀的工匠，在工厂我一开始最想当的是木匠，我喜欢木头。后来开始写诗，很向往传说中的大学，大学关门多年了，在民间已经成为圣地，在中国，大学其实就是文庙。有时候听父母偶尔谈起他们的大学，很是向往，他们很自豪，仿佛藏传佛教里的出家人一样。……进大学我真的有摆脱地狱的感觉，还经常做噩梦自己又回到了车间。”

尽管在当地年轻人中已小有名气，而于坚第一次在国内的公开刊物发表作品却是在他考上大学的那一年12月。那个刊物是昆明的《滇池》，发表的诗歌的标题叫《记忆》。在此之前，于坚只在云南大学中文系的油印文学刊物《犁》上发表过一首《滇池月夜》，诗歌的后半部分有这么几句：

绕进那静静的苇丛
惊醒了夜鸟的睡梦
扑腾着打起翅膀
分不清海水天空

现在看不见海岸
我划着孤独的小船
世界在我的心中
生命在我的桨上

一个系领导读了这首诗后，在大会上不点名地批评了于坚，认为一个大学生不应该有如此阴暗的心理。不久后，《犁》被勒令停刊，创办刊物的几个师兄在毕业时被分配到一些没有人愿意去的单位。

真是祸福相依，正是在这次大会上，于坚第一次读到了里尔克的诗歌。班里有人带了上海文艺出版社出版的《外国现代派作品选》第一册来参加会议，这书在同学中传阅，每人只看几分钟就被别人抢走。传到于坚手上时，于坚马上翻开诗歌部分，当看到冯至翻译的里尔克《诗文选》时，被深深吸引，在那一瞬间，于坚神游物外，忘记了那位系领导的批评。由于学生太多，这本书传着传着，传到别班，竟然失踪了。

可以毫不夸张地说，在20世纪80年代初期，袁可嘉主编的《外国现代派作品选》是很多文学青年的“宝典”，这一套四卷的文集，以专辑的形式收录了第一次世界大战以来欧美、日本、印度等出现的各种文学流派的代表作，四卷的内容相继为：后期象征主义、表现主义；意识流、未来主义、超现实主义、存在主义；荒诞文学、新小说、垮掉的一代、黑色幽默；以及在思想和艺术性上具有现代流向，但不属于某个流派的作品。记得20

世纪 90 年代初我在四川都江堰读书时，曾分别从学校图书馆和都江堰市图书馆借到《外国现代派作品选》的前两卷，由此第一次“认识”了洛尔迦、阿波利奈尔、马雅可夫斯基、布勒东、艾吕雅、托马斯、埃利蒂斯、安德拉德、蒙塔莱、夸西莫多这些在诗歌的星空闪闪发光的名字，同时巩固了对里尔克、瓦雷里、叶芝、艾略特、庞德、叶赛宁的印象。直到今天，我仍然能回想起当年接触到那些诗歌时的激动，我甚至记下了好几本阅读笔记，并将赵萝蕤的《荒原》译本抄下来，又对照裘小龙、赵毅衡、张子清等人的译本，综合成了一份我自己的译本。要是没有这些外国诗人的作品，我是不是会陷在海子的黑夜和汪国真的苍白中无法自拔呢？当然，激动之余，也夹带着一些茫然和不以为然——比如对于马雅可夫斯基，无论别人评价多高，我就是喜欢不起来。

时至 90 年代，《外国现代派作品选》仍对一个文学爱好者产生那样大的冲击力，可想而知，在没多少书可读的 80 年代，里尔克、叶芝、艾略特之于大学生们的震撼了。此后，于坚开始大面积地接触西方现代派作品。罗伯－格里耶、罗曼·罗兰、杰克·伦敦、艾伦·金斯堡、毕肖普、艾略特的著作都曾伴随过这个如饥似渴的年轻人度过无数个日夜。

除了文学作品，大学时代，于坚还阅读了大量哲学著作，胡塞尔、维特根斯坦、海德格尔、罗兰·巴特、福柯等人的著作，一度成为于坚的枕边书。此外，大学时代的于坚还相继喜欢过电影、绘画和摄影。1982 年，于坚第一次去北京，就是为了去看德国表现主义画展。他那首被人议论纷纭的诗歌《下午　一位在阴影中走过的同事》的写作灵感，就来自希腊画家德·契里柯的作品：

这天下午我在旧房间里读一封俄勒冈的来信
当我站在唯一的窗子前倒水时看见了他
这个黑发男子　我的同事　一份期刊的编辑
正从两幢白水泥和马牙石砌成的墙之间经过
他一生中的一个时辰　在下午三点和四点之间
阴影从晴朗的天空投下
把白色建筑剪成奇怪的两半
在它的一半里是报纸和文件柜而另一半是寓所
这个男子当时就在那狭长灰暗的口子里
他在那儿移动了大约三步或者四步
他有些迟疑不决　皮鞋跟还拨响了什么
我注意到这个秃顶者毫无理由的踌躇
阳光　安静　充满和平的时间
这个穿着红色衬衫的矮个子男人
匆匆走过两幢建筑物之间的阴影
手中的信，差点儿掉到地上
这次事件把他的一生向我移近了大约五秒
他不知道　我也从未提及

读到《下午　一位在阴影中走过的同事》的时候，我还在四川求学。这首诗发表在1991年或者1992年4月的《诗歌报》上，这是那一期《诗歌报》给我印象最为深刻的一首短诗，因为读不懂。

既然《下午　一位在阴影中走过的同事》一诗受德·契里柯的作品影响，我想这里面肯定有其缘由，遗憾的是我不仅对德·契里柯十分陌生，对绘画作品也缺乏赏析的天赋，因此无法将于坚的诗和德·契里柯的画放在一起对比阐释。于坚这首诗给我最深刻的印象是它无处不在、近乎精密的细节，而在处理这些细节时，诗人平和、冷静，细腻又耐心，如同一个严谨的科技工作者正在对某个珍贵物件进行小心翼翼的测量。这个时候，诗歌写什么已经不重要，重要的是文字本身，诗人把一种日常生活中十分常见的情景描画得如此客观而具有诗意，令人忘记了内容，或者说令人深刻地产生一种“形式即内容”的结论。

这种细腻、客观而有节制的叙述，暗含着一种反浪漫和反抒情的立场。对此，于坚毫不讳言，在一篇文章中，于坚说，20 世纪许多作家、艺术家都是反浪漫的人物。比如乔伊斯、拉金、奥顿等人。乔伊斯为了在作品中准确地描写河流，竟拿着仪器去测量河水的速度，作曲家斯特拉文斯基的写作室中堆满了仪器，看起来像药剂师的配剂室。于坚认为自己的写作气质与这些作家、艺术家是相通的，他讨厌乌托邦式的东西，喜欢具体、冷静，回到事物本身，如同罗伯－格里耶所说：“世界并不无意义也不有意义，它在着，如此而已。”从《下午　一位在阴影中走过的同事》一诗中，我们可以很明显地感受到于坚所追求的效果。

于坚的诗歌采取这样一种表达策略不是突然想到的，而是经过了多年的阅读和思考，在这一点上，美国诗人弗洛斯特的作品也给于坚不小的启发，这一点在后面会提到。

后来，我读到了韩东的诗歌《甲乙》，发现两首诗在写作技巧上有异曲同工之妙，诗人不厌其烦地描述客观事物和场景，给人一种强烈的画面感，而对内容的追寻则退居其次。于坚曾认为韩东所讲的“诗到语言为止”是20世纪汉语诗歌最有价值的理论之一，从这两首诗看来，仅凭对语言的操作，就可获得如此曼妙的结果，的确非同凡响。但是对于那些习惯了从文学作品中寻找“中心思想”的读者来说，这种“形而上”是非常难以理解的，因此，如果有读者认为这样的表达方式会使诗歌陷入枯燥和空洞的境地，这样的担忧也不无道理。

除了在正式刊物《诗歌报》上发表，《下午　一位在阴影中走过的同事》还在著名诗歌民刊《诗参考》上发表过。2000年7月出版的《诗参考》第十六期刊登了1990年至2000年间在该刊发表的“十大诗典”，《下午　一位在阴影中走过的同事》紧跟严力的《酒和鬼相遇之后》，名列第二。其余入选作品还有孟浪的《这一阵乌鸦刮过来》、韩东的《黑人和老虎》、伊沙的《结结巴巴》、余怒的《守夜人》等。现在看来，当年我读不懂于坚这首诗也情有可原，《这一阵乌鸦刮过来》《黑人和老虎》《守夜人》等，不都是令人“读不懂”的作品吗？也许正因为读不懂，它们才会那么迷人。

大学四年，于坚最喜欢的课程是写作课，从他的第一篇作文到写作课结束，几乎每次都是全班最高分。源于对文学的喜爱，于坚偏科严重，读起书来不分场合。有一次，于坚在古代汉语课上开小差，偷看孟德斯鸠的《论法的精神》，被老师发现，老师随口甩出一句“粪土之墙不可圬也，朽木不可雕也”，全班同学“幸灾乐祸”地大笑不止。这段往事，至今仍时常被圈内人提起。

1983年，于坚开始在《诗刊》等刊物上发表作品。他的组诗《圭山组曲》在当时非常著名的《飞天》杂志发表，后来，这组诗获得了该刊的“大学生诗歌奖”，从而使他在更广阔的范围内为人所知。同年，于坚在云南大学创办“银杏”文学社，编辑油印刊物《银杏》。文学社成立那天，包括当年勒令《犁》停刊的那个系领导在内的许多老师都来祝贺。大家一起讨论、唱歌，好像以往的事情从未发生过。

他们，《他们》

临近大学毕业时，已经在青年诗歌界有了相当广泛影响的于坚，开始参与在中国各大学兴起的“大学生诗派”的活动，由于创造力出众，他被《大学生诗报》称作“大学生诗派的旗手”，并通过这份刊物与后来被称作“第三代”的诗人建立了联系。1984年，诗人封新城在兰州大学办一个叫《同代》的油印刊物，发表了于坚、韩东、海子等人的作品。于坚与韩东，这两个后来的“第三代”巨头自此相识。

结识之后，于坚和韩东开始酝酿一份民间杂志，于坚在给韩东的信中为这份即将出现的杂志取了十多个怪异的名字，甚至包括“红皮鞋”和“牛仔裤”，最后，韩东给这个杂志取名为《他们》。第二年3月，《他们》推出创刊号，印数两百份，所需经费由全体同人集资。为了避免麻烦，刊物不设主编，而是取了一个虚拟的名字“付立”作为名存实亡的“主编”。

在我们习见的刊物“卷首语”位置，《他们》第一期目录前的“卷首语”是一首非常奇特的诗，诗歌的每一句都是对“他们”成员的调侃性描述。对子虚乌有的主编“付立”的描述是“有人断言南京付立会让你们大吃一惊”，关于韩东的是“南京韩东有钱上得了赌场往后全凭运气”，关于马原的是“西藏马原想获得诺贝尔文学奖”，苏童（当时笔名为阿童）的是“阿童是个理想主义者如此而已”，于坚的则是“昆明于坚一辈子的奋斗就是想装得像个人”，这句话来自于坚的诗歌《作品 39 号》：

大街拥挤的年代
你一个人去了新疆
到开阔地去走走也好
在人群中你其貌不扬
牛仔裤到底牢不牢
现在可以试一试
穿了三年半　还很新
你可还记得那一回
我们讲得那么老实
人们却沉默不语
你从来也不嘲笑我的耳朵
其实你心里清楚
我们一辈子的奋斗
就是想装得像个人
面对某些美丽的女性

我们永远不知所措
不明白自己——究竟有多憨
有一个女人来找过我
说你可惜了　凭你那嗓门
完全可以当一个男中音
有时想起你借过我的钱
我也会站在大门口
辨认那些乱糟糟的男子
我知道有一天你会回来
抱着三部中篇一瓶白酒
坐在那把四川藤椅上
演讲两个小时
仿佛全世界都在倾听
有时回头照照自己
心头一阵高兴
后来你不出声地望我一阵
夹着空酒瓶一个人回家

《作品 39 号》作于 1983 年，是于坚早期的代表作之一，也是于坚的“作品 X 号”系列中的翘楚。作为中国新时期较早关注“人”本身的诗歌，它体现了一种有别于“朦胧诗”的平民视角，把诗歌的重心从“朦胧诗”的政治、国家与民族拉回到普通人的喜怒哀乐之中，给读者一种贴近与亲切之感，在当时被称为“生活流”诗歌的代表作品。

从内容看，这是写给一位好友的诗歌，这个朋友要去新疆，诗人在为他欣喜的同时，也有些伤感，于是联想起朋友对自己的种种关心，以及以前的种种交往。

“大街拥挤的年代 / 你一个人去了新疆”，除了表达现实意义上的人物去向，也有着诗人的清高与自矜，那种不与人同流合污，要和大多数人区别开来的意识，是 80 年代初期的诗人的写照，哪像今天所谓的知识分子，哪里人多就往哪儿钻，哪里钱多就往哪儿凑！

那么，这个独自去新疆的人是谁呢？从于坚的另一首诗《尚义街六号》看，应该是朱小羊。在写《作品 39 号》的同一年，于坚还写过一首《送朱小羊赴新疆》，该诗的前两句和后面两句与《作品 39 号》异常相似。《作品 39 号》前两句是“大街拥挤的年代 / 你一个人去了新疆”，《送朱小羊赴新疆》的前两句则是“他从人群中挤出来 / 跳上开往大西北的火车”。《作品 39 号》后两句是“后来你不出声地望我一阵 / 夹着空酒瓶一个人回家”，《送朱小羊赴新疆》的后两句是“我们这群有家的人 / 在人群中悄悄走散”。

可以说，这是一首“当代赋别诗”，讲述得越琐碎，越见友情之深，在种种细节之中，被叙述者的形象逐渐清晰，跃然欲出。也许只有口语诗歌才能将这些生活化的情节描述得如此生动鲜活。这样的方式是有着强大的生命力的，从 80 年代初期开始，以于坚、韩东、李亚伟等人为主体的口语诗写作影响了后来的一大批诗人，直到今天，大量青年诗人的写作仍然处于口语的“光环”之下。

诗人之间的友情，一直是研究者们十分关注的问题。“文人相轻”这句古话，似乎对诗人不甚适用，尤其是20世纪80年代中期，青年诗人之间成为朋友不用经过什么繁文缛节，往往仅仅是一个人读过另一个人的诗，就可以把酒言欢。对于这个极为特殊的时期，于坚在回答虞金星的采访时曾有所描述：“八六年，那个年代似乎像一个诗歌起义的年份。不单是我，比如老木从北京南下跑到云南找我，然后我们一起北上。各地的诗人互相来往，有点像凯鲁亚克《在路上》所表达的那个时期。中国的诗人就像兄弟一样，我们虽然生活在不同的城市，但是见面就像兄弟、就像姐妹一样。你是诗人，这个就是介绍信，就没有什么说的了。如果你是诗人，你来找我，那么吃喝都由我负责，不单是韩东、丁当这样的大家彼此比较心仪的诗人，就是你的诗我不喜欢，但是我们谈这个，见了面就是兄弟，吃饭喝酒都在一起。那个时候就是这样的。”不仅如此，在那个时候，诗人的地位还不像现在那么低，社会上还没出现对诗人的种种讽刺段子。诗歌圈子里流传着这么一个故事：一次，诗人黑大春流落到青岛，身无分文的他只好解下腰间的皮带在大街上叫卖，此举招来了两个小混混，他们不让黑大春在自己的地盘做买卖，并把他带到“黑窟”。黑大春以为要糟，哪料到那个老大一听说他是个诗人，竟然以礼相待，不仅请他吃饭，还给了黑大春回北京的路费。

在接受《新民周刊》记者的采访时，于坚谈到了他和韩东的相识过程及《他们》最初的情况：

我和韩东认识是因为封新城办的杂志《同代》，当时封新城在兰州大学。最早是甘肃兰州的《飞天》有一个非常好的编辑叫张书绅，他觉得大学生诗歌很有活力，就在《飞天》上辟了一个大学生诗歌专栏——“大学生诗苑”。我们当时的诗歌作品基本上只能在自己印的民间诗歌刊物上发表，很难进入正式刊物，只有他那个地方愿意接纳，所以全国在校大学生基本上都往那里投稿，那里立刻成为高校大学生写作园地，一面旗帜。我的诗歌比较另类，正式杂志很难发表，许多都发在《飞天》上。发的时候会把我们的学校班级写上，比如写“云南大学中文系某某级于坚”“山东大学哲学系某某级韩东”，这就是通讯地址。我们一看，这家伙诗写得不错，就按照这个地址联系。封新城在《飞天》上看到我的诗，就写信给我，说他要办一份民刊《同代》，那时候我还不认识韩东。《同代》给我寄了几份，是一份印刷非常粗糙的刊物，用蜡纸刻的，上面发了我的诗、海子的诗——他的《亚洲铜》就首发在上面，还有陈东东、韩东和王寅。我看了韩东的诗，很喜欢，觉得他对诗的想法和我有共同之处，就开始通信。然后我们开始自己办《他们》。

……每个人的稿子都是现成的，我们都已经写了很多年了。有一大批手稿放在那里。我记得当时每期每个人出 96 元钱，在当时可不得了。我当工人一个月的工资才 36 元。

先是韩东编一期，我编一期，轮流编。结果我们在选稿上就发生分歧。我们当时有分歧就直截了当地写长信表达看法。韩东叫我编第二期，他寄了一批稿子到我这里，我看了以后，不是太喜欢。韩东认为《他们》是一个不断扩大的阵营，要把有才华的年轻诗人都吸引过来，而我更认同做一本同人刊物的想法。韩东寄来的一大摞稿子，我不喜欢，他又很坚持，我就把稿子退回去了，没编。后来基本上都是韩东编的，可能有四五期，然后是朱文编。

第一期出来后在全国就引起了极大反响，我和韩东被邀请参加当时《诗刊》的“青春诗会”就是因为《他们》的影响力。

《他们》创刊号出版两个月后，同人们热情高涨，于是趁热打铁，在5月份印行了第二期，由于第一期大受欢迎，又找到了赞助人，第二期印数由第一期的两百份一举增加到三千份。在随后的几年中，《他们》又出版了七期，各期的印数也不固定，有时只印一百册，有时更多一些。《他们》前四期除了发表诗歌，还发表小说，马原的《拉萨河女神》、苏童的《桑园留念》等后来产生影响的小说就是《他们》第一期首发的。从第五期起，《他们》不再发表小说，成为纯诗刊。

1995年秋天，韩东到桂林旅游，我读到刚出笼不久的《他们》第九期，当时韩东还问我要稿子，我因为胆怯而没有投稿。也幸亏没有投稿——第九期以后，《他们》不再出版。

关于《〈他们〉十年诗歌选》

当人们为《他们》的停刊而叹息时，漓江出版社1998年5

月出版的《他们：〈他们〉十年诗歌选》在一定程度上填补了他们心中的部分遗憾。

这本书由黎明鹏资助出版，首印只有一千册。封面由画家毛焰设计，那是一幅意味深长的黑白画：一个面容模糊但目光明亮的人将双手举到头顶，粗略看去，活脱脱一个投降者的姿态。不知是向世俗投降，还是向金钱投降，抑或是向永恒的缪斯女神顶礼膜拜？而细看，又会发现两只手的拇指和食指勾成了枪的形状。是欢呼？要自杀？还是想和谁决斗、向谁“开炮”？或者根本就是一个小小的恶作剧？不了解诗刊《他们》的办刊历程和诗歌团体“他们”的追求的人，不可能理解这幅画的含义。

对于“他们”的主要诗人，诗歌爱好者早已耳熟能详。韩东、于坚、小海、丁当、王寅、吕德安……都是当代诗坛独具品格的重要诗人。十余年来，这些诗人坚持了一贯的追求，以简洁朴素的口语，平凡常见的生活细节、独特而有味的意境，对旧的诗歌传统做出了强有力的冲击。他们的不少作品足可进入当代文学的精品库中。而翻开《他们：〈他们〉十年诗歌选》，你会惊讶于除了于坚的《尚义街六号》《作品 39 号》《作品 52 号》，还有不少著名诗人的作品竟都在《他们》上发表过，比如吕德安的《父亲和我》《曼凯托》，杨键的《悲伤》《心灵的演习》，比如王寅的《朗诵》《想起一部捷克电影想不起片名》，杨黎的《撒哈拉沙漠上的三张纸牌》……有的甚至是首发。这些诗歌从内部发表到公开发表，再到引起长达十数年的纷纭论争，既昭示了《他们》的独特价值，也预示着集《他们》之大成的《他们：〈他们〉十年诗歌选》已不是一本常规意义上的选本，而是一部特殊的诗歌史。而这个“诗歌史”也得到了众多读者的认同，《他们：〈他们〉十年诗歌选》出版半年后就加印了三千册。

有意思的是，《他们：〈他们〉十年诗歌选》的编选者不是作为“他们”诗群灵魂人物的韩东和于坚，而是小海和杨克。在后记中，小海这样写道：“韩东是这份刊物实际上的主编和‘灵魂’人物，他对诗歌的理解和个人趣味对刊物有很大的影响。”韩东的诗歌也被安排在诗选的第一位，可见他在编者以及“他们”群体中的地位。

尚义街六号

昆明市尚义街六号吴文光的住所，曾一度是于坚和他的朋友们聚会的根据地。在这里，孤独的灵魂找到了慰藉，朋友们相互调侃，相互“打击”，相互温暖，相互激励，度过了一段难忘的青春浪漫岁月。

尚义街六号的朋友沙龙对于坚影响深远，在一篇文章里，他这样描述尚义街六号的氛围：“在这幢法国式的黄色楼房的二楼，我多年扮演一个怀才不遇的激情、感伤、阴郁、被迫害的诗人形象，多少年后我才摆脱了这种风度对我的诱惑力。”在那段时间里，于坚与吴文光、李勃、费嘉、朱晓阳（《尚义街六号》中的朱小羊）、陈卡（《尚义街六号》中的老卡）等人一起创办了油印刊物《高原诗辑》。

也正是这座房子和这批朋友，催生了于坚至今为止都堪称最具影响力的代表作。1984 年 8 月，于坚大学毕业，被分配到云南省文联下属的《云南文艺评论》担任编辑。几个月后，于坚在昆明青年路一间从别人那里借来的小房子里，写下了那首《尚义街六号》。

这是一首关于青年时代的生活与友谊的诗歌，全诗如行云流水，一气呵成，阅读时不会遇到丝毫理解上的障碍：

尚义街六号
法国式的黄房子
老吴的裤子晾在二楼
喊一声　胯下就钻出戴眼镜的脑袋
隔壁的大厕所
天天清早排着长队
我们往往在黄昏光临
打开烟盒　打开嘴巴
打开灯
墙上钉着于坚的画
许多人不以为然
他们只认识凡·高
老卡的衬衣　揉成一团抹布
我们用它拭手上的果汁
他在翻一本黄书
后来他恋爱了
常常双双来临

在这里吵架　在这里调情
有一天他们宣告分手
朋友们一阵轻松　很高兴
次日他又送来结婚的请柬
大家也衣冠楚楚　前去赴宴
桌上总是摊开朱小羊的手稿
那些字乱七八糟
这个杂种警察一样盯牢我们
面对那双红丝丝的眼睛
我们只好说得朦胧
像一首时髦的诗
李勃的拖鞋压着费嘉的皮鞋
他已经成名了　有一本蓝皮会员证
他常常躺在上边
告诉我们应当怎样穿鞋子
怎样小便　怎样洗短裤
怎样炒白菜　怎样睡觉　等等
八二年他从北京回来
外衣比过去深沉
他讲文坛内幕
口气像作协主席
茶水是老吴的　电表是老吴的
地板是老吴的　邻居是老吴的
媳妇是老吴的　胃舒平是老吴的

口痰烟头空气朋友　是老吴的
老吴的笔躲在抽桌里
很少露面
没有妓女的城市
童男子们老练地谈着女人
偶尔有裙子们进来
大家就扣好纽子
那年纪我们都渴望钻进一条裙子
又不肯弯下腰去
于坚还没有成名
每回都被教训
在一张旧报纸上
他写下许多意味深长的笔名
有一人大家都很怕他
他在某某处工作
“他来是有用心的，
我们什么也不要讲！”
有些日子天气不好
生活中经常倒霉
我们就攻击费嘉的近作
称朱小羊为大师
后来这只羊摸摸钱包
支支吾吾　闪烁其词
八张嘴马上笑嘻嘻地站起

那是智慧的年代
许多谈话如果录音
可以出一本名著
那是热闹的年代
许多脸都在这里出现
今天你去城里问问
他们都大名鼎鼎
外面下着小雨
我们来到街上
空荡荡的大厕所
他第一回独自使用
一些人结婚了
一些人成名了
一些人要到西部
老吴也要去西部
大家骂他硬充汉子
心中惶惶不安
吴文光　你走了
今晚我去哪里混饭
恩恩怨怨　吵吵嚷嚷
大家终于走散
剩下一片空地板
像一张空唱片　再也不响
在别的地方

我们常常提到尚义街六号
说是很多年后的一天
孩子们要来参观

和几乎所有同龄人一样，我最初接触到于坚的作品是他创作于80年代的《作品39号》《作品52号》《尚义街六号》等被人们广为传诵的篇章，它们与《有关大雁塔》（韩东）、《你见过大海》（韩东）、《中文系》（李亚伟）、《卡尔·马克思》（尚仲敏）、《瞄准》（京不特）等一道，把诗歌从“朦胧”艰涩造作中解放了出来，显出率性、自然，有原汁原味的生活质感。尚义街六号，这座“法国式的黄房子”无疑是中国诗坛最为著名的建筑物，出入其间者表现出来的贫穷中的乐趣令人向往不已。

《尚义街六号》这样的口语诗也是于坚最为擅长、影响最深入人心的风格，它语言浅近，内容生活化，并呈现了许多极富幽默感的细节，人们从中既可以感受到文学的魅力，也能察觉日常生活诗意的一面。

这首诗语言虽然平实浅近，它的创作时间却扑朔迷离，在一些版本中，写的是1983年，一些版本写的是1985年3月，更多的版本标注着“1984年6月”，如人民文学出版社出版的《于坚的诗》和国际文化出版公司出版的于坚诗集《对一只乌鸦的命名》。2009年6月3日，我从河北《凤凰》杂志上读到于坚的随笔《这是一封信》，文中提到了这首诗，写作时间又变成了1985年6月。有时候，甚至同一本书所标记的时间都互不相同，比如人民文学出版社2000年出版的《于坚的诗》，在《尚义街六号》

一诗后面注明的创作时间是 1984 年 6 月，而书后附录的“于坚文学年表”中，这首诗的创作时间则为 1983 年。好在不管是哪一年完成的，都不影响这首诗的品质——需要指出的是，当前文坛，有一些诗人作家故意作假，将自己的代表作写作时间推前，以期为自己在文学史中争取一个比较靠前的位置。而以于坚的影响，不需要搞这些小动作。

为此，2009 年 6 月 9 日，我专门去信向于坚求证，很快得到于坚的回复：“《尚义街六号》（创作于）1985 年 3 月是对的，我还有原稿，时间出入主要是一般发表不注明时间，所以编诗集时只是凭记忆。其他诗歌也有这种情况。”看来，记忆有时候也是不可信的。

《尚义街六号》完成后，似乎曾经在《他们》和《高原诗辑》上发表过，但反响只限于小圈子内，获得更大的影响是在 1986 年 11 月《诗刊》头条位置发表之后，口语诗在全国范围内掀起风潮，于坚从此当仁不让地成为“第三代诗人”的元老级人物。这首诗没有人们习见的象征和隐喻，凭着洋溢其间的出众自如的语感，这首内容“普通”的诗歌具有了深刻的诗性光芒；加上字里行间屡屡可见的机智与幽默，恰好印证了于坚 1984 年的短诗《我的歌》中的一句：“像上帝一样思考，像市民一样生活”。讨论于坚作品的文论，鲜有不提及此诗的。这首诗也证明了：真正的口语诗写作，不是泛泛而谈，不是蜻蜓点水，不是“口水”，而是从生活的土壤里沉淀、淘洗出金子的写作。

从诗歌平实的表述方式，我们可以猜想到这首诗的写实程度。诗歌里提起过不少人，吴文光、老卡、李勃、朱小羊、费嘉等，都是于坚当年的朋友，在诗歌中，我们可以感受到这些人“聚啸山林、诗酒风流”的洒脱。而诗中所写，也都是发生在当年的真实故事，包括这些人的去向都是真实的，比如朱小羊和吴文光先后去了新疆；李勃家在北京，是个见过大世面的人；费嘉则是一个颇有才华的诗人……

尽管正如诗歌所说，“大家终于走散”，但“尚义街六号”这座“法国式的黄房子”已成为中国诗坛最为著名的建筑物之一，常常被人提到，“很多年后的一天 / 孩子们要来参观”。我就是诗中写到的“孩子”之一。2001 年 10 月，我去西双版纳旅游经过昆明时专门去找了一趟，遗憾的是在原址我只看到一排卖窗帘的低矮店铺。这个时代不需要诗意，它更相信钞票。

记得当时在昆明和雷平阳喝酒时，雷平阳要邀约于坚，不料后者恰好不在家，于是见面的机会延后了五年。2006 年 6 月，在长沙举办的当代诗歌名家岳麓山诗会上，我们才得以见面。记得于坚问我的第一句话是：你办的“扬子鳄诗歌”网站不错，纸版还出吗？我回答说：这几年诗坛有个趋势，就是民刊与官刊似乎无甚区别了，“扬子鳄”一时找不到合适的定位，又不想接受赞助，出了五期之后就不再出版了。

在那次诗会上，于坚的光头是最受与会诗人青睐的背景，许多诗人拉着他要合影，我自然也不会免俗，但事实上，最终我们都没有收到相机持有者寄来的照片，等于是白“秀”了一回。

“我并非世俗诗人”

2003年10月30日，《南方周末》发表了该报记者黄端采写的《寻找尚义街六号》一文，文中提供了许多当年和当前的情况，堪称《尚义街六号》诗里诗外最为详尽的注解。从中既可以看到该诗的创作背景，也可以感知诗歌在经济社会的命运变迁。下面是该文第三节的部分段落，写的是诗中人物的生活和去向：

> 于坚写《尚义街六号》的时间是1985年3月，而不是一些版本标识的1984年6月。那时候他已经大学毕业，正在一单位做编辑。他写这首诗并不是想表达什么时代，写着纯粹是为了好玩。那时候诗中提到的人们，像老卡、朱小羊、李勃还有费嘉，都已经先后毕业工作，大家在尚义街6号的聚会也已经基本停止。
>
> 尚义街6号的主人吴文光被分配到一所中学教书。老卡原名叫陈坚，因为喜欢卡夫卡，后来就跑到派出所，把名字改成了陈卡。
>
> 写小说的朱小羊被分配到物价局上班。但是上了不到一年班，朱小羊难以忍受那些按部就班的生活，沉闷无比的时候，他经常掀开办公室的窗帘看外面的世界。
>
> 有一天朱小羊翻开《光明日报》，看到上面有一则新疆某兵团招收教师的广告，他就马上去了。当时于坚还专门写了一首《送朱小羊赴新疆》的诗，其中就有对远方的向往：“听说新疆人烟稀少／冬天还要发烤火费／在那边倒可以干

些破天荒的事情／好好干吧　朱小羊／在那遥远的地方／有位好姑娘／列车载着你跑向天外边／我们这群有家的人／在人海中悄悄走散”。

于坚说，那时候他们非常向往凯鲁亚克《在路上》中描述的那种生活，他们都向往着生活在别处，都想到外边的世界去走走，谁都不想把生活固定在一个地方然后终老。

后来吴文光也跟着朱小羊去了新疆。于坚说吴文光这人脾气很好，平时他那间房子都不锁门。

于坚说，那时候吴文光非常喜欢写诗，光诗歌笔记本就写了十几个，而比他大两岁的于坚写了很多年的诗，也只有两三本。而当时，吴文光最引以为自豪的就是和舒婷有过十几封通信。

在干部大院长大的李勃是北京人，当时小说写得非常漂亮，小说《阿慧》当年还在《光明日报》上引发了讨论。他还有作品在安徽的《清明》获得了文学奖。有一年中秋，他在家觉得烦闷，就跑到了吴文光那儿，吴赶忙搬出月饼，李勃吃完后转身便走。

大学毕业后，李勃被分到了离昆明 20 多公里外的射击学校教语文，两年后，李勃跑到深圳去炒股。

朱小羊后来离开了新疆，跑到北京读书流浪，干了很多事情。后来担任《中国人》大型系列专题片的总策划和编导，这时候他又把已经回到昆明、在电视台拍新闻的吴文光拉到了北京，开始拍摄《流浪北京》——于坚说，这部纪录片创意和文字脚本是朱小羊的，前期也是他们一起拍摄的，但是在前期拍完后，朱小羊就跑到了澳大利亚去读人类学博士了。

现在，吴文光还在拍纪录片，并且被人们称为“中国纪录片第一人”。朱小羊回国后，在北京大学的人类学研究所担任副教授。折腾了几番后，李勃重新回到昆明，现在是昆明乡村高尔夫俱乐部的总经理，这两年经常开车到西藏去探险。至于老卡，毕业后在工厂搞宣传，后来也跑到深圳去了。而当年名震云南的青年诗人费嘉，现在昆明的一家报社供职。

至于于坚自己，曾经在1987、1988年的时候到过边境线上的德宏教过电大。也曾经跑到北京和牟森一起搞“残酷戏剧”，甚至亲自上台表演《与艾滋有关》，他的被国外评论誉为中国的《荒原》《等待戈多》的长诗《0档案》发表后，被牟森改编成诗剧在欧洲十多个国家演出，该剧演员包括吴文光、蒋樾和诗人吕德安。曾经在波兰获得格罗托夫斯基主持的“接触”戏剧奖。于坚说，1985年到1995年这十年，是中国先锋派文化最有力量的年代，也是最纯粹、最纯洁、最有创造精神的年代，所有的人都面临压力，特别是九十年代初期，许多人都跑掉了，出国的，下海了的，生活在别处去了，但中国依然有一批人在坚持，无论民间诗人、独立导演都是异常地勇敢，毫不妥协，埋头工作。那是个充满激情和创造力的年代，蕴藏着中国先锋派文化的未来一切可能性，比如今天的已经泛滥的行为艺术、装置、流浪派的那一套，十年前牟森的戏剧车间就在搞。今天，先锋派文化大多数时候只是挂羊头卖狗肉，成为如何先用美元富起来的捷径和小资文化的调味品了。

至于诗中提到的那一个“大家都很怕他”的“有一人”，于坚说那是虚拟的，象征着大家对于当时某种压力的恐惧。

于坚是如何看待《尚义街六号》和自己的写作呢？在给我的邮件中，于坚这样写道：“这个诗最重要的东西是幽默感。在那个时代，已经完全没有幽默感，铁板一块。不仅仅是日常生活、小人物，同时也有其他诗人写这些，但以调侃的口气写的并不多见，也就是我吧。王朔们是在我这么写以后很多年才出现的，但已经玩世不恭了。另外，我强调日常生活，就是将日常生活神圣化。生活世界被理直气壮地摧毁着。重建常识、重建日常生活的尊严就是在今天也非常重要。我并非所谓世俗的诗人，我其实比那些故意追求的神圣神圣得多。这种神圣来自对汉语本身的信任，语言本身就是神圣的。尤其是汉语……我的神圣不是被某些诗人故意赋予的所谓神圣，神圣在许多诗人那里，只是从西方学来的观念。我的神圣是汉语本身的神圣，起源性的神圣。拒绝隐喻，就是要回到语言被意义的陈词滥调遮蔽了的神圣性、纯洁性。我其实是把我那些朋友当作仙人来写，他们在我心目中绝不是小人物，而是我生活世界中的天才朋友。我调侃的恰恰是那时代把天才视为庸人。这种神化日常生活，李白在《酒中八仙歌》（按：应是杜甫《饮中八仙歌》）中就做过了，只是时代风气不同，他的时代殷实，所以他喜欢夸张。而我是在20世纪为了掩盖真相而夸张成性的时代中回到事实。世俗化可以用于我之后的那些诗人，我并不世俗，我其实是升华了日常生活，将日常生活神圣化了。”

我相信，于坚上面这番话，对很多诗人和诗歌批评家，会有醍醐灌顶的作用。我们只知道诗人写世俗生活，却不知道他为何而写；只知道有很多诗人用口语写作，却不知他们之间的区别；甚至是于坚提出的那句著名的“拒绝隐喻”，很多人的理解也仅仅限于修辞方式，却不知诗人强调的是回到语言被意义的陈词滥调遮蔽了的神圣性和纯洁性之中。看来，要理解一个诗人，仅仅阅读他的作品是不够的，还需要善于倾听他的心声。

在漫长的旅途中

我曾经在关于顾城的一篇文章里说过，1986 年，对于中国诗歌来说，是一个极为重要的年份，对于顾城本人，也意味深长。事实上，1986 年对很多诗人都极具意义，比如周伦佑等人在这一年创办了轰动一时的《非非》，于坚与韩东、翟永明等人一起参加了《诗刊》社在太原组织的“青春诗会”，同年 11 月在《诗刊》头条位置发表的《尚义街六号》引起轰动，成为中国口语诗歌的巅峰之作。于坚还作为青年诗人的代表，赴北京出席全国青年作家创作会议，并在此期间与“朦胧诗”巨头北岛、江河结识。

这一年，于坚文思泉涌，创作或发表了一批十分优秀的作品，如《黄河》《春天纪事》《在漫长的旅途中》等。创作于这年 10 月的《在漫长的旅途中》，是于坚的短诗中我极为喜欢的一首：

在漫长的旅途中

我常常看见灯光
在山冈或荒野出现
有时它们一闪而过
有时老跟着我们
像一双含情脉脉的眼睛
穿过树林跳过水塘
蓦然间　又出现在山冈那边
这些黄的小星
使黑夜的大地
显得温暖而亲切
我真想叫车子停下
朝着它们奔去
我相信任何一盏灯光
都会改变我的命运
此后我的人生
就是另外一种风景
但我只是望着这些灯光
望着它们在黑暗的大地上
一闪而过　一闪而过
沉默不语　我们的汽车飞驰
黑洞洞的车厢中
有人在我身旁熟睡

这首诗平静而朴实，没有惊人之语，读后却余味绵绵。

前三句干净利落，直接把读者带进诗歌的情境之中："在漫长的旅途中 / 我常常看见灯光 / 在山冈或荒野出现"。这里的灯光，可以实指灯光，也可以指人与人之间的爱、关怀与帮助。

"有时它们一闪而过 / 有时老跟着我们 / 像一双含情脉脉的眼睛 / 穿过树林跳过水塘 / 蓦然间　又出现在山冈那边"，这几句是对人与灯光的关系的描述。灯光具有动态性和多变性，它们不仅出现在不同的位置，而且形式多样，但无论以何种方式，都牢牢地牵扯着"我"的注意力。

于是，"这些黄的小星 / 使黑夜的大地 / 显得温暖而亲切"紧接而来。在黑夜的山冈或荒野之中，灯光如同我们的亲人，"温暖而亲切"，让夜行者不再孤独。在这种亲近感的召唤之下，"我"产生了冲动，想叫车子停下，"朝着它们奔去"，甚至"我"对灯光产生了依赖感，希望它能带给自己好运："我相信任何一盏灯光 / 都会改变我的命运 / 此后我的人生 / 就是另外一种风景"。

这是一种多么美好的前景，然而它只能止于想象，无法成为现实。"我"也是清醒的，没有亦步亦趋，"但我只是望着这些灯光 / 望着它们在黑暗的大地上 / 一闪而过　一闪而过 / 沉默不语　我们的汽车飞驰"。这是对现实状况的把握，也是一种无奈的选择。"灯光"虽然温暖而明亮，毕竟离自己太远，无法给予更多的帮助。从"我"的角度而言，作为一个有自己的方向的赶路人，只能前行而不能停止，因此，"我们的汽车飞驰"，让灯光在身旁或远方"一闪而过"。

诗歌的结尾意味深长，当"我"浮想联翩时，一个陌生人在身边熟睡。在这里，诗人至少提供了两层含义给人们揣摩。其一，“我”身旁的人的确在熟睡，他的安静符合全诗营造的氛围，衬映了世界的美好；其二，“我”身旁躺着的是一个陌生人，他很可能是表面在熟睡，实际上是醒着的，那么，人们就不得不怀疑此人的身份，并对他的这一行为做出提防。也就是说，第一种状况是和谐的、令人放心的，第二种状况则让人担心，甚至恐慌。仅仅是对一个人“熟睡”的描写，就勾起了我们无尽的联想，诗歌的魅力可见一斑。

我相信这是一首不会随着时间的流逝而被人遗忘的诗篇，如果这样的作品蒙尘，将是时代的悲哀——人们过于追求物质享受而对优美的精神产品视若无睹。当然，这只是部分的于坚，或者说是短暂的于坚。90年代后，于坚一度改变了风格。

《在漫长的旅途中》让我想起十多年前读到的某个诗人的作品，也是朴素的口语，也是写灯光，那首诗震住了初入诗坛的我，我喜欢上了它，并且模仿它写了一首《灯光》。现在我才知道，我曾经喜欢过的那首诗不过是对《在漫长的旅途中》的模仿而已。在多年的阅读经历中，类似的状况并不少见，我手头上存积了一批“模仿者名单”，个别模仿者还是著名诗人。我想，如果这些人不是有意的，那么只能说明一个事实——优秀的文学作品对人心的浸润是潜移默化的，你身陷其中而不自知。对于一个诗人而言，这是一种悲哀，因为他永远被别人的光环笼罩着无法自拔。

有意思的是，于坚的这首《在漫长的旅途中》也曾被人指责为模仿了美国诗人弗洛斯特的名作《未选择的路》。《未选择的路》写的是“我”经过树林时，在分岔的两条路前犹疑不定，最后选择了其中人迹较少的一条。当年的选择不同，导致了后来整个人生格局的差异。试看该诗结尾几句："一片树林里分出两条路——/ 而我选择了人迹更少的一条 / 从此决定了我一生的道路"。而《在漫长的旅途中》也出现了"选择"："我真想叫车子停下 / 朝着它们奔去 / 我相信任何一盏灯光 / 都会改变我的命运 / 此后我的人生 / 就是另外一种风景"。立意上的确有相似之处，至于是不是模仿，不同的人可能有不同的看法。在我看来，要说于坚模仿了弗洛斯特，恐怕牵强了些。文学作品的最大区别在于细节，不同细节的出现，意味着作者的不同经验，古往今来，许多文学作品从作者各不相同的生活经验出发，最终抵达同一目的地，因此，于坚的《在漫长的旅途中》一诗只是领悟到与弗洛斯特相似的感受而已。否则我们完全可以认为杜秋娘的"花开堪折直须折，莫待无花空折枝"是模仿了李白的"人生得意须尽欢，莫使金樽空对月"，或者说艾略特的"四月是最残忍的月份，在死地里培育出丁香"是模仿白居易的"人间四月芳菲尽，山寺桃花始盛开"。

不过，于坚极为心仪弗洛斯特，倒是毫无疑问的。1987 年，于坚写了一篇短文《转喻的诗人 · 读弗洛斯特》，该文分析了弗洛斯特的艺术特点，其中提到了两个关键词："转喻"和"隐喻"。文中说："弗洛斯特的诗在修辞上完全拒绝隐喻。他的诗主要是对事实的描述。如果仅仅从作者这方面孤立地看，那么他的诗仅仅是一种毫无意义的客观陈述。然而，正是这种陈述，却使读者领会到无穷的暗示。""弗洛斯特的转喻来自对生活事件、自然事件的种种细节的洞察。这种洞察有时达到左拉式的无微不至和冷酷无情。”“弗洛斯特的转喻是纯粹诗歌意义上的转喻，它和那些被庸俗化的社会学意义上的转喻不同，它不是镜子式地反映人生，而是通过语言本原的魅力获得自足的存在。它并不关心读者，它关心的是语言事实本身的自然和客观。作为转喻的诗人，弗洛斯特的语言事实显然还有一个语言之外的事实，他的诗是对那个事实的描述，那个事实是他诗歌语言的对应物。但是，那个事实并不提供语言事实的意义或主题，它仅仅是一种和读者所见的世界相一致的对应物。”

从于坚后来向诗坛提供的一系列有影响的作品，如《下午一位在阴影中走过的同事》《对一只乌鸦的命名》《0档案》等看来，弗洛斯特的影响相当深刻。90年代以后，于坚提出的那个著名的口号“拒绝隐喻”，或许就是从当年阅读弗洛斯特之后总结出来的。

1990年，于坚又专门写过一首《读弗洛斯特》：

在离大街只有一墙之隔的住所
读他的诗是件不容易的事情
起先我还听到来访者叩门
犹豫着开还是不开
后来我已独自深入他的果园
我遇见那些久已疏远的声音
它们跳跃在树上　流动在水中
我看见弗洛斯特嚼着一根红草
我看见这个老家伙得意扬扬地踱过去

一脚踩在锄头口上　鼻子被锄把击中
他的方式真让人着迷
伟大的智慧　似乎并不遥远
我决定明天离开这座城市　远足荒原
把他的小书夹在腋下
我出门察看天色
通往后院的小路
已被白雪覆盖

诗歌的第一句，点出了自己所处的环境：“在离大街只有一墙之隔的住所”。这样的环境，躁动而喧嚣，大街上的各种声音不经过预约就会钻进耳膜。在这样的环境下，读一个外国诗人的诗，“是件不容易的事情”，更何况那是一个倾心于自然的外国诗人。

“起先我还听到来访者叩门 / 犹豫着开还是不开”。朋友的来访，使阅读者陷入了两难，开门，还是不开？如果开门，可以见到生活中的友人；不开，则可与一个远方的伟大灵魂相遇。经过一番思想斗争，诗人选择了阅读，装作不在家，没有开门，于是“独自深入他的果园”。

在果园中，“我遇见那些久已疏远的声音”，这些“声音”无疑是指弗洛斯特的诗句，“它们跳跃在树上　流动在水中”，与自然融为一体。“我”还从诗句中看见了诗人的形象，他“嚼着一根红草”“得意扬扬地踱过去”“一脚踩在锄头口上　鼻子被锄把击中”，这种形象平实、自然，与大地紧密相连，因而

“让人着迷”，并且从中得到启发，感到“伟大的智慧　似乎并不遥远”。

被诗人营造的氛围所吸引，“我”开始向往大自然，并且产生了“离开这座城市　远足荒原”的冲动。可想而知，这个时候，“我”已经完全沉浸于弗洛斯特的气场之中，思想被他所征服和左右。于是，“我”显得有些迫不及待地“把他的小书夹在腋下／我出门察看天色”。这两句，把关注点从无边的联想中抽回现实，预示着对书本的阅读的结束，也预示了行动的开始。从画面来说，也比先前鲜活了许多，如果说前面是一幅宁静的雪夜读诗图，那么后面有了动感，成为雪夜寻人图，从静到动，只是一句话间的事。

然而天公不作美，“通往后院的小路／已被白雪覆盖”，白雪掩盖了道路，“我”无法成行。诗歌表达了一种无法实现的期待，也托出了一份对先贤的向往。短短十余行，从现实世界进入幻想世界，最后又抽身而出，无论诗意与技巧都拿捏得恰到好处，堪称大手笔。

“青春诗会”

细心的读者可能会发现，在我的很多文章中，都会出现一个词语——“青春诗会”。这是中国新时期诗歌发展史上的一个很重要的关键词，值得认真对待。

很长一段时间以来，我阅读《诗刊》的目的只有一个，那就是想看看每一年度的“青春诗会”专号。虽然我只订阅了几年《诗刊》，但与其他公开发行的刊物相比，它仍然是我最为关注的诗歌刊物。据我所知，还有不少人有与我同样的爱好，包括一些国外的诗歌研究者。人们普遍认为，“青春诗会”是当年度诗歌创作人才的大检阅，是诗歌创作的风向标，只要是真正的诗歌爱好者，就不会愿意错过这样一个绝佳的了解中国诗坛的机会。

自1980年到2009年，“青春诗会”已举办了二十五届。作为中国级别最高、历史延续性最长的文学笔会，参加过“青春诗会”的诗人中，绝大多数已成为诗坛的主要力量，少数人如舒婷、顾城、王家新、西川、欧阳江河、于坚、翟永明、韩东等已经被写进了文学史。有人将其誉为中国诗坛的“黄埔军校”。姑且不管这个比喻是否恰当，但至少可看出“青春诗会”的巨大影响。

余生也晚，没有亲历80年代波澜壮阔的诗歌大潮。而80年代正好是“青春诗会”大放光芒的时代，目前人们熟知的很多诗人基本上都是那时候参加过“青春诗会”的。那时候的“诗会”不像现在那么“宽容”，对与会诗人的选取基本上出自公心，而如今，只要能拉一些赞助，或者某地方政府出资，当地就可以有一个甚至好几个诗人堂而皇之地成为“诗会”人选。当然，我对主办方此举也持同情加理解的态度，毕竟，现在不是80年代前期，那时候文学刊物的发行量大，诗歌是引人注目的文学界中最闪亮的一部分，诗人堪称天之骄子。而今天，文学已经被市场边缘化，诗歌更是位于边缘的边缘了。

70年代末到80年代中期的《诗刊》，曾有过一段活跃时期，北岛的《回答》和舒婷的《致橡树》就是当时在《诗刊》工作的邵燕祥从《今天》上转载到1979年第三期和第四期上的，当时

《诗刊》发行量号称百万，此举使北岛和舒婷的影响一下子从局部的《今天》真正进入千家万户。后来《诗刊》还举办过大量活动，虽然时有保守言论，甚至向某些激进的诗人抡起大棒，但基本上能够做到“捧”和“棒”并重，即一方面推出新人，一方面发表保守派对这些新进诗人的批评文章。进入 90 年代以后，诗歌光环褪去，《诗刊》也渐趋保守，年轻人更喜欢安徽的《诗歌报》和河北的《诗神》，但无论如何，每年的《诗刊》“青春诗会”专号是值得关注的。1980 年的顾城、舒婷、江河，1983 年的王家新，1986 年的于坚、韩东、翟永明，1987 年的欧阳江河、西川、陈东东，1988 年的骆一禾等，都是精英中的精英。

我是从 1992 年冬天开始知道“青春诗会”的。一次，我在学校阅览室里读《诗刊》，河南诗人蓝蓝的诗歌让我爱不释手，随后我就看到了这组诗所在的栏目：“青春诗会”。第二年秋天，我在期盼已久的《诗刊》“青春诗会”专号上又读到了河北诗人大解的诗歌，这让我死心塌地地喜欢上了这个诗人的所有作品。然后是 1994 年的叶舟、张执浩，1995 年的伊沙，1997 年的李元胜……每一届都会有一两组让我心仪的作品出现。

平心而论，作为中国历史延续性最长、主办者级别最高的文学笔会，“青春诗会”为推动新时期以来中国现代诗的发展起到了举足轻重的作用，但外界对“青春诗会”也不乏批评之语，吉林诗人董辑的《什么是诗歌，什么又是垃圾——青春诗会批判》一文是我所读到过的言辞最为尖利的一篇，该文从第一届一直点评到第十七届，认为“青春诗会”的与会诗人中，只有极少数是“选对了”的，其他的大多数人则是“垃圾”“阿猫阿狗”“省略号”；由于参加过“青春诗会”的某几个诗人后来“发达”成为正式刊物的编辑，所以“青春诗会”是为这几个诗人办的；诗会“充满了错选、误判、糊涂和黑色幽默，充满了可笑的似是而非和标准”……总之，在董辑笔下，“青春诗会”过大于功。其实，无论如何，即使仅仅凭着顾城、舒婷、于坚、韩东、西川、王家新、欧阳江河等名字，也足以证明“青春诗会”的成功了。当然，从更长远看，最终究竟是“青春诗会”成就了这些诗人，还是这些诗人反过来成就了“青春诗会”，很难说。我想，应该是双向成就的吧。

不知道是什么原因，近几年来有一个现象，就是参加过“青春诗会”的诗人回来后，会尽量表现出自己与这个诗会无关的模样，甚至贬低这个诗会。我想，这与最近十多届“青春诗会”的质量不尽如人意极有关联，正如董辑所说，近几年参加“青春诗会”的一些诗人“就是连多年浸淫诗歌的资深者都很少听说”。“青春诗会”既然让人越来越“看不懂”，既然光环越来越黯淡，那些曾经将参加诗会引以为荣的诗人自然也就不好意思再主动往上靠了。当然，从另一个角度说，某些诗人的心理似也需要矫正，或许他们自以为翅膀硬了，或者需要借此强调自己的特立独行吧。正如当年的《诗刊》编辑王燕生所说：“我发现一些当年参加过‘青春诗会’的人，写文章表示对‘青春诗会’不以为然，这不符合实际。他们当时也是毕恭毕敬的，让他们来他们也是受宠若惊的啊。”

尽管非议不断，但诗会还是要继续。每年秋天，都会有一批面孔或熟悉或生疏的青年诗人成为“诗坛黄埔”学员。和以前各届一样，他们的组诗和照片出现在刊物最显眼的位置，每个人都踌躇满志。甚至有一个前几年参加诗会的诗人自诩才比李白（而我却觉得他的诗味若嚼蜡），但十年后他们会成为诗坛上的恒星还是一闪而过的流星，只有天知道。不过我敢肯定的是，以后的“青春诗会”不会再出现于坚的《尚义街六号》、欧阳江河的《玻璃工厂》这样的作品了。

“鲁迅文学奖”风波

2008年4月，我和于坚又在北京见面，这一回大家都学乖了，基本上不合影。有一次午餐，我们端着酒杯走到一旁聊了十多分钟，除了一些礼貌用语，留给我印象深刻的是于坚一再感叹当前诗坛无正义，一些诗人在网上随意骂人，更多的人则躲在旁边看热闹，毫无正义感。也许，获得“鲁迅文学奖”引发的争论让这位诗人感受到了不小的压力。

我曾经收到过朋友整理的一份材料，长达一万多字，内容为于坚在2007年底获得“鲁迅文学奖”后，国内（包括港台）的一些老诗人撰写的批评和抗议文章。这些文章，从党性原则的立场和艺术角度分析的均有。比如一篇题为《获鲁迅诗奖的于坚是一个怎样的诗人？》的文章，一开头就写道：“听说于坚申请‘鲁迅文学奖’，令我大吃一惊。因为此奖项直接关乎党对文学发展的导向问题，是一个非常严肃的大事。从于坚的人品与诗品表现，或文学艺术成就等方面，都远远够不上获得这一奖项，甚至是与这一奖项的精神背道而驰的。”

《是谁往鲁迅文学诗歌奖脸上抹黑》一文，则从于坚的获奖诗集《只有大海苍茫如幕》入手，认为诗集中的《狼狗》《性欲》《黄与白》很脏，是黄诗、“诗歌三级片”。为此，作者还举了一个例子：“我曾将于坚的此三首诗拿给一个爱好文学的老年医务工作者读，她读了《性欲》的一半不到，就真的发起呕来，说：‘不看了！’过后还努着嘴说了我一句，‘你怎么也会瞧这种脏东西！’”

还有一篇《于坚谩骂鲁迅已真相大白》的文章，作者在花了不少笔墨介绍“于坚骂鲁迅”的过程之后，得出了于坚“骗奖”的结论，强烈要求有关部门把于坚所得的“鲁迅文学奖”荣誉收回：“这些调查结果说明，于坚获‘鲁迅文学奖’有骗奖之嫌，很可能是于坚向他的所在单位和上级主管部门讲了假话，很可能由此导致他的所在单位和上级主管部门向全国作协提供了不真实的情况，很可能由此造成全国作协错误发给他此奖项。为此，全国作协应认真调查并严肃处理此事。如果调查结果证实笔者所揭露的上述事实是真，建议取消于坚已得到的‘鲁迅文学奖·诗歌奖’，以此捍卫‘鲁迅文学奖’的神圣性和公正性。”

作者意犹未尽，紧接着又进行了一些补充和强调：“鲁迅是我国新文化运动的伟大旗手。在言论自由的今天，颂鲁迅还是骂鲁迅，虽然有每个人的自由。但我认为，对骂鲁迅的人，全国作协是不应授予‘鲁迅文学奖·诗歌奖’给他。在事实查明后，如果让骂鲁迅的人头上继续戴着‘鲁迅文学奖’的桂冠，此已经贻笑天下的红色幽默，莫非还要延伸下去？！”

类似的内容，主要发表于《文学自由谈》《华夏诗报》《文学报（香港）》等媒体，网络上应该可以搜索到，这里不再一一列举。

说实话，撰写这些文章的很多诗人大都是我敬重的长辈，我跟其中的几个人还有或浅或深的交往。但在这里，我要说：我并不完全同意他们对于此事的态度。

有人说，于坚骂过鲁迅，所以不配获得这个以鲁迅命名的文学奖。这个理由似乎不够充分，因为“鲁迅文学奖”评奖原则中没有“骂过鲁迅的人就不能获奖”的条款。我一直认为于坚不是骂，而是调侃，毕竟他没有骂鲁迅的动机。再说，于坚即使“骂”过鲁迅，那也是十多年前的事了，我们不是提倡“浪子回头金不换”吗？一个人早年无心说出的一句话，不至于在十多年后受到如此隆重的“追究”吧。“问什么荆棘塞途的老路，寻什么乌烟瘴气的鸟导师”是鲁迅先生自己的一句话，据说这“鸟导师”是指胡适。胡适被骂为“鸟导师”，他真的成了“鸟导师”吗？没有。那么，于坚“骂”一句鲁迅，鲁迅也不见得就会真的成为所说的那个样子。须知真正的学者是骂不倒的，今天，胡适和鲁迅作为中国现代思想和文学的两座高峰，已没几个人怀疑。

2008年第一期香港《文学报》发表了一篇署名为“水火土”的短文《鲁迅是骂不倒的》，文章结尾说：“鲁迅是能够骂倒的吗？奉劝于坚先生，跳进澜沧江去，或北上投入黄河的怀抱，洗净你身上的污垢，再爬上岸来，看着今天的祖国，是个怎样的国度吧。鲁迅是骂不倒的。于‘诗人’，醒醒吧！”我想，既然鲁迅先生是骂不倒的，我们何妨宽容一些，对这个“没大没小”、喜欢调侃的诗人的言语付诸一笑？

我一直认为，“问什么荆棘塞途的老路，寻什么乌烟瘴气的鸟导师”这句话，体现了鲁迅先生难得的反思精神，以及一贯的尖锐。于坚借用了后一句，应该是有其具体所指的，因为一个稍有思考能力的人，不可能不分青红皂白地去“骂”另一个人。在回答吴怀尧的提问中，于坚专门谈到了这一事件的来龙去脉：

> 批评鲁迅是十年前的事情了，韩东、朱文当时私下给一些朋友寄问卷，在当时的心境下我随便在问卷上写了几句，没想到他们拿去公开发表了，成了著名的“断裂”事件。后来鄢烈山将我这几句——“我年轻时，读过他的书，在为人上受他影响。但后来，我一想到这位导师说什么‘只读外国书，不读中国书’‘五千年只看见吃人’，我就觉得他正是‘乌烟瘴气鸟导师’，误人子弟啊！”——在《南方周末》上发表文章批评。

由此可见，于坚“骂”鲁迅，是有前提的，其实也说不上骂，只不过是对鲁迅先生“只读外国书，不读中国书”“五千年只看见吃人”的说法表示不同意见而已。也许在当时，鲁迅提倡“只读外国书，不读中国书”，并说“五千年只看见吃人”自有他的理由，那么在今天，我们应用发展的眼光看问题，如果仍把鲁迅先生这两句话奉为圭臬，就大可不必了。现在，社会环境相对宽松，中国的各种有益的经典书籍的重要性日益凸显，要是只读外国书，不重视我们的传统文化，其结果只能是一味地崇洋媚外。再说，谁要是认为中国发展到今天，仍然是“五千年只看见吃人”，这到底表明了一种什么样的心态呢？

事实上，即使是鲁迅先生，在当年也并非“只读外国书，不读中国书”，否则哪来那本开天辟地的《中国小说史略》？

从下面这些文字我们可以看到，于坚是非常尊敬鲁迅的：

> “乌烟瘴气乌导师”其实是鲁迅骂别人的话。我青年时代一直迷信他对中国传统的激烈批判，但后来我开始重新思考。他的作品值得从许多方面来思考，正说明他的丰富。我当然不会否定他，他是我文学上的启蒙老师之一。我少年时代有许多时间，是在阅读鲁迅作品中度过的。
>
> 鲁迅为中国文学带来了人，对人的批判是他开创的一个伟大主题，文学因此成为中国生活的一面镜子。他是为人生的作家。中国文学已经有五千年以上的写作经验。文学并非横空出世。鲁迅不仅变革了文学，也重建了文学的常识。他的写作激活了汉语，激活了汉语身体的繁殖力，并且重建了汉语的青春气息、批判力、幽默感、讽刺力量、愤怒、悲剧精神以及对未来的信心，极大地丰富了汉语的表现空间。
>
> 作为1966年开始的读者，我的幸运是，通过对鲁迅的阅读，我意识到何谓中国新文学的经典。我意识到，写作必须有直面人生的勇气。鲁迅是我写作的指南之一。我从1970年的冬天开始写作诗歌，我一直试图继承的是“为人生而艺术”……

我想，看到于坚的这番表白，那些批评者的心情应该会缓和一些。对伟人的尊敬有很多种方式，有的人喜欢无条件地服从和认可，容不得别人对自己的偶像说半句不满意的话，而另一些人，则继承了鲁迅的怀疑精神，他们对社会上的言论，包括伟人的言论也会很清醒地有选择地继承，因为他们知道，伟人如此说话肯定有一定的历史背景而不见得放之千年而皆准。现在时过境迁，政治环境和生活环境已大不相同，后人对伟人思想的继承也需要发展的眼光。窃以为于坚的做法是符合这一原则的。

还有一些诗人认为于坚不配获得“鲁迅文学奖”的理由不是他“骂”了鲁迅，而是他的诗歌“很黄”“很低级下流”，并且列举了于坚的获奖诗集《只有大海苍茫如幕》中的《狼狗》《性欲》和《黄与白》等作品进行论证。的确，于坚这几首诗有不雅的成分，可是，这仅仅是风格问题，再说，这三首诗在全书中所占的比例又有多大呢？于坚以及一大批口语诗人的作品，其值得注意的取向之一就是对个人生活的重视以及身体的介入，这种方式在以前的诗歌中是极少出现的，其中成败都可以讨论，但需要在学术范围内进行严肃的讨论，而不应跟政治搅和在一起。记得波德莱尔的《恶之花》刚出版时，也备受指责，说它“肮脏”，现在它已经成为经典。

因此，这场争论没有必要，“鲁迅文学奖”要是颁发给一个非常缺乏性格，或者作品平庸的作家，文坛上波澜不惊，颁发给一个“有争议”的诗人时，却批评丛生，这里面也反映了一些读者和诗人的微妙心理。我猜想，要是鲁迅先生在世，并且由他来选取“鲁迅文学奖”的获得者，他的气量不会小到永远敌视一个批评过自己的诗人，何况这个诗人创作过优秀的作品。

其实，不需要讲那么多大道理，只要想一想：“文革”已经过去那么多年，我们能否学会以宽容的心态来面对一个文学上的“异己分子”，不要十年之后来“秋后算账”？那些跟着起哄的年轻诗人，难道完全不担心他们父辈经历过的那些噩梦重新来过？相煎何太急啊！

在那天，我对于坚说，网络就是这样一个场所，既充分提供自由又无法阻止另一些人胡乱挥霍自由，不必在乎少数网友的看法，你是一个写出过好诗的诗人，无论如何，这一点是大部分人无法比拟的。

于坚憨厚地笑着，偶尔点点头。我注意到他耳朵中的助听器，怀疑他没有听清楚。

真正的“云南王”

我买过于坚的两本诗集：国际文化出版公司 1993 年出版的《对一只乌鸦的命名》和人民文学出版社 2000 年出版的《于坚的诗》。前者是自费出版，用作者的话说：“乌鸦”通过邮局一只只地飞往全国各地。后者是于坚第一本公费出版的诗集，印数五千册，大中城市的新华书店基本有售。于坚的“处女诗集”《诗六十首》由云南人民出版社出版于 1989 年，也是自费，据说单靠邮购，就卖出四千多册，算是一个小小的奇迹。但当时我“熟悉”的诗人只有徐志摩、余光中和席慕蓉，对“第三代诗人”闻所未闻，自然无从邮购了。当我 “熟悉”于坚而起邮购之心时，《诗六十首》早已售罄。一个成就卓著的诗人，从自费到公费，竟然经历了十一年的历程，诗歌在“诗之国”的地位如何，这一过程可供参考。

于坚的散文要走运得多，好像没有自费出版的记录。《棕皮手记》《人间笔记》等散文随笔集为他在散文界找到了一张“虎皮交椅”。近几年于坚更是频频出书，俨然“诗文双栖”。2004年云南人民出版社一次性推出五大卷《于坚集》，每一卷都像砖头般厚重，也许是因为过于昂贵，也许是出于其他原因，我在书店斟酌良久，还是没有掏出钱包。

作为诗坛所谓的“民间立场”领军人物，90年代中期以后，于坚大有搬出“尚义街”的苗头，国内国际诗歌界的重大活动时常闪烁着他矮壮的身影，作品发表后也不难听到喝彩声。神秘人士百晓生在《诗坛英雄座次排行榜》中说于坚“时时有并吞中原之心，其手下豪杰遍布华夏，一日起事，当能一统河山”，绝非捕风捉影。

事实上，很多年前就有人称呼于坚为诗歌界的“云南王”了，虽然那位命名者有嘲讽的成分，但现在我们完全可以从正面理解它。既是“王”，那么体现在诗歌中，自然有王者风范，除了《尚义街六号》的平和与幽默，于坚80年代的《怒江》《南高原》等诗歌就暗含着一种大气与霸气。

大怒江在帝国的月光边遁去
披着豹皮　黑暗之步避开了道路
它在高原上张望之后
选择了边地　外省　小国和毒蝇

它从那些大河的旁边擦身而过
隔着高山　它听见它们在那儿被称为父亲
它远离那些隐喻　远离它们的深厚与辽阔
这条陌生的河流　在我们的诗歌之外
在水中　干着把石块打磨成沙粒的活计
在遥远的西部高原
它进入了土层或者树根

——《怒江》

这首短诗，简单、直接而意韵悠长，还有象形之美，与后来《0 档案》《飞行》的身架庞大而内容琐碎大异其趣，也与以海子等人为代表的另一种写作截然有别。只不过 80 年代中期只流行“pass 北岛”而不大注重诗坛位置的高低，因而“第三代诗人”各种风格相安无事。1999 年的“盘峰论争”使得中国诗歌出现了“分水岭”，一边是“知识分子写作”，一边是“民间立场”，两派诗人在这一浩浩荡荡的“运动”中各取所需，一改当年的“只破不立”为“既破（别人）且立（自己）”，直逼得另一批不甘寂寞的诗人冥思苦想出了个毫无创意的“第三条道路”以证明自己的存在。可见两种写作观念影响之深，两派人马隔阂之大。其实这又何必呢？诗歌不是小事，任何人都不可能包办一切，否则人类只需一个荷马或一个莎士比亚就已足够。我不大习惯于坚在这场论争中的表现，不是说他的发言和后来的文章没有道理，而是说以他的才能和在民间的影响，没有必要掺入此类有争议的活动，他的作品就是最好的发言。一个真正的诗人不会在乎流派和世俗地位，诗人小海在一封信里这样对我解释“领袖”：衣服的领子和袖子是最脏的。

我曾经在《散漫者的“扎堆”情结》中表达过这样的观点：那些热衷于命名的诗人具有浓重的“文学史情结”，不管他是否承认，不管他是否意识到。而在散文集《人间笔记》的跋里，于坚这样说：“我的写作就是交代……交代的结果，将是使我从某种文学史中退出。”似乎有不把文学史当回事的意思。而在我看来，于坚只是不在乎现存的、腐朽的文学史，他“从某种文学史中退出”，只是为了进入另一种文学史，如同他在《关于我自己的一些事情》中所说：“我的梦想是写出不朽的作品，是在我这一代人中成为经典作品封面上的名字。”可见仍然没有脱离“史”的情结。诚然，能在自己所满意的文学史里占有一席之地没什么不好，只是，诗人在写作时能否少想一些“文学史”什么的？

当然，对于这一点，于坚是开阔而大气的，在接受吴怀尧的采访时，于坚表明了自己对文学炒作的态度：“怎么写是作者个人的自由，怎么写都可以，自我肯定、吹嘘也很可爱。为名声而写虽然次，但总比杀人放火强。只要别党同伐异就好。”

我喜欢和不喜欢的于坚

我喜欢《作品 39 号》《作品 52 号》《罗家生》《尚义街六号》等中简洁平实的于坚，也喜欢《避雨之树》《避雨的鸟》《对一只乌鸦的命名》中严肃自省的于坚，以及《灰鼠》《啤酒瓶盖》里开朗幽默的于坚。特别是《对一只乌鸦的命名》，让人们看到了他与史蒂文斯《观察乌鸫的十三种方式》之间的抗衡，一个结构，一个解构，异曲同工，都是佳篇。诗歌的结尾几句，给人无尽思索：

> 当那日　我听见一串串不祥的叫喊
> 挂在看不见的某处
> 我就想　说点什么
> 以向世界表白　我并不害怕
> 那些看不见的声音

但我不大喜欢《0 档案》和《飞行》，这两首诗都是下了好大功夫才勉强读完，不是因为它们写得不好，事实上，至少《0 档案》是一篇非常有特色的作品，也许是性情所限，我不大容易接受那种“庞然的琐碎”而已。

长诗《0 档案》创作于 1992 年，那个时候的于坚虽然不能说功成名就，但在青年读者中的影响已十分深远。按照中国文坛的惯例，他即使不再创新，只要沿着老路走下去，文学史的某个章节就会有一个位置在等候着他。但于坚不想“吃老本”，他仍然记得十多年前读到的那句名言“只有创造的欢乐才是真正的欢乐”，他要创新，要写出与以往不同的东西。

创新是困难的，《0 档案》的写作成为于坚写作经历中最为痛苦的记忆：“在现存的语言秩序与我创造的‘说法’之间，我陷入巨大的矛盾，我常体验到在庞大的总体话语包围中无法突围的绝望，我几次想把诗稿烧掉，返回已被当代美学确认为‘诗’的模式中去，这种模式已被冠以‘先锋’‘后朦胧’之类的桂冠，在这种模式中作为诗人既安全，又省事，其显而易见的好处就在于：只要你那么写，你就能获得某种风度。”（《关于我自己的一些事情》）最终，于坚挺住了，他没有退缩，他把“战胜自己”和“战胜语言”作为一个诗人的最起码的要求。

《0 档案》发表后，在文坛引起震动，人们议论纷纭，赞赏的、批评的都有。不必引用关于此诗的种种文字，可以肯定的是：无论赞赏还是批评，它作为 90 年代中国诗歌的一个事件，已不容怀疑。

然而，也正是从《0 档案》开始，我对于坚诗歌的兴趣逐渐淡薄。这不完全是于坚的诗歌的原因，更多的是我内心的浮躁。每天在浑浑噩噩中度过的我已经无法找到静下心来阅读一首长诗的闲情。几年前，诗人朵渔曾寄来一本《大家》，说上面于坚的诗《苍山之光一秒钟前在群峰之上退去》十分优秀。短短数十行，我读了好几遍都读不下去，句子太长了，读起来费劲，跟不上那种“豪气干云”的节奏。我还站在一家书店里读过《便条集》，小开本的“口袋读物”或“袖珍图书”。此书各篇张贴在网上时捧场者甚众，出于对《0 档案》和《飞行》的恐惧，我仍不能很乐观地面对它。这是一部半成半败之作，成功的一半发人深省，不成功的那一半过于随意、缺乏深度，的确像“便条”。如果作者不是于坚，我怀疑这些句子结集成书的可能。想起于坚在《1998 中国新诗年鉴》的代序中说杨克和非亚 70 年代末就办《自行车》

这一随意性的笔误（实际上《自行车》创办于 1990 年），我就理解了他写“便条”时的自在。我一度想给于坚打电话谈谈阅读感受，但终于没有。

而那一年最震撼我的诗歌也出自《便条集》。有一节写的是两个人彼此把对方当作朋友，相互告诉对方自己的一切，如电话号码、初恋情人、当过小偷、写过匿名信等，甚至连自己老婆都不知道的隐私也全盘托出。最后三句，诗人笔锋陡转，看似漫不经心地说：有朝一日，这一切都会成为“坦白从宽的资本”。真是“一诗读罢头飞雪”：

他们彼此视为朋友
他告诉他　他家的电话
供出他的初恋情人
（对老婆也是保密的）
他到他家来　抽烟
看电视　使用
卫生间和剃须膏　经过卧室
偶然看见他的床头柜上
扔着短裤　是花布做的
他们促膝交谈　大骂某某
互相交代昔日的罪过
他当过小偷　他写过匿名信
离开时　他顺便带走一包牛肉
他们肝胆相照　心心相印

死党　铁哥们　兄弟
为的是有朝一日
这一切　都成为
坦白从宽的资本

顺便啰唆几句，关于友情的文学作品，给我印象深刻的除了这一则“便条”，还有苏童的小说《星期六》，写的是同在一个城市上班的男人小孟和老漆在火车上相遇，在下车时小孟得到老漆的主动帮助而致使两人相识。成为朋友后，老漆对小孟一家的热情一如既往。每逢周六喜欢到小孟家里闲聊，并常主动义务帮忙，从修钟表、通下水道的小事到调动工作的人生大事，令小孟夫妻感激不已。后来，老漆的来访逐渐引起小孟的妻子宁竹的反感，终于有一天，老漆来敲门，宁竹与小孟装作不在家而故意不开门。老漆失望地离去时，突然看到了正从窗口探头出来查看他是否已走远的宁竹。后来老漆再也没到小孟家里串门。

小说的结尾是这样的：“他们后来在火车站的月台上有过一次重逢，只不过小孟是上车去外地出差，老漆是来送客，送一群来自东北的客人，小孟猜想那是老漆新交的朋友。小孟断定老漆看见了自己，老漆的目光好几次从他脸上扫过。但他还是故意把他遗漏了。小孟羞于和老漆打招呼，他一直埋着头，一边偷偷观察老漆，一边焦急地等待着火车启动。火车启动了，他看见老漆在月台上挥手，小孟知道他不是在向自己挥手，他是在向他的东北朋友挥手。”

事物坚持了最初的泪水

当我老了，沉溺于对伤心咖啡馆的怀想，
泪水和有玻璃的风景混在一起，
在听不见的声音里碎了又碎。
我们曾经居住的月亮无一幸存，
我们双手触摸的花瓶全都掉落。
告诉我，还有什么是完好如初的？

——欧阳江河《花瓶，月亮》节选

欧阳江河，原名江河，1956 年 9 月 18 日生于四川泸州。著有诗集《透过词语的玻璃》《事物的眼泪》，长诗《悬棺》《泰姬陵之泪》，诗歌和诗学文论集《谁去谁留》，文集《站在虚构这边》，中德双语诗集《玻璃工厂》等。现居北京。

几年前，我雄心勃勃，要写一本理想中的书，因此和欧阳江河有了短暂的电话和书信联系。我们的交往内容异常简单，无非是我请他提供几张近照，而他出于各种原因迟迟不交，于是我一再催促。电话那头的欧阳江河，一副难得的好脾气，总是很和蔼地连连说“好的，好的，我尽快给你寄”。照片寄来了，我也就找不到任何“骚扰”的理由，联系于是中断。2008 年春天，我到北京开会，在会议名册上，我看到了“欧阳江河”几个字，然而最终他没有出现。

但这并不能阻止我对这个诗人的热爱。习诗十年，接触到的诗人和作品难以计数，仅就作品深度和技巧的多样性而言，我最钦佩的是欧阳江河。相比西川，欧阳江河少了语义的明朗而多了思想的迷惘；相比王家新，欧阳江河少了沉郁而多了几分花样；相比于坚，欧阳江河少了豪情而趋于书卷气；相比韩东，欧阳江河少了表面的尖锐而具有内在的王者威仪。欧阳江河是综合素质的“全能冠军”，那如同魔术一般的语言结构，那穿插于字里行间的反思姿态，使欧阳江河同时具有了哲学家和思想家的品质。他各个时期的代表性作品并非一脉相承，而是时有变化，多彩多姿。《悬棺》的繁复，《汉英之间》的预言，《玻璃工厂》的物语与寓言，《最后的幻象》的唯美与怅惘，《傍晚穿过广场》的反省，《谁去谁留》的日常，均为当代诗坛的扛鼎之作。

他姓“江”，不姓“欧阳”

很多人看到欧阳江河的名字，便想当然地以为他复姓“欧阳”，其实不然，“欧阳”是他母亲的姓。欧阳江河最初随父亲姓江，名河，学习写诗后，有一次与“朦胧诗人”江河见面，“小江河”给“老江河”赠送油印诗集，扉页的称呼和落款都成了“江河”。大概是因为“江河指正，江河”这样的文字十分别扭，为了表示区别，此后，“小江河”在自己的姓名前加了母亲的姓，成为“欧阳江河”。

现在，欧阳江河的一些好友仍习惯叫他的原名“江河”，他的身份证也仍然保留着原名，而护照上则是“欧阳江河”。曾有很长一段时间，刊物寄给“欧阳江河”的稿费都被退了回去，就是因为身份证上的名字和汇款单上的名字不符合，所以无法领取。于是外界就误以为他是因为生活太好，不在乎那点小稿费。当然，现在到邮局领稿费也可以用护照号码，应该不会再出现那样的情况了。

读中学时，欧阳江河深受中国古典文学的影响，对古代文章、诗赋词曲十分迷恋，据说他读中学时就红遍重庆，每年考试都是第一名，可以背诵五六百首唐诗和一百多篇古代散文，曾被当地报纸以整版篇幅介绍过。遗憾的是，由于当时还没有恢复高考，欧阳江河失去了读大学的机会。1975年，欧阳江河高中毕业后成了一名知青，下乡落户。通过种种努力，1976年12月，欧阳江河在农村待了一年之后，就幸运地返回了成都。

我们知道，上山下乡的知青们在1976年是极少有机会回城的，欧阳江河的幸运在于他是在部队大院里长大的，关于这段经历，欧阳江河颇有些“得意”地透露了当年的“秘密”：“那个时候都在下乡，当时还没有恢复高考，部队的小孩怎么从农村回到城市没有一个很合法的途径，比如像工厂的子弟可以招工，或者父母病退以后子女可以顶替，还有工农兵学员什么的（当然这种情况比较少），在这种情况下，我父亲所在的部队，就跟四川省军区一个后勤部——因为他们都属于后勤系统的——互换了子女，就是你们那边的子女到我们这边来当兵，我们这边的子女到你们那边去当兵。在那样一个情况下，我父亲所在的那个军队机关的几乎所有子女，一夜之间，突然从农村的知青点来到了四川省军区，一个属于地方部队的独立二团，就在成都市。”（虞金星：《八十年代：诗歌十年》，下同）

回到成都后，欧阳江河在新兵连待了三个月，便被分到位于成都市中心的地方部队，开始了十年的部队生涯。

在部队前期，欧阳江河非常幸运。1977年，四川的军队掀起了一个叫作“军队学文化”的运动，省军区宣传处一个处长带了两个干事到欧阳江河所在的连队来抓试点，由于欧阳江河的学习成绩特别好，抓试点的时候，“所有的课，从数学到化学，到语文、英语，都是我在当教员，我也练书法，板书也很好。所以当时带队的处长和两个干事，都是高才生，下来跟我聊天，就觉得我这个人肯定是个了不起的人才，省军区也没几个，马上就跟部队说把这个人提成干部，一年以后我们要调用他”。一年后，欧阳江河就被提干，先在团部待了十天，又被调到警备区宣传科待了一年，于 1979 年被调到省军区作为文职军官。

在部队，欧阳江河同样保持了他出色的才子气，“我在军队写文件是出了名的快，什么首长讲话啊，各种各样的文件，我就用报纸的那一套语言。我也用得很习惯。而且写文件有一个好处，有时候要得特别急，就可以回到我的单人宿舍（军官住的是单人宿舍）去写，不用上班，不用到点熄灯，也不用穿军装，出门才穿军装，就是比较自由甚至没有多少军队的概念，所以说一开始过得就是有点‘自由散漫’，跟一般的军人生活不太一样的生活方式……应该说我是我们那儿最‘吊儿郎当，自由散漫’的军官”。

当时，欧阳江河万万没有想到，这种缺乏拘束的自由会为他后来离开部队埋下伏笔。

四川“五君子”

最初，欧阳江河喜欢读古书、写古诗和练书法，在省军区，欧阳江河读到了北岛等人编的《今天》，深受震动，决定跟以往自己最喜欢的古书和古典诗词决裂，便把毛笔全部扔掉，并且把收藏多年的很多古旧书籍封存或送人，然后开始写新诗。

1981 年以后，欧阳江河相继结识了翟永明、柏桦、钟鸣、张枣等人，后来，这四个诗人与欧阳江河一起被合称为四川诗坛“五君子”。关于欧阳江河与翟永明等人的结识过程，翟永明在《关于〈今天〉三十周年的几句话》进行过简单的介绍：

> 1981 年的某一天，我参加了成都部分诗歌青年举行的一个民间朗诵会。在此之前，我对《今天》一无所知。由于大学期间一直在一所工科大学厮混，我甚至对当时文科大学中如火如荼般的新诗潮运动毫无了解。写诗，于我只是一件自娱自乐的事。我的读者，仅限于几个中学同学。
>
> 那天，四川大学的几位男生朗诵了自己的诗歌。随后，一位军人上场了。他的第一句话就是“我叫江河，但不是北京的大江河”。那时我对两个江河都没有任何概念，自然不知道“今天诗派”中还有另一位叫江河的人，当时名满天下。
>
> 那次朗诵会后，我认识了欧阳江河，正是从他和他的朋友那儿，我看到了一本油印的《今天》。在那本《今天》上，我认识了当时“朦胧诗”中最重要的诗人：北岛、江河、杨炼、舒婷、多多、顾城等最优秀的诗人，以及他们的作品。

这段话反映出两个问题：一，80 年代初期北岛等人带动的新诗潮运动正在一些大城市的高校中野火般蔓延；二，1981 年，欧阳江河还没见到“朦胧诗人”江河，所以他仍然使用自己的本名“江河”作为写诗的笔名。

1983 年春天，以写文化大诗知名的“朦胧诗人”杨炼到四川九寨沟旅游，与欧阳江河相识，杨炼送了一本法国诗人圣－琼·佩斯的“台湾版”诗集给欧阳江河。欧阳江河读到诗集中的长诗《远征》，对诗歌的形式和内容的结合深受启发。在欧阳江河看来，这首诗具有如下特点：长句，有些地方不分行；总体是现代语言，而有些地方用词又用得非常古奥、复杂；表达一种既是当代人的情怀，又直通远古人的心灵，半抒情半祈祷半招魂半宣告的，好像没有内容，又好像所有内容都包含其中。

好胜的欧阳江河也想写出这样的“巨作”，但那时候他还找不到合适的题材。机会终于到来。1983 年夏天，欧阳江河与新婚妻子去三峡蜜月旅行，在从巫山到巫峡的途中，相继看到了河上漂流着三具女尸，还看到江边古栈道上有七八个悬棺，于是一首诗在脑海里逐渐成形。

回部队后，欧阳江河开始了《悬棺》的写作。这首诗，欧阳江河一共写了三年，但并不是按照顺序来写的，而是第一年写完第一章，第二年写第三章，第三年才写第二章。

按照欧阳江河的说法，他最喜欢的是第一章和第三章，第二章显得有些多余，主要是写到第三年的时候，自己觉得很恶心，难以为继。从内容来看，把第二章删掉，也不影响全诗的结构，因为第一章写的是巫文化中阳刚的那部分，第三章写的是巫文化中阴柔的那部分，在结构上已经自足。

外界对《悬棺》有褒有贬。杨炼读了之后，激动地给欧阳江河回信说，这是一个里程碑式的作品；著名男高音范竞马将《悬棺》配上《战争安魂曲》录成磁带拷贝到北京给中央音乐学院的一些学者听，得到这些学者的盛赞，有的学者因此将欧阳江河列为“中国第一诗人”；欧阳江河的好哥们儿柏桦和张枣更是兴奋地认为，这是中国诗歌史上最伟大的诗歌。而1986年，翟永明将《悬棺》带到“青春诗会”上，韩东看了，只说了一句：诗绝对不能这样写。由此可见，诗歌观念截然不同，不会影响各自朝自己喜欢的艺术方向掘进。

有意思的是，《悬棺》发表前，欧阳江河深受杨炼的影响，在《悬棺》发表之后，杨炼反过来受到了《悬棺》的影响，并在这种影响下写了一首诗。为此杨炼专门给欧阳江河写了一封信。

可以想见，当欧阳江河接到杨炼的信时，内心肯定充满了快乐与自豪。这份快乐和自豪延续到二十多年后，在接受虞金星的采访时，欧阳江河用了一个非常形象的比喻来表达他的自信：“我敢说我的这个起点在文学写作中的难度和用语、想象力的奇诡、有色彩和那种综合性的难度上，我觉得很多人终其一生也达不到。这有点像什么感觉呢？我现在挤在中国诗歌写作这个公共汽车上，但是在写《悬棺》的时候我付的已经是打的的钱了。”

因为《悬棺》，欧阳江河除了找到了柏桦、张枣等知音，还找到了很多其他艺术门类的同道：“我事后才知道，就在我写《悬棺》的同时，有一个四川美院的画家王川也画了一幅叫作《悬棺》的画，另外中央音乐学院一个叫作郭文景的音乐家——当年郭文景和谭盾、瞿小松和叶小纲四人被称为中央音乐学院‘四大才子’——写了一个音乐作品，也叫作《悬棺》。都是在同一年，八三年，大家相互都没有什么影响，却不约而同地选择了同一个题材。”而在新千年后，欧阳江河又多了一个“知音”——前几年，盲人流浪歌手周云蓬也写了一首名为《悬棺》的歌曲，如今，这首歌曲在网络上广为流传。

我专门去查阅了郭文景的代表作目录，并没有发现《悬棺》，倒看到了一部名为《川崖悬葬》的交响诗，看来，也许欧阳江河所说的郭文景的那首音乐作品，指的就是《川崖悬葬》吧。

当时，柏桦和张枣都以为，欧阳江河会成为庞德那样的诗人，《悬棺》的写作方式将伴随欧阳江河的一生。殊不知欧阳江河写完《悬棺》后，对这种写作方式已经深为厌倦，他已经在悄悄改变。

事实证明，欧阳江河的选择是正确的，尽管《悬棺》发表后反响强烈，但密不透风的文化堆积，挤压得人透不过气来。相比之下，同一时期的作品，我更喜欢他创作于 1985 年的《手枪》。

手枪可以拆开

如果说《悬棺》是欧阳江河最早产生全国性影响的长诗，那么，《手枪》就是欧阳江河最早产生全国性影响的短诗。这首诗创作于 1985 年，属于组诗《东西》之一。这组诗的其他几首已经无人提及，唯独《手枪》至今仍散发出独特的光芒。时间就是这么残酷和公正。

手枪可以拆开
拆作两件不相关的东西
一件是手，一件是枪
枪变长可以成为一个党

手涂黑可以成为另一个党

而东西本身可以再拆
直到成为相反的向度
世界在无穷的拆字法中分离

人用一只眼睛寻找爱情
另一只眼睛压进枪膛
子弹眉来眼去
鼻子对准敌人的客厅
政治向左倾斜
一个人朝东方开枪
另一个人在西方倒下

黑手党戴上白手套
长枪党改用短枪
永远的维纳斯站在石头里
她的手拒绝了人类
从她的胸脯拉出两只抽屉
里面有两粒子弹，一支枪
要扣响时成为玩具
谋杀，一次哑火

——《手枪》

诗歌首先向我们展示了一段有趣的拆字游戏，将“手枪”二字拆成“手”和“枪”，然后又反过来进行组合与衍生，“枪变长可以成为一个党／手涂黑可以成为另一个党”，于是成为“长枪党”和“黑手党”，不露痕迹地进入了政治话题。

“而东西本身可以再拆／直到成为相反的向度／世界在无穷的拆字法中分离”。第二节的三句话，是一个过渡，也是在阐明一种存在的理由。有了这个过渡，第三节的“人用一只眼睛寻找爱情／另一只眼睛压进枪膛”的表述就显得顺理成章。情感与政治，永远是人类的两难选择，二者之间极少能够获得统一。“子弹眉来眼去／鼻子对准敌人的客厅／政治向左倾斜”。按理说，枪械代表着冰冷的强权，子弹则是执行强权的一种手段，或者一个分子，然而，子弹在诗人笔下，也具有摇摆不定的立场，它们懂得思考，“眉来眼去”既是一种动作描述，形容子弹穿梭的频率，也是一种心理描述，给人一种“心照不宣”的暗示。于是，当强权发生动摇，政治开始出现了倾向。

“一个人朝东方开枪／另一个人在西方倒下”，仍然是对词的拆解与分离，也是一种生存的悖论，我们既可以用“歪打正着”来解释，也可以认为这是对生活中的“貌合神离”状态的一种尖刻反讽：“一个人朝东方开枪”，意味着他的目标在东方，那么他自己，自然是在靠西面的位置，然而在他朝东方的敌人开枪时，“另一个人在西方倒下”，即击中的却是自己阵营中的人。这样看来，“自己阵营中的人”到底是不是“自己人”，值得怀疑。因此我们也可以说，这几句诗是对“好与坏”“己方与对方”的辩证与疑问。

最后一节，诗人对词语再次进行拆解、组合与衍生，“黑手党戴上白手套 / 长枪党改用短枪”，形象改变了，“手”与“枪”也改变了，在外形上增加了迷惑性，但本质并未改变。代表着美的维纳斯，虽然双臂皆断，但这丝毫无损她内心的高洁，在人类的蝇营狗苟面前，她伸出了无形之手，“拒绝了人类”。这句诗出现多年后，我们在 1990 年的《傍晚穿过广场》中可以找到回音，欧阳江河作为一个知识分子可贵的怀疑与担当的立场，就是从《手枪》开始的。

而在诗人笔下，作为一种具有崇高与纯洁的品质的象征，维纳斯同样具有可拆解性，她一方面具有外在的端庄美丽，另一方面，她的两个乳房如同两只抽屉，“里面有两粒子弹，一支枪”。但是，最终是正义战胜了邪恶，这支枪“要扣响时成为玩具”，无法用以实施真正的谋杀。“哑火”不仅指枪哑火和行动的失败，也是对前面所有叙述的一次颠覆——一次纸上的枪械拆解行为，最终结果必然是“哑火”——使读者的思绪重新回到最初的放松心态，意识到这是一场诗人精心安排的语言游戏。

《手枪》是一首咏物诗，但与以往我们所见到的任何咏物诗都不同，它通过对“物”的分解与组合，使我们不仅看到了所咏之物的外形与内涵，还让人们看到了物的可变化性。而在变化之后，又能通过高超的技巧将其还原。让读者始终感觉到诗人所咏之物的坚实存在。而在句式上，《手枪》也干净利落，屡屡出现的描述、延展与悖论，显得铿锵有力，有一种机械物被拆卸时的节奏及动感声调。

《手枪》的出现，标志着《悬棺》时代的结束。《手枪》预示着一种全新的写作的开始，此后两年，欧阳江河佳作迭出，写出了充满反思意识的《汉英之间》，以及《玻璃工厂》这首更为纯粹和成熟的“咏物诗”。

从看见到看见，中间只有玻璃

几年前，一个刊物向我提出过这样的问题：“曾有学者认为，目前一般诗人的作品都高于上世纪80年代的名篇。此话言过其实还是确实如此？”我表达了如下见解：要回答这个问题，首先要弄清楚发出这种感叹的学者的立场是什么。也就是说，他到底是站在一个什么样的基础上说话。但无论如何，那种“诗歌的进化论”观点都十分偏颇。从诗歌技巧的探索方面看，90年代以后出现的诗人们是有资格骄傲那么一下子。但诗歌并不仅仅是语言的竞技和技巧的建构，它还有内容，以及整首诗体现出来的时代精神。而且从更广阔的范围看，内容高于技巧，与时代形成共振高于自我冥思。如果说语言和技巧是汗和泪，那么内容则是血和精神。当然，并不是说后者永远比前者重要，而是说它们只有完美地结合起来，才能成就一件优秀的艺术品。古往今来流传于世的名篇佳作，没有几篇是不注重内容而徒以技巧的出众取胜的，更没有脱离于时代生活而在小圈子内孤芳自赏的。正如英国哲学家培根在《论修建》中所说：“造房子是为了居住，而不是为了供人观赏，修建的主要原则是实用，然后才是雅观。当然，二者兼顾最好。”在我的阅读范围看，80 年代的不少作品直到现在仍具有强大的生命力。北岛、舒婷、周涛、海子、欧阳江河、西川、柏桦、于坚、李亚伟、韩东等人在 80 年代创作的一些诗歌至今仍然是中国当代诗歌的最高峰。

我所认为的“至今仍然是中国当代诗歌的最高峰”的那些诗歌，包括北岛的《结局或开始》《雨夜》，周涛的《野马群》，欧阳江河的《汉英之间》，西川的《在哈尔盖仰望星空》，于坚的《尚义街六号》，李亚伟的《中文系》等，当然，欧阳江河创作于 1987 年的《玻璃工厂》也当之无愧地名列其中。这是欧阳江河当年在北京参加“青春诗会”期间创作的作品，至今已近三十年，仍然光泽依旧，它的存在让人们无法对 80 年代诗歌提出任何诗艺上的质疑。

《玻璃工厂》共有五部分，全诗精彩纷呈，令人不忍割舍：

1

从看见到看见，中间只有玻璃。
从脸到脸
隔开是看不见的。
在玻璃中，物质并不透明。
整个玻璃工厂是一只巨大的眼珠，
劳动是其中最黑的部分，
它的白天在事物的核心闪耀。
事物坚持了最初的泪水，

就像鸟在一片纯光中坚持了阴影。
以黑暗方式收回光芒，然后奉献。
在到处都是玻璃的地方，
玻璃已经不是它自己，而是
一种精神。
就像到处都是空气，空气近乎不存在。

2

工厂附近是大海。
对水的认识就是对玻璃的认识。
凝固，寒冷，易碎，
这些都是透明的代价。
透明是一种神秘的、能看见波浪的语言，
我在说出它的时候已经脱离了它，
脱离了杯子、茶几、穿衣镜，所有这些
具体的、成批生产的物质。
但我又置身于物质的包围之中，
生命被欲望充满。
语言溢出，枯竭，在透明之前。
语言就是飞翔，就是
以空旷对空旷，以闪电对闪电。
如此多的天空在飞鸟的躯体之外，

而一只孤鸟的影子
可以是光在海上的轻轻的擦痕。
有什么东西从玻璃上划过，比影子更轻，
比切口更深，比刀锋更难逾越。
裂缝是看不见的。

3

我来了，我看见，我说出。
语言和时间浑浊，泥沙俱下。
一片盲目从中心散开。
同样的经验也发生在玻璃内部。
火焰的呼吸，火焰的心脏。
所谓玻璃就是水在火焰里改变态度，
就是两种精神相遇，
两次毁灭进入同一永生。
水经过火焰变成玻璃，
变成零度以下的冷峻的燃烧，
像一个真理或一种感情
浅显，清晰，拒绝流动。
在果实里，在大海深处，水从不流动。

4

那么这就是我看到的玻璃——
依旧是石头，但已不再坚固。
依旧是火焰，但已不复温暖。
依旧是水，但既不柔软也不流逝。
它是一些伤口但从不流血，
它是一种声音但从不经过寂静。
从失去到失去，这就是玻璃。
语言和时间透明，
付出高代价。

5

在同一工厂我看见三种玻璃：
物态的，装饰的，象征的。
人们告诉我玻璃的父亲是一些混乱的石头。
在石头的空虚里，死亡并非终结，
而是一种可改变的原始的事实。
石头粉碎，玻璃诞生。
这是真实的。但还有另一种真实
把我引入另一种境界：从高处到高处。
在那种真实里玻璃仅仅是水，是已经

或正在变硬的、有骨头的、泼不掉的水，
而火焰是彻骨的寒冷，
并且最美丽的也最容易破碎。
世间一切崇高的事物，以及
事物的眼泪。

这首诗创作于1987年《诗刊》组织的“青春诗会”期间，当时，《诗刊》组织与会诗人到一个玻璃工厂参观，然后要求他们写一首诗。起初，欧阳江河并不打算写这篇命题作文，再加上另一个与会的女诗人生病住院，需要大家两人一组，轮流去看护，因而也没有写诗的心情。第一天去看护那个女诗人的就是欧阳江河和当时在《诗刊》社上班的王家新。两人开始聊天，聊到凌晨3点钟，王家新撑不住了，说要躺一会儿。欧阳江河突然来了感觉，到处找纸，王家新递了个烟纸盒过来。等王家新醒来的时候，一首六十多行的《玻璃工厂》出现在烟纸盒上，而且一写下来就是定稿，发表时一字没改。

欧阳江河十分钟爱《玻璃工厂》的语言，他说，《玻璃工厂》是一首写物的诗，中国古代诗歌缺少处理物质的能力，所以他刻意把物的特点变成语言的特点，而语言的革命是80年代诗人的一个重要的课题。

的确，这是一首恢复语言的光华的诗歌，华美、冷静而大气，佳句迭出。它从玻璃自身所具有的各种特点（比如冷、透明、易碎、可反光、尖锐）展开，进入世俗生活的哲理层面。比如第一节前三句：“从看见到看见，中间只有玻璃。/ 从脸到脸 / 隔开是看不见的。”我们可以看到玻璃的透明性，位于玻璃两边的两张脸可以相互“看见”，但脸的主人心灵不一定相通，所以就衍生出了另一种意义上的“看不见”。又如第二节的前几句：“工厂附近是大海。/ 对水的认识就是对玻璃的认识。/ 凝固，寒冷，易碎，/ 这些都是透明的代价。”这几句表现的是玻璃的另几种特征，即寒冷、透明、易碎。玻璃是美的，平静得如同大海，但它同时也是脆弱的，因为如水般透明，也必然承接了水的弱点：寒冷而易碎。这是在讲玻璃，何尝不是在讲述人生真谛？

像这种由形而下出发，升华到形而上的例子，诗歌中比比皆是。正因为如此，《玻璃工厂》也可以说是一首哲理诗，具有迷人的思想深度，它的出现在一定程度上增进了人们对诗歌的好感。时下，诗歌在很多人的心目中地位甚低，“门前冷落鞍马稀”。事实上那是人们的误解，只要到网络上看看，就会发现诗歌比任何文体都红火，诗人的探索也走在散文家和小说家前面。所谓的“冷落”，也许指的是不受世俗重视，不像小说那样能卖钱吧。在这个凡事要以“挣多少钱”来衡量事物价值的时代，诗歌作为艺术的巅峰、文学中的文学，不受“冷落”倒成了怪事。好在真正的诗人不会在乎这些，他们默默地写作，然后捧出浸润心灵的佳作。而人类精神的提升和社会的发展，需要的正是《玻璃工厂》这样纯粹的作品！

二十四城记

我想花些笔墨介绍贾樟柯的影片《二十四城记》。这部影片讲述的是发生在成都的故事，其中引用了《玻璃工厂》的诗句，而且诗人翟永明是本片的编剧之一。

与诗歌爱好者热爱欧阳江河的诗歌相似，对于很多影迷而言，贾樟柯是中国电影界的一个品牌，套用《二十四城记》里的说法，甚至可以说是“标准件”。我倒没这样的想法，我一直对中国的导演不怎么看好，就像我对很多当红的作家不怎么尊敬一样。至于哪个国家的导演令人满意，我也不怎么说得出来，我总是记不住外国人的名字，但能记住我喜欢的影片的情节，比如《黑暗中的舞者》——我已经不止一百次地向朋友推荐这部片子了——我2000年左右看过之后，至今仍印象深刻。当然，《二十四城记》也不赖，像一首诗歌，平淡而苍凉。

1958年，为“响应”国家三线建设的号召，沈阳的111兵工厂的数千工人背井离乡，从东北迁至成都东郊，建造兵工厂——420厂，在战争年代，420厂有过辉煌的好日子，但随着80年代初期以后战争结束，国家对军需产品的需求大幅减少，工厂开始破败，大批工人下岗。2005年，华润集团高价买下工厂的土地，兴建名为“二十四城”的楼盘。影片通过对原420厂的工人及工人后代的采访，展示出了从420厂到“二十四城”之间的沧桑变化，充满了对弱势群体的关怀。一些细节令人感动。比如开头的老徒弟与老师傅见面的场景，比如吕丽萍扮演的老员工对在码头上丢失孩子的回忆，比如结尾时记者采访一个十二岁的初一学生。这个在屋顶溜冰的小女孩展开的双臂如同大鸟飞翔，不远处是420厂的旧址，现在正在兴建的“二十四城”。面对记者的询问，小女孩表情平静地说，自己的父母就在420厂上班，但她从来不知道里面怎么样，她从未进去过。他们（其实包括我们）

是健忘而冷漠的一代，回忆，对于他们来说，不仅奢侈，还是一种浪费。而在这里面，是什么在悄然流逝？

“二十四城”来自一句古诗，“二十四城芙蓉花，锦官自昔称繁华”，作者不详。诗歌中的“二十四城”是什么意思呢？是指中国古代的二十四座城市？还是成都的又一个别称？不知道。总之看了这个电影，我怀念起了那个遥远的地方，它也是柏桦、李亚伟、尚仲敏、欧阳江河、石光华、翟永明……这些耀眼的诗人长期生活过的地方，这个地方也收容了我四年的青春。当我看到影片结束时出现的由万夏的诗句“仅我腐朽的一面／就够你享用一生”改编而来的“成都，仅你消逝的一面／已经足以让我荣耀一生”时，我忍不住怀想起那座遥远而熟悉的城市。回到办公室，我在单位的“异地采访”表格中，抹去了“青岛”，填上了“成都”。

我说过，我喜欢《二十四城记》是因为它引用了欧阳江河的诗歌。不过，与对万夏诗句的改编一样，为了切合影片内容，贾樟柯将原诗中的“玻璃工厂”改为“整个造飞机的工厂”，成了“整个造飞机的工厂是一只巨大的眼珠／劳动是其中最黑的部分”。好在这样的改动并没有损伤诗歌的筋骨。与《玻璃工厂》同样令我震动的是影片中出现的另一首诗：爱尔兰诗人叶芝的《随时间而来的真理》——

虽然枝条很多，根却只有一条；
穿过我青春的所有说谎的日子。
我在阳光下抖掉我的枝叶和花朵；

现在我可以枯萎而进入真理。

（沈睿译）

是啊，“虽然枝条很多，根却只有一条”；虽然生活充满幻象，但真相只有一个。青春、谎言、枝叶、花朵，包括420厂到二十四城的变化，都是一个过程，而诗歌永恒、真理永恒……

扯远了。

被演讲震晕

20世纪80年代前期，全国高校的大学生对诗歌异常狂热，四川更是如此，欧阳江河穿着军装，在高校间来回穿梭，巡回演讲。欧阳江河自称，他那“完全不用官方语言、不用教科书语言的民间性的语言表达，原创性的甚至非常无礼、雄辩、带点暴力色彩的语言”，对听众构成了极大的冲击。有一次，欧阳江河在四川大学演讲，内容为《魔界，神界和人界》，意为诗歌的三个境界。由于欧阳江河使用的语言“太巫术化”，有两个女生当场晕倒。后来这两个女生中的一个嫁给了欧阳江河的一个朋友。很多年后，欧阳江河从美国回成都，这个朋友的妻子一看到欧阳江河就转身走开了，欧阳江河正寻思这女人怎么如此无礼呢，朋友说：当年你演讲时晕倒的两个女人中，其中一个就是她！

关于欧阳江河的演讲口才与雄辩之风，批评家张清华印象深刻。在《谁是那狂想和辞藻的主人》中，张清华回忆起1998年春天在北京北苑饭店举行的一个诗歌理论研讨会上欧阳江河的表现：

> 这次会上大概有两个人的发言最“出格”，一个是上海来的李劼，另一个就是欧阳江河，两个人大致的意思是接近的，大意是说我们处在一种“被虚构”的文化情境中，而虚构正是一切社会对于个体完成统治与叙述的基本方式。欧阳江河进而“德里达式”地指出了一切“作为存在的形而上学”的虚伪性，“时代”“正义”“现实”……统统都是被虚构出来的。他的发言之后有一个短暂的沉默，随后有质疑的声音，但均被他逐一顶回，逼得一旁的老诗人郑敏追问他“GDP是虚构，股票是虚构，一切都是虚构，那么母亲也是虚构的吗？”欧阳江河笑答：“当然都是，母亲也是虚构。”老太太无奈地摇摇头，这个理论太过分了。

1984年秋天，欧阳江河与周伦佑、赵野、杨黎、石光华等一批诗人成立了四川省青年诗人协会，欧阳江河任副会长，很多诗人和朋友喜欢到他的住处聚会。进入部队大门的程序也很简单，一般只要登记一下就行。由于来访的朋友太多，而且当时通信方式不发达，没有手机和BP机，为了不让朋友们扑空，有的时候欧阳江河连门都不锁。

那个年代，诗人们的交往极富诗意。欧阳江河说：“柏桦他们经常是一考完试就坐火车过来了，连招呼都不和我打。我记得很清楚，有一次我参加电大考试，刚刚考完回到宿舍，就看见柏桦坐在那儿了。我问，你等了多久？柏桦郑重其事地讲，一分四十秒。还有一次是我刚下楼准备去考试，就看到彭逸林、柏桦、张枣，还有肖全风尘仆仆地走来，我说我必须去考试，你们先去我家坐坐，估计你们要来，所以门都没锁，你们直接去就行了。肖全说，不行，先拍张照片，接着就给我们拍了张照片，我再去考试。”（虞金星：《八十年代：诗歌十年》）

肖全后来成了国内非常著名的摄影家，前几年，我还读过他的一部摄影集，里面全是各行业的名家，其中顾城和谢烨扶着门框的合影还被我在随笔集《或明或暗的关系》中悄悄地“借用”了一次。

过于“诗意”的生活点燃了欧阳江河离开部队的导火索。有一次，张枣带着四川外语学院的德国女专家达戈玛到部队里找欧阳江河。按规定，军队大院不能让外国人进入，也许是进门时站岗的士兵走了神，他们竟顺利“过关”。当天下午，欧阳江河就被停职反省。

又有一次，杨炼带澳洲的女汉学家贾佩琳去找欧阳江河，由于曾经出过“达戈玛事件”，欧阳江河有些迟疑。杨炼就安慰他说，贾佩琳中文说得很好，只要戴上一个头纱，如果站岗的查问，就说是新疆来的，肯定看不出来。果然，贾佩琳在晚上骑着自行车，顺利蒙混过关。但这事后来还是被曝光了。这两件事加上一些个人原因，1986 年欧阳江河离开部队，转业到四川省社会科学院工作。

众所周知，省级以上的社会科学院，其工作人员基本上是具有较高学历的专家、学者。而欧阳江河没读过正规的大学，最高文凭是在部队时读的电大。欧阳江河进入社科院，依靠的仍然是出色的才华。

这要从1985年说起。那一年，香港诗人叶辉通过四川诗人廖希读到一些诗人的作品后，便专门到成都组稿。欧阳江河、翟永明、柏桦、钟鸣、张枣、孙文波和廖希七个四川诗人都提供了稿件，并由欧阳江河写了一篇论述四川诗人的文章《受控的成长》，一起以“四川七君子”的名头在香港的《大拇指》上发表。1986年底，欧阳江河从部队转业前，当时在社科院文学所工作的苏丁把《受控的成长》转给文学研究所的所长吴野。吴野读完这篇文章，当即同意接收欧阳江河。

熟悉80年代诗坛的人们常常会看到两个十分相似的命名，一个是“四川五君子”，一个是“四川七君子”。所谓的“七君子”，指的是在《大拇指》诗报上发表专辑的欧阳江河、翟永明、柏桦、钟鸣、张枣、孙文波和廖希，而“五君子”则缩小为欧阳江河、翟永明、柏桦、钟鸣和张枣。两者之间的区别常常让人们犯模糊，毕竟除了在《大拇指》集体亮相，在《深圳青年报》和《诗歌报》联合举办“1986中国诗群体大展”上，“四川七君子”亦以集体名义参加。

关于“七君子”和“五君子”的过往，欧阳江河曾谈起过，但语焉不详，而另一个当事人孙文波则写出了《还有多少真相需要说明》一文，详细地谈到了其中的种种曲折。这中间掺杂着很多个人恩怨、误会和阅读趣味，因为这不是本文的论题，此处不再深谈。

在社科院，欧阳江河有了大量的时间阅读、写作，并开始接触古典音乐。那个时候，他已写出了《悬棺》《手枪》等名作，名声响遍全国，有的诗坛骗子便利用他的影响，到各地行骗。有一天，欧阳江河接到一个来自陕西宝鸡的电话，叫他尽快归还六十元钱。欧阳江河异常纳闷，说：我从来没去过宝鸡啊。对方说：不可能，我们在一起住了三天三夜，你走的时候我还借了六十块钱给你。经过欧阳江河反复解释，再加上那人多方证实，才弄明白是有人打着欧阳江河的名号到陕西行骗。为了不再被人冒充，欧阳江河专门在《诗歌报》上发表了自己的照片。

但发表照片并不能遏止骗子们的行动。1987 年，欧阳江河应邀参加唐晓渡等人在扬州举办的一个诗歌理论讨论会，然后又去了一趟上海，将近一个月没到单位。从上海回来后，欧阳江河发现，自己办公室的墙角竟然堆满了各地的来信，都是各地见过“欧阳江河”的诗人和诗歌爱好者寄来的。欧阳江河赶紧回信澄清，但两三千封信如何能够一一答复？因此有很多来信都没有回，让一些人产生了误会。直到现在，翟永明都还保存着一封某个当时非常著名的诗人写给欧阳江河的信，说是当年那个人寄到她那儿，然后让她转交的，看来那“欧阳江河”对自己所要冒充的人的社会交往还是下过一些苦功的。

1993 年，欧阳江河离开了四川省社会科学院，也离开了他生活了十七年的成都，去了美国。在美国期间，欧阳江河写下了他的另一批重要作品：《纸币，硬币》《感恩节》《那么，威尼斯呢》《谁去谁留》等。这些作品与 90 年代以前的作品相比，世俗生活场景在增加，语气也有所改变，不那么优美凝重而变得活泼与调侃。

诗人的交往方式

20 世纪 80 年代，是中国诗歌界异常活跃的年代，诗人们走南闯北，四处串联，而欧阳江河说，“五君子”的交往不同于当时“第三代诗人”中流行的那种“江湖”方式，而是非常魏晋文人式，除了诗歌什么都不聊。

那么，“江湖”方式又是怎么样的呢？从诗人们的叙述中，可以找到很多例子。

欧阳江河：“北大的老木去成都和万夏等一帮诗人一起见面，第二天和我见面时说他被吓了一跳。当时的成都餐馆还有那种一张长条桌子、两个长凳子的格局，喝着喝着，这帮人全部蹲在了凳子上，有人敬酒的时候甚至是站在凳子上。这种生活方式在他们的诗歌写作上也留下了很深的痕迹。当时通信不发达，朋友要跟你聊天就会直接去找你见面，所以，当你想认真发力写诗时，你就得玩失踪。”

孙文波：“记得 80 年代中期，我们在四川大学举办了一次诗歌朗诵会，朗诵会结束之后，二三十人到学校旁边的小酒馆去喝酒，很多人都喝醉了。醉了的人言行各异。有的人跑去学校的湖边，在一对情侣的旁边坐下，把别人吓一跳；胡冬翻铁门，翻到顶上的时候，卡在两根铁栏杆的中间竟然睡着了，身体一半门内一半门外地睡了一夜。最过分的是杨黎，他跑去敲女研究生的门，敲开了一间宿舍，一个女孩看出来他喝醉了，就给他搬了一把椅子让他坐在门口，他就一直坐在那儿，耷拉着脑袋，两眼发直。……万夏应是最深刻体验到江湖的欢乐与麻烦的人，当年万夏被称为‘大侠’，因为他住在成都市中心，南来北往的人都会去他家里找他，其实他自己也是刚刚大学毕业没有工作，依靠母亲养着。1986 年下半年的时候，万夏就躲我那儿住了半年，我自己也是自从开始发表作品之后就不安心上班了，觉得当工人太委屈自己了，想想一个人如果一辈子重复几个动作，那太可怕了，所以三天两头地泡病号，和万夏一起在家里写诗。”

西川：“我们去圆明园诗社社长戴杰家里聚会。戴杰有一个一居室，外屋谈买卖，里屋谈诗歌。谈诗歌的房间里有一种灯可以拉下来，大伙儿围着戴杰，戴杰把腿往凳子上一搁，把灯拉到鼻子那儿，从怀里掏出几千元往桌子上一扔：‘这就是我们的活动经费！’其中有一个叫刑天的，头发烫得跟个印第安人似的，他倒腾服装也写诗。当时全国人民都倒腾生意。他吹嘘自己是打架的好手，如何一个拳头打好几个人，然后他拉着我说：‘西川，你要是有了三长两短，就找兄弟我。’我当时立马觉得有人给自己撑腰了。……所谓‘第三代诗歌运动’开始时，我没有意识到这是‘运动’，但是全国性地都很兴奋，一会儿是上海编个杂志让你邮寄诗歌，一会儿又是四川人跑来要跟你见面，弄得你家鸡犬不宁。”

杨黎：“现在在网络上搜索马松的资料你基本找不到我所说的那个诗人，而是另一个主持人和另一个画家，但这很乖的家伙在 1982 年突然变成了流氓，整日寻思着打架喝酒，然后装疯，还伙同万夏等人跑到精神病院强烈要求医生开精神病的证明，在休学半年之后，79 级的数学系学生马松如愿以偿地留级为 80 级，可以继续和中文系的诗人们厮混了。……成都很多高校诗社的成员认为应当联合起来（当时还都是极年轻的愣头青，十六到二十岁左右），‘肯定能和朦胧诗打上一架’，后来又汇合了南充、重庆的人马在 1982 年的国庆兼中秋议事，又是当衣裤卖手表地筹备，结果各方面吵了起来，差点打了一架。”

前面引用的都是别人的“江湖经历”，下面讲几个我亲身经历过的“江湖”片段。

2001 年 11 月初，任洪渊来桂林讲学，他的学生、广西青年评论家黄伟林教授带领我们一干青年文学爱好者在龙隐路一家饭店为其接风。任洪渊酒量不大好，喝了几杯就脸色通红，而我们几个陪酒的男青年也酒量一般，至于女生，就更不用提了。于是，喝到后来，男人们好不容易将自己分内的酒喝完，三个女生皱着眉头望着眼前尚未完成的“任务”，不知如何是好。黄教授提议让我们几个男青年代喝，男青年都成了缩头乌龟，不敢作声。这个时候，本已有些醉意的任教授挺起胸膛，大声说：“全部给我喝！”有好事者以为老诗人在开玩笑，便故意将三个女士的酒倒到他的杯里，老诗人二话不说，端起酒杯咕噜一声就将酒干掉了，令我们几个旁观的男士汗颜无地。饭后有人提议去跳舞，老诗人满口答应。

2004 年 5 月 12 日至 22 日，第 14 届全国书市在桂林国际会展中心举行，大批诗人云集桂林——李亚伟、张小波、宋炜、马松、万夏、叶匡政、臧棣、蔡其矫、林贤治、向阳、符马活……他们中有的是出版社工作人员，有的是作为书商参加书市，有的是被出版社邀请到桂林签名售书或做讲座，有的则专程赶来买书。

张小波创建的共和联动公司的摊位巨大，这是一个豪华套间，从走廊到房间里都摆满了装帧精美的图书。张小波与他的妻子异常繁忙，不时在屋角数钱，偶尔和朋友聊几句。与一些小书商先发货后结账不同，据说共和联动策划的一些书是要先付款才发货的。我没有打搅他们，转身去找李亚伟、万夏、叶匡政、马松等人的摊位。在叶匡政处，得到了两厚册《中间代诗全集》。

因为从未和马松有过联系，到了马松处，我很虚伪地开玩笑："请问马松老师在吗？"马松见我如此礼貌，以为是粉丝，便也很认真很礼貌地用四川普通话回答："我就是马松。请问你是……"我忍不住笑起来，说："我叫刘春，写诗的。"马松大乐，很豪爽地过来一拍我的肩膀，用四川话说："我还以为是哪个呢，刘春嗦，啷个搞那么严肃？"然后，指指身边一瘦人："这是某某，《成都粉子》就是他写的。"

当天晚上，近二十个诗人在桂林市东区的一家小酒店聚会，喝桂林产的漓泉啤酒及桂林三花酒。除了符马活，其他所有人都喝酒。在酒店喝酒以及酒后到钓鱼台娱乐城 K 歌期间，宋炜好几次和马松发生"冲突"。其实说"冲突"也不大贴切，主要是宋炜单方面地一再对马松说很想揍他，马松则一脸笑意，不以为忤。到了娱乐城，要了一个豪华包间以及一大堆啤酒，打开后才发现大家已消灭不了几瓶，此前在酒店实在喝得太多了。有几个弟兄失踪了好长一段时间才回来，后来才知道他们去娱乐城里的"大学生聊天室"找女学生聊天了。

凌晨 1 点，十余人东倒西歪，唱歌跑调，说话结巴，我则见了酒就想呕吐，只好趁着还能走动，撤离现场。我去结账，回答说有人先结了，我想，应该不是李亚伟就是张小波结的吧，江湖老大就是老大，懂得爱护小弟啊。宋炜觉得不过瘾，还是要找马松打架，马松仍然不接招。各自打车回宾馆。我和漓江出版社的胡子博殿后，在娱乐城门口发现宋炜，也许是因为马松不接招而内心郁闷，不想那么早回宾馆，只想独孤求败一把。我和胡子博苦劝不住，只好由他。第二天传来消息，在我们离开后，宋炜不知因为何故跟出租车司机辩论了起来，而且据说还有些言语冲突。直到第二天下午他仍然无法回忆起自己怎么回到宾馆，也不知道身上携带的钱包、手机等物件是如何失踪的。

那次书市，福建老诗人蔡其矫也来签售其传记《少女万岁》，我们在桂林国际会展中心门口见了一面。蔡老身体有些发福，脸上挂着菩萨般和蔼的笑容，很有亲和力。据说《少女万岁》里记载着不少诗坛秘闻，特别牵涉到一些有影响的“朦胧诗人”，应该算比较有卖点。尽管如此，蔡老面前的读者队伍还是比旁边的叶永烈等人的短了长长一截。“朦胧诗”以后，诗人相对于叙事文体作家，早已毫无优势可言。我在一旁溜达时，见到本地一个老作家和他的小侄女也在排队，于是向蔡老介绍了他们。二十岁出头、身材丰满的小侄女提出要和诗人合影，诗人一把搂过她的腰，两人紧紧地贴在一起，任我随意“咔嚓”，动作之潇洒娴熟，是我前所未见。后来读北岛随笔集《青灯》，里面有一篇文章写到蔡其矫当年和熟悉、不熟悉的女孩子们“疯狂”的种种趣事，觉得这个老人实在不简单。

北岛写蔡其矫的那篇文章可以说是我所读过的最精彩的人物随笔之一，不仅把一个老人的性格形象写得活灵活现，还透露了不少当年宝贵的诗歌史料。现摘录其中几个片段，给没读过此书的读者解馋：

……“文革”期间，蔡其矫不仅不认罪，还公然贴大字报和造反派辩论。比如，说他是黄色诗人，他就举出唐宋诗词中的例子反驳。退一步，在某种意义上他也接受，因为他皮肤是黄色的。但接着他又说，皮肤并不能决定诗人的品质，比如，普希金的祖父是黑人，不能说他是黑色诗人……嘿，他还挺矫情。

与此相应的是宁折不弯的刚烈。在一次批斗会上，福建作协别的头头都被迫跪下，只有蔡其矫，怎么推搡他硬是不跪。造反派小头目一扳子砸过来，闪过去，又是一扳子，头破血流，他连血也不擦。最后造反派害怕了，把他送进医院。

……

1978年深秋，我着手编辑《今天》创刊号，在桌上摊开蔡其矫和舒婷的诗稿，逐一推敲。我发现在老一代诗人中，蔡其矫竟与我们精神上如此之近。于是我选了他的三首诗《风景画》《给——》和《思念》，排在首位，接下来是舒婷的《致橡树》和《啊，母亲》。其中那首《橡树》，我根据上下文把题目改为《致橡树》。为安全起见，我给蔡其矫取了个笔名“乔加”。

我事先写信去福建试探，他竟满口答应，还另抄了几首新作。要知道那年月这可是胆大包天的决定，弄不好是要坐牢的。那年他整满六十，本应安度晚年，却跟我们这帮浑不懔的小子借《今天》浮出地表。

……

1981年秋，在兰州教书的“九叶派”诗人唐祈筹备“兰州诗会”，请了舒婷、江河、杨炼和我。未在受邀之列的蔡其矫，闻舒婷途中被窃，赶去救援；舒婷败兴回家，他却意犹未尽，直奔兰州。我们在招待所撞见，不禁欢呼起来……我们封蔡其矫为“头头”，结伴而行。他将军般威风，摊开地图，为进军大西北制定路线。

我们一路穷开心。他最喜欢给美女照相，投其所好，我们仨就像选妃子一般，四处寻觅，把稍有姿色的女孩儿一网打尽。我们声称，这位是作家协会的老革命，为写作收集素材，关键是江山得有美人配。那年月彩色照片稀罕，再听说是作家兼老革命，几乎没碰过钉子。只见女孩子搔首弄姿，风情万种。拍照后留下地址，他事后评论道：“这个蛮不错，有味道。”我们开始犯坏，专挑那些相貌平平甚至丑的，蔡其矫照旧乐得屁颠屁颠的，殷勤备至，但多少有些保留：“还可以，马马虎虎。”他准心里纳闷：江山依旧，可怎的，一夜间，“六宫粉黛无颜色”？

最后的幻象

《玻璃工厂》之后，1988年，欧阳江河写下了组诗《最后的幻象》。这是欧阳江河少量纯抒情诗之一，也是使我对欧阳江河的印象“加分”的作品。十二首短诗，如同闪着寒光的玻璃，有一种彻骨的优美和撕裂的疼痛。据西川说这是欧阳江河“告别青春”之作。此后，欧阳江河诗风有所偏移，世俗场景和叙事手段变得繁复，诗行的长度也在增加，然而，即使是两年后出现的《傍晚穿过广场》也不能阻挡“幻象”对读者的诱惑。

组诗中遍布传诵一时的名句：“蝴蝶是一天那么长的爱情，/如果加上黑夜，它将减少到一吻。/你无从获知两者之中谁更短促：/是你的一生，还是一昼夜的蝴蝶？/蝴蝶太美了，反而显得残忍。”（《蝴蝶》）“我不知道正在消逝的是老人还是孩子。/死亡太高深了，让我不敢去死。/一个我们称之为天才的人能活多久？”（《彗星》）“下雪之前，没有什么是洁白的。”（《初雪》）……这些诗句已经成为一种“营养”，多年以来，我从大量诗人的作品中捕捉到了“蝴蝶”的影子，看到了“彗星”的灵光，嗅到了“草莓”的芳香，包括一些几乎与“第三代”同时成名的诗人。有的模仿者只“参考”其中的一两句，有的则更为大胆，组诗中的每一首都要挑几句出来“学习”。我也间接受到过影响。说“间接”是因为后来我发现：那些影响了我的某些诗篇竟然是由《最后的幻象》“借用”而来的。比如我曾非常喜欢的一个中原地区诗人，他在《诗歌报》上发表的一组颇受好评的诗歌，就明显地模仿了《最后的幻象》。现在想来，这样的“隔代影响”反而挽救了我的写作，它没有使我沉迷于“蝴蝶”和“雏菊”撒下的花粉中不能自拔。毕竟，一个只知道对老师亦步亦趋的学生永远不会有大成，而只能成为老师的气味和投影。

《草莓》是《最后的幻象》的第一首，也是这组诗中我最喜欢的一首：

如果草莓在燃烧，她将是白雪的妹妹。
她触到了嘴唇但另有所爱。
没人告诉我草莓被给予前是否荡然无存。
我漫长一生中的散步是从草莓开始的。
一群孩子在鲜红迎风的意念里狂奔，
当他们累了，无意中回头，
——这是多么美丽而茫然的一个瞬间！

那时我年轻，满嘴都是草莓。
我久已忘怀的青青草地，
我将落未落的小小泪水，
一个双亲缠身的男孩曾在天空下痛哭。
我反身走进乌云，免得让他看见。
两个人的孤独只是孤独的一半。
初恋能从一颗草莓递过来吗？

童年的一次头晕持续到现在。
情人在月亮盈怀时变成了紫色。
这并非一个抒情的时代，
草莓只是从牙齿到肉体的一种速度，
哦，永不复归的旧梦，
谁将听到我无限怜悯的哀歌？

诗歌语言精妙，比喻奇崛，内蕴悠长，即使对诗意缺乏理解，读者也可以从优美的诗句中获得愉悦；而对于另一些不满足于文字表象的读者，则可以进入内核，领会到文字背后的深意。正所谓“外行看热闹，内行看门道”是也。

诗歌的开篇就令人眼前一亮：成熟的草莓红得像要燃烧起来，而如果燃烧，“她将是白雪的妹妹”。一边是火般的红和热烈，一边是雪样的白与宁静，无论是颜色还是所表达的情感都截然相反。这是诗人在故弄玄虚吗？不。诗人马上就用一句“她触到了嘴唇但另有所爱”来暗示“草莓”的形和神存在的反差，也暗示了下文即将表达的对初恋的期待以及对少年时期的行为的反思和否定。

诗歌暗含着叙事成分。第一节和第二节是对往事的追忆，从童年的无知、少年的盲从到年轻时对初恋的向往，过渡到第三节的询问。草莓的颜色从原本的“鲜红”变成了即将腐烂的“紫色”。对草莓的态度，也是从最初的想象到嘴上的感知（“满嘴都是草莓”），再到一种历尽沧桑之后的理性认识（“草莓只是从牙齿到肉体的一种速度”）。在这个过程中，“美丽而茫然”的少年不知不觉中就成长为一个洞悉时代本质（“这并非一个抒情的时代”）的成熟中年人。诗人是清醒而睿智的，他走出了时间的阴影，看清了曾经的盲从与冲动是“永不复归的旧梦”。然而，更多的曾经“在鲜红迎风的意念里狂奔”的人不愿意醒来，他们“童年的一次头晕持续到现在”，沉湎于梦境的虚幻，缺乏直面现实的勇气。在这样的状况下，诗人只能无奈地慨叹：“谁将听到我无限怜悯的哀歌？”字里行间，无时不在提醒读者生活的酸楚、迷茫与疼痛。

1989 年之后，欧阳江河的诗风大变，几乎再没有创作比较纯粹的抒情诗，但人们不会忘记这一组《最后的幻象》，它的委婉，它的澄明，它对世间美好事物的挽留、追忆与眷恋，都深深吸引着一批“铁杆”读者。曾参加某诗会，一个大学还没毕业的“80 后”诗人义正词严地批评抒情诗，等他说完后，我怯怯地问了一句话：你读过《最后的幻象》吗？他一脸傲慢：没读过，怎么啦？我说：那你先去多读一些书再来下结论好不好？这话说完，周围响起了一片不算太热烈但也足以让我脸上有光的掌声。看来，人们的眼光真的是雪亮的。

傍晚穿过广场

在引起广泛反响的论文《1989 年后国内诗歌写作：本土气质、中年特征与知识分子身份》中，欧阳江河这样写道：“对我们这一代诗人的写作来说，1989 年并非从头开始，但似乎比从头开始还要困难。一个主要结果是，在我们已经写出和正在写出的作品之间产生了一种深刻的中断。诗歌写作的某个阶段已大致结束了。”的确，20 世纪 80 年代，欧阳江河已经写出了堪称“天才之作”的《汉英之间》《玻璃工厂》《最后的幻象》等诗歌，这些唯美而带着淡淡的哲理的作品，给它们的作者在圈子内带来了极大的名声。在这一基础上，在诗艺上如何超越，成为一个难题。更何况八九十年代之交的社会转型，让书斋中的知识分子茫然失措、无所适从。不是有许多诗人进入 90 年代后就停笔了吗？

而欧阳江河没有。尽管曾经有过惶惑和迟疑，但他在往更深处挖掘，直至捧出一批更为大气的作品。因此，欧阳江河博得更多读者尊敬的不是上面所言及的幻美诗篇，而是创作于1990年的更能体现一个真正意义上的知识分子的忧患意识、反思意识和担当意识的《拒绝》《傍晚穿过广场》等厚重之作。正是这些作品，奠定了欧阳江河在中国文学史上的位置，它们与王家新、西川等人的部分佳作一起，使曾经饱受诟病的“知识分子写作”具有了真正的灵魂。

《傍晚穿过广场》约有一百二十行，很长，下面引用前面几节。相信仅从这几节，读者也足以感受到它的优异——

我不知道一个过去年代的广场
从何而始，从何而终
有的人用一小时穿过广场
有的人用一生——
早晨是孩子，傍晚已是垂暮之人
我不知道还要在夕光中走出多远
才能停住脚步？

还要在夕光中眺望多久才能
闭上眼睛？
当高速行驶的汽车打开刺目的车灯
那些曾在一个明媚早晨穿过广场的人
我从汽车的后视镜看见过他们一闪即逝

的面孔
傍晚他们乘车离去

一个无人离去的地方不是广场
一个无人倒下的地方也不是
离去的重新归来
倒下的却永远倒下了
一种叫作石头的东西
迅速地堆积、屹立
不像骨头的生长需要一百年的时间
也不像骨头那么软弱

每个广场都有一个用石头垒起来的
脑袋，使两手空空的人们感到生存的
分量。以巨大的石头脑袋去思考和仰望
对任何人都不是一件轻松的事
石头的重量
减轻了人们肩上的责任、爱情和牺牲

或许人们会在一个明媚的早晨穿过广场
张开手臂在四面来风中柔情地拥抱
但当黑夜降临
双手就变得沉重
唯一的发光体是脑袋里的石头

印象中，《傍晚穿过广场》似乎首发于1993年的某期《诗神》或1994年的某期《诗林》，一经发表，就流传极广，如今，这首诗已经被公认为中国新时期诗歌的一大收获。

如题目所示，诗歌写的是“我”在傍晚经过广场时的所见所思，融合着沧桑的回忆与对人生、现实、世事的思考。据欧阳江河说，这首诗带有一定的自传性，1990年他生日的那一天，他来到广场上，因为这之前好友骆一禾在广场上突然离世，让他经过广场时感觉自己和亡灵在一起；而“广场”具有公共性，也是一个带有某种历史象征性和政治意义的非常特殊的场合。在一个特定的时候经过特定的地点，内心自然会波澜涌动。我们读了全诗，也不难看出，作者在诗歌中思考的不仅仅是逝去的友人，还影射了更广阔更深刻的生活与制度，比如“用石头垒起来的脑袋”，比如“一场曾经有过的从纸上掀起、在墙上张贴的脆弱革命”。稍有社会经历的读者读到这些词句，就能够联想出其中的象征。

与《玻璃工厂》《最后的幻象》等诗歌一样，《傍晚穿过广场》同样佳句迭出，而且比前者更深刻，更震撼人心。即使仅仅将其作为一篇美文，也能够给读者带来语言和修辞上的收获。读者可以尝试从该诗的任何一段读起，相信都能得到极大的享受。比如诗歌的开头几句：“我不知道一个过去年代的广场 / 从何而始，从何而终 / 有的人用一小时穿过广场 / 有的人用一生——/ 早晨是孩子，傍晚已是垂暮之人 / 我不知道还要在夕光中走出多远 / 才能停住脚步？”就精彩非凡，优美的文字间充满沧桑感和哲理感。而读者阅读起来有所感，却又毫无隔阂，诗人在技术操作上的高超由此可见一斑。而诗歌中奇崛而又有生活底蕴的想象更是随处可见，比如“一座圆形餐厅在城市上空旋转／像一顶从魔法变出来的帽子”“一个空无人迹的影子广场被珍藏着／像紧闭的忏悔室只属于内心的秘密”“那些曾在一个明媚早晨穿过广场的人／他们的黑色皮鞋也迟早要落到利剑之上／像必将落下的棺盖落到棺材上那么沉重”……当然，如果仅仅赞誉它语言的独到和修辞的绝妙，那么《傍晚穿过广场》就不会是一首有重量的巨作，而只是一场组词表演了。

青年评论家一行对《傍晚穿过广场》进行过精辟的解读。一行认为，这首诗的标题，可以拆分为三个词语：傍晚、穿过、广场。“傍晚”引入了时间和死亡主题；“穿过”作为人在制度语境中的存在方式暗示着投身政治或对政治的冷漠；“广场”则隐含着公共生活和世界图景的各种面相。这是从诗歌的内容角度而言的，在诗歌的形式与表达方式上，一行认为，诗的三种主导性的声音（语调）恰好与“傍晚”“穿过”“广场”三个词对应：哀悼的低音对应着“傍晚”主题；激情或对抗的高音对应着“穿过”主题；而分析的平静和冷峻则对应着“广场”主题。这三种声音的交替和交织使诗在智性和激情中达到了恰当的精神平衡，从而像广场包容各种不同节奏的步调一样包容了精神的不同样态。因此，《傍晚穿过广场》成功地回应了诗歌的现代性问题，在诗学方法（诗歌自身的现代性）和诗学材料（世界的现代性）两方面都体现了对现代性的反思。（见《公共生活的个体立场》）

北京大学的洪子诚教授在《中国当代新诗史》中则认为，欧阳江河的价值和成就，主要体现在惊人的修辞能力上，“他的诗歌技法繁复，擅长于在多种异质性语言中进行切割、焊接和转换，制造诡辩式的张力，将汉语可能的工艺品质发挥到了炫目的极致”。与此同时，洪子诚指出，这一特点为欧阳江河赢得了声誉，也使他受到质疑：“炫技式词语的运用及表达经验的复杂，表现了处理这种经验时的智慧，也可能导致晦涩，以及批判向度的削弱。”

总的说来，洪子诚教授的论断并无多少可以指摘之处，毕竟，欧阳江河的一些作品的确存在晦涩难解之弊，比如《悬棺》。但作为一个新诗研究的权威学者，洪子诚却没有意识到欧阳江河的诗歌中宽广无垠的思想，以及对历史的反思和对制度的深刻的批判性，这令我非常惊讶。如果落实到《傍晚穿过广场》这首诗，我们就可以看到，欧阳江河对经验的表达臻于化境，生活与政治的主题在诗歌中得到完美而举重若轻的呈现。其结果是：我们看到了一个当代知识分子的良心。这种品质正好是当今诗坛越来越缺乏的。

当然，如果我们挑剔一些，也可以看到这首诗的白璧微瑕，比如诗歌中作为比喻的“像”字太多，使得一些句子略显呆板而缺乏灵动之气。当然，也许诗人根本不认为这一细枝末节是个问题，出于沉重的内容的需要，他本身就有可能有意识地去除语言中灵动的部分。

在一些人的心目中，所谓的“知识分子写作”几乎等同于卖弄知识和西化句式的作品的代名词，因而饱受诟病，的确，正如作家周晓阳所指出的那样，随着时间的推移与形势的变化，“知识分子”的含义和心态发生了变化：“很长一段时期内，‘知识分子’一词始终有着介入社会的独立思想家的意思，依照这层定义行事的知识分子不断涌现于人类思想史中，比如号称‘出现在所有思想战线上的守夜人’的萨特就堪称典范。然而，‘知识分子’的含义在20世纪四五十年代的美国悄无声息地变化着。雅各比发现，不知不觉中，知识分子们形成了所谓的新阶级，他们依附于各种社会机构，忙于使自己符合机构提出的种种条件，更看重被社会认可，为此甘愿放弃针砭时弊的独立旁观者身份。昔日的大学教授是‘游荡于社会中’的环境不适者，今天的教授们却‘渴望得到一大笔钱，开上好车，贪求各种职位，并为得到爱情、奢华和名誉而奔赴一个又一个会议’。”（《当知识分子遁入“学院”以后》）如果谁自命“知识分子”，首先有必要按照这段文字来检点自己的内心。

一个真正的知识分子首先是一种立场、一种良知，他不会融入“主流社会”，他以审视、怀疑的眼光看待社会，而不仅仅是琢磨写作风格和文学趣味。一些人对中国诗坛“知识分子诗人”的作品心怀不满也许是因为其中的很多人舍本逐末，专注于语句的炫耀，以西化的、饶舌的写作风格“吓唬”读者，为了“得到爱情、奢华和名誉而奔赴一个又一个会议”，从而失落了批判的锋芒。也就是说，在当今中国诗坛所出现的大多数“知识分子”已经与传统意义上的知识分子在内涵上有了区别。怀疑与担当的品质在当代诗坛几成绝响，虽然不能把全部责任归到诗人的身上，这里面有更深层的社会原因，但无论如何，如果避开担当“思想战线上的守夜人”这一神圣义务，仅仅是欧化的词语和句式，这样的“知识分子诗人”被人嘲讽是理所当然的事。值得庆幸的是，在中国，人们还能够读到《傍晚穿过广场》这样的代表知识分子良知的优秀诗篇。

暧昧的诗歌

大约在2002年，我写过一篇文章，论述了我所喜欢的两种诗歌类型，第一种是“爱的诗歌”，另一种是“暧昧的诗歌”。在我看来，《傍晚穿过广场》是典型的“暧昧的诗歌”。

在这里，“暧昧”不含男女关系方面的指向，它不含贬义，而是一个中性词。之所以暧昧，不是有意地遮掩，而是因为有的话不须明说，或者不能明说，但细思之后能够感悟得到其中的深意。如果说“爱”的诗歌给人幸福，让人温暖，那么“暧昧”的诗歌则让人疼痛，激人反省。而疼痛与反省，正是一个本真的人必须具有的品质。从这一意义上说，不懂得独立思考的人才是残疾人。

“暧昧的诗歌”的巨大活力在于它能让一个人更清晰地看清历史与现实，看到自己的内心，明白自己的罪和悔。由于它“暧昧”，所以在字里行间，“祖国”“广场”“革命”乃至“头像”“离去”“忍耐”“等待”“利剑”等多非本义而另有所指。能够写出优秀的“暧昧”诗歌的作者多出生于20世纪五六十年代，在八九十年代享有或大或小的名声。他们经历过“文革”、上山下乡和改革开放，对几十年来中国走过的历程有彻骨的认识。历史的教训和亲身经历让这一代诗人保持着可贵的怀疑、忧虑与独立思考的品质，他们思考的往往是一般“帮闲文人”不愿意面对的问题，这种怀疑精神很容易让人想起鲁迅先生在《狂人日记》的那句振聋发聩的话：“从来如此，便对么？”

福克纳在一次演讲中说道：“我认为，今天人类的悲剧，在于寰宇四处都布满了肉体的恐惧，这种恐惧持续已久，以致我们麻木不仁，习以为常……因此，当今从事文学的男女青年已把人类内心冲突的问题遗忘了。然而，唯有这颗自我挣扎和冲突的心，才能产生杰出的作品，才值得为之痛苦和触动。”（《获奖演说》）相较之下，更多的诗人只知道雕琢词句，面对现实时却麻木不仁，不敢直面现实，不敢拷问自己的灵魂。如同鲁迅先生说的：“我们都不大有记性。这也难怪，人生苦痛的事太多了，尤其是在中国。记性好的，大概都被厚重的苦痛压死了；只有记性坏的，适者生存，还能欣然活着。”（《导师》）我想，许多诗歌在今天不受欢迎，在很大程度上与诗人“躲进小楼成一统”、远离生活和灵魂的“现场”有关。基于此，我比较尊敬北岛、孟浪、欧阳江河、周伦佑、王家新等人的创作，他们有思想，有对自由言说的追求，不像当今的许多诗人浑浑噩噩，无所事事。

“暧昧”的内容需要“暧昧”的表达：借助于高妙的技巧，将诗意建立在暗示、曲笔、反讽的基础上，在似是而非、似非而是中获得张力，遮遮掩掩、欲说还休、言不尽意、顾左右而言他……《傍晚穿过广场》即是此中典型，对国人曾投入了巨大热情的某个运动做出了沉痛的揭示，对“广场”这一看似普通的词语进行了令人耳目一新的发挥。字句间洋溢的机智，整首诗渗透出来的力度，让人灵魂震颤。这种带有反思、审视态度的诗歌，尽管不那么直接，但它的作用仍堪与道破“皇帝新装”秘密的话语相比，都说出了生活的悖论。从纯写作技术而言，这是一种冒险，因为一旦不能真正地“洞明”世事，推陈出新，作品就会丧失它应有的深度，诗歌成了酒桌上的大话，成了骂街、相互诋毁的工具，甚至是政治宣言。那样的作品令人生厌，却从不少见。从写作立场而言，这更是在冒险，一如一个小动物在陷阱间闪躲腾挪，一不留神就会堕入深渊——不仅是诗歌，还有诗人。

由此我们还可以了解到，“暧昧”并不是“朦胧”，“暧昧”的诗并不是 80 年代前期以北岛、顾城为代表的“朦胧诗”。两者之间有着本质的区别。“朦胧诗”在语义上并不难于理解，而对“暧昧”的诗的解读除了需要具备相当深厚的文学功底，还在于解读者是否具有反思的灵魂，也就是说，从中领悟出某种言外之意。

回过头来看《傍晚穿过广场》，诗歌中遍布对立的意象：婴儿车的宁静与现实的喧嚣，石头的坚硬与骨头的软弱，广场的平坦与利剑的尖锐，明媚的早晨与幽闭的内心……这些意象，赋予了诗歌极大的张力。加上一场纸上的革命、行走在剑刃上的人、被劈开的石头脑袋……足以令人联想到中国历史进程中许多相关的事物和事件。再加上精妙无比的词句，使这首诗具有了两套阐释系统：外行的可以看“热闹”（词句的精彩），内行的则可以深入去看“门道”。即使没有《汉英之间》，没有《悬棺》，没有《玻璃工厂》，仅凭《傍晚穿过广场》，欧阳江河也足以傲立于优秀诗人之列。

我布下的阴影比一切光明更肯定

欧阳江河出版过一些著作，但大部分我无缘一见，只于南京先锋书店购得一部三联书店出版的文集《站在虚构这边》。书中那篇《1989年后国内诗歌写作：本土气质、中年特征与知识分子身份》可能是最近十年流传最广、被引用频率最高的诗学文论之一，它成就了欧阳江河“中年写作”和“知识分子写作”代表诗人兼理论旗手的双重身份。但欧阳江河又是明智的，他极少参与沸沸扬扬的两大“门派”的口水仗，包括新时期影响最大的诗会之一的“盘峰诗会”，他也没有出席，而是静心写作。这一选择不仅丝毫无损于他的名声，甚至让另一方的诗人以及王一川、陈思和等众多优秀的学者对他也持有相当的尊重。难以想象新时期诗歌要是没有欧阳江河，人们将会少了多少营养。

张清华在《谁是那狂想和辞藻的主人》中，很为欧阳江河缺席“盘峰诗会”而惋惜：“1999年在北京平谷召开的‘盘峰诗会’可惜欧阳江河没有参加，据说是他提前已经知道‘要吵架’故意回避了，但这似乎有点不符合他的个性，照理说，雄辩家正是在这样的场合才会更有激情和刺激感，但他却‘躲’了。他这一躲不要紧，一个阵营的诗人少了一员大将，致使另一方的诗人们在论辩中几乎成了赢家。其实类似这样的场合，论辩的内容也许不是最重要的，最重要的是论辩的机巧与智谋，甚至是气势与语速。中国的先人在这方面是有传统的，所谓‘舌战群儒’。很多人都设想，如果欧阳江河在，也许完全是另外一幅场景……”其实这没什么奇怪的，1999年，欧阳江河已经离开单位好几年了，心境与80年代相比也有了极大的变化，特别是经过多年的异国生活，他必定知道，经典不是吵出来的，而是用血和泪写出来的，人们只要把每个诗人的作品往纸上一放，时间自然就能称量出各自的分量。新诗出现以来，有多少首诗能与《玻璃工厂》《傍晚穿过广场》媲美的？我看不多。新文学出现以来，有几部小说能有《傍晚穿过广场》那么深刻的？更是凤毛麟角。

不争吵，用作品说话，这既是一个诗人的选择，也是一个诗人的自信。

如果矫情一些，我们甚至可以借用欧阳江河献给庞德的那首《公开的独白》来向欧阳江河表达自己的敬意——

我死了，你们还活着。
你们不认识我如同你们不认识世界。
我的遗容化作不朽的面具，
迫使你们彼此相似：
没有自己，也没有他人。
我祝福过的每一棵苹果树都长成秋天，
结出更多的苹果
和饥饿。
你们看见的每一只飞鸟都是我的灵魂。
我布下的阴影比一切光明更肯定。

我真正的葬身之地是书卷，
在那儿，你们的名字如同多余的字母，

被轻轻抹去。
所有的眼睛只为一瞥而睁开，
没有我的歌，你们不会有嘴唇。
而你们传唱并将继续传唱的
只是无边的寂静，不是歌。

应该承认，欧阳江河的诗歌，有一部分并非我的才识所能把握，也有一些是我眼中的败笔。比如1993年至1996年在国外创作的部分作品，平面、饶舌，因在叙述上的刻意而云山雾罩。也许他有他的道理，毕竟“这并非一个抒情的时代”。可是，诗歌一定要“综合处理日常生活”才能领取进入90年代的通行证吗？90年代的写作非得与80年代有所区别？我看不一定。世事虽在变化，心态也历尽沧桑，但有一些东西不会更改，那就是一个人心底的爱和痛，以及生而有之的性情与天赋对周围“空气”的感受力。当欧阳江河日渐去除他诗歌中淳厚的古典情韵和对政治的思索而与“后现代”打情骂俏、眉目传情，我难以抑制住内心的失落。

也许这该归咎于我性情的懒惰和艺术观念的滞后，毕竟，诗歌作为文学中的文学，必定留下了许多空白有待智慧者去征服，比如90年代和80年代相比，诗歌在叙述技巧上的探索就日新月异。美国美学家布洛克在其著作《美学新解》中说：“每一个字眼和句子的准确意义都是由它们同诗中其他字眼和句子的关系决定的。只有当我们在想象中把总体关系重新构造出来时，才能真正理解这首诗的独特含义。”道理不难懂，而要将理论落实到实践中，不是几句提醒或者十天半月的琢磨就能够达到的。对于大多数读者而言，词语之间的“总体关系”要在思想中“重新构造”需要的不仅仅是意识的转变。退一步说，诗人应该理解读者的那一份小小的惰性和固执。在生活本来就十分沉重的状况下，他们更乐意读到那些相对澄明、有美感、有哲理的诗篇，而不期望被阅读折磨得过于憔悴。

泰姬陵之泪

1997年春天，欧阳江河从美国到了欧洲，年底回国，定居北京。回国以后，欧阳江河在其他爱好——比如书法、音乐、艺术评论及策划演出等——花费了更多的时间，诗歌作品量锐减，至今十年中，平均每年只有一两首诗。而正是这些“其他爱好”，使他过上了“上等人”的生活。

现在的欧阳江河过着怎样的一种生活呢？《新京报》记者刘晋锋在《欧阳江河：八十年代像场天花》里进行了细腻而有趣的描述：

> 现今的“欧阳锋”住在由著名设计师设计的房子里，在各个房间进出得数次换鞋。入得其浩大敞亮的客厅，莫不会被其屹立在厅中央的大音箱镇住，当然更动人心魄的是整整一面墙的古典音乐CD，光是贝多芬的一首曲子就有数十种版本。

"欧阳锋"在21世纪的日常生活是以修身养性为关键词的，每天看两部电影、听几段西方古典音乐、写几笔书法、读读书，周末陪陪小女儿、邀三五好友到家中玩玩扑克。"现在与朋友不谈诗歌了，光谈生活，大约是年纪大了，羞于谈诗。"

生活得太腐败了？"不是腐败，是太休闲了，而且是非常文人式的。"欧阳江河睁大他四川人那种精光闪烁的小眼睛，盘腿坐在沙发上，满面喜气地纠正我的说法。

1993年之后就不属于任何单位，写稿从来不要稿费，汇款单邮寄过来也不会去取，太费事。收入从哪儿来？做演出策划。欧阳江河不透露细节："但很多知名的演唱会都是我促成的。我的工作方式不可复制，就是打几个电话。"除此之外，书法作品在日本有固定的订单，亦是其不同于其他诗人的收入方式。总之，"欧阳锋"已经过上了一年只需工作两个月的幸福生活。

"一年只需工作两个月的幸福生活"，是很多人的理想，套用另一个诗人的说法，我们拼搏一生，不就是想活得像个人样吗？可是，作为一个读者，我是多么希望欧阳江河能偶尔走出自己"优雅"的客厅，重新回归语言和思想的丛林中，为人们奉献出更多玉石般的诗篇。

凑巧的是，2009年6月9日，我收到了欧阳江河的长诗新作《泰姬陵之泪》前十四节。在邮件中，欧阳江河说："这首长诗只写了一半，但《今天》这一期有个'印度行'专辑，我只好先发表出来，所以可以发给你看一看。每个看过此诗的人都很喜欢。我停了多年，没写长诗，这个作品有新元素。”当我读完这三百行诗歌时，我被字里行间体现出来的稳重、开阔、沉静与智慧震动了。

人们知道，泰姬陵是印度知名度最高的古迹之一，被誉为“完美建筑”，是印度教建筑中的代表作。由此可见，即使是仅仅书写泰姬陵的建筑成就，也可以写成一部长诗，而欧阳江河的《泰姬陵之泪》却没有拘泥于对这个建筑物的形式和艺术的介绍，而是抓住一个意象——泪——进行展开、生发，试看开头两部分：

1

没有被神流过的泪水不值得流。
但值得流的并非全是泪水。
在印度，恒河是用眼睛来流的，它拒绝灌溉，
正如神的泪水拒绝水泵，仿佛干旱是鹰的事务。
在干旱的土地上，泪水能流在一起就够了。
泪水飞翔起来，惊动了鹰的头脑和孤独。
鹰的独语起了波浪，
鹰身上的逝者会形成古代吗?
恒河之水，在天上流。
根，枝，叶，三种无明对位而流。
日心，地心，人心，三种无言因泪滴
而缩小，小到寸心那么小，比自我

委身于忘我和无我还要小。
一个琥珀般的夜空安放在泪滴里，
泪滴：这颗寸心的天下心。

2

有时单一的眼睛里流着多神的泪水，
有时神自己也被渎神的眼泪打动。
有神无神，人的眼泪都持恒常流。
然而，人无论流多少泪，擦去之后都成了圣宠
和物哀。神赐予泪水，却并不赐予
配这些泪水去流的眼睛。
除非婴儿的眼睛在古人眼里睁开，
除非泪滴里嵌入了一个子宫般的宁静，
除非神和人的影子彼此成为肉身，彼此的泪水
合成一体流，但又分身流。
在目力所及之外流。在意义之外流。在天上流。

从这些句子中，我们可以觅到《玻璃工厂》的踪迹，但它的语言比《玻璃工厂》更舒缓大气，境界更为高远，其内涵兼容了古典与现代，思考的深度和广度堪称“思接千载，视通万里”。诗歌融艺术、自然、历史、意识形态和灵魂于一体，而语调则有以往的长诗难得一见的平缓匀称的“呼吸”气息，从中人们可以

领略到庞德的《诗章》的气度。在我看来，这首诗要比《那么，威尼斯呢》《咖啡馆》等作品更有文学价值，也更适合欧阳江河的精神气质。它看似回归了80年代后期的睿智与澄明，却站在睿智与澄明的肩膀上，成为一个更高意义上的开始。

欧阳江河说，在写这首诗之前，他面对恒河大哭了一场，其中既有对亲人逝世的悲伤，也有一种说不清道不明的感触。一个成年人的泪水，值得我们珍视。由于大量庸俗的电视剧的介入，“眼泪”在今天已经泛滥成灾，或者已经流干，而欧阳江河在最泛滥的地方迎难而上，直面这一事物，深入地描述它，并赋予它新的含义，所需要的不是一般的勇气。据说，在长诗的下半部分，诗人的视角会从异国回归中国本土，重新审视中国历史中关于“眼泪”的著名故事，孟姜女、湘妃、李清照等人将会在诗歌中重现光华，中国的“母亲河”黄河也将从诗歌中奔涌而出。

2010年6月5日夜里，我接到欧阳江河的电话，他说他正在纽约。在十来分钟的交谈中，主题一直没有离开诗歌，从国内的某次诗歌朗诵会，到上海的“开·闭·开”诗歌书店，从我的一篇小文章，到海外的《今天》和广州的《花城》。当然，我最感兴趣的仍然是《泰姬陵之泪》以及他的最新动向。欧阳江河颇有些兴奋地说，他近期似乎有了写诗的感觉，5月份，某刊物还刊登了他的两首短诗新作，我可以找来看看。

如果欧阳江河真能“回归”，无疑是一件鼓舞人心的大事，虽然在我写下这些文字时，《泰姬陵之泪》只完成了一半，也还未读到他那两首新作，但至少我已知道，沉默多年之后，欧阳江河用他的作品告诉我们：他仍在思考着。

有一种神秘你无法驾驭

我们脸对着脸，相互辨认

我听见有人在远方鼓掌

一支午夜的钢琴曲归于寂静

对了，是这样：一个人走近我

犹豫了片刻，随即欲言又止地

退回到他所从属的无边的阴影

—— 西川《午夜的钢琴曲》节选

西川，原名刘军，1963 年生于江苏省徐州市。1985 年毕业于北京大学英语系。著有诗集《隐秘的汇合》《大意如此》《西川的诗》《个人好恶》，随笔集《让蒙面人说话》《游荡与闲谈》《水渍》，译著《博尔赫斯八十忆旧》、《米沃什词典》（与北塔合译）等。编有《海子的诗》《海子诗全集》。现居北京。

尽管诗坛风云变幻，新人辈出，但大多是过眼云烟，领得三五天风骚后便无影无踪。我曾经对诗人影响力的大小进行量化，结果发现：能够被人记住五首作品者寥寥无几，也只有北岛、于坚、西川、伊沙、海子、韩东、欧阳江河、王家新等少数几个。在某些人的心目中，上面这份名单中的诗人堪称“大师级”人物了。

“大师”并不见得总是一个褒义词，它炫目的光环下隐含着某种腐朽的气味。一个人被称为大师，除了说明他达到某一领域的高峰，也常常意味着一个无奈的事实：他似乎已经没有高峰可攀，或者对于更高的目标已经无以为继。我今天只想谈及这个词语令人尊敬的一面。

与那些天才诗人相比，西川对语言的敏感度不占优势，但他对诗歌结构的把握，他的文化视野和文学综合素质却稍胜一筹。有的诗人才华横溢，但充其量只能称为“聪明”，而西川的聪明接近了智慧，他的诗不仅仅是诗，还是文化和思想。渊博的学识和雍容的风度构成了西川与其他诗人迥异的面貌，使其披上了博尔赫斯式图书馆馆长的色彩。

命中注定的迟到者

七岁之前，西川“行踪不定”。1963年3月，西川出生于江苏省徐州市。1966年，“文化大革命”开始时，徐州的社会环境十分混乱，11月，在徐州某纺织厂当工人的母亲带着三岁半的西川和西川的弟弟，与进京串联的红卫兵一起乘火车前往北京，投靠在北京海军某部服役的丈夫。三年后，因为中苏关系紧张，要求全军进入紧急战备状态，西川兄弟俩被疏散回徐州，与外祖父、外祖母生活。半年多后，中苏关系有所缓和，1970年5月，西川重新回到北京。

1974年2月，西川以工农兵子弟的身份考入北京外国语学院（今北京外国语大学）附属外国语学校。这是一所相当有名的寄宿制“贵族”学校，毛泽东的外孙、陈毅的女儿、乔冠华的女儿都是这所学校的学生。因为隶属于外交部，这所学校为我国培养了一批外交官。

在自述性随笔《命中注定的迟到者》中，西川幽默地写道：“我没能成为一个外交官，恐怕是由于我接触到的第一部文学作品是施耐庵的《水浒传》。我被书中的人物迷住了。有一段时间我竟可以将它倒背如流，而且竟学着书中的‘有诗为证’作起古体诗来。做侠客走马天下、替天行道、杀富济贫成了我的人生理想。”

西川读到《水浒传》的时候应该是1976年7月唐山大地震期间，西川在进入抗震棚前，书包里塞满了四大名著及《封神演义》《镜花缘》等书籍，他与诗歌的“交情”也可以追溯到这个阶段。为了提高自己的古典文学修养，西川在1976到1979年间通读了《李太白全集》《唐宋诗举要》《古文字源流通考》和《徐霞客游记》等书籍。这些“安静”的古书，和外面世界的喧嚣形成强烈对比，也把西川的性格熏陶得古色古香，“与时代格格不入”。因此，和很多后来成名的同时代诗人一样，最初西川喜欢的是古体诗，同时学习中国的国粹水墨画。有一段时间，西川每个星期六都会去琉璃厂观赏字画，回家后就反复临摹。1980年，西川开始给《诗刊》投稿，投的当然也是古体诗。与那首绝句同时寄出的是一封言辞激烈的信，在信中，西川对当时流行的某种“战斗式”的诗风痛加斥责。结果诗和信都如泥牛入海。

不被《诗刊》理睬的西川，却也不乏“知音”。一天，西川读《中国现代作家辞典》，看到了古典文学研究家陈友琴先生的名字，便给陈先生写了一封信。原本西川以为这封信也会石沉大海，没想到不久后他竟然收到陈先生的回信，邀他去家里谈谈。西川应邀前往，与陈先生畅谈何其芳、李白和白居易。

那毕竟是一个狂飙突进的时代，西方思想和文学潮流涌进中国，西川的兴趣在慢慢改变。在《命中注定的迟到者》中，西川介绍了自己思想转变的契机和过程：“使我的思想发生转变并且逐渐跟上时代步伐的是法国存在主义哲学家让-保罗·萨特的葬礼。有一天晚上我的一位同学带着我混入外语学院的图书馆。我从《外国文学》杂志上看到了好几幅萨特葬礼的照片：街上、树上、房顶上，到处是人，他们在为一位哲学家送葬，那么这位哲学家究竟是谁呢？这件事吸引我去关心西方世界。我对存在主义哲学的兴趣一直持续到我在大学里开始接触法兰克福学派的社会批判学说。”

作为一个后来广为人知的诗人，西川发表的第一篇作品却不是诗歌，而是散文。那是1981年2月在外语教学与研究出版社出版的《作文指导》上，西川写于中学时期的两篇作文被当作范文发表。当时他还不叫西川，发表时用的是本名刘军。正如人们不知道苏童的原名是童忠贵，格非的原名是刘勇，如今，知道西川原名的读者已经寥寥无几。

1981年9月，西川考入北京大学西语系英文专业，因为留着长发，办借书证时，图书馆工作人员想当然地在“性别”一栏上填了个“女”字，后来得知真实情况，又直接将“女”字改成“男”字。因此，西川的借书证留下了一个“不男不女”的记号。

当时中国百废待兴，读书是一代学子最为自豪的事情。西川所在的宿舍住着六个同学，每人都有八张借书卡，六条汉子从两个图书馆一摞一摞地往回搬书，互相交换着读，把当时能够找到的所有名著读个精光，然后眼巴巴地等着图书馆进新书。“疯狂”的阅读，给西川打下了深厚的文化功底，也为他将来成为诗人埋下了伏笔。

读了《圣经》等书籍后，西川将兴趣慢慢地转向了中国现代文学和外国文学，他不再画画和写古体诗，而是开始写形式更为自由的新诗。最初写新诗时，还不敢让人知道，躲在床铺上写。后来通过同学傅浩才知道班上还有几个同学也在写诗。

1982年春天，西川、傅浩、张凤华三个男生与两个女生李东、陶宁组成了一个只有五个成员的文学团体，并合作出版油印的诗刊《五色石》。中文系的一个同学看到《五色石》后，说：

“你们写的像朦胧诗。”西川才第一次知道了当时有一种诗歌叫“朦胧诗”。

西川至今对“五色石”印象深刻，是因为张凤华的英年早逝。据介绍，“五色石”成员张凤华家境贫寒，但才华横溢，上初中三年级时参加天津市高中生知识竞赛，就获得了第三名，是1981年天津市的高考状元。大学期间，张凤华除了英语成绩优异，还懂得法语、德语和拉丁文。张凤华虽然富有才华，却极为淳朴。有一年寒假他从天津回到北京，由于天晚没能赶上回北京大学的公共汽车，只好到距火车站不远的西川家找西川。走到西川家门口时，又担心打搅西川一家人，便在西川家院子外面胡同的一辆大卡车车斗里待了一夜。大学毕业时，喜欢佛法和气功的张凤华报名去内地设在香港的华润公司，行李箱里只带了一本《华严经》、一本《老子》、一本《庄子》和几件衣服。

身在香港，张凤华并不开心，他给西川写信说想去美国万佛城当和尚。西川以为他是在开玩笑，便回信说，即使要当和尚也最好回五台山当，这样大家离得近一些。殊不知张凤华是真的看破红尘。1992年秋天，张凤华在深圳跳楼自杀。

1982年10月，西川第一次读到北岛等人编印的《今天》杂志，深为喜爱，便给北岛写信，结果和当年给《诗刊》投稿一样，如泥牛入海。西川又给巴金写了封二十页的长信，结果仍然如此。这些“冷遇”并不能熄灭西川内心熊熊燃烧的文学之火，他加入了北大五四文学社，开始了较为自觉的现代诗创作。五四文学社对于西川的成长十分重要，不仅使他的文学才华有了更大的施展空间，还让他由此认识了骆一禾。1983年春天，西川又通过五四文学社诗歌组组长沈群而结识了海子。后来，“北大三才子”或“北大三剑客”的名声响彻全国，至今仍被人们津津乐道。

事实上，当时还有“北大四才子（剑客）”之说。“四才子”即骆一禾、西川、海子加上老金。“老金”自然是化名，不过对新诗潮稍有些了解的读者不难从这个名字联想到另一个名字，以及这个人编选的《新诗潮诗集》。既然西川将其命名为老金，此处姑且这么称呼吧。由于种种原因，90 年代后，当年叱咤风云的老金逐渐淡出人们的视线。在《与书籍有关》一文里，西川谈到了老金。西川说，他难忘的九本书里，其中一本就是老金赠送的《安魂曲》。这本书是 1992 年老金托人寄给西川的，书的扉页上有字数行：“西川，这是送你的一本阿赫玛托娃的诗集，不算古董，但也有二十多年的历史，是在巴黎最大的跳蚤市场 Porte de cligancourt 旧书摊找到的，也弥足收藏一下。”

西川用简短的文字谈到了老金的遭遇：

……老金何等人物，胸怀鸿鹄之志，不谙世故，喜形于色，所交无白丁，所干皆大事，属非王侯即贼寇类。

他曾历无限风光、无限悲哀，后驾风雨雷电远走欧西，传闻疯在了巴黎或死在了巴黎，又传他曾落脚于罗马。自他去国，我们音书遂绝，《安魂曲》是他寄我的唯一一点信息，且邮件发自北京，可能是他托路过北京的友人丢进邮筒。

一禾、海子故去，老金是我最挂念者。1997 年 11 月我赴巴黎参加国际诗歌节，遇一北大校友。我们落座 13 区某咖啡馆纵论天下之前，校友示我一文章，为老金所写，数年前发表于香港某刊。文中追及我们当年的友谊。

校友说他最后一次见老金是在巴黎沙特赖地铁车站。时老金失魂落魄，精神崩溃。我曾长久徘徊于沙特赖地铁车站站台，冀老金或老金幽魂拍打我肩，但不是生死两茫茫就是生生两茫茫。一个朋友，就这么没了。回到旅馆，我不禁伏枕一哭。

诗坛骗子

西川读大学时，北大五四文学社精英荟萃，走出过一大批著名小说家，但这些作家基本上都出自中文系。相比之下，西川所在的西语系要“寒酸”得多，没出过什么文学名人，但这似乎并不影响他们膨胀得有点夸张的自信。“大不了将来成个萨特！”一个叫钮渊明的学生这样说。

1984 年 4 月，北大举行第二届未名湖诗歌朗诵会，西川报名参加，发生了一点小小的波折。对这段经历，西川曾在《幻觉在创造历史》中进行过风趣而详细的回顾：“我去报名的时候，中文系的张颐武不许我登台，他说我有不良情调。张颐武当时是研究山药蛋派的，而且是五四文学社的一个类似评委的小头目，最后社长还是让我上了台。”

这次朗诵，西川一炮打响，诗歌《秋声》获得了创作一等奖，朗诵二等奖。也许那个时候，连西川本人也不会想到这次朗诵对他的将来意味着什么。多年以后，评论家吴晓东在《燕园诗踪：

1978—1998》中把西川的这次出场与海子《亚洲铜》的出现并列为两大事件："尽管八五年以后更具冲击力的一批诗人未必把海子等人的诗作为经典，但是无法低估那种潜移默化的影响作用。当海子的《亚洲铜》中的名句'爱怀疑和爱飞翔的是鸟，淹没一切的是海水 / 你的主人却是青草，住在自己细小的腰上，守住野花的手掌和秘密'在燕园传诵的时候，一股清新的抒情气息便氤氲在每个诗歌爱好者的心里，当西川的《秋声》在第三届（按：应为第二届）未名湖诗歌朗诵会上博得雷鸣般的掌声的时候，一种开阔旷远的气魄便留在每个听众的记忆之中。"

朗诵会后，贺敬之和柯岩的儿子、北大 80 级学生贺小雷要走了《秋声》，但贺敬之夫妇读后，认为写得很混乱，便叫儿子退回给西川。这首诗除了被收录进《新诗潮诗集》中，再没有正式发表过。

同年 11 月，西川参加第三届未名湖诗歌朗诵会，朗诵自己创作的《人说》，再次获得创作一等奖，朗诵二等奖。两次的奖金共二十元，对于当时的学生而言，不算一个小数目，全被西川用于购书。

有了如此良好的开头，西川对于写作已经欲罢不能了。北大三十二楼前有一个咖啡馆，每天晚上，宿舍里的同学熄灯入睡后，西川就赶到咖啡馆里写诗。两百余行的长诗《雨季》就是 1985 年三四月间在咖啡馆里写出来的。这首诗被担任《十月》杂志编辑的骆一禾拿去发表在该刊 1987 年第一期上，并获得了当年度"《十月》文学奖"的诗歌奖。

1987 年，西川与杨克、陈东东、欧阳江河等人参加了《诗刊》

社第七届“青春诗会”。当时的“青春诗会”不像近几年那么宽松，入选者都堪称千里挑一。“青春诗会”之严格，用西川的话说，辅导老师“言辞犀利的程度，足以把任何人的自尊心击得粉碎”，他的作品“像干尸一样被秃鹫啄食”。也正因为这种艺术上的严格，西川完成了他的名作《挽歌》。

《雨季》给西川带来了不小的荣誉，也带来了不少麻烦。一时之间，各种怪人闻风而至。在《疯子·骗子·傻子》一文中，西川记录了许多趣事。

“圣诞树被人砍走了！”某个中午，一个自称是西安诗人丁当的二十多岁男青年迈进了西川的家门，第一句话就把西川弄得晕头转向。西川便留他吃饭。这家伙吃饭非常利索，而且爱惜粮食，吃完后伸出舌头把碗舔了个干净。

更让西川惊讶的还在后头：对方用舔过的饭碗盛满开水，兑了点酱油喝了一口，赞一声“鲜”，然后把碗端到西川面前，问他要不要尝尝。这一举动让西川感觉自己似乎不像个真正的诗人。

临走时，西川送了一册《倾向》杂志给他。他收下《倾向》，又问西川要照片，说要带回西安让朋友们看看西川长什么样。西川只好找了一张照片给他。

没过几天，清华大学的一个学生给西川打来电话，说他们扣住一个自称是诗人陈东东的骗子，那骗子有西川的照片，还拿出一首刊登在《倾向》上的诗证明他的身份。偏巧西川也送过一本《倾向》给那位清华的学生，几个证据对照，假丁当、假陈东东当场露馅。看在此人也算文学青年的分上，大学生们没有难为他，将《倾向》和照片没收之后便把他放了。

也许是因为诗人单纯、好客，在那时，像前面提及的那位“假丁当”一样冒充诗人招摇撞骗的事时常发生。一天晚上，骆一禾接到云南《滇池》编辑米思及的电话，询问西川是否在云南，因为编辑部来了一个自称西川的人。骆一禾赶紧告诉米思及，西川在北京，没有去云南。最有趣的是，一个骗子以诗人陈东东的名义“云游”到了内蒙古，在和当地一个女孩发生了一段或浅或深的故事后，留下了陈东东的地址。有一天陈东东接到了这个女孩子的信：“东东你还记得那天我冒着大雨送你上火车的情景吗？”

除了诗坛骗子，有一个可爱的傻子也让西川记忆深刻。80年代后期，西川和唐晓渡一起参加了北京的一个改稿会。讲座结束后，一个面容姣好的山西女人拿着几首诗向西川请教，又问西川要了地址。在离开前，这个女人掏出一个钥匙链送给西川。半年以后，西川忽然收到这个女人的信，上面写着：“本女王现诏你进山西，封你为伯爵。”西川把信的内容讲给唐晓渡听，唐晓渡说，他也收到了这女人内容相同的信。西川提起半年前这女人曾给他送过钥匙链，唐晓渡说这个女人当时也送了他一个钥匙链。于是两个“伯爵”大笑不止。

其实，当时的西川也有点“疯”和“傻”，1988年9月，“《十月》文学奖”在北京复兴饭店举行颁奖典礼，西川穿着一身破破烂烂的工作服去参加，被饭店门卫拦住不让进。西川很认真地对门卫说：“这个会，那些穿得衣冠楚楚的都是来看的。我，是来领奖的。”

在哈尔盖仰望星空

由于要编选诗歌民刊《扬子鳄》，从 2002 年起，我和西川有过书信往来。我没有保留书信的习惯，每年的大量信件都在年末整理办公室时被清理掉，只有少数几封出于各种原因而舍弃不了，西川的信是“少数”中的一个。在这些信件里，西川很委婉地提醒我不要把诗歌写得太像“诗”；认为自己获得过“鲁迅文学奖”的诗集《西川的诗》很幼稚，极不成熟；他不愿意刊物转载《在哈尔盖仰望星空》等旧作，而希望读者关注他 90 年代中期以来的变化……

尽管西川反复说过已经不喜欢早期的作品，但我相信大部分读者在移目 90 年代中期以后西川那些繁复、智性又带有一点神秘感的文本的同时，不会忘记三十多年前为他带来巨大荣誉的《在哈尔盖仰望星空》：

有一种神秘你无法驾驭
你只能充当旁观者的角色
听凭那神秘的力量
从遥远的地方发出信号
射出光来，穿透你的心
像今夜，在哈尔盖
在这个远离城市的荒凉的
地方，在这青藏高原上的
一个蚕豆般大小的火车站旁

我抬起头来眺望星空
这时河汉无声，鸟翼稀薄
青草向群星疯狂地生长
马群忘记了飞翔
风吹着空旷的夜也吹着我
风吹着未来也吹着过去
我成为某个人，某间
点着油灯的陋室
而这陋室冰凉的屋顶
被群星的亿万只脚踩成祭坛
我像一个领取圣餐的孩子
放大了胆子，但屏住呼吸

《在哈尔盖仰望星空》语言简练而内涵丰富，从 1986 年 2 月在《诗神》发表之日起，就一直被认为是西川的代表作。

这首诗可分为三个层次，第一层为前五句：“有一种神秘你无法驾驭 / 你只能充当旁观者的角色 / 听凭那神秘的力量 / 从遥远的地方发出信号 / 射出光来，穿透你的心”。写的是对大自然的一种认识，突出了某种强大而又“无法驾驭”的神秘力量的地位。在博大的宇宙面前，人类是如此渺小，“只能充当旁观者”，承纳自然的神启。这五句确立了全诗的基调——它的重点不是人，而是神奇的、浩瀚无边的宇宙。由此也可以看出，作为一个诗人的西川的胸襟和抱负。

第二层从“像今夜，在哈尔盖”一直到倒数第三句“被群星的亿万只脚踩成祭坛”。在这一部分里，诗人对身处的环境进行了客观描述，展现出了时间的凝固感和空间的空旷感。视角从地面移向星空（“抬起头来眺望星空”“青草向群星疯狂地生长”）；描述之物从具象的“蚕豆般大小的火车站”，到抽象的“河汉无声，鸟翼稀薄”、忘记了飞翔的“马群”“吹着空旷的夜也吹着我”的风；心灵的感受从固定的时间（今夜）到广阔的空间（“风吹着未来也吹着过去”）。这些描述，强化了第一部分的结论：与无边的宇宙相比，人的渺小。最后，又从广阔无边的星空回归具体的“人”和“物”身上——“我成为某个人，某间 / 点着油灯的陋室”。所有这些，不仅营造了一个开阔旷远的境界，也进一步增强了其中的神秘感。

有了前面的情景铺垫，最后两句就来得顺理成章了：“我像一个领取圣餐的孩子 / 放大了胆子，但屏住呼吸”。承接了前面使用过的方式，将视角从对客观事物的描写重新拉回到主题，通过“圣餐”“孩子”“放大了胆子”“屏住呼吸”的描述，说明了“我”沉浸其中的投入，以及被壮美的自然景象所征服的虔诚状态。到了这一境地，诗歌不仅仅是诗歌，而成为一种抚慰心灵、提升万物的宗教。

因此，我们也可以这么认为：在哈尔盖这样一个寂静而且接近天空的地方仰望星空，实际上指向了诗歌作者对纯洁与神性的敬畏与向往。

关于《在哈尔盖仰望星空》的创作经历，西川曾在一些文章中有所涉及。

1985 年 6 月，西川从北京大学毕业后，进行过一次漫长的旅行。先是随北大“智力支甘服务团”赴甘肃兰州、酒泉帮助当地培训英语师资一个月，然后赴嘉峪关、敦煌和青海西宁、哈尔盖。此间新华社同意接收西川，于是西川在8月返京，到新华社国际部报到。没几天，便作为新华社实习记者赴山西太原，然后旅经五台山、运城，陕西米脂、绥德，河南洛阳、登封，内蒙古呼和浩特、包头，四川成都等地，历时半年，直到次年元月才返回北京，整个行程超过三万里。

在去青海之前，西川与几个同学打定主意要去看青海湖。他们在地图上发现青海湖离一个叫哈尔盖的地方很近，谁料到，下了火车，才发现四处空空荡荡，只有几个揣着刀子的藏族人在站台上游荡。在当地人的提醒下，西川一行找到了驻扎在那里的军队。第二天，在那个部队一个连长的帮助下，西川等人坐上了去青海湖的卡车。

“我们的车在荒原上开了很长很长的时间，上了一个高坡之后，青海湖突然展现在我们眼前，大鸟像飞机一样在头顶盘旋，那种感觉真是太好了。从青海湖回来，我们住到火车站旁边的一家小旅店里，夜里我出来，抬头一看，又傻了眼：满天的星斗啊！世界上除了大地就是星空和这个小火车站，然后我就写了《在哈尔盖仰望星空》。”（《幻觉在创造历史》）

正如西川所说：“那一趟对我来说太重要了，完全是做了一次自我教育，眼界一下子就开阔了，我开始了解不同人的生活，体会到贫穷，还有贫穷本身蕴涵的生命力。我意识到我要摆脱学生腔，写作必须容纳地平线。”而西川的诗歌也是从《在哈尔盖仰望星空》之后逐渐走向成熟的。甚至有一些诗人认为西川80

年代的作品在质量上要高于90年代以后，因为它们简洁而机智，不像90年代以后那么纷繁，那么“学者化”。

除了《在哈尔盖仰望星空》，80年代中期，西川的另外两首短诗也风行一时，它们是《体验》和《起风》。

火车轰隆隆地从铁路桥上开过来。
我走到桥下。我感到桥身在战栗。

因为这里是郊区，并且是在子夜。
我想除了我，不会再有什么人
打算从这桥下穿过。

——《体验》

《体验》只有五行，它从一个人在铁路桥下感受火车开过来时的轻微震动，传达了一种属于个人的神秘感觉。这种感觉是独有的，没有同样经验的人们无法体会。

在这首诗歌里，与其说西川写的是一种生活感悟，还不如说是西川在借此诗表达对艺术创作的自信。西川的诗歌，模仿者不少，但模仿者缺乏独到的生命体验和丰富的生活经历，以及高超的文字处理能力，只能模仿其形，难得其神韵。因此，在西川的独特性面前，识趣的模仿者一般懂得知难而退，不再“打算从这桥下穿过”。

起风以前树林一片寂静

起风以前阳光和云影
容易被忽略仿佛它们没有
存在的必要
起风以前穿过树林的人
是没有记忆的人
一个遁世者
起风以前说不准
是冬天的风刮得更凶
还是夏天的风刮得更凶

我有三年未到过那片树林
我走到那里在风起以后

——《起风》

《起风》是西川早期的作品中少见的具有“情节性”的作品之一，全诗共十二行，前面十行看起来是客观描写一些自然景象，包括里面出现的人，也是个“遁世者”“没有记忆”，但这只是一个幌子，只是“起风以前”的情况。后面两行，诗意突然逆转：“风起以后”，一切都已改变。从“起风以前”到“风起以后”，时间已经过去三年，这三年中发生了什么样的故事？诗人没有明说，但给出一个巨大的空间，让我们展开想象的翅膀。

西川还有一首“早期作品”《虚构的家谱》也值得一提。这首诗写一个人在寂静的夜里“以梦的形式，以朝代的形式”沿着时间往上追溯，从当下一直逆行至三千年前，似乎在寻找某种十分重要的事物。依托于想象，虚构了自己的祖先、祖父、父亲的各不相同的身份和生活道路，从而对“自己”的存在进行思考。但他最终没有获得确切的什么——

我虚构出众多祖先的名字，逐一呼喊
总能听到一些声音在应答；但我
看不见他们，就像我看不见自己的面孔

整首诗似乎有点玄虚，却说出了生活的真谛。太阳底下无新事，“我”来自“祖先”，“我”和他们虽不能相见，却能够隔着时空呼应，这是一种血缘，更是一种冥冥中的心理契合。而这样的感觉又何止在“我”与“祖先”之间？

像这样的作品，虽然简短，却韵味丰富，堪称言有尽而意无穷。如同海明威笔下的冰山，我们在看到露于空中的八分之一后，又开始对沉在海中的八分之七发生兴趣。这些诗歌与《在哈尔盖仰望星空》等一起，构成了西川早期艺术大厦的结实框架，西川后期诗风的改变也是站在它们肩膀上的。因此，即使西川认为它们“很幼稚”而将它们“抛弃”，作为读者，我们也不能忽略它们。

事实上，西川也是矛盾的。他一方面表示“不喜欢”早期的作品，另一方面，在接受记者采访时，又不无得意地说：“有人知道德令哈，是因为读了海子的‘姐姐，今夜我在德令哈’，有人知道哈尔盖，是因为我写了《在哈尔盖仰望星空》。”这样看来，西川“不喜欢早期的作品”不过是谦虚之辞而已。

燕园“三剑客”

写西川，不能不提及海子和骆一禾。二十多年来，西川默默地整理了这两位亡友的大量作品，并为出版他们的著作奔波劳碌，呕心沥血。

曾有人认为西川后来赢得大名，很大程度上是依赖海子与骆一禾。事实并非如此。尽管骆一禾比西川年长，而且在早期他引导了一段时间，但更多的时候，他和西川的创作是并列的，西川甚至比骆一禾早一年参加“青春诗会”。当然，在回忆起骆一禾时，西川把自己的位置放得很低，说自己多年以来受益于骆一禾。不过这种受益也许不能独指诗艺方面，还包括生活方面。而海子在世时，西川无论从发表作品的数量、获奖档次还是在诗坛上的影响，都遥遥领先。西川的《体验》《死豹》《在哈尔盖仰望星空》等名作的创作和发表时间，也要早于海子的大多数代表作。而且很少人意识到西川对海子的影响。

据西川在《序燎原〈海子评传〉》中介绍，海子的诗歌《秋天的祖国》有一句“秋雷隐隐，圣火燎烈”，燎原认为“燎烈”一词是海子创造的，并为海子寻找自创新词的理由：“海子绝不认为自己有必要去遵循什么语法规则，讲什么逻辑道理。”其实，这个“圣火燎烈”是海子从西川的诗歌《雨季》中借用的。即使是在后期，几个朋友之间仍然密切地关注对方的写作，海子的长诗《太阳·弑》中有一段《摘棉花谣》，就得自西川，而这首诗的标题，则得自骆一禾——海子的原作标题为“太阳·弑君”，在骆一禾的建议下把“君”字删去。

海子大学时代的朋友陈陟云也认为骆一禾和西川对海子的帮助很大。据陈陟云回忆：“骆一禾理论丰富，知识面广，思辨力强，而且诗也写得很好，海子和我都深受他影响。而骆一禾从发现《小站》开始，就非常欣赏海子，不遗余力地力荐他，毕业后他俩一直保持着非常紧密的联系。可以说，骆一禾在海子生前，对他的写作有很重要的帮助。而西川则在海子身后，不遗余力地挖掘、整理、出版海子的诗作，支援海子的家庭，对他的诗作传播起了很重要的作用。海子的这两位挚友，对他的诗歌帮助真是非常大。”由此也可以看出“三剑客”相互扶持与帮助的伟大友情。

1989 年 3 月 26 日，海子卧轨自杀，骆一禾和西川在巨大的悲痛中投入了紧张的工作：处理善后事宜，为海子募捐，整理海子的作品……同年 5 月 14 日凌晨，骆一禾因劳碌过度，触发隐疾，在天安门广场突然昏迷，5 月 31 日下午 1 点 31 分，在北京天坛医院因脑血管突发大面积出血而去世，年仅二十八岁。而在他昏迷的前一天晚上，他刚刚写完纪念海子的文章《海子生涯》。

三个月内，西川连续失去两个挚友，“三剑客”仅余其一，这一打击之巨大可想而知。多年以后，西川谈起海子和骆一禾，仍充满感伤与怀念。他的工作，也从最初的整理和联系出版海子作品增加为整理和联系出版海子和骆一禾的作品，以及处理一系列与两个挚友身后相关的事情。现在我们看到了，西川没有辜负人们的厚望，他不仅全力促成了《海子的诗》《海子诗全编》《海子诗全集》《骆一禾诗全编》等书的出版，也正是挚友的去世，让西川对生活与生命有了更深刻的洞察，他的诗歌不再单纯，而是走向了丰富与复杂。

对于骆一禾的死因，坊间传闻很多，有人将此事与某个事件联系起来，以此证明骆一禾是一个政治上的激进主义者。事实并非如此。骆一禾去世后，医院提供的鉴定书上写得很清楚：“用脑过度，造成脑血管突发大面积出血。”据西川说，骆一禾在政治上并不激进，他是发自内心地希望国家稳定。就在海子自杀的半个月前，骆一禾还与海子以及另一个朋友在西川家聚会聊天，这个朋友比较偏激，而骆一禾则不同意，两人吵了起来。

其实，骆一禾人格之伟大，诗学素养之深厚，足以令后人景仰，无须那些别有用心的人给他编故事、“戴高帽”。遗憾的是，在今天，与海子受到的隆重待遇相比，骆一禾似乎正逐渐被遗忘，这一点从近三十年来各出版社出版的两个人的诗集数量可以看出来——海子的各类诗集达到了一二十本，甚至出现了盗版以及粗制滥造的版本，而骆一禾的诗集，只有《世界的血》《骆一禾诗全编》等三五本，其中有一本还是与海子的合集，即周俊和张维编选、南京出版社 1991 年 7 月出版的《海子、骆一禾作品集》。两人的实力差别有如此巨大吗？肯定不是，那又是什么原因导致这样的结果呢？值得人们深思。

顺便插一句，据说《海子、骆一禾作品集》的出版，并未获得相关人员的授权，因此该书所收录的作品中出现了多处差错。现在很多人误认为《海子、骆一禾作品集》是南京大学出版社出版的，这更是一个很明显的错误。1992 年我在四川读书，邮购到这本书时，很清晰地记得该书出版方为南京出版社，后来这本书被一个诗友借走，再无踪影，至今仍是我心头一大遗憾。

将南京出版社误为南京大学出版社的源头也许是来自人民文

学出版社 1995 年出版的《海子的诗》，因为《海子的诗》封面上的“海子简介”中，赫然写着“《海子、骆一禾作品集》（1991 年，南京大学出版社）”。

有意思的是，2004 年 9 月 27 日出版的《旧书信息报》刊登了一篇题为《洪子诚〈中国当代文学史〉指瑕》的文章，在指出洪子诚版《中国当代文学史》的一些差错的同时，作者自己也犯了错误，将《海子、骆一禾作品集》写成是“南京大学出版社 1991 年”出版。

海子去世后，西川接待了大量来访者，其中有好几个想写“海子传”。但经过接触，西川发现这些人有一个通病，那就是关心自己胜于关心海子，他们错把海子当成了他们自我幻觉的载体，因此西川对他们十分反感。在西川看来，这些所谓的“崇拜者”是在败坏诗歌的名声，正是这些人使诗人成为世人嘲笑的对象。

一天，一个山东青年找到西川，说要写“海子传”。西川一看他的名片上印着“我是宇宙的大门。我是天地间唯一的沟通者”两行字，就心存疑虑。这个海子崇拜者问西川练不练气功。西川说不练。“不练气功你怎么能理解海子？”那个山东人说。西川回敬了一句：“我对海子的理解至少比你多。”那个山东人很不高兴地说：“要不是看在海子的分上，我非揍你一顿！”西川哭笑不得，说：“如果你看不到我头上在冒紫气，你就动手吧！”“他被我说蒙了，忽然意识到他功力不够，因为他看不到我头上的紫气。于是他缓和下来，又回到气功与诗歌写作的话题。‘不练气功你就不可能参悟宇宙天地。’他说。‘那么看来爱因

斯坦也是个气功修炼者，不知他练的是哪门功？'听我此言，他转身摔门而去。"（《疯子·骗子·傻子》）

"更有甚者，个别人甚至因为自己有了为海子作传的念头或打算，便觉得对我拥有了某种权力，这令我反感乃至厌恶。1997年4月，曾有一位长沙的小姐因欲作'海子传'而要求与我见面，但她又在信中事先警告我：'你我不妨各自做好话不投机的准备，老实话总是不大好听。'我不知道她为什么觉得对一个她从未见过的人有说这种话的资格，也不知道她有什么'不大好听'的实话要对我说。我自知没有权利代海子选择其传记作者，但我有权利选择是否要与某位海子的准传记作者合作。我对只想为自己的冲动、狂想、开悟、心得作传的人根本毫无兴趣。"（《序燎原〈海子评传〉》）

于是，西川给这个长沙女人回信说："我们不必见面。"

太像诗人的"诗人"

海子自杀一年后，西川认识了他的大学校友，后来同样自杀的诗人戈麦（褚福军）。当时戈麦刚刚大学毕业不到一年，在《中国文学》杂志社做编辑，他的诗歌已经在朋友间产生了一定的影响。戈麦敏感，有理想，也有些自卑，他想过一种理想中的生活，但现实冷酷，自己的理想根本不可能实现。在《生命的故事》中，西川叙述了戈麦的一个小片段：有一次，北京大学作家班的人请吃饭，戈麦坐在西川旁边，颇有些自卑地说："在座的不是名人就是教授、博士，只有我什么也不是！”

1991年9月24日，二十四岁的戈麦在北京西郊的万泉河跳河自杀，在殡仪馆，西川第一个走进告别室。两年后，诗人西渡编选的戈麦诗集《彗星》由漓江出版社出版，在这本诗集的卷首文章《戈麦自述》中有一句话：“戈麦喜欢一切不可能的事，他相信一位年岁稍长于他的诗人的一句话：‘让不可能的成为可能。’”这句话中提到的“年岁稍长于他的诗人”就是西川，“让不可能的成为可能”出自西川的短诗《李白》的第一节。

当时西川还在新华社工作，由于一个媒体人和诗人的双重身份，西川对诗歌创作以及生活的本质具有常人难以理解的深刻。诗人身份使本职工作不再枯燥，而媒体人的身份又无形中纠正了诗人身上的某种偏颇，这也许是在大多数诗人都走向偏激和疯狂之后，西川仍一直能够保持开阔和理智的原因。

但自己不疯狂，却不能阻止别人疯狂，二十多年来，西川对“疯狂”的诗人已见怪不怪。据《疯子·骗子·傻子》一文介绍，一天下午，单位楼下的传达室给西川打电话，说有人找，请他马上到传达室来。西川放下手头的工作，到了传达室，看到一个矮个子男人在里面。西川很友好地问他叫什么名字。这男人反问道：“这重要吗？”把西川弄得一脸窘迫。

尽管心里不大舒服，西川还是很有风度地请他去办公室聊，而来客不愿意去办公室，只想在传达室聊。然后，“他开始诉说他的苦闷、他的愤怒，他向我抱怨这个时代、这个时代的人心，他痛斥了这个国家、这个文明。我坐在一边，没有插嘴的余地”。这人说完后，并不告辞，而是安静了一会儿，又向西川打听其他诗人的情况，比如某某是不是离婚了，某某是不是还没有男朋友，某某在国内还是在国外，某某的老婆为什么要自杀，某某是不是就要得“诺贝尔奖”了，等等。面对这个热衷于打探别人隐私的诗人，西川只好一概回答“不知道”。在两人分手时，没有探听到任何“情报”的诗人突然冒出一句：“一个人还活着，躯体已经发臭了！”

最精彩的是西川转述的邹静之的故事——

> 《诗刊》编辑、诗人邹静之给我讲过另一个疯子的事。有一段时间，他每天都能收到一封电报。电报内容与一般言简意赅，诸如“李克明5月19日乘666次车到京请接站”之类的东西不同，而是具有一种抒情性的缥缥缈缈，比如“秋天来了，树叶红了”。这种违反常识的电报让人摸不着头脑，让人觉得自己被一个躲在暗处的、意图不明的人给盯上了。静之的不安一天比一天强烈：“每天你桌上都摆着这样一封电报，你想想那会是什么感觉！”随着静之的不安逐渐变成恐怖，恐怖的电报就来了：“我在逃亡。有人要在密林里杀死我。”此后的电报一封比一封血腥。静之努力控制自己，不去读桌上那血淋淋的电报，但鬼使神差，他又总是控制不住，他觉得自己正被一步步拖向疯狂。但后来电报不来了，静之松下一口气，可同时内心也有了些空落落，觉得一个故事没有结尾。一天，静之在文联大楼里的《诗刊》编辑部接待了一位浙江青年诗歌作者。那人问静之：我拍给你的那些电报你都收到了吗？静之大吃一惊，原来那些血淋淋的电报

都是眼前这个人拍的。可看他的样子，正经的文学青年，老实巴交，不像个爱搞恶作剧的家伙。那人与静之聊了半天诗歌与诗坛，一切正常，只在临告别时脸上露出了狡猾的，也可以说是白痴的，也可以说是疯狂的微笑。他低声对静之说："我留在《诗刊》的稿费你就随便花吧！"此人曾给《诗刊》投过许多稿，但从未在《诗刊》上发表过，哪儿来的稿费！这下静之看得清清楚楚：一个疯子！

经历了无数类似的遭遇之后，西川得出一个结论：凡是太像诗人的肯定不是诗人，至少不是个好诗人。

为了避免类似的骚扰，西川在办公室的门上贴了一纸告示："来人谈话不得超过一小时，饭食自理。"当然，这样的告示对于某些"热情"过度的客人来说，形同虚设。

西川的第一部个人诗集《中国的玫瑰》出版于 1991 年，这是一本"半自费"的诗集，印数只有三百册，至今仍被西川称为"没有必要存在的诗集"。

西川在新华社工作时，更换了两个部门，首先是在新华社国际部负责编辑英文通讯稿，后来转入新华社国际部主办的《环球》杂志社当编辑。

1993 年 6 月，西川从新华社调到中央美术学院工作。当时西川刚满三十岁，但已成为新一代青年诗人的偶像，人们时常可以在《花城》《诗歌报》《人民文学》《北京文学》等名刊上看到他的名字。当时最受青年诗人喜欢的安徽《诗歌报》，每出现一次西川的作品，我都会捧读半天。即使是后来西川几乎没有再提起过的组诗《南风》和《黄昏三章》，也读得我们如醉如痴。

西川曾在《水渍》一书的《代后记》里透露过他离开新华社的原因：“最简单的一个就是海明威曾说过一句话：‘如果你搞文学，那么你应该受到过新闻训练，但是新闻训练的年头不能超过九年。’”那个时候，西川在新华社正好工作了八年半，所以他想换个单位。

拿海明威的话来说事，自然有玩笑的成分，在我看来，西川是意识到了新闻工作的思维模式和文学的内在要求有冲突，才决定调到高校工作。之后，西川那些天马行空的长诗纷至沓来，不知道是不是高校的环境让习惯了新闻工作的诗人感到空前解放的缘故。而此前他的作品除了《致敬》等一两首长诗，其余的基本上都是比较严谨的短诗。

因为《中国的玫瑰》印数极少，“粉丝”们无缘一见。1993年8月，万夏和潇潇编的两厚册《后朦胧诗全集》，大大缓解了读者饥渴的阅读愿望。《后朦胧诗全集》装帧之豪华、规模之庞大，在新时期诗坛前所未见，西川有四十首诗被收入该书，等于一本小诗集的篇幅。

在随后的几年里，西川继续在《花城》《人民文学》《大家》《作家》《山花》等名刊发表长诗、组诗和诗论，并获得了“《人民文学》奖”、“《山花》理论奖”、第二届“现代汉诗奖”等奖项。他编辑的《海子的诗》也于1995年由人民文学出版社出版，现在这本诗选已经多次重印，销售了近二十万册。

仅就著作的出版而言，1997年是西川最为辉煌的一年。这一年的前八个月，西川出版了五本诗文集和由他编选的《海子诗全编》，差不多每月一本。这五本诗集和文集分别是改革出版社出版的诗集《隐秘的汇合》，中国和平出版社出版的诗集《虚构的家谱》，人民文学出版社出版的诗集《西川诗选》（1999 年再版时更名为《西川的诗》），湖南文艺出版社出版的诗集《大意如此》，东方出版中心出版的随笔集《让蒙面人说话》。在后来的十多年中，每隔两三年，西川都会有著作出版，但再也没有发生过一年出版六本书的奇迹了。

被蝙蝠挽留的夕光

《夕光中的蝙蝠》创作于 90 年代初期，是西川十分珍视的短诗，值得认真对待。全诗如下：

在戈雅的绘画里，它们给艺术家
带来了噩梦。它们上下翻飞
忽左忽右；它们窃窃私语
却从不把艺术家叫醒

说不出的快乐浮现在它们那
人类的面孔上。这些似鸟
而不是鸟的生物，浑身漆黑
与黑暗结合，似永不开花的种子

似无望解脱的精灵
盲目，凶残，被意志引导
有时又倒挂在枝丫上
似片片枯叶，令人哀悯

而在其他故事里，它们在
潮湿的岩穴里栖身
太阳落山是它们出行的时刻
觅食，生育，然后无影无踪

它们会强拉一个梦游人入伙
它们会夺下他手中的火把，将它熄灭
它们也会赶走一只入侵的狼
让它跌落山谷，无话可说

在夜晚，如果有孩子迟迟不睡
那定是由于一只蝙蝠
躲过了守夜人酸疼的眼睛
来到附近，向他讲述命运

一只，两只，三只蝙蝠
没有财产，没有家园，怎能给人
带来福祉？月亮的盈亏褪尽了它们的
羽毛；它们是丑陋的，也是无名的

它们的铁石心肠从未使我动心
直到有一个夏季黄昏
我路过旧居时看到一群玩耍的孩子
看到更多的蝙蝠在他们头顶翻飞

夕光在胡同里布下了阴影
也为那些蝙蝠镀上了金衣
它们翻飞在那油漆剥落的街门外
对于命运却沉默不语

在古老的事物中，一只蝙蝠
正是一种怀念。它们闲暇的姿态
挽留了我，使我久久停留
在那片城区，在我长大的胡同里

诗歌从戈雅的绘画切入，描写了蝙蝠的怪异姿态。西班牙画家弗朗西斯科·戈雅的多幅作品均有蝙蝠出现，这些蝙蝠有的长着人脸，极为邪恶恐怖，它们“上下翻飞 / 忽左忽右”“给艺术家 / 带来了噩梦”“却从不把艺术家叫醒”。写的是蝙蝠，实际上是在描述命运的多变性和神秘感。

第二节和第三节，继续描述这种“长着人类的面孔”“浑身漆黑”“似鸟 / 而不是鸟的生物”的诡异形状以及可能带来的命运。“说不出的快乐浮现在它们那 / 人类的面孔上”，描述的就是蝠身人面的形象，因为占据主动，所以它们在黄昏最后的幽光中飞翔，表现出“说不出的快乐”。

“与黑暗结合，似永不开花的种子”。在黑暗之中，黑色的蝙蝠自由自在，恣意飞翔，像“永不开花的种子”，永远保持着各种可能性。但正因为“永不开花”，因此，它们看似快乐，实则“盲目，凶残”，容易“被意志引导”，而且“无望解脱”。而另一些时候，它们却弱小得像一张张枯叶，令人怜悯。这既指明了它们形象的多面性，也暗指生活的多变性。

第四节和第五节，描述在深入，命运的神秘感和残酷性展示得更为彻底。“而在其他故事里”一句中的“其他故事”，指的是哪些故事并不重要，不必翻箱倒柜查找典籍我们也能想见，古往今来必定有大量关于蝙蝠的传闻。在这些故事里，“它们在/潮湿的岩穴里栖身/太阳落山是它们出行的时刻/觅食，生育，然后无影无踪”。这些长着人类面孔的精灵，在人类的生活空间中时隐时现，性情也时好时坏，难以捉摸。有时候像个强盗，“强拉一个梦游人入伙”；有时候却遮蔽了别人的光明，“夺下他手中的火把，将它熄灭”；有时候又担负了一个救世英雄般的使命：“赶走一只入侵的狼/让它跌落山谷”。

经过前面五节二十行的铺垫，第六节，“人”终于出现了。这种精灵开始向“迟迟不睡”的孩子讲述命运。孩子混沌初开，天真无邪，受人喜欢，也容易被蛊惑，无论是好蝙蝠还是坏蝙蝠，都与之有天然的亲切感。对于这一切，“守夜人”毫不知情，即使他守到眼睛酸疼。命运也一样，即使你每天都在策划、追求，但总有捕捉不到的时候。

对于蝙蝠这种东西，中国的传统一直是褒贬兼半，有人认为它阴暗、邪恶，而另一些人却因为它的名字中有一个“蝠”字而联想到“福”。理解上的张力构成了这首诗的巨大阐释空间。于是，诗歌的第七节和第八节的表述自然而然地到来——首先，人们对蝙蝠持怀疑与抵制情绪，认为这些“丑陋的”“无名的”生物，“没有财产，没有家园，怎能给人/带来福祉？”因此“它们的铁石心肠从未使我动心”。

“一只，两只，三只蝙蝠”，如孩子数数，有动态感，也意味着蝙蝠的数量之大，所谓“一生二，二生三，三生万物”是也。这一句增强了人们对蝙蝠的戒心，也表明了诗人对蝙蝠的关注度在增强。然而，这些印象在那个夏季黄昏发生了逆转，当“我路过旧居时看到一群玩耍的孩子/看到更多的蝙蝠在他们头顶翻飞”，这群玩耍的孩子让“我”回想起了童年时光，如果返回若干年，“我”可能正是他们中的一个。和当年的“我”相比，其中的区别只不过是“在他们头顶翻飞”的蝙蝠更多一些而已。

“我”还看到夕光在胡同里布下的阴影，也看到了那些蝙蝠在夕光照耀下的金色翅膀（“镀上了金衣”），“它们翻飞在那油漆剥落的街门外/对于命运却沉默不语”。一种沉静、忍受的气质油然生起，在这个时候，蝙蝠已经不再邪恶丑陋，而是带着某种让人警醒的神谕。诗人感到，“一只蝙蝠/正是一种怀念”，他浮想联翩，思绪回到了少年时代，“在那片城区，在我长大的胡同里”“久久停留”……

这是一首与“过去”有关的诗篇，诗人从小小的、在人们看来是“不祥”的蝙蝠入手，逐渐将读者带回丰富、饱满而充满各种可能性的少年时代。那是一个简单、朴素、友好得令人怀念的时代。在这个喧嚣而匆忙的社会，人们为了生活和欲望疲于奔命，已经没有多少空间用于回忆和思考。他们变得固执、冷漠、封闭，不再关心身外的环境，而在这样的状态下，诗人对被忽视的小生物投去温柔的一瞥，并且感受到了冥冥中的启示。蝙蝠“挽留”住了诗人的目光，诗人的作品也挽留了我们的注意力。从对生活与命运的揭示与思索中，我们每个人都得到了意味深长的答案。

何为“诗歌资源”

评论家程光炜认为，西川的诗歌资源来自聂鲁达、博尔赫斯和庞德。我不知道什么叫“诗歌资源”，它指的是题材、技巧还是精神的传承，抑或是其他的什么？印象中聂鲁达的诗歌热烈而大方，不吝啬激情，却相对漠视技巧，读他的诗像思维在疾走。同为长诗，著名的《马楚·比楚高峰》也不如帕斯的《太阳石》和瓦雷里的《海滨墓园》来得深沉。西川的诗从来没有跑步的感觉，只是不匆不忙，闲庭信步，甚至踯躅慢行。艾青某些诗的“资源”倒更有可能来自聂鲁达，不知道是不是因为时势所决定的。庞德，一个语言的锻铸师，一个“野心勃勃”的“泛诗歌”天才，后一点与西川相似。博尔赫斯比西川神秘，他的诗歌里有谜语般的诱惑力，这一特长西川的作品也具备，但相比之下没有前者丰富。两人的书卷气倒相当接近，西川的确“有某种介于现代诗人和博尔赫斯式国家图书馆馆长之间的气质”（程光炜语）。

西川对博尔赫斯的喜欢程度，几近崇拜，在很多个场合，西川列举自己欣赏的作家作品时，博尔赫斯名字的后面，总会加一个括号，写着“所有作品”。

在《与书籍有关》中，西川曾讲述过他与博尔赫斯的缘分：1990 年 12 月 1 日黄昏，西川送别朋友后，独自往回走，路过西单十字路口南侧的中国书店门市部，便拐进去看书。发现架上有博尔赫斯的《迷宫》。西川如获至宝。拿到手后才突然想起自己身上只有三元钱，一看定价，正好三元，高兴得“差一点晕了过去”。

这样说来，程光炜的论断似乎也不无道理。只是这样的结论意义不大，一个中国诗人如果不在国外找到“资源”或“偶像”是否就无法下笔呢？一谈到某个中国诗人就首先为其在西方找出一个“老师”或对应者，除了能够证明评论者的博学，还能说明多少问题？阅读虽然重要，却永远无法代替个人的天赋和生活经验，屈原和李白的诗歌资源来自哪个外国诗人？

有意思的是，评论家陈晓明则认为西川“深受欧美象征派诗人叶芝、瓦雷里、梅特林克等人的影响”。两个著名评论家列举的名字没有一个重合，不知道哪一个更有道理？西川对这些论断是否认同？

也许，西川对这些论断只能是部分认同，西川的“诗歌资源”不仅来自对外国诗歌的深入阅读，中国几个优秀的古代诗人和外国文学大师也曾给他无尽的启发。在回答意大利汉学家米娜的提问时，西川坦承了自己的“师承”：“在中国古代诗人中，我早先推崇的是李白（其语言幻象）、屈原（其结构特点）、曹植（其书生意气），后来又加上了陶渊明（对个人完整性的维护）、杜甫（限制中的自由）和韩愈（他应对影响的方式）。在西方诗人中，我喜欢布莱克以及与布莱克有关联的诗人，如叶芝（幻象、神秘）和庞德（泥沙俱下，先知式的积怨，文化视野）。对布莱克系统有修正意义的诗人如博尔赫斯（精确、智力形态）、史蒂文斯（虚构，智力形态）也是我所敬重的。一般说来，我的诗歌胃口良好。我并不反感那些纯粹的抒情诗人，如兰波、特拉克尔、加西亚·洛尔迦、聂鲁达等。”

西川是诚实的，如果我们将西川的某些作品与叶芝和史蒂文斯的某些作品对照着阅读，我们的确可以从中发现在形式或内容上的细微合拍之处，比如西川的《十二只天鹅》相对于叶芝的《丽达与天鹅》，西川的《一个人老了》相对于叶芝的《当你老了》，西川的《鸽子》相对于史蒂文斯的《观察一只乌鸫的十三种方式》。不过，这些只能说是西川的“习作”或“准备期”的作品，比如《鸽子》创作于1983年或1984年初，那时西川的风格还远未成型。

检视西川的作品风格，不难发现西川的诗歌兴趣及关注点并非是固定不变的，前面谈及的诗人在西川的各个创作阶段或多或少地留下了痕迹，而从2000年起，他又开始对“具有某种封闭性的俄国和东欧诗人发生了浓厚的兴趣”，比如捷克的霍卢布、波兰的赫伯特等。此外，西川还受到过大量中外作家、艺术家的影响，并且他认为，从诗人身上寻找他的非诗歌传统可能比仅仅寻找他的诗歌传统更有趣，也更有意义。

如果要我列举西川喜爱的外国诗人，波兰的米沃什应该也算一个，西川不仅与人合作翻译过一本《米沃什词典》，还翻译过米沃什的诗歌。他翻译的那首《礼物》一直是我的至爱：

如此幸福的一天
雾一早就散了，
我在花园里干活。
蜂鸟停在忍冬花上。
这世上没有一样东西我想占有。
我知道没有一个人值得我羡慕。
任何我曾遭受的不幸，我都已忘记。
想到故我今我同为一人并不使我难为情。
在我身上没有痛苦。
直起腰来，我望见蓝色的大海和帆影。

读这首诗时，我常常会想起海子的《面朝大海，春暖花开》。但米沃什的宁静与开阔，海子无法比拟。读了《礼物》，你会发现诗歌其实可以很简单、很直接，而且能够让你如沐春风，全身通泰。

当然，说到底，西川只是西川，而不是任何外国诗歌大师的影子或随从。正如西川本人所言，阅读越广泛，写作就越来越开放。早在1986年，西川参加“两报大展”时，就没依靠任何“帮派”和“势力”，而是给自己的“流派”命名为“西川体”，这个流派的旗帜下，只有西川一个人。那时，西川才二十三岁！

离谱和不离谱的授奖词

尽管西川已经成功地走出了大师们的阴影，成为一个享有盛名的诗人，但这个时代对他的了解仍相当缺乏。在《思考比谩骂更重要》中，西川表达了这样的意思：对于批评，他根本没兴趣理睬，因为那些批评都是隔靴搔痒，根本提不到点子上。有意思的是，对于某些表扬之词，西川同样毫不领情。在回答一个诗人的提问时，西川说，他获得过一些奖项，比如“庄重文文学奖”、“鲁迅文学奖”、“刘丽安诗歌奖”、《新诗界》“国际诗歌奖·启明星奖”等，但这些奖的授奖词大部分写得都不准确，“好像写的不是我，或不完全是我。在领‘庄重文文学奖’的时候，批评家李敬泽、小说家毕飞宇都认为那授奖词写的是另外一个人。这使我在领奖时有一种局外人的感觉”。

我竭尽全力，仍无法找到“庄重文文学奖”的授奖词，不知道它的“离谱”程度。不过我找到了“鲁迅文学奖”的授奖词：

> 《西川的诗》显示了诗人强烈的文体意识。西川津津乐道的“诗歌炼金术”，实际体现了他对诗歌艺术的总体精神的把握。西川是重视经验的，他说：“一个缺乏经验的人不可能了解真正的艺术”，但他同时又强调超越经验。他的诗不是对生活原生态的实录，而是同生活经验保持一定的距离，以主体自身的虚怀去体接现实，把理想的人生境界寄托在超验的诗歌意象之中，从而在精神上获得一种提升。西川建立自己的诗歌方式的努力是通过对语言进行诗性操作而实

现的。诗人有良好的控制力，他超越了在年轻人中风行的“青春写作”，很少运用激烈的、呼告式的语言直抒胸臆，而代之以智慧的、澄明的、沉着平缓的叙述。他善于把智性的感悟与富于象征性与隐喻性的意象结合起来，使其诗作不再是直线式的指陈，而是处于不同运动状态的多种元素的交错与纠结，从而构成厚重的张力之网。西川特殊的外语专业背景，使他早期的诗作直接地受到了西方文学的浸润。进入 20 世纪 90 年代后，西川明显地调整了价值取向，开始有意识地衔接中国的诗学传统，并在他的作品中有所体现。

西川认为，在几次获奖的授奖词中，“唯一比较准确的是唐晓渡为《新诗界》‘国际诗歌奖·启明星奖’所写的授奖辞”。我在《光芒涌入——首届〈新诗界〉国际诗歌奖获奖诗人特辑》一书中找到了唐晓渡执笔的授奖词：

敏锐的问题意识，深厚的人文底蕴，使西川的诗不断逾越自身，成为当代诗歌最重要的整合点和出发地之一。他的诗沉稳、大气、均衡、精确，充满睿智的洞察但也不回避种种困扰，注重精良的抒情品格，却又向异质事物充分敞开。他以孜孜不倦的热情贯通经典和当下，以灵活多变的语言策略致力于综合的创造。通过引入文明的悖论模式，他大大扩展了诗歌经验的内涵，在不断增加其负荷的同时也不断锻炼其表现的强度。他使我们意识到，一种在质地上足以与生活和历史相对称、相较量的诗不仅必要，而且必须。

这两份授奖辞区别何在？我想，关键在于唐晓渡看到了西川90年代以后着力追求的诗歌的异质部分，在保持平稳的同时，又“不回避种种困扰”“向异质事物充分敞开”“引入文明的悖论模式”……而这些追求，是“鲁迅文学奖”的评委们所没有注意到，或者注意到了却未能深入关注的。

但我并不觉得“鲁迅文学奖”的评语有多么离谱，也许西川的为人有感性的一面，而在人们眼里，西川的作品本就以平稳、玄妙而智性见长，如果说感性，还是顾城和海子比较贴切吧。因此，吴思敬撰写的这则评语，即使不能完全概括西川的所有创作，也在一定程度上指出了西川的诗歌特点所在，至少是如同西川所说，是在部分读者心目中的形象。他的许多作品都可以被这则评语涵纳其中。比如创作于1994年的《午夜的钢琴曲》，我一直认为它是西川90年代的短诗中不可多得的精品——

幸好我能感觉，幸好我能倾听
一支午夜的钢琴曲复活一种精神
一个人在阴影中朝我走近
一个没有身子的人不可能被阻挡
但他有本领擦亮灯盏和器具
令我羞愧地看到我双手污黑

睡眠之冰发出咔咔的断裂声
有一瞬间灼灼的杜鹃花开遍大地
一个人走近我，我来不及回避

就像我来不及回避我的青春
在午夜的钢琴曲中，我舔着
干裂的嘴唇，醒悟到生命的必然性

但一支午夜的钢琴曲犹如我
抓不住的幸福，为什么如此之久
我抓住什么，什么就变质?
我记忆犹新那许多喧闹的歌舞场景
而今夜的钢琴曲不为任何人伴奏
它神秘，忧伤，自言自语

窗外的大风息止了，必有一只鹰
飞近积雪的山峰，必有一只孔雀
受到梦幻的鼓动，在星光下开屏
而我像一株向日葵站在午夜的中央
自问谁将取走我笨重的生命
一个人走近我，我们似曾相识

我们脸对着脸，相互辨认
我听见有人在远方鼓掌
一支午夜的钢琴曲归于寂静
对了，是这样：一个人走近我
犹豫了片刻，随即欲言又止地
退回到他所从属的无边的阴影

这首诗，写在静夜中听到一首钢琴曲，被引发出无尽的缅想。“午夜”代表宁静的氛围，这个时候适合联想，“钢琴曲”则具有优雅的气质。如此，午夜的钢琴曲，无形中就具有了神启的性质。“我”在这样的环境下开始无边的想象与反思，其结果必定是丰富而充实的。

诗歌的中心是“一个人走近我”。这一主题在字里行间反复出现，从第一节的“一个人在阴影中朝我走近”，到第二、第四、第五节的“一个人走近我”。在阅读的过程中，读者也感觉一种精神在被强调，并逐步加强。《午夜的钢琴曲》语言从容而澄明，有几分神秘感，仿佛什么都没写，又仿佛什么都写尽。这种举重若轻的技术，非一般诗人可达到。如果西川连这样的作品也不满意，那么，要么是因为他的兴趣已不在这种风格上面，要么是他还有更高远的目标。

的确，西川一直在诗歌之路上寻求着。正如他在回答意大利汉学家米娜的提问时所说，《雨季》在《十月》杂志 1987 年第一期发表后，他开始觉得自己算一个诗人了，但出于对自己的更高的要求，他在内心无法完全确定自己到底是不是一个“诗人”。1992 年，西川完成了长诗《致敬》后，开始相对确定了自己的诗人身份。而几年之后，1998 年，西川写出了另一首长诗《鹰的话语》，再次怀疑自己是不是“诗人”。当然，这一次的怀疑是另一种意义上的怀疑，因为《鹰的话语》在行文上已经超出了诗的边界，而内在精神仍然属于诗歌的范畴。

只要我们梳理西川的创作脉络，就可以看到一份清晰的滑动轨迹，在诗与“非诗”之间，在经验与文化之间，在个人与世界之间，西川模糊了诗人身份，对自己写下的作品是否属于“诗歌”已经不怎么在意，他希望写出完全体现自己追求的文本，比如1993年11月的《这些我保存至今的东西》、1997年5月的《鼠与猫》、2003年10月的《邻居》、2004年2月的《思想练习》等短篇与2003年10月的《曼哈顿乱想》、2004年7月的《小老儿》等中篇，以及1997—1998年间完成的《鹰的话语》、2003—2004年间完成的《镜花水月》等长篇。这些文本可能不“像”诗，却获得了更广阔的文化空间。

这种与中国传统的诗歌观念极度偏离的做法，一再让批评家失语，让读者无所适从。因此，对其作品的评价也显示出不同的向度。可以这么说，对于西川的创作，没有人能事前介入，更别说开研讨会来“指导”了。批评家和读者一样，只能跟在他身后，看着他一次次的转变而目瞪口呆。

如此让读者和批评家“疲于奔命”，西川90年代以后的作品不再像80年代那样受读者关注，也在情理之中。

关于受到读者和评论界的“冷落”，在回答谭克修的提问时，西川很有些遗憾地说，早在1992年，他就写出了长诗《致敬》，但直到十年以后，才看到了一篇有关《致敬》的像样的论文，而且这篇论文不是中国批评家写的，而是荷兰汉学家柯雷写的，随后才读到几篇中国人写的有见地的论文。一篇作品要被消化十年，在中国是极其罕见的，也是对一个诗人的耐性的巨大考验。

西川最为满意的长诗《鹰的话语》，“命运”与《致敬》一样，发表后在国内仍没能引起重视，倒是在国外找到了不少知音，比如加拿大诗人梯姆·柳本称之为“一首强有力的诗”，美国诗人乔舒雅·克罗瓦称之为“惊人巨作”。更让西川惊讶的是，2002年纽约戏剧车间的八位演员演出了这首诗。一位女演员对西川说，她第一遍没读懂这首诗，读第二遍时认为作者是一个“疯子”，而第三次阅读时，她流下了眼泪。

这个女演员的评价让西川感慨万分，“谢谢她称我为‘疯子’，在中国国内，我可是一个被认作讲究智性和理性的‘知识分子’。我不想说外国人多么识货，我只期待着我的同胞的有价值的反应，但是没有。人们更经常地提到《在哈尔盖仰望星空》《夕光中的蝙蝠》《一个人老了》。《蝙蝠》还可以，但与《鹰的话语》没法比”。

窃以为，对于西川的意见，读者见仁见智即可，不必视而不见，也不宜奉为圭臬。在文学创作中，作者与读者、评论家见识的错位是十分正常的事情，正是这种错位，赋予了一个诗人更多的可阐释性，要是所有读者和评论家的见解都和作者一致，这个作者的作品也就不可能激起更多读者和批评家的兴趣了。因此，对待一个诗人，读者只能撷取自己能够接受和理解的那一部分，无法完全进入诗人的内心轨迹。毕竟，人的生活经验、学识、气质、对文学的理解是有差异的，不必、也不可能强求统一。

其实，正如父母对自己的孩子总或多或少地存在一种爱屋及乌的心理，作者本人对自己的作品虽然珍视，却不一定具有最高发言权，有时作者津津自得的作品，在大部分读者眼里却并不具备与作者的意见同等的价值。最终结果如何，还是由时间来评判吧。

不过，西川的性格里的确有感性的一面。1997年11月，西川在印度的一个小城里，走着走着，突然用中文高唱《三百六十五里路》，“把周围的印度人全都搞糊涂了”！

成熟诗人的秘密武器

每一个成熟的诗人都拥有一套自己的制胜武器，这一武器的存在，使“这一个”与“另一个”有了区别。西川早期诗歌的武器之一是对仗：有时是上句与下句的对仗，有时是段与段之间的对仗。“看山的人风化在山中 / 看海的人漂浮在海上”（《世纪》）；“在目光和谈吐之间 / 在黄瓜和茶叶之间 / 像烟上升，像水下降”（《一个人老了》）。这种技巧的运用不仅在字面上覆盖了一层吸附力，也使诗歌增添了浓郁的书卷气。

然而，西川的缺点也正好并存于优点之中。当读到《我和你、我和他、我和我》《我看见，我听见》时，我产生了淡淡的失望：一个诗人是多么容易被习惯所牵绊！在这两首洋洋数十行的诗歌中，几乎每隔几句都会出现对仗，令人忍不住怀疑——如果没有对仗，这些字句还能写到第几行？

当然，这些作品只出现于西川创作中的某一阶段，而且数量并不大。对于一个素质全面的诗人而言，上述“破绽”是白璧微瑕，完全可以忽略不计，有哪一个诗人的每一句作品都经得起推敲呢？相对于很多诗人，西川已经很完美了，大多数后来者只能生活在他的光环下。我把上面这个“缺口”当作西川故意留给更年轻的写作者的一个鼓励，让他们不至于因为前辈的辉煌而裹足不前。

从西川的创作状况看来，他还有高峰可攀，即使是人们已经认为他达到了某种可望而不可即的高度。西川本身也还有探索的后劲。从20世纪80年代的《在哈尔盖仰望星空》《体验》到90年代的《致敬》《近景和远景》《厄运》《鹰的话语》，到21世纪的《游历与虚构》《游荡与闲谈》，从简单到繁复，从单纯到综合，从诗到“非诗”，诗人的形象日趋丰满，文体的界限逐渐模糊。有福的是读者，他们从中得到了更丰富的感受。新时期以来的中国诗人，能够由简而繁并能“双赢”者屈指可数，西川是其中之一。创造力如此旺盛，谁能料到下一步他会给人什么样的惊喜？

更值得一提的是，西川具有的不仅仅是文学才华，他还有同代诗人少见的刻苦和自觉。诗人刘立云在一封信中认为，中国的诗歌走到今天，大家都在努力，但每个诗人都有自己的局限性，要命的是，现在许多人都想当大师，甚至直接认为自己就是大师，却看不到他怎么努力去做大师。而在这方面，西川做得比较好。

对刘立云的观点，我深有同感。

两次见面

我和西川见过两面，最近一次是2008年4月下旬在北京，我们一起参加一个诗歌研讨会。由于与会者很多，两人仅仅寒暄了几句。除了得到西川赠送的新著《个人好恶》及他与唐晓渡主编的《当代国际诗坛》第一辑，以及喝酒时友好地碰杯，没有多少值得记录的内容。

令人怀念的是第一次见面。

那是2004年11月底，西川带着中央美术学院的八个画家到桂林写生。作为领队，西川一下火车就撇下同伴，跑来和我喝酒。我约上还在桂林读研究生班的诗人甘谷列及几位诗歌爱好者，到位于漓江中心的一个小岛上吃鱼。小岛面临漓江民族风情园，背靠伏波山和叠彩山，安宁静谧，风景优美，竹林间掩映鱼餐馆数家，这一秘密只有好吃的“老桂林”知道。在这样的地方饮酒品茗，实在是人生一大乐事，多年以来，我在这里接待过大量文学界的朋友，其中诗人有浙江的梁晓明、海南的卢炜等。

饭后，一行人乘车赶往桂湖边的一家茶馆，聊到半夜12点。西川口若悬河，十分健谈。当然，大部分是在回答桂林诗人的提问。对于他的成名作《在哈尔盖仰望星空》，多年来我一直心存疑问，我在很多地方读过该诗，发现其中一句话有两种版本：“射出光束，穿透你的心”和“射出光来，穿透你的心”，一个是“束”，一个是“来”，应该有一个字是印刷厂工人拣字错误，而出版社又没有校对出来，这两个字放到诗里都能说得通。我问西川哪一种版本正确，西川想了想，摇头说：“我忘记了。”

说到时下某个著名诗人，西川的语气有些不屑：“我看他写了哪首诗就知道他最近在读什么书！”对于另一个更著名的诗人，西川则告诉我们一个很好玩的故事。他说，这个似乎鄙视任何荣誉的诗人，实际上什么都想要，有一次西川去某国一家文化杂志的编辑部，竟然无意中看到了那个诗人主动寄去的一大堆作品集以及信件，其中一封信还是西川代为翻译的！

十余年来，像西川这样跟团队来桂林旅游，到达目的地后就悄悄溜出来喝酒的诗人还有很多。2008 年 4 月 14 日，四川都江堰诗人王富祥和文佳君以及一批同事来桂林，安顿好行李后就脱离大部队，溜出来和我们喝酒。第二天，《诗歌报》原编辑、现在安徽某县挂职副县长的诗人蓝角带队到来，也如法炮制，在一个细雨黄昏打车赶到餐馆。我遂将文佳君夫妇再约出来，拉上几个桂林诗人一起海饮。当时蓝角肠胃不大好，但逢酒必干。席间得蓝角赠送一包苏烟，据说价格比广西流行的中华烟还昂贵。我平时基本上不沾香烟，但有时候出去应酬，有人将整包烟塞过来，我也会虚情假意地厚着脸皮收下，带回家里在书架上放着，待集够三五包时就趁回老家之机转送给老父亲。父亲看到价值几十元一包的好烟，通常会皱起眉头说：买那么好的烟干什么？一包等于我一条烟的钱了！我说，别人送的，不要白不要。

于是父亲那遍布皱纹的老脸就溢满了自豪的笑容。

小馬过河

有 态 度 的 阅 读

微 博 小马BOOK
公众号 小马文艺
小红书 小马book
抖音 小马文化
淘宝 小马过河图书自营店
微店 小马过河图书自营店
全案营销 小马青橙工作室
投稿邮箱 xiaomatougao@163.com

一个人的诗歌史

/下

刘春 / 著

华龄出版社
HUALING PRESS

有 态 度 的 阅 读

小马过河（天津）文化传播有限公司

目录

唯有旧日子带给我们幸福

把灵魂朝向这一切吧，诗人

飞蛾已经出生，巨著总会完成

只要想起一生中后悔的事，梅花便落了下来

从黑暗中来，到白云中去

附录

后记

唯有旧日子带给我们幸福

我们脸对着脸，相互辨认

我听见有人在远方鼓掌

一支午夜的钢琴曲归于寂静

对了，是这样：一个人走近我

犹豫了片刻，随即欲言又止地

退回到他所从属的无边的阴影

——西川《午夜的钢琴曲》节选

柏桦，1956 年 1 月出生于重庆。著有诗集《表达》《往事》《望气的人》《水绘仙侣》，诗文集《演春与种梨》，随笔集《左边：毛泽东时代的抒情诗人》，诗论集《地下的光脉》《今天的激情：柏桦十年文选》等。现居成都。

有一段时间，我突然对文字书产生了厌倦而迷上了“图书”，从朱德庸、蔡志忠、康笑宇、何立伟、魏克到当时红透半边天的几米，每次逛书店都要买上一两本。这些“图书”有的只适合于无聊时解闷，有的则可以细细咀嚼，但大多读完就扔，没有多大的保留价值。少数几种则是要好好地供在书架上的，它们有的是友情的见证，有的不仅给我感官上的愉悦，还有心灵上的启示。丰子恺的作品属于后者。他的简洁的造型和朴实的风格，看似不起眼，却能给人无尽的遐想，真正做到了艺术上的“少就是多”。

凑巧的是，柏桦曾经表示过他最喜欢的文人是丰子恺。“他有淡泊、隐士的感觉”“他是一个真正的中国文人，具备中国文人的很多美感”“从人到文到形象都非常好”。（凌越：《小诗中自有乾坤——柏桦访谈录》）从表面上看，柏桦要达到丰子恺那样的高度还有距离。然而，“一部作品并非出自日常生活中的那个‘我’的产品，而是出自一个更深刻的‘我’”。如果我们相信普鲁斯特这一论断正确，那么我们又会觉得要弥合这个距离并非没有可能，因为它淡化了世俗因素而更注重精神能力。这一点正好是柏桦诗歌之优势。即使生活中的成都市民柏桦普通寻常，但只要他回到诗歌中，就没有任何事物能挡住“更深刻的‘我’”

的光芒。

事实已经证明，柏桦已经成为当代诗歌史一个不可回避的存在，与海子一起被公认为中国最优秀的抒情诗人。著名学者程光炜曾在那篇引起广泛影响的文章《不知所踪的旅行》中给出过这样的结论："有一个时期，柏桦是一个不一定写得最多，但却是最难以遗忘的诗人。"诗人钟鸣甚至认为这个时代没有败作的诗人，只有柏桦和张枣。我的评价则更简单一些：柏桦是当代新诗的传奇。

六岁出走的少年

柏桦有生以来印象最深的一件事，应该是少年时期偷吃了三块蛋糕被母亲"教育"。那时候柏桦刚刚六岁，还没上小学。一个下午，父母因为上班而将他锁在家里，百无聊赖之中，柏桦发现了三块蛋糕，于是一口一口将它们"消灭"掉。母亲下班回家，发现家中物件凌乱，蛋糕被偷吃，认为柏桦不听话，便将他责打了一顿。为此，年幼的柏桦异常纳闷，他不知道，自己只不过是吃了几块蛋糕，为什么就遭到了如此严厉的惩罚。

这一事件给柏桦留下了浓重的阴影，使柏桦形成了长达四十余年难以磨灭的"下午情结"，以至于每次看到小孩被大人打骂，都会回想起那个下午的经历。在柏桦自撰的创作年谱中，交代完自己出生的时间地点——1956 年 1 月 21 日，生于重庆市北碚区——之后，他省略了四岁前被送到外公家寄养时的"幸福”生活，而是紧接着就进入了“下午”的情境：“幼时生性敏感，有两位女教师和一位男教师给我留下深刻印象。一位是年近五十岁的老处女，我的语文教师，她收养了一个男孩，每日下午她都要用一把木尺打他的手掌，这使我联想到我与母亲的‘下午情结’。”

柏桦所说的“幼时”不算太准确，因为见识到那位教师体罚男孩的手段时，柏桦已经九岁，在重庆市中区大田湾小学读三年级，距“蛋糕事件”也已三年。这位“年近五十岁的老处女”促使了柏桦的出走，起因是这位语文老师恼恨柏桦上课时好动，便在放学后将他留下来，一边批评一边像柏桦的母亲那样对他进行惩罚——用手指戳他的前额，并且宣称要告知家长。那个下午，九岁男孩柏桦没有回家，而是蜷缩在学校附近一幢大楼的角落里度过了一个晚上。

家庭与学校的教育方式使柏桦陷入了思考。多年以后，在接受《瞭望东方周刊》的采访中，柏桦这样描述作为一个孩子的痛苦：“中国的父母很多都喜欢打小孩，有些小孩挨打后没什么问题，可是我就不行。痛苦不分大小与轻重，但是对于不同的人，因为遗传基因和感受力不同，它们产生的反应也是不一样的。比如我，很轻微的伤害对我来说就像是原子弹爆炸般的痛苦，就会让我惊叫起来。学校里的教育也很有问题，有时放学后，我会被教师留下来受罚，我很莫名，不知道我做错了什么。”

偷蛋糕被母亲责打的二十七年后，柏桦把这一经历搬进了自己的诗歌中。在那首题为《教育》的短诗中，柏桦写道：

我传播着你的美名
一个偷吃了三个蛋糕的儿童
一个无法玩掉一个下午的儿童

旧时代的儿童啊
二十年前的蛋糕啊
那是决定我前途的下午
也是我无法玩掉的下午

家长不老，也不能歌唱
忙于说话和保健
并打击儿童的骨头

寂寞中养成挥金如土的儿子
这个注定要歌唱的儿子
但冬天的思想者拒受教育
冬天的思想者只剩下骨头

诗歌给出的结论是：偷吃蛋糕的下午成为决定诗人前途的下午，偷吃蛋糕的儿童注定要成为诗人。现在看来，果然如此。

与母亲的严厉相对应，柏桦的父亲则是慈爱的，一个家庭中的两种态度，影响了柏桦的生活感受，并影响了柏桦早期诗歌的气质，在那些诗歌中，有一道很明显的分水岭，一边是“快”，与母亲的严厉相对应；另一边是“慢”，与父亲的慈爱有关。柏桦甚至写了两首诗，其中一首是《痛》，一首是《恨》。这种“快慢”和“痛恨”交集的诗意伴随柏桦很多年，直到新千年以后，才逐渐淡薄。

除了前面那首《教育》，柏桦早期的很多诗歌，都可以找到童年生活的蛛丝马迹。这些诗歌里的“柏桦”总给人一种“孤儿”、不第士子或前朝遗老的形象，不大适合生活在20世纪和21世纪，而应该回到古代。套用他的诗歌标题来形容，是“唯有旧日子带给我们幸福”。

让我们从《幸福》一诗来看看柏桦诗歌的“孤儿”气质：

请重视这些孤儿
这些尖锐的不长胡子的孤儿
他们沿街走来
一边吃肉、刺耳
一边敬祝宏伟的灵魂

不死的决心单纯而急躁
仿佛要让世界咽下这掬热泪
或者我们必须一致
加入这行列
这孤儿的赤卫队
怀病、残缺、两眼生辉

呵，他们也歌唱

为聆听风景
为沉默的谦逊的美
可谁会羞愧？
谁会挺身而出？
这嗫嚅的营养不良的歌声？

不。孤儿，对于拯救
我们将从何说起
这并非是一个事实
但他们却强迫地梦到这些

还有苦水，还有呼声
还有春风拍打树林
孤儿们更孤独
我们更多毁容的激情？

我猜想，诗人笔下的这些“孤儿”应该是当年的红小兵或红卫兵。第一节，客观描写这些小孩子的容貌、形态和精神——尖锐、不长胡子、沿街走来、吃肉、刺耳、敬祝宏伟的灵魂。这些不懂世事的孩子，聒噪着介入政治，一边喧闹，一边“敬祝宏伟的灵魂”，虽然他们根本不知道自己的最终目的何在，但在特定的环境下，他们却让你不得不刮目相看。从另一个角度说，他们的成长也让人揪心。因此，一开篇，诗人就告诫读者：“请重视这些孤儿。”

第二段仍然是描述“孤儿”们的形态，但加入了“我们”的判断。“不死的决心”很容易让人们想起那个耳熟能详的词语“万岁”。虽然“孤儿”们不谙世事，虽然我们看得出他们“怀病、残缺”，但这群“两眼生辉”、坚决如“赤卫队”的孩子，由于敬服并遵从“不死的决心”，无形中拥有了政治上的优势，所以令大人们担心和犹豫，思忖着要不要“必须一致／加入这行列”。

事实上，孩子终归是孩子，在口号之外，他们仍然怀有儿童的天性，喜欢歌唱、喜欢大自然的风景。但正因为他们拥有前面所说的“政治正确性”，我们只能表情淡漠，不敢“挺身而出”，指出他们的歌声的“嗫嚅”和“营养不良”。至于拯救，更像是天方夜谭，不知“从何说起”了。大人们的心情是怜悯而矛盾的，他们知道，孩子们崇拜的“不死的决心”无法实现，虽然“并非是一个事实／但他们却强迫地梦到这些”。如此，只有无奈，任由苦水横流，呼声盈耳，“春风拍打树林”，眼见着“孤儿们更孤独”，而“我们更多毁容的激情”。

整首诗急促、矛盾，又充满忧虑。让人不由得想起鲁迅先生“救救孩子”的呼号。值得深思的是，一首充满“苦水”和“呼声”，并且怀疑“拯救”的力量的诗篇，却以《幸福》为题，里面的反讽可谓淋漓尽致。也许我们都有这样的经验：在上下班的途中，或者闲暇时在街上行走，会遇到许多乞丐或流浪者，而其中又大部分是儿童。他们或三五成群，或形单影只，有的扯着你的衣角，有的用脏兮兮的手向你伸出一只碗，还有的并不观看过往的路人，只是专心地卖艺，比如耍杂技，用尖刀刺手腕，用牙齿咬住铁柱倒立，用一把破吉他伴奏唱歌。面对他们，听到“这嗫嚅的营养不良的歌声”，你会持有什么样的态度？你可以避开他们，但你不能无视他们的存在，因为“这些尖锐的不长胡子的孤儿”也是人类的一员，如果他们得不到幸福，我们如何能够称得上幸福？

由此可见，柏桦在最尖锐的时候其实也最悲悯，只不过尖锐掩盖了悲悯，因而很少被人注意到而已。

成长啊，随风成长

1966年，“文化大革命”开始，学校停课。突如其来的“自由”让柏桦兴奋异常：“那一年春天非常短暂。哗啦啦，徐疾有力的风一下就吹开了夏天的第一天，吹过了最后一页我并不留恋的书页。真的放学了，真的无涯的自由来了。小孩子们收拾起书包，大孩子们在勾画长征的道路，我卸下‘枷锁’走出课堂、随便奔跑，老师能拿我们怎样。”（《左边：毛泽东时代的抒情诗人》，下同）

紧接着，柏桦详细地描述了十岁的他莫名其妙地成为红小兵而融进“生活”之中的过程：

> 一个黄昏，我在我家附近的上清寺（位于重庆市中区）玩耍，突然，街上出现了我从未见过的情景：急增的人群脚步匆匆，每一个人好像都在只争这个黄昏。
>
> 洪流，人群的洪流，我也随着这洪流莫名地兴奋起来。

虽然我还不太明白这些人在做什么，但十岁的我已隐约感到这宛如盛大节日的欢乐里有一种极端兴奋的气氛。

我被这个城市、这些人群所传染的兴奋搅得心猿意马。这不属于我的，与我真实的心无关的兴奋在黄昏的晚风中激荡，我不由自主地飞跑起来。

突然有人带头高吼："冲市委啊！打倒某某！揪出某某！"人群开始向市委冲锋。

"这么多的敌人，暗藏的、现在的、历史的'反革命'，但最大的是走资本主义道路的'当权派'。资本主义，还有反革命……"我正苦于连不起这黄昏的"新鲜"话语，一阵风过，我抬起头来，看见一位女红卫兵站在我的面前。她最多只有十六岁，但我却觉得她比我大很多。她微笑着把一枚毛主席像章轻快而准确地别在我幼小的左胸上。

在那一瞬间，十岁的小男孩柏桦突然觉得自己成了一个大人，仿佛国家的兴亡与自己密切相关。这种戴上了加速器的成长方式，牢牢铭刻在柏桦的记忆之碑上，令他难以忘怀，以至于二十三年后的1989年12月26日，他以诗歌的形式回顾了那个夏天自己的心理状况和社会景观：

成长啊，随风成长
仅仅三天，三天！

一颗心红了

祖国正临街吹响

吹啊，吹，早来的青春
吹绿爱情，也吹绿大地的思想

瞧，政治多么美
夏天穿上了军装

生活啊！欢乐啊！
那最后一枚像章
那自由与怀乡之歌
哦，不！那十岁的无瑕的天堂

——《1966 年夏天》

“抢军帽”开始流行了，大批判开始了，人性变得更为疯狂。“在一群孩子的掩护下，我公然地在厕所抢走了一位正在大便的中年男人的绿色军帽，他欢乐的顶峰眼睁睁地被我夺走，而我却在欢乐的恍惚里戴着这顶空空如也的大军帽一连几天提心吊胆、神情慌张，那是我唯一的一次最胆大妄为的‘革命’行动。行动之后，我陶醉于一个接一个的批判场面。我记住了红色和黑色，分清了坏人和好人、美与丑、左与右甚至香花与毒草。每一个孩子，当然也包括我，都在夜以继日地细查各种图案，其中一个惊呼：‘快看，这文具盒上的图案藏有反动口号。’而我却什么也没看出，非常失落，看来那时我还真的缺乏某种超现实的眼光。

在另一个快乐的早晨，我看到一位长得白胖、没有胡子的邮局分件科科长被一群婀娜多姿的女郎用细细的竹条‘可爱地’抽打。一个皮肤雪白、痛哭流涕的美人用她急躁而温暖的手指去戳他多肉细嫩的前额，科长一边流泪一边承认自己走了资本主义道路，对不起革命群众……”

这一切，尚未成年的柏桦自然是看不懂的，正如他根本就不知道自己为什么要抢别人的军帽，但作为一个少年，他和所有同龄人一样，对于热闹场面有一种天然的好奇。然而这种惬意又茫然的日子并不太长，“自由”了一段时间之后，孩子们又被召回学校上课。说是上课，事实上是和那个时候几乎所有的中国人一样，每天的主要任务是学习毛主席的“老三篇”、毛主席语录和诗词。柏桦的文学才能自那个时候开始露出冰山一角，一个晚上，他竟然对写在墙上的毛主席语录提出语法上的疑问——当他看到重庆工人文化宫的一面墙上写着“一个粮食，一个钢铁，有了这两个东西，一切都好办了”时，既为这段话的简洁而折服，又觉得有什么地方不大准确，于是颇有些炫耀地大声说：粮食和钢铁怎么能说“一个”呢？只能说“一个人”或“一个苹果”嘛。

话音刚落，一个男人从黑暗中冲了出来，吓得柏桦没命地飞逃。

由于一种源自内心对领袖的热爱，以及与生俱来的文学天赋，加上本来就无书可读，柏桦仅用一个星期就背下了他能接触到的所有的毛泽东诗词，书写毛泽东诗词也一度成为他的最大爱好。现在看来，虽然这是一种因无书可读而做出的无奈选择，但这样的阅读也并非一无是处，它多少给予一个“未来诗人”以文学营养。多年以后，柏桦甚至写了四本与毛泽东诗词相关的畅销书，也算是无心插柳柳成荫吧。

除了“老三篇”等必读作品，柏桦偶尔还阅读了《三国演义》《水浒传》等“偷来的书”。这些古书中的诗词与毛泽东著作一起，成为柏桦后来写作古体诗词的最初启蒙。

1966 年秋天，学校再次全面停课，人们热衷于“大串联”和武斗。那一年 8 月 18 日，北京天安门广场举行“庆祝无产阶级‘文化大革命’群众大会”，毛泽东在天安门接见来自全国各地的群众和红卫兵。据统计，从 8 月 18 日到 11 月 26 日，三个月间，毛泽东先后八次在北京接见来自全国各地的红卫兵，人数达一千三百多万。一时之间，见到毛主席，成为很多群众的最大梦想。由于没有赶上串联列车，无法接受领袖的检阅，很长一段时间里，柏桦只能以做梦的形式去实现自己的理想：我家小弟弟，半夜笑嘻嘻；问他笑什么，梦见毛主席。

我要表达一种情绪

1970 年，柏桦在远离市区的重庆市第十五中学读书，这所中学位于歌乐山上的山洞小镇，在这里，柏桦写下了他的第一篇散文《我爱山洞》，一个物理老师读到之后，就用毛笔抄出来张贴在校园学生专栏的墙壁上，令柏桦自豪得心猿意马，时常以读者的身份悄悄地去偷看。随后，柏桦开始与同学小颜和小唐一起尝试写作古诗，而且雄心勃勃地要写一部名为《校园之歌》的小说，半个月后，大家终于知难而退，但友谊日益深厚，后来柏桦的诗歌《唯有旧日子带给我们幸福》就是为了怀念这些少年时期的朋友而写的。

1973年，柏桦进入重庆市外国语学校读高中。在同学王晓川的影响下，开始阅读新诗。虽然不喜欢自己读到的第一本新诗集——贺敬之的《放歌集》，但从此对新诗产生了兴趣。随后，柏桦又读到莱蒙托夫的诗，模仿了两三首，觉得没有什么意思，便放弃了新诗写作。

读了两年高中后，柏桦成为下乡知青，到巴县白市驿区龙凤公社公正大队务农。乡村生活令柏桦无比留恋，在年谱中，柏桦这样写道："我一生中最快乐的时光到了。我向田园学习并常常醉卧森林，开始像一个成年人那样吸烟。"后来，柏桦写下了《家居》等和乡村生活有关的作品，从这些作品中，可以很明显地感受到诗人对乡村生活的喜爱。

幸运星终于降临。1978年春天，在农村生活了三年的柏桦考入广州外国语学院英语系。大学二年级时，柏桦从在四川师范大学读书的中学同学彭逸林处得知北岛等人创办《今天》的事情，并读到北岛的《雨夜》等诗歌，激动不已。随后，又读到程抱一翻译的波德莱尔诗选，对其中一首《露台》爱不释手，受其影响，柏桦开始了比较正式的诗歌写作，并大量阅读西方现代主义的文学作品。

经过两年的阅读与写作训练，1981年10月，柏桦写出新诗《表达》，一举成名，现在，这首诗已经被翻译成英文、法文、日文、荷兰文等文字。

我要表达一种情绪
一种白色的情绪
这情绪不会说话
你也不能感到它的存在
但它存在
来自另一个星球
只为了今天这个夜晚
才来到这个陌生的世界

它凄凉而美丽
拖着一条长长的影子
可就是找不到另一个可以交谈的影子

你如果说它像一块石头
冰冷而沉默
我就告诉你它是一朵花
这花的气味在夜空下潜行
只有当你死亡之时
才进入你意识的平原

音乐无法呈现这种情绪
舞蹈也不能抒发它的形体
你无法知道它的头发有多少
也不知道为什么要梳成这样的发式

你爱她，她不爱你

你的爱是从去年春天的傍晚开始的

为何不是今年冬日的黎明？

——《表达》节选

《表达》将近六十行，这里摘引的是其中的一部分。作为柏桦的处女作，这首诗已经比较完整地体现了柏桦早期诗歌的风格：干净利落的短句，率性自然的情感，迅疾流动的思绪。在这首诗中，内容不是最重要的，重要的是它的表述方式，它以一种自然流淌的形态，构成了一件迷人又不事雕琢的艺术品。

如同诗歌中所说，诗人要表达的是一种情绪，“这情绪不会说话 / 你也不能感到它的存在 / 但它存在”。为什么它存在着，而人们又不能感觉到它？因为它“来自另一个星球”，而且它还要挑选来临的时间：“只为了今天这个夜晚 / 才来到这个陌生的世界”。

这种情绪是什么样子呢？诗人进行了描绘：“它凄凉而美丽 / 拖着一条长长的影子”。美好的事物总是孤独的，如同优异的诗篇总是被人漠视，因此，它尽管美丽，“可就是找不到另一个可以交谈的影子”。这几句，颇有顾城之风。事实上，柏桦的作品在某些地方与顾城取向甚为一致，比如对短句的推崇，对乡村生活的迷恋。

第三节，继续描绘这种看不见摸不着的“情绪”：“你如果说它像一块石头 / 冰冷而沉默 / 我就告诉你它是一朵花 / 这花的气味在夜空下潜行 / 只有当你死亡之时 / 才进入你意识的平原”。

石头的坚硬与花朵的柔软之间，这种情绪微妙地存在着，它像花的气味一般在夜空下潜行，当你全神贯注时，你无法感知它，而当你弥留之际，它又不请自来。由此可见，这种情绪的飘忽与神奇。

“音乐无法呈现这种情绪／舞蹈也不能抒发它的形体”。诗歌引入了另两种艺术形式：音乐与舞蹈，但最适合于表达情绪的音乐和最能够体现形体之美的舞蹈，对这种独特的事物仍然无能为力。“你无法知道它的头发有多少／也不知道为什么要梳成这样的发式”。紧跟着的这两句看似突兀，实则是上两句的一种延展，意在表明这种情绪的复杂性，人们不了解它如同不了解一个女人头发的数量和对发式的选择。

“你爱她，她不爱你／你的爱是从去年春天的傍晚开始的／为何不是今年冬日的黎明？”笔锋转折到人与人之间的关系上，通过两种无法沟通的爱，再次展现了那种情绪的微妙与不可捉摸。

不必列举和阐释后半部分，我们仅通过上面这些诗句以及勉为其难的阐释，就可以知道柏桦在写这首诗时心态的放松程度。在写作的过程中，柏桦的思路是跳跃的，虽然读者可以从句与句之间、节与节之间找到似是而非的关联，但这种关联的达成需要经过读者参与，而非诗歌本身的明确给予。也就是说，这样的诗歌，我们可以说它经过精心设计，也可以说是信手拈来。这种让词语“自寻出路”的流动性写作方式，在 20 世纪 80 年代初期的中国诗坛，几乎前所未有，由此我们也不难想象《表达》发表之后所引起的关注了。

当然，必须指出，尽管《表达》是柏桦的成名作，但成名作并不等同于代表作，更不能等同于优秀之作。严格地说，与《在清朝》《夏天还很远》《琼斯敦》《往事》等成熟时期的作品相比，《表达》至多只能居于中游水准。

对这一点，柏桦也有极为清醒的认识，在河北教育出版社出版的诗集《往事》的自序中，柏桦把自己的诗歌道路分为三个阶段：第一阶段是 1979 年到 1988 年在重庆时，第二阶段是 1988 年至 1992 年在南京期间，第三阶段是 2004 年以后（1993 年至 2003 年基本停笔）。柏桦认为，第一阶段是他的“表达”时期，仗着青春之胆，没有禁忌，只想一吐为快，不知言说之难。这个阶段的写作，“看上去很自由，其实一点也不自由，非常紧张，我的焦灼、神经质、个人怪癖与疾病随处可见”。这种“看上去很自由，其实一点也不自由”、有点“焦灼、神经质”的特征，在《表达》中也可见一斑。

当然，这样的写作也并非一无是处，它是进入更高层次的基础，“正是这种以毒攻毒，才使我的身心终得放松，进入我的第二阶段”。

情报研究所

1982 年，柏桦大学毕业，被分配到重庆中国科学技术情报研究所工作。在科技情报研究所，柏桦并不快乐，“科技情报所带给我生活、文学双重焦虑，统一的办公室令我头昏、失神、烦躁，我一刻也不能适应这个环境。《科学》杂志、读报、喝茶、呵欠与聊天，同一格局与同一颜色的桌、椅、门、窗，准时的上下班制度、工间休息时千篇一律的羽毛球或买菜、随时可见的甩手疗法、‘延年益寿’的气功或太极拳、集体食堂统一的饭菜、集体宿舍大小统一的房间、整齐的床，个人生活在光天化日之下混为一谈，个人的时间和空间被一个庞大而无形的组织掌握、管理，写诗成了道德问题，‘你居然喜欢《恶之花》。’一位曾留学过美国的老模范科技工作者对我露出惊惧的表情”。（《情报研究所》）

在情报研究所工作了一年多之后，1983 年 10 月，柏桦被调往西南农业大学任教，动身前往学校的前一周，曾在高中同学武继平的介绍下与张枣相识。不久后，欧阳江河到重庆西南师大演讲，与张枣、柏桦相聚。这三个惺惺相惜的年轻人，成为当时重庆青年诗歌界关系最为紧密的小团体，他们的深厚友情一直保持到今天。

事实上，柏桦与欧阳江河早在 1982 年 8 月就在欧阳江河家中见过面，两人共同的朋友彭逸林是中间人。这次见面，只有两三个小时，但可以说是“历史性”的——彭逸林刚为他俩进行了介绍，善于朗诵的欧阳江河就滔滔不绝地朗诵起朦胧诗人杨炼的诗歌。很多年以后，柏桦仍然记得那个晚上，欧阳江河高昂着头，在房间里走来走去朗诵诗歌的样子。由于天气较凉，那天欧阳江河穿了一件他父亲的衣服，那是一件机织的、有点花纹的毛背心，显得有点花哨。分别的时候，柏桦对欧阳江河说：如果你要像你说的那样，把诗写好，我只给你提一个建议，就是你再也不要穿这件毛背心了。

欧阳江河后来在接受虞金星采访时谈到此事，说：“本来我对穿衣服是没有感觉的，基本上是逮到什么穿什么，那件毛背心是我父亲的，我穿着合身，所以已经穿了很长时间。那以后我再也没有穿这件衣服，而且从此改变了自己的穿衣之道。我已经记不清我们第一次见面的谈话内容了，但我非常清晰地记得他对我说的这最后一句话。我觉得这个逻辑太有意思了，他竟然注意第一次见面的男性朋友的服饰问题。他的衣服也很便宜，但他很注意细节，注意色彩的协调性。柏桦在当年几乎独一无二，尤其是'第三代诗人'个个都穿得像土匪，包括现在极爱漂亮的翟永明当年也穿得像女民兵一样。"（《八十年代：诗歌十年》）虽然欧阳江河立足于为自己穿毛背心进行辩解，但他对柏桦的审美眼光之敬佩从字里行间也显露无遗。

与欧阳江河熟悉了之后，柏桦和其他校园诗人经常是一考完试就坐火车去欧阳江河家聚会，每一次聚会都是率性而为，绝不提前通知。

尽管在普通人眼里，这种交往方式已经颇有些"出格"，但与当时其他"第三代诗人"相比，他们的交往远远谈不上"刺激"。那么，更"刺激"的方式又是怎样的呢？在《万夏：1980—1990 宿疾与农事》一文中，柏桦回忆起了 1982 年中秋、国庆期间四川青年诗歌界的一个"刺激"事件：

> ……三个主要方面军在这里汇合了：成都的胡冬、赵野、唐亚平等五人代表四川大学、成都科技大学、四川师范大学三校诗社，万夏等代表南充师范学院，廖希等代表重庆师范学院、重庆大学、西南师范大学。

这是一次盛况空前的青春飞行聚会，一次诗歌最红色的火线聚会。近三十名诗人聚集在西南师范大学桃园学生宿舍。学生们变卖衣服、收集饭票、腾空房间，以中国学生特有的80年代初的隆重方式欢迎这批诗歌中的“鹰”。

接下来连续三天，争吵的三天，狂饮的三天，白热颠覆的三天。三天后，大家正式将“这一代人”命名为“第三代人”（一个重要的、日后在诗歌界被约定俗成的诗歌史学概念被呼唤出来、敲定下来）；并决定出《第三代人诗集》。万夏曾告诉我：“第一代人为郭小川、贺敬之这辈，第二代人为北岛们的‘今天派’，第三代人就是我们自己。”

这也是一次未达最后胜利的聚会，青春热情及风头主义成了合作的龃龉。目标和形式都没有出现，两派形成了。廖希的重庆派，万夏和胡冬的成都派，三军过后没有尽开颜，而是作鸟兽散……

虽然最后的结果是“作鸟兽散”，并且在“作鸟兽散”之前还差点发生群体斗殴事件，却也不是一无所获。从某个角度上说，甚至是大有斩获——提出了“第三代诗人”这一具有历史性的命名，并且由万夏负责起草了轰动一时的《第三代人宣言》，“第三代诗人”作为中国当代诗歌史中与“朦胧诗”齐名的关键词，逐渐进入人们视野，并最终进入中国文学史。

口号已经提出，雄心万丈的诗人们自然不会闲着。1984 年 3 月，柏桦趁热打铁，油印了自己的第一本诗集，印数三十册，蓝色封面空空荡荡，没有书名。简陋的印刷装帧质量并不能影响诗人内心的快乐，毕竟，这是他创作五年来“出版”的第一本诗集啊。同年8月，柏桦在北京的一个大杂院里看到了自己的崇拜对象北岛，并与北岛互赠了油印的个人诗集，开始了两个优秀诗人延续至今的深厚友谊。这次见面，对柏桦的诗思有了很大的触动，回重庆后，他陆续写出《悬崖》《夏天还很远》《唯有旧日子带给我们幸福》等有影响的诗歌。

1985年3月，北岛和马高明等人来到重庆与重庆出版社商谈出版《国际诗坛》事宜，在四川外语学院与柏桦、张枣、彭逸林等人见面。在《回忆：一个时代的翻译和写作》中，柏桦这样回忆当年的那次会面：“1985年，又是一个初春的夜晚，在重庆北碚温泉的一间竹楼里，室内如此明亮，而楼道外却一片黑暗，对面是可怖的群山，下面是嘉陵江深夜的流水，夜雾迷漫、新鲜而湿润，一切似乎都伸手可及。北岛在为我们谈论‘今天’的旧事，人、岁月、生活，一个诗人的旅程……而此时洗手间的水龙头未拧紧，水滴落入白色脸盆发出的声音让我既惊叹又迷离……”在随后的一年多时间里，两人又见了两次面。其中一次，诗人们玩起了游戏。现在看起来，这种游戏已经非常老套，但在三十年前颇为流行，即每个人分别在三张纸条上写下自己的名字、地点以及所做的事情，然后将这些纸条分成三类，混在一起，随意抽取三张，再将纸条上的文字连起来读，往往会得到十分滑稽而荒诞的效果。据欧阳江河说，他抽到的是“在厕所外面大谈苏格拉底”，杨炼抽到的是“在政治局会议上游行”，而柏桦所写的两张纸条都被北岛抽中，这似乎在冥冥中暗示了两人的缘分。

相识后，柏桦与北岛的友情日益加深，彼此对对方的写作也极为推崇。北岛在美国的大学用柏桦的《在清朝》《苏州记事一年》和张枣的《镜中》等诗歌作为教材，向一批又一批学生推荐，柏桦则饱含感情地为北岛的诗学随笔集《时间的玫瑰》作序，将该书誉为“一本可以焕发我们的书”。据西川在《边幻想边旅行》一文中透露，1997年秋天，柏桦、北岛和西川应邀到巴黎参加第四届瓦尔德玛涅国际诗歌节，这是柏桦第一次去巴黎，但在巴黎期间，除了某些必不可少的应酬，大部分时间，柏桦都和北岛待在旅馆里聊天。好不容易有一天，两人与西川一起逛街，在街上碰到一位中国温州妇女。这个妇女问北岛等是否想看巩俐的新片《中国匣》，她有两张多余的电影票，北岛和柏桦当即决定不再逛商店而要去看电影。西川愣在街头，对他们的行径百思不得其解。

安闲和理想越来越深

80年代中期，中国文坛有一个异常引人注目的现象，即各地的“地下诗人”纷纷办民刊，作为诗歌重镇的川渝两地的诗人自然更不会例外。1985年5月，柏桦在重庆创办《日日新》诗刊，收录了欧阳江河的理论文章《关于现代诗的随想》、张枣的诗歌《镜中》及张枣翻译的荣格文章《论诗人》等作品。这本诗刊只出版过一期，创刊号也是终刊号，但“日日新”这个词语一直为柏桦深深喜爱，以至于二十四年后的2009年，柏桦用“日日新”作为自己的一本关于唐诗阅读的随笔集的书名。

尽管柏桦早在1981年就写出了成名作《表达》，但多年以来，他的诗歌更多的是在诗人中间口口相传，以及在一些油印内部刊物上发表。《夏天还很远》是柏桦在公开刊物上发表的第一首诗歌，那是在1986年2月的《新观察》杂志上。在同一期《新观察》中，柏桦读到了上海诗人陈东东的诗歌《远离》，喜爱不已。随后又在孟浪寄来的一本刊物上读到了陈东东的另一首诗《独坐载酒亭，我们怎样去读古诗》，陈东东的诗，让柏桦深受启发，他的创作开始进入了一个新的尝试，写出了“在现代语言中重现古典”的《望气的人》《李后主》《在清朝》等闲适之作。

同年9月，柏桦考取四川大学中文系研究生。当时诗歌界“第三代诗歌”运动已经风起云涌，柏桦与钟鸣、孙文波、赵野等诗人往来密切，并与“非非”“莽汉”“整体主义”诗人有或深或浅的交往。

上研究生一年后，柏桦自动退学，回到重庆，在四川外语学院任教，课余时间则与友人喝酒、论诗，所写的诗歌也“散发着酒精的白热之美”。

虽然生活颠簸，但那两年，却是柏桦写作的高潮时期，《望气的人》《李后主》《在清朝》《痛》《冬日的男孩》《献给曼杰斯塔姆》《美人》《琼斯敦》《恨》等广为人知的诗歌就是在那两年写成的。

由于柏桦的气质综合了尖锐、平和、淡泊、哀婉、忧虑等因素，表现在创作上，就构成了《冬日的男孩》《在清朝》《望气的人》《琼斯敦》《表达》《幸福》等看似一脉相承实则差异颇大的文本。可以把阅读柏桦当作培训艺术敏感力的途径，在阅读中，各种细致入微的滋味会主动撩拨你呆板的神经。但总的说来，柏桦还是偏向于闲适与雅致，诗人杨黎在他的关于“第三代诗人”生活与创作的专著《灿烂》中讲述过这样的往事：80年代后期，柏桦向朋友描绘过自己的一个理想——找某县的县长，让他拨给一块地来建立一个诗人村，诗人们为农民带去现代文明，在村子里办学、种菜，自食其力。在现代社会，如果缺乏足够的资金，这样的理想只能成为永远的梦想，不过由这个小故事足以看出，柏桦的乡村情结之浓郁。

三日细雨，二日晴朗
门前停云落寞
院里飘满微凉
秋深了
家居的日子又临了

古朴的居室宽敞大方
祖父的肖像挂在壁上
帘子很旧，但干干净净
屋里屋外都已打扫
几把竹椅还摆在老地方
仿佛去年回家时的模样

父亲，家居的日子多快乐
再让我邀二三知己

酒约黄昏
纳着晚凉
闲话好时光

——《家居》

《家居》创作于1985年春天，描绘出一派温和恬静的乡村生活景象，居室古朴而宽敞大方，壁上挂着祖父的肖像，“帘子很旧，但干干净净”，屋里屋外都已打扫干净，竹椅无言，像个多年老友。

在对环境的描绘结束之后，“人”出现了，最后一节，诗人忍不住内心的欢愉，告诉父亲家居日子的快乐，并希望能“邀二三知己 / 酒约黄昏 / 纳着晚凉 / 闲话好时光”，那是多么惬意的人生！

从《家居》一诗，可以看到柏桦对闲适生活的向往。诗歌中的“我”，如同一个饱含闲情逸致的老乡绅，举止优雅得体，品味高洁，沉湎于怀念与冥想，对有情调的生活情有独钟。有意思的是，诗人在向人倾诉自己内心的欢乐时，选取的是“父亲”，而不是“母亲”，这是否说明了当年的“下午情结”仍没有完全消弭？

体现出诗人“不第士子或前朝遗老的形象”的诗歌代表作无疑是作于1986年春天的《在清朝》，如果你在清晨或者静夜里轻读，那种闲适优雅又带着一点厌倦的情感会舒展开来，弥漫整个房间：

在清朝

安闲和理想越来越深

牛羊无事，百姓下棋

科举也大公无私

货币两地不同

有时还用谷物兑换

茶叶、丝、瓷器

在清朝

山水画臻于完美

纸张泛滥，风筝遍地

灯笼得了要领

一座座庙宇向南

财富似乎过分

在清朝

诗人不事营生、爱面子

饮酒落花，风和日丽

池塘的水很肥

二只鸭子迎风游泳

风马牛不相及

在清朝

一个人梦见一个人

夜读太史公，清晨扫地
而朝廷增设军机处
每年选拔长指甲的官吏

在清朝
多胡须和无胡须的人
严于身教，不苟言笑
农村人不愿认字
孩子们敬老
母亲屈从于儿子

在清朝
用款税激励人民
办水利、办学校、办祠堂
编印书籍、整理地方志
建筑弄得古香古色

在清朝
哲学如雨，科学不能适应
有一个人朝三暮四
无端端地着急
愤怒成为他毕生的事业
他于一八四〇年死去

据说《在清朝》的写作灵感和内容来自费正清的《美国与中国》，每一段内容都可以在《美国与中国》中找到对应，我没有读过该书，无法探讨诗与书之间的关系，我只想在自己的理解基础上谈谈对这首诗的看法。

前三节，诗人写到下棋、放风筝、祭祀、饮酒、看花等，与此对应的事物是牛羊、茶叶、丝、瓷器、山水画、纸张、风筝、灯笼、庙宇、诗人、风和日丽。一幅幅民俗风情画卷，在读者面前次第展开，让人内心宁静。据柏桦说，这首诗歌里的“清朝”，其实是指他生活的成都，“在清朝”就是“在成都”。的确，成都作为一个极为适合休闲和居住的城市，它有一种闲散、慵懒的气质，各种“风马牛不相及”的事物自然存在，互不干涉，这样的生活，正好是柏桦的内心理想。

从第四节开始，气氛有所改变，物质在介入，笔触也由先前的自然环境转向人与社会，于是出现了极富社会责任感的太史公、威严的朝廷、军机处、官吏，以及敬老、税款、修水利、办学校、办祠堂、编印书籍、整理地方志、朝三暮四又愤怒至死的人……前面着意描述的清闲幽雅的氛围的浓度被这些具有政治和生活上的严肃态度冲淡。第四至六节紧锣密鼓的“创业”，展示出一种欣欣向荣的向上态度之后，最后一节笔锋一转：“在清朝／哲学如雨，科学不能适应／有一个人朝三暮四／无端端地着急／愤怒成为他毕生的事业／他于一八四〇年死去”。就像一个人终将老去，一个时代也逐渐走向了尾声，在哲学和科学上，这个曾经的“老大”已经步履蹒跚，越来越跟不上形势，所有人都陷入某种颓废的情绪。这个时候，诗人用反讽的口吻谈到了一个富有正义感的爱国者，他“朝三暮四，无端端地着急”，而这些毫无用处，于是他能够做的只有愤怒，最终于1840年死去。

这个人是谁呢？我没看到柏桦的相关说明。据我猜想，可能是指林则徐或者龚自珍。说是前者，是因为1840年是清朝近三百年统治中极为关键的一年，这一年，震惊世界的鸦片战争爆发，从此中国的国家形态开始改变，由封建国家逐步变成半殖民地半封建国家。但林则徐不是1840年去世，而是1850年去世的，这又如何解释呢？也许柏桦此处不是指身体的消逝，而是指林则徐所代表的某种坚决的自强的品质的消逝，正是从鸦片战争开始。

关于“他”是龚自珍的猜想，则主要是因为龚的去世时间与1840年极其相近（去世于1841年），他的文学与思想经历与诗歌中的“有一个人朝三暮四／无端端地着急／愤怒成为他毕生的事业”相似。龚自珍自幼熟习国学，想走仕途，但屡屡受挫，好不容易当了个小官，又因社会日益混乱，政治腐败，经济衰退，便“着急”起来，弃绝考据训诂之学，转而致力于经世之务，希望通过改革和变法，恢复强国之梦。这一意愿，那首“九州生气恃风雷，万马齐喑究可哀。我劝天公重抖擞，不拘一格降人才”体现得淋漓尽致。十年后，又因这一理想无法实现而辞职；辞职之后，却仍安闲不下来，照样关注世事以及国家的前途，如同他笔下“落红不是无情物，化作春泥更护花”中的落红。这些转变，的确有一点“朝三暮四”。当然，这里的“朝三暮四”并非贬义，而是一种调皮的表达。

诗中出现的“夜读太史公，清晨扫地”的人又是谁呢？是指林则徐、龚自珍还是另有其人？考虑到这个人在诗歌气氛转折的

第四节出现，不知道是不是指明清交替期间的顾炎武或黄宗羲、张岱、冒辟疆？如果真要从这四个人之中挑选一个，张岱的可能性最大。顾炎武和黄宗羲一生奔波，为反清复明矢志不改，显得有些“暴烈”，而张岱也赞成反清复明，最终寄情山水，写《夜航船》《陶庵梦忆》《西湖梦寻》等著作，消极生活，其人其文非常切合“夜读太史公，清晨扫地”的形象。当然，冒辟疆的可能性也很大，他不仅人生经历与张岱甚为相似，才华亦极为突出，柏桦对冒辟疆也情有独钟，冒辟疆的《影梅庵忆语》描述了他与董小宛缠绵悱恻的爱情生活，柏桦的长诗《水绘仙侣》写的就是冒辟疆与董小宛的故事。这只是我的臆测，这人到底是谁，只有柏桦本人才知道了。好在我们即使不追究这一点，只把这个人当作一个有理想追求但又不乏闲情逸致的文人，也不影响我们理解这首诗。

《在清朝》写的是大题材，但运用的笔调十分闲散和节制，诗歌的氛围，类似于柏桦所生活的成都，毫无诗歌结尾时所要表现的那种“愤怒”和剑拔弩张的感觉，突出的只是对美好往事的客观追忆与怀念。然而，如果我们反过来思考，对美好往事的怀念不正意味着对现状的不满吗？

从柏桦的随笔《日日新与望气》中，我们可以发现，《在清朝》目前的模样与初稿小有区别。这首诗，曾在欧阳江河、付维等人的建议下进行过改动：

> 欧阳江河改动过我《黄昏》第二节及《在清朝》第一节第二行一个十分重要的词，我原诗为“安闲的理想越来越

深”，他改为“安闲和理想越来越深”，把“安闲”变为名词来用，与后面的名词“理想”作一个并置，这简直是脱胎换骨手段，妙不可言。付维也改动过《在清朝》其中一行，我原诗为“夜读太史公，清晨捕鱼”，他改为“夜读太史公，清晨扫地”，注意到意象的趋近而不是意象的分离；……时至今日，我仍旧认为诗人之间相互空谈技术，还不如直接动手改正一首诗中存在的问题。最好的修改是在他人自身的诗歌系统中进行的（这是最有益的技巧锻炼，同时也学到了别人的诗艺），而不是把自己的系统强加于别人的系统；最好的修改不是偷梁换柱的修改，是实事求是的修改，是协助对方忠实于对方。

这除了证明诗人之间的崇高友情，也从侧面证明了这些优秀的诗人对文字的严肃态度。我曾经和柏桦通过数十封邮件，经常互换文章，我发现，柏桦的每一篇文章，都是经过精雕细琢，一句话，一个词，有时候甚至是一个标点，他都认真仔细，毫不放松。因此，我的邮箱中，也就常常出现“柏桦寄稿”“柏桦寄修改稿”“对不起，三寄”“又有改动，唯有再寄”之类的邮件标题。每一次打开邮箱，看到这些标题，内心升腾起的唯有“敬佩”二字。

而冬天也可能正是春天

尽管《在清朝》弥漫着闲逸、慵懒之气，但这仅仅是柏桦作品的一个向度，在另一些作品中，诗人仍然保持着对社会的关注，责任心并未磨灭。事实上，柏桦的作品从来就没有缺乏过对生活的严肃思考，他的作品无论是尖锐、诙谐还是平静，探询的都是生存的本质。而且时有发人深省的警句，如《夏天还很远》中的“真快呀，一出生就消失”，《现实》中有意模糊鲁迅与林语堂更是发人深省：

这是温和，不是温和的修辞学
这是厌烦，厌烦本身

呵，前途、阅读、转身
一切都是慢的

长夜里，收割并非出自必要
长夜里，速度应该省掉

而冬天也可能正是春天
而鲁迅也可能正是林语堂

正如前文所说，柏桦的诗大致可以分为两个部分，一部分非常慢，另一部分非常快，像《冬日的男孩》《琼斯敦》《表达》

《幸福》等，都是“快”诗，而《在清朝》《现实》《望气的人》等则是“慢”诗。《现实》中有两个地方直接写到“慢”：“一切都是慢的”“速度应该省掉”。还有一个地方是隐晦的“慢”，那就是最后一句“鲁迅也可能正是林语堂”。鲁迅给我们的印象，无疑是泼辣而坚硬的，是“快”，而林语堂提倡闲适、有节制的生活方式，是“慢”的典型。而在柏桦看来，鲁迅的“快”与林语堂的“慢”，鲁迅的“先进”与林语堂的“落后”，并不那么容易区分，有时候它们甚至是一体的，你中有我，我中有你。就像有的人的生活中，冬天也和春天一样暖和，而对于另一些人而言——比如流浪者，即使是在春暖花开的时节，他们的心也仍停留于冬天的寒冷之中。《现实》这首诗的好，就好在它辩证地看到了生活与心灵的“快”与“慢”，所以诗人不功利、不追逐，以一种温和的心态享受生活，但与此同时，灵魂深处对世事洞若观火。无疑，这非常符合柏桦在读者心目中的形象。

诗歌质量的优劣可分三个层次：“有句无篇”“有篇无句”“有句有篇”。顾名思义，“有句无篇”是指一首诗歌中，偶尔能看到一两个好句子，但整首诗不是不知所云就是庸俗透顶，汪国真是一个十分著名的典型。“有篇无句”的诗歌虽然没有什么好句子，但整首诗浑然一体，不能拆散。“有篇无句”的诗歌是成功的，我们至少可以给它打上及格的分数。而最高层次的诗歌是“有句有篇”，既见树木又见森林，《现实》达到了这一高度。

柏桦另有一首诗，叫《衰老经》：

疲倦还疲倦得不够

人在过冬

一所房间外面
铁路黯淡的灯火，在远方

远方，远方人呕吐掉青春
并有趣地拿着绳子

啊，我得感谢你们
我认识了时光

但冬天并非替代短暂的夏日
但整整三周我陷在集体里

这首诗与《现实》有着类似的背景，疲倦的语调、对季节的辩证、黑夜般黯淡的底色。特别是结尾句式，如出一辙。

应该说，单独看，两首诗都很优秀，但如果将它们对比着阅读，你会产生一种“重复”的感觉。两首诗的开头和结尾甚至可以互换。如果你一开始读到的不是原作，而是下面这首“诗”，也许你同样会佩服不已：

疲倦还疲倦得不够
人在过冬

呵，前途、阅读、转身
一切都是慢的

长夜里，收割并非出自必要
长夜里，速度应该省掉

但冬天并非替代短暂的夏日
但整整三周我陷在集体里

经过这样的调换，诗歌失去什么了吗？没有。我甚至觉得它比原诗更天然，更有韵味。诗歌一开始就指出季节的寒冷，人很疲倦，因此“前途、阅读、转身／一切都是慢的”。既然如此寒冷而疲倦，那么自然而然，长夜里，没有必要去劳动（“收割”），速度可以放慢。然而值得警惕的是，冬天很漫长，不像夏日那么短暂，长时间（“整整三周”）“陷在集体里”，除了变得懒散，又还能获得什么呢？

这样的解读，同样自成一格；这样一首“诗歌”，同样在外表的闲适中暗含焦躁的反思。

为什么不同的诗，有的词句可以互换呢？我只能如此设想：《现实》与《衰老经》可能创作于同一时期，写完其中的某一首之后的几个月内，诗人脑子里仍保存着某些深刻的印象，因此，当他再下笔时，句式或内涵的重复在不经意之间发生了。

对于柏桦这样心高气傲的诗人而言，如果不能避免重复，他宁愿停笔。这也许才是 90 年代后柏桦的诗歌作品量锐减乃至停笔的最大原因。

南京往事

从 1982 年到 1988 年，柏桦在重庆工作了六年，六年里，他对这座城市产生了厌倦之情。在《左边：毛泽东时代的抒情诗人》中，柏桦这样写道："'离开重庆，以最快的速度离开。'这一符咒日夜纠缠着我的思想，逼得我坐立不安，无心教书（那时我已在四川外语学院任教）。肉体深陷在生活的泥淖里，诗歌却在挣扎着想拔起遍体鳞伤的生活飞向远方……一封一封的请求调动信寄往祖国各地，我乞求'制度'伸出援助之手，我甚至想去郑单衣所在的贵州农学院或黄彦所在的川北教育学院……"

终于，南京接纳了这个人躁动不安的灵魂。1988 年 8 月，柏桦来到南京，在南京农业大学担任英语教师。

柏桦在南京生活了四年。四年的古都生活，对柏桦的创作产生了难以估量的影响。这是柏桦创作的第二个阶段，在这个阶段，柏桦认为自己达到了一个更高的境界："我开始懂得了在写作中应加入一种软弱之力的重要性。正是在这个阶段，我过去的强硬与现在的软弱汇合了，并诞生出一种平衡和谐之力。从 1988 年初秋在南京写下《往事》开始，我才真正感到我写得比较自由了，有了一种天然的节制，用张岱的话说就是'找截干净'。也正是从这一年开始，我才感到我正式成为一名成熟的诗人。"（《走了，就死了一点点》）

在南京，柏桦完成了《往事》《苏州记事一年》等诗歌。与此同时，他的第一本正式出版的个人诗集《表达》于 1988 年由漓江出版社出版。

《往事》创作于1988年10月，是柏桦到南京后的第一首诗，也是柏桦的转型之作，值得重点推荐：

这些无辜的使者
她们平凡地穿着夏天的衣服
坐在这里，我的身旁
向我微笑
向我微露老年的害羞的乳房

那曾经多么热烈的旅途
那无知的疲乏
都停在这陌生的一刻
这善意的，令人哭泣的一刻

老年，如此多的鞠躬
本地普通话（是否必要呢？）
温柔的色情的假牙
一腔烈火

我已集中精力看到了
中午的清风
它吹拂相遇的眼神
这伤感
这袒开的仁慈

这纯属旧时代的风流韵事

呵，这些无辜的使者
她们频频走动
悄悄叩门
满怀恋爱和敬仰
来到我经历太少的人生

据柏桦透露，《往事》的灵感来源于一次简单的访问。一天中午，柏桦去拜访一位上了年纪的女艺术家，后者的风度和谈吐让柏桦深深折服，并使柏桦回想起了以往的许多经历，在各种经历的碰撞和交融下，一首诗呈现出它的雏形。

关于这首诗的内容，柏桦在与诗歌同题的随笔《往事》中这样阐述："我幻想了这样一个场面：一个游子从远方归来，他轻叩锃亮的门环走进一座深院。在一间寻常的房间，两个人在正午见面了。一个青年，一个老年在层层注视、对话之后，在漫长的夏夜（诗的最后一节），故事已到达一个激动人心而又耐人寻味的幽会之所。令人感怀的夏日……不仅带给我们饮酒、看花、纳凉、赏月，也带给我们对青春时光或儿童时代的追忆，带给我们对成熟的母亲般的美人的梦想和依念……是的，这青年历尽沧桑但仍天真烂漫，天真中流露细腻的礼貌和最后冲向极端的气概；这老年深藏着不轻易的感情，礼貌掩饰了她天性中长存的天真，多么可怕，她从未真正大胆而天真过。终于在一个夏日的中午，老年面对一位归来的青年燃起奇异的情感。"

老实说，对柏桦的阐释我只认同一半。如果《往事》的内容仅限于柏桦所说的这些，那么它的魅力会大打折扣，成为一个“忘年恋”故事的平庸复述。更重要的是，如果那样理解，从诗歌技巧上来说，《往事》将是平白的，毫不出众。

在我的理解中，《往事》除了具有柏桦所说的写实成分，更是一种象征，具有高妙的技巧，特别是第一节和最后一节。

“这些无辜的使者／她们平凡地穿着夏天的衣服／坐在这里，我的身旁／向我微笑／向我微露老年的害羞的乳房”。“这些无辜的使者”不是指人（一个上了年纪但有些害羞的女艺术家），而是各种回忆细节的拟人化表述，这些细节不是主动回忆起来的，而是不期而至的，因此，诗人用了一个词：“无辜。”在这个夏天，“使者”到来，在回忆者的面前一一展现，不再神秘虚缈，而是“平凡地穿着夏天的衣服”。“她们”坐在“我”的身旁，“向我微笑／向我微露老年的害羞的乳房”。这几句，使那些微妙的、稍纵即逝的感受与回忆形象地树立起来，可知可感，同时对读者进行了含蓄而有节制的挑逗。

“那曾经多么热烈的旅途／那无知的疲乏”，一个年轻人生活颠沛，身体和精神都极为困乏，但当他从曾经深陷的往事中遭遇“这陌生的一刻／这善意的，令人哭泣的一刻”时，注意力便更改了方向，诗歌开始返回写实的层面：“老年，如此多的鞠躬／本地普通话（是否必要呢？）／温柔的色情的假牙／一腔烈火”。鞠躬、本地普通话、假牙，都是实指，描述的是人物的行动与形象，而在这礼貌与温柔中，暗含着色情的烈火。于是，“我已集中精力看到了／中午的清风／它吹拂相遇的眼神”。在“本地普通话”后面，诗人用括号增加了一个反问句“是否必要呢？”

既是对当时的情境的一种抽离，使读者紧绷的心弦得到暂时的休整，也暗含着对女性的体谅与爱护，同时，进一步增强了两人见面时的那种试探与迂回的姿态。

眼神在经意或不经意的触碰之后，两人在伤感之中得以交融，“我”遭遇了一个年长的女人母亲般的爱。“袒开的仁慈”与“旧时代的风流韵事”无疑是与第一节中“向我微露老年的害羞的乳房”相对应，这几句意在烘托一种感激而又茫然的复杂心情。

最后一节，是“我”的感慨，“呵，这些无辜的使者／她们频频走动／悄悄叩门／满怀恋爱和敬仰／来到我经历太少的人生”。种种记忆的细节纷至沓来，充实了“我”的人生。如同柏桦的随笔《往事》所说：“在清癯的秋夜，在优雅而丰满的一个片刻，急躁的望气者因经历太多的热烈与悲哀、因一杯秋天的山楂而最后成熟了。”

《往事》是我非常喜欢的一首诗，也是柏桦的诗歌中我印象深刻的一首。因为过于偏爱，所以有些固执，难以接受作者本人的解释而自顾自地给它一个“说法”。这个过程也提醒我们：有的时候，对于自己的作品，作者是做不了主的，作为一个读者，不必对作者的创作意图亦步亦趋，更不必人云亦云，而需要按照自己的学识、经验和对生活的理解来进入。

请选吧，这全是诗

智利诗人尼卡诺尔·帕拉写过一首很有意思的短诗《滑车》，诗歌对当时盛行的某种诗风进行了反讽：

半个世纪以来
诗歌一向是
死心眼呆子的乐园
直到我来
装好滑车

高兴的话，就上车吧。
当然，下车时要是口鼻流血
可不是我的错。

在这首诗里，诗人的激愤之情含而不露，而是采用了一种玩笑的语气进行甄别、劝说、开解，而玩笑背后则是一脸的正经。这种姿态非常对我的口味，在诗歌创作中，创作者的心态可以放松，但骨子里仍然需要相当的严肃态度，高明的诗人总是能够在宽松的心理环境下写出能长久地感染读者的佳作，而低级诗人则以为读者咧嘴一笑就是他的无上光荣。帕拉这种轻松中的严肃，与那些以为什么都是诗的“诗人”有着本质的区别。

诗歌不是文字游戏，不是隐射谩骂、占口头便宜，它是诗人心血的结晶。只有持着这样的创作态度，才有资格登上“滑车”而不会跌得口鼻流血。遗憾的是，我们的视线里充满了那些无聊的泄私愤的文字。2002 年夏天，当我看到一个我曾经比较尊敬的女诗人用分行文字的形式——或许，她以为那就是诗——对另一个女诗人极尽挖苦之能事时，我内心对她的好感已经不可避免地打了一个大大的折扣。

如果不是读到《选择》，我绝对不会想到如前朝文人般温文尔雅的柏桦也会有戏谑的一面：

他要去肯尼亚，他要去墨西哥
他要去江苏国际公司

年轻时我们在规则中大肆尖叫
今天，我们在规则中学习呼吸

呵，多难啊，请别吵了！
让我从头开始练习

一二三、一二三、一二三
这究竟是一些什么东西

肯尼亚，墨西哥，江苏国际公司
这就是诗，请选吧，这全是诗

在读到这首诗的一刹那，我就牢牢地喜欢上了它。这样的诗，只有像柏桦这样的诗人捉笔才能显示出其中的效果。首先，人们无论如何也不会想到柏桦还有如此烦躁甚至激愤的时候，这无疑加重了读者的好奇。但这只是表面的理由，我认为这首随意书写的文字“就是诗”还有更深层次的原因。进入90年代以来，诗人的思维似乎得到了空前的放松，一时之间，那些将文字胡乱堆积、以读者读不懂为荣，或者随口胡诌、只要把文字分行就可以成为一首诗歌的现象时有发生。诗歌的高贵气质消失了，难度丢弃了，在这样的状况下，还有什么不是诗呢？我相信，柏桦写下这些文字时内心必定不是快乐而是充满忧虑的。可取的是，这种忧虑是以玩笑的语气来完成的，这体现出了“第三代诗歌”一个特有的品质。这首诗作于1993年2月，联系到二十余年之后今天诗坛的种种现象，我们不能不钦服于诗人的前瞻力。

这首诗也反映了柏桦对诗歌的厌倦之情，此后十年间，他只写了几首诗，平均每年不足一首。

当然，如果要把“气氛”变得缓和一些，我们也可以仅仅把这首诗看作一个实力诗人不堪报刊编辑的频繁约稿而发出的反感之语，当众多的电话和信函由礼貌的问候变成某种理所当然的骚扰时，承受者必定产生烦躁反感情绪——你不是要我的诗歌吗？那么我就逗你玩，随便涂抹几行文字，你拿去吧，这些都是诗！

这的确是诗，是少数信笔写就但颇有价值的诗，它虽然在艺术成就上与诗人的其他优秀作品无法相提并论，但自有其存在的理由。自然，这样的诗只能偶尔为之而不能推广，正如第一个把女人比作鲜花的人往往占尽风光而跟风模仿者就会被视为东施一样。

如果世俗一些，我们可以归纳出此类诗歌的一个特点：最好由名人来写。名家作品因其作者的身份和地位，占有某种舆论上的优势，有利于提倡诗歌的探索精神。而当今名家有真才实学者少，滥竽充数者多，因此，上述作品看似信手拈来，实则是一个优秀诗人能力的体现，是检验一个名家是否“名实相符”的试纸。

如果检验通过，这些作品就因其对某种现象的尖利讽刺与揭示而成为诗歌中的另类，成为众多“随意之作”中的精品。它们的存在，也将再一次向人们说明一个事实——杰出者之所以杰出，的确具有与一般人不大一样的素质，要么是洞察力的深度，要么是视野的广度，要么是思维的敏锐性。明白了这个道理之后，我想，当今那些不分青红皂白地以攻击名人为乐事的“愤世嫉俗者”也许会收敛一些吧。

自由撰稿人生涯

在我曾经进行过专题研究的数十个诗人中，顾城和柏桦是最富有传奇性的。对于顾城，本书第一章已论及，这里暂且避开，单说柏桦的传奇之处。柏桦至今仅写了不足一百首短诗，却几乎被公认为中国最优秀的抒情诗人。最有意思的是，这样一个性格内敛的诗人，竟然多次主动离开许多文人趋之若骛的高等院校，甚至在诗歌道路如日中天时突然停笔当自由撰稿人，替书商写了十年的畅销书。即使那十年中他只写了不足十首诗歌作品，平均每年不足一首，读者和文学史家对他也没有丝毫淡忘，他的作品和事迹进入了包括北大洪子诚等著的《中国当代文学史》和《中国当代新诗史》在内的所有新时期文学史版本。

关于那一段长达十年的自由撰稿人生涯，柏桦很少谈及，甚至在他那本出版后引起颇大反响的自传《左边：毛泽东时代的抒情诗人》中，对这十年的经历也只字不提。在对柏桦进行深度采访之前，相信中国读者所了解的，仅仅是何映宇发表在《瞭望东方周刊》中的《柏桦：我已经厌倦了呐喊》的部分信息："诗人马松、万夏下海后做了书商，约我写书。我写一本《EQ 情商》工作量大概也就三五天。我做书都快，我怎么做呢？书商确定了主题以后，我就找相关主题的书，十本左右，我搭一个构架，写一个目录，确定章节，然后就把这些材料直接放进去。当然我们很专业，不会出现版权问题，而且都是写'编著'。大概五六天就能做一本书。当然也不是每本书都轻松，也有比较花费力气的。关于毛泽东诗词的系列丛书我都是专门写的。我对毛泽东诗词也比较有研究。……从 1993 年一直到 2003 年。也分几个阶段，1993 年、1994 年是初创阶段，一年写一两本。1995 年开始就比较好，多的时候收入在十万左右，少的也有六七万，不很稳定，但还是比上班的工资要多。"

上面这段文字，写得过于笼统了，它抹去了一个具体的诗人在从事一项崭新的职业时遭遇的种种细节。2009 年 10 月 26 日，我专门就一些细节性的问题向已经身为大学教授的柏桦进行了解，从中获得了一些他从未向外透露过的"秘密"。

事情要从 1988 年说起。这一年 8 月，柏桦从位于重庆的四川外语学院调到南京农业大学教书，虽然南京有韩东等好友，但由于每周要上十八节英语课，懒散惯了的柏桦感觉既累又厌烦，不久便萌生了某一天换个职业的想法，至于换什么职业，柏桦仍然很茫然。在后来的两三年，柏桦一直在掂量着自己的工作与未来，内心的冲突非常激烈。1991 年冬，柏桦结婚，由于妻子的家远在成都，柏桦决定到成都生活。但工作不是说换就能换的，要正式调动，必须经历种种难关。柏桦跑到成都，为工作调动的事情努力了一番，但毫无结果。已经铁下心离开南京的柏桦于是不再回校，而是在重庆、成都两地闲游。然而他很快就意识到，如此下去，也不是办法，毕竟作为一个男人，还要养家糊口。

为时势所逼，1992 年底，柏桦迈出了自由撰稿人生涯的第一步，开始试着编书。第一本书编得很简单——从《世界知识画报》《青年文摘》等刊物寻找一些比较可读的材料和文章，将其粗略地整理、分类，之后，托熟人帮卖书稿。卖出第一本书后，紧接着，柏桦用同样的方式编辑并卖出了第二本。这两本书稿共得了七千元，算是解了燃眉之急。至今柏桦都对当年帮助他卖书稿的两个朋友王忠勇和苏丁心存感激，王、苏二人是川渝两地的文艺理论家，他们替柏桦卖稿，没有收取一分钱的“辛苦费”。

随着自己的逐渐“入行”，柏桦发现，成都几乎遍地都是书商，加上前两本书的顺利脱手，柏桦决定潜下心来做自由撰稿人。然而，雄心勃勃的诗人很快被一次意外弄得异常沮丧。一个上午，柏桦做好了一部书稿，主动跑到一个书商家里洽谈出版事宜，那书商看了几眼书稿，当场就付款买下，这一切顺利得令人吃惊。然而，几个小时之后，书商派人来找柏桦退书稿。原来，书商在拿到稿子后，兴冲冲地找到熟悉的出版社编辑，被编辑告知，书稿是抄袭的，出版社不可能给书号。柏桦一下子就被弄蒙了，但没有进行声辩，马上将钱退给了来人。

来人离开后，柏桦陷入了空前的难过之中。首先，他的工作成果——尽管只是对稿子进行分门别类的编辑工作而不是原创——被人质疑；其次，还因为书商在利益面前的无情。好在塞翁失马，焉知非福，幸运之神再次降临到诗人头上。第二天，柏桦拿着书稿，找到了读研究生时的同学，当时在成都出版社任总编辑助理的杨晓明。杨晓明看了书稿，说：这书稿没有问题，这是一本文摘式的书，在内容上进行技术处理一下，再写一个后记予以说明就行了。就这样，这本刚刚被退回来的书稿再一次被另一个书商当场买走。那后来的好几天，柏桦都还在这种悲喜交加的情境中回不过神来。

两天内的大起大落，使柏桦对“行情”有所了解，也增加了柏桦的自信，接下来，柏桦开始和张小波、万夏、张崇俊、颜立和、阿野、潘家柱、马松、杨路、李亚伟、赵野、王益等书商合作。有意思的是，这些书商大部分原本是80年代就很有影响的诗人，比如张小波，是中国新城市诗歌的领军人物，万夏和李亚伟是莽汉主义的两大巨头，这些诗人成立的图书公司，一度占据了国内畅销书制作与出版的半壁江山。直到今天，张小波的共和联动图书公司，万夏的紫图图书公司，仍然是中国民营书业的旗帜。这是题外话了。十年中，柏桦与这些书商兼朋友的合作自始至终都非常愉快，编撰的大量图书中，有四本与毛泽东有关，分别是《毛泽东散文作品赏析》《毛泽东兵法》《毛泽东口才》和《毛泽东诗词全集（91首）全译全析》。其中1995年的《毛泽东诗词全集（91首）全译全析》，出版后极受欢迎，一再重印，卖了几十万本。而这本书却写得异常轻松，用柏桦的话说，是“一挥而就”。

对于柏桦“改行”写畅销书，很多相识和不相识的文学界人士都感到非常惋惜。2004年7月，批评家李陀在接受查建英的采访时，专门提到了柏桦和他的《左边》，并特别强调：“柏桦诗写得非常好，我非常喜欢，他是当代中国最出色的诗人之一，可惜现在也不写了。”2008 年，北岛在《靠“强硬的文学精神”突破重围》中说：“柏桦有点儿可惜，他在 80 年代的写作有很强的张力，到了 90 年代，商业化冲击太大，他曾做过书商的‘枪手’，编写了一百多本书，靠此维生。这种生存的手段要付出高昂的代价，这一点我想只有他自己最清楚。后来他转向中国古典诗歌，但都没有他早期的诗那么好，遗憾。”更多的朋友和读者在期待柏桦“复出”，张枣等好友甚至发出了焦躁的催促。

而我对北岛、张枣等人的观点却不敢苟同。在我看来，如果从更长远的范围看，不管柏桦是出于什么理由暂时转行（包括生活所迫、兴趣转向等），这段经历对于丰富他后来的写作都不无帮助，甚至可以说，这段时间的沉淀，使柏桦从以前的一个优秀的抒情诗人发展为一个综合性很强的文化人，兼有学者、诗人、批评家之长。

柏桦本人也毫不着急。“这对我来说就等于是一份工作，就像教师是一个职业一样。常人看来很枯燥，但对我来说也就是个工作一样的循环系统。我必须要做，一个人不可能枯坐，什么事都不做，或者一天到晚写诗，没有这样的人，除非他疯了。”（《柏桦：我已经厌倦了呐喊》）在柏桦看来，畅销书与文学是有关系的，它是文学的一种，比如张恨水、村上春树等，都是优秀的畅销书作家，也是优秀的文学家。柏桦也不认为畅销书写作会对诗歌写作造成不利的影响，相反，由于十年的畅销书写作和编辑训练，他的心态更平和、松弛，对文本的掌握更得心应手，从而更熟练地调动各种材料来为诗歌写作服务。现在看来，柏桦“复出”后完成的“奇书”《水绘仙侣》，与自由撰稿人生涯不无关系。

终于从云端走下

2004年2月，四十八岁的柏桦被调入西南交通大学担任教授，生活稳定下来，自由撰稿人生涯画上句号。不做自由撰稿人的理由很简单——这个职业虽然自由，但也属体力活，长年累月身体吃不消。

这一次，柏桦选择了中文系，因为中文系的老师时间更充裕些，每周只有四到六节课。除了教书育人，写作论文也成为日常工作的一部分，对诗歌的感觉在缓慢地恢复。2007年6月 4日，柏桦完成了一首“慢诗”《水绘仙侣——1642—1651：冒辟疆与董小宛》。用柏桦的话说，这首诗是为了给朋友们的关心一个交代。

《水绘仙侣》讲述的是明末名士冒辟疆与江南名妓董小宛的传奇故事，分为诗歌和注释两个部分，其中诗歌部分不足两百行，仅占整本书的百分之五左右。而注释则占了全书约百分之九十五的篇幅。对于这本书，出版社如此介绍：“《水绘仙侣》是柏桦新近创作的一本书稿，这是一本很难定义的稿子，单从文本结构上来看，全书就是一首诗和对诗的注释，但这些注释所占篇幅和地位明显重于诗本身，每一则注释可以单独看作一篇文化随笔，而这近百篇随笔又完整地统一和围绕于此前的诗歌文本，诗歌是在说故事，随笔也就围绕着冒辟疆与董小宛的故事展开。随笔洋洋洒洒，引文贯穿古今中外，既有理趣，又含着文人的性情和散笔。”

这首长诗因其特殊的结构，引起了广泛争议。柏桦的好友、诗人翟永明在给柏桦的私人邮件中，毫无保留地表达了对《水绘仙侣》的喜爱，认为这首诗是柏桦个人写作史上的一次蝶变，一个新的成功，也是当代诗中的一个重要作品。评论家江弱水在《读书》2008 年第 3 期发表文章，将柏桦誉为时代思想和趣味大规模拆迁运动中的钉子户，《水绘仙侣》“情感和音响皆属神品”，激赏之情溢于言表。评论家余夏云更是认为，这首诗真实地展示了诗人在长达数十年时间里的思考和探索，这种尝试无论对于柏桦本人，还是整个 21 世纪的诗歌写作都有着极为重要的意义。

凭借此诗，柏桦获得了 2008 年 4 月颁发的第十六届“柔刚诗歌奖”。该奖评委会给出了极为高调的授奖词：“在其获奖作品《水绘仙侣》中，诗人尝试探索诗歌写作超出私我行为局限的方法，深入文化历史地层的无穷幻变，探寻普遍救赎与文化维系的巨大潜能，为汉语诗歌获致与复杂文化情境对话的宝贵能力，开启了一条崎岖而隐秘的路径。”

与此同时，很多诗人则表示了相反的看法。曾高度赞赏过《在清朝》的伊沙没有再给《水绘仙侣》面子，认为《水绘仙侣》的写法“腐朽不堪”；女诗人安琪认为《水绘仙侣》为中国故纸堆填进了一本 21 世纪制造的、可以混杂在同样是故纸堆没了面目的古代读物；青年诗人蝼冢认为《水绘仙侣》在形式上是纳博科夫《微暗的火》的拙劣翻版……

柏桦本人则对这首“诗歌”极为喜爱，认为它表达了一种难得的“逸乐”精神，这样的精神在中国诗歌中缺席已久。

在柏桦看来，2004年以后，自己的创作进入了第三个阶段，与以往相比，这一阶段的诗歌作品风格有了很大的改变，“那是因为我童年的痛苦已经死去，所谓情结也早已烟消云散。……现在我已成为一名新人。在这个阶段，我写诗仅仅是在思考与阅读中做一番理性的游戏。或者干脆说我想告诉那些曾经喜欢过我的人：看，我在写另一种诗！哪怕你不喜欢或觉得别扭，我也只能如此。”按照这个理论，《水绘仙侣》标志着柏桦从2004年开始的“第三个阶段”诗歌创作进入了鼎盛期。

我个人也相当喜欢《水绘仙侣》，但我没有把它作为单纯的诗歌看待。2007年10月，当我读到柏桦的学生王希寄来的《水绘仙侣》电子文本，就忍不住在博客上惊叹：柏桦写了一本奇书，这样的作品，不仅仅是诗歌，更是众多文体的综合，要完成它，需要的不仅是天赋，还有渊博的学识和史学功底。一些诗人在看到我的博客后，专门来电话让我把《水绘仙侣》转发给他们。

有意思的是，就连柏桦本人，一开始也不知道这首诗会形成这副模样，在一次演讲后回答读者提问时，柏桦谈到了《水绘仙侣》的成因：“实际上我开始写这首诗时没有想到注释，只是想写一首诗歌。因为材料非常丰富，要处理这些材料，当然还有些我个人的抱负和思考穿插在其中。说句老实话，写完这首诗后，我主要考虑的是要出版这首诗，在国外就可以，因为诗歌本身也有十几页了嘛。但是中国现在出版一本书一定要十八万字二十万字，定价非要定在二十几块，十几页我想要出版就薄了，要加厚。我想正好，这个诗歌长，材料丰富，情况我也很熟，我把注释加上就厚了，而且注释不仅可以当作单纯的注释来看，也可以当作独立的散文来读，还可以把注释和诗歌形成互文来欣赏，形式很随意。我马上就标出了九十几个注释，有些是我过去写的一些文章，可以用于注释；有些是从一些书上取下来，直接放入注释，就是这样自然形成的。当时也没有想到别的。”

柏桦讲得比较轻松幽默，但事实上，一个从事写作的人可以很明显地感受到这首长诗的难度，且不要说那两百行精练而具有古典气息的文字，单是注释本身所蕴含的大量历史、文学、世态、心理等信息，都不是一年或几年之功能够收集和消化的。因此《水绘仙侣》的完成，看似信手拈来，实际上要花费多少心血！

2009 年 10 月 14 日，柏桦给我寄来了他刚刚完成的另一本诗集《史记：1950—1976》的电子文本。跟《水绘仙侣》一样，《史记：1950—1976》同样可以称为“奇书”，整本诗集由八十多首短诗组成，大部分诗歌都有或长或短的注释，这些注释不仅是对诗句的解读，也是对诗歌所讲述的事件和时代的解剖。与柏桦以往的诗歌殊为不同的是，这本诗集的所有作品均从世俗生活的细节着笔，基本上可以归结为“叙事诗”一类，单篇读来，可能会显示出一种有意为之的客观、庸常、淡泊与琐碎，而整本书看来，却又是一个密不可分的整体。——这再一次证明了：将这些博杂的文体运用自如，十年的自由撰稿人生涯功不可没。

在《史记：1950—1976》的后记中，柏桦引用了自己创作于 1991 年 2 月的短诗《老诗人》，并幽默地称自己为“老诗人”：

如今我也早已过了“天命之年”，回头看，我是否沦入了“老诗人”这一形象呢？身体确是胖了一些，但“肥胖”反倒从不“又一次激动桌面”，我的桌面更静，亦更客观。但“扣子”（喻指细节），更多的扣子却在折磨我。为了在《史记：1950—1976》中保持每一颗扣子位置的精确性（如人名、地名、数字等），我必须以一种“毫不动心”的姿势进行写作；我知道，我需要经手处理的就是这成千上万的材料，如麻雀、苍蝇、猪儿、钢铁、水稻、酱油、粪肥……这些超现实中的现实有它们各自精确的历史地位。在此，我的任务就是让它们各就各位，并提请读者注意它们那恰到好处的位置。

可以说，这个曾经非常注重灵魂的高蹈的诗人，通过《史记：1950—1976》一书，终于通过无数的“扣子”（细节）让自己的双足稳稳当当地踩踏在大地之上，他从麻雀、苍蝇、猪儿、钢铁、水稻、酱油、粪肥等世俗之物入手，书写了发生在1950—1976年中国大地上的各种或感人或滑稽的故事，比如“大跃进”、浮夸风、小人书出版热、人民公社食堂、打麻雀、大炼钢铁、“反右”、上山下乡、“文革”人物命运，等等，让人们从中看到了20世纪50—70年代中国的社会风景，它的美和病。

由于此书尚未出版，柏桦在寄来书稿时，专门交代不要在网络上公布该书的内容，为此我于2009年10月26日专门去信，讨论了自由撰稿人生涯对文学写作的益处，并希望柏桦能够给予“一丁点”松动。令人欣慰的是，柏桦很快就回了邮件：“……你说得非常对。的确，我十年畅销书的写作教会了我如何处理与整合材料。学会运用一大堆材料的功夫是一个诗人应该掌握的，当然也不是指所有的诗人。如你方便的话，可从《史记》中选一或两首来稍谈一下。”

我想先向读者介绍下面这首《决裂与扎根》：

我扎根于1975年夏天，在重庆巴县白市驿区龙凤公社公正大队
这根扎得不深亦不浅，幻觉中我可能是飘在那片天空的停云，
也可能是在那儿优游山林的看云人……
农活很轻：我挖过地、下过田、挑过担子，可几乎都想不起来了
而另一些重却让我铭记：听风、闻草、登临、呼吸，醉卧夕阳
我们一群“知青”是那样年轻——
猪肉和蔬菜呵，冬夜油灯下翻动的百科全书呵
没有苦闷，就无从决裂！
如果说“美是难的”（希腊谚语），那扎根之美更难。

从《决裂与扎根》这个题目可知，诗歌写的是当年知识青年上山下乡之事。短短九行，交代了时间、地点、人物、事件以及对风景与生活、心理的描述。几乎句句写实，这种风格在柏桦以往的作品中见所未见。诗歌的后面，有近四千字的注释，内容包括了对诗歌创作的说明和《人民日报》1974年1月5日刊登的文

章《敢于同旧传统观念决裂的好青年》（文章中又包括编者按、知识青年柴春泽给父亲的信、记者调查），以及“文革”结束后柴春泽命运的巨大变化——1978 年 4 月，柴春泽锒铛入狱，一年后平反出狱，回到城里当建筑工人，后又“与时俱进”，考上了电视大学，毕业后留校任教。“生活平淡真实、家庭朴素安康，早年的灿烂终归于平凡。”

此外，注释中还介绍了一些与上山下乡相关的文学作品与名人名言：“韩东有一部小说，名叫《扎根》，可说是对那个时代最好的文学性记录，非常值得一读。而食指的《这是四点零八分的北京》却是又一曲动人的知识青年怀乡之歌。此外，不仅毛泽东对知识青年‘上山下乡’说过‘广阔天地，大有作为’的豪迈之语，连李大钊也在 1927 年说过一番非常诗性的话：‘我们应该到田野去工作，那样，文化的气氛将与乡村的树荫和炊烟融合在一起。’”从一首短诗不露痕迹地引出如此庞杂的社会内容，使读者深有收获，《史记：1950—1976》一书之“奇”已露出冰山一角。不过柏桦的注释中有一处时间错误，李大钊那句话并非讲于 1927 年，而是 1919 年。

再看下面这首《一瞥》：

他不是《山城棒棒军》的棒棒
他是一位 20 世纪 60 年代的棒棒
这棒棒看上去有一些浪漫——
他热爱自己的仪表
他暗读政治经济学

他正值青春，洋溢着理想……

当我第一次遇见他时
这异人让我感觉到兴奋
但又说不出他身上哪点非同凡响
哦，原来他崇拜金日成
难怪他走起路来像金日成首相

由诗中内容可知，《一瞥》是对一个搬运工的描述。这位“60年代的棒棒”浪漫、爱读书、有理想，甚至走起路来有领袖的模样。但是这样一个有才华有理想的青年，却只能当搬运工，一个时代的无奈由此可见一斑。在这首诗的注释中，柏桦介绍了几个他所认识的“棒棒”，其中一个就是《一瞥》中所谈到的“棒棒”：“此人我更熟悉，他叫王宗毅。正如诗中所写，他是一个爱读书且有些浪漫的理想青年。由于出身不好（父亲是‘历史反革命’），他不被允许读大学，年纪轻轻就当了搬运工。……这位棒棒也结了婚，老婆的美与之旗鼓相当，但二人吵架打架是常事，我就经常看见他脸上被指甲抓出的道道伤痕；但他又无所谓，工作之余，仍像金日成那样稳稳当当地走着，面貌也尽量在和平从容中显出金日成的味道。”短短三四百字，一个人的神态、命运及社会状况一览无余。需要指出的是，今天的“80后”“90后”们也许会对诗歌最后一句的“金日成首相”感到奇怪，以为是诗人不懂历史或者笔误。殊不知当年金日成正是朝鲜的首相，而不是今天我们称呼的“主席”或“总书记”。

《史记：1950—1976》就是这样一部奇书，它既是诗集，更是一部当代社会大观，一本书写到这个程度，诗歌本身是否有美感、有意境已经不重要，重要的是它具有的某种令人沉思的韵味，是整本书洋溢出的宽广的视野和深刻的揭露。在这本书出版之后，“诗人”的身份已经不足以概括柏桦的形象，他还是一个博学的学者、一个具有社会责任感的知识分子。我还注意到，这八十首短诗大部分创作于 2009 年八九月份，可见诗人的创作激情是如何磅礴！这本书出版之后，那些口口声声说“畅销书把柏桦废掉了”的人应该可以闭嘴了。

从《水绘仙侣》，到《史记：1950—1976》（具体地说，是从抒情到叙事），柏桦的创作不是一蹴而就的，其中也有脉络可寻。短诗《橘树下》，无论在内容还是形式方面，都体现出了从抒情向写实的过渡：

橘子树遮住了阎莉的小屋
在小屋里，我们生火做饭
火苗抖动着昏黄
她顺手摘下隔院橘树中的两个橘子

晚饭后，我们来到院子的橘树下
张跃进唱起了黄歌
歌声漂浮，流过我们
小灯盏般的红橘也迎向年轻的微风

透过细密的橘叶，月亮
无声地遍洒幸福的白银
夜深沉，空山鸟语后
另一个世界已笼罩了梨花沟

《橘树下》创作于成都，时间为2008年12月31日（正好在《水绘仙侣》与《史记：1950—1976》之间），诗歌的副标题是“读翟永明《青春无奈》中一节有感”，这首诗和柏桦的诸多作品一样，有多个版本，各版本之间会有一些区别。但这首诗的定稿和初稿在文字上区别非常大，2023年8月，柏桦给我发来了他最新编定的《柏桦诗集 1979—2011》，从这份稿件中，我看到了《橘树下》的定稿：

橘树遮住了阎莉的小屋
小屋里我们一起生火做饭
火苗抖动着昏黄，她顺手
为我摘下隔壁的两个橘子

晚饭后我们来到橘树下
张跃进拉起二胡唱起黄歌
歌声此起彼伏缭绕我们
什么唱法？男低音？美声？

声音透过橘叶，月亮

入乡变色，深深的海洋、
俄罗斯三套车，还有呢？
最是那黑眼睛的姑娘！

“再来听我拉一曲吧”
今宵离别后何日君再来

对比之下，我们可以看到，除了第一节改动很小，其他几节已经重写，并且增加了最后一节。此外，与初稿相比，诗歌还多了一个题记：“‘广阔天地，大有作为。’只有矫情的人才说：‘你们要进窄门。’”创作时间也更新为 2009 年 1 月 1 日。

《柏桦诗集：1979—2011》后记里，柏桦也专门谈到了关于诗歌的修改问题：

> 我早期写诗改动不多，以《表达》为例，写这首诗时真如有神助，1981 年，在广州外语学院校园内一个十月的夜晚，我一口气写完，不到一小时，而且几乎不改一字。后来，特别是 2009 年以来，我写诗总是和不停地修改联系在一起。因此，在我近年来出版的诗集中，细心的读者会发现我每出版一本诗集，都会对其中一些诗歌作一些改动。这成了一个困扰我的问题：是因为我写的诗本身还不够完美（诗其实是不可能完美的，写诗者只能怀着一种永远不能实现的愿望去无穷尽地接近完美，即无穷尽地或可以说永恒地修改下去……）？要不就是我患有一种改诗强迫症的精神疾病。

这个问题说来话长，看来仍然只好悬置了。

一诗多稿，是当代诗歌的一个普遍现象，如果不是那种具有标志性的重要的作品，似也不必花费太多时间进行讨论，但无论从初稿还是最后定稿，我们都可以看出，这是一篇有感而发的作品。与以往的诗歌相比，此时的柏桦除了具备南京时期的清高与恬静，还增添了人间烟火的气息。全诗描述了一个过程，一种情境，由于作者的高超技艺，这种情境迅速将我们覆盖。通过这首诗，我仿佛看到了《在清朝》的柏桦从云端走下来，不再是隐士，不再慨叹“唯有旧日子带给我们幸福”，而是脚踏大地，融入芸芸众生，成为我们中间平和、值得信任而且可感可触的一员。

长夜里，速度应该省掉

柏桦身后的尾随者数目不少，有的是真心喜爱，有的则另有所图。“真快呀，一出生就消失”这个写于 20 世纪 80 年代的句子，直到 21 世纪的今天仍不乏模仿者。这也怪不了后来人，毕竟它太出色，写出了整个人类对时间的恐惧和对命运的感叹。只是低浅层面上的“柏桦诗歌学习班”学员众多，得真传者寡。

批评界也是如此，在大量对柏桦的论述中，除了程光炜、凌越、敬文东等人的为数不多的几篇，我没有读到过更多具有新意的论调。文人们多是互相重复，甚至自相重复。一本“专著”读完，好像是对另一本的“复习”。而且毫无创见之作可以堂而皇之地发表、出版，这在中国永远都不是值得吃惊的事情。一个我曾经非常敬仰的评论家在其号称“以雄健的理论思辨功力，集历史宏观把握与艺术微观透视于一体，其阐释高屋建瓴而又生动精辟”的理论著作中论及柏桦诗歌，不仅缺乏新颖的见地，还避重就轻，津津乐道柏桦当年的某些未经考证的“花边新闻”。这个评论家在同一本书中谈及诗人钟鸣，竟一会儿“钟鸣”，一会儿“钟明”，令人怀疑他是否真像其著作里所表白的那样认识而且研究过钟鸣。起初我以为那是一时笔误，但我在翻阅其另一本著作时，发现他仍然写成了“钟明”。这部著作获得了一个据说是“取法于诺贝尔奖”的文学大奖，尽管我也阅读过并有所启发，但与诗歌相关的这两处瑕疵，仍无法不令我的好感大打折扣。

另一件有意思的事情是：某次会议的间隙，一个批评家颇有些居高临下地和我谈起了柏桦，说：“柏桦这个笔名取得太好了，朗朗上口。柏桦有今天这样的影响，他这个笔名也有一份功劳。”“柏桦”是笔名还是原名？这倒令我糊涂了，我自信对朦胧诗以后的诗歌状况还算有一些心得，但在所接触到的柏桦的大量资料中，从没有发现柏桦的原名啊。于是我问那个自认为一切尽在掌握中的评论家柏桦的原名叫什么。他愣了一下，支支吾吾地答道：我原本还记得的，今天突然忘记了。

我给柏桦去信询问。很快，柏桦给我回信：“我从小就是这个名字。”柏桦说，其实他很不喜欢这个名字，因为同名的太多，但他当时也取不出什么更好的笔名，于是就拿原名当笔名了。

看到柏桦的回信，又想起了那个“一切尽在掌握中”的评论家，突然觉得这个世界有些滑稽。

与此相类似的是我亲身经历的“两个柏桦”事件。2010年元月，某报刊登了拙著《一个人的诗歌史》第一部的出版消息，我注意到，在那篇报道中，记者竟然给为我作序的柏桦加上了一个令人啼笑皆非的前缀——“当代少数民族著名女诗人”。柏桦怎么就成了少数民族？而且还是女的呢？我百思不得其解。后来才知道，云南省有个女诗人也叫柏桦，而且她正好是少数民族。而这个记者，误以为中国只有一个柏桦，而且是云南的“少数民族著名女诗人柏桦”，这一画蛇添足又适得其反的做法就无法不令人啼笑皆非了。

粗心的记者并不鲜见。因为柏桦曾经应邀参加过某次著名的诗歌节，出于查找资料的需要，我到网上搜索相关资料，竟然无意中发现，京城一家颇有影响的媒体对该诗歌节的报道，竟然“采访”过我。我没有参加过该诗歌节，也没有对该活动以及参加活动的诗人进行过评价。可是在那个记者的报道中，我几年前撰写的诗歌随笔却成了我接受采访时亲口对他说的内容，——报道中甚至写着“著名诗人刘春对本报记者表示”云云。这种无中生有和移花接木的功夫令人惊叹。当然，值得欣慰的是，与前一个记者相比，他至少没有对我进行变性手术。

还有更荒谬的——有的评论家和“准评论家”因为有一段时间柏桦作品量日渐减少而将其定义为80年代诗人，进不了90年代，似乎这个评论家拥有将诗人和诗歌驱逐到时间之外的特权。诗歌写作可以如此粗暴地区分吗？用十年、二十年之类的时间长度来衡量艺术品的价值是不是太草率了一些？柏桦早就说过了：

长夜里，收割并非出自必要
长夜里，速度应该省掉

我喜欢柏桦这份“过旧日子”般的沉静，新世纪以来，诗歌界各种诗会、笔会随处可见，一些有影响的诗人因为种种便利而成为这些会议的座上客，整天奔波于城市与城市之间，即使多年未见有说服力的新作，即使他的诗歌总体成就远不如人们想象中的优秀，却也混了个脸熟。而柏桦，作为一个深有影响的诗人，相对于那些混个脸熟者，他有太多理由生活在闪光灯下，但我们在这些诗会上很少看见他的身影——他早已不必依靠虚假的光环来证明自己。

在《南方周末》上，作家余华感叹道：“我看到美国作家的一个优点，那就是他们对自己的生命有一种分秒必争的意识。中国作家太沉溺在开放、安逸的生活中了。在美国，如果是我这样年龄的作家，会很少外出，会是一个专心致志写自己东西的人，而在中国像我这样年龄的作家经常在天上飞。”余华的话可谓点中了某些“活跃”诗人的死穴。

我曾经以为写柏桦是容易的，因为我读他的时间将近二十年，而且与他通过数十封邮件。从1990年接触到《诗歌报》和《深圳青年报》合办的诗歌大展资料以及诗坛红皮书《中国现代主义诗群大观 1986—1988》开始，柏桦就成为我阅读中无法绕过的碑石。而现在，我却仍然觉得自己距离柏桦很远，这种距离不仅是文学造诣上的，还是接人待物上的。在我结识的大量诗人中，柏桦是对文字极其认真的一个。这一点前文已经举过例子。柏桦还是非常谦卑得体的一位，他的谦逊令人印象深刻。他比我年长近二十岁，但每封邮件，他都称我为“刘春兄”，尽管我知道这是一种训练有素的礼貌，但我仍然感动不已，相比时下那些十多岁的大学生，在电话或者邮件劈头就直呼其名的“直率”，你会马上再次想起柏桦的一句名言：“唯有旧日子带给我们幸福。”

我曾写过一首题为《坚持》的短诗向柏桦致敬。在诗中，我把柏桦当作一个“不合时宜的人”，希望他去“隐居”“在白纸内部独善其身”，并引用了他的名句：“呵，前途、阅读、转身/一切都是慢的”。《坚持》在《星星》上发表之后，被好事者转贴到网络上，引起大批网友共鸣。但也有“知情者”笑我“表错了情”，说柏桦为了生活得好一些，写了很多“走市场”的书，哪里还肯“在白纸内部独善其身”？我对这样的“好心提醒”总是不大领情——想过好日子难道也能成为一个诗人的“罪证”？诗人难道就注定了两袖清风家徒四壁？难道诗人的笔只能写诗而不能拓展文字的领域？再说我尊敬的是诗人柏桦作品中的精神，而不是成都市民柏桦数十公斤的肉体。

得到柏桦已进入高校任教的消息后，我为他欣喜，有了写作和做学问的良好环境，诗人可以真正地“在白纸内部独善其身”了。而相比之下，我更喜欢另一个朋友提供的信息——柏桦的儿子名字非常别致，叫作“柏慢”。在这个什么都崇尚快的年代，某些东西还是慢一些为好。

把灵魂朝向这一切吧，诗人

雷雨就要来临，花园一阵阵变暗

一个对疼痛有深刻感受的人

对此无话可说

你早已从自己的关节那里感到

这阴沉的先兆，现在

它来了。它说来就来了

—— 王家新《守望》节选

王家新，1957 年 6 月生于湖北丹江口市。1978 年考入武汉大学中文系。毕业后从事过教师、编辑等职业。著有诗集《告别》《纪念》《游动悬崖》《王家新的诗》《未完成的诗》，诗论集《夜莺在它自己的时代》《人与世界的相遇》《没有英雄的诗》《取道斯德哥尔摩》《为凤凰找寻栖所》，翻译集《保罗·策兰诗文选》等。现居北京。

在新时期以来有影响的诗人中，王家新是无法被忽略的一个，不管是他的“知识分子写作”同道，还是对他怀有成见的某些“民间”人士，都会将他当作一个标本，或极尽褒扬，或讽刺挖苦。一言以蔽之：王家新是一个话题。

考察王家新的诗歌道路，我们会发现三十年来，王家新一直“在场”。从 20 世纪 80 年代初，王家新就被列为“朦胧诗”群体中的一员，不少“朦胧诗”选本收录有他的作品。80 年代中期，“朦胧诗”式微后，大部分“朦胧诗人”一蹶不振，作品乏善可陈，有的干脆停笔不写，而王家新却日益显示出了其旺盛的创造力，成为“后朦胧诗”的代表诗人之一。90 年代后，王家新的作品又是一变，以一大批具有浓厚反思气息的诗歌受到关注，与西川、欧阳江河、张曙光等人一起被诗歌界统称为“知识分子写作”诗人，诗坛怪杰百晓生将其誉为“中国诗歌界的宋江”。近几年，王家新又创作了不少更切进存在与精神层面的作品，他的诗学文论和翻译作品，对读者的影响也日益深入。王家新这样挺立三十年而不倒的诗人，在诗歌界并不多见。

事实上，王家新不属于任何流派，他只是他自己。用他的话说，是“我对‘集体兴奋’兴奋不起来”。一个例证是：80 年代，王家新住在北京市十分繁华的西单，又在《诗刊》当编辑，因此，经常有北京和外地的诗人来“串联”，还有这“代”那“派”要拉他“入伙”，但都被王家新回绝了。当时，芒克等人发起的“幸存者俱乐部”在圈子里影响相当大，王家新也受到了邀请，但参加了几次活动之后，王家新就退出来了——他认为他只适合单干。

一个滚铁环的少年

王家新之所以屹立诗坛数十年仍能引领潮流，对“集体兴奋”兴奋不起来是一大原因。同时，也与令他刻骨铭心的少年经历和长期以来的广泛阅读有关，这两个因素使他对生活形成了深刻的洞察力，让他在众声喧哗中保持清醒，并坚定不移地把握住自己的写作方向。

1957 年 6 月 1 日，王家新生于湖北均县（现丹江口市）一个普通教员家庭，父母为中小学老师。因出身问题，“文革”开始后，王家新的父母被一贬再贬，相继由县中小学调到区中小学，再由区中小学调到山区学校，并且两夫妻总是被有意无意地分开，很少能聚在一起。

王家新有兄妹五人，他是老大，下面还有三个妹妹和一个弟弟。由于社会整体环境不佳和家庭出身问题，出生于儿童节的王家新的童年并不幸福。在与何言宏的对话《回忆和话语之乡》中，王家新用一种很诗意的方式述说了幼时的遭遇与自己命运的关系：“最初的记忆是在石头上磕磕绊绊的那种很黑暗、很模糊的感觉。2003年夏天重回我童年时生长的武当山下的‘遇真宫’——据说那是张三丰当年练武当拳的地方，解放后那里变成了县二中，我父亲是那里的老师，我半岁时被抱到那里长大，当我注意到宫院内那一道道高高的青石台阶，我这才明白了我最初的生命记忆是怎么一回事。你看，这还真有那么一点隐喻的意义，一个孩子，在黑暗的石头台阶上爬上爬下……”

1966年，王家新九岁，“文化大革命”拉开了序幕。由于王家新的爷爷奶奶、姥爷姥姥都是地主，这就注定了王家新一家“在黑暗的石头台阶上爬上爬下”的命运。对“文革”的第一印象，在2003年被王家新写进了长诗《少年——献给我的父亲、母亲》之中：

而在穿行过乡村路时，路边的大榆树上
新出现了一条标语
冯老师看了，连声说：“反了，反了！”
我们上前一看：“造反有理！”
但我不懂它的意思
更不明白冯老师
满脸的惊异

最初，年少的王家新还不明白这一全国性的群众运动的残酷性，他看到了冯老师惊异的表情，却并没有为这一事件本身惊讶，反倒对周围的其他看似毫不相关的事情发生了兴趣：

那时我惊讶的是
从麦地中猛地蹿出的一只狼
像火焰一样没入了河水
我还惊讶在红卫兵走过的路上
我居然捡到了一个馒头

不仅如此，在看到那个馒头时，他还以为那是一块石头，于是他用脚去踢了一下。从这个简单的动作，可以看出少年的松弛的心态。也正因为如此，“文革”开始时，九岁的王家新以为可以不再受学校的束缚，获得“自由”了。这主要表现为：在那个夏天，父亲已不再像以往那样严格地检查儿子的暑期作业和每天的毛笔大字，于是他和小伙伴们发疯般地玩耍，白天在河里游泳，“晚饭后就直奔桥头 / 开始玩打仗的游戏”，一直玩到深夜，“小朋友们一个个 / 被大人们揪着耳朵带回家去”。

然而，这种懵懂的快乐并没有维持多久，很快王家新就发现有些不对劲了：“就在秋风再次刮来的时候 / 我听到了一阵狂笑 / 先是我看到操场上的一个疯女人 / 在围追的人群中把衣服 / 狂笑着抛向空中”“我近前去看时，愣了 / 她就是我们的班主任冯老师”。

诗歌中交代，冯老师之所以发疯，是因为她的丈夫李老师被红卫兵打断了一条腿。而最后的结果是冯老师投河自尽。与此同时，王家新的父亲因为家庭出身问题受到学生的批斗。“有一次父亲一回到家，就用木杠把大门死命地顶住，好像红卫兵们会冲进家里来一样。我帮父亲的忙时，我大妹妹在旁边吓得浑身发抖，

不停地发抖。”（《回忆和话语之乡》）

事情在往更残酷的方向发展，有一天，王家新去县城看望舅舅，碰上了“抬尸游行”，他注意到，“死者肿胀的大腿／比水桶还粗”，为了防腐，尸体四周堆积着许多冰块，但周围的人们仍能闻到尸体散发出的腐臭味和刺鼻的福尔马林味。如此惨烈而残忍的场面，被一个孩子迎面遇见，可以想象会产生多么大的震撼。更震撼人心的是，当王家新回到家里，把路上遇到的事情告诉父母，父亲沉默了一会儿，告诉儿子，他们抬着的那个死人是他高三班的学生。这些学生们分成了两派，其中一派把另一派打到了河边，那个女学生作为战败的一方，跳到河里想游泳逃走而被胜利的一方用石头砸死。更令人惊讶的是，死者已逝去，而胜利的一方却毫无愧意，将打死人的行为美称为“痛打落水狗”！如此巨大的反差，令诗人刻骨铭心，这也难怪时隔三十多年，他还会不厌其烦地将这一事件搬入自己的诗歌之中。

在社会环境的影响下，王家新希望自己能够加入“红小兵”队伍，然而，仍然是由于出身问题，他的要求无法获得批准。“只能眼看着同学们／一批批全戴上了红袖头”。伤心之下，王家新做出的反抗是拒绝回家吃饭，即使是母亲找到他后，狂打他的屁股，他也不回去。紧接着，王家新被同学们疏远：“就连从小就在一起玩的陆海波／也不来找我了／她已留起了两个小辫子／腰间扎起了皮带／走过我时，还故意昂起了头”。

孤独无依之际，王家新只好自己跟自己玩。——现在看来，这也许是他后来的写作比较喜欢“单干”的起源。滚铁环，在这个少年的生活中，一度占据着重要的地位：

我迷上了把铁环从半山腰
使劲地往山上推
然后满头大汗地看着它滚下来
用手飞快地接住
再使劲往更高处推

也许在事过境迁之后的今天，人们读到这些句子时，会感觉到有一种西西弗斯滚石上山的毅力或者堂吉诃德斗风车的执着，但事实上，当初的寂寞与孤独难以想象，而且毫无诗意。不仅毫无诗意，而且充满担忧：“我的闪闪发光的铁环啊 / 不要绊倒，不要跌落到深谷里 / 你若一头栽下去 / 谁和我一起玩？”

第二年秋天，学校复课，王家新得到了一个崭新的草绿色书包和一支铮亮的钢笔，他以为，一切有了崭新的开始，然而命运在继续折磨着这个未来的诗人。在填写入校登记表时，“家庭出身”一栏让他感到一种说不出的痛苦，因为他爷爷奶奶、姥爷姥姥都是地主，父亲和母亲自然也是地主出身，而且父亲在解放前还参加过“三青团”（即国民党下属的青年组织“三民主义青年团”）。为了不再被人歧视，万般痛苦之中，少年王家新决定造假，在“家庭出身”一栏里填上了“教员”。

然而，“我鼓起勇气交上去了 / 但我从班主任的眼中看到的是‘地主’/ 从陆海波的眼中看到的也是‘地主’”。在那一瞬间，诗人“陡然感到自己长大了”。从此沉默寡言，也不再像以往那么任性，只是继续与铁环为伴，“从一个山坡，到另一个山坡”。

《少年》一诗，主要写诗人在 1966、1967 年的经历和见闻。

在这首诗里，涉及了一些有真名实姓的人物，以及不少事件。作为一件艺术品，诗歌对此进行了一些必需的修剪和拼接，有的人物形象是真实的，但在诗歌中使用了化名，有的人物则是由几个不同人物的命运综合而成。比如在诗歌中，小学时的班主任冯老师最后变成了疯女人属于虚构，而“抬尸游行”以及小学同学对他的疏远则是现实生活中真实发生过的。

尽管作为一篇文学作品，不可避免地存在着虚构的成分，但我们在阅读这首诗时，仍然可以很明显地窥见当年的社会状况及诗人生活的一角。因此，这首诗可以说是研究王家新思想历程的不可多得的参考材料。

未来诗人的基础正在奠定

受出身问题影响，读中学时，虽然王家新同样“要求进步”，申请加入共青团组织，但仍然未获批准。这样的生活无疑孤单而痛苦，有的时候他甚至被一些同学随意欺负。在回答《新京报》记者刘晋锋的采访时，王家新举了一个细小却很有说服力的例子：“有一天我正在忘情地读一本借来的《一千零一夜》，突然一只手从我背后伸过来，没收了这本书。过了几天，我路过校长家门口，看到校长的儿子坐在一个小板凳上读那本《一千零一夜》，真是敢怒而不敢言啊。”

生活坎坷，而作为一个未来诗人的基础正在逐步奠定。王家新父母都是语文老师。父亲上的初中和高中在湖北省非常有名，因此，父亲的语文功底很扎实，而且还学过英语，被同事们尊称为“活词典”。在这样的背景下，王家新在四五岁的时候就开始对造句产生兴趣。小学四五年级时写的作文也经常得到老师的表扬。当然，这不是一个小学生最终成长为一个著名诗人的必要条件，家庭出身不好而导致的对命运的思考可能占更大的成分。

因为爱好文学，王家新喜欢摘抄名人名言。这些字里行间流露出来的哲理感与雍容的贵族气息，可以在后来王家新的很多诗歌中找到回应，比如他的成名作《在山的那边》与名言“只要沿着江河走，就一定能发现大海”之间的微妙联系；而王家新喜欢“单干”的性格，似乎可以从“只有狮子独来独往，而小动物总是成群结队”这句名言中找到对应。然而，在摘抄美妙的智慧之语的时候，喜欢当“独来独往的狮子”的王家新万万不会想到，一张无形的网正向他张开，并差点影响了他的前途。

初中毕业时，王家新有五门功课考了一百分，一门功课九十八分，可以说成绩优异。然而班主任给王家新写毕业评语，在表扬了自己的学生热爱学习和热爱劳动之后，这位姓肖的老师不无“忧虑”地加上了一句：“有严重的资产阶级个人奋斗思想！”今天，如果有谁获得这个评价，可能不会有什么反应，“资产阶级”已经成为一个久违的中性词，换了一种环境或场合，他甚至可能沾沾自喜：“个人奋斗”，不是什么坏事嘛。萧乾先生在其回忆录《未带地图的旅人》中曾经这样描述他在1942年进入剑桥大学填校友册时的情景——“在填写校友册时，发现后边还有这么一项：‘家族有何显贵人物。’我很想填上：‘父亲看城门，舅舅卖红薯，姨父搬运工。’又怕人家以为我是在恶作剧，大煞风景，只好让它空白着。”萧乾很想给自己的亲人们“分派”看城门、卖红薯、搬运工的工作，不是恶作剧，而是他深谙英美文化的价值取向：“美国人心目中的英雄总是白手起家、裹着报纸在街头露宿的穷小子，凭着个人奋斗（公式是：坚忍不拔加发明创造）而出人头地：不是变成百万富翁，就是当上名流巨子。在他们大量的传记文学中，从18世纪的本杰明·富兰克林、19世纪的发明家爱迪生到本世纪（按：指20世纪）的汽车大王亨利·福特以及红极一时的基辛格，突出的总是个人奋斗的过程。”

当然，那是在欧美，当“独来独往的狮子”，不当“成群结队的小动物”这个观念在“文革”时的中国是行不通的，甚至是致命的，“个人奋斗”意味着缺乏集体纪律性，目无领导，不服从管教，更何况前面还有个“严重的资产阶级”！正因如此，中考后，王家新左等右等，一个多月过去了，仍然没接到高中的通知书。“后来一打听，原来是毕业的评语问题。我父亲愁得不知道该怎么办。当时正下着大雪，我母亲像大将军一样说：‘我找他们说理去！’我就这样在门口看着母亲拄了根树枝，翻山越岭，一个黑点，逐渐消失在家对面的雪坡上。几十里风雪路啊！母亲终于找到了区革委会管文教的副主任，这个副主任倒是通情达理，听了我母亲一说，就说：‘怎么能够这样无限上纲上线呢？小小的孩子怎么可能有严重的资产阶级个人奋斗思想呢？’就这样，高中的入学通知才补给了我。”（《回忆和话语之乡》）

在母亲的努力下，1973年，王家新得以在距家二十公里外的肖川高中寄宿上学。这所学校既偏僻又遥远，每个周末，王家新回家都得翻山越岭，住一个晚上后再翻山越岭回到学校。加上家境清贫，自己又是长子，王家新在学校的生活异常艰苦。

也许正应了一个异国诗人所说，“就算贫穷，听听风声也是好的”，艰苦的生活并不能阻挡一个年轻人对文学的热情。初中三年级的一天，王家新很冲动地对当语文老师的父亲说：“我要写诗！”父亲回答说：“啊？你要写诗？诗歌要有意境！”

进入高中后，王家新开始了对缪斯女神的疯狂追求，用他自己的话说，是“一头扎进了文学”。他开始表现出不俗的文学天赋。有一天，他突然心神不宁，想对这个世界表达一些什么，于是他提笔写下了数十行文字。这是王家新有生以来第一次写下的两首短诗，尽管后来没有发表而且弄丢了，但我们仍然可以将其视作一个诗人的处女作。

然而，当这个十六岁的高中一年级学生兴冲冲地拿着自己的心血之作给据说也喜欢文学而且造诣不浅的教导主任看时，这个教导主任却认为这是王家新抄袭的，他不相信自己的学生也能够写诗，而且写得那么好。

教导主任的怀疑，虽然令王家新不快，却也由此证明了自己的写作能力，因此还算不上什么坏事。而来自父母的压力就要沉重很多了。在那个时候，如此地痴迷于文学，并不是一件美好的事情，经历过世事风霜的父母的态度从惊讶转变为忧虑，于是，他们不停地给儿子讲述一些往事。其中讲得最频繁的是1957年“反右”时，他们的亲身经历——上面出题让老师们回答是“以水为净”还是“以心为净”，结果，回答“以水为净”的同事躲过一劫，而回答“以心为净”的同事被打成了“右派”。由此可见文学这一表面上高雅的爱好之中所暗含的风险。直到王家新上了大学，父亲每次来信都还要反复叮嘱儿子：写东西“要注意”！

现在的年轻人对当年的历史了解不多，或者仅仅是有所耳闻，以为“写东西要注意”很荒谬，但对其中的残酷性认识得不够。其实当年“以水为净”和“以心为净”之类的事件在各地并不鲜见。即使是歌颂劳动人民保家卫国的“红色经典”作品《铁道游击队》也经历过多次波澜。据说，电影《铁道游击队》的插曲《弹起我心爱的土琵琶》的第一句“西边的太阳就要落山了”，就被有关人员认为是大逆不道。因为当时举国都在高唱“东方红，太阳升”，把伟大领袖喻为永不降落的红太阳，而《铁道游击队》在这当口却宣扬“太阳落山”，不是讽刺领袖又是什么？电影《铁道游击队》被批判，小说《铁道游击队》自然也不能幸免，一些章节和段落不得不修改，突出党的领导，突出“集体研究”的作用，减少群众的“个人英雄主义”，即使如此，作者刘知侠也仍然被“请”进牛棚多年。

王家新并不在乎这些或明或暗的风险，他已经无法摆脱文学的诱引。在油清水淡的物质生活之外，他疯狂地寻找精神食粮。因为无书可读，他把当时能够找到的鲁迅杂文都背诵下来，甚至把家中糊顶棚的旧报纸都拆下来读了。

在回答张伟栋的提问时，王家新谈到了读初中时的阅读情况——

上初中时，我各门功课都很好，对数学、物理也很着迷，但内心总有一种被压抑的渴望，我那时把能找到的书全都“吞咽”了下去，有幸得到几本50年代的中学语文课本，上面的一些诗，如普希金的《渔夫的故事》，我读得简直着了迷，还有臧克家的《青鸟》（按：应为《春鸟》），读了也感到自己的喉咙像是被锁住了似的，“我的喉咙在痛苦地发痒（按：应为‘我的嗓子在痛苦地发痒’）”（如果我没记错的话，《青鸟》的最后就是这一句诗）。更难忘的是在黄阿姨家里的经历。黄阿姨是县医院护士，上过省卫校，爱好文学，是个典型的“小资”，我母亲早年曾许配给她哥哥，后来两家解除婚约，但关系依然很好。放暑假期间，我翻山越岭几十公里去她家玩。在她家我居然发现保存完好的50年代、60年代的《萌芽》和《收获》杂志，我便一连几天一头埋在这些杂志中，尤其是《收获》上一部以50年代北大校园生活为题材的长篇小说《大学春秋》，里面一帮大学生为中国作家一直未能得到“诺贝尔文学奖”而深感耻辱的慷慨陈词深深刺激了我，似乎从那一刻起，我知道我这一生该做什么了！黄阿姨和她戴着深度近视眼镜的当医生的丈夫见我这样，深感惊异，便这样问我：“你长大后是不是想当文学家啊。”我点了点头。他们对视了一下，接着很认真地对我说：“当文学家可是要吃苦的啊，”（黄阿姨的哥哥就是因为“言论问题”被划为“右派”，吃尽了苦头。）我听后，同样又很认真地点了点头。一生就这样决定了。

读高中时，王家新更是满天下找书，他的痴迷打动了一个同学。有一天，这个同学表情神秘地对王家新说有一些书要送给他。王家新将信将疑地跟着这个同学走了十多公里山路，到了他家里。同学拖出一个木箱，里面全部是一本本发黄的书。其中有冯至诗文选、曹禺剧作选等，而且还是50年代初出版的竖排版！“从此这些书成为我最隐秘的伴侣——我平时忍住不看，以免再遭没收，只是一个人在放学的路上大声读冯至的诗，尤其是他那首‘我的寂寞是一条蛇／静静地没有言语’，我读了惊讶不已，好像就是专门为我而写的一样！我读得禁不住浑身战栗。冯至的诗带给我的绝不仅仅是几首好诗或一些新奇的句子，而是对我的一生都无比重要的东西，它唤醒了一个少年心中的生命意识……也许正是从那一刻，我感到了‘笔’的沉重。”（《我的寂寞是一条蛇》）

一个时代结束了

高中毕业后，王家新作为知青被分配到农化厂劳动了三年。在那三年中，王家新的主要工作是与工友们一起生产一种被称为“五四〇六”的菌肥。他所干的无非是“劈柴，烧大蒸锅，把蒸熟的用来做菌肥的小米从大半人高的蒸锅里掏出来”。因为文笔不错，偶尔也会被抽调到地方报社、广播站写通讯报道。但大部分时候，县文化馆邀他去改稿的函件都被农化厂的指导员扣下了。1976年，王家新曾被推荐去广东化工学院读大学，并已体检通过，但最终没有下文。但这次失利并没有让王家新感到多么痛苦，因为当时他的心里只有文学，而不是化学。

1977年冬天，恢复高考的消息传遍大江南北，王家新既兴奋又焦急，因为这个时候，县宣传部点名抽调他半个月，去整理学大寨的材料。好不容易把材料整理好，王家新马上跟农化厂请了十天假，回家里猛背数学、历史、政治。当年12月，高考举行，王家新表现优异，成为当年湖北省文科第一名，作文考了满分。后来这篇作文被收入了多个高考优秀作文选中。

在一首题为《1976》的诗歌中，王家新这样描述他拿到通知书时的情景：

一个时代结束了。
第二年冬天，天气出奇地寒冷，
而在它的最后一场飞雪中，一封来自远方的
重点大学录取书竟然落在了我的手中！
我浑身战栗，几乎不敢相信它是真的，
更没想到它已在骤然间改变了一个人的命运。

而那个时候，手捧通知书“浑身战栗，几乎不敢相信它是真的”的王家新，却为与自己一同参加高考的朋友王志林感到难过。王志林与王家新一起去拿通知书，却什么也没等到，于是“他一屁股坐在雪地里，为什么也没有等到抱头痛哭……”

当时王家新填报的第一志愿是武汉大学，第二和第三志愿则分别是华东师大和北京广播学院，结果被武汉大学优先录取。那一年，整个郧阳地区考上重点大学的，只有王家新一个人。不过，当年落榜的王志林，如今已是湖北某市的宣传部部长，有一年王家新回老家，王志林提着一把据说是盛中国赠送的小提琴，要来为王家新的诗伴奏。

让王家新没有想到的是，刚进大学，他就成了一个小小的名人：被任命为全年级的学习委员，省电台也很快播送了他的高考作文。在大学里，对知识如饥似渴的王家新疯狂地阅读，有时候一周经手的书就有上百本。当时，各个高校的文学社如雨后春笋，各个学校都有很多学生写诗。对于当年的盛况，当年的《诗刊》编辑、因具体主持了五届“青春诗会”而被誉为“青春诗会教父”的王燕生在回答《新京报》记者张映光的提问时，说：“1979 年，诗歌在中国就像迎来了自己的节日。它就像那个时代的舒筋活血丹，人们压抑在心里几十年的话一下子像潮水一样涌出来，而诗歌是最好的表达方式。当时，除了《今天》等民间刊物，几乎每所大学都有自己的诗社。高校、首体经常举办大型诗歌朗诵会，而且每次都座无虚席。我和邵燕祥当时就比较关注民间诗刊。而且挑选很多作品在《诗刊》上发表。1979 年的时候，就发表过北岛的作品。他当时经常挎着个小黄包到《诗刊》来，然后把《今天》拆散了，贴在诗刊社的大门口。”

在这样的大环境下，武大、北大、北师大、复旦、中山大学、吉林大学等十三所高校中的文学狂热分子决定联合起来，出版一本大学生文学期刊。这本名为《这一代》的杂志，创刊号由武汉大学主办，高伐林担任主编，张桦任副主编，另有六个编辑，其中王家新担任诗歌和文学评论编辑。这本杂志创刊之初，参与者雄心勃勃，计划由各个学校轮流出版，没料到只出版了一期，就引来了纷纭议论，第二期由此泡汤，后来也不再出版。

大学二年级时，王家新第一次在《外国现代派作品选》中“遭遇”叶芝和里尔克，这两个异国大师的作品，如同王家新的成名作《在山的那边》所言，“是一个全新的世界 / 在一瞬间照亮你的眼睛”。2006 年 11 月 6 日，王家新在北京大学进行了一场题为“诗人与诗歌精神”的讲座，专门讲到了当年的这次“邂逅”所造成的激动：“上大二、大三时，我第一次在《外国现代派作品选》中读到袁可嘉译的叶芝和冯至译的里尔克，最初的相遇往往最珍贵也最难忘，对于刚刚走上诗歌之路的我，无疑是一种照亮和提升，使我至今仍怀着感激之情。”王家新所在寝室的同学都喜欢里尔克的《秋日》，有一段时间，每当晚上熄灯上床睡觉前，往往就会有人来一句“主啊！是时候了”。在王家新看来，“叶芝诗中的高贵、明澈和精英气质，包括他的痛苦，他那不可能的爱和绝对意义上的灵魂追求，都深深影响了我”。“可以说，正是从里尔克、叶芝这样的诗人那里，我才更深入地领会到何谓‘诗歌精神’，或者说，他们给我昭示了一种最严肃、深刻意义上的人生。”

就在这样的氛围下，王家新写下了他早期的诗歌代表作《在山的那边》：

一

小时候，我常伏在窗口痴想
——山那边是什么呢？
妈妈给我说过海
哦，山那边是海吗？

于是，怀着一种隐秘的想望
有一天我终于爬上了那个山顶
可是，我却几乎是哭着回来了
——在山的那边，依然是山
山那边的山啊，铁青着脸
给我的幻想打了一个零分！

妈妈，那个海呢？

二

在山的那边，是海！
美丽的，是用信念凝成的海
今天啊，我竟没想到，
一颗从小飘来的种子，
却在我的心中扎下了深根
是的，我曾一次又一次地失望过
当我爬上那一座座诱惑着我的山顶
但我又一次次鼓起信心向前走去
因为我听到海依然在远方为我喧腾
那雪白的海潮啊，远远而来
一次次浸湿了我枯萎的心灵……

在山的那边，是海吗?
是的！朋友，请相信——
在不停地翻过无数座山后
你终会攀上这样一座山顶
而在这道山的那边，就是海呀
是一个全新的世界
在一瞬间照亮你的眼睛……

两年后，这首充满了警句、怀疑与追寻的诗歌在《长江文艺》上发表，引起强烈反响，王家新作为一个有才华的诗人的形象站立在读者面前。2001年，这首诗被选入人民教育出版社出版的中学语文课本，在更广阔的范围内受到关注。据说，经常有中学生写信给王家新，问为什么诗中上一行有标点，下一行却没有。

1980年暑假，王家新第一次到北京，结识了北岛、江河、杨炼、顾城、舒婷等诗人。《今天》杂志让王家新深受震动。从北岛们的“朦胧诗”中，王家新吸取到了很多营养。由于诗风较为接近“朦胧诗”，王家新曾被一些评论家纳入“朦胧诗人”阵营之中。从那时起直到大学毕业，王家新相继在《人民文学》《诗刊》《青春》《萌芽》《星星》等刊物上发表作品，与同学合编了一本《中国现代爱情诗选》（长江文艺出版社1981年出版），并因为创作成绩出色而加入了中国作家协会湖北分会。

1982年，王家新大学毕业，但人们没有想到的是，在学校表现出众的他却被分配到了一个山区学校——郧阳师专。关于这次遭遇的具体原因，王家新似乎从未提起过。我曾经用过多种方式试图对这一事件的内情进行了解，但都无功而返。2009年夏天，我再一次去信询问，王家新回信说：关于此事，以后有机会见面再谈吧。事实上，我去北京的机会极少，即使有机会去北京，与师友们见面的机会也不会太多，从此，我打消了了解“内情”的念头。

《这一代》的事

我注意到，在一些关于王家新的文章中，常会提到他在大学时期编辑的一个刊物——《这一代》，但对这个刊物，却很少进行介绍，大多是一笔带过，给人一种讳莫如深的感觉。这是王家新参与首创而且担任编辑的刊物，时常提到，说明了它的重要性；语焉不详，更暗示了其中有故事。这引起了我的兴趣。

最初读到的关于《这一代》相对详细的介绍，是在作家野夫的随笔《别梦依稀咒逝川》一文中：“1978年，全国十三所大学学生会联合以武大为中心，办了‘文革’后第一个地下文学刊物——《这一代》，只出了一期便被封了，但仍流传了几十份到我们学校。校方曾试图扣留，但因我们班这些大哥的斗争，最后还是拿到并迅速传播开去。应该说，这是中国文艺复兴的真正启蒙之作。那批作者后来多数都成了名家，若干年之后，我与其中一些骨干成了好友，我们在追忆这一夭折的文本时，充满了温馨与感伤。”

作为一个极有社会责任感的作家，野夫对昙花一现的《这一代》如此怀念，进一步证明了这份刊物的特殊之处。随着后来接触到的资料日益增多，我对《这一代》有了较为全面的了解。

《这一代》当事人之一，当年还是吉林大学学生的徐敬亚，在《八十年代——那一场诗的疾风暴雨》（发表于2007年7月9日的《经济观察报》）中，对《这一代》是这样介绍的：

> 对于大气磅礴、命运多舛的《这一代》，应该有更多人追忆其踪。它的历史，不仅仅是一个联合刊物的历史，更是一个特定时代里文学青年的交往史、成长史。当然，也是结社史与出版史。
>
> 《这一代》的征稿、编辑、印刷、发行，持续了1979年整个下学期。由于我现在手里没有创刊号原件。只记得诗歌部分有王家新的长诗。在《不屈的星光》中有我的《罪人》、有王小妮的诗和《赤子心》的发刊词《心之歌》，还有我们诗社兰亚明的诗《片瓦集》。创刊号对吉大诗社的看重，让我们高兴了很久。
>
> 《这一代》创刊号全国征订。定价：0.45元（含0.08元邮费）。吉林大学由我一本本在同学中现金征订，共订得200册。
>
> 1979年秋凉时，我突然接到张桦的通知：《这一代》出版受阻，正在印刷中的刊物停印。
>
> 11月，我收到张桦寄来的创刊号一本。由于临时匆忙装订，缺少三分之一印张。这也是我拿到的唯一一本《这一代》。吉大所订200本至今下落不明。后来，同学所交征订

费全部由吉大中文系公款退还。

我有幸在网络上看到了《这一代》的两个不同形式的封面、封二，以及铅印的目录和部分内文。第一个封面，背景图片是一级一级的台阶，一行脚印拾级而上。左上角是猩红的“这一代”三个大字，右下角写着期数“1”和出版时间“1979”。另一个封面则没有背景图片，只有刊名和期号。我看到的第一个封二是一张图片，后来这张图片所在的位置，变成了一份手写油印的《告读者书》，由此可以想象到这份刊物在出版过程中经历的波折。

紧接着《告读者书》的是黄子平和苏炜联合操刀的《写在创刊号的前面》，阐明了这一代人的生活道路、思想特征以及对文学的理解。他们认为，社会上对这一代人有各种命名：受伤的、迷惘的、被耽误的、思索的，等等。这一代有他们神圣的使命，他们希望写出一种崭新的文学，真实地表达对生活的思考和理解，通过艺术形象去追求真理，唤起人们的信念、意志和尊严。

这篇文章，也是对1977年、1978年进入大学的这一代人生活与思想特征的总括，这就不难理解为什么大家要以《这一代》为刊名了。据说这个刊名也是当时在北京大学读书的黄子平和中山大学的苏炜提出的，此前，十多所高校的学生们相继提出了“暴风”“青年文学”“文学青年”等名字。

我注意到，《写在创刊号的前面》的落款是1979年8月，目录页中注明的刊物出版时间为“1979年11月”，由此可见学生们谋划之久。也可见野夫记忆有误，《这一代》并非出版于1978年，而是1979年11月。而北岛等人主持的《今天》早在

1978年12月23日就已经出版，所以《这一代》不是“‘文革’后第一个地下文学刊物”。

从《这一代》的目录中，我看到了很多熟悉的名字——王家新、徐敬亚、黄子平、王小妮、於可训、高伐林、徐冰……而排于目录第一位的是《变革现实的文学》（作者为“武大《珞珈山》评论员”），仅从这样一个标题，也足以看到学子们以文学参与现实的愿望。

如今，这些人都已经成为中国各界名流，难怪徐敬亚认为《这一代》“大气磅礴”，野夫将其赞誉为“中国文艺复兴的真正启蒙之作”了。

《这一代》的面世，颇费周折。印刷厂印了一部分文章后，不愿意继续印刷了，原因是他们认为部分作品有“思想问题”。学生们只好用“红卫兵”的手段，冲进印刷厂把已经印好的部分硬抢回来，然后高价找人装订。由于此前印刷厂只印了一千张有台阶和脚印图像的封面和刊登有怀念张志新的版画的封二，针对抢回来的一万余本散页，只好另外设计一张简单的没有图片的封面，又用蜡纸刻写了《告读者书》，油印在封二上。因为印刷厂没有印刷其中的部分内容，所以，《这一代》缺少了十多页，是一本“残缺不全”的杂志。

在《告读者书》的开头，编者无奈地写道：“由于大家都能猜测到，也能理解的原因，印刷单位突然停印，这本学生文艺习作刊物只能这样残缺不全地与读者见面了。”而最后一段，则显得甚为坚决：“《这一代》创刊号的残废决不意味着这一代的残废！”

刊物传播出去后，影响巨大，《这一代》副主编张桦在2008年接受《南方都市报》记者田志凌的采访时，这样介绍道：

回到学校我们是全年级动员，打包的打包，登记的登记。每个学校1000本，12000本杂志分为300包全部寄出。我们自己留了4000本，第二天同学又分成15个小组到武汉各高校去叫卖。每本5毛，第一天卖出去不到1000本，与原来想象的一抢而空相差甚远。但到了第三天同学还没起床，宿舍楼走廊内外便人头攒动，开始我们还以为出了什么事，一问才知道是来买杂志的。于是顾不上洗脸刷牙，先开门迎客，很快就把几千册存书卖光了。但来买的人实在太多了，有些人看书已经卖完，就游说我们的同学，说自己是多么求之若渴，结果有的同学真的被说动，把自己的那本也卖了。

不光武汉如此，在北京、广州、天津等学校也都是在一小时左右一抛而光。据说杭州大学的同学摆开桌子跳上去高声吆喝：快来看，快来看，没有上一代也没有下一代的《这一代》呀！结果很轰动。南京大学的同学担心意外，等到天黑才悄悄在教室附近阴暗处开起鬼市，效果同样出众。当然也有一本没卖的，吉林大学和西北大学的杂志刚寄去，就被校方全部封存，后来又一把火烧成了灰烬。当时还出现“黑市”，杂志价格很快被抬到一块钱、两块钱一本，最高的达到了5元，是原价的10倍。

……我们收到的第一封读者来信是那个街道装订社的一个小伙子给的。我们拿货的时候，一位工人趁势把一封信塞到我手里，信中写，他今年30岁，还是个临时工，未经我们同意，用印废的纸页自己装订了一本，读后激动得夜不成眠，现在杂志在他的朋友手里，挨个儿排队读……

（《〈这一代〉：半本学生杂志引起的全国轰动》）

我曾读到一份三十多年前的政治资料，是当年团中央书记处书记周鹏程在1981年8月7日举行的全国学校思想政治教育工作会议上的讲话，题目为“积极发挥党的助手作用，认真做好学生思想工作”。在讲话中，周鹏程专门谈到了武汉大学在《这一代》停刊后的善后工作：“武汉大学团委协助党委做好参加《这一代》刊物编辑的同学的思想工作，都是坚持疏导方针，解决他们的思想问题。这表明，进行思想政治教育，只有实行疏导方针，才能使学生心悦诚服，达到帮助和教育学生分清是非、端正思想、提高觉悟、纠正错误的目的。”细心的读者从这一段话可以揣摩到当年文艺和思想的某些氛围。

从张桦的访谈可以了解到，让《这一代》“出问题”的，主要是里面的诗歌作品：

《这一代》出事就出在“愤怒出诗人”那一栏内容上了。其实小说是杂志的主要部分，小说足足占了48页，但最后惹事的却是名为“愤怒出诗人”的诗栏。里面一共有7首诗，有6首都出自武大同学。那时候正是军队诗人叶文福《将军，不能这样做》走红的时候，很难说这组诗不是它的连锁反应。其中最出名也最惹事的两首是《桥》和《轿车从街上匆匆驶过》。

《桥》是王家新写的，写连接北海和中南海的汉白玉大桥。其实那时候王家新还没去过北京，都是我给他讲的。我暑假回北京去北海玩，看见桥上突然竖起了近一人半高的铁栅栏……回校以后我跟王家新讲起这个事儿，他神思手快，昼夜之间就写了一首上百行的《桥》。

另一首《轿车从街上匆匆驶过》，据作者叶鹏说创作动机萌生于中央电视台播出的一段批评新闻，北京百货大楼门前停满了公家轿车，当时报道说，这是有权势者坐公车购私物。他的这首诗里火药味很浓。

作为《这一代》的编辑和作者，相信王家新在回想起这一段往事时，肯定会有诸多感慨。但他对这段往事几乎从未详细提及。通过多方寻找，我终于在 2010 年 6 月下旬读到了王家新写于 2008 年夏天的一篇短文《“这一代”仍是一种集体想象》。但即使是在这样一篇专题性文章中，王家新也没有人们预想的那份撕心裂肺的“投入”：“不用多说，《这一代》是上个世纪‘文革’结束后至 80 年代初期那样一个特定时期的产物。……《这一代》之所以在当时产生那么大的影响，除了刊物内容，我想和这个名字肯定也有关系。它在各地 77 级、78 级大学生中唤起的，正是这种身份认同感和集体性的自我意识。……还没有毕业，我就不愿再提《这一代》和我那首人们四下谈论并曾引起高层震怒的《桥》了。这倒不是因为它给我的生活带来了某种阴影，而是因为我们已渐渐变成了另一类人。那个参与《这一代》、连夜写下《桥》那首‘诗’的人，是我吗？我是愈来愈不相信，也愈来愈不在意了。”

王家新的反思极有价值。当三十多年后的今天，我们重新审视《这一代》，就会发现，《这一代》发表了什么类型的作品并不是最重要的，即使这些作品曾令“高层震怒”。最值得研究的是这样一份刊物出现的社会背景以及作为当事人的王家新对这段往事的深刻理解。事件的一大成果，就是促进了王家新的思考，他开始从青春期对“集体”的狂热逐渐转入了完全属于个体的独立思考之中。正如他在90年代后期创作的长诗《回答》所写：“珞珈山已是墓园，/埋葬了我们的青春。”作为一个读者，我在读了他发表在《这一代》上的《桥》节选之后，更深切地领会到王家新“对‘集体兴奋’兴奋不起来”的原因，以及最终写出《帕斯捷尔纳克》等具有独立担当意识的诗歌的思想渊源。那些对王家新的“知识分子诗歌”持批评态度的人如果了解当年的这些情况，或者读过当年王家新的另外一些作品，也许他们对王家新的偏见会有所扭转。此外，对王家新一直不愿意明言的毕业分配问题，我似乎也从中找到了某些脉络。

因为命运多舛，又充满传奇，加上时光流逝，后来，有的人回忆起《这一代》，不可避免地出现了误差。学者陈永苗在《我眼中的八二届毕业生》一文中提到《这一代》时，就把陈建功和叶文福的代表作误植到《这一代》头上：“武汉大学等十三所高校学生联合起来搞一本叫作《这一代》的杂志，我印象中《青年论坛》发刊号介绍了白桦、陈建功、叶文福等先生刊登在《这一代》上面的作品，陈建功先生的作品是《飘飞的头巾》（按：应为《飘逝的花头巾》），叶文福先生的作品是《将军，你不要这样做》（按：应为《将军，不能这样做》）非常有影响，甚至惊动了高层。”而从《这一代》的目录上看，无论是白桦还是陈建功、叶文福，都没有在《这一代》上发表作品。叶文福“惊动了高层”的政治抒情诗《将军，不能这样做》已在此前发表。据说原本《这一代》的主编高伐林想发表陈建功的一篇小说，但因这篇小说已通过《花城》杂志终审，即将发表在《花城》上，陈建功担心被人指责为一稿两投，给《这一代》编者写信说不宜在该刊发表。所以《这一代》也没有刊登过陈建功的作品，或者说没有刊登过署名为“陈建功”的作品。

虽然没有作品参与，但陈建功也在北京为《这一代》的征订和筹资四处奔波，并且贡献出了有生以来的第一笔稿费。更有甚者，北京师范大学一个女生为了支持刊物，还拿出了刚刚去世的父亲的抚恤金。

不断重临的序曲

尽管命运不公，但在郧阳师专工作的三年中，王家新的创作有了更为优异的表现。工作的第二年，就参加了《诗刊》社组织的第三届“青春诗会”，1984 年，又参加《诗刊》社组织的诗人访问团赴大兴安岭、哈尔滨等地访问；组诗《中国画》曾引起很大的反响，被多种权威选本收录；《长江组诗》获得了《芳草》杂志的诗歌奖，并内部出版了诗集《告别》。

1985年3月，陕西的“长安诗家”内部印行了王家新的第一部个人诗集《告别》。作为《中国当代青年诗人丛书》之一，《告别》在一定范围内引起了反响。

命运终于有了转机。凭着出色的创作成绩，1985年6月，王家新被借调到《诗刊》社，负责华东片诗稿和外国诗歌的编辑工作。两个月后，长江文艺出版社出版了王家新的诗集《纪念》，这是王家新正式出版的第一部诗集。

在《诗刊》社，王家新一共干了五年。这五年，也是王家新创作和工作成果迭出的五年，除了编选稿件，王家新还相继组织了西川、欧阳江河、陈东东、骆一禾、肖开愚、南野等人参加“青春诗会”，与唐晓渡合编的《中国当代实验诗选》（1987）、与沈睿合编的《当代欧美诗选》（1989）均受到了广泛的欢迎。这些工作，对“第三代诗人”的成长及奠定地位起到了极其重要的作用。诗人伊沙曾经尖锐地批评王家新的创作，但谈到王家新在《诗刊》时的工作，却也不得不承认：“据我所知所感，那一时期很多的年轻的前卫诗歌的写作者都把王家新当成了跃上《诗刊》这本全世界发行量最大的诗歌刊物的一个缺口。很多人直到现在还怀念着他们与王家新交往的那段时光，还怀念着那个时期给他们留下美好印象的王家新，那一时期王家新对很多青年诗人的关心帮助已经超出了一个普通编辑的工作范畴，给他们寄书寄资料，等等。”那几年，王家新还创作了很多优秀的作品，比如1986年的《风景》《空谷》《预感》，1987年的《蝎子》《秋天》，1988年的《练习曲》《北方札记》，1989年的《瓦雷金诺叙事曲》《一个劈木柴过冬的人》等。

1989 年，对于王家新的创作而言，是一个非常重要的年份，在这一年 12 月，王家新阅读了索尔仁尼琴的《古拉格群岛》、帕斯捷尔纳克的《日瓦戈医生》等反思性极强的经典长篇作品，随后写下了《一个劈木柴过冬的人》《瓦雷金诺叙事曲》等后来广为流传的诗歌。他出版的诗论集《人与世界的相遇》奠定了自己作为一个诗人兼批评家的身份。

由此我们看到，整个 80 年代，王家新经历了一个从成长到成熟的过程，他作为“朦胧诗”后崛起的标志性诗人的形象，已然树立。

80 年代，是中国现代诗蓬勃发展的十年，也是王家新的写作日益成熟的十年，对于 80 年代的诗人和诗歌精神，王家新有独到的认识。前两年，在北京大学的讲座上，王家新深情地回忆起被诗人们深深怀念的那段时光——

> 80 年代有一种“诗歌精神”。“诗歌精神”作为一种说法正是 80 年代提出来的。所以 80 年代你们北大能出海子、骆一禾、西川那样的诗人。海子的诗是“那幸福的闪电告诉我的 / 我将告诉每一个人”，他来到这个世界上，就是要做一个幸福的使者，把诗的光芒带向人间。这也正是 80 年代很多诗人的自我意识。1987 年我们在山海关办“青春诗会”，那时我在《诗刊》做编辑，我们请了一些诗人如西川、欧阳江河、陈东东等，那种氛围真使我难忘。我记得在海边的山坡上散步时，有人随口就说出了一句诗“把玉米地一直种向大海边”！我已记不清是谁说的了，欧阳江河？西川？也许

谁说的并不重要，重要的是它体现了80年代的诗歌精神，是80年代的精神在通过那些诗人之口讲话。正是在山海关，欧阳江河即兴写下了他的名诗《玻璃工厂》，而且是在一只香烟盒上写下的！那天我们白天参观玻璃工厂，晚上彻夜看护一个生病的女诗人，欧阳江河灵感来了，但是没有纸，我就把我的香烟盒掏空给了他，这就是一首诗的诞生。这首诗最初叫《在玻璃工厂》，我说这个“在”字没必要，放在那里反而碍事，欧阳听了我的建议就去掉了。西川在这前后也写下了“从一场蒙蒙细雨开始，树木的/躯干中有了岩石的味道”，这种诗我一读就有了一种深沉的喜悦。诗人写的是树木，我想也是在写人生，一种经历了风霜雨雪的诗歌生命。虽然一代诗人真正的成熟，在我看来是在90年代以后的事，但它却出自80年代那种诗歌氛围和精神的养育。

——《诗人与诗歌精神》

正是因为当年的这种氛围和精神的存在，一代诗人得以茁壮成长，近二十年来中国诗坛风云变幻，各种流派和群体风起云涌，蓝蓝、臧棣、杨键、伊沙、张执浩、雷平阳、余怒、杜涯、卢卫平、江一郎、朵渔……新秀迭出，但在我的心目中，最核心和最厚实的力量，仍然是以王家新、西川、于坚、欧阳江河等为代表的80年代成长起来的这一拨诗人。

1990年底，王家新又写出了《转变》和另一首关于帕斯捷尔纳克的诗歌《帕斯捷尔纳克》。这些诗歌，奏响了王家新创作的一个崭新的序曲，使王家新树立起了中国诗歌界极为独特的思想型诗人的形象。

也是从这一年开始，王家新离开《诗刊》社。居家一年多以后，于1992年元月到了英国，随后在英国、荷兰、比利时、法国、德国等国家和地区访问、朗诵和讲学，两年后回国。在国外的两年，王家新的创作更为开阔，不仅深化了《帕斯捷尔纳克》等作品的写作向度，还进一步确立了他的另一种写作方向，即被他称为“诗片段”的写作。

1994年8月，王家新被调入北京教育学院担任教师，2006年12月起被调入中国人民大学。在此期间，又多次出国探亲、访问和讲学，操办诸多大型诗歌活动，出版了多部诗集和评论集，其影响也从国内逐渐扩散到国际。

“钟声一样压迫着我的灵魂”

王家新诗歌中的沉痛和抑郁在当代中国极为少见，诗歌中的“我”总给人一种流亡者的印象，绕树三匝，无枝可依。与此同时，他的诗歌中频频出现的思想者形象，也逐渐深入人心。如果说“知识分子写作”确实存在，那么我们似乎可以进行这样的大致分类：王家新和欧阳江河代表的是知识分子品质中“对命运的担当”的那部分，西川和陈东东等人则代表着知识分子中的辞采的部分。前者给人一种思想者的形象，后者则更像文体家。

与一些暴得大名却找不出一首代表作的诗人不同，王家新是有代表作的诗人。“代表作”之于一个诗人非常重要，它能够让读者看到诗人的名字，马上会联想起他的某首作品；或者看到某首作品，马上就会联想起它的作者。事实上，诗人的代表作就等同于诗人本身，经过长期的交融，已经不分彼此，可以相互替代。比如我们看到北岛的名字，马上会想起《回答》，看到舒婷，会想起《双桅船》，看到海子的名字，会想起《面朝大海，春暖花开》……当今诗坛，能够获得这一殊荣的诗人并不多。

我阅读王家新的第一首诗歌就是他的代表作《帕斯捷尔纳克》。这首诗发表于《花城》1991 年第 2 期，当时我还在四川读书，正与诗歌处于疯狂的热恋期。《帕斯捷尔纳克》干净而有力量的词语、内在的音乐性以及诗歌中呈现的高贵形象，让我爱不释手，然后开始仰望它的作者。遗憾的是，当时我刚进城不久，还不知道世界上存在着一种叫作“复印”的科技，因此在首读之后，却没能将原诗保留下来。直到一年多以后的 1993 年，我才获得这首诗的印刷版。那时成都《浣花》诗报举行诗歌大展，这首诗是此次大展给我的最大馈赠：

不能到你的墓地献上一束花
却注定要以一生的倾注，读你的诗
以几千里风雪的穿越
一个节日的破碎，和我灵魂的战栗

终于能按照自己的内心写作了
却不能按一个人的内心生活
这是我们共同的悲剧

你的嘴角更加缄默，那是

命运的秘密，你不能说出
只是承受、承受，让笔下的刻痕加深
为了获得，而放弃
为了生，你要求自己去死，彻底地死

这就是你，从一次次劫难里你找到我
检验我，使我的生命骤然疼痛
从雪到雪，我在北京的轰然泥泞的
公共汽车上读你的诗，我在心中

呼喊那些高贵的名字
那些放逐、牺牲、见证，那些
在弥撒曲的震颤中相逢的灵魂
那些死亡中的闪耀，和我的

自己的土地！那北方牲畜眼中的泪光
在风中燃烧的枫叶
人民胃中的黑暗、饥饿，我怎能
撇开这一切来谈论我自己？

正如你，要忍受更剧烈的风雪扑打
才能守住你的俄罗斯，你的

拉丽萨，那美丽的、再也不能伤害的
你的，不敢相信的奇迹

带着一身雪的寒气，就在眼前！
还有烛光照亮的列维坦的秋天
普希金诗韵中的死亡、赞美、罪孽
春天到来，广阔大地裸现的黑色

把灵魂朝向这一切吧，诗人
这是苦难，是从心底升起的最高律令
不是苦难，是你最终承担起的这些
仍无可阻止地，前来寻找我们

发掘我们：它在要求一个对称
或一支比回声更激荡的安魂曲
而我们，又怎配走到你的墓前？
这是耻辱！这是北京的十二月的冬天

这是你目光中的忧伤、探寻和质问
钟声一样，压迫着我的灵魂
这是痛苦，是幸福，要说出它
需要以冰雪来充满我的一生

诗歌沉郁而激越，充满内在的疼痛。从标题到内文的诸多句子，我们不难发现，这首诗是对俄罗斯诗人帕斯捷尔纳克的致敬文本，也从侧面显示出一个伟大灵魂对中国诗人的深刻影响。

“不能到你的墓地献上一束花／却注定要以一生的倾注，读你的诗”，诗歌的开头，以这样一个转折句表明了自己的立场，虽然不能亲身到异国大地的帕斯捷尔纳克墓前献花，却注定了自己内心对精神偶像“一生的倾注”和“灵魂的战栗”。这份忠诚、景仰与坚定，奠定了全诗的基础。

第二节和第三节其实可以合并成一节——作者在满四行时分节，除了出于对诗行的美观考虑，还使句子形成一种陌生感和疏离感，增强了诗歌的内涵——第二节的开头两句是王家新的名句：“终于能按照自己的内心写作了／却不能按一个人的内心生活”。先是写作，后是生活，表示了写作与生活之间的位置；按照自己的内心写作是相对容易的，只要你不那么在乎世俗名利，但作为一个真正的“人”，他却不能按照自己的内心理想去生活。无疑，这是对诗人当年身处的现实的不满。而“这是我们共同的悲剧”，无论是“我”还是“你”，都处在相似的环境中，因此，“你的嘴角更加缄默”。对于一个虚伪浮躁的时代，真正的知识分子从来不会去粉饰，即使没有发言的机会，也会保持缄默，承受住这种苦难和命运。“为了获得，而放弃／为了生，你要求自己去死，彻底地死”——为了保存住自己的纯洁理想，他愿意放弃世俗的好处，为了获得理想中的生活，哪怕付出生命！

一个真正的诗人是胸怀天下，具有忧患意识的，他看到“那些放逐、牺牲、见证，那些／在弥撒曲的震颤中相逢的灵魂／那些死亡中的闪耀，和我的／／自己的土地！那北方牲畜眼中的泪光／在风中燃烧的枫叶／人民胃中的黑暗、饥饿”。对这些，他不可能视若不见，不可能扭转头，“撇开这一切来谈论我自己”。一个悲悯的担当者形象，跃然纸上。

在帕斯捷尔纳克这个伟大的诗人面前，“我”显得太渺小。他历尽沧桑仍毫不放弃，他对死亡与苦难的承担，我们无法相比，尽管他很可能视我们为同道，“前来寻找我们”，“而我们，又怎配走到你的墓前？”面对大师时的自谦与自省，是王家新一贯的品质，这一点，稍后我会继续谈到。

诗歌的最后一节，是自省后的灵魂坦白，先贤“目光中的忧伤、探寻和质问／钟声一样，压迫着我的灵魂”，这是一种痛苦，因为我们的环境太惨淡；也是一种幸福，因为诗人通过先贤的足迹找到了自己灵魂的支撑点。诗人意识到，要说出这种忧伤、探寻和质问，需要的不仅是一时的冲动，更是忍耐与坚持，那是诗歌开头所说的“以一生的倾注，读你的诗”，以及最后一句“需要以冰雪来充满我的一生”。这里的“冰雪”，自然不是自然界的冰雪，而是一种冰清玉洁的伟大精神。

这是一个中国诗人与外国大师的灵魂的相遇，王家新没有流连于单纯的致敬，而是由外及内，由彼及此，借助一个伟大的灵魂来拷问自己的生活和内心。历史与现实、生存环境与个人思想交锋，完成了诗人之间的相互寻找和潜在交流，使这首诗具有了厚重的历史感。

《帕斯捷尔纳克》诞生于1990年冬天，但不仅属于90年代，在整个中国新诗史范围内，都应该占有一席之地。特别是当我们看多了那些“一地鸡毛”式的文学作品再回过头来阅读它时，就会深切地感受到它的重要性。读完这首诗，我想起了三个词，那就是“怀疑”“承受”与“担当”。从这几个词入手，基本上可以解决王家新诗歌的阅读问题。1993 年正好是毛泽东一百周年诞辰，于是我模仿《帕斯捷尔纳克》写了一首题为《怀念》的朗诵诗。后来，《怀念》分别出现在学校的文艺晚会、某民间社团举行的纪念诗会以及当地电台的节目单中。但模仿永远是模仿，李鬼不会成为李逵。

把苦难转变为音乐

1994 年初，我在四川乐山一家造纸厂图书馆里的一本《花城》上，读到了王家新另一首关于帕斯捷尔纳克的诗歌《瓦雷金诺叙事曲——给帕斯捷尔纳克》，这首诗风格与《帕斯捷尔纳克》相去甚远，多了短句和叙事而少了抒情成分，但这并不影响它的高贵品质。

蜡烛在燃烧
冬天里的诗人在写作，
整个俄罗斯疲倦了
又一场暴风雪
止息于他的笔尖下，
静静的夜
谁在此时醒着，

谁都会惊讶于这苦难世界的美丽
和它片刻的安宁，
也许，你是幸福的——
命运夺去一切，却把一张
松木桌子留了下来，
这就够了。
作为这个时代的诗人已别无他求。
何况还有一份沉重的生活
熟睡的妻子
这个宁静冬夜的忧伤，
写吧，诗人，就像不朽的普希金
让金子一样的诗句出现
把苦难转变为音乐……
蜡烛在燃烧，
蜡烛在松木桌子上燃烧，
突然，就在笔尖的沙沙声中
出现了死一样的寂静
——有什么正从雪地上传来，
那样凄厉
不祥……
诗人不安起来。欢快的语言
收缩着它的节奏。
但是，他怎忍心在这首诗中
混入狼群的粗重鼻息？

他怎能让死亡
冒犯这晶莹发蓝的一切?
笔在抵抗
而诗人是对的。
我们为什么不能在这严酷的年代
享有一个美好的夜晚?
为什么不能变得安然一点
以我们的写作，把这逼近的死
再一次地推迟下去?
闪闪运转的星空
一个相信艺术高于一切的诗人，
请让他抹去悲剧的乐音!
当他睡去的时候
松木桌子上，应有一首诗落成
精美如一件素洁绣品……
蜡烛在燃烧
诗人的笔重又在纸上疾驰，
诗句跳跃
忽略着命运的提醒。
然而，狼群在长啸，
狼群在逼近，
诗人!为什么这凄厉的声音
就不能加入你诗歌的乐章?
为什么要把人与兽的殊死搏斗

留在一个睡不稳的梦中？
纯洁的诗人！你在诗中省略的
会在生存中
更为狰狞地显露，
那是一排闪光的狼牙，它将切断
一个人的生活，
它已经为你在近处张开。
不祥的噩兆！
一首孱弱的诗，又怎能减缓
这巨大的恐惧？
诗人放下了笔。
从雪夜的深处，从一个词
到另一个词的间歇中
狼的嗥叫传来，无可阻止地
传来……
蜡烛在燃烧
我们怎能写作？
当语言无法分担事物的沉重，
当我们永远也说不清
那一声凄厉的哀鸣
是来自屋外的雪野，还是
来自我们的内心……

《瓦雷金诺叙事曲》创作于1989年12月的一个夜晚，发表于《花城》1992年第6期，诗歌参用了帕斯捷尔纳克小说《日瓦戈医生》中的一些细节，比如对爱情的描述，在雪夜中写诗，屋外的狼嗥声，狼群向房子逼近等。

全诗的中心是“蜡烛在燃烧”，其余所有联想和对现实的描述都围绕着这一意象发展。在这里，蜡烛不仅能让人联想到炙热的火，还是一种精神的象征。群狼自然也不仅仅是自然界中的猛兽，还是生活中的某种逼压。漫长而广阔的冬夜与一豆烛火形成了强烈的对比，如同一个惨烈的世界之于一个具有独立精神的知识分子，那是一种从外到内的重压。而正是在这微弱但从不熄灭的烛火中，诗人敞开了自己的灵魂，他向往美丽的爱情，无惧苦难的逼近。一种高洁而不妥协的形象，自《瓦雷金诺叙事曲》开始，出现于众声喧哗的中国诗坛，王家新从此成为中国诗人中一种知性与智性的代表，他的诗已不仅是诗，还是一种思想。

如果我们读过帕斯捷尔纳克的《日瓦戈医生》，就可以在《瓦雷金诺叙事曲》与《日瓦戈医生》之间发现很多互文，比如它与《日瓦戈医生》一书中的《重返瓦雷金诺》这一章之间的关系（在诗歌细节方面）。而这首诗与帕斯捷尔纳克的短诗《冬天的夜晚》之间也存在着关系（两诗的关键词句都是“蜡烛在燃烧”），诗歌叙述的生活与帕斯捷尔纳克的命运也有关系。

在很长一段时间里，我国和苏联的确有相当大的共同性，虽然时间不同，但两国的知识分子在精神上却面临相似困境，这也许是王家新接受帕斯捷尔纳克并将其引为知己的原因。关于这一点，王家新并不避讳，1993年，王家新在接受陈东东与黄灿然的书面采访时，谈到了自己与帕斯捷尔纳克的关系：“我不能说帕斯捷尔纳克是否就是我或我们的一个自况，但在某种艰难时刻，我的确从他那里感到了一种共同的命运，更重要的是，一种灵魂上的无言的亲近……似乎他那皱紧的眉头，对我来说就形成了一种尺度，以至于使我一直不敢放松自己……”从这段话，我们不难看出帕斯捷尔纳克对王家新深入骨髓的影响。

由于过于喜爱《瓦雷金诺叙事曲》，我产生了“邪念”。居川四年，我所做的唯一“见不得人”的事，就是以实习生的身份悄悄地撕下了实习单位的两页印刷品。

王家新这两首与帕斯捷尔纳克有关的诗，自发表那天起，就成为他最重要的代表作之二，引起了纷纭议论，受到了大量优秀的学者、评论家、诗人和普通读者的关注，成为讨论王家新时不能绕开的作品。

自然，批判的声音也从来没有断绝过，有人认为这两首诗，特别是《瓦雷金诺叙事曲》是对帕斯捷尔纳克的拙劣模仿；还有人指责王家新“公然撒谎”，因为他的生活比他用以自况的帕斯捷尔纳克好得多，他开着私家车，不受政治迫害，却把自己想象成一个流亡者。他们说，没有经过真正的流亡怎么能写“流亡诗”呢？

关于第一种质疑，前面已经提到过，这两首诗歌虽然是受到帕斯捷尔纳克的人生与作品的启发创作出来，诗歌里虽有一些意象和取向相似乃至相同，但加入了王家新的生活经验与对世界的理解，因而它们是独特的，也是不可多得的。在这两首诗与帕斯捷尔纳克的作品之间，体现得更多的是“互文”关系。这一点，正如王家新在《夜莺在它自己的时代》一书中所言：“我承认中国作家们受到西方很大的影响，但我相信他们也不至于吃了牛肉就变成了牛。”

2007 年 5 月 29 日晚上，王家新在中央美术学院进行了一次讲座，主题是“诗与诗人的相互寻找”。王家新认为，如同布罗茨基的名作《黑马》所说，“它在我们中间寻找骑手”，在诗歌与诗人之间，也存在着一种“寻找”的过程。最初是诗人对诗的寻找，即诗人被诗吸引，从而开始写作；随着写作的深入，诗人会渐渐地听到诗歌发出的召唤，即诗歌来寻找诗人。“当他试图回应这种来自诗的要求和期望时，一种更深刻的相互的寻找就开始了。”然后，王家新以自己的创作和体验为例，证明了这种“相互寻找”的事实：“我自己也曾在异国他乡生活过，正是在如布罗茨基所曾描述过的那种完全陌生、孤独、失语的环境中，有某种东西前来找你了：‘这即是我的怀乡病：当我在欧罗巴的一盏烛火下读着家信，而母语出现在让人泪涌的光辉中……’这是我 1992 年冬在伦敦写下的诗片段系列《词语》中的一节，你们看，这就是诗对一个诗人的寻找：在伦敦的雾夜那一盏烛火中，我们的‘母语’就这样让人泪涌地出现了……”

在我看来，王家新的这次讲座，不仅是对一种诗学观念的阐释，同时还是对前文所提及的那些责难的回答。

如果说第一种质疑还算有一点学术成分，那么第二种指责则可谓荒唐透顶。诗歌不是纪录片，不是焦点访谈，它只须讲求艺术的真实。衡量一件艺术品是否高明，应从艺术本身去分析，何况王家新的真实生活并不是他们说的那回事。

关于生活真实与艺术真实的问题，小说家阎连科曾以“巫婆的红筷子”为例做过生动精辟的说明——在偏远的农村，有的人突然遇上了“鬼附体”，变得神神怪怪。按照迷信说法，这人是被鬼魂附体了，得请巫婆来将“鬼”劝出体外。巫婆在屋子中间摆上一个空盘子，用手把三根红筷子扶直在盘子里，对着空气问“鬼”需要人们帮忙解决什么问题，比如是不是在阴间没衣服穿、没钱用什么的。问对了，即使把手拿开，那三根筷子也照样竖着。问得不对，手一拿开筷子就倒下来。起初大家不大相信巫婆，但看到筷子竟然凭空无倚地直立起来，就深信不疑了。作家的创作也如此，不在于你讲的故事的真假，而在于你能不能像巫婆一样，把筷子竖起来。竖起来，一切都是真的。优秀的文学作品不仅仅能够把假的东西说成“真的”，而且能让读者一上来就不去想事情的真假，而是把目标转移到“竖立起来的筷子”——作品的质量上。因此，王家新的诗歌“真实”与否并不重要，重要的是他的诗歌里对命运的审视和对道义的担当表达得是否到位。王家新是成功的，他的诗歌融入了一个知识分子的忧患意识和对精神性的追求，从众声喧嚣之中脱颖而出，成为世纪之交中国诗坛一个独特的存在。

从这两首诗的创作时间，可以看出王家新诗艺的进步，相比《瓦雷金诺叙事曲》，我更喜欢《帕斯捷尔纳克》，后者在音韵和节奏上更成熟，精神“独立性”也更强。不变的则是对帕斯捷尔纳克永远的敬意。

对命运的“回答”

谈论王家新的诗歌，不能避开的还有《词语》《另一种风景》《临海孤独的房子》等“诗片段”系列及《回答》《伦敦随笔》《孤堡札记》等长诗或组诗。在王家新的创作中，它们是《帕斯捷尔纳克》之后分量最重的作品，进一步加深并推进了诗人对诗艺、生活与命运的思考。

1991 年 11 月，王家新开始了被他称为“诗片段”的系列作品的创作，先是在北京完成的《反向》《持续的到达》，1992 年初到国外后，又完成了《词语》《另一种风景》《游动悬崖》《蒙霜十二月》，2000 年左右又完成了《冬天的诗》《变暗的镜子》等。

这些作品相当驳杂，单独阅读，其中的每一段都是一个箴言、短语、创作谈，也可以说是跳跃性很强的散文诗，乃至于生活中的“注意事项”。比如：“当你开始接受记忆的审判时，你这才发现你已把它推迟了多年。”“写作缓慢，这说明我遇上了某种障碍，而这是我以前轻易就绕过去了的。”“爱这艰难的时光吧，它让我惊异于某种存在，虽然转瞬它又消失在一片灰蒙里……”这些简洁的短句，常常能给人启发，让他们联想到文字之外的很多事物。但假如只能获得这样的效果，王家新的“诗片段”也就不可能成为他的重要作品了。事实上，当我们阅读全篇，这些看似零散的段落又会迅速集合起来，给你一种全局的、全新的体验，这个时候，我们眼中已经没有了这些“片段”，而是一个博大的整体，一种深厚的氛围。在阅读的过程中，一个坚定又不乏怀疑的思想者形象清晰地浮现在人们面前。

90年代中期以后，国内不少诗人开始了这种“片段”式的写作，不知道王家新的“诗片段”算不算领风气之先？当然，这已经不重要了，一个有高远抱负的诗人，他不可能斤斤计较于此类枝节性的“荣誉”。

《临海孤独的房子》是我非常喜欢的作品，1993年，我从《人民文学》上读到这组诗时，内心的感觉只能用“汹涌澎湃”来形容。在这首诗中，王家新的创作呈现出一种少有的气势：“这就是生活：你的房屋低陷，你的思想也不可能走远。当你瞭望，似乎在一片虚无之外仍是虚无。于是你知道了你的限度。”“瞭望，总是瞭望，我们就这样被赋予更远的事物：海，或别的。但我知道，我唯有从我自己的黑暗中诞生。// 于是再次回到低暗的屋子里，回到写作上，回到我秘密忍受的死亡中。”“这就是在词语中开始的一切：它会继续下去。会有新的路从孩子们的画笔下通向海；同样，会有另一个人来到这里，替我思考我已不去思考的一切。”这些充满哲思、深入灵魂、自我拷问的诗句，有一种强大的煽动性，能够迅速将读者覆盖。字里行间闪现出来的光芒，进一步成就和完善了王家新浑厚、沉重而充满反思和担当气质的形象。

而创作于1997年11月的长诗《回答》，则体现出王家新诗歌的另一种面貌，不再玄思，而与日常生活密切相关，内容也极为个人化。这首诗具有很强的叙事性，在叙述的过程中，探讨了人生、理想、爱情、现实等关键词之于生活的意义。诗歌从对个人生活的叙述铺展开来，渐渐地转向开阔与坦然。最后，诗歌在平静与展望中结束——

是到了告别的时候了。
我曾一再推迟，一再抱着希望，但
另一个勇敢的女性已经诞生，勇敢的人们
在彻底否认他们的过去。为他们祝福吧，
宽恕，理解和和解已不是我能期待的事；
每一个人都在追随他们自己的神，
每一个人都将变成另一个人。
四十而惑，但我也听出了命运的一些低语，
我在辨认着宇宙的伟大法则。
我仍将把你带在我的生活里，血液里，
或一首献给这个正在逝去的世纪的挽歌里。
一如既往，我还随时准备向你的愤怒或欢乐致礼。
而我，在我写完这首诗后，冬天
就会沿着森林大道和花园小径向我走来，
霜雪也会蒙上我的明亮的窗户；
大雪封山之前，人们还会纷纷离去。
那不勒斯的女儿也将飞回温暖的家乡过冬。
而我将在这里留下。
我想我已经准备好了：从持续不断的降雪中，
从笼罩着山上山下和万物的静寂中，
将会静静地升起一支冬日的颂歌……

诗歌的标题是《回答》，那么我们要问，诗人要回答谁？回答什么内容？窃以为，抓住这两点，我们就能进入这首诗的内部。

在进入诗歌之前，人们首先会读到正文前面引用的两句话，一句是里尔克的“苦难尚未认识……”，另一句是沈睿的“女权只是蓝图，那些勇敢的女人已经死了”。这两个人，一个是王家新敬仰的异国大师，一个是曾经在一起生活多年的妻子，尽管后来分手，但仍然是最知晓对方生活与心思的朋友之一。如此，我们不妨认为《回答》的潜在倾诉对象是里尔克和沈睿，而“回答”的内容，则是精神与世俗生活交杂的。这也说明了《回答》的性质——这是一首诗歌，而不是诗人的生活实录。在诗歌中，诗人诉说了自己的理想、现实、烦恼、忧虑、不满、期待、挣扎、抱负等丰富的内容，而这一切，都在生活之中被搅拌、被分割。内容的复杂，致使了诗意的迂回，最后螺旋式上升，不再是对某个具体的人的回答，而是对命运、世界、历史与信仰的坦白。因此，这既是一首个人化的诗歌，也是一首与社会有关、与精神和灵魂有关的诗歌。

到了这一地步，我们甚至可以进一步询问：“谁在回答？”在我看来，在这首诗中，诗人已经不仅仅是个倾诉者和独白者，他同时也是一个倾听者，他在听从来自诗歌与生活本身的声音，顺应着语言和精神的引导。诗歌已经成为独立的存在，不再依附于诗人原本的思想意识，它无论从语言形式还是内涵，都已自足。

《回答》在《莽原》杂志 1998 年第 3 期发表后，引起了很大的争议，用王家新的话说：“《回答》这首诗发表出来之后引起了不同的反响，我听到的不同反响很强烈，甚至出现了为这首诗而争辩的情形，甚至是在夫妻两个之间也出现了一些争辩。”它被作为当年的重要作品收录入次年出版的《现代汉诗年鉴·1998卷》和其他一些重要选本中，并被耿占春等著名学者专文讨论，一些大学也专门为此诗举行了读诗会。著名学者吴晓东认为，《回答》在王家新写作历程中具有阶段性的意义。“《回答》不仅仅是个人性经验的凝聚和喷发，同时叙事性情境的营建，还使这首诗具有了个体生命史诗的意味。”“在一定意义上说，《回答》意味着王家新对‘诗片段’阶段的某种自我超越，也意味着诗人在面对新的‘艺术的难度’的挑战。”

《回答》也是王家新非常看重的作品，在王家新看来，他“整个一生也许就放在这里面了”。王家新后来出版的《王家新的诗》《未完成的诗》等诗集都收录了这首诗，可见作者对它的钟爱程度。

不管外界的反应如何，《回答》作为王家新在《帕斯捷尔纳克》之后最重要的作品，已经毫无疑问。《回答》在王家新的创作中出现，既顺理成章又出乎意料。说顺理成章，是因为诗歌中仍体现了《帕斯捷尔纳克》中的怀疑与担当意识；说出乎意料，是因为从这首诗开始，我们看到了王家新对具体生活现场的介入。此前王家新的作品，大多围绕着某种信仰和理想，虽然时常出现“我”，却显得高蹈，难以接近，而《回答》在继承以往诗歌的品质的基础上，涉及了可以触摸和切身感受的生活细节，脚踏大地，沉稳而厚实。从这一点来说，《回答》在王家新的诗歌历程中，具有重要意义。

三首诗

我一度以为，相对于西川、欧阳江河、陈东东等“花样多端”的诗人，王家新以凝重见长而拙于技巧，他的诗歌适合零星阅读而不宜一口气“啃”完一本。2001 年底，我在读了一整本《王家新的诗》后，为其中诗意和技巧的大量重复心生不满，开始“抵制”王家新的诗歌。直到 2008 年底，我才意识到，其实，对于某些特殊的实力诗人而言，“重复”并不见得是坏事，更是对某种品质的深化与加强。因为技巧和内涵的相对稳定，一首诗成为另一首诗的开始，长久为之，深度和广度就会在这些看似“雷同”的作品中凸显。

我开始重新阅读王家新的诗歌，发现很多以前几乎没有注意到的佳作。先看看这首《旅行者》：

他在生与死的风景中旅行，
在众人之中你认不出他；
有时在火车上，当风起云涌，我想
他会掏出一个本子；或是
在一个烛火之夜，他的影子
会投在女修道院雪白的墙壁上。

蚂蚁会爬上他的脸，当他的
额头光洁如沙。
他在这个世界上旅行，旅行，或许

还在西单闹市的人流中系过鞋带；
而当他在天空中醒来时，
我却在某个地下餐厅喝多了啤酒。

七年了，没有一个字来，
他只是远离我们，旅行，旅行；
或许他已回到但丁那个时代，
流亡在家乡的天空下；或许突然间
他出现在一个豁然开阔的谷口——
当大海闪光，白帆点点在望，
他来到一个可以生活的地方。

七年了，我的窗户一再蒙上白霜，
我们的炉火也换成了暖气——为了
不在怀念中生活？而我一如既往，
上班、写作、与朋友聚会……
只是孤身一人时我总有些害怕：
我怕一个我不再认识的人突然敲门

诗歌的后面两节都出现了一个时间限定词“七年了”，从《旅行者》的创作时间 1997 年左右，可推断出诗歌所涉及的大致年份：1990 年。敏锐的诗人发现，沿袭已久的传统抒情失效了。一些诗人停笔，另一些诗人开始转型，从激进而充满幻想的“青春期写作”进入更为沉稳厚重的“中年写作”。诗人们思考问题的角度也有所转变，欧阳江河从他的青春绝唱《最后的幻象》进入了追问历史和时间的《傍晚穿过广场》，西川开始筹划博大的《近景和远景》和《致敬》，王家新的诗情与他的身体一起“流亡”，写就了那首伟大的《瓦雷金诺叙事曲》和另一首同样伟大的《帕斯捷尔纳克》。而海子和骆一禾，这两个“最后的田园诗人”和天才诗人戈麦，也在1990年前后离开人世，作为同在北京生活的诗人，王家新与他们，至少与海子和骆一禾有相对密切的交往。国家的、社会的、个人的，种种因素结合起来，使王家新在多年以后回想起这个年份，不可能不深感震撼。

理解了上面的背景，我们再进入这首诗，就相对容易了。诗歌中的“他”可以指诗人的“另一个自己”，也可以指一个亡灵；可以代表作者的某个朋友，也可以是一个不相识的人。甚至这里的每一个“他”，都可以泛指一个不同的人，他是我们中的一个，也是我们中的每一个——在众人之中你认不出他——多个“他”结合起来，成为一个集体，一个“我”相识或不相识但一直关注着的群体。

在这里，我暂且将“他”作为“我”的某个朋友来解读。这个朋友已经去世多年，但“我”并未遗忘他，在“我”的心目中，他只是在进行长途旅行，他穿越时空，时而在人群中，时而在火车上，时而到了海边，时而到了异国纯净的修道院，时而回到了“但丁那个时代”或“家乡的天空下”，甚至就在大家共同生活过的城市——北京西单闹市的人流中系鞋带。“我”对这个朋友怀念至深，因为每一天，“当他在天空中醒来时”，“我”都会因怀念、因应付世俗生活而酩酊大醉——“在某个地下餐厅喝多了啤酒”。

请留意“他来到一个可以生活的地方”这一句。一个人经过千辛万苦的旅行、跋涉，竟然无非是为了寻找到“一个可以生活的地方”！由此可以反观“我”以及“我们”对生存环境的不满意。那么，对什么地方不满意？为什么不满意？诗歌没有给出答案，但每个人都可以从自己的经历和思考中找到各自的答案。

死者已去，存者却不得不继续生活。春来秋去，七年了，“我的窗户一再蒙上白霜，/我们的炉火也换成了暖气”，“我”也“一如既往，/上班、写作、与朋友聚会……”过着普通人的生活。在这样的生活中，“我”对逝去的朋友竟然产生了一种表面上似乎难以理解的羡慕，因为他可以在时空中随心所欲地旅行，而“我”却不得不过着庸常而孤独的日子。因此“孤身一人时我总有些害怕：/我怕一个我不再认识的人突然敲门”——要是亡灵死而复生，等于他又必须承受生活的无尽煎熬，这是一种两难。

如果将《旅行者》中的“他”当作诗人的“另一个自己”，这首诗同样意味深长。其中的伤感和犹疑恰好印证了《帕斯捷尔纳克》中的那句：“终于能按照自己的内心写作了/却不能按一个人的内心生活”。

《旅行者》一诗，是典型的“王家新风格”的作品，诗歌中贯穿着王家新式的承受、怀疑与反思精神，但语调相对平静，不再像《帕斯捷尔纳克》那般坚决和直接。诗歌内容的巨大张力给了读者诸多思考空间，在我看来，这是一首不应该被冷落的作品，我在“百度”上搜索“王家新，旅行者”，百度给出的这首诗的主旨竟然是“人生就像旅行，其中会遇到很多困难，要以积极的态度去对待这些困难”，而这首诗也没有被多少选本收录，可见它的价值还远远没有被发掘出来。

与《旅行者》相比，创作于 1999 年 8 月的《第四十二个夏季》体现了王家新的更深层次的转变：

1

夏季即将过去。
蟋蟀在夜里、在黑暗中唱它最后的歌。
秋凉来到我的院子里，而在某处，
在一只已不属于我的耳朵里，
蝉鸣仍在不懈地
丈量一棵老榆树的高度。

2

夏季即将过去，
它的暴力留在一首膨胀的诗里。
整个夏天我都在倾听，
我的耳朵聋了，仍在倾听；
先是艳俗的蛙歌，然后是蚊虫，尖锐的
在枕边嗡嗡作响的痛苦；
现在，我听到蟋蟀振翅，在草棵间，
在泥土的黑暗里，

几乎表达了一种愤怒。

3

夏季即将过去，
生命中的第四十二个夏季过去而我承认
除了肉体的盲目欲望我从生活中
什么也没有学到。
现在，我走入蟋蟀的歌声中，
我仰望星空——伟大的星空，是你使我理解了
一只小小苍蝇的痛苦。

1999年，王家新四十二岁，《第四十二个夏季》应该创作于他生日期间。夏天即将过去，诗人将迎来生命中新的一年，但这个刚刚过了“不惑之年”的人，仍然“惑”着，仍然有着许多难以理清的思绪——“在某处，/在一只已不属于我的耳朵里，/蝉鸣仍在不懈地/丈量一棵老榆树的高度”。在这里，我们可以把“蝉鸣”对等于一个有良知的知识分子的吁求，而“老榆树”，可以作为某种机构或更庞大的实体。一个事物的底线，是需要那些喜欢鸣叫的“蝉”不断地尝试和叩问的。而“我”听到了什么？是艳俗的蛙歌，是蚊虫在枕边嗡嗡作响。“我”还听到作为正面形象的蟋蟀在抖动它的翅膀，“在草棵间，/在泥土的黑暗里”表达着愤怒。尽管如此，“我”仍锲而不舍，“整个夏天我都在

倾听，/我的耳朵聋了，仍在倾听”。

诗人说，这个夏天，“它的暴力留在一首膨胀的诗里”，究竟是怎么样的一首诗呢？我不知道，却情不自禁地想起了《旅行者》中那个在时空中旅行的亡灵，想起了《瓦雷金诺叙事曲》的创作时间，以及《帕斯捷尔纳克》中的诗句：“这是你目光中的忧伤、探寻和质问/钟声一样，压迫着我的灵魂/这是痛苦，是幸福，要说出它/需要以冰雪来充满我的一生”。是这首诗吗？也许是，也许不是。但不要紧，至少我们从中知道了这个夏天包含着“暴力”，并且它已经被留在诗人的写作之中。

第三节，诗人开始反省：生命中的第四十二个夏季快要过去了，而除了肉体的盲目欲望，“我从生活中/什么也没有学到”。这种自我要求无疑是尖锐而苛刻的，然而，这又有什么办法呢？尽管“我”已经“走入蟋蟀的歌声中”，但相对于“伟大的星空”“我”仍不过是“一只小小苍蝇”。在这里，“星空”的抽象与“苍蝇”的具象，“星空”的广大与“苍蝇”的渺小形成了强烈的对比，这种对比使我们很清晰地认识到肉体的易逝，以及人类正视自己内心的巨大难度。

期待、苦闷、自责而又不甘心的气质，在诗歌中显露无遗。这首诗中，每个部分的开头，都是“夏季即将过去”，既是一种客观说明，也是一种暗示与强调，我们从中可以联想到，必定有一些话在诗中没有说出，而只能由读者去揣摩。因此，与《旅行者》比较，《第四十二个夏季》更含蓄，更内敛，诗歌的音调也更低沉。

2009年2月，我在《上海文学》上读到了王家新的一组近作，其中的《第一场雪》让我惊讶：

第一场雪带给你的激动
早已平息了，现在，是无休无止的雪，
落在纽约州。
窗外，雪被雪覆盖，
肯定被肯定否定。
你不得不和雪一起过日子。
一个从来没有穿过靴子的人，
在这里出门都有些困难；
妻子带着孩子
去睡他们甜蜜的午觉去了，
那辆歪在门口的红色岩石牌儿童自行车
已被雪掩到一半；
现在，在洗衣机的搅拌和轰鸣声中，
餐桌上的苹果寂静，
英汉词典寂静，
你那测量寂静的步子，
更为寂静。
抬头望去，远山起了雪雾。

这首诗创作于2007年12月。在保持王家新一贯厚重、澄明的风格之外，增加了令人温暖的日常性，我们从诗歌中除了看到王家新最“钟爱”的“雪”，以及“肯定”“否定”“无休无止”“寂静”“轰鸣”等似曾相识的形而上词语，还看到了“靴子”“妻子”“孩子”“儿童自行车”“苹果”等世俗之物，而在这两者之间，有一种精神在进行着微妙的平衡与协调，使整首诗既具有精神的灵光，又潜存着世俗的温暖。我想，这样的王家新是大气的，他成功地摆脱了《日记》的迷惘，《转变》的惶惑，《守望》的执拗，以及《旅行者》的幻想和《第四十二个夏季》的渴盼，而变得更为从容、稳重，有一种内在的坚定。这是一个崭新的王家新，我从诗歌中看到了他可能的前景，至少，这样的写作前景比《帕斯捷尔纳克》更值得期待。

写到这里，我想把我曾经对王家新“拙于技巧”的评价收回。王家新的写作，一开始就没有被“技巧”所囿，他写的是一个中国诗人的命运，一代知识分子的心灵成长史，而不是词语和技巧的炫耀。一个读者，只有到了三十五岁以后，才能理解王家新诗歌的“技巧”的内涵，它与我三十五岁之前所理解的那些“为技巧而技巧”的“技巧”是那么不同。我们不能用技巧来界定王家新的风格，用“才能”可能更适合。才能指的是一个诗人的才华与能力，包括了后天孜孜以求的成分，而不仅仅出于天赋。

当然，新世纪以来，王家新诗歌的变化之途并非一条，在另一些诗中“对命运的担当”这一主题逐渐稀薄，挽歌的气息减少，喜剧的成分在增加。比如《答荷兰诗人 Pfeijffer“令人费解的诗总比易读的诗强”》，这样的作品我不甚喜欢，也许是为诗歌的“用处”所限，它过于平白了，缺乏迷人的意韵。

与北岛的争论

诗学随笔和诗歌翻译，在王家新的写作中分量很重。也许是因为他本人同时也是一个翻译家，他的许多随笔和诗论，都谈到了外国诗人的作品以及他们对中国诗歌写作者的影响。在对外国诗人的阅读中，王家新更深刻地感受到了诗歌这一文体超越国界、超越意识形态的魅力。诗歌大师们给了王家新无尽的营养，而王家新同样希望自己的文论能给中国读者以启发。因此，他把写诗学随笔和翻译当作“为诗歌工作的另一种方式”。

我对王家新的诗学随笔与对他的诗歌阅读几乎同步，那是90年代初期，在当时如日中天的《诗歌报》月刊上，王家新、西川等似乎开辟过一个“三人行”专栏。而我印象最深的一篇是1994年左右在《中国诗选》上读到的《回答40个问题》节选版。从这篇文章里，我第一次“认识”了那么多优秀诗人的名字，以及看到一个中国诗人的独立品质。当时我最喜欢的评论家是程光炜，诗人评论家就是王家新，他们的文章有一个共同特点，就是专业名词少，行文朴素，易感易懂。1997年，东方出版中心出版了《诗人随想文丛》，其中王家新的《夜莺在它自己的时代》和西川的《让蒙面人说话》一度成为我的枕边书。

进入21世纪之后，王家新又出版了《没有英雄的诗》《坐矮板凳的天使》《取道斯德哥尔摩》《为凤凰找寻栖所》等诗论集和随笔集。这些书籍，只要能够想办法弄到手，我都会不遗余力，有时候甚至“贪多求全”——2002年10月，我在成都的西南书城将架上的三本《没有英雄的诗》全买了下来，自己留一本，一本送给了一个陪同逛书城的大学生，还有一本送给了老家的一个朋友。

我想介绍一下王家新对保罗·策兰的阅读和翻译，以及此间与北岛的争论，因为这在文坛上具有极其典型的意义。我们从中可以看到王家新对外国诗歌的学习过程、对外国诗人和诗歌的熟悉程度与理解进程，以及他对大师及诗歌翻译的态度。

王家新从1991年秋天开始翻译策兰的作品，当时国内对策兰介绍得特别少，只有钱春绮、刘华新等人翻译过四五首策兰的诗。当王家新从中国社科院外文所图书馆借到企鹅版策兰诗选时，“完全被他的诗和命运吸引住了”。于是王家新从这个英译本中译了二三十首诗，并请冯至先生的弟子、德语文学博士李永平指正，得到李永平的盛赞。

随着阅读的深入，王家新一再被策兰的作品打动。他意识到，策兰这样的诗人，值得用一生来读。1991年底，王家新在去英国前夕，写了一篇策兰诗歌的译后记《从黑暗中递过来的灯》，其中有这样的句子：“我深感自己笔力不达，但是，当我全身心进入并蒙受诗人所创造的黑暗时，我渐渐感到了从死者那里递过来的灯。”

正是这盏“从黑暗中递过来的灯”，温暖和照亮了王家新此后在异国他乡的日子。1992年初，王家新到伦敦不久，马上找书店买下了企鹅版策兰诗选和叶芝、帕斯捷尔纳克、茨维塔耶娃、米沃什、维特根斯坦、卡内蒂等人的诗选，这些异国大师的作品与王家新随身携带的杜甫诗集一起，构成了一个诗人的“全部的苦难和光荣”。

有别于一般读者的是，在策兰作品中，激励王家新的不是著名的《死亡赋格》，而是《在下面》《带上一把可变的钥匙》《我仍可以看你》等不被一般读者注意的中晚期作品。“从这些诗中体现的那种罕见的对苦难内心和语言内核的抵达，那种对一个诗人命运的承担，那种从词语间显现的‘痛苦的精确性’，都深深地激励着我。”

在国外，王家新四处搜集策兰的作品，并开始进行系列翻译。2002 年 7 月，河北教育出版社出版了王家新和芮虎翻译的《保罗·策兰诗文选》，这本书收录了策兰的一百余首诗和部分散文、获奖演说词、书信等。这是策兰第一部译成中文的作品集，出版几个月后，首印五千册很快就售完，是河北教育出版社出版的《20世纪世界诗歌译丛》中很受关注和欢迎的一本。

《保罗·策兰诗文选》出版后，王家新没有止步。近几年，又搜集了大量相关材料，新译了约一百八十首策兰的诗，并于 2009 年 2 月到德国住了一个月，获得一大批重要资料。利用这些资料，王家新对以往的个别误译进行了修正。

在翻译策兰诗歌的过程中，王家新一再感受到策兰诗歌的翻译难度，并以此为基准，确定自己的工作态度。王家新认为，对策兰这样一位诗人，没有任何一个翻译家能说完全理解了他，或是有绝对的把握来翻译他，我们要求自己的，只能是忠诚和耐性，是对诗的敬重以及对翻译本身的局限性的觉悟。因此，对翻译来说，首先要求的是“诚实”。

也正是在这个问题上，王家新与北岛有了一次“交锋”。

2004 年，北岛在《收获》杂志上撰写专栏，讨论外国著名诗人的生活和作品，每一篇文章都用很大的篇幅来谈论翻译，将其他人的译作与自己的译作进行对比，并对各种译本的优劣“品头论足”。在当年《收获》第4期发表的《策兰：是石头要开花的时候了》一文中，北岛对王家新与芮虎合作翻译的策兰名作《死亡赋格》和钱春绮先生的译本《死亡赋格曲》提出了尖锐的批评，认为他们的译作“失去了原作那特有的节奏感”，甚至声称王家新、芮虎的倒数第三段译文“把诗歌降到连散文都不如的地步”。同时，北岛还对王家新、芮虎的《花冠》《数数杏仁》等译作提出了批评。比如，他认为王家新和芮虎翻译的《花冠》有四个“问题”：题目译成《花冠》过于轻率；过度阐释；语序牵强，“洋泾浜”；缺乏语感与节奏感。而在列举了王家新、芮虎合译和钱春绮翻译的《数数杏仁》之后，北岛将几个翻译家的“问题”上升到了“犯罪”的高度：“我们常说的所谓翻译文体，就是译者生造出来的。我并非想跟谁过不去，只是希望每个译者都应对文本负责。谁都难免会误译，但由于翻译难度而毁掉中文则是一种犯罪。”

对于北岛的批评，王家新写下了长达万言的反批评《隐藏或保密了什么——对北岛的回答》（该文后来收入书中时标题改为《隐藏或保密了什么——与北岛商榷》）发表在2004年第6期《红岩》杂志上，阐述了自己的翻译立场和角度。王家新从北岛至为注重的“语感”和“节奏感”谈起，对北岛的指责逐条进行反驳，并详细地介绍了自己对策兰作品的理解，最后对北岛的翻译态度提出质疑。王家新认为，北岛的译本与此前的很多译本相比，并没有“正确”和“高明”到哪里去，因此，他对北岛的“真理在握”感到难以置信。不仅如此，在很多方面和很多关键性的地方，北岛都套用了别人的翻译，包括他所批评的王家新和芮虎的译本以及钱春绮的译本。正如北岛自己在另一篇文章中所说，他对里尔克诗歌的翻译是在参照冯至、陈敬容和绿原等人的译本后，“扬长避短”而“攒”成的。对此，王家新不无讽刺地质疑道：“套用、参照或‘攒’用了别人的翻译，而又转过来以权威的姿态对别人进行评说乃至抹杀，这可以说是翻译史上的一个创举。我不知北岛是从哪里得到这种勇气和特权的”。此外，王家新还指出，在介绍策兰和里尔克的长文中，北岛大量引用了别人的传记资料，但又一概不注明出处，而让人误以为这是北岛自己的成果，这种做法“同样使人难以置信”。

在文章结尾，王家新含蓄地指出了他与北岛更深层次的分歧：

> 可惜的是，像北岛这样一位我所尊重的诗人却没有给我带来更多的这样的教益，相反，他的做法和许多指责都已超出了正常的范围。在人们付出了艰辛的劳动之后，他出来“总结”了。总结一下也无妨，但其目的应是把人们导向对诗歌和诗人、对那些备受伤害和曲解的精神事物的更深入的理解，而不是别的。我想问题就出在这里。由此，我也愈加警觉到一种文化反思和自我反省的重要性……多少年来，人们一直寄期望于北岛和其他一些中国诗人能在这些根本问题上对这个时代的人们讲话，能在诗的语言之间有一种更为纵深的撼动力，甚或能成为如鲁迅所说的那种“人的灵魂的伟大的拷问者”，但现在看来，我们还能抱这样的期望吗？

如果说上面这段话还比较委婉，那么，2009年4月30日，王家新在台北德国文化中心演讲时，所举的一个例子的指向要明确很多：“有一位著名人物，明明是读了、参照了并受益于别人最初对策兰的翻译，到后来却以权威的姿态评判一切，并摆出一副‘正好我手边有某某的译本’的姿态。这里且不谈他后来‘攒’出来的译本中的错误及问题，他这种姿态和做法已远远超出了作为一个诚实译者的底线。我想，我们总不至于用自己放大的影子来挡住从死者那里递过来的灯吧？！”

联系上下文，读者不难猜到这位“著名人物”指的是谁，也不难领悟到王家新话语背后的深意。“隐藏或保密了什么”，恰好是“策兰”的拉丁文意思，王家新用来做对北岛的回应文章的标题，一方面指明了两人讨论的内容的重点，另一方面，从王家新的诘问中，我们也可以用以质疑北岛对翻译的“诚实”态度。遗憾的是，因为学识浅薄，不谙外文，我无法在北岛的译文与王家新、芮虎的译文之间进行比较，也不知道他们哪一方的译文更符合原作。

王家新对北岛的“反击”，北岛没有再进行回应。

不过，两人的交锋引起了相当大的反响，许多诗人和诗歌翻译家发表了意见，对两人的翻译成果各有褒贬。其中最为引人注目的是著名诗人、翻译家黄灿然在《读书》2006年第7期和第8期发表专文，批评北岛的诗歌翻译能力。这篇题为《粗率与精湛》的长文，表面上没有涉及“北、王之争”，而是通过对北岛翻译洛尔迦、里尔克等人的诗歌的分析和讨论，批评了北岛的译笔。比如，他认为北岛是在改译戴望舒的译作，而且“从小处看，北岛有些改动看似简洁，但从大处着眼，这些改动整体上使全诗变得平板。过分执着于简洁，往往使简洁变成简单”“一再把原来译对的改错了”。就具体的某一首诗歌的翻译上，黄灿然还拿北岛与戴望舒相比：“就可读性而言，戴望舒是一位杰出的诗人，英译者跟他没得比；他还尽了一位诗人翻译家的本分，在个别地方做到既不背离原文又不拘泥于原文，且能抓住机会充分发挥汉语的优势。就准确性而言，戴望舒是根据原文，并参考法译和英译，这比起北岛只懂英文却拿英译来纠正从西、德、俄、瑞典语原文翻译的中译本，要严谨好几倍。”

最后，黄灿然得出结论：北岛想翻译出新意，但因为种种局限，“恰恰使他一开始就与自己假定要达到的目标背道而驰”。“这样改译一位前辈的经典译作，是没有先例的；这样不提供改译的证据和不给出原译、英译和原文做参照，是前所未闻的；而改译者在提到他对原译‘做了某些改动’时那轻描淡写的语气和提到原译实际上并不存在的缺点时那不容置疑的口吻，与他真正制造的众多瑕疵和严重错误之间构成的强烈反差，则不能不使人感到遗憾。”

黄灿然的文章发表之后，《读书》发表了杨立华的文章《批评中的自律》，替北岛回应了黄灿然的种种质疑。

杨立华认为，黄灿然对北岛的文章有误读成分，“在开篇借用柏桦序中引用的一段北岛称赏戴望舒、冯至和陈敬容等前辈翻译水准的文字之后，用一句‘接着，当读者看到北岛谈洛尔迦时，引诗已不是戴望舒的原译’，构造了一种对比和反差的效果。然后，轻描淡写地用北岛改动原译的理由，替代了北岛对戴译的真实态度”；有意构造一种“生硬”的态度，“选择的倾向性未免太过明显”；“有诸多武断得令人吃惊的地方”……

与此同时，针对黄灿然文章中重点谈论音乐性的问题，杨立华说：“奢谈音乐性是《粗率与精湛》一文最触目的方面。而且，音乐性也是黄先生衡量戴译和北岛的改译之间品质差别的最主要的尺度和标准。但对于如此根本性的概念，黄先生除了一些空泛的讨论，却并没有给出多少真正有分析性的见解。音乐性似乎完全取决于黄先生个人的汉语‘口感’。”

最后，杨立华得出结论：“总的说来，黄灿然先生这篇文章虽然不无精彩之处，但实在应该更多一些诚恳，更注意作为批评者的自律。”

在这场争论中，北岛和对待王家新的质疑一样，没有再写出相关文章。只在接受《新京报》记者的采访时发表了简短的意见：“你也不妨看看《读书》随后发表的杨立华的回应文字。我不想在这儿讨论争议的细节。我在书中没有讳言，除了英文我不懂其他外语，这是我的批评的局限。”

顺便说说北岛

那就顺便说说北岛。

必须承认，从20世纪70年代后期开始，北岛的诗歌唤醒了整整一代人沉睡的思想，他成为一座山峰，高不可攀。尽管在我最初学习诗歌写作的那几年，新出版的刊物上已经很少能见到北岛的名字，但他的作品仍然能够从图书馆里的各种旧杂志和诗歌选本中找到。可以说，在习诗初期，北岛是对我影响最深的几个诗人之一，《回答》《雨夜》《结束或开始》《宣告》等作品都深深地激励着我年少的心灵，至今我仍然对其中的大部分喜爱有加。

经过十年左右的“沉默”，90 年代后期，北岛的诗歌和散文开始零星地出现在国内的刊物上；新世纪以来，《读书》《书城》《天涯》《收获》等刊物开始较为密集地出现北岛的文章。2003 年初，时代文艺出版社出版了《北岛的诗》，这是 90 年代以来国内首次出版北岛的著作集。

不要小看《北岛的诗》的出版，虽然它的影响力已经远不如北岛以往的诗集，但仍然可以作为一个文学事件铭记。在今天的中国，如果说有谁的诗集出版可以成为“事件”，那么只有北岛才可以享受这项荣誉。其他诗人，无论海子还是昌耀，都不能。

有了《北岛的诗》这样一个良好的开端，随后几年，国内多家出版社出版了北岛的散文集和随笔集。

从 2004 年春天开始，到 2005 年夏天，我一直关注着《收获》杂志上北岛的诗学随笔专栏。2005 年 8 月，由这一专栏的九篇文章组成的随笔集《时间的玫瑰》由中国文史出版社出版，我在第一时间购买，并进行了系统的阅读，但阅读的结果却与我的期待相去甚远。按理说，诗人写诗人，必定是文采飞扬，独有洞见。然而事实并非如此。在这些随笔中，北岛显得有些力不从心，在文人逸事和罗曼史之中沉溺不出，甚至如王家新所说，“大量引用了别人的传记资料，但又一概不注明出处”。有时候则干脆大批量地引用诗人的原文而不做一句解说，其中一篇文章，引文部分占了全文的一半字数。

这些文章最常见的表现是：无法在思想深度上挖掘时，就绕道而行。列出一首诗来逐字逐句煞有介事地分析，或者举出几种译本进行比较，这本来没什么，问题是将各种翻译文本做比较时，北岛随时都会流露出一种难以抑制的自恋——他总是认为自己的译本最佳而批评其他译者，却忘记了自己的有些译本是站在前人成果的肩膀上“攒”出来的，这是引发王家新撰文“商榷”的重要原因。

在我看来，对待同一个诗歌大师，北岛与王家新的区别主要不是对作品领悟能力上的区别，而是态度上的区别。北岛的字里行间，时常表露出“我是大师的朋友”、可以与大师并肩而坐的自傲。比如在《策兰：是石头要开花的时候了》中，分析完策兰《花冠》一诗之后，北岛首先赞美《花冠》“是最伟大的现代主义抒情诗之一”，紧接着又说，这首诗“和特拉克尔的《给孩子埃利斯》、狄兰·托马斯《那绿色导火索催开花朵的力量》一起，作为任何时代任何语言最优秀的诗篇，由我推荐并选入2000年柏林国际文学节的纪念集中”。从这种语气中，多少可以看出北岛的姿态。难怪王家新在谈到这一点的时候，不无讥讽地说了一句：“看来策兰有福了！”

而在《里尔克：我认出风暴而激动如大海》一文的开头，北岛写道：“里尔克一生写了2500首诗，在我看来多是平庸之作，甚至连他后期的两首长诗《杜伊诺哀歌》和《献给奥尔甫斯十四行》也被西方世界捧得太高了。”在分析了《秋日》一诗后，北岛说：“正是《秋日》这首诗，使里尔克成为20世纪最伟大的诗人之一。”该文的结尾部分，北岛又收回了自己的意见：“行文至此，我对开篇时对两首长诗的偏激做出修正，这与我重新阅读时被其中的某些精辟诗句感动有关。”由此可见，北岛对一个诗人定位的严谨性——从另一角度而言，是“随意性”。既然在策兰和里尔克等大师面前都如此“傲慢”，我们也就不难理解北岛说出那句颇有些盛气凌人的“（王家新、芮虎的译作）把诗歌降到连散文都不如的地步”的自得了。

与此相比，面对大师的作品时，王家新要谦逊得多，他主动将自己置于一个读者和一个学习者的立场上。在他的许多文章中，频频出现这样的文字：“对于策兰和里尔克这样的诗人，我永远要求自己的是去读，是用自己的一生来读，哪怕他们的诗我并不是全部理解或喜欢，哪怕随着我们阅历的扩展我们看到了他们的某种局限性。”“在词语的黑暗中，从策兰那里所传来的一声模糊而又痛苦的‘永不’，所陡然显现的诗的深度，经常使我这个‘诗人’痛苦而羞愧。”“从这些诗中体现的那种罕见的对苦难内心和语言内核的抵达，那种对一个诗人命运的承担，那种从词语间显现的‘痛苦的精确性’，都深深地激励着我。”“的确，这是‘最难理解’的一部诗集，迄今我仍不敢说我读懂了它的每一首诗，我想这对我或其他任何读者来说都是不可能的……我不敢说我就能胜任，更不敢说我译出的就是‘德语中的策兰’，我所能做的是尽力译出我心目中的策兰。”……

对待名家名作截然不同的态度，构成了北岛与王家新的分歧，因此，两人的“冲突”在所难免。

毫无疑问，北岛是一个享有国际声誉的大诗人，他的部分诗歌作品将被文学史所铭记。在我阅读到的汉语诗人中，北岛足以排在首位。但在对外国诗歌大师的阐释方面，北岛没有给我们如同他的早期诗歌般的惊喜。在我看来，虽然至今北岛仍然是中国文学的一座高峰，但那主要得益于70年代末和80年代初期打下的基础。1985年以后，北岛的诗歌就乏善可陈，再也拿不出像《回答》《雨夜》《结局或开始》那样激动人心的作品了。当然，这也许不是诗艺的问题，而是时代在改变，诗歌的社会功能已经远不如三十年前那般重要。诗人的形象也不再是万众景仰的闪着金光的斗士，而是位于社会边缘、寂寞的物种。因此，作为诗人的北岛，二十多年来，其作品的价值远不如作为“人”的北岛更值得重视。同是北岛散文集，我更喜欢汕头大学出版社2004年出版的《失败之书》和江苏文艺出版社2008年出版的《青灯》，它们自然自在，见性情，虽然没有什么深度，但人们至少能从中感受到一个脱离母语环境的诗人流落异国的种种真切遭遇。

山崩地裂之后，“人民”不再抽象

从2003年11月开始，我和王家新开始偶尔有了电话或邮件的联系。后来，随着彼此的熟悉，联系逐渐增多。我时常就一些诗歌问题向他请教，有时候他很随和、细心，不厌其烦，有时候也会显得很严肃，让人有些不知所措。但无论是随和还是严格，他都能够牢牢把握住一个底线，那就是立足于“为诗歌做事”的基础。对于他所欣赏的人和文，他从不吝啬自己的赞美。2008年

1月，拙著《朦胧诗以后》出版，我给他邮寄了一册，想不到很快就接到了他的邮件，邮件中对拙著多有肯定，其中我印象最深的一句是："这本书很好读，是我妻子唯一读完的诗学随笔集。"在那一瞬间，我心里升起一股巨大的暖流：一个作家写书，其最初和最终目的，不就是要让人读得下去吗？

还有两个细节令我难以忘怀。第一次是2008年4月，我应邀赴北京领奖，并参加王家新牵头操办的一次国际性的诗歌研讨会，以及在中国人民大学朗诵。那是我有生以来第二次去北京，也是第一次见到王家新，以及大量神交多年的朋友。记得那几天他为会务忙得晕头转向，而我有一个晚上喝多了，半夜给他打电话，我已经记不得当时说了些什么，总之很有些喋喋不休。但我记得他在电话那头一直耐心地倾听着，毫无厌烦之感。在最后一天吃饭时，他又很细心地记起了还没给我们报销路费，然后找到相关人员当场解决这一问题。

另一次是汶川大地震发生以后，王家新写了几首非常优秀的诗歌并发到了我的邮箱，其中有一首《人民》让我记忆深刻——

山崩地裂之后
"人民"就不再是抽象的了
人民就是那些被压在最下面的人
就是那些在地狱的边缘上惊慌逃难的人
人民，就是那个听到求救声
却怎么挖也挖不出来的人
就是那些不会演讲，只会喊老天爷的人

就是那些连喊也没有喊出口
就和他们的牲口一起
被活活埋在泥石流中的人……

人民，人民就是那些从来不会写诗
但却一直在杜甫的诗中吞声哭的人！

从诗歌的结尾“人民，人民就是那些从来不会写诗 / 但却一直在杜甫的诗中吞声哭的人”，我看到了王家新沉痛而悲悯的灵魂，以及一以贯之的反思精神。正是这种巨大的悲悯和反思，使王家新作为一个知识分子的形象更为清晰。

大地震后，王家新还写下了一篇在我看来是所有关于地震诗歌的反思作品中最优秀的随笔：《诗歌，或悲痛的余烬》，文中提到了我的诗歌《手和笔》。他认为，“地震诗歌”的问题，“根本不是一个应该写或不应该写的问题，而是怎样写的问题，或‘如何可能’的问题。广西诗人刘春在一首诗中写到，当他看到废墟下一个孩子紧握的笔，这才意识到他以前写下的诗是多么苍白！我想，这才是一种诚恳、有益的反省”。

我把这句话当作我近几年获得的最中肯的提醒和最知心的褒扬。

飞蛾已经出生，巨著总会完成

当火车从远处经过

因为遥远所以蜿蜒

因为黑夜所以动听

因为回忆所以正在经过

因为你，使我看见了良辰美景

——韩东《火车》节选

韩东，1961 年 5 月生于南京。1982 年毕业于山东大学哲学系。著有诗集《白色的石头》《爸爸在天上看我》，散文集《韩东散文》《爱情柏拉图》，小说集《我的柏拉图》《交叉跑动》《西天上》，长篇小说《扎根》《我和你》《小城好汉之英特迈往》《知青变形记》等。现居南京。

在我笔下出现过的诗人，有的是我的好友，有的见过面而没有深交，有的通过书信和电话，有的从来就没有联系过。韩东属于“见过面而没有深交”的那一类。

虽然没有深交，却不影响我对他的深切关注。自 1990 年我比较正式地接触中国大陆的现代诗歌以来，韩东一直是我的阅读对象。作为“第三代诗人”的突出代表之一，韩东的许多作品都曾陪伴我度过无数个青春时期的难眠之夜。毫无疑问，韩东一开始就成为我以及我这一代人的“诗歌接受史”中无法绕开的人物，尽管近几年他已经主攻小说而极少写诗，但我相信，无论在普通读者还是专业的文学史家心目中，他作为诗人的分量仍远重要于他作为小说家的分量。

新旧交接恍若隔世

韩东 1961 年 5 月生于南京。父亲方之，是一个优秀的作家。韩东受父亲影响很大，但这种影响，主要来自人格方面而不是写作方面，直到现在，韩东仍觉得自己的性格和父亲很相像：愤世嫉俗，孤僻，不合作。

“文革”开始时，方之受到连累。八岁时，韩东随父母被下放到苏北农村。虽然有波折，但一家人相处十分和睦，在与姜广平的对话中，韩东说：“我的父母很正常，他们的关系很正常，和子女间构成的家庭关系也很正常。我很感激这种正常的父子关系，它使我到了今天被外界认为是一个怪胎自己仍能保持镇定。我知道我正常得很，如果说五岁时我们的人格就已经形成了，我可是毫无童年创伤的那种。在家庭内部，一家人很团结，压力和破坏因素来自外面。我是和我的父母、家庭一起经历了一些事，从没有独立面对险恶的情况。从早年的父子关系、家庭关系上我觉得挖不出什么离奇的事，有可能解释我的写作和目前的这种孤立情况。”

因为父子这种深厚的感情，父亲去世后，韩东不忍被阅读勾起往事，花了二十年才把《方之作品集》读完。

1978年，韩东考上了山东大学哲学系，在大学期间开始写诗。在韩东看来，读哲学系对自己后来的写作没有什么帮助，有些时候反而会束缚想象力。这也许是韩东的诗歌和小说语言简约而节制，很少缥缈的抒情的原因。

十九岁时，韩东开始发表诗歌。最初的写作自然是略显稚嫩而不成熟的，但产量不小。诗歌风格主要受北岛等人的“今天派”的影响。关于北岛等人对自己的影响，2003年8月，韩东在接受常立的采访时说：“当年我们开始写诗最直接的原因就是受北岛他们的影响，也就是受《今天》的影响。我们在山东大学搞诗社时，《今天》已经开始流传。我们，至少是我吧，写诗的直接启发就是《今天》。当时觉得北岛他们的诗写得比较复杂，非常美。而这些东西在当时的诗歌里是没有的。当我们自己写的时候，就是在办《老家》《他们》之前，大多是一些模仿之作，模仿北岛呀，模仿江河呀，反正整个儿模仿‘今天’吧。当然也不是有意识地去模仿，是在那种诗歌方式的气氛下，不自觉地一写就是那种诗歌。”在特定的历史环境下，过于热爱一本内部刊物是很危险的，据评论家李建周说，韩东在读大学时曾经因为传阅《今天》而被隔离审查，并差一点被开除学籍。

李建周还拿《今天》和《他们》的创刊号进行比较，找出了它们的相似性，以证明《今天》很有可能影响了《他们》——两刊都发表小说和诗歌，而且都是小说在前，诗歌在后；在诗人的排序上，韩东和北岛都排在第四位；在刊物的命名上，《今天》创刊号的卷首语《致读者》反复出现十多次的“我们”，与韩东的“他们”似乎有某种内在的呼应。此外，正如韩东所说，他之所以开始写诗，最直接的原因就是受北岛等人的影响。而韩东的代表作《有关大雁塔》就是经北岛推荐在《中国》上发表的。因此，韩东很明确地说：“直接激起我写作欲望的就是《今天》，北岛。应该说这些人是我文学上的父亲，也不为过。”发表于《青春》1982 年第 8 期的《山民》，应该是早期的尝试之作：

小时候，他问父亲
“山那边是什么”
父亲说“是山”
“那边的那边呢”

“山，还是山”
他不作声了，看着远处
山第一次使他这样疲倦

他想，这辈子是走不出这里的群山了
海是有的，但十分遥远
他只能活几十年
所以没等到他走到那里
就已死在半路上
死在山中

他觉得应该带着老婆一起上路
老婆会给他生个儿子
到他死的时候
儿子就长大了
儿子也会有老婆
儿子也会有儿子
儿子的儿子也还会有儿子
他不再想了
儿子也使他很疲倦

他只是遗憾
他的祖先没有像他一样想过
不然，见到大海的该是他了

《山民》一度被认为是韩东的代表作，被收录进《朦胧诗选》《新诗三百首》等选本中，2000 年左右，还进入了高中语文教材选读篇目。（面对韩东的大量佳作，教材编选者偏偏看中了《山民》，诗歌观念之保守，可见一斑。）这首诗的气质有些“杂”，一方面，它具有比较典型的“朦胧诗”特点，迷惘、寻找与反思；另一方面，它的口语化又使人想起随后几年爆发出来的“第三代诗歌”中的口语潮流。这说明《山民》在韩东的创作中，仍然属于“夹生”的作品。可想而知，一个对文学有高远抱负的作家，不可能在这样的方式中过多地停留，更不可能满足于对前行者的模仿。因此，韩东在尊敬“老师”的同时，又渴望超越：“那会儿对北岛和《今天》的那种情绪，就像现在年轻人对我们的情绪，是一样的——一方面崇拜得不得了，觉得好得不得了。一方面又竭力在寻找新的出路，为此宁愿他们垮掉，宁愿他们完蛋。”（《关于“他们”及其他》）

源于“PASS 北岛”的心情过于迫切，韩东在认为北岛等诗人是自己“文学上的父亲”的同时，又不得不发出违心之语。“我以非常刻薄的言辞谈到北岛，说他已‘江郎才尽’。实际上，这不过是我的一种愿望，愿意他‘完蛋’，以标榜自己的成长。”（韩东：《长兄为父》）

现在看来，当年那份迫切也不是毫无用处的，《山民》发表后，韩东继续自己的探索，并开始反思如何走出“朦胧诗”的阴影。

在常人眼里，韩东和王家新的诗歌价值取向差别巨大，然而在对他们作品的阅读中，我却发现了他们之间的微妙“巧合”——在韩东写作《山民》的那一年，曾被认为是“朦胧诗人”的王家新已经写出了一首《在山的那边》（参阅本书《把灵魂朝向这一切吧，诗人》一章）。对比两首诗，我们可以看到内涵的“殊途同归”，但从诗歌风格上看，这两首诗也初步体现出了“朦胧诗”和“第三代”两代诗人的差异，相当清晰地显露出了日后各自的走向。《在山的那边》创作时间和发表时间都要比《山民》早，这也正好反映了两个诗人在当时诗歌界的身份和定位——王家新属于“朦胧诗人”或者“朦胧诗人”到“第三代诗人”之间的过渡性人物，而韩东则是“第三代诗人”的代表。

有意思的是，另一位“第三代”干将、成都诗人尚仲敏在数年后的1986年3月，也写下了一首《海》：

我没有去过海边
我想
海一定很大
大得不能再大了
听阿敏讲
它简直比我想象得还要大
阿敏是一名水手
他一出海
就意味着要刮台风了
你看你看
无论如何得去见见海
见了海
这一辈子也就

不想见其他东西了

其他东西就不是什么东西了

你看你看

我就这么站在海边

指指点点

有必要的话

我还想喊一声啊大海

这一喊

连阿敏都会羡慕得要死

无论如何得去见见海

总不能老是

一个人呆呆地坐着

这首诗，口语化更为彻底，属于典型的“第三代诗歌”的特征。由这三首诗，我们可以很明显地梳理出70年代后期到80年代中期中国先锋诗歌的艺术向度和发展轨迹。但应该指出，尽管尚仲敏的《海》比韩东的《山民》晚写好几年，但其质量却没有明显的跃进。如果我们把视线放远一些，将尚仲敏的《海》与韩东的《山民》和《你见过大海》（关于此诗，后面会详细论及）对照，我们似乎可以得出这样的结论——《海》一诗或许是受到《山民》和《你见过大海》的综合影响。

《山民》作为韩东的尝试之作，在发表后，为诗人赢得了一定的声誉，但这仅仅是个开始。两年后，韩东金蝉脱壳，写出了《有关大雁塔》《你见过大海》等作品，与于坚等人一起，开创了有别于“朦胧诗”的另一种诗歌美学。

1984年，韩东开始写小说，并在当年的《作家》杂志上发表了自己的第一个短篇小说《助教的夜晚》。在韩东看来，这是一篇失败的小说，自发表后就再没有重读过。后来几年，韩东的主要精力仍然放在诗歌上，直到90年代中期才开始集中写中短篇小说。如今，韩东已经发表了多部长篇小说和一大批中短篇小说，他作为小说家的影响正在超越作为诗人的名声。今天，我们已越来越清晰地看到，“诗人小说家”正成为一种特殊的文坛现象，粗略数来，就有邹静之、阿来、杨争光、叶舟、张执浩、巴音博罗、雷平阳、路也、李轻松、庞余亮等。光是“他们”群体，先写诗，后又以小说闻名的就有韩东、朱文、吴晨骏等人。

也许正因为韩东诗歌与小说双栖，他很少在文章以及访谈中透露自己的往事，而将自己的人生经历或虚或实地融入小说之中。当我决定写一篇关于韩东的随笔时，除了对他的诗歌谈一些粗浅的认识和“贩卖”一些跟他接触之后的简单印象，我找不到更多的材料展开自己的论述。我曾经试图从他的几部长篇小说，如《扎根》《我和你》《小城好汉之英特迈往》中寻找他的生活轨迹，而且的确找到一些与他的经历相似之处，但又想起他接受记者采访时说的一句话：“文学是第三次虚构，所以说，通过小说去寻求真实是很不明智的选择。历史研究以真相为目的，凭借逻辑证据。文学看上去也有缜密的逻辑证据，但不能相信眼见为实……”（《改革30年，新旧交接恍若隔世》）便赶紧打消了这一念头。

他们，“他们”，《他们》

从山东大学毕业后，韩东被分配到西安财经学院当老师。在韩东看来，与其说是“分配”，不如说是“发配”。因为作为名牌大学的毕业生，一些同学被分配到北京工作，不能分配到北京的同学也基本上能回到家乡的好单位，而把老家在江苏的韩东分配到陕西，无疑是一种变相的惩罚。自然，这是在读大学时办文学社以及传阅《今天》种下的祸根。

在西安，韩东没有吸取读大学时的教训，创办了一份名为《老家》的刊物。这份打印刊物印数极少，每期大约只有五十本。大部分作者是韩东的母校山东大学“云帆”诗社的成员，包括后来在文坛颇有影响的王川平、杨争光等人。

1984 年，韩东从原单位辞职，回到江苏，在南京审计学院任教。工作了八年之后辞职，从此不再上班。算起来，韩东总共当了十年的马列教员。

在学校，韩东担任马列教员，上的是哲学课。韩东自称“对在现有的知识结构范围内，得不到解释的事情还是有兴趣的”，他上课非常有意思，从不为难学生，专门讲与考试有关的内容，然后要求学生背诵或者抄写下来。如果还有多余的时间，就讲一些和学习无关的东西，比如飞碟、野人、地外生命等。至于学生在课堂上讲话、睡觉，甚至旷课，他都不介意。因此，韩东的课非常受学生的欢迎。

1984 年底，韩东在南京成立“他们”文学社，开始筹办后来引起广泛影响的《他们》。此前，韩东已经通过各种途径与王寅、于坚、丁当、马原、苏童等作家诗人有了联系。消息一经散发，马上得到积极的反馈，大家对创办一份刊物的设想一拍即合，而刊物的名字“他们”则是韩东从美国女作家奥茨的同名小说借用过来的。

在随后的十年中，《他们》以平均每年一本的速度持续出版着（按：其中1989—1992年没出版），共出版了9辑，始终在诗歌界保持着巨大影响，是中国先锋诗歌界一座不折不扣的重镇。1986年的“两报大展”中，“他们”以群体参加，与“非非”“莽汉”等流派一起被公认为“第三代”最有代表性的诗群。

在韩东看来，“他们”这个群体，不是一个流派，只是一个文学沙龙：“从文学史的角度来看‘他们’这样一个现象，这到底是个什么现象呢？不是一个写作小组，不是一个功利团体，不是一个有组织的东西，也不是一本刊物，也不是一个诗歌学校，也不是一个文学宗教……人们会问‘他们’究竟是个什么东西？为什么会使进出其间的人各有所获？你发现它原来就是一个沙龙。而在今天，沙龙的特点是什么？沙龙的意义是什么？我认为就是提供场所、提供支援，在一个恶劣的文学环境中，提供温暖、相互确认，提供一种抗击打的能力。”（《关于“他们”及其他》）

既然是沙龙，就意味着随时有人进入，有人退出。1995年，《他们》因故停刊，而此前，于坚的退出一直被认为是“他们”的一大事件。关于这里面的“过节”，于坚曾有过一些说法，无非是彼此之间对团体的定位认识有异。然而，外界却盛传于、韩两人“反目成仇”。对此，韩东在2006年接受诗人安琪的访谈中进行了澄清：“我和于坚确有一些冲突，但也没有到反目为仇的程度。他仍然是我最喜欢的诗人，我很怀念和他在一起的那些时光。也许当年我们过于紧密了，失去了对对方的必要的尊重。因此在一些时候和地方伤害了于坚，或者他感觉受到了伤害，我很抱歉。于坚也会时不时地挖苦我，我们都有点意气用事。问题不在于谁对谁错，而是，我和于坚无论是并肩而行或是打架，都是很珍贵难得的。”

在 2008 年 11 月创作的一篇题为《求异存同》的随笔里，韩东回顾了与于坚的相识、相知、分歧以及后来的逐渐理解。文章不长，但内容重要，在这里，我想冒着做“文抄公”的危险抄录下来——

一九八六年，我参加了《诗刊》举办的“青春诗会”，最大的收获就是认识了于坚和翟永明。翟姐找机会另说。我和老于则在见面以前通信有半年了，因此此次见面是朋友之间的见面。岂止是朋友？我们还自诩为同志或同人，因此一上来就没有陌生人之间的隔膜，更没有泛泛之交间的虚礼客套。再次印证了一把甚为一致的“文学观”，我和老于便开始了没日没夜的辩论，甚至争吵。求同存异的原则到我们这里变成了求异存同，有无庸置疑的“同”垫底，对“异”的追究便可以大胆进行了。由此衍生出我和老于日后交往的格局和方式，是幸运也是不幸。多年以后，我和老于在网上反目，但在内心深处我还是比较镇定的。因为坚信这个“同”的存在，我们的争执缘于此，也将净化于此。

老于是一个天真的人，虽说口若悬河，惯于滔滔不绝，即时反应却比较地差。在争论中我不免占尽上风，并且得理不饶人，常将对方逼入一个死角。比如那次在太原初次见面，辩论时总是围着一大帮人。老于求助于观众，说“让大家都发表一下自己的看法”。我说：“你以为是在大街上吵架吗？还要让群众来评个理！”老于顿时无言，满脸的无奈。

回想起和老于交往的历史，我当真是在欺负老实人啊。自己不过是伶牙俐齿，却自以为是邪不压正，这种良好的自我感觉到底是哪里来的？令人汗颜！我竟然没有意识到，这都是由于老于厚道，且念及当初的那个“同”字。两年前，我给老于写信，表达了和好的愿望。他的回信只有一句话：“怎么办呢？我到底比你大了几岁。”这就是于坚，话说得很大，肚量也的确很大，倚老卖老，的确也有东西可倚可卖。不服气还真的不行。

我总是挑老于的毛病，在我是因为好斗，在老于是因为他确有漏洞。老于从来都不是一个无懈可击的人，相反此人非常复杂。如今我终于可以较为公平地认识老于的复杂了，他的复杂实际上是复杂与天真兼有的丰富，因而就更加地可观。实际上，这体现了一个大诗人的容量。以前我对老于的要求是对圣徒的要求，而一个圣徒基本上是和沉溺人间的文学不搭界的。个人的完美和超越并不是老于关心的事。写作三十年来，他的那些几乎无所不包的丰厚的作品足以说明其人能量的巨大以及物尽其用。有诗为证，就不再多说了。

同时，作为一个自觉的诗人，老于又非常的严谨自律。他睡得很早，黎明即起，每周游泳，生活极其规律。如此的循环往复有如太阳东升西落，犹如宇宙的节律。当我意识到这样做的重要时，老于早就如此了，如此生活已经二三十年了。甘于枯燥和无趣才可能集中必要的精力投注于写作。关于诗人、艺术家散漫、无度的生活不过是某种文艺青年的浪漫想象，老于早就告诉我们这点了。实际上，即使与朋友相聚，除了对文学的话题有兴趣，其他的话题，包括女人、体育、政治、经济，他都一概表现冷淡。现在想来，这也是我们一开始就陷入辩论以至争吵的原因，因为不谈文学几乎无话可谈。于坚天生是为诗歌而生的，把自己锤炼成一代文学大师乃是题中应有之意。

我对“我和老于则在见面以前通信有半年了”一句有些疑问。据相关材料，于坚和韩东应该是1984年就已开始联系，到1986年“青春诗会”时，应该至少有一年到一年半的时间，而不是半年。但这只是枝节，这篇短文的意义在于，它让所有关注“第三代”两巨头之间的情谊的人们长舒了一口气，对韩东对友情的真诚与于坚的宽厚肃然起敬。

正如韩东文中所说，他和于坚早在2006年便已和解，所以，余生也晚，除了有一次在“诗江湖”论坛上看到韩东给于坚的一则火药味甚浓的留言，没有再见到两个诗人发生不和的状况。相反，我看到了很多两人“并肩战斗”的场景。最近的一次是2009年12月25日，云南省举办的高黎贡文学节上。该文学节的奖项之一是由文学节终身主席于坚亲自选出的“高黎贡文学节主席奖”，获奖者正好是韩东。

在开幕词中，于坚认为，当代文学今天在中国的境遇不容乐观，一方面，严肃的文学作品日益遭遇社会的冷淡；另一方面，那些最寂寞的写作一直在持续，而且越写越好。举办这个文学节，就是要向那些沉默在时代喧嚣中的当代文学表示敬意。而在于坚看来，韩东正是这种严肃写作的典范。“我要向大家介绍在场的我的朋友韩东，韩东的写作已经持续了近三十年，而且还将继续，他最近刚刚完成了他的又一部长篇小说（按：指在《花城》2010年第1期发表的《知青变形记》）。写作对韩东来说，不是一种谋取生存处境获得改变的权宜之计，韩东的写作可以说是当代文学的一个典范。我们相识于青年时代，那时我们为了一个共同的文学理想而成为朋友。那是一个古典的文学理想，是古往今来所有真正的文人所坚持的理想，那就是文学不是为获取权势，不是为了追名逐利，不是谋生手段，不是哗众取宠的文字游戏。文章为天地立心，文学通过语言为世界守成，文学是创造语言王国的手艺，是为民族守魂的事业。”

在即兴发表的获奖感言中，韩东幽默地谈到了自己与于坚的友情：“我深感荣幸。这个奖叫作‘文学节主席奖’，而这主席就是于坚。从上世纪80年代起，我的名字就是和于坚连在一起的，……但于坚因为诗歌获得过大大小小的各种奖，本人却几乎没有获过什么奖。于坚大概是看不下去了，就把这个奖给了我。非常感谢于大师的信任，也感谢各位在座的朋友来此见证这基于文学的高山流水的友情！”

此次云南行，韩东有两个收获，其一是获得了“文学节主席奖”，虽然此奖没有奖金，只有一个奖杯，但对于韩东和于坚而言却意义重大，因为它见证了两个著名诗人之间的友谊。另一个收获是碰见了一个超级女“粉丝”，这个女孩带来一大包韩东的著作让韩东签名。韩东清点之后，发现竟然包括了自己出版过的所有作品，而且这些作品，这个女孩都读过。甚至有的小说情节连韩东自己都忘记了，她说起来也如数家珍。

由上面这段记录，我们可以看到，于坚与韩东友情之深厚。这也难怪一个读者在韩东的博客里留下这么一段充满感情的言语：“于、韩的文学佳话，令人感觉到源起于‘今天’北岛和芒克的诗歌友谊，能够跨时代，甚至超时代。的确是一份平等而自由的文学品质的相互认同。它令人温暖、瓷实、可爱、纯粹，而没有丝毫野心或恶意。已近中年的于、韩，的确令人敬仰，也给无数默默而无名的写作者，留下了耐人寻味的写作支撑和人格鼓励。”

事实上，早在一年半之前的2008年4月下旬，我就亲眼看到于、韩“和谐相处”的情景。那一次，我赴京参加“全球语境下的中国当代诗歌”研讨会，韩东、于坚也是那次会议的嘉宾。因为坊间关于“于韩不和”的传闻甚多，那几天，我对他们的举动十分留心。我意外又高兴地发现，无论开会还是吃饭，这两个光头诗人都排坐在一起，还时不时说悄悄话，关系相当密切。这一状况印证了“反目成仇”的荒诞性。我在会场上无事可干，端起相机照了他们大量的光头照片。

记得当时韩东的长篇小说《小城好汉之英特迈往》刚刚出版，很多人不知道“英特迈往”这四个字的意思。某天午饭后，离开餐厅时我和韩东、于坚正好走在一起，我对韩东说：“你那书名给我们上了一课。”韩东淡淡一笑，表情像极了他的某些“难以进入”的诗歌。

“青春诗会”与“兰州会议”

在前面提及的随笔《求异存同》里，韩东谈到了一个关键词——《诗刊》举办的“青春诗会”。在我看来，尽管韩东生性散淡，不喜欢主流的活动，但事实上，从比较世俗的方面说，1986年的“青春诗会”对于韩东来说，还是颇有“功劳”的。首先，通过这次诗会，韩东与书信往来一年多的于坚第一次见面。从此，“民间写作”乃至整个“第三代诗人”群体出现了真正意义上的双峰并列，两人长达数十年的交往，经历了一个从欢乐到猜疑、冷战再到相互理解的过程。其次，“青春诗会”为韩东和于坚在更广阔范围内产生影响，起到了一定的推进作用。这一作用在于坚身上表现得尤其明显，他的作品《尚义街六号》在《诗刊》“青春诗会”专号头条位置上发表之后，好评如潮，“口语诗”的品牌从此正式在全国范围内创立起来。

我们还可以说，于坚、韩东、翟永明等人同时参加“青春诗会”，是潜伏多年的“第三代诗人”真正被主流认可的标志性事件。

细心的读者可能会注意到，在我的文章中，时常出现“第三代诗人”这个称谓。作为中国新时期诗歌的关键词之一，“第三代”值得花费些文字进行梳理。

1986年10月，徐敬亚等人操持的“两报大展”用三期的篇幅推出了近百个民间诗歌社团。虽然这些群体提供的作品风格不一，质量良莠不齐，但总体说来，大部分参展的诗人有一个共同的特点，就是希望从“朦胧诗”的重压中突围出来；其中一些重要的作品也体现出了比较一致的审美倾向，比如重口语、重直觉、重日常生活而反崇高、反文化。这一特征使他们与此前的“朦胧诗”有了明显的区别。在这样的情况下，“命名”成为可能，“后崛起”“先锋诗”“实验诗”“探索诗”“新生代”“朦胧诗后”“后朦胧诗”“第三代”“后新诗潮”“第三次浪潮”等名称应运而生，其中又以“第三代”和“后朦胧诗”流传最广。

“后朦胧诗”从字面上就可以理解，这一命名，把“朦胧诗”以后涌现、在80年代中期产生影响的“地下诗人”都囊括其中，万夏和潇潇就曾经主编过一套《后朦胧诗全集》，两个精装本洋洋洒洒两千页，叠在一起，像两块砖头。那么，何为“第三代”呢？西川的说法是，北岛之前的诗人为“第一代”，以北岛、顾城为代表的“朦胧诗人”为“第二代”，“朦胧诗人”之后出现的诗人为“第三代”。又有人说，“第三代”这一命名是四川诗人赵野在80年代初四川几所高校的一个诗歌聚会上提出来的，目的也是为了与“朦胧诗”有所区别。1983年，赵野还主编了一本叫《第三代人》的诗歌民刊。鉴于赵野在对“第三代”命名上的贡献，2005年10月，几个民间团体在一次诗歌笔会上，将赵野评选为“第三代天王”，评选理由为“80年代初，赵野先生以其超群的睿智，预言了一代诗人的诞生，其命名的‘第三代诗人’诗学概念，已无可争议地进入了汉语诗歌长河。他多年来淡泊名利，赢得了一代诗人的尊崇”。

不同的诗人对“第三代”的理解各不相同，有的把参加“两报大展”的除“朦胧诗人”（部分“朦胧诗人”也参加了大展）外的所有诗人都归为“第三代”（这一定位和“后朦胧诗”一致），有的则只认为“非非”“他们”“莽汉”等以日常口语入诗的诗人才算“第三代”。

尽管众说纷纭，一个共同的特征是：无论这一群体如何命名，都指向了“与朦胧诗断裂”这一目标。

如今，这一代诗人的优秀者如于坚、翟永明、西川、韩东、柏桦、周伦佑等人经受住了时间的淘洗，功成名就，成为诗坛“大哥”，领受着后来者的仰慕与尊敬，他们的许多作品已经成为年轻者的营养。当然，更多的“第三代”只是昙花一现，像戏台上的跑龙套者，出来露一下脸就不知所终了。

让我们继续前面关于“1986”的话题。其实，1986年不仅对于坚、韩东，对于先锋诗歌乃至整个中国诗歌，都是一个异常关键的年份，甚至可以说是新时期以来最为关键的年份。这一点，我曾在多篇文章中有过论证，比如，在这一年，《北岛诗选》，顾城诗集《黑眼睛》，北岛、舒婷、顾城、江河、杨炼的诗合集《五人诗选》相继出版，“朦胧诗人”的地位终于获得主流肯定，并达到了他们诗歌生涯的顶峰。比如，轰动全国的《深圳青年报》和安徽《诗歌报》“两报大展”。从这次大展开始，“第三代诗人”取代“朦胧诗人”，走上了前台。比如当年12月上旬《星星》诗刊在成都举办的“中国·星星诗歌节”的空前景观，见证了“朦胧诗人”最后的辉煌。

其实，不独诗歌，演讲、电影、摇滚乐在那个年代亦大受欢迎。

据西渡《燕园学诗琐忆》介绍，1986 年举行的北京大学第一届艺术节期间，某作家在大饭厅讲演，听众几乎把大饭厅挤爆，受到热烈的欢迎，掌声频起，学生将其奉为神明。讲演结束后，学生开始递纸条，有提问题的，也有表达见解的。有一张纸条故意唱反调，上面写道：“×××，我真想打你一个耳光！”这个作家也不是省油的灯，念完条子后，冲着台下喊：“有种的，到台上来比试比试！”结果挑衅者没敢上台。在那次艺术节期间，崔健的演唱会也受到追捧。演唱会后，北大便成立了“崔健后援会”。

值得一提的是，70 年代末就与北岛同时出道、如今几乎已经被公认为“朦胧诗最优秀的诗人”的多多，在 80 年代并没有获得与其诗歌质量相称的荣耀。

西渡说，在北京大学第一届艺术节期间，主办方邀请北岛、顾城和多多到北大与学生座谈，座谈会开始后很长一段时间，没有一个学生向多多提问。“多多起身要走，被北岛拉住。有人向多多提问了：‘多多，你为什么要用这个笔名？是否和一个个人悲剧有关？’这比没有问题更糟。多多讲了几句话，大意是他本来很尊敬大学生，他来这里，是抱着交流的愿望的——但是座谈会的目的显然不是交流，它更像一种仪式。对北岛、顾城来说是一种致敬的仪式，对多多来说就是一种冷落的仪式。”而海子则在这一年获得了他写作生涯的第一个奖项：北京大学第一届艺术节五四文学大奖赛“特别奖”。

从唐晓渡发表在《星星》诗刊理论版上的长文《人与事：我所亲历的八十年代〈诗刊〉》中，我们还可以找到 1986 年发生的其他值得注意的诗歌事件——

1986 年 1 月，《诗刊》在当年第 1 期推出了“青春诗论”专号，对青年诗人的作品进行了大讨论，不同诗歌观念在同一个平台上进行交锋。此举自《诗刊》1957 年创刊以来，堪称空前；直到 2010 年，这家刊物仍没有再推出如此震撼人心的诗论专号，所以，在某种程度上也堪称绝后。由此我们也可以想见，人们一向认为是“老套”和“腐朽”的《诗刊》，其实也有“青春”和“激进”的时候。

1986 年底，一向作为中国先锋诗歌重镇的大型文学刊物《中国》停刊。《中国》的诗歌稿件由著名诗人牛汉先生主持，在那几年，牛汉编发了大量当时尚不为人知的青年诗人的作品，在民间诗坛口碑极好，但传统的力量还是太强大了，这个刊物为此付出了沉重的代价。在 1986 年 10 月推出“巴蜀现代诗群”专辑后，12 月，《中国》出版“终刊号”。一个曾经颇受青年诗人拥戴的刊物从此消失在人们的视野中，而牛汉先生也因其倔强、高岸的性情和人格，赢得了一代又一代青年诗人的尊敬。1986 年 8 月底，全国诗歌理论研讨会在兰州举行，此次会议，是 1980 年 4 月“南宁会议”后又一次大规模的全国性诗歌理论研讨会。用唐晓渡的话说：“‘兰州会议’的特点既不在于与会人数的众多，也不在于与会者所持观点的杂然纷陈，而在于探索了包括理论、批评在内的当代诗歌进一步深入发展可能采取的方式和前景。此前或许还没有哪一次会议能像这次这样，一方面，主办者自觉地将‘引导’的意志削弱到最低限度，更多地扮演‘服务者’的角色；另一方面，发言人在坦陈己见的同时也注意倾听不同观点的表达，以营造某种平等对话的气氛。”别看唐晓渡的表达很平静，事实上，只要稍微了解80年代文化状况的人就会知道，在一次会议中能够真正做到不同观点“百花齐放”，倾听不同的声音，经历了一段十分漫长的过程。在此之前，大部分“著名评论家”和“著名诗人”是听不得稍微异端的声音的，而且“名人”们当惯了“老师”，动辄就希望去“引导”和“教育”青年诗人，你不想“被引导”和“被教育”还不行。关于这一点，可参阅本书第一章涉及“南宁诗会”的内容。

但与此同时，唐晓渡也清醒地认识到，兰州会议上，“著名人物”们在观念上似乎有所进步，实际上很有可能是一种具有中国特色的生存策略而已。《人与事：我所亲历的八十年代〈诗刊〉》中举了一个活生生的例子：一个在会上听了青年批评家金丝燕题为“诗的禁欲与奴性的放荡”的发言后满脸堆笑地赞叹“讲得真好”的人，没过多长时间，就来了个“华丽转身”，原本满脸的笑容变成了冰霜，沉痛地检讨自己“对形形色色的资产阶级自由化思想警惕得不够”，同时又自我开脱地质询：“为什么我们的刊物会发这样的文章？”如此为人方式，中国人其实并不陌生，但每一次读到这样的章节，我都会忍不住被吓出一身鸡皮疙瘩。

“兰州会议”也不是一味的严肃和沉重，也有令人忍俊不禁的小插曲。唐晓渡写道：“众多循规蹈矩的诗论家们通过不请自到的四川青年诗人尚仲敏，第一次领教了所谓‘第三代诗人’的‘出格’风采。他为人们带来了好奇、神秘，最终据说还有愤慨。他有关‘第三代诗人’的定义令他们目瞪口呆。他说：‘诗人像老道一样感悟人生，这就是所谓的“第三代诗人”。’作为一种必要的补充，这位二十郎当的‘老道’在联欢会上自告奋勇要表演一个节目，谁也没有想到，他的节目竟然是声情并茂地朗诵毛泽东的《沁园春·雪》。”

你见过大海，上过大雁塔

洪子诚和刘登翰先生在《中国新诗史》中认为，韩东“有一些诗，表现了他对传统文化中落后、保守、麻木的反思和批判，但更多的是现实生活中个人的真实体验”。这一说法仅就内涵而言无疑是准确的，韩东的作品具有“反文化”“反崇高”等特征。然而他们没有意识到韩东的诗歌在语言和技巧方面与上一代诗人的巨大反差。事实上，韩东对于语言和形式极为注重，他曾经发表过一个极为著名的观点：“诗到语言为止。”创作于1984年的《你见过大海》是这一论断的证据：

你见过大海
你想象过
大海
你想象过大海
然后见到它
就是这样
你见过了大海
并想象过它

可你不是
一个水手
就是这样
你想象过大海
你见过大海
也许你还喜欢大海
顶多是这样
你见过大海
你也想象过大海
你不情愿
让海水给淹死
就是这样
人人都这样

诗歌的层次是前六行：“你见过大海／你想象过／大海／你想象过大海／然后见到它／就是这样”。无论是你见过大海但此前没想象过，还是想象过大海但没见过，或者是想象过而且见到过，都很正常，不过如此而已。诗歌的开篇，就定下了一种淡泊、无所谓的情感基调。

“你见过了大海／并想象过它／可你不是／一个水手／就是这样”。与第一层次相对，即使“你见过了大海／并想象过它”，也没什么大不了的，对于大海而言，你只不过是一个匆匆过客，一个风景的旁观者和游览者，不是加入其中的水手。这种浮光掠影式的接触有什么用处呢？不过和前面那些表现相似，“就是这样”而已。

“你想象过大海 / 你见过大海 / 也许你还喜欢大海 / 顶多是这样”。这几句，与前面部分一样，以“见过大海”和“想象过大海”为基础，但不同的是，“也许你还喜欢大海”。即使如此，也“顶多是这样”而已，大海是大海，你是你，没有什么更深的纠葛。

“你见过大海 / 你也想象过大海 / 你不情愿 / 让海水给淹死 / 就是这样 / 人人都这样”。最后，诗人告诉人们，对大海的目击和想象都是飘泛而表面的，你见过大海，想象过大海，甚至喜欢大海，但这又能表示什么呢？你无法融入大海，因为“你不情愿 / 让海水给淹死”。不仅你如此，人人都如此。

在这些看似饶舌与取巧的短句间，“大海”这一历来被美誉为广阔伟大、浩瀚的事物的庄严感消除了，取而代之的是一种平民化的朴素与庸常。韩东曾这样宣称：“我们关心的是诗歌本身，是这种能够由语言的运动所产生的美感的生命形式。”由《你见过大海》等作品可以发现，某些时候，诗歌的确可以仅仅依靠“语言的运动”而成型，而不一定非得摆出某一种让读者一脸肃穆的姿态。

与此类似的是《有关大雁塔》。这首诗也是一首“反叛”之作，但据韩东在《有关〈有关大雁塔〉》中透露，当时在他的心目中，最初要反叛的并不是整个“朦胧诗”写作，而只是针对某一首关于大雁塔的诗歌，即“朦胧诗人”杨炼的《大雁塔》。

韩东当年任教的陕西财经学院，校舍就在大雁塔下面。韩东去西安之前曾经读过杨炼的《大雁塔》，在他的印象中，杨炼的《大雁塔》是一首浮夸的诗歌，诗歌将大雁塔描绘得金碧辉煌、仪态万方。而实际上，在韩东的眼中，大雁塔不过是自己学校北面天空中的一个独立的灰影，它体现出的不是金碧辉煌，而是简朴的形式和内敛的精神。诗歌与现实的巨大差距令韩东对大雁塔失望，继而对杨炼失望。

对“崇高”事物进行“还原”，是韩东后来朴素的诗歌美学观念，直到现在，我们仍然可以用“简朴的形式和内敛的精神”来概括他的大部分诗歌作品。

大约是1983年的一天，韩东在学校外面排队领取过冬的大白菜，在缓慢移动中，出于无聊，他不时抬头观看大雁塔，并开始琢磨诗歌。此前他已经写过两百多首诗歌，但“绝无例外是一些深受刺激的模仿之作”，而这一次，他获得了重新开始的契机。那一天，“有关大雁塔／我们又能知道些什么”呈现在韩东的心壁上。很快，一首将近四十行的诗歌出现了：

有关大雁塔
我们又能知道些什么
有很多人从远方赶来
为了爬上去
做一次英雄
也有的还来做第二次
或者更多
那些不得意的人们
那些发福的人们

统统爬上去
做一做英雄
然后下来
走进这条大街
转眼不见了
也有有种的往下跳
在台阶上开一朵红花
那就真的成了英雄
当代英雄
有关大雁塔
我们又能知道什么
我们爬上去
看看四周的风景
然后再下来

可是
大雁塔在想些什么
他在想，所有的好汉都在那年里死绝了
所有的好汉
杀人如麻
抱起大坛子来饮酒
一晚上能睡十个女人
他们那辈子要压坏多少匹好马
最后，他们到他这里来

放下屠刀，立地成佛了
而如今到这里来的人
他一个也不认识
他想，这些猥琐的人们
是不会懂得那种光荣的

这是《有关大雁塔》最初的版本，也是在《老家》和《同代》上发表的版本，后来，韩东对这首诗进行了删节，删去了第二节而保留第一节，并在“当代英雄”一句后面空行，将后面五句作为第二节。因此，现在我们所看到的二十三行版《有关大雁塔》其实是原作的第一节。此外，诗歌中的“走进这条大街”原为“走进肮脏的大街”。至于这样的删改是否合适，在韩东看来，是“关键性的成功”，而诗人丁当则一直引以为憾。

我赞同韩东的意见，这首诗第一节已经自足，再加上第二节，则显得过于铺陈了。从诗学观念而言，第二节和第一节也有很大的冲突。我们知道，韩东写《有关大雁塔》的初衷，就是有感于此前杨炼《大雁塔》过于“文化”，他要把一个普通的事物还原成本来的模样，而不是用想象去夸饰，用语言去镶嵌。原稿的第二节虽有精彩之笔，却没有脱离“朦胧诗”的套路，仍然具有精神上的审视与内涵上的强调，对“人”本身也有“朦胧诗”里常见的托举，特别是最后两句：“这些猥琐的人们／是不会懂得那种光荣的”，一不留神就呈现出英雄主义的自矜。而删掉第二节后，诗歌就具有了一种平静、冷漠，与己无关的姿态。这种姿态，审美理念与此前的“朦胧诗”背道而驰，形成了一种崭新的诗学方向。

至此，由《山民》开始的模仿和尝试到《有关大雁塔》的“背叛”，韩东终于形成自己独特的诗歌美学，找到完全属于自己的发展方向。

《有关大雁塔》发表后，引起巨大反响，被论者誉为中国新时期“反文化诗歌”的源头之作，此后，杨炼等人的“文化诗歌”逐渐退出历史舞台，平白晓畅而又余味悠长的口语诗成为诗坛新宠。直到今天，报刊上发表的关于韩东，乃至整个“第三代诗人”的文论，鲜有不涉及《有关大雁塔》的。

杨炼的“大雁塔”和韩东的“大雁塔”，代表着“朦胧诗”和“第三代”两种截然不同的价值观念和写作方式。两座“塔”都有各自的仰望者、追随者，如何做出选择，也让一些读者难以定夺。与韩东同一年代的著名学者张清华曾在随笔《巧遇诗人》中谈及这两种观念之争：

> Y是从八十年代初期的小布尔乔亚诗歌主题中冲出来的诗人，所以应该受到尊敬，他把那时候的一些小的感伤情绪、诗歌领域里的“伤痕主题”，引向了宏伟深沉的文化和民俗主题。说起来他对当代诗歌的发展，应是功不可没的，不过后来他却“挨骂”了，有更年轻的诗人，嫌他板着面孔玩复杂和深沉，就写了“反诗”，意思是，你写那玩意儿，其实是故意做出来的，本来什么也没有，硬硬地解释出一大套意思来，比如说一座古代的建筑物，你站在上面，想到的是古往今来的英雄豪杰、苦难沧桑，仿佛这建筑成了什么历史的

见证、民族的化身。可在我看来，什么都没有，我爬上去，无聊地看看四周的风景，然后下来，进入了无边的人群就不见了。有什么呢？你的文化英雄般的气势是做出来的，你其实连偶尔在这里潇洒的精神病患者，连那些因为患了抑郁症什么的而轻生的人，也比不过。他们还敢从这里跳下去，将这里开成一朵鲜红的花，要说“当代英雄”的话，那是他们，而你却是什么也不敢的。否则，有种的，你跳跳看。

这其实是一种“难缠”的取闹，诗人自然不必非得下火海、上绞架，做做思想者状也不见得该死，谁都有过几份装腔作势的经历，有过少年不识愁滋味、为赋新词强说愁的矫情。过去我一直为这诗人在心里愤愤不平，受世俗之压还不说，还要受你们这些晚生小子的嘲弄，是何道理。不过后来渐渐理解那“反诗”也不过是一种借题发挥，是“对事不对人”的一种表达方式而已，其实是一种美学立场的表述。

在这里，“Y”无疑指的是杨炼，“古代的建筑物”指大雁塔，“更年轻的诗人”则是韩东。如同韩东的诗歌，张清华的行文有一种淡淡的调侃，不过他在对韩东的《有关大雁塔》内容进行转述时出现了一点偏差，比如韩东诗歌中的“有种的”“当代英雄”等词语，其实不是正说，而是反讽之语，而从张清华的语气中则很难感觉到这层意思。从韩东的诗里也找不到那种具有挑衅性质的“你其实连……也比不过”“有种的，你跳跳看”的意思。韩东的诗歌始终在一种客观、平淡、自言自语的氛围下进行，没有表现出主观性的激烈介入，甚至看起来很平静，但人们可以感受得到平静后面的波澜。

不过，张清华毕竟是一个优秀的学者，他对韩东诗歌思想的认识极为深刻。紧接着，张清华给韩东的诗歌找到了理论依据：

> 何况反过来一想，若说近乎易，缘乎道，也倒还可以讨论的，道家思想的精义其实正在于主张“消解”，易是以最简化和抽象的方式来解释世界的，所以简单化和“拒绝意义”的世界观，倒实在是得易与道之神韵的。无论老庄，还是禅宗，在哲学的本体论和认识论上，讲的都是“无”，这个既是前提，也是结果，“有”是暂时的、相对的，存在和探求都是这相对和短暂的过程之物。从这个角度来说，那个写反诗的后生，其诗倒反有几分“禅意”了。

张清华的“思想转变”过程在中国读者中具有相当的代表性，80年代中期以后，杨炼所提倡的大文化诗歌，包括欧阳江河的《悬棺》、宋渠和宋炜的《大佛》等“文化诗歌”在引起一定的反响之后，逐渐淡出历史舞台，中国诗歌的重心转移到世俗生活方面。以韩东、于坚、李亚伟等人为“领队”的“第三代诗人”取代了“朦胧诗”，成为文坛新贵。

到现实汉语为止

即使在写出了《有关大雁塔》之后，韩东的诗歌思想也并非没有摇摆。记得韩东曾经表示，他喜欢的外国诗人是洛尔迦、叶芝、叶赛宁、史蒂文斯、特朗斯特罗姆等，这些诗人有一个共同的特点，他们的作品大多数是“第一性”的，是由诗人身体引发的、出自诗人内部的东西，这种东西撇开不同文化背景也能感受得到。韩东认为，理想的文学不应有赖于任何知识体系，更不是知识体系本身或它的一部分。因此韩东不喜欢艾略特，因为他的诗歌里有太多的文化和文明因素，需要放在某种知识体系内才能得到充分理解。在这样的观念支配下，世界诗坛巨著《荒原》在韩东眼里显得“虚张声势”。

应该说，这里面没有对与错的问题，诗歌的形式和内涵都具有多样性，这种多样性造就了古今中外大量各不相同但成就斐然的大诗人，但需要指出的是，艾略特的作品也是风格多样的，既有《荒原》《四个四重奏》那样用典甚多的“庞然大物”，也有《我最后一次看到那充满泪水的眼睛》《歌》等简单平易之作。前者相对较长，这里不妨引用一下沈睿翻译的短诗《歌》：

当我们越过那座山回家的时候，
没有叶子从树上落下；
微风轻柔的手指，
也没扯动细细颤抖的蛛网。

树篱仍开满花朵，
没有枯萎的花瓣落下；
但是你的花环的野玫瑰，
正褪色，而叶子一片褐黄。

这种简洁、细微、敏感，让我们看到了《荒原》之外的另一面，也看到了韩东在某些角度上与艾略特的殊途同归之处。比如韩东的《美好的日子》《我们的朋友》《你的手》等短诗，其基调就与艾略特的《歌》较为一致。我想，如果韩东读过此诗，不知对艾略特的印象是否会有所修正？

事实上，尽管韩东不喜欢在诗歌中掺杂文明与文化的成分，然而，由于《有关大雁塔》《你见过大海》等作品的出现并引起广泛反响，它们已经发展成为另一种文化，那种看似无所谓，但又深入生活骨髓的真理，让韩东身陷其中，想摆脱都难了。

这种祛除修饰、反对幻觉而直达本质的方式，让我想起在网络上看到的一个故事。我不知道这个故事的真假，但其中深意倒挺适合韩东的诗歌取向——有一个诗人问韩东："假如你养了只狗，你给它取个什么样的名字？"

韩东毫不迟疑地回答道："狗。"

我还想起了 2008 年 4 月在北京举行的"全球语境下的中国当代诗歌"研讨会。

在那次会议上，与会人员都收到了韩东的发言稿《中国诗歌到汉语为止》，这一论断是对他当年提出的"诗到语言为止"的补充与完善。韩东还一本正经地将这份发言稿通读了一遍，可见其重视程度。

韩东认为，目前有一种值得警惕的状况，那就是中国的文学和诗歌似乎只有谋取和"西方中心"的某种联系，才可能获得世界性的意义，否则便会被认为是自说自话，其结果就会是自生自灭。在这种误解的基础上，中国当代诗歌的写作出现了两种尖锐对立，一种是彻底的西化，将汉语诗歌的写作前景嫁接于西方的传统之上；另一种是提倡民族化，回归中国古代传统。在韩东看来，无论是前者还是后者，就其实质而言，都是相对于西方中心而采取的策略，是十分功利的。

因此，韩东认为诗歌写作的重心还是应该回归到语言方面，无论用哪一种语言写作，真正的优秀诗歌是自足的，无法转译的。而现在的问题是，由于过于渴望被理解和认同，中国诗人们的重心产生了偏离。“一些诗人着力于意思、意义、意象这些可供嫁接再造的因素的经营，而更加细腻和微妙的语言层面却被忽略和排斥。”有感于当前这种“畸形”的现象，韩东宣布修正二十年前“诗到语言为止”的说法，将其具体为“中国诗歌到汉语为止”。为了强调作为一个当代写作者的身份以及对现实的关注，韩东在发言的最后一刻，将“中国诗歌到汉语为止”的提法再度细化为“中国当代诗歌到现实汉语为止”。

由此可以看出，作为一个“小说家”的韩东一直没有放弃对诗歌的思考，而正是这种思考，进一步巩固了韩东的诗人身份。当然，在普遍追求与西方接轨的当下，这份苦心到底受到了多少人的重视，就值得怀疑了。

在深圳的路灯下

1994年创作的《甲乙》是韩东继80年代的《有关大雁塔》《你见过大海》之后引起广泛争议的一首诗歌：

甲乙二人分别从床的两边下床
甲在系鞋带。背对着他的乙也在系鞋带
甲的前面是一扇窗户，因此他看见了街景
和一根横过来的树枝。树身被墙挡住了
因此他只好从刚要被挡住的地方往回看
树枝，越来越细，直到末梢
离另一边的墙，还有好大一截
空着，什么也没有，没有树枝、街景
也许仅仅是天空。甲再（第二次）往回看
头向左移了五厘米，或向前
也移了五厘米，或向左的同时也向前
不止五厘米，总之是为了看得更多
更多的树枝，更少的空白。左眼比右眼
看得更多。它们之间的距离是三厘米
但多看见的树枝都不止三厘米
他（甲）以这样的差距再看街景
闭上左眼，然后闭上右眼睁开左眼
然后再闭上左眼。到目前为止两只眼睛
都已闭上。甲什么也不看。甲系鞋带的时候
不用看，不用看自己的脚，先左后右
两只都已系好了。四岁时就已学会
五岁受到表扬，六岁已很熟练
这是甲七岁以后的某一天，三十岁的某一天或
六十岁的某一天，他仍能弯腰系自己的鞋带

只是把乙忽略得太久了。这是我们
（首先是作者）与甲一起犯下的错误
她（乙）从另一边下床，面对一只碗柜
隔着玻璃或纱窗看见了甲所没有看见的餐具
为叙述的完整起见还必须指出
当乙系好鞋带起立，流下了本属于甲的精液

《甲乙》写的是两个人做爱结束后下床的过程，短短的几个动作，被诗人拆散、分解。自始至终，诗歌都在描述，非常耐心，也非常客观，有时候一些联想会旁逸斜出，比如在叙述了左眼和右眼所看到的场景之后，突然加上一句说明："它们之间的距离是三厘米／但多看见的树枝都不止三厘米"；比如在系鞋带的时候，思绪突然延伸到童年和老年。整首诗像一个写实的电视短片，不仅事物和数据真实而精密，而且连标题都用剧本所习惯的手法——对于那些无关紧要的角色，常常用"甲"和"乙"代替。

从诗歌末尾几行出现的"碗柜""餐具"等词汇，我们基本上可以认定，诗歌中的甲和乙应该是在一起生活多年的夫妻，或同居多年的情侣。正因为彼此间过于熟悉了，因而在某些必要的时候疏于关心。特别是诗中浓墨重彩描写的"甲"，作为丈夫，他已经把与妻子的房事公式化，毫无神圣感和新鲜感，仿佛仅仅为了完成一个义务。于是，在短时间的快活之后，我们看到他茫然、麻木、无所事事的表情和举动，以及内心的自私——"把乙忽略得太久了"。而乙，作为被动的一方，或者在两性生活中弱势的一方，在让丈夫"完事"之后，她仍然得自己打理自己，并且她看到的不是甲所关注的风景，而是“碗柜”和“餐具”，由此可见，她对这样的生活亦习以为常。从这一点，可以看出作者将他们命名为“甲”“乙”的深层思考。

一般的诗歌，诗人（写作者）都是持客观的角度进行叙述，换句话说，他只负责制造情境，而不会融入其中。而《甲乙》不同，在漫长而琐碎的叙述之后，诗人站了出来，告诉读者，他与甲一起“把乙忽略得太久了”这一事实。有意思的是，诗人不仅承认自己犯了“把乙忽略得太久了”的错误，而且乐意承担主要罪责，在诗歌中专门用括号注明“首先是作者”犯错。这样一来，写作者和笔下的人物，写作者所处的现实与诗歌的内容就融为一体，相互纠葛，真假难辨。诗歌呈现的不仅是夫妻生活内容，还把作者的思维方式以及这首诗所运用的技巧表露了出来。

由此可见，《甲乙》这首诗，并不像一般论者所说的那样以语言的自然流动取胜，相反，这样的情境安排，是经过作者深思熟虑的。

这首诗被一些论者认为是韩东90年代非常重要的作品。柏桦在《当代诗歌写作中的主体变异》中认为，《甲乙》是中国后现代主义诗歌的身体写作的开篇之作，它预示了90年代大面积以性作为主题的后现代写作的倾向。他通过物、客体、身体，甚至精液为我们展示了后现代主义的复杂性，在《甲乙》里，客体或身体得到了它自身的自由度，对这首诗的阅读可以使我们获得一种令人震惊的复杂性热情。

诗人伊沙则认为，《甲乙》是韩东90年代诗作中最为重要的一首，这首诗的作者具有“从容、可怕的耐心”，诗歌语言“精密度极高”，因此，这首诗不仅体现出一个“优秀的韩东”，还证明了一个“重要的韩东”。

诗人沈浩波在2000年8月举行的“衡山诗会”上更断言，《甲乙》是韩东90年代唯一成功的诗歌作品。沈浩波认为，80年代的《有关大雁塔》等一系列作品，使韩东成为一个重要的诗人，但作为一个先锋诗人，韩东真正出类拔萃的文本以及真正具备先锋性的文本并不多，直到《甲乙》的出现，韩东写作的意义才被落实下来。韩东在80年代就提出“诗到语言为止”的口号，但那个时候，韩东的诗歌在语言上的探索之路没能走多远，并没有做到“诗到语言为止”，只有到了90年代的《甲乙》才算是完全验证了“诗到语言为止”，《甲乙》是直接用语言构成诗的典范写作，它“使韩东真正成了一个好的诗人”。

沈浩波独尊《甲乙》而贬低韩东的其他作品，引起了韩东和一些诗人的反驳。几个月后，网络上掀起了气氛热烈的“沈韩之争”，大量有影响的诗人“参战”，成为新世纪诗坛一景。

对于上述几位诗人的意见，我不敢完全苟同，诚然，《甲乙》有其艺术上的探索，它冷静、客观、讲究细节，有一种“形而上”的追求，可以算是优秀之作，但远远称不上最好。从另一个角度说，它显得直白，叙述上有些刻意。有论者认为《甲乙》的优势——运用了电影的多视角手法——正好是招致“枯燥”的根源，也许那个评论家看上了《甲乙》中无处不在的细节，甚至还可能认为这首诗因为有大量细节的存在而生动，事实上，正好是这种外在的“生动”伤害了这首诗，使其显得饶舌和枯燥——把什么都写清楚了，那已经不是一首诗，而是一篇说明文。同是创作于90

年代的作品，我更喜欢《在深圳的路灯下》：

在深圳的路灯下她有多么好听的名字
“夜莺”，有多么激动人心的买卖
身体的贸易
动物中唯有这一种拥有裸体
被剥出，像煮硬的鸡蛋，光滑
嫖妓者：我的堕落不是孤独的
我的罪恶也很轻微
她引领着一条地狱的河流
黑浪就来将我温柔地覆盖

那坐台女今晚和她的杯子在一起
杯子空了，她没有客人
杯子空了，就是空虚来临
她需要暗红色的美酒和另一种液体
让我来将它们注满，照顾她的生意
让我把我的钱花在罪恶上
不要阻挡，也不要害怕
灯光明亮，犹如一堆碎玻璃
让我将她领离大堂

我欣赏她编织的谎言
理解了她的冷淡

我尤其尊重她对金钱的要求
我敏感的心还注意到
厚重的脂粉下她的脸曾红过一次
我为凌乱的床铺而倍感惊讶
我和橡皮做爱，而她置身事外
真的，她从不对我说：我爱

这首诗写性，但并不淫荡，有的仅仅是恰到好处的勾引。从路灯下的交谈到床上的交易，诗人都以极其冷静的笔触进行客观描写，而每到紧要关头又将注意力故意引开，使诗意旁逸斜出，偏离读者的思维惯性，产生一种疏离感。在语言上，也极为自然和节制，没有一个生僻的词句，对读者不会构成阅读障碍。

韩东是机智的，他知道什么样的写法能够达到最佳阅读效果，如果像时下某些不知轻重的青年诗人那样，自始至终都是对性行为的直接描写，诗歌的诱惑力不仅会大大减小，甚至会沦为不折不扣的语言垃圾。

在回答诗人安琪的提问时，韩东谈到了他所欣赏的语言风格。韩东说，他最欣赏的是直接明了的、朴素而具有幽默感的语言，“我喜欢清晰、简单，有时候笨一点的方式。造作、炫耀的东西我不喜欢，教条的东西和我更犯冲。线性又有笔触感的语言我孜孜以求。收敛、沉静、自然、质朴、庄重、细致、敏感、微妙、机智、严谨……这些都是很好的形容词，可用来形容我所谓好的语言”。《甲乙》和《在深圳的路灯下》两首诗，哪一首更接近韩东的意愿呢？读者不妨对比、琢磨。

完成《在深圳的路灯下》四年之后，1999 年夏天，韩东写了一篇短篇小说《南方以南》。小说讲述的是“我”离婚七年后，终于听从朋友单勇的劝说，到深圳“看看世面”的故事。在深圳，“我”从正规按摩开始发展到了很自然地与“流莺”嫖宿。这篇小说可以当作《在深圳的路灯下》的注解版，虽然在细节上不见得是同一个故事，但它的平实、节制以及略带温暖的境界，与诗歌给人的感觉相当一致。

两首“怪诗”

韩东没有写过长诗，这是我最佩服他的地方。在许多批评家把能否写长诗和大型组诗作为评判一个人是否是“实力诗人”的标准的今天，只写短诗的诗人，不可避免地要承受“不是大才”的指责。其实，这是一个误会，鲁迅没有写过长篇小说，但谁敢说鲁迅不是大才？博尔赫斯没有写过长篇小说，甚至连中篇小说都没有几部，谁能否认他的大师地位？在我看来，写短诗讲究一口“气”，韩东很多短诗之所以天衣无缝，就是因为一气呵成。而长诗对作者的要求与短诗截然不同，它需要的不仅是才能，还有健康的身体。

但韩东有两首短诗的“气场”有些怪。这种“怪”不是指语言的突兀，而是内涵的缥缈。试看看这首《雨》：

什么事都没有的时候

下雨是一件大事
一件事正在发生的时候
雨成为背景
有人记住了，有人忘记了
多年以后，一切已经过去
雨，又来到眼前
淅淅沥沥地下着
没有什么事发生

诗歌写雨，仿佛又不是。“什么事都没有的时候 / 下雨是一件大事”，强调的不是“下雨”，而是“什么事都没有”；“一件事正在发生的时候 / 雨成为背景”，中心词更是“一件事”，“雨”则退居为背景。然而，尽管“事”被反复提及，但仍然是可有可无的：“有人记住了，有人忘记了”。这是诗意的第一次逆转。

“多年以后，一切已经过去”。诗人明确地告诉我们，时间抹平了一切，故事似乎已被淡忘。而正在这个时候，“雨，又来到眼前”。这是第二次转折。

正当人们以为会有什么事发生而充满好奇时，诗歌再一次发生转折：“淅淅沥沥地下着 / 没有什么事发生”。

这样的诗歌太玄乎，很难辨别好坏，有时候你会觉得它简单得有些取巧，没有描述具体的情景、故事和感觉，又仿佛什么都已经写尽。比如，曾经热恋过最后又分手的人们，也许会怀念起当年和恋人在雨中的情景，或者历尽生活沧桑之后的人们，在某个特定场合，记忆中的某个细节就会不经意地到来探访……这是

90 年代以来新诗写作的一种方式，作者尽力置身事外，显得冷静而客观，不同的读者则通过自己的想象去填补语言间的空白。

另一首“怪诗”是《黑人和老虎》：

灯下没有一只小虫
空白的纸页，没有一个字
我没有你

雨在雨季就像老虎在
猛兽中或黑人在阴影里

可是我知道——
飞蛾已经出生
巨著总会完成
大雨已成灾
黑人和老虎比喻我和你

《黑人和老虎》是韩东诗歌中令我迷恋的一首，与其他诗歌的平实朴素不同，从 1992 年在台湾《新陆》诗刊第一次读到它，多年以来，我一度琢磨不透它表达的意思。几年前，我曾在一篇短文中表达过自己对这首诗的迷惘，用那篇短文的话说，“洋溢于字里行间的神秘气息给予了这首诗飘忽不定的内涵”。自然，这与我的愚钝有关，“空白”或者暗示太多的作品，从来就是对一个读者的想象力的最大考验，而我正好缺乏进入的钥匙。一个中学生读了那篇短文之后，竟然写了一篇解读文章为我释疑，虽然我对那篇解读文章并不完全认可，但中学生此举已足以令自命有二十年“诗龄”的我惭愧异常。

就在我对自己的理解能力几近绝望的时候，2010 年 6 月 20 日下午，我突然“开窍”了！

第一节“灯下没有一只小虫 / 空白的纸页，没有一个字 / 我没有你”，三句话是平行的，表达的是相同的状况：虚空。你看看，灯下没有小虫，白纸上没有字迹，我孤独的一个人。一切都空空荡荡，孤独无倚。但这种虚空只是表面现象，在“虚空”的内部，有着内在的“实”。因为只要有灯火，小虫终究会出现；只要有纸页，字迹就会来寻找它的归宿。这一点，从第二节可以找到依据。与第一节一样，第二节也表现了三个并列的现象：雨在雨季，老虎在猛兽中，黑人在阴影里。在雨季，作为个体的雨就被有意无意地遮蔽了；四处都是猛兽，作为猛兽之一的老虎也足以被忽略；阴影之中，黑人的皮肤自然也不会过于突出，因为缺乏相应的参照系。

前面两节，给人一种失落感，让人对一切缺乏把握，但又隐含浅浅的希望。正因为隐含这希望，第三节的出现就水到渠成了：“可是我知道——/ 飞蛾已经出生 / 巨著总会完成 / 大雨已成灾 / 黑人和老虎比喻我和你”。在这里，“飞蛾”对应了第一节的“小虫”，即小虫已经破蛹，长出了翅膀，随时准备着扑火；“巨著”对应了第一节所说的“空白的纸页，没有一个字”，因为有了恒心，即使原本是空白的纸页，也将写出巨著；“大雨已成灾”自然是与第二节的“雨在雨季”相对。现在，小虫已成长为飞蛾，空白的纸页填满了优异的文字，大雨不仅在下，而且源源不绝，那么，黑人自然会突破阴影，老虎也将从猛兽中独立出来。因此，最后一句“黑人和老虎比喻我和你”自然是对前面的“我没有你”的回应。

整首诗，由虚空、失落逐渐转向乐观、自信，甚至有些决绝。字里行间暗含的“飞蛾扑火”般的举动，无疑是对虚空与失落的拨乱反正。理解了这一点，几年后韩东牵头发起“断裂”行为也就不足为奇了。

“断裂”行为

1998 年 5 月 1 日，韩东与朱文聊天，两人决定进行一次“大动作”，向全国数十个青年作家发出一份问卷，请他们回答一些非常具体的问题，然后将作家们的回答进行统计并形成文件公布出来，这就是后来引起文坛震动的“断裂”行为。随后的几天里，两人又与鲁羊多次商量，并草拟了问卷中的问题，最终决定该问卷由朱文作为发起人。

从 5 月 12 日发出问卷，至 7 月 13 日，共发出问卷七十三份，收回五十五份，加上朱文本人的答卷，共五十六份。随后，朱文对各个作家的答卷进行了统计，并写下了十三则“工作手记”。《岭南文化时报》《文友》和《街道》杂志相继发表了问卷的部分内容，在一定范围内引起反响，《南方周末》《精品购物指南》等媒体进行了报道。

1998年10月，《北京文学》以“断裂：一份问卷和五十六份答卷”为题发表了这五十六份答卷，以及作为附录的“问卷说明”“答卷数据统计”“工作手记”，还发表了韩东的《备忘：有关“断裂”行为的问题回答》等内容。以下为韩东的答卷的一部分，从中我们可以看到诗人在某一阶段的创作思想和对当今文坛的意见：

> 当代文学评论并不存在。有的只是一伙面目猥琐的食腐肉者。他们一向以年轻的作家的血肉为生，为了掩盖这个事实他们攻击自己的衣食父母。另外他们的艺术直觉普遍为负数。
>
> 鲁迅是一块老石头。他的权威在思想文艺界是顶级的，不证自明的。即使是耶和华人们也能说三道四，但对鲁迅却不能够。因此他的反动性也不证自明。对于今天的写作而言，鲁迅也确无教育意义。
>
> 我对《读书》《收获》两大名刊的评价是：知识分子和成功人士平庸灵魂的理想掩体。
>
> 我对《小说月报》《小说选刊》两大权威选刊的评价是：如果作为最差小说的选本，它的权威性将不容置疑。
>
> 我对茅盾、鲁迅两大文学奖的评价是：如果作为当今最恶劣小说的奖项它的公正性有目共睹。

包括这份答卷在内的大部分作家的回答，因其辛辣、尖锐、偏激和决绝，在发表之后，引起轩然大波。文学界议论纷纭，叫好的、讨伐的、看热闹的不计其数。在当时的中国大陆，互联网还远远称不上普及，但即使是在十多年后的今天，搜索一下“断裂问卷”这个关键词，仍然可以看到上千条相关新闻。

事实上，早在《北京文学》发表之前，朱文所写的“工作手记”，就已经列举出了在“行为”之初所引起的反应，在这里姑且引用几条：

> 一个北京作家收到问卷的当天打来一个热情洋溢的电话，高度赞扬了一番《断裂：一份问卷》，但是也说到自己的难处，在作协下属的单位上班，所以有些问题很难直接回答。
>
> 一些作家指责我的问题以及提问方式带有明显的倾向性。也有人说对被提问者带有某种侵略性。
>
> 上海一作家打来电话说，这件事很有意思，但是如果半途而废，就变成一次新闻炒作。一位朋友也劝告说，你们这样做，最终的结果将违背你们的本意，你们不知道，媒体是个怪兽。另一位朋友也说，你以前也不是这样，埋头写你的东西好了，管那么多干吗，别人会认为你在沽名钓誉。更多的朋友善意地一笑，都什么年代了，还谈什么文学革命，太过时啦……
>
> 又有了一个说法。这次行为被描述成所谓的新生代作家企图取代什么代作家的一次集体行动，或者说，边缘作家不甘寂寞，开始争夺主流话语权力。
>
> 有一位作家还没有收到问卷，但是已经通过电话从其他

作家那里知道了问卷的内容。这位作家抱怨说，千万不要寄给我呀。更为有趣的是，一位作家打长途电话给另一位作家，告诫他：答卷时小心点，因为你翅膀还没长硬……还有一些好玩的事情。不好玩的是，一份问卷甚至使多年的朋友因为意见相左而忽然感到隔阂起来。

作家的反应千差万别，而媒体的反应也相当“有趣”。“行为”开始时，很多杂志表现出对“问卷”的兴趣，然而，当杂志社的编辑收到问卷后，又显得忧心忡忡，担心出事。有的刊物想发表，却提出条件，要求删去其中的一两个“敏感问题”。后来，内部出版的《岭南文化时报》刊出了这十三个问题，却不知道是校对原因还是其他原因，出现多处错误。

最有意思的是“问卷”的最后一个问题：“你是否认为穿一身绿衣服的人就像一只青菜虫子？”很多收到问卷的作家都以为提问者另有所指，是在影射什么。朱文为此先后接到十六个询问电话。深圳的《街道》杂志在刊出问卷的时候，也认为这个问题可能会给办刊者带来不必要的麻烦，坚持要删去。事实上，这个问题很简单，绝无“微言大义”。用朱文的话说，“最后一个问题是一个玩笑，也是对参加这次‘行为’的作家填写答卷的一点谢意。灵感来自我们身边的一个瘦瘦的朋友，他有一天忽然穿着一身绿衣服，只穿了一次就为他牢牢地赢得了‘青菜虫子’的绰号”。然而，面对那些纷至沓来的询问电话，朱文只能一次又一次地进行解释和澄清。

从这些早期的反应，已可以预料到“问卷”在《北京文学》

正式发表后的强烈“地震”。而韩东等人并不打算就此偃旗息鼓，紧接着，韩东发表了《我的文学宣言》，宣布与“腐朽的文学秩序”进一步“断裂”。同时，他们开始策划“断裂”丛书。1999 年 3 月，海天出版社出版了韩东主编的“断裂”丛书第一辑，收录了楚尘的《有限的交往》、吴晨骏的《明朝书生》、顾前的《萎靡不振》、贺奕的《伪生活》、金海曙的《深度焦虑》、海力洪的《药片的精神》六本小说集。在同时出版的《芙蓉》杂志 1999 年第 2 期中，韩东和朱文就“断裂”行为进行了一次长篇对话，对这次行动的目的进行了深入的描述和阐释。随后，朱文撰写了《狗眼看人——从“断裂”丛书出版谈起》一文，再一次对这一行为进行思考，表明了立场。1999 年 5 月出版的《芙蓉》第 3 期，韩东、朱文、吴晨骏等人针对著名作家韩少功因为评论家王干认为《马桥词典》有抄袭《哈扎尔词典》之嫌而将后者告上法庭并胜诉（文学界一般将此事简称为“马桥诉讼”），发起了类似于行为艺术的“我仍这样说”行动。在这篇众多作家参与的对话中，哪怕对话者根本就没有认真阅读并比较过《马桥词典》和《哈扎尔词典》的异同，他们仍然在自己所说的每一句话后面用黑体字强调：“我仍这样说，《马桥词典》完全照搬《哈扎尔词典》；我仍这样说，《马桥词典》尽管广告满天飞，但仍不入流品。”这一举动，可以说是“断裂”行为的延续。

2000 年夏天，江苏文艺出版社出版了汪继芳采写的“断裂作家”访谈录《断裂：世纪末的文学事故》，在书中，汪继芳对参加“断裂”行为的十三位南京作家进行了专访，并附录了相关资料。半年后，陕西师范大学出版社出版了楚尘主编的“断裂”丛书第二辑，收录了韩东的《我的柏拉图》、朱文的《人民到底需不需要桑拿》、张旻的《爱情与堕落》、鲁羊的《在北京奔跑》四本小说集。

这一系列活动，把“断裂”行为的影响引入更深远的境地。

正如前文所说，“断裂”之后，各方面的反应十分强烈。据《断裂：世纪末的文学事故》一书介绍，批评家王干本来与“断裂”行为毫无关系，但平时他与韩东等人接触得较多，因而被很多人认为是“断裂”分子，1998年11月下旬，王干参加“青创会”时，有人就在他的房门上张贴小字报，后来，王干的办公室还莫名其妙地着过一次火。更有意思的是，“‘断裂’使原本一团和气的南京作家们有了分别。原来作家们都是在一起踢球的，自从‘断裂’以后，作协那一拨人就不来踢了。”

“误伤”《收获》

一些参与“断裂”行为的作家付出了或大或小的“代价”。

时隔九年之后的2008年，时任《收获》副主编（现为执行主编）的程永新回忆往事，仍为韩东对《收获》的评价“知识分子和成功人士平庸灵魂的理想掩体”耿耿于怀，下口毫不留情，甚至更为刻薄：

“我们可以说说韩东、朱文，为什么我们后来跟他们疏远了？快十年了，我一直对这件事保持沉默。他们在90年代后期，纠集一批刚刚学习写作的新人搞了个‘断裂’，为了表示对现状不满，为了表示一种姿态，他们骂了很多东西，但是不应该骂《收获》。就像莫言说的那样，他们反对的很多东西也是我们所反对的。这是我很多年里，第一次正面谈这件事。那时的韩东和朱文从社会底层拱出来，内心比较压抑，对此我能够理解。其实说穿了，他俩就是嫌自己还不够有名。他们俩喜欢来事，却又缺乏搞运动的素质，像是发育不良的侏儒。对朱文我无所谓，我计较的是韩东。也就是说，任何人可以骂《收获》，你韩东不可以。什么道理我下面说。有一次上海写小说的张旻碰到我，为韩东说好话，他说韩东不知道我还在《收获》，我说我在不在韩东都不可以骂《收获》，因为《收获》是孵育你韩东长大的母亲。中国有句老话叫作‘子不嫌母丑’，这是道德底线。”“你韩东骂《收获》就是违反伦理，为什么？《收获》整个改变了你的生活境遇啊，狼仔对狼母也有情的，何况是人。你连做人的起码道理都不清楚还混什么？”

为了证明自己和《收获》对韩东的知遇之恩，在这篇题为“关于先锋文学和先锋编辑”的访谈文章中，程永新花费了不少笔墨来介绍自己与韩东的交往情况：

当年我去南京的时候，韩东他坐了辆“马自达”来见我，“马自达”就是三轮车。在茶馆见的面。他是经我同学黄小初推荐、介绍认识的。我知道他写诗，在诗歌界也有一定的影响，虽然并不属于我特别喜欢的诗。黄小初说他写了些小说，想见我。他用轻轻的声音告诉我他在大学里教学，讲课有心理障碍，不能当一个好老师，断断续续，嘟嘟囔囔，表达词不达意。很落魄的样子，给我一种病态的印象。后来他拿出一堆乱糟糟的稿子来，是他断断续续写的六七个短篇。当时因为是黄小初推荐的人，我把他的稿子带了回来。

我第一次给他发了个很短的短篇，纯属是帮忙性质，严格的意义是人情稿。当然，他的文字很有特点，很洗练，很干净，叙述也很简洁，之前我听马原也提到过他，严格说，这篇东西按照我内心的标准，是不一定可以在《收获》上发的。但是出于情面，还是想帮他。后来我看其他杂志，如《作家》等杂志也发了他的短篇，这增加了他的信心，他连续写了不少东西，一直到他写出《反标》，那时我知道他一下子上来了，《反标》后来在文学界的影响也是比较大的，他后来一些重要的中篇都是在我们杂志上发的。

据程永新介绍，他不仅编发了不少韩东的中篇小说，还编发了韩东推荐的其他作家的作品，比如朱文和李冯。据程永新称，在《收获》发表朱文的小说《小羊皮纽扣》之前，朱文尚未在中国大陆发过小说。和韩东一样，李冯几乎所有的重要作品，也都是在《收获》发的。由此，我们也就不难理解为什么程永新面对韩东的“断裂”答卷时的那种憋屈和气愤了。

自1983年从复旦大学中文系毕业分配到《收获》杂志社工作以来，程永新编发过大量有影响的稿件，其中《活着》《妻妾成群》《顽主》《许三观卖血记》等，都已经成为新时期中国文坛无法绕开的经典；很多作家的成名，都与程永新有关。像这样的中青年编辑，在中国文学期刊界十分罕见，因此，在讨论这一“公案”之前，我必须先对作为文学编辑的程永新表示敬意。

在我看来，程永新这番话，一方面说明了自己以及《收获》对韩东的扶持，另一方面却也侧面证明了韩东对文学的真诚与对朋友的热心。据我所知，除了朱文和李冯，还有很多作家在写作和发表上得到过韩东的帮助，特别是南京的年轻一代作家。

在接受汪继芳的采访时，诗人刘立杆回忆道：80 年代末，韩东家里每天都会聚集着一大群文学朋友，有时候甚至两个屋子都堆满了人，朋友们在客厅里穿来穿去，那氛围非常吸引人。认识韩东后，刘立杆的文学观发生了彻底的变化。南京作家黄梵甚至把韩东誉为与庞德同等重要的人物：

> 吃饭时，黄梵说：“以前看过庞德的传记，知道了庞德是个文学的推动者。……团结了很多人，特别是诗人。许多人出来都跟他有关，如海明威、乔伊斯、考利，等等。艾略特的《荒原》，庞德看过后，帮他删了一半，使《荒原》比以前更紧凑了。庞德几乎影响了两代作家，他把一半的时间用来帮朋友出书、摆脱经济困难。现在，中国也有这样一个人，那就是韩东。1996 年我重新写作后，与韩东开始接触，发现他在这方面很认真，没有私心，一心推荐作品，为《芙蓉》编辑小说花费了大量时间。在中国作家里，我还未遇到这样的人。”为了证明韩东的无私，黄梵还讲了一个故事：1997

年下半年，黄梵把刚写完的一万多字的小说《同床共枕》拿给韩东看，韩东看后，给《人民文学》编辑李敬泽写了封信，说这个人将来会超过我。后来黄梵收到李敬泽的信，才知道这件事。这之后，《人民文学》发表了黄梵的小说《花瓶》。（汪继芳：《断裂：世纪末的文学事故》）

现在回到“程韩事件”上。虽然程永新为韩东批评《收获》的言论感到憋屈和愤怒，然而，如果我们暂且把道德上的评判搁在一边，仅仅就事论事，就可以发现此事有很多值得商榷的地方。

公平地说，程永新的这番话，有可以理解的“悲愤”。中国的传统，讲究知恩图报、礼尚往来。《收获》对韩东们如此青眼有加，韩东们的确没有必要对这份刊物“放狠话”。但是，这段话也反映出了程永新在愤怒之中的口误，首先，将参与“断裂”行为的五十六个作家定位为“刚刚学习写作的新人”，是不大妥当的。诚然，这里面有一些作家年纪较轻，进入文坛时间不长，可以说是新人。但至少就我最为了解的诗歌方面而言，于坚、翟永明、吕德安、杨克等人都是成名十年以上的“老诗人”了，用“刚刚学习写作的新人”来概定他们，显得发言者对诗歌颇为外行。当然，也许程永新这样说是基于某个极为苛刻的前提，比如与卡夫卡、艾略特等人的成就来比较，这五十六个作家的确都是“新人”。可是，如果真的与卡夫卡、艾略特比较，不独这五十六个作家，所有中国作家不都是“刚刚学习写作的新人”吗？

其次，程永新把韩东和朱文比喻为“发育不良的侏儒”，以及说韩东“嘟嘟囔囔”“落魄”“病态”，有失厚道。无论如何，韩东“骂”《收获》，是对刊物的一种态度，针对的是“物”，没有涉及人身攻击，而将一个健康的人说成是“发育不良的侏儒”，不仅有失风度，而且是明摆着的人身侮辱了。

反观当时“断裂”行为出现的大背景，我们也许可以很“中庸”地认为：程、韩两人都没有错。从韩东的角度说，对《收获》的评价是整个“断裂”行为的一个小小的组成部分，他本无心在《收获》上下力气，他针对的更多的是一种文学体制，其中的偏激和决绝，也并不一定完全出自深思熟虑，而是一种策略上的需要。因此对于《收获》，可以说是一种无心之过，或者误伤；从程永新的角度来说，他身为《收获》的编辑，而且正好是韩东在《收获》发表作品的责任编辑，是作家的“伯乐”，他不可能不注重一个作者对曾经发表过其作品的刊物的评价，于是，作为众多回答中的一个，韩东对《收获》的评价被专门拎了出来，就显得异常突兀而刺眼。当人们——特别是与《收获》关系良好的人们——把这一原本具有普遍性意义的观点落足到具体的细节之中时，“忘恩负义”和“吃完奶后不认娘”的“帽子”也就无法避免地被戴上了。

也许，韩东一开始就预料到自己可能面临的指责，所以，他在1998年《北京文学》第10期发表的《备忘：有关“断裂”行为的问题回答》一文里，专门谈到了这个问题。可以说，韩东的回答比程永新的质疑整整早了十年：

> 我们备受指责的地方还在于所谓的“自相矛盾”。比如问卷上的问题涉及对《小说选刊》《小说月报》《读书》

《收获》和“鲁迅文学奖”等的具体评价问题。《小说月报》曾两次刊登我的小说，《读书》转载过我的谈话，《收获》五次刊登我的小说，我亦是“鲁迅文学奖”的提名人，《小说选刊》因没有刊登过我的小说特地向我表达了歉意，对此我将作何解释？我觉得所有这些与我对它们如何评价是两回事，它们对我个人所做的与它们的基本倾向以及所扮演的角色是两回事。如果有人因此指责我“恩将仇报”那也没办法。

这里面还牵引出一个值得深思的问题，那就是：究竟是刊物成全了作者，还是作者成全了刊物。在某些人的心目中，刊物发表了作家的作品，作家应该心存感激，日后不能对刊物产生不敬。问题真有如此简单吗？我们不妨反过来想，如果作家的作品让更多的读者认同并喜欢一份刊物，这份刊物是不是也应该对作者心存感激？再说，选发优秀的作品原本就是编辑本身的工作职责，作为编辑，何必因为自己当过“伯乐”而强求别人一辈子感恩戴德？所以，在遇到像“断裂”行为这样的特殊情况时，编辑们不妨宽容些，多想一想青年作家们的吁求的历史背景和现实因素，不必过于在意那些未经过深思熟虑的激愤之语。

“断裂”之后那几年，《收获》是否还继续发表韩东的作品，我没有专门考证过，但据我所知，与《收获》齐名的《花城》杂志对韩东的支持并不亚于《收获》，甚至尤有过之，韩东不仅在《花城》发表过多部重要中短篇小说，他的《扎根》《小城好汉之英特迈往》《知青变形记》等长篇小说都是在《花城》发表的。

如果说《收获》与韩东的关系曾经“逐渐疏远”只是个别编

辑与作者之间的个人行为，那么“断裂”行为对于坚的影响则要长久和深刻得多。当年，对“断裂问卷”的第七个问题——“你是否以鲁迅作为自己写作的楷模？你认为作为思想权威的鲁迅对当代中国文学有无指导意义？”于坚的回答是：“我年轻时，读过他的书，在为人上受他影响。但后来，我一想到这位导师说什么‘只读外国书，不读中国书’‘五千年只看见吃人’，我就觉得他正是‘乌烟瘴气鸟导师’，误人子弟啊 ！”

起初，几乎所有人都以为，回答了就完事了，没有人找于坚的麻烦，孰料近十年之后的2007年底，于坚的诗集《只有大海苍茫如幕》获得了中国作家协会颁发的第四届“鲁迅文学奖”，这一回答的严重后果就显露出来了。一大批老作家老诗人频频发表文章批判于坚，并给有关部门甚至国家领导人写信，强烈要求于坚到鲁迅坟前磕头谢罪，并取消其“鲁迅文学奖”资格。对于这一事件，我上一章里有比较详细的介绍，这里就不再赘言了。

名家也有俗作

和所有诗人一样，优秀如韩东者也不可能字字珠玑。韩东也有一些诗句写得过于直白和随意，比如“这是冬天荒唐的景色/这是中国的罗马大街/太阳的钥匙圈还别在腰上/霞光已打开了白天的门”，“我也曾坐在床头/等待着你的归来/你也曾向你的父母告假/那假期多长多甜蜜”，“如果一万人在海面打捞，我只对你吐露珍珠”……

尽管部分诗歌过于随意，但不能因此质疑韩东的创作态度，事实上韩东的认真几乎无人能比。在 80 年代中期，他就认为，写诗不单要依靠技巧和心智，更与诗人的整个生命有关。因此，透过韩东看似无所谓的表情，我们可以看到他严肃孤苦的内心。如果没有这份认真，很难想象韩东在达到诗歌的高峰后还能抽身出来进行小说创作，成为“诗人小说家”的中坚和“晚生代作家”的代表人物，并且同样影响了一大批更年轻的作家。他的一些中篇小说和《扎根》《我和你》等长篇小说发表后，都引起巨大的反响。而由他主要编辑的诗歌民刊《他们》，团结了一大批志同道合的诗人，即使早已停刊，也属于一个时代难以绕过的风景。

由于认真，有时候不免显得倔强，不仅在自己的创作中嫉“俗”如仇，也期望以高标准来要求整个文坛。前文所说的“断裂”行为应该可以算作以韩东、朱文为首的一代作家向文学体制中腐朽部分宣战的檄文。在文坛如政坛的中国，参与“断裂”行为的五十六个作家，做出这一举动所需要的不仅仅是一般的勇气。

关于“断裂”行为的初衷，韩东在接受常立的访问时进行了详细而生动的阐释：

> 起因就是，我们写小说嘛，写着写着就要进入系统了，像我和朱文当时发了不少东西，又获得好评，然后感觉上就是，快要走苏童、叶兆言的那条道路了。我说的一个词就是“虚席以待”，我们可以去作家协会，去做专业作家，那条作家的道路就很明确了。当个专业作家之后，然后就到处开笔会呀，参加活动呀，当然还有各种各样的实惠。我和朱文

都比较烦这些个东西，很多人是被我们带进来的，怀着不同的心情和目的，参与了这件事。我始终不愿意我的写作受到任何干扰，但是，如果你进入了作协这样的地方，那你就要走那条道路……我觉得这种生活方式比较讨厌。我写书就写完了是吧，写书之外，我愿意干吗就干吗，我愿意和朋友交往，我愿意上网，我不愿意受那么多的束缚。发起“断裂”，就是和这种生活方式，和所谓的文坛断开。

所有这一切，可以用朱文的话来概括：“我希望自己遵循一个简单的原则：想到了就去做。文学作为一个腐朽的名词如果让你感到厌烦，你不妨让它有时成为一个动词。”

然而，与世俗决裂的勇气仍然不是外在的，“断裂”之后，参与行动的不少作家诗人照样与他们所贬讽的刊物打交道，或明或暗地做着他们在“问卷”中所反对的事情。比如一个参加了“断裂”行为的作家后来在接受采访时，就进行了反省：“我的思维方式决定了我必须参加这个事情，必须说话，必须参加这样的行为，卷入这个事件之中。但这是一种悖论，我不可能不参加，但一旦我参加了，当这个事情指向一个结果时，我又不喜欢。比如在回答‘断裂’问卷时，我说了一些话，后来在事情发展过程中我又说了一些话，这些话里，有些话我可能是对的，而有些话可能是错的。比如，对一些问题，后来想想，还是回答得不太好，因为这些问题我没有认真地思考过，而我采取一种无所谓的很不以为然的态度，去回答某些问题。这种做法，现在看来，我做得不够诚实。……如《读书》《收获》这些问题我平时是不思考的，但回答时，我采取了一种无所谓的态度，这种做法显然就是很欠妥的，因为这些杂志对目前的中国文学是有益的。……我想我对‘断裂’这个事情的厌恶情绪，后来的厌恶情绪就是由此产生的。它不能使我正确地对待我自己。”从这些看似迟疑、犹豫、反复实则坚决的话，我们可以推想到其他部分参与“行为”的作家内心的矛盾和冲突。全世界都如此，每一件看似悲壮的事情稍不留神就会衍变成作秀，五十六个参与者不像某首歌曲所唱的“五十六颗心”，谁能够保证光彩照人的脸面是不是因为涂抹了一层厚厚的脂粉呢？

这使我想起了某个下午的阅读经历——当我将几本作家访谈类书籍跳着读，竟然发现对同一个问题，同一个作家仅仅相隔三五年见解就有天壤之别。严重的是，这种区别不是因为地易时移而发生的合理微调，而是背叛了自己以往正确的初衷，发生了质变。比如从当年的追求正直和公平变成了为油滑与庸俗辩解，从当年把写作当成陶冶情操的方式变成了将这种爱好用于追名逐利。总之，正好堕入他们当年嗤之以鼻的境地之中。这种思想的庸俗与他们作品的雅气形成的强烈反差，实在是无法不让人联想起崔健的歌词：“不是我不明白，这世界变化快。”

鉴于这样的令人诧异的现象屡屡发生，用“道德的虚设”这个词来形容当前的文学创作，实在是太精到不过了。在文学作品中，在面对媒体时，很多作家显示出了道德上的光亮，乡村作家，就采菊东篱下，悠然见南山；城市作家，就出淤泥而不染，不为五斗米折腰。那清洁完美的书生形象令读者仰慕不已。然而，这种高尚不过是一种“虚设”，生活中，他们庸俗透顶。一边吃肉一边抱怨肚子饿，一边乐呵呵地抱着儿子一边恶狠狠地骂娘，一边为了爬官而频频递交入党申请书一边大肆赞扬西方的制度。我们不忍心说这些作家虚伪，因为创作和生活有时候是不能画等号的，大兴文字狱的皇帝，在后花园里也会兴致勃勃地铺开宣纸呢。但是，在很大程度上我们可以认为这些作家是“分裂”的，他们在欺骗着自己的内心，他们所持重的道德优势只是在为自己的名利挣工分，是一种博取眼球的幌子而已。因此在我看来，五十六个“断裂”问卷的答复者鱼龙混杂，里面有不少值得尊敬的知识分子，也存在着一些表面清高而内心庸俗的“岳不群”。

值得欣慰的是，活动的发起者韩东和朱文一直坚守初衷，对权势和名利不追逐、不妥协。无论结果如何，他们在人格上的独立值得敬重。

几个选本

韩东的作品我能记住将近十首，与海子、西川等人数目相仿。《温柔的部分》《我们的朋友》《明月降临》《有关大雁塔》《你见过大海》《在深圳的路灯下》《你的手》……都是一个时代具有标志性的产品。我相信自己一定受过韩东的“恩惠”，那是 1990 年到 1994 年间，我还在四川都江堰学习写诗。在那两年间囫囵吞枣地阅读了几乎所有能够找到的现代诗作品，于坚、韩东的作品因为其文字上的随和而迅速博得我的好感。用柏桦的诗歌来表达，是“呵，我得感谢你们，我认识了时光”。我曾在一篇文章中提起过“第三代诗人”的口语诗对我的影响，但相信者寥寥，他们认为，我的方向与“口语”南辕北辙。读者的怀疑可以理解，因为我当年的那些幼稚之作一直没有胆量拿出来，而且很快就转向了。

最早阅读到韩东的诗歌应该是在一本诗歌选上，即《青年诗选 1985—1986》，中国青年出版社 1988 年出版，收录了韩东、于坚、廖亦武、刘立云、简宁等人的作品。我记得那么清楚首先是因为在上世纪 80 年代，中国青年出版社出版的这一系列诗歌选非常受读者的欢迎；其次，在读到这一系列图书时，我正与诗歌进行着疯狂的“恋爱”。周涛的《野马群》就是在这本书上读到的，读得我心潮澎湃，我不仅将它抄在笔记本上，还兴致勃勃地向一个玩得极为要好的同学推荐，可惜那位同学对文学毫无兴趣，只“友情支持”式地淡淡地瞟了一眼，没有作声。后来我读到布罗茨基的《黑马》，总会想起周涛的《野马群》，尽管两者的风格和内容毫不相似。再后来，诗人们似乎不约而同地产生了一种向力与美致敬的爱好，以马、虎、豹为题材的作品蔚然成风，我自己也写了一首《野马》来凑热闹。说来好笑，当时我根本不知道野马为何物，对这种动物所代表的力、美与速度也理解不深，写下那样一首诗，无非是一个心智尚未成熟的诗歌爱好者向前行者表达敬意的一种方式而已。

大仙的《听蝉》也是在那一时期读到的，似乎是在南开大学出版社出版的一本名为《朦胧诗后——中国先锋诗选》的选本里。那种空灵、静谧中的禅意令人向往：

下午的寂静在林子的空地上漫起来了
这个下午的风在我的掌中一动不动
我默默地和石头坐在一起
四周全是我不同姿势的影子

这蝉声就在这时候响起了
这蝉声从半空里轻轻落下
轻轻拂响我的影子
我那揣着风的手也张开了
要把这声音合进手掌

这蝉声在我的手心里
通过全身
和我的呼吸同在一个时间
回到树上
这蝉声浓浓地遮住了我
一遍一遍褪去我身上的颜色
最终透明地映出我来
哦，我已是一个空蝉壳

《听蝉》创作于1986年夏天，因为这首诗，我在很长的一段时间里仍对“大仙”这个名字念念不忘。遗憾的是，这个优秀的诗人后来长时间没有再提起诗笔，2009年，我读到他的一些新作，原本的那种从容和安静已经丧失殆尽。这样的诗歌，如同大仙的一首新作的标题“让我们返回世俗”，语句短促、直接，切入现实的成分增加，却无多少可供人回味的内涵。试看这首 2009 年 6 月写的《不做爱》：“跟你不做爱，人生没交代 / 跟你想做爱，结果你不来 / 跟你缓做爱，又怕你太快 / 跟你去做爱，突然想悔改。// 我其实不在乎未来 / 我其实挺看重现在 / 我其实想有一天跟你做爱 / 我其实想跟你造就个后代 // 跟你做完爱，爱更失败 / 跟你不做爱，爱更惨白 / 做不做爱比做不做人都难 / 做不做人比做不做爱都坏 // 我其实想跟你去表白 / 我其实想睡在你心怀 / 我其实想解开你的衣带 / 我其实厌倦了这种状态”。这首诗，粗俗、直白，即使作为摇滚歌词，也是极为拙劣的。再看《让我们返回世俗》的前几句：“让我们返回世俗，拉开架势，准备喝酒 / 让我们辞退白天，迎战夜晚，了却恩仇 / 这个时代的痛苦，已被茫然贯透 / 这些盲目的自由，已在网络玩够”。读到这些句子，你想象得出这是曾经写过《听蝉》的诗人创作的吗？

我在四川都江堰市图书馆借到了《青年诗选 1985—1986》，以及《朦胧诗后——中国先锋诗选》等一批诗歌选本，读到了江河的《太阳和它的反光》，王家新的《中国画》，韩东的《美好的日子》《温柔的部分》，于坚的《作品 39 号》，顾城的《早晨的花》，廖亦武的《死城》，西川的《起风》《体验》等作品。这些诗歌给我的冲击力，现在回想起来，简直难以置信。我不知道我的身边竟然还有这样的诗歌，在此之前，我所习惯的是余光中的《乡愁》和席慕蓉的《七里香》啊！这一系列诗选，在我个人的阅读史中，起到了一种“造神”的作用，从那时候起，“朦胧诗人”和“第三代诗人”同时涌入我的记忆中，成为我个人的诗歌太空中一颗颗闪闪发光的星座。后来，每次在《诗歌报》和《诗神》上看到于坚、西川、韩东、王家新等人的名字，我都会兴奋不已，我已经不把他们当作普通的诗人，而是作为崇拜的偶像来看待了。包括这些诗人发表的不算出色的诗歌，当时也爱不释手，甚至情不自禁地进行模仿。而对于唐晓渡、程光炜、陈超、燎原等批评家的好感，也是在那几年建立起来的。

和现在的一些诗选类似，《青年诗选 1985—1986》之类的选本在发表诗人的组诗的同时，还配发简介和照片。在我的印象中，韩东当时留着大胡子，显得粗犷而威猛。以至于 1995 年见到韩东，我还惊讶于他怎么如此清瘦而且面色白皙。而当我和他提起时，韩东很惊讶地说："那不可能，我从来没有留过大胡子！"后来我才知道自己的记忆出了偏差，把韩东和廖亦武的形象调换了。

的确，有很长一段时间，韩东的形象和作品都让我放心，甚至有些敬畏，其短诗之优异，完全可以以一当百。短诗《你的手》自发表之日起，就一直是我的至爱：

你的手搭在我的身上
安心睡去
我因此而无法入睡
轻微的重量
逐渐变成铅
夜晚又很长
你的姿态毫不改变

这只手应该象征着爱情
也许还另有深意
我不敢推动它
或惊醒你
等到我习惯并且喜欢
你在梦中又突然把手抽回
并对一切无从知晓

2008年4月，当我在中国人民大学听到韩东的朗诵，禁不住和在场的数百个听众一同为诗中的真情而感动。这首诗很简单，无须逐字逐句进行解释，这与韩东的一贯的诗歌取向相符。我不知道这是不是韩东现实生活的某个片段写照，但这种朴素与真诚扎扎实实地影响了读者的情感，诗人由此获得了一种温柔敦厚的形象。

事实上，韩东的很多诗歌都能够给人以这样的令人放心的感觉，比如《我们的朋友》《温柔的部分》《美好的日子》等，它们与《你见过大海》《有关大雁塔》等的刁钻、机智截然相反，让读者看到韩东的另一面。作品意韵的丰富性，也许是促成韩东写小说也能够得心应手的一大功臣。

但总的说来，随着自己的写作兴趣日益浓厚，对诗歌开始有了自己的见解之后，我就意识到自己的兴趣与口语诗的分裂，我更亲近西川、欧阳江河、王家新、石光华、周伦佑乃至叶舟、大解、张执浩等人，于坚、韩东对我的作用日益减小。毕竟叫一个涉世不深的写作者去进入生活内部，用最简洁的文字形成意韵万千的诗歌，若非大才，显然是一项不可能完成的任务，而一个年轻人抒情、组织一些飘忽而优美的文字，却相对要容易得多。因此，1995年见面，韩东或许是真诚或许仅仅是出于礼貌而叫我将二十首诗给他主编的《他们》，我没有答应。我当时的理由是自己的风格和“他们”不甚符合。其实我是在心虚，我担心我的那种抒情风格正好是韩东所认为没有前途的写作，因此不敢拿出来丢人现眼，以免倒了人家的胃口。

听韩东唱歌

我说过，我和韩东没深交，但有意思的是，我们每年都能“见面”一两次，有时候是在现实生活中见面，更多的是在纸上相遇。最近一次“见”韩东，是在2010年第一期的《花城》上，韩东的长篇小说《知青变形记》作为头条在这个刊物上发表，而我的长篇随笔《我们一辈子的奋斗，就是想装得像个人》忝列其中。有意思的是，这篇文章写的是韩东的老朋友于坚。

而第一次见到韩东，是二十几年前了。

1995年秋天——具体日期已记不清——韩东赴广州开会，会后到南宁看望与他同时受聘于广东省青年文学院的作家东西和多年好友李冯，接着便有了桂林之行。

在动身的前一天，李冯在电话中告诉我他将陪韩东来桂林的消息，因此次日下午见到韩东时，除了惊讶于他的个头比想象中的瘦小，我没有更多的意外。等韩、李二人安顿下来，我拨通了作家鬼子的电话。不久后，几个人在我们报社后门的球迷酒家内围坐下来。

当时的桂林市的餐馆似乎有个不成文的习惯——在大厅里设有免费或廉价的卡拉OK，不知道是不是因为这一设施可以吸引顾客来就餐而且食客唱歌之后能够喝更多的啤酒。天色渐暗，食客们纷纷翻开歌目本，寻找各自喜欢的歌曲。韩东和李冯一看到邓丽君的名曲《美酒加咖啡》，便迫不及待地写下来。据李冯说，这是他们的保留曲目，每一次聚会都要唱。韩、李多年前相识于南京，当时李冯还是一个热爱文学的大学生，而韩东早已是全国知名的诗人了，两人一见如故，相识不久便混得烂熟。韩东反复地说还要唱一曲《恋曲1990》，这是一首90年代初期风行大江南北的歌曲，罗大佑的经典。遗憾的是天不遂人愿，翻遍几本歌单都没有找到，最后韩东选了一首《黄土高坡》。

很快，《美酒加咖啡》熟悉的旋律洒遍了球迷酒家的每个角落，客人们时不时朝大屏幕扫一眼，又望望正忘情高歌的韩东和李冯，有的人脸上还挂着似笑非笑的表情。我笑着对鬼子说：本是一个小女子莺燕软语的小调，由两个粗犷的男低音演绎，竟也别有一番风味。

待鬼子那颇富民族风格的《笑脸》和我的半洋半土的粤语歌曲《再见亦是泪》结束，《黄土高坡》高亢的唢呐喧然响起。韩东再次登台。也许这是一首专为女高音歌唱家创作的曲子，像韩诗人这样的男低音实在难以很好地把握，于是在唱到“还有我的牛跟着我”这一句时，人们便看到这家伙把麦克风往桌上一搁，若无其事地走下来，和先前一样有一句没一句地聊天。

那一次见面，负责《漓江》杂志的鬼子同韩东敲定了一个合作项目：1996 年以后的《漓江》每期推出一个人的诗歌，由韩东负责组稿并撰写推荐语。这个栏目后来成为《漓江》颇具特色的栏目，印象中韩东发表过小海、鲁羊、杜马兰、刘立杆等人的诗歌。那两年的《漓江》声誉鹊起，其中有鬼子花费的巨大心血，韩东可以说也功不可没。遗憾的是由于经济原因，《漓江》于 1997 年宣布停刊，改成了一份“走市场”的普通学生读物，后来又改成了一份更为市场化的《烟酒茶》杂志。再后来，据说仍然亏本，这个刊号最终用于何种刊物，可能文学界再也不会有什么人关心了。

从 1998 年开始，韩东转而介入湖南的《芙蓉》杂志的改版工作，不仅组织了一大批稿件，还从栏目、作品到刊物整体形象都进行了大幅度更改和定位，使一个原本平庸而默默无闻的文学刊物大放异彩。从 1998 年到 2001 年左右的《芙蓉》，是国内很多青年作家最向往的圣殿。

韩东离开桂林后，我写了一篇题为“听韩东唱歌”的印象记在本地小报发表。我想韩东根本不会在乎这些，所以连样报也没给他寄，他自然也就无从知晓。这样挺好，为我日后的继续“观察”保留了一个合适的距离。

只要一想起一生中后悔的事，梅花便落了下来

这是我钟情的第十个月

我的光阴嫁给了一个影子

我咬一口自己摘来的鲜桃，让你

清洁的牙齿也尝一口，甜润得

让你也全身膨胀如感激

—— 张枣《何人斯》节选

张枣，1962 年 12 月生于湖南长沙。1986 年 9 月起旅居德国，2006 年 11 月回国。相继在德国和中国的几所高校讲授诗歌课程。著有诗集《春秋来信》，译著《最高虚构笔记》（合译），编有《空白练习曲》《黄珂》等。2010 年 3 月 8 日病逝。病逝后，人民文学出版社出版了《张枣的诗》。

在我笔下重点出现过的诗人，除了顾城和海子，大部分我都见过面；少数没见过的，也有书信和电话联系。但我没有见过张枣，也和他没有任何书信交流。他成名时，我还是一个小学生；我接触到他的作品时，他已经出国多年。2006 年冬天，得知张枣回国任教，我欣喜万分，以为日后终将有碰头的机会，而且说不定还会有一些共同语言，毕竟我们有一些共同的朋友，毕竟我们都正当壮年。我甚至设想见面会在什么样的场合，会聊一些什么样的话题……可是，这一切如同影片里的台词：我什么都想到了，却没想到会有这样的结局。

张枣，“朦胧诗”以后最有才华的诗人之一，2010 年 3 月 8 日凌晨因肺癌在德国去世。

最初的诗歌道路

在张枣看来，他走上诗歌道路，首先来自家庭的影响。张枣十岁左右的时候，因为外公、爷爷都是“右派”，父母外放，所以跟在汽修厂上班的外婆一起生活了一段时间。外婆是一个诗歌爱好者，喜欢杜甫和白居易。一本《白居易诗选》读了很多年，被翻烂了也舍不得扔，一直锁在装粮票和钱的柜子里。

小孩子晚上睡觉一般会踢被子，幼年的张枣自然不会例外。有一天早晨，外婆看着被外孙在夜间踢得七横八歪的被子，感叹道：真是“娇儿恶卧踏里裂”啊。那时候的张枣还弄不明白杜甫这句诗的意思，但他本能地喜欢“娇儿”这个词，觉得这句诗很生动地表达了自己和外婆之间的关系。怎么连踢被子这样一个日常动作也能变成优美的诗歌呢？张枣“一下子感到世界的不一样，体会到了诗的愉悦”。

不仅外婆喜欢诗歌，家里其他人都爱诗，诗歌时常出现在家人的话题中，而且，张枣的父亲本身就是诗人，常常用俄语朗诵诗歌，张枣对普希金的了解就来自父亲。

张枣的诗歌处女作写于“文革”后期。当时全国都流行写民歌一样简单直露的“新诗”，张枣也跟着写了几句，想不到竟然得到了《湖南日报》一个老编辑的鼓励，于是又一口气写了好几首。张枣第二次创作的是一首讽刺诗。当时班上有个同学，成绩很差，大家都认为他笨，一次，数学老师写了一首诗讽刺这个同学。张枣看不过眼，便也写了一首讽刺诗送给老师，弄得老师哭笑不得，从此改变了对那个学生的态度。此事对张枣触动不小，也一直为张枣的父母津津乐道。（以上故事详见颜炼军：《“甜”——与诗人张枣一席谈》）正是通过家庭的熏陶和学校的“实践”，张枣慢慢地喜欢上了写作。当然，这些作品都不可能存留下来。

1978 年，张枣考入湖南师范大学外语系少年班，成为恢复高考时的第一届大学生。在学校里，张枣开始了比较正式的诗歌写作，并很快成为校园“文学名人”。和当时几乎每一个有追求的诗人作家一样，张枣在读大学时，对课外书籍的兴趣可以用“饥渴”来形容，无论是古代经典还是现代作品，中国书还是外国书，逮到什么就读什么。每一个周末都是同学们的节日，因为他们可以从学校聘请的外籍教师家里获得外文经典著作。张枣曾经在一个老师家里借到一本英文版的《第二十二条军规》，当时这本书还没有中译本，以至于把这本小说读完后很长一段时间里，都弄不清楚书名是什么意思。

虽然在学校里发展得不错，但张枣感到自己很孤独，觉得自己在那片土地没有知音。大学快毕业时，张枣产生了离开湖南的念头，便顺理成章地参加研究生考试，被四川外语学院录取。

你又带来了什么消息，我和谐的伴侣

直到今天，仍有很多人以为张枣是四川人。引起这个误解，可能是因为张枣到四川读书后才获得全国性的影响，并与柏桦等四个四川诗人一同被命名为“四川五君子”之一。事实上，张枣1962年12月出生于湖南长沙，本科毕业后，才考上位于重庆的四川外语学院的英美文学专业研究生，开始成为一个“四川人”（当时重庆还属于四川省管辖）。

江湖上曾有传闻，说1983年张枣从长沙前往重庆读硕士时，闹过一个不大不小的笑话：他在出发前听说重庆是山城，坡多路陡，市民出门时都会背着背篓，于是将行李放在一个竹篓里背到重庆。孰料下车一看，除了他自己，没有任何人背竹篓。面对满街诧异的目光，这个二十一岁的年轻人窘迫得满面通红。

张枣最亲密的诗友、“朦胧诗”后中国代表诗人之一的柏桦至今仍记得与张枣第一次见面时的情景。那是 1983 年 10 月，柏桦刚刚从中国科学技术情报研究所调到西南农业大学任教，张枣也刚从长沙考上四川外语学院英语系研究生。在高中同学武继平的介绍下，柏桦与张枣相识。

柏桦回忆说，那天下午，两人一见面，张枣就从凌乱的枕边掏出一页诗稿，朗诵给柏桦听。那是张枣献给他在长沙读书时的女朋友的一首诗，标题似乎叫“娟娟”，诗歌中的一个意象“电线”令柏桦印象深刻。柏桦听着听着，觉得张枣的诗歌风格与自己有些相似，于是神情有些恍惚。而张枣的朗诵也很快停了下来——他找不到余下的诗稿了。“我很矜持地赞扬了几句，但对于他和我的诗风接近这一点，我还不太情愿立即承认。他的出现，我感到太突然了，潜藏着某种说不清的神秘意味。‘得迅速离开。’我的内心在催迫。这次见面不到一小时，我就走了，后来他告诉我，他当时既觉遗憾又感奇怪，这人怎么一下就走了。”（柏桦：初识张枣》）

据张枣回忆，两人第一次见面的情景是这样的：“我第一次见柏桦，是由一个学日语的朋友介绍的。我们见面时彼此都出示自己的作品。他给我看的作品好像叫《震颤》，我一看就知道他在写什么，他在写怕，而且写的是怕鬼。我马上指出来，这是一种超现实主义的搞法。我念的一首诗叫《危险的旅程》，非常乱的一首诗，这首诗当然后来被我扔掉了。他马上问了一个非常简单但很内行的问题：‘你是先想好再写，还是语言让你这样写？’我说是语言让我这样写下去。他说这与他一样。因此我发觉我们是同志：寻找语言上的突破。”（颜炼军：《“甜”——与诗人张枣一席谈》）

也许是年长日久的原因，这两份回忆，内容有一些出入。我拿不准谁的回忆更为可信，我专门查阅过《娟娟》一诗，找不到“电线”这个词。不过，张枣早期写的《四个四季·春歌》的副题是“献给娟娟”，而且诗中有一句“沿长长的电话线升起虚织的圆圈”，或许张枣当时朗诵的就是这首？而张枣所说的《危险的旅程》，长达两百行，不大可能在第一次见面时朗诵那么长的诗。

随后，柏桦把张枣介绍给朋友彭逸林，而自己则因为种种琐事而淡泊了与张枣的交往。直到半年后，两个人才建立起真正的友谊。

那是 1984 年 4 月的一个下午，柏桦看见彭逸林和另一人出现在家里黑暗的走廊上，便大声问道：“张枣来了没有？”

另一个人正好是张枣。

半年不见，两人变得异常亲密，毫不生分。于是彻夜长谈，第二天才发现，烟头撒满一地。

那个晚上，张枣兴奋地写下了“绝对之夜”四个大字，并在这几个字下面画了三道横杠。

两个人开始疯狂地写诗，交流。张枣每写完一首诗，就立即放下手里所有事情，从四川外语学院坐汽车到四十公里外的西南农业大学，见面后一谈就是通宵。柏桦写了新作，亦是如此。两人的知心到了什么程度？用张枣的话说，是："你写的任何东西，任何一个思绪、一个隐喻，他都知道你想干什么，这是非常令人吃惊的，简直吃惊到可怕的程度。"

交往的细节出现在张枣的诗歌《秋天的戏剧》中。《秋天的戏剧》全诗分为八个部分，以"我"为叙述主体，讲述"我""你""他""她""他们"之间的种种交往、臆想、理解和潜在的冲突。其中第六节和第七节谈及两人的交往：

> 你又带来了什么消息，我和谐的伴侣
> 急躁的性格，像今天傍晚的西风
> 一路风尘仆仆，只为一句忘却的话
> 贫困而又生动，是夜半星星的密谈者
> 是的，东西比我们富于耐心
> 而我们比别人更富于果敢
> 在这个坚韧的世界上来来往往
> 你，连同你的书，都会磨成芬芳的尘埃

《秋天的戏剧》是张枣诗歌中的异类，它真诚、朴素，娓娓道来。不像早期的《何人斯》《镜中》那么华美而讲究传统韵味，也不像后来的《云》《边缘》等作品那么晦涩，似乎有意考验读者的领悟能力和阅读耐心。它有戏剧性，却不故弄玄虚故作高深；有叙事性，却不流于低俗和肤浅，避免了"大白话"的危险。六个人称转换自如，如同六出洗练而精彩的戏剧。人生的奥妙、世事的沧桑尽现于字里行间。正是因为《秋天的戏剧》这样的作品的存在，张枣才避免了被指责为“风格单一”，才能在“知识分子写作”与“民间立场”之外，与柏桦、翟永明、王寅等一起占据属于自己的广阔空间。

不久后，欧阳江河到重庆西南师大演讲，在私下聚会时，向张枣和柏桦展示了他刚完成不久的长诗《悬棺》。这首长诗令张枣和柏桦深深震动，他们认为，欧阳江河会成为庞德那样博杂的诗人（但这一次他们看走眼了，一年之后，欧阳江河就改变了自己的风格）。三个年轻人在诗歌道路上相互扶助，相互挑刺，堪称当时重庆青年诗歌界关系最为紧密的小团体。

在柏桦的介绍下，张枣结识了翟永明和钟鸣，后来，柏桦、张枣、欧阳江河、钟鸣、翟永明被人合称为诗坛“四川五君子”，名扬全国。

尽管才华横溢，诗歌的尊严和力量仍然受到了挑战。在湖南读书时，张枣交了一个女朋友。这个女孩也是个文学青年，他俩在同一所大学读本科，但在她大学毕业后不久，两人就分手了。分手的一个重要原因是，她喜欢上了一个做生意的男人，她认为，跟这个男人在一起玩很轻松，不像跟诗人作家在一起时那样沉重。

女友的分手理由让张枣很纳闷，在他看来，当时读研究生的他收入并不低，每个月有五十元的生活补贴，比学校的助教还高。而且在80年代，作为一个诗人是十分荣耀的事情，是社会的精英呢。当然，后来社会发展的潮流证明了那个女孩子的价值取向的超前性。进入90年代，诗歌被迅速边缘化，小说、影视等叙事文体开始凸现其影响力；精神的力量也日渐减弱，金钱在世俗生活中占据了举足轻重的地位。无须刻意证明，每到周末，去高校女生宿舍楼下数一数轿车的数量就行了。

只要想起一生中后悔的事……

读张枣的诗歌我总是情不自禁地想起顾城，那个绝代天才，他对文字有异于常人的天生敏感，他的诗就像用手指轻拂丝绸，让你产生一种难以言说的舒适，即使他的本意是要表现并不“舒适”的诗意。当然，张枣的诗歌风格与顾城差异很大，他们的相似只表现在才华上。在风格上，张枣某些作品与陈东东更为接近。关于这一点，后面会提到。

张枣的才华，曾被无数诗人和读者高度推崇。1993 年出版的“朦胧诗”以后中国诗歌的经典选本《后朦胧诗全集》，将张枣列在从 80 年代初至 1993 年这段文学史中“最富成果和影响的七十三位诗人”（选编者言）的第二位。该书收录了张枣的四十四首诗歌，在数量上与韩东、王寅并列第三，其地位之高，由此可见一斑。许多著名诗人对张枣的作品给予了极高的评价。翟永明说，第一次看到张枣的诗，就觉得非常特别，有一种既现代又传统的气质，像这样带有中国古典气质的诗歌在国内不多见。北岛则表示，国内的诗人中，他最欣赏的就是张枣和柏桦。钟鸣的评价与北岛相似，他认为，这个时代没有败作的诗人，只有柏桦和张枣。而诗人王寅在回答另一个诗人杨子的“对哪些诗人印象比较深刻”的提问时，避开了“哪些”这个复数词汇，而只列举了张枣一个人："张枣一看就知道非常聪明，虽然我没有跟他见过面。"

令人意外的是，包括写口语诗的韩东，在读了张枣的作品后，也给予了高度认可。韩东认为，这些诗歌，"传统文化的材料零星散布其间，当你把它们作为路标举步向前时，却来到了一个完全陌生的地方。而当我们跟随张枣在异国旅行，经过的竟是中国式的九曲回廊。……张枣并不简单地排斥什么，或张扬什么。他的融合能力是显著的，转向传统文化遗产使他的写作多出了一个层次，视野因此更加开阔"。（《第二次背叛：第三代诗歌运动中的个人及倾向》）

关于张枣在四川时的巨大影响，柏桦有更形象的描述："在当时的四川诗歌界，尤其是在各高校的文艺青年心中，（张枣）有着几乎绝对明星的地位。他非常英俊，1983 年的英文研究生，二十二岁不到就写出了《镜中》《何人斯》，而且谈吐有一种奇异的吸引力，他那时不仅是众多女性的偶像，也让每一个接触了他的男生疯狂。他在重庆度过了他人生中最耀目的三年（1983—1986），那三年至今让我想来都心跳加快，真是色飞骨惊的岁月呀。"在柏桦看来，张枣显出的诗歌天赋"过于罕见"，其"化欧化古"的诗风，堪称卞之琳再世，"但在颓废唯美及古典汉语的'锐感'向现代敏感性的转换上又完全超过了卞先生"。因此，由于他的早逝，我们对于现代汉诗的摸索和评判可能会陷入某种困难与迷惑，"张枣给我们带来的损失，至少目前还无法评估"。

创作于 1984 年 9 月的《镜中》无疑是张枣流传最广、影响最深远的作品，短短十二行，情感容量丰富异常——

只要想起一生中后悔的事
梅花便落了下来
比如看她游泳到河的另一岸
比如登上一株松木梯子
危险的事固然美丽
不如看她骑马归来
面颊温暖，
羞惭。低下头，回答着皇帝
一面镜子永远等候她
让她坐到镜中常坐的地方
望着窗外，只要想起一生中后悔的事
梅花便落满了南山

与韩东的《有关大雁塔》、李亚伟的《中文系》、胡冬的《我想乘一艘慢船到巴黎去》等诗歌一样，张枣的《镜中》也是中国“第三代”（或“后朦胧”）诗歌选本的必选之作。从某种意义上来说，《镜中》就是张枣的名片，甚至是张枣的代名词，二者之间可以互换——只要向一个对中国新时期诗歌稍有研究的读者提起张枣，他首先想到的必然是《镜中》；提起《镜中》，无人不知道是张枣的作品。

《镜中》也是张枣本人最为珍视的作品之一，我注意到，凡是与张枣有关的诗集或者选本，这首诗都会被排列在最前列，比如《后朦胧诗全集》，将《镜中》排在第二位，仅列于另一首名作《何人斯》之后，而张枣生前唯一在国内出版的诗集《春秋来信》，则直接将《镜中》排在第一位。

从诗歌的结构看，《镜中》可分为三个部分。第一部分是前两句：“只要想起一生中后悔的事 / 梅花便落了下来”。这是一个总括。接下来的第二部分（从“比如看她游泳到河的另一岸”到“望着窗外”）则提供了细节：游泳到河对岸、登松木梯子、骑马、脸红、羞惭、低头、照镜子、望窗外……所有这些表情和动作，指向了一种优雅而又单纯的生活。第三部分是最后两句：“只要想起一生中后悔的事 / 梅花便落满了南山”。这一部分粗看像是对第一部分的重复，仅仅是将“梅花便落了下来”变为“梅花便落满了南山”而已，但对于整首诗来说，意义重大。首先，“梅花便落了下来”，有一种漂泊无依、漫无边际的感觉，如同一张情感的巨网，起笔就将读者牢牢地罩住。而“梅花便落满了南山”，出现了一个目的地：南山，使无所归依的情感找到了去向。但事实上，“南山”本来就是一个不确定的词汇，如同蓬莱仙境，只在传说中存在，因此，这种看似完美的“归宿”，实际上仍然是虚幻的，无法实现的。

在那个凡事都要问“为什么”的年纪，我一直在傻傻地琢磨这首诗的“中心思想”，但均无功而返。好像它什么都表达了，又好像什么都是惊鸿一瞥，稍纵即逝。在这个意义上，张枣是国内罕见的“不在乎意义”的诗人，更是一个“不关心政治”的诗人。他的几乎所有诗歌，都避开了中国诗人常见的政治主题，而是只关心语言和文字。如此取向无疑会令习惯于寻找“意义”的读者迷惘，觉得难以进入。张枣在普通读者中的影响不如另一些诗人，这应该是其中一个原因。其实，时代发展到今天，文学的定义已经大大丰富，有的诗歌本身虽不能为读者提供什么切实可感的东西，但如果它留下的空间可以由读者按照自己的学识和经验去填补，何尝不是一种存在方式？

当然，如果一定要说出个子丑寅卯，我们可以把它当作对美的膜拜与思考，或者对理想生活的描绘与憧憬。而我更倾向于另一种解释：一个过去年代的书生对着镜子回想起往事时的怅惘与懊悔，他“望着窗外，只要想起一生中后悔的事 / 梅花便落满了南山”。

《镜中》是张枣在与柏桦等人相识后，对诗歌最痴迷的情况下写出来的。据刘晋锋《80 年代是理想覆盖一切》一文介绍，有一段时间，柏桦每次写了诗歌，都会去找张枣。到了张枣的宿舍门口，就大吼一声：“老子的东西来了！”张枣自恃才华如流水滔滔不绝，所以对自己的作品也不怎么在意，写了新作就丢在地上，柏桦也兴致勃勃地在地上找，不厌其烦。他们甚至像永动机一样，三天三夜连续不停地谈论诗歌，话题竟然也不见枯竭。

1984 年初冬的一个黄昏，张枣拿着两首刚写出不久的诗歌《镜中》《何人斯》来到柏桦家。张枣对《镜中》没有信心，但对《何人斯》却很自信。而柏桦读了，却异常激动，认为这两首诗将会传遍大江南北。后来的事实证明了柏桦的眼光，这两首诗，奠定了张枣作为一个著名诗人的声誉，“他的诗风在此定型、线路已经确立并出现了一个新鲜的面貌”；更重要的是，“这两首诗预示了一种在传统中创造新诗学的努力，这努力代表了一代更年轻的知识分子诗人的中国品质”。（柏桦：《左边：毛泽东时代的抒情诗人》）的确，《镜中》弥漫着一种柔和、温婉的古典情境，但它的语言和叙述又是现代的。二者的结合，创造了一种新颖迷人的艺术空间。据说有人读了此诗竟然忍不住手淫。当然，这是未经考证的传闻，但足以证明张枣诗歌对读者的“勾引”。

柏桦说，最初，张枣把“低下头，回答着皇帝”一句中的“皇帝”二字删去了，他则认为这两个字是这首诗的灵魂，不能删，张枣便依了他的意见。

张枣喜欢修改自己的作品，许多诗歌都经过反复修改。现在看来，柏桦读到的“把‘皇帝’二字删去”的这个版本，可能只是《镜中》的众多版本之一而不是最初的版本，因为据张枣去世后柏桦本人向媒体提供的《镜中》手稿，“皇帝”二字并没有删除的痕迹，而且这份手稿与目前流传的版本有不小的区别，“比如看她游泳到河的另一岸”原文没有“看她”二字；“比如登上一株松木梯子”一句，最初为“比如看见一双比雪片更遥远的眼睛”，后来删减为“比如看见雪片”，最后才定稿为“比如登上一株松木梯子”；“不如看她骑马归来 / 面颊温暖，/ 羞惭。低下头，回答着皇帝”一句，在原稿中是“不如……/ 羞惭。低下头，回答着皇帝 / 看她骑马归来”（省略号处原本有一句话，但被涂抹得模糊不清）。这还不算什么，据说张枣写《何人斯》的初稿仅用了不到三十分钟，写好后却修改了近三百次！

1986 现代诗群体大展

我曾经在一篇文章里下过结论，认为 1986 年是中国诗坛最为热闹的一年。一方面，“朦胧诗人”达到了他们诗歌生涯的顶峰；另一方面，“第三代诗人”冲出重围，集体走上前台，成为主角，中国诗歌从此掀开新的一页。

然而，正是在这样的好光景中，这一年9月（也有材料说是这一年七八月间，因未能找到更多的当事人求证，本文姑且采用前者），作为“第三代诗人”的中坚的张枣却悄然出走西德，开始了长达二十年的异国行旅。

就在张枣离开祖国一个月后，1986年10月下旬，“朦胧诗人”徐敬亚和“第三代诗人”孟浪等以《深圳青年报》和安徽《诗歌报》为依托，发起声势浩大的“1986现代诗群体大展”，推出了“他们”“非非”“整体主义”“莽汉主义”“极端主义”“新传统主义”“撒娇派”“大学生诗派”等近百个群体，后来在诗坛上享有大名的大部分青年诗人都以各种名义参加了“大展”。出国仅一个月的张枣，与当时居住在美国的严力、居住在瑞典的张真、居住在香港的廖希等一起，被主办者列入“现身在海外的现代诗人”一栏参展，参展作品《四个四季·夏歌——献给娟娟》发表于《诗歌报》1986年10月24日第四版：

初夏的风开始独立你该会多么愉快地笑
我有时真怕你笑怕你变成一个纯粹的笑离我越来越远
你要向我证明你只是一个平面
我便透过你去湖泊你躺下便是月亮
你看见我被你映照我的表情行云一样安宁

我不准你挪动你不要颤抖让嘴唇也构起一个隆重的边缘

多好呵我真喜欢你透明尽管你离得远远
你量量我你量量你叫你我一起听风
风说了许多把夏天注得盈满
路标也说了许多话主要说我们一走动就会长大

我不要让黑暗惊起你尽管你的眼眸比夜色忧郁
不知你为何啜泣呵身上落满白雪花亲爱的
我要你一动不动如一个方向离我远远的
哪怕日子一丝丝逝去填入季节的死角里
我们等候吧你坐下像一朵水仙花放进我的平面
你不能走动呵你是个平面路上会有荆棘

《四个四季·夏歌——献给娟娟》应该是张枣最初的诗歌习作之一，现在，如果将作者的名字捂住，也许不会有人猜想得到它出自张枣之手。缺乏节制的长句、星星点点的感叹词、浅薄平俗的诗意、随处泛滥的情感……学生作文易犯的毛病，从这首诗里都能找到。因此，为了写这篇文章，我翻箱倒柜，从收藏多年的“两报大展”资料中翻看到这首诗时，百思不得其解——早在“大展”前两年，张枣就已经写出了《镜中》《何人斯》等天才之作，为什么偏偏以这一首相当幼稚的诗歌参与？是因为当时身在国外，没有来得及提交自己的新作？是朋友临时代为投稿，还是他虽然投寄了多首作品，但编辑恰好看中了这一首？

我注意到，人民文学出版社2010年出版的《张枣的诗》中，这首《四个四季·夏歌》对原版进行了一些改动，主要是把第二行的“越来越远”改成了“越来越近”，最后一节的“白雪花”改成了“白梨花”，但这些改动并没使此诗质量提高。

在“大展”专号上，徐敬亚专门为“现身在海外的现代诗人”专栏写了一则简短的“编注”：“这几位身在海外的现代诗人，前几年在国内时均热心参与中国现代诗的建设，现仍与大陆诗歌朋友保持诗的交流。这是中国现代诗的海外触角。贝岭说，这是几年前所没有的。故编选。”通过这段文字，我们似可得出这样一个结论：“大展”操持者最为注重的不是诗歌的质量，而在于推出一拨与“朦胧诗”不同的新生力量。平心而论，这个出发点并没有错，时至今日，我们甚至可以说徐敬亚等人高瞻远瞩，在那样一个山雨欲来的时候，“这首诗”和“那首诗”的区别远不如将一代人轰轰烈烈地推到前台重要。当然，无论如何，对于喜欢张枣诗歌的读者而言，不以《镜中》《何人斯》《灯芯绒幸福的舞蹈》等诗歌参加“大展”，都是一大遗憾。

我们试来看看那个时期完成的杰作《灯芯绒幸福的舞蹈》：

“它是光”，我抬起头，驰心
向外，“她理应修饰。”
我的目光注视舞台，
它由各种器皿搭就构成。
我看见的她，全是为我
而舞蹈，我没有在意

她大部分真实。台上

锣鼓喧天，人群熙攘；
她的影儿守舍身后，
不像她的面目，衬着灯芯绒
我直看她姣美的式样，待到
天凉，第一声叶落，我对

近身的人士说：“秀色可餐。”
我跪下身，不顾尘垢，
而她更是四肢生辉。出场
入场，声色更达；变幻的器皿
模棱两可；各种用途之间
她的灯芯绒磨损，陈旧。

天地悠悠，我的五官狂蹦
乱跳，而舞台，随造随折。
衣着乃变幻：许多夕照后
“东西会越变越美。”
我站起，面无愧色，可惜
话声未落，就听得一声叹喟。

《灯芯绒幸福的舞蹈》共有两部分，因为篇幅关系，上面引用的是第一部分。这一部分，描述的是一种朦胧的情感，无论是舞台上的“她”还是周围的环境，都亦幻亦真，“模棱两可”，甚至标题所强调的“舞蹈”和“灯芯绒”，都只有“大部分真实”。

这种幻境，与《何人斯》《镜中》一脉相承，但叙述方式不同。从字里行间，我们可以感受到“我”对美的向往。这“美”，自然不仅是指异性，还是指“美”本身。

此处未引用的第二部分，则脱离了对故事的描绘，而是抽身出来，写同性朋友间的故事，他们的相似与区别。联想到张枣与柏桦、钟鸣等四川其他几位“君子”的友情，我们可以这么认为，这首诗有一种写实的意味，他用诗歌这种非常特别的载体记录了年少时代的朦胧经验，同时恰到好处地表达了对朋友的感情。

《灯芯绒幸福的舞蹈》完美地展现了张枣诗歌的一个常见主题：戏剧性叙事。在表达方式上，也具有张枣独有的风格，虽然都具有叙事性，但与当时诗坛所流行的“生活流”“日常主义”“莽汉主义”的叙述方式毫不相同。如果说后者是一种“江湖式叙述”，那么，张枣的叙述则带有明显的书卷气。读这样的诗，我们仿佛看到一个忧郁的书生在黄昏或午夜回忆流水般的往事，但他节制，不过于投入，而是若即若离，保持着恰当的距离。你仿佛在听别人的故事，但又不知不觉地随着他的语言而步入他所设置的情境之中。

或者读者已经注意到了，前面的文字多次提到柏桦和钟鸣，甚至已经达到了不厌烦的程度。而在笔者看来，则是理所当然。柏桦、钟鸣和张枣是诗歌界众所周知的挚友，在早期，他们的生活态度和艺术追求一度几近重合，那是一种纯粹的文人化的交往，高雅而热切，类似于魏晋名士；他们之间在写作上的相互触发，甚至值得专文研究。1995 年 8 月，在接受德国南德电台的采访中，张枣说了这么一段话：“我的那些早期作品如《何人斯》《镜中》

《楚王梦雨》《灯芯绒幸福的舞蹈》等，它们的时间观、语调和流逝感都是针对一群有潜在的美学的同行而发的，尤其是对我的好友柏桦而发的，我想引起他的感叹、他的激赏和他的参入。正如后来出国后的作品，尤其是《卡夫卡致菲丽丝》……与我一直佩服的诗人批评家钟鸣有关，那是我在十分复杂的心情下通过面具向钟鸣发出的……”张枣和钟鸣甚至有多篇作品采用了共同的标题，而《灯芯绒幸福的舞蹈》的灵感源头，则正是来自与柏桦的一次交谈。

据柏桦在《长沙来的张枣》一文中介绍，大约是在1985年春天的某个下午，他在歌乐山上对张枣谈起了自己年少时对异性的模糊的迷恋：“1965年初秋的一天，一夜淅沥的秋雨褪去了夏日的炎热，在淡蓝的天空下，在湿润的微风中，我身边的一位女同学已告别了夏日的衣裙，换上了秋装——一件暗绿的灯芯绒外套。由于她刚穿上，我自然而然地就闻到了一种陈旧的去秋的味道。”这种味道，让柏桦终生难忘。柏桦将它命名为“最精确的初秋的味道”，而且“充满人间稚气的温暖”。少年情怀就这样从小学教室里的一件暗绿色的灯芯绒衣服萌生。此后，柏桦开始悄悄地关注这位女同学，一直盼到第二年，她又开始穿上那件暗绿色的灯芯绒……这种微妙的情感，这段神奇的经验，如同丘特切夫的一句诗，“在初秋的日子里，/有一段短暂而奇效的时光”，令柏桦刻骨铭心。

张枣静静地倾听着朋友的倾诉，不久后，就重新构思，写出了这首《灯芯绒幸福的舞蹈》。

《灯芯绒幸福的舞蹈》一诗在80年代具有一定的代表性，

它的叙述方式直到今天都仍被诗人们广泛运用。1992 年 7 月，北京师范大学出版社为总结 80 年代文学成果而出版的“80 年代文学新潮丛书”中，诗歌卷就以“灯芯绒幸福的舞蹈”命名。这本书收录了“朦胧诗”以后具有广泛影响的三十七个青年诗人的作品，为世人了解“朦胧诗”以后的诗歌创作立下过汗马功劳。而且它的出版日期要比《后朦胧诗全集》早整整一年，其权威性不容置疑。这样一本书，能选中“灯芯绒幸福的舞蹈”作为书名，本身就能说明很多问题。

关于《刺客之歌》

从目前所得到的资料，可以勾勒出张枣 1986 年以来的简要行迹——1986 年，张枣到西德后，边工作边攻读特里尔大学的文哲博士学位（而在《诗歌报》“86 大展”的张枣简介上，写的是“在西德茨威堡大学汉学系任教”，不知何故）；1996 年 9 月，获得博士学位的张枣到图宾根大学任教；2006 年 11 月回国，任中央民族大学文学与新闻传播学院教授，并仍然兼任图宾根大学客座教授（其中 2005 年曾在河南大学短暂停留）。在国外多年，张枣熟练地掌握了英语、德语、法语和俄语，翻译过许多外国诗人的作品，还主编过一本德汉双语词典。

张枣出国的目的看起来很简单，那就是：出国可以受到更好的教育，可以使自己的见识更广阔一些。除此之外，还有一个秘密的目的：让自己的诗歌能容纳许多语言的长处。“因为从开始写作起，我就梦想发明一种自己的汉语，一个语言的梦想，一个新的帝国汉语。当时我学的是英语，我觉得远远不够承担这个任务，而且英语某种意义上让汉语变得更加庸俗，因为汉语依赖英语太多。如果选择去德国，我就可以学到另一门语言，那时候我才二十多岁，我可以完全接受更好的东西，在原文中去吸取歌德、里尔克这样的诗人。而且我也需要一种陌生化，当时我的反思意识告诉我，我在任何地方都可以写作，因为一个诗人是去发明一种母语，这种发明不一定要依赖一个地方性，因为母语不在过去，不在现在，而是在未来。所以它必须包含一种冒险，知道汉语真正的边界在哪里。”（颜炼军：《“甜”——与诗人张枣一席谈》）

在张枣看来，出国后最大的困难就是失去朋友。因为那段时间与四川诗人们相处得非常和谐，在朋友们的鼓励下，自己的写作进步神速：“我每时每刻的写作进步，与朋友和知音的激发、及时回馈非常有关系。那时，我们刚写完一首诗，甚至就可以坐火车连夜到另外一个地方确认这首诗的好坏。出国就意味着失去这种东西。那时都传说国外非常孤独，而孤独对于一个年轻的写作者来说，就是失去掌声，这对我来说非常可怕。所以，临走时我写了一首《刺客之歌》，表达了当时‘风萧萧兮易水寒’的悲壮，柏桦、钟鸣一直都很喜欢这首诗。”（同上）

从神秘的午睡时分惊起
我看见的河岸一片素白
英俊的太子和其他谋士
脸朝向我，正屏息敛气

“历史的墙上挂着矛和盾
另一张脸在下面走动”

河流映出被叮咛的舟楫
发凉的底下伏着更凉的石头
那太子走近前来
酒杯中荡漾着他的威仪

“历史的墙上挂着矛和盾
另一张脸在下面走动”

血肉之躯要使今昔对比
不同的形象有不同的后果
那太子是我少年的朋友
他躬身问我是否同意

“历史的墙上挂着矛和盾
另一张脸在下面走动”

为铭记一地就得抹杀另一地
他周身的鼓乐廓然壮息
那凶器藏到了地图的末端
我遽将热酒一口饮尽

“历史的墙上挂着矛和盾
另一张脸在下面走动”

——《刺客之歌》

这首诗，写的是刺客荆轲行刺时的环境（前几节），行刺的方法：“那凶器藏到了地图的末端”，刺客的决绝：“为铭记一地就得抹杀另一地”“我遽将热酒一口饮尽”。以及被反复强调的矛盾：“历史的墙上挂着矛和盾 / 另一张脸在下面走动”。这份矛盾不仅是刺客的矛盾，也是历史的矛盾，将这个君王刺杀了又能怎么样呢？朝代兴替，接位的“另一张脸”，仍然换汤不换药。

但是，对“荆轲刺秦”的叙述是表面的，张枣只是想通过这种矛盾与决绝来表现自己即将去国的心理，在诗里，“太子”和“谋士”可以说是自己在国内的友人们，他们得知我要离开乡土，于是“脸朝向我，正屏息敛气”，并提醒我“不同的形象有不同的后果”。而我们共同的忧虑是，“为铭记一地就得抹杀另一地”，这是一种两难的选择。而最终，“我”下了决心，“将热酒一口饮尽”。看来，在张枣当时看来，自己远走他乡，真有些“风萧萧兮易水寒”的孤独与慷慨。

《刺客之歌》是张枣的一首不大为读者熟知的作品，在张枣生前唯一出版的诗集《春秋来信》中，也没有收录。张枣去世后，柏桦把这首诗贴到了“今天论坛”上，引起众人惊叹。对于此诗未编入《春秋来信》，柏桦如此猜测 ：“此首没收入，极有可能是他没找到此首，他对写诗很认真，但对保存稿件比较随便，这点我早有领教。编书之事是委托他人来做的，好像是臧棣。”

而早在90年代，张枣的另一好友钟鸣就盛赞过这首诗：“随着文明技术的发展，随着语言符号的强化意识，这匀速反倒成了人们缅怀的东西。它最明显地表现在艺术中，无论这些艺术借助外部形式怎样的变化。就这点而言，汉语的匀速也表现得最为明显，宁静缓速的音势动力现象是它的主要特征。说到这点，就不难理解张枣诗歌所保持的那种历史感，因他直觉了汉语的这种音势，而且还能加以运用和改造，最终使作品根植于汉语自身。《刺客之歌》就可看作是代表作。它涉及的与其说是历史本身，还不如说是音势这另一种隐性的历史……”（钟鸣：《笼中的鸟儿和外面的俄尔弗斯》）

按照人民文学出版社出版的《张枣的诗》以及柏桦的相关文章交代，《刺客之歌》创作于1986年11月13日；《张枣的诗》中还专门标明了此诗的创作地点：德国的Hünfeld。那么，问题就出现了，张枣说《刺客之歌》是他“临走时”写的，事实上11月13日距他出国已经两个多月了，怎么可能是临走时写的呢？而且，这首诗的末尾已明确交代了，写作于Hünfeld！

这一疑问的出现是不是因为张枣的记忆出现偏差，这里暂且按下不表。在人民文学出版社2010年7月出版的《张枣的诗》中，还有两处比较明显的问题，该书的封面上印有张枣的简历，说张枣“1985年赴德留学”。我们可以试想，如果1985年张枣就离开中国了，那么《刺客之歌》就更不可能创作于“临走时”了。因此，我们可以猜测到，《张枣的诗》封面的“1985年”应该是错误的，正确的应为“1986年”。（这是人民文学出版社出版这套著名的“蓝星诗库”第二次在封面出现差错了，第一次是在《海子的诗》封面把“南京出版社”误为“南京大学出版社”。）

那么，我们能够说张枣那句“临走时写了一首《刺客之歌》”是口误或者记忆出现偏差吗？不一定。我认为，目前刊登于《张枣的诗》上的《刺客之歌》应该是他到了德国之后的修改版本。我持这个观点首先是因为张枣时常修改自己的作品，其次，《张枣的诗》中引用了钟鸣提供的《刺客之歌》中的两节的另一个版本：

那么，他会置身在风暴之中
真的，大家的历史
看上去都是一个人医疗一个人
没有谁例外，亦无哪天不同

你看他这时走了进来
像集中了所有的结局和潜力
他也是一个仍在受难的人
你一定会认出他杰出的姿容

《张枣的诗》的编者在引用这两节诗歌时说：“钟鸣在《笼中的鸟儿和外面的俄尔弗斯》一文中的引文与此处略有差异，钟鸣可能是引自修改前的版本……”其实，岂止是“略有差异”，简直是毫不相同。不过，正因为两个版本毫不相同，可以反证出张枣“临走时写了一首《刺客之歌》”的确切无误，同时我们也可由此看到张枣对作品的严格。

但是，问题还没完，钟鸣在《笼中的鸟儿和外面的俄尔弗斯》中引用了上述诗句之后，紧接着写下了这么一段话：“写这首诗时，他已身在德国，时过境迁，舞台更迭，对惶惶然承受某种陌生使命的过敏，很容易使他想到那个唱‘风萧萧兮易水寒’的刺客，他们具有共同的孤寂感和近似于虚无的使命（把学习语言看作是决定性的，和把刺杀一个皇帝看作是决定性的具有等同性），这便显出历史的内涵，如果历史是一种绵延不绝的形态。”这就把我们绕晕了。张枣说《刺客之歌》是他离开中国前写的，但《张枣的诗》注明的是到达德国后写的，正当我们认为张枣是在国内写的初稿，在国外定稿时，钟鸣却告诉我们，即使是初稿，也是在国外写的。如此说来，除非张枣的家人或者好友找出他当年署了具体创作时间的原稿，否则，《刺客之歌》到底作于何时可能会成为一个永远的谜团了。

在异乡

考虑过出国对创作的影响，却对出国后生活的难度估计不足。到国外以后，张枣才知道日子的艰难，原本头上戴着的“著名诗人”的光环蓦然消失了：没有人知道你是名人，更不会有崇拜者；你的一举一动也没有人像国内那么在乎。这种巨大的反差，用张枣的话说，是“像一块烧红的铁，哧溜一下被放到凉水里”。在80年代末给上海诗人陈东东的信中，张枣多次谈到了自己在国外的处境：“你可以想象国外生活的紧张节奏吗？不但省略了我们十分颓废的午睡，吃饭也马马虎虎，睡眠也随随便便，生活就是一只表，昼夜不停地运转。不过这是一个美丽的科学的国家，我只好老老实实地做。做老实人做老实事真要命。我竟然开始脱头发了，前几天才发现，无意中一摸脑袋，哗啦啦掉下一大片。令我心惊肉跳！”“我在海外是极端不幸福的。试想想孤悬在这儿有哪点好？！不过这是神的意旨，我很清楚。这个牢我暂时还得坐下去。”在信里，张枣说他计划在国外待三五年就回来，然后去成都开辟“红色根据地”，建立“巴黎公社”。因为“我认定本世纪末中国的诗人艺术家应重点聚在一个城市”。现在看来，这无疑是一个美好的梦想。

除了生活上的困难，还必须承受所有出国者都会遭遇的“失语”的煎熬。尽管在出国前张枣已经是外语硕士，但在到德国的最初三个月里，他不仅讲不出来话，连写信和写日记都感觉很困难，更不要说与人交流了。在那段时间里，唯一会讲的就是“谢谢”“对不起”之类的简单词语。为了排遣孤独，张枣尝试了很多方法，比如学习王阳明的格物，坐在樱桃树下观看天鹅，等等。

在那时候，去西德要经过香港。这是张枣第一次出国，此前他毫无这方面的经验，也没乘过地铁，因而闹出了一堆令他印象深刻又哭笑不得的笑话。关于这段经历，《新京报》记者刘晋锋采写的《80 年代是理想覆盖一切》中有生动的描述：

> 1986 年 9 月 13 日，我从深圳罗湖去香港，有个人在香港的市中心等我，我们也没有联系方式，只是约好了一个

地方。我先是在深圳海关办了一上午的手续，过了罗湖桥我找不到香港了。

我以为到香港至少得像到了一个单位一样，有个门槛或者一个标牌，上面大书“香港”两个字，但是我跟着人群走，只发现在深圳这边还井然有序的人到了某一个点就像约定俗成一般变得纷乱起来，欢快起来。我想：“什么时候才能到香港啊？”

走到一个地方，突然看到很多人从口袋里掏出一个东西，放到一个关卡里，然后走过去。其实就是地铁票，我没有见过，不知道那是什么东西，我就站在旁边看，看到很多人这么走过去，偶尔也看到人跳过去……我足足看了两个小时之久，也不敢问人家。

怎么办？一点办法也没有。

后来我想：“可能这样过去之后就到了香港。”其实我早就到了香港，我不知道而已。那天如果不是想到有朋友在等我，说不定我会一直等下去。我只好硬着头皮跟着别人跳了过去，走了10多米，拐了一个弯，看到地铁。

那是我第一次坐地铁，我问别人到某某地怎么走？人家告诉我说你坐上地铁走就行了。后来到了目的地，等我的那个人吓坏了，不明白为什么我让他等了一天。我说我找不到香港在哪儿。

张枣不像某些作家，生怕别人不知道自己的创作经过、生活琐事甚至饮食习惯，吃喝拉撒都能变成一篇随笔。也很少见到记者去采访张枣，毕竟，作为诗人的张枣只是在圈子里享有名声，在普通读者心目中，他的影响不如海子、顾城等诗人深入。因此，除了以上这些内容，我们难以更多地了解到张枣出国后的生活和创作细节。

当然，也不能责怪读者和媒体的薄情，“影响”不如海子、顾城等，除了因为生性散淡，其作品不易理解也是一个原因。而媒体需要的是能够炒作的新闻点，对张枣这样潜心写作的诗人的关注自然不会太多。

我读到的对张枣的生活最为详细的介绍，已经是在张枣去世后的第三天（2010 年 3 月 11 日）的事情了。北岛在“今天论坛”上发表了短文《悲情往事》，文章忆及了二十多年来与张枣的多次交往，并谈及了张枣在国外的生活情况：

> 1989 年夏天我在柏林住了四个月，我专程去张枣就读的特里尔大学，他在那儿读博士。他非常孤独，我也是，我们同病相怜。《今天》在海外复刊不久，我请他担任诗歌编辑，他前后编了十几年，直到前几年才淡出。很多著名诗人和新手的诗作都是经过他发表在《今天》上，功不可没。
>
> 《今天》的另一位诗歌编辑是宋琳，住巴黎，而我先住丹麦，然后是荷兰，离得都不远。常常聚在一起。有一次，我们到特里尔附近一座由磨坊改建的别墅开编务会。德国女主人是通过朋友认识的。在磨坊还见到一对教声乐的俄国夫妇，女的是歌唱家。晚上我们喝了很多红酒，大唱俄国民歌和革命歌曲，把他们夫妇吓了一跳。

后来张枣拿到博士，到图宾根大学任教，安家落户。1995年夏天，我陪父母和女儿从巴黎去图宾根找张枣玩。他待老人和孩子很好，张枣通过一张Isaac Stern拉的一组小提琴名曲的唱盘，成了我女儿的音乐启蒙老师。直到现在我女儿还保存着这张唱盘。

张枣德文英文都好，但一直不怎么适应国外生活的寂寞，要说这是诗人作家必过的关坎。比如，他从来不喜欢西餐，每回到他家做客都是湖南腊肉什么的，加上大把辣椒。我们也常去当地的中国餐馆。有一次，他甚至找朋友专程开车带我到卢森堡去吃晚饭，那儿有一家很不错的中餐馆。他烟抽得凶，喜欢喝啤酒，每天晚上都喝得半醉。

最后一次见面是2004年春天，我去柏林参加活动，然后带老婆去图宾根看他。他的状态不太好，丢了工作，外加感情危机。家里乱糟糟的，儿子对着音响设备踢足球。

自90年代末起，张枣开始经常回国，每次回来通电话，他都显得过度亢奋。大约在2006年，他要做出抉择，是否加入“海归”的队伍，彻底搬回去。我们通过几次很长的电话。因为我深知他性格的弱点，声色犬马和国内的浮躁气氛会毁了他。我说，你要回国，就意味着你将放弃诗歌。他完全同意，但他说他实在忍受不了国外的寂寞。

搬回北京后，我们还是通过几次电话，但发现可说的越来越少了，渐渐断了联系，有时能从朋友那儿得知他的行踪。去年12月，柏桦告诉我他得了肺癌，让我大吃一惊，马上给他发了电邮，他简短回复了，最后一句话是：“我会坚持的。”

在这里有一个问题，据张枣的作品集以及其他材料说，张枣是在德国图宾根大学读博士，而北岛的文章则说是在特里尔大学，不知原因何在？此外，据《诗歌报》“86大展”上的作者简介，张枣去德国后是在威茨堡大学任教，但后来没有任何材料作证明。这些问题，姑且存疑。

从北岛的叙述中，我们可以很容易地得出一个结论：张枣在国外过得并不顺心。这使我想起诗歌批评家张清华讲的一个故事。数年前，张清华曾在德国遇到过寓居海外的诗人Y，当时Y应邀参加在德国卡尔斯鲁厄大学艺术学院举行的一次关于诗歌的“新媒体展示会”活动。Y在活动中朗诵了自己的作品，朗诵完后，就向听众签售自己的诗集。张清华发现，尽管作为“朦胧诗”核心代表人物的Y当年在国内名声如雷贯耳，但在国外，却并没有获得像国内那样的追捧。那天，他带去的一小摞诗集卖出不到十本。一个中国的著名诗人在国外要依靠亲自兜售自己的诗集来过日子，其生活的困境已经令张清华惊讶。更令他惊讶的是，跟张清华一同出席此次活动的一个德国朋友，此前已经与Y认识，就在这一次活动中，也曾当场发表演说，向读者大力宣传Y的作品，应该算是朋友了。而就是这位朋友向Y买诗集时，Y毫不犹豫地按原价收下了朋友递过来的二十马克。起初张清华对Y的做法有些不习惯，但活动结束后举行酒会时，经过交流，张清华就释然了——Y告诉张清华，他在国外收入很一般，而且不固定，生活过得好不好常常需要碰运气，得到大学或者文化机构的邀请，就会获得一些报酬，否则仅靠诗歌，是不可能生存下去的。

Y的经历，可能是旅居国外的华语诗人的缩影，近三十年来，许多曾经非常著名的诗人都出走他国，劳碌奔波了或长或短的时间后，有的脱离了诗歌，比如江河、张真，人们已经很多年没有他们的消息了，更遑论诗歌；有的最终回到国内，在高校任教，比如宋琳、多多、张枣。当然，也有不少依然在坚持创作的，比如北岛、孟浪。无论如何，作为一个诗人，无论身在国内还是国外，只要能够坚持创作，就值得尊敬。据说，在国外，只要遇到需要自我简介的时候，张枣都会这样说："我叫张枣，是一个诗人。"我想，这一方面源于对诗歌的热爱，另一方面也是源于内心的孤独吧。

安静的诗人

细心的读者读我近几年撰写的一系列文章，会发现有一个词出现的频率特别高，那就是"诗坛"。"诗坛"这个词形象地勾勒出了当今中国一个众所周知的状况——诗歌界就像一个个坛子，有的大，有的小，有装酒的，有装油的，有装醋的，还有装排泄物的，形形色色，林林总总，各有特点。各派同仁对"自己人"连吹带捧，推崇备至，对"外派人士"既贬又讽，种种可悲可笑之举人们已经见惯不怪，能保持缄默已算给足面子。于是"事件""论争"也此起彼伏，互相交融，互相温暖，互相碰撞，互相倾轧，热闹非凡。

在众多"坛子"之间的空阔地带，游离着一小批自由人，他们不属于任何"坛子"，或者说他们本身就是一个独立的"坛子"。

他们安静地写作，不喜欢“活动”，而是凭借超凡的实力博得读者的敬仰，可谓桃李不言，下自成蹊。这些自由人至少包括柏桦、吕德安、翟永明、宋琳、王寅等人。张枣也可以算一个，尽管有些时候，人们会把他列入一个名叫“知识分子写作”的“坛子”之中——需要声明的是：我所说的“坛子”不是一个贬义词，而是一个中性词。在我的心目中，严格地说没有“知识分子写作”这个“坛”，如果有，因为西川、王家新、欧阳江河等人的存在，这个“坛”也属于我目前最为欣赏和尊敬的风景。

人们把张枣列入“知识分子写作”的阵营，也许是因为在被人们普遍认为是“知识分子写作”最权威选本的《岁月的遗照》中，张枣有五首诗作入选，“待遇”中等偏上。但这些人可能没有进一步注意到，“待遇中等偏上”的张枣在该书序言中得到的评价只有四个字：“语感自如。”所占篇幅远不及张曙光、欧阳江河、孙文波、西川、肖开愚，甚至70年代出生的王艾等人。这说明在编者印象中，张枣定位还是比较游离的。

如果要在外国找一个跟张枣有些相似的诗人，我会选择史蒂文斯。读史蒂文斯诗文集《最高虚构笔记》，我不时地走神，感觉自己读的不是史蒂文斯，而是张枣。在序言的最后一段，张枣这样写道：“史蒂文斯的伟大不仅仅在于他坚持了浪漫主义以来想象力的崇高，而且还在于他坚信现实世界之事实性和事理性的崇高。‘世界的迷人之处正是世界本身’（《徐缓篇》），而世界本身就是最终的价值和诗歌（想象力）最高的理由。尽管现实能够升腾跃进成‘秩序的激昂’，诗歌却不是现实的对立物，而是它的内蕴物，也就是说，史蒂文斯对想象力的一切赞颂，都可以毫厘不差地被换置到现实本身，因而，现实就是想象，世界不自外于诗歌，词就是物，写作就是生存，而生存，这个‘堆满意象的垃圾场’，才是诗歌这个‘超级虚构’的唯一策源地。……诗人心智之丰满缜密，处理手法之机敏玄妙，造境之美丽，令人艳羡和折服。”

张枣写的是史蒂文斯，不也是在写自己吗？

那么中国诗人中，谁的诗风与张枣更接近呢？我的答案与很多人不同，不是柏桦和钟鸣，而是上海的陈东东。在我的阅读经验中，很少遭遇到张枣和陈东东这样的诗人，他们的诗歌既现代又传统，你可以说他们是先锋诗人，也可以说他们是古典诗人。他们的许多作品，具有极浓郁的古典诗词意境，比如陈东东的《雨中的马》《月亮》《独坐载酒亭，我们该怎样去读古诗》《点灯》，张枣的《楚王梦雨》《镜中》《何人斯》等，但他们的表达又是现代的，而且这种“现代”是有别于同时期诗人的现代。最为契合的一点是，从他们的作品中，你很难用传统的方式找到意义，但即使你读得满头雾水，你对他们的文字仍忍不住迷恋。关于张枣的诗歌已经说得太多，这里就不再举例，试看陈东东这首《雨中的马》：

黑暗里顺手拿起一件乐器。黑暗里稳坐
马的声音自尽头而来
雨中的马

这乐器陈旧，点点闪亮

像马鼻子上的红色雀斑，闪亮
像树的尽头
木芙蓉初放，惊起了几只灰知更雀

雨中的马也注定要奔出我的记忆
像乐器在手
像木芙蓉开放在温馨的夜晚
走廊尽头
我稳坐有如雨下了一天

我稳坐有如花开了一夜
雨中的马。雨中的马也注定要奔出我的记忆
我拿过乐器
顺手奏出了想唱的歌

多年以来，我向大量朋友推荐过这首诗歌。它的语言飘忽而华丽，又带有几分神秘感，但我一直无法解释它的具体含义，于是自顾自地认为它无须解释，只要自己喜欢就行。而在具有追求“中心思想”习惯的中国，这一姿态很有些不合时宜，因此面对朋友们诸如“《雨中的马》到底写的是什么”之类的追问，我常常心生愧意，只好拿顾城的《解释》来搪塞：有人要诗人解释 / 他那不幸的诗 // 诗人回答：“你可以到广交会去 / 那里所有的产品 / 都配有解说员。”

后来我在书店里看到华东师范大学出版社出版的史蒂文斯诗

文集《最高虚构笔记》，我有一种恍然大悟的感觉——这本书正好是张枣和陈东东合编的，而且张枣还是译者之一（另一译者是陈东东的弟弟陈东飚）。

值得说明的是，无论是陈东东的《雨中的马》还是张枣的《镜中》，都是他们在80年代前期的作品，他们进入文学史的“门票”，也主要是这两首诗，尽管后来两位诗人仍然发表了一些佳作，但论影响之深和流传之广，已不可同日而语。当然，这更多的是因为90年代已经不是诗歌的年代，读者的视线已转向其他文体，而不是因为诗歌的质量问题。

失败之作

前面提及的北岛《悲情往事》一文，还有这么一句话：“张枣无疑是中国当代诗歌的奇才。他对语言本身有一种近乎病态的敏感，写了不少极端的试验性之作，有的成功有的失败，无论如何，他对汉语现代诗歌有着特殊的贡献。”我对这句话印象深刻出于两个原因：一方面，北岛高度肯定了张枣的优异才华以及对语言的贡献；另一方面，他能够做到不为朋友讳，不为逝者讳，诚恳地道出张枣作品中的不足之处。这种评论态度在当今文坛十分罕见，它需要的不仅仅是勇气，还有对被评论者作品的熟悉以及评论能力。

不知道是因为异国生活使创作受到了影响，还是诗歌观念发生了改变，或者说是因为时代已经改变，出国以后，张枣再也没有写出一首像《镜中》那样被读者反复玩味的诗歌。当然，偶尔也会有佳篇。比如1992年创作的《祖国丛书》：

那溢满又跪下的，那不是酒
那还不是樱桃核，吐出后比死人更多挂一点肉
井底的小男孩，人们还在打捞

直到夜半，直到窒息，才从云嘴落地的
那只空酒瓶，还不是破碎
人类还容忍我穿过大厅

穿过打字机色情的沉默
那被拼写的还不是
安装在水面又被手打肿的

月亮的脸；船长呵你的坏女人
还没有打开水之窗。而我开始舔了
我舔着空气中明净的衣裳

我舔着被书页两脚夹紧的锦缎的
小飘带；直到舔交换成被舔
我宁愿终生被舔而不愿去生活

仍然美，但多了一分沉郁，字里行间有一种被撕裂的痛感，

“我宁愿终生被舔而不愿去生活”，那种夹杂着懒散、犹疑和反讽的态度教人警醒。语言上，当年的诗歌才子“羽翼”也逐渐丰满。在《跟茨维塔伊娃的对话》（1994）、《云》（1996）等作品里，早期的那种对美以及对小事物的关注有所偏离，表达方式也更为自然、老到。当年白衣飘飘的少年才子已经成长为一个成熟稳重的“知识分子”，对历史、政治的远离和对“诗艺”的斟酌与追求也到了近乎挑剔的程度。这些作品，正如北岛所说，“有的成功有的失败”。当我读到“当您正在灯下浏览相册／一股异香袭进了我心底”（《卡夫卡致菲丽丝》）以及“无尽的盈缺，无尽的恶心，／上天何时赐我死的荣幸？／咫尺之遥却离得那么远，／我的心永远喊不出‘如今’”（《吴刚的怨诉》）这些毫无才气的句子时，我开始对张枣产生不满。莫非，这就是北岛所说的“失败”之作？

我认为张枣最大的失败之作，就是他90年代以后的代表作《边缘》：

像只西红柿躲在秤的边上，他总是
躺着。有什么闪过，警告或者燕子，但他
一动不动，守在小东西的旁边。秒针移到
十点整，闹钟便邈然离去了；一支烟
也走了，携着几副变了形的蓝色手铐。
他的眼睛，云，德国锁。总之，没走的
都走了。
空，变大。他隔得更远，但总在

某个边缘：齿轮的边上，水的边上，他自个儿的
边上。他时不时望着天，食指向上，
练着细瘦而谵狂的书法：“回来”！
果真，那些走了样的都又返回了原样：
新区的窗满是晚风，月亮蘸着一大桶金啤酒，
秤，猛地倾斜，那儿，无限，
像一头息怒的狮子
卧倒这只西红柿的身边。

我是从长江文艺出版社 2002 年 10 月出版的《在北大课堂读诗》一书上读到这首诗的。《在北大课堂读诗》由著名学者洪子诚主编，收录了一些新诗研究者对 90 年代后出现的诗歌名作的解读，以及一些博士的讨论。《边缘》被安排在该书的第一位，由诗人臧棣讲解。

臧棣花了七千字的篇幅，热情洋溢地肯定了这首诗，认为要进入《边缘》，必须要意识到诗歌中包含的众多比喻，正是这些无处不在的比喻向读者提供了对“边缘状态”的形象认识。在文章中，臧棣引用了德国画家保罗·克利、法国诗人保罗·瓦雷里、法国诗人波德莱尔、哲学家罗兰·巴特等西方名家的艺术观念为自己的解读提供理论依据，并向那些抱怨读不懂的读者开出这样的药方：“现代诗歌所以让人感到困惑，感到难懂，感到晦涩难解，一个很重要的原因，就是人们很少考虑到现代诗歌写作的性质所做的调整。现代诗歌，至少是相当一部分的现代诗歌，它们写作的目的不是要最终在诗歌中呈示某种明确的思想、主题、观

念、意义，也就是说，现代诗歌在很大程度上避免对读者进行情感和思想上的启蒙，它最基本的方式不是要展现一个完美的结论，而是如保罗·克利所说的，现代诗歌也想把诗歌的思维过程也放进一首诗最终的审美形态。”

言下之意，《边缘》之所以难懂，是因为作者把诗歌的思维过程放进了诗中。这种手法其实并不算新鲜，至少在我的阅读范围内，我在不久前分析过韩东的诗歌《甲乙》，就属这一类型。类似的手法在小说中更比比皆是。比如早在80年代初期，马原的小说就在叙述过程中，由“我”频频邀请读者进入小说中，共同完成故事，并随时不忘提醒读者：“我就是那个讲故事的汉人马原。”因此我对这首诗的评价远没有北大学者们的评价高：这是一首相当普通的作品，零碎、断裂、意识流、呓语……虽不能说是故弄玄虚，但整个儿的确显得有些莫名其妙。2005年，我曾经在一篇评论《在北大课堂读诗》的文章里提醒读者在阅读此诗时留意“边缘”的含义：“如果一个读者连‘边缘’的本义和内在指向都毫无感觉，他面对这首诗时，如何不会一脸茫然？”这句话的本意是：读者要理解文学作品，需要具备一定的知识素养。可是，即使读者知道“边缘”的各种指向那又如何？诗歌的质地并不是仅仅依靠一个词就能拯救的。

似乎可以这么说，《边缘》这样的作品，一方面体现了现代诗的魅力，另一方面，也体现了现代诗的无力。当我们理解一首诗歌，需要大量的“附加条件”的时候，我们只能认为，诗歌是一种高高在上的、只属于少数人的文体，这无疑与我们的期待是背道而驰的。

由此，我想到一个问题：在评论界，许多批评家不愿意在新人的作品上花时间，而一窝蜂地去追逐名家，即使这些名家的作品质量平平，或者即使评论家不知所云，他也愿意下力气为作者“力排众议”，牵强附会地“阐释”“把豆腐嚼出牛肉干的味道”（王小波：《我看国学》），想方设法证明一首劣作的优秀。自然，对于诗歌质地的高下是仁者见仁智者见智，也许一首诗确实优秀，阅读者由于才识、悟性所限而无法领会其中妙处，但对名家推崇且纵容到连自己的艺术真知都抛掉，这样的行径是典型的哗众取宠。当然，我这里针对的不是臧棣而是文化界的某种现象，也许对于像臧棣这样的博学人士来说，《边缘》并没有我们想象的那么枯燥和单调，甚至简单易懂而且韵味悠长，只是我等资质平平的读者无法领略其中的妙处罢了。

一下子就被征服了

现在回想起来，我对张枣的最初印象极富戏剧性。那是1993年秋天，还在四川都江堰读书的我和一个广西老乡跑到成都玩，在一家书店里看到了两本比砖头还厚的《后朦胧诗全集》。作为一个诗歌爱好者，由于《诗歌报》的巨大影响，西川、于坚、韩东、王家新等人在我心中贵若神灵。然而，当我翻开版权页一看定价，狂热的心就凉了下来，五十八元，足足是半个月的伙食费！

我翻了又翻，放下又拿起，摩挲良久，最终摸摸自己总共二十元不到的口袋，慢慢地走出店门。走了不到十步，我又忍不住折返回来，心里说：最后看一眼就走吧。于是一翻开，就看到了“只要想起一生中后悔的事／梅花便落了下来”。那个时候，因为很少在《诗歌报》上看到张枣的作品，所以对他不是很有印象，而这两句诗，一下子就把我那“少年不识愁滋味”的情怀撩拨起来。

对张枣这句诗的意外发现，再一次印证了长久以来我一直引为自傲的阅读经验：随便翻翻。所谓“随便翻翻”，就是说一本书拿在手里不是按目录——前言——正文——后记的顺序阅读，而是翻到哪页读哪页，从不管什么前因后果，转折过渡，只由自己的心情和兴趣决定。

这样的“嗜好”源于少年时候读古诗。大凡诗词选本，多是每首诗作连同注释、说明只占一两个页码，所以无论怎么翻，都能读到一首完整的作品。就这样翻来翻去，一本《唐宋词一百首》竟被我背下十之八九，且能说出某些作品所在的页码。

年岁稍长，又用这种方法读新诗集。余光中、席慕蓉、艾略特、聂鲁达等人的诗集以及赵毅衡翻译的《美国现代诗选》和中国青年出版社出版的几本年度诗选都是这样“翻”完的。

用这种方法读长篇大论，弊端就多一些了。比如小说集，由于篇幅较长、时空跨度大、故事情节结合紧密，无论翻开哪一页，呈现在眼前的都只能是一些破碎的环境描写、人物对白或事件片段。假若一部整体上优秀的作品正好被你一翻就翻到写得最糟的一两页，那么你对整部作品也就会兴味索然。当然，采用“乱翻”的方法读小说也并非一无益处，有些小说本身就质量低劣，读了几页没感觉，不如及早放下。如果运气好，“乱翻”一下，有可能得到极大的启示。精彩的对白、引人深思的哲言警句会令你如饮甘醇，甚至会陶醉一生。有一次读漓江出版社1983年出版的《麦田里的守望者》。最初是冲着书中的点题之句而去的，即：“有那么一群小孩子在一大块麦田里做游戏。几千几万个小孩子，附近没有一个人——没有一个大人，我是说，除了我。我呢，就站在那混账的悬崖边。我的职务是在那儿守望，要是有哪个孩子往悬崖边奔来，我就把他捉住——我是说孩子们都在狂奔，也不知道自己是在往哪儿跑，我得从什么地方出来，把他们捉住。我整天就干这样的事。我只想当个麦田里的守望者。”虽然当时年纪小，感觉不到这句话有什么微言大义，但仍然情不自禁地迷恋，以至于以为整本书的叙事无非就是围绕着这个“中心”旋转而已，其他内容可忽略不计。若干年后的一天，睡前无事，又拿起此书随意地翻阅，不经意就读到了一句话：“一个不成熟的男子的标志是他愿意为某种事业英勇地死去，一个成熟的男子的标志是他愿意为某种事业卑贱地活着。”我被震住了，《麦田里的守望者》中，更令人感慨的应该是这么一句话啊！

还是回过头来说张枣。记得2000年我在南宁出差，在广西大学门口的三联书店营业部遇到张枣的《春秋来信》时，我一方面欣喜于与那些多年以前就耳熟能详的诗句的“重逢”，另一方面，又对张枣90年代以后的作品有些不知所措，它们除了在语言的追求上与80年代具有同等的高标准，在技巧上却让我这个历来自我感觉良好的读者感受到了难度的存在。说实话，起初我几乎就要放弃了它。但当我最后一次打开时，几句诗跳进我的眼帘，那就是《深秋的故事》的开头：

向深秋再走几日
我就会接近她震悚的背影
她开口说江南如一棵树
我眼前的景色便开始结果
开始迢递；呵，她所说的那种季候
仿佛正对着逆流而上的某个人
开花，并穿越信誓的拱桥

多漂亮的语言，多迷幻的意境，特别是“她开口说江南如一棵树 / 我眼前的景色便开始结果”。我一下子就被征服了。我没有读完全诗，因为仅仅为了这几个句子，就值得将它买回家去。

朝向您的夜，我奇怪的肺

张枣是2009年11月底患病的，起初的症状是感冒、发高烧。到医院检查，发现肺部有肿块，在北京治疗了一段时间后，没有明显好转，由于他是德国图宾根大学的客座教授，家人和朋友强烈要求他到德国治疗，因为那里的治疗条件可能要好一些。张枣于是回到德国继续治疗。

据《新京报》介绍，就在2010年3月初张枣去世前几天，他还和弟弟张波通了电话。张枣对自己的病情很乐观，说经过一段时间的治疗，效果不错，几项检查结果都挺好，现正在等最后一项关于腰部癌细胞扩散情况的检查结果。在电话里，张枣还说争取3月底回北京一趟。哪料到没过几天，张波就接到嫂子的电话，说张枣于北京时间3月8日凌晨4时39分在德国图宾根大学医院去世。

去世时，张枣年仅四十八岁。从发现病情到去世，仅仅三个月时间！病魔之可怕，可见一斑。而在此之前的一个多月里，病魔已经夺去了两个中国诗人的性命，其中梁健病逝于2010年1月20日，享年四十八岁；邵春光病逝于2010年1月27日，享年五十五岁。诗人的早逝，再一次成为人们讨论的话题。

我是在3月9日下午得到张枣去世的消息的。当《诗选刊》编辑李寒将这个消息公布在“青春诗会QQ群”里时，我正好在线，于是成为群里第一个获悉此事的网友。李寒说，他是从一个文友的博客上看到这个消息的，但是否属实，大家都拿不准。因此，我一方面对消息的来源表示怀疑，同时马上给我所信任的北京诗人西川和王家新发手机短信求证，很快，得到了他们的肯定答复……

我赶紧把消息通过电子邮件发给柏桦，因为他是张枣最好的朋友。事实上，正因为柏桦和张枣的友情，我可以肯定，柏桦一定是国内最早获悉这一噩耗的诗人之一，无须我来传递。果然，第二天接到柏桦的回信，说他在第一时间就已经知道了。柏桦还在“今天论坛”留下了这样一段读来痛彻心扉的文字：“整个下午，直到深夜，我的身子都在轻微地发抖。我知道他及德国医生都已尽力了，整整三个月，时间在一秒一秒地经过，然后一切就突然结束了。他是那样爱生活，爱它的甜，爱它的性感；他在很年轻的时候，就比常人更敏感于死亡，在某个深夜，在重庆，在歌乐山，他曾拍着一株幼树的叶子，说：‘看，这一刻已经死了，我再拍，已是另一个时间。’但他从不谈论死之恐怖，只赋予死优雅的甜的装饰，这种我还在参悟的甜，是他一生的关键词。他也很寂寞，尤其在他生命最后的岁月里，他在北京或上海，干脆将其身体完全彻底地投入生活的甜里，那颓废之甜是烫的，美食也如花，他甚至说今夜我们比赛不眠。是的，那些风与疯与风，在重庆，也在你最后的北京。如今，一切都已过去，很快图宾根明朗的森林将接纳你。休憩吧，我永恒的友人，也是最后一次，我在颤抖中请求你：携带上你那一生中最珍爱的汉字——甜（活与死之甜）起飞吧，向东，向东，再向东，请你分分秒秒地向东呀！”

随后，国内各主要媒体都发布了张枣病逝的消息，北岛、崔卫平、翟永明、于坚、李笠、谢有顺、陈东东、杨克、李少君等大量文化名流，以及张枣的朋友、学生和素不相识的读者纷纷在网络和纸媒上发表了悼文、悼诗；四川《星星》诗刊、山西《名作欣赏》等多家重要刊物决定推出张枣纪念专辑；北京、上海、成都等城市的诗人们举行了张枣追思会；北岛领衔的“今天论坛”连续三天将网页改黑色背景，并在首页开设纪念专栏……

肺癌夺去了张枣的生命，巧合的是，他所喜欢的德语作家卡夫卡也是患肺病而死，从 1883 年到 1924 年，卡夫卡只活了四十一年。张枣曾经写过一组关于卡夫卡的诗歌《卡夫卡致菲丽丝》，开篇第一节就多次提到了“肺”：

我奇怪的肺朝向您的手，
像孔雀开屏，乞求着赞美。
您的影在钢琴架上颤抖，
朝向您的夜，我奇怪的肺。
……
像圣人一刻都离不开神，
我时刻惦着我的孔雀肺。
我替它打开血腥的笼子。

当我读到那一句“朝向您的夜，我奇怪的肺”时——震惊不已，这句诗换一种语境来理解，竟如同冥冥中的谶语！

你在一个夜晚听见了夜莺

和时下活跃的很多诗人相比，张枣的作品量很少，而且对自己要求严格。在与他齐名的很多诗人出版的著作已经超过两位数的今天，张枣生前仅在1998年出版过一本不足两百页的诗集《春秋来信》（按：张枣去世后，人民文学出版社出版了《张枣的诗》），这本书收录了他自80年代初到90年代末创作的诗歌和部分译作，原创的作品只有七十多首，平均每年不到五首。据说张枣对创作要求极其严格，不满意的就扔掉，毫不惋惜，有一些作品就是朋友从废纸篓里挽救出来的。目前保留下来的所有作品不足百首。但正如海子所说，张枣的诗歌产量虽少，但“你不能说我一无所有，你不能说我两手空空”。他的部分作品，已经成为中国文学的财富。在同时代人和后辈们的“逼压”下，他一点也不着急，像一个闲适的隐士。这种姿态难能可贵。我曾经在一个网络论坛上看到几个诗人对当前文学现象的讨论。他们对当前诗歌写作不受重视、对自己的作品产量不多表示担忧。其中一个说想改行写“有市场”的小说和电影剧本，另一个则声称从明天开始要“每天写一组诗”，还有一个抱怨“天下之大，却找不到发表自己作品的地方”。从他们的话，可以很容易地归纳出一个结论：“这样下去，我什么时候才能出人头地啊！”

我理解他们的心情，因为我也曾和他们一样迷惘和愤懑；希望自己写得多，写得好，发表量大，“曝光度”高……但这两年，我的态度改变了很多。我为把日子过好而努力工作，间或读一些有益于思维的书，记几行读书感想和生活流水账，只有在内心情感难以按捺时才提起笔。普通人五十岁知天命，一个作家到了三十岁，就应该知道为什么而写了，也应该懂得为什么而活了。写作需要健康松弛的心态，一旦成为“完成任务”式的束缚，就会失去乐趣。谨慎而缓慢地写作，勤奋而深入地思考，才能成就一个优秀的作家。成天羡慕别人的作品“有市场”，为自己作品量少而焦急，说得好听些，是“有上进心”“有抱负”；说得难听些，是“虚荣心强”“你以为你是谁”。对于那些曾经写过一些佳作的名诗人而言，认识到这一点尤为重要。毕竟指望每天都能写出好诗，每年都能出版一部轰动全国的诗集从而保持最高的“曝光度”是不可能的。世间没有永动机，谁的激情能永恒不倦？

真正的文学是拒绝用数字衡量的，在一首好诗和一百首庸诗之间、一首好诗和一百部平淡无奇的长篇小说之间，时间的天平会偏向哪一边，结果不言而喻。庞德说得好：“一个人与其在一生中写浩瀚的著作，还不如在一生中呈现一个意象。”（《关于意象主义》）如果有人让我在张枣的《镜中》和某些获得大奖的长篇小说之间进行选择，我会毫不犹豫地走向“镜中”。真正的文学也拒绝任何庸俗的炒作。当下某些诗人为了吸引眼球，不惜把衣服脱光，却打着“捍卫诗歌”的旗号；甚至把脸皮撕破，与人合谋炒作自己，把垃圾文字说成是“积极的探索”，并美其名曰“要改变人们的审美惯性”。诗歌的地位已经相当边缘，这些曾经写作诗歌的人们，怎么忍心以繁荣创作的名义再骑在它头上作践一把呢？好在这些炒作除了给予事件制造者表面的光环之外，不会对诗歌造成内伤。毕竟，垃圾即使穿上了鲜艳的外衣，仍然无改垃圾的本质。

张枣在回国前，曾长期身居国外，也许对国内的诗坛状况相对隔阂了，但我们可以想象得到他的态度。当三流小说家比一流诗人受重视，三流诗人比一流诗人更“混得开”时，真正的诗人是不会羡慕、惊讶和愤懑的，他知道，严肃者和投机者如同孔雀和乌鸦，根本无法形成对比。关于这个问题，半个世纪前，博尔赫斯就有了精辟的认识——

众神给了其他人无尽的光荣：

铭文、钱币上的名字、纪念碑、忠于职守的史学家

对于你，暗中的朋友，我们只知道
你在一个夜晚听见了夜莺

——《致诗选中的一位小诗人》

“小诗人”是博尔赫斯所尊敬的诗人，也是博尔赫斯的自诩。“小诗人”的“小”不是指年龄或成就，而是对某些貌似庞大深刻实则空洞虚弱的事物的反讽。我不知道那些削尖了脑袋往文学史里钻的人读了这些诗句会有什么感觉，他们在提起笔的那一刻，能否暂且放弃对“铭文”“钱币”“纪念碑”的想象？事实上，缪斯女神也不会在乎你是亿万富翁还是高级政客，她夜莺般的歌声只给那些心地清明的人聆听。所以，虽然张枣已经逝去，我们这些苟活着的烦躁不安的诗人们，请学习张枣的安静吧，并且铭记古米廖夫的话：“不要在‘可能’的时候写作，要在‘必须’的时候写作。”

在本文结束之际，我再一次读到我喜欢的那首《秋天的戏剧》。读到最后一节时，我意外地发现：原本是友情的描述，在如今的情境之下，竟呈现出强烈的缅怀意味。悼念一个诗人，最合适的方式莫过于记住他的作品，那么，就让我以这些诗行为结尾，祝愿诗人在天国平安，也愿活着的人们珍惜身体，幸福一生——

这夜晚风声加紧，你们来到我的心中
代替了我设想的动作，也代替了书桌前的我
让我变成了一个欲言不能的影子

日子会一天天变美，洁白无瑕，正像
我们心目中的任何一件小东西
活着？活着就是改掉缺点
就是走向勇敢的高处，在落叶纷纷中
依然保持我们躯体的崇高和健全

从黑暗中来，到白云中去

历史跟他相比，只是一段插曲；

战争若知道他，定会停止干戈；

痛苦，也要在他身上寻找深度。

上天赋予他不起眼的躯壳，

装着山川、风物、丧乱和爱，

让他一个人活出一个时代。

——黄灿然《杜甫》节选

黄灿然，1963 年 9 月生于福建泉州。1988 年毕业于暨南大学中文系。著有诗集《游泳池畔的冥想》《我的灵魂》《奇迹集》，评论集《必要的角度》《在两大传统的阴影下》，随笔集《格拉斯的烟斗》等。另译有诗集、评论集和小说多部。现居香港。

黄灿然早在80年代中期就已“出道”，是“朦胧诗”以后有影响的诗人，1990年我比较正式地阅读现代诗以来，常能从各种刊物上看到他的名字。1993年出版的《后朦胧诗全集》就收录了黄灿然的十七首诗，只是当时我的目光更多地停留在于坚、韩东、西川等“风云人物”身上，对他的作品不是太留意而已。

真正对黄灿然产生深刻印象已经是1996年冬天了。希姆博尔斯卡（当时译为申博尔斯卡）获得“诺贝尔文学奖”后，还在试刊阶段的《南方都市报》发表了黄灿然翻译的《在一颗小星下》，这是我读到的希姆博尔斯卡的第一首诗，也是这个异域诗人至今给我印象最深的一首诗。我一共见到过三种《在一颗小星下》译本，另两个译者是林洪亮和张振辉。三个译本，黄译最佳，语感节奏都拿捏得当；林译次之，节奏不错；最差的是张译，不厌其烦地将原作的长句生拉硬拽地断为两三个短句，并且随意分行，呆板直白，诗意全无。对于诗歌翻译而言，除了要保持原作的韵味，还需注重汉语的语感。一个不懂诗歌的人去翻译诗歌，其结果只能使诗歌变成产品说明书。

随后，我开始比较正式地阅读黄灿然的作品，今天，我完全有理由以“丰富斑斓”来概括我的阅读感受。中国有很多既能写诗又能翻译诗歌的人，也有很多在写诗的同时又写文学批评的人，但大多数是勉强凑合，比如诗写得不错但译得差劲，或者恰好相反，翻译水平颇高但创作质量低劣，创作、批评和翻译齐头并进者却不多见，黄灿然是其中一个。

一个诗人的最初

现在看来，“黄灿然”这三个字的来历颇有些后现代——1963年9月，黄灿然在福建省泉州市罗溪公社钟山大队晏田生产队出生，家里请邻村一位有学识的人帮忙，这位乡邻提供了很多个名字，母亲看中了“黄灿然”，于是，这个名字与这个男孩伴随至今。

晏田村是一个高山里的村子，全村只有十六户人家，人口稀少。生活在这里，就像生活在半空中一样。多年以后，黄灿然这样描述自己的村子与外界的关系：“外面的世界意味着下面的世界。”黄灿然自小就喜欢书本，“读小学时，课本一发下来我就赶紧啃读。家中阁楼的旧书也给我翻遍，如冰心、老舍的文字就是在阁楼旧书堆中读到的”。（余非：《黄灿然访问记》）

早在上个世纪50年代，黄灿然的祖母就移居香港。70年代初，黄灿然还在读小学时，家人便从农村到香港打工，父亲及祖母一直申请让他到香港定居。而黄灿然对香港这座陌生的城市不感兴趣，加上当局一直没有批准，因此，直到十五岁黄灿然读高中二年级时才与两个姐姐一同移居香港。到香港后，黄灿然在制衣厂当了五年工人。在此期间，黄灿然过得很不开心，他喜欢文艺，所赚的大部分工资都被他用于买书和看电影，与那些不读书的工友们无法找到共同的话题。因此，尽管他工作做得很好，却没有什么朋友。更重要的是，他希望自己有一个美好的未来，而不是在乏味的工厂里待一辈子。孤独之中，黄灿然曾多次想到自杀。

在香港干了两年多后，1982 年，黄灿然回泉州老家探亲，舅舅向他提供了一个后来改变了他人生道路的信息——暨南大学很优待港澳生，又不用考政治。黄灿然决定考大学。要考上大学，必须先学好英文。从泉州回到香港后，黄灿然利用工余时间进夜校学英文。虽然一切都得从 ABC 开始，但黄灿然很用功，且进步神速。为了增大把握，在高考前，黄灿然又到广州华侨学生补习学校补习了三个月。

功夫不负有心人，1984 年秋天，二十一岁的黄灿然考上了暨南大学新闻系。进入大学后，黄灿然开始写诗，认识的第一个诗人是比他高几届的师兄沈宏非，并加入了沈宏非创办的红土诗社。当时沈宏非刚刚毕业，留在学校里等待分配。现在，我们只知道沈宏非是随笔专栏作家，事实上，在 80 年代初，他是一个颇有影响的诗人，当年《收获》杂志刊登过一篇评论文章，历数了“朦胧诗派”的领军人物，沈宏非的名字排在舒婷前面。遗憾的是，大学毕业后，沈宏非淡出了诗界，做新闻去了。

在写作之初，使黄灿然受益最大的是老木主编的《新诗潮诗集》和赵毅衡译的《美国现代诗选》。后来，又接触到韩东等人编辑的《他们》，并与王寅和吕德安成为好朋友。

1985 年，黄灿然油印了自己的第一本诗集《今天没有诗》，两年后，又油印了诗集《某种预兆》，这两本诗集里的部分作品相继在西藏的《拉萨晚报》、香港的《大拇指》、北京的《十月》和香港的《八方》等杂志发表。大学毕业后一两年间，黄灿然又手抄复印了诗集《总结生活》和《诗六十首》，并开始翻译聂鲁达和卡瓦菲斯的诗歌作品。

1990年，黄灿然开始担任香港《大公报》国际新闻翻译至今。

眼里的微光隐藏着生活的信仰

在2009年4月内部印行的《奇迹集》一书中，黄灿然把自己自上个世纪80年代以来的诗歌创作分为三个阶段，并分别以三本诗集作为三个阶段的"成绩总结"。第一阶段是1997年之前的所有创作，这个阶段的"一个特点是某种渐变，包括语言和形式；另一个特点是既注重内心感受（尤其是早期），又探索语言形式，有时两者分离，有时两者混杂，总趋势是追求复杂和深度，但似乎是在寻找一个更准确的声音"。

对于这一阶段良莠不齐的作品，黄灿然心情复杂，"即使是现在，我也无法确切判断自己的成绩，但有一个感觉却是明显的，也即有些诗是自己感到吃惊并知道再也写不出来的，它们都是在某种极佳的'状态'中写的，这'极佳'有时是指极痛苦或极哀伤或极忧烦；另一些诗，尤其是其中一些字句，则是连看一眼也不敢"。

中国工人出版社2000年10月出版的诗集《游泳池畔的

冥想》，是黄灿然对这一阶段的创作的总结，该书收录了他1987—1997年间较有代表性的作品。从更长远的目光看，这个阶段是一种练习，是为了寻找一个“更准确的声音”。

尽管现在黄灿然对1997年前的创作不是很满意，但这个阶段仍然留下了一些令人心动之作，比如《一生就是这样在泪水中》：

一生就是这样在泪水中默默吞忍。
从黑暗中来，到白云中去，
从根茎里来却不能回泥土里去，
一生就是这样在时光中注满怨恨。

一生就是这样在时光中戕害自身。
在烟雾中思考，在思考中沉睡，
在处心积虑中使灵魂伤痕累累——
一生就是这样在火光中寻找灰烬。

就是这样，用牙齿、用刺，
用一个工具挖掘一生的问题；
用回忆消愁，用前途截断退路，
用春天的枝叶遮住眼中的耻辱。

就是这样，把命运比作瘀血，
把挫折当成病，把悲哀的债务还清；

就是这样发闷、发呆、发热，
发出痛苦的叹息并在痛苦中酝酿绝症。

一生就是这样在痛苦中模拟欢乐。
做砖、做瓦、做牛、做马，
做那被制度阻隔的团圆梦，
一生就是这样在诺言中迁徙漂泊。

一生就是这样在守望中舔起伤口。
对人冷漠，对己残酷，
对世界视若无睹，对花草不屑一顾，
一生就是这样在反省中拒绝悔悟。

就是这样，吃惊，然后镇静，
蠢蠢欲动然后打消念头，
猛地想起什么，又沮丧地被它逃走，
就是这样困顿、疑惑、脑筋僵硬。

就是这样建设、摧毁、不得安宁。
在挖掘中被淘汰，在吞忍中被戕害，
在碌碌无为中被迫离开——
一生就是这样在迁徙漂泊中饱尝悲哀。

一生就是这样在爱与被爱中不能尽情地爱。

回忆一夜千金的温馨，把脑筋拧了又拧，
回忆稻田、麦浪、飞蛾，想一生是多么失败，
一生就是这样在饱尝挫折中积郁成病。

人就是这样，在泪水中结束一生。

那种伤感、悲哀、悔恨、回忆、耻辱、失败、愤懑、反思相互纠缠的复杂思绪，那种一唱三叹的忧郁表情令人柔肠百结。诗歌有一个中心词贯穿其间，那就是“一生”。人的一生是漫长而又短暂的，说其漫长，是因为在数十年中要经历无数事情，每一件事情都会让你心澜波动或刻骨铭心。说其短暂，是因为所有的过程用一句话就能概括，那就是诗歌的最后一句：“人就是这样，在泪水中结束一生。”这泪，有伤心、有喜悦、有悔恨、有感动，还有愤怒……流泪的过程填满了人生的每个过程。

从《一生就是这样在泪水中》我们可以看到，也许是年龄和阅历的缘故，黄灿然在这一时期的“声音”是感伤和抒情的。

有一首类似题材的诗歌可与《一生就是这样在泪水中》对比阅读，那就是宋晓贤的《一生》。《一生》中同样饱含着《一生就是这样在泪水中》的种种情愫，两首诗各有短长，前者因为选取了一些描述性语言场景而显得更生动、形象，而后者的字词之间的音乐性以及对生活哲理的揭示则是前者所不具备的。

创作于90年代中期的《黑暗中的少女》也是佳篇：

一张瓜子脸。生辉的额、乌亮的发

使她周围的黑暗失色，她在黑暗中
整理垃圾，坚定、从容、健康，
眼里透出微光，隐藏着生活的信仰。

她的母亲，一脸忧悒，显然受过磨难
并且还在受着煎熬，也许丈夫是个赌棍
或者酒徒，或者得了肺痨死去了，
也许他在尘土里从不知道自己有个女儿。

每天凌晨时分我下班回家，穿过小巷，
远远看见她在黑暗中跟母亲一起
默默整理一袋袋垃圾，我没敢多看她一眼，
唯恐碰上那微光，会怀疑起自己的信仰。

这首诗通过对一个在黑暗中整理垃圾的少女的描写，体现了诗人对弱势群体的关怀。可贵的是，诗人对这个地位低下的少女给予的不是居高临下的怜悯，而是一种平等甚至带着敬意的审视："一张瓜子脸。生辉的额、乌亮的发／使她周围的黑暗失色，她在黑暗中／整理垃圾，坚定、从容、健康，／眼里透出微光，隐藏着生活的信仰。"一个收拾垃圾的少女，具有这样的稳重与平静，她不可能向生活屈服。尽管她目前的生活非常贫贱，与母亲相依为命："她的母亲，一脸忧悒，显然受过磨难／并且还在受着煎熬，也许丈夫是个赌棍／或者酒徒，或者得了肺痨死去了，／也许他在尘土里从不知道自己有个女儿。"

读到这里，最初的放下来的心又悬了起来：这个少女的自信，是不是因为初出茅庐，不知生活艰辛所致？你看她那作为“过来人”的母亲，就已经“一脸忧悒”。

于是，面对这个不知底细的少女，诗人心绪复杂，既羞愧又有些自惭形秽：“每天凌晨时分我下班回家，穿过小巷，/远远看见她在黑暗中跟她母亲一起/默默整理一袋袋垃圾，我没敢多看她一眼，/唯恐碰上那微光，会怀疑起自己的信仰。”

诗歌就是在这种相信与犹疑之间获得了强大的张力。从这首诗我们可以看出，相对于1992年左右创作的《一生就是这样在泪水中》的高蹈，90年代中期的《黑暗中的少女》关注的视角在悄悄转移，它预示着黄灿然后来的创作的“完美转身”。

《诗人回家》一开篇，就是一句劝诫：“是重新习惯回家的感觉的时候了，诗人”，随后，诗歌从物（家具、卧室、窗外的景物）、人（妻子、女儿）逐渐过渡到精神层面，让我们知道，无论身体和灵魂漂泊多远，“即便你有流泪的辛酸和不能流泪的悲哀”，总会有一种牵挂蕴藏心间，总会有一个空间静静等候。无独有偶，《倾诉》也从一个父亲对孩子的倾诉，逐渐转变为劝诫，涉及了智慧与美丽、世俗与世故、清高与单纯、艺术与生活等的关系，谆谆之言，既动人又发人深省。这首诗首发于黄灿然的油印诗集《某种预兆》中，骆一禾不知从什么地方读到（该诗集黄灿然没有寄给过骆一禾），便将它发表在80年代后期的某期《十月》上。

还有《他们将成为一堆骨头》：“你将供养一叶盛放的玫瑰，/像一摊水，当它们绽开春天的笑容/吐纳芬芳的呼吸，它们也要消亡，／并且也要成为一堆骨头。”对生命的鲜活与短暂的思考进入了哲理境界。长诗《献给约瑟夫·布罗茨基的哀歌》则具有了双重意义，艺术手法可圈可点，在情感寄托上也另有深意。在这首诗里，黄灿然模仿了布罗茨基《挽约翰·邓恩》的方式，低吟了一首缓慢而深沉的挽歌。此诗可以当作一个中国知识分子向一个历经苦难的高贵灵魂的献礼。

应该指出的是，黄灿然这个时期的诗歌除了以上佳作，也有少数作品充斥着平白的絮叨：“哪里有狭窄／哪里就有我的宽敞；哪里／有枯燥，哪里就有我的繁茂／哪里有羊肠小道，哪里／就有我绿色的光明的前景”（《游泳池畔的冥想》）；还有的过于放纵内在的激情，使情绪缺乏节制，过于顺畅而缺少回味：“我要包容的事物岂止这么多／我要诉说的对象比我还要逼迫／我给软弱的语言增加压力／我要推动的方向比你的守望还要沉默”（《我要包容的事物岂止这么多》）；而《献给妻子》一诗的结尾两句：“繁重的工作就是我的情诗／所有的成果全部献给你”，情感虽然真挚，但却不大像诗而更像决心书。这几首诗被选进了《1998 中国最佳诗歌》《岁月的遗照》等选本，并被有关论者引用、赞赏，我宁愿相信编者是一时看走了眼或者是“友情支持”。

日益精进

1997 年，黄灿然完成了长诗《游泳池畔的冥想》，他觉得应该结束这一阶段的创作了，而新的方向尚未出现。他写下了《中国诗人》的前四行："生于中国，听命于汉语，/很晚你才明白这个道理，/就像身为中国人，很晚/你才发现自己是汉语诗人"，以及《城禁——给陈东东》的前八行："国家机器一心想拿你去镶嵌/它的臃肿，仅仅因为它知道/你是一枚钻石，照耀它的缺陷；/它派人按着你的头要你求饶，/仅仅因为你不介意他们也有尊严。/你不是一颗螺丝钉，它早知道，/只不过它还想多尝一遍/知道得太迟的味道"，随后，他发现自己无法继续下去。半年后，黄灿然偶然打开电脑档案，看到这两首未完成的作品，"突然来了一股气，就把它们完成了"。

当时，黄灿然对这两首诗的感觉还不错，但仍然不如自己所期待的满意。不久后，这两首诗被朋友拿去广州给另几个诗人读了，得到的反馈令黄灿然吃惊，"他们都说好，而且那种反应不是一般的好，他们的意思大概是，这是一种新东西。而我当时觉得，这算什么呀，我还可以写得更好——但我当时并没有发现这是新东西"。

这两首诗，开启了黄灿然诗歌创作的"第二阶段"。这个阶段从 1998 年开始到 2005 年结束，历时八年，主要成果收录在 2009 年出版的诗集《我的灵魂》中。在黄灿然看来，"这是一个较成熟也较稳定的时期，也是无论我自己、朋友或读者都较重视的时期，可以说已找到那个更准确的，同时也更宽的声音。这个时期的特点是情绪性、即兴性、语言挥霍和炫耀被清除出去，转而倾向于客观性和距离感，早期的朴实也被重新肯定，但这朴实已因阅历和一直以来的语言磨炼而得到加厚和深化。内心感受成为主导，但这内心感受是个人与人人相通的结果，他人即自己，自己即他人。道德、美学、世界观都能够较清晰地表达出来”。（《奇迹集·自述》）由此可见黄灿然对这个阶段作品的珍视。

当我赶到将军澳医院，
在矫形与创伤科病房见到父亲，
他已躺在床上输葡萄糖液，
受伤的右手搁在胸前，包着白纱布；
母亲悄悄告诉我，父亲流泪，
坚持不做手术，要我劝劝他。
我只劝他两句，父亲
便签字同意了，比预料中顺利，
就像这医院、这病房比预料中
整洁和安静，周围都是翠绿的山，
护士小姐天使般友善——没错，
这里像天堂，或世外桃源。
手术后我喂父亲吃饭，
这是我们一生中最亲密的时刻：
由于我出生后，父亲就长期在外工作，
当我们一家团聚，我已经长大，
所以我们一直很少说话；
当我成家立室，搬出来住，
我跟父亲的关系又再生疏，
每逢我打电话回家，若是他来接
他会像一个接线员，说声“等等”

便叫母亲来听，尽管我知道
我们彼此都怀着难言的爱。
而这是神奇的时刻，父亲啊，
我要赞美上帝，赞美世界：
你频频喝水，频频小便，我替你
解开内裤，为你衰老而柔软的阴茎
安放尿壶——你终于在虚弱和害羞中
把我生命的根敞开给我看：
想当年你第一次见到我的小鸟
也一定像我这般惊奇。

——《亲密的时刻》

《亲密的时刻》是黄灿然“第二阶段”具有代表性的作品，也是受到普遍好评的作品之一，它创作于 2001 年，写的是儿子照顾病重父亲的情景。

诗句非常简洁，内容也很有层次，没有晦涩难懂的地方。首先，“我”赶到医院病房，看到父亲躺在床上输葡萄糖液，受伤的右手包着白纱布。然而尽管重病在身，但父亲仍然保持着一如既往的威严，任凭母亲如何劝说，都不愿意做手术。母亲只能求助于儿子，让儿子劝劝父亲。

有趣的是，儿子“只劝他两句，父亲／便签字同意了”。这意味着一直作为家长的父亲的权威性遭到了消解。结果的顺利，就连儿子也感到惊讶，于是有了关注周围环境的兴趣。心情喜悦，看到任何事物都是美好的：“就像这医院、这病房比预料中／整洁和安静，周围都是翠绿的山，/护士小姐天使般友善——没错，/这里像天堂，或世外桃源。”

第三层从“手术后我喂父亲吃饭”开始，到“我们彼此都怀着难言的爱”结束。诗歌由“手术后我喂父亲吃饭/这是我们一生中最亲密的时刻”引领，进入回忆，“我”出生后，父亲就长期在外工作，没有机会见面。“当我们一家团聚，我已经长大”，由于时间、空间与情感的隔阂，“所以我们一直很少说话”。而当儿子成家立室，从家中搬出来住之后，好不容易建立起来的一点点父子的感情又遇到波折，生疏了起来。甚至两人感到无话可说，“每逢我打电话回家，若是他来接/他会像一个接线员，说声‘等等’/便叫母亲来听”。尽管如此，父子之情仍在，而且深厚：“我们彼此都怀着难言的爱”，这种无言只是表面现象而已。

最后一层，顺理成章地牵扯出后来更“亲密”的细节：父亲频频喝水，频频小便，“我”替父亲解开内裤，安放尿壶，我看到自己生命的根……在“我”看来，“这是神奇的时刻”，令人感动得忍不住“要赞美上帝，赞美世界”。

诗歌平实而朴素，对大多数读者而言，不存在理解上的障碍。在内容上，讲述的也是日常琐事，没什么大道理，但实际上它又新鲜而深刻，诗人在对平凡生活的书写中，讨论了现代生活中的父子之间微妙的感情。对其中深意，评论家程一身在《阴影中的灿烂前景》中进行了细致的分析：“一对父子，一个新鲜的生命和他的创造者，这时候儿子还小；一对父子，一个衰老的生命和他的继承者，这时候儿子已经长大。父子之间‘亲密的时刻’只可能发生在儿子童年和父亲晚年这两个阶段，至于其他时间，父亲与儿子不是相隔万里就是彼此对峙。……随着儿子逐渐成长，父子之间几乎不再发生身体接触。儿子长大成人后要照顾一下父亲（这时的父亲往往重病在身，生活不能自理）。无数父子就是这样生活的，所有的差别仅在于少数父子偶尔感到了亲密的时刻，大多父子却从不知父子之间的亲密为何物。……给父亲喂饭使儿子感到了父子之间的亲密；帮父亲小便同样使儿子感到了父子之间的亲密，正是后一种非常的亲密让诗人感到了内心的狂喜和由衷的礼赞，并促成了此诗的诞生。因为这里包含着诗中的第二个戏剧性冲突，即儿子不仅看到了父亲的身体，而且看到了父亲的阴茎，这彻底突破了传统的父子伦理观念。在传统的父子伦理观念笼罩下，儿子被禁止看见父亲的身体……而《亲密的时刻》的作者却以极大的勇气突破了传统的禁忌，他如实地传达了自己的真实感受，维护了他心目中的艺术真实……”程一身的分析，很有道理。而这种在世俗生活细节中挖掘出真理的写作，体现了一个诗人高超的洞察力。

创作于 1999 年的《你没错，但你错了》也是这个阶段值得重点关注的作品：

由于他五年来
每天从铜锣湾坐巴士到中环上班，
下班后又从中环坐巴士回铜锣湾，
在车上翻来覆去看报纸，
两天换一套衣服，

一星期换三对皮鞋，
两个月理一次头发，
五年来表情没怎么变，
体态也没怎么变，
年龄从二十八增至三十三，
看上去也没怎么变，
窗外的街景看上去也差不多，
除了偶尔不同，例如
爆水管，挖暗沟，修马路，
一些“工程在进行中”的告示，
一些“大减价”的横幅，
一些“要求”和“抗议”的政党标语，
一些在塞车时才留意到的店铺、招牌、橱窗，
一些肇事者和受害人已不在现场的交通事故，
你就以为他平平庸庸，
过着呆板而安稳的生活，
以为他用重复的日子浪费日子，
以为你比他幸运，毕竟你爱过恨过，
大起大落过，死里逃生过
——你没错，但你错了：
这五年来，他恋爱，
结婚，有一个儿子，
现在好不容易离了婚，
你那些幸运的经历他全都经历过，

而他经历过的，正等待你去重复。

这首诗一共三十行，看起来有些复杂，但只要我们多读两遍，就能抓住其中脉络。该诗的前二十四行，其实只有一个句式："由于他……你就以为他……"这中间全部是对"他"的生活状况以及日常所见所闻的描述，而这些事情，多为看似无关痛痒的琐碎。因此，"由于他"的经历没有大起大落，"你就以为他平平庸庸，/过着呆板而安稳的生活，/以为他用重复的日子浪费日子，/以为你比他幸运，毕竟你爱过恨过，/大起大落过，死里逃生过"，交代完这一切之后，诗人告诉你：这其实是一个误解，"你"对他的生活的理解"没错"，但你同时又"错了"。

最后五句，诗人给出了"你错了"的理由："这五年来，他恋爱，/结婚，有一个儿子，/现在好不容易离了婚，/你那些幸运的经历他全都经历过，/而他经历过的，正等待你去重复。"

读了这首诗，我想起了那句古老而睿智的话——太阳底下无新事。我们常常用自己的眼光去审视别人，解剖别人，随意评价别人这样那样，殊不知生活对每个人都是平等的，我们经历过的痛苦，别人也经历过；我们自以为得意的经验，别人也并不缺乏。更重要的是，每个人都应该认识到自己的局限性，不可能全知全能，当我们对别人挑三拣四时，往往是一叶障目，不见泰山，不知道别人可能比自己更深刻、更丰富，"他经历过的，正等待你去重复"。

这首诗，告诉了我们人生的辩证关系以及生活的复杂性，充满"教育意义"。把这样一个富有哲理气质的内容用如此浅近的方式表达出来，让人易于接受，不起“被教训”的逆反心理，思索之后又豁然开朗，没有高超的写作功底和对生活本身的深刻洞察，要达到这一点并非易事。

类似的技巧，在2006年后创作的《才能的宇宙》一诗里也使用过，这首诗第一节共八行，全凭一个“就跟……一样”的句式为架构，从中加入了一系列被书写者的生活细节。随后在第二节加以阐释、总结，使整首诗有了完美的收尾。这样的写法，体现了诗人高超的文字驾驭能力以及对诗歌的整体把握能力，但有时候，也会让读者心悬一线：如此众多的内容，仅用一个句式来衔接统一，会不会让那个句式有些不堪重负？

“第二阶段”还有一首诗，也是我异常喜欢的，那就是作于2000年的《祖母的墓志铭》：

这里安葬着彭相治，
她生于你们不会知道的山顶，
嫁到你们不会知道的晏田，
丈夫娶了她就离开她，
去了你们都知道的南洋；
五十年代她去了香港，
但没有去南洋，因为
丈夫在那里已儿孙成群。

她有两个领养的儿子，
长子黄定富，次子黄定宝，

大媳妇杜秀英，二媳妇赖淑贞，
秀英生女黄雪莲、黄雪霞、
男黄灿然、女黄满霞，
淑贞生女黄丽华、黄香华、
男黄胜利、女黄满华。

七十年代她把儿孙们
相继接到香港跟她团聚，
九十年代只身回到晏田终老，
儿孙们为她做了隆重的法事，
二〇〇〇年遗骨迁到这里，
你们看到了，在这美丽的
泉州皇迹山华侨墓园。

世上幸福的人们，
如果你们路过这里，
请留一留步，
注意一下她的姓名，
如果你们还有兴致
读她这段简朴的生平，
请为她叹息：

她从未碰触过幸福。

和《你没错，但你错了》一样，《祖母的墓志铭》也是三十行。前三节二十二句，书写了祖母的一生，出生，成长，结婚，被丈夫抛弃，领养儿子，去香港，把儿孙们移到香港定居，年老时回老家终老……甚至连她的丈夫的去向和所作所为，以及一家三代人的家谱都娓娓道来，读者没有感到丝毫乏味与拖沓。

第四节，诗人满怀深情地请路过祖母墓地的人们留步，“注意一下她的姓名”，如果还有兴致，再“读她这段简朴的生平”，最后，诗人提请这些了解祖母生平的人们注意一件早已存在但易被忽视的事实：“她从未碰触过幸福。”

请注意，诗人是请“世上幸福的人们”留步，也许是因为知道，幸福的人们很容易被身处的环境所囿，对别人的不幸缺乏关心与理解，而诗人又是多么希望人们把敬佩的目光投送到自己那“从未碰触过幸福”的祖母身上！那种割舍不掉的深厚亲情，可见一斑。

这首诗，以及前面提到的《一生就是这样在泪水中》《你没错，但你错了》等有一个共同的特点，那就是结尾的“总结陈词”，在前面进行了长篇铺叙之后，读者会误以为语言和诗意过于发散，难以把握，没料到在结尾之处，诗人仅凭一两个句子就将各条线索收回，让人心有所得，又豁然开朗。

短诗《杜甫》也曾广获好评，这首诗歌值得注意不仅在于它写出了一个号称为“诗圣”的人的崇高形象，更在于它层出不穷的佳句：“他的日子像白米，每粒都是艰难”“历史跟他相比，只是一段插曲”“痛苦，也要在他身上寻找深度”……生动而别致，令人一读难忘。时下很多诗歌作者一味贪大求全，动辄数百行上千行的长诗或者大型组诗，但能够被人记住的极为罕见，这些作品要么犯的是有句无篇的弊病，要么反之，只见一个庞然大物而不见一个精彩句子。庞德曾有过一个非常精辟的论断："一个人与其一生写下浩瀚无边的著作，还不如在一生中呈现一个完美的意象。从黄灿然这首诗里，我们可以真切地感知什么是'有句有篇'。"

在《奇迹集》自述中，黄灿然这样评价他第二阶段的作品："尽管从后来《奇迹集》更率直的角度看，这表达有时仍是谨慎的、迂回的，但即使从后来《奇迹集》更率直、更无顾忌、更自由、更随意也更自信的角度看，我仍对这个时期的节俭、内敛、克制怀着敬意，不是因为我自我恭维，而是因为这其中包含着一个诗人——也是一切诗人，推而广之，一切人——的含辛茹苦和谦虚诚实。"这番话是有道理的，在 1998 年到 2005 年间，黄灿然取得的成就不在 2006 年以后的《奇迹集》之下。

90 年代中期以后，"后朦胧诗人"或"第三代诗人"有的停笔，有的淡出，有的虽然仍在坚持，但作品质量已经江河日下，像黄灿然这样日益精进的诗人，堪称凤毛麟角。如果说 1998 年以前的黄灿然是一个优秀的诗人，那么 1998 年以后的黄灿然，已经成为一个优异的诗人，不仅杰出，而且重要。

两次启示

黄灿然认为，自 1998 年以来，他的诗歌写作经历了两次"启示的转变"。第一次"启示"，使他从草创的第一阶段进入了成熟时期第二阶段。2002年，黄灿然在接受凌越的采访时，谈起了这次转变之于自己的意义，并宣布了自己的诗歌理想："从1998年开始，我才真正找到自己，找到诗歌和艺术的真谛。以前，我要做一个好诗人，写好诗，现在，我要做一个不可替代的诗人，写的不只是好诗，而是紧贴自己的生命的诗。"

第二次启示，是2005年以后《奇迹集》的写作，这也是黄灿然诗歌写作的"第三阶段"的肇始。

这一次的转变过程与1998年的那次转变十分相似："在写作《奇迹集》之前几个月，差不多是之前一年，有一天我晚饭后到公司附近散步，想到几个句子，回来便匆匆开了一个电脑档案记下来并存起来，后来便忘了。……有一天我坐在电脑前，想起这首未完成的诗，便花了十多分钟找出来。但我发现诗是不能修改的，其匆匆记下的散文化长句也是不能修改的，一弄成我平时写诗的句式，便面目全非。于是，我便让它保持原貌，并顺着原来的节奏补了几句。然后，奇迹便发生了，一首接一首地写。……后来这首续写的诗虽然不算好，却开创了一种新节奏，并带给我不是一批或一组诗，而是一本全新局面的诗集。"（《奇迹集·自述》）《奇迹集》是黄灿然"第三阶段"写作的阶段性成果，作为一个潜力巨大的诗人，黄灿然至今仍然在继续他这一阶段的深入挖掘，但通过对《奇迹集》的阅读，我们已经可以很明显地感受到黄灿然的巨大能量和他的探索成果。

让我们看看短诗《高楼吟》：

那些高楼大厦，我爱它们，

它们像人一样忍辱负重，
而且把千万个忍辱负重的人藏在心窝里，
它们比人更接近人，比人更接近天，
比人更接近大自然，但它们像人，
它们的苦和爱是无边的，像我，
它们的泪水是看不见的，像我，
它们的灵魂是纯洁的，像我，
它们像人一样，像人一样，
互相挨着互相拥抱互相凝视，
它们眼睛硕大，炯炯有神，
它们通神，它们是神，
但它们像人一样，像人一样，
它们年轻、健壮、衰老，
皮肤剥落，身体崩溃，
像人一样，像人一样
来自尘土，归于尘土。

第一句，诗人表明了自己立场：“那些高楼大厦，我爱它们”。这些高楼是什么样的？“我”为什么爱它们？在接下来的十六行里，诗人列举了“爱”的种种理由：“它们像人一样忍辱负重，/而且把千万个忍辱负重的人藏在心窝里”，这是一种无私无怨的宽广胸怀。“它们比人更接近人，比人更接近天，/比人更接近大自然，但它们像人”，因为无私无怨，胸怀宽广，不像人与人之间那么陌生，相互提防，所以它们更接近人。请注意这句诗中的前面两个“人”，第一个人，无疑是指那些冷漠、清高，对同类敬而远之的人，而第二个“人”，则是祛除了一切伪装，真诚自然的人。在诗人看来，那些冰冷的、没有灵魂的高楼反而比人更接近大自然，比在高楼进出的人们更接近本真的人，其字里行间包含的痛心可想而知。

接下来的几句，仍然是拿高楼与“我”比较，牵涉到对大自然的亲近，无边的苦和爱，看不见的泪水，纯洁的灵魂，这些特点，都“像我”。这是对“我”的生活的揭示，也是对自己纯洁的灵魂的一次表白。

然后，诗人继续在高楼与人之间寻找关联，直至结束：“它们像人一样，像人一样，/互相挨着互相拥抱互相凝视，/它们眼睛硕大，炯炯有神，/它们通神，它们是神，/但它们像人一样，像人一样，/它们年轻、健壮、衰老，/皮肤剥落，身体崩溃，/像人一样，像人一样/来自尘土，归于尘土。”在这里，没有生命的高楼被赋予了生命的灵气，的确，它们和我们一样，互相挨着互相拥抱互相凝视，眼睛硕大，炯炯有神。因为高楼比我们更高，更接近大自然，更宽厚，所以，“它们通神，它们是神”。但即使如此，它们也像人一样，有盛衰、喜怒和哀乐；有从年轻、健壮到衰老的过程，有皮肤剥落、身体崩溃的时候；最后也和人一样，“来自尘土，归于尘土”。

《高楼吟》表面上写的是高楼，实际上是写人；表面上是写人与物，实际上是写世界与人生。在诗歌中，“像人一样，像人一样”被反复强调，诗人对人类的爱、对弱者的关怀展露无遗。

在《奇迹集》自述里，黄灿然说：“我常常思考佛的一些简单事迹和形象，并发现一些深意。例如佛觉悟之前与觉悟之后的唯一差别，就是觉悟前他一切都是为自己，觉悟后一切都是为别人。我提到佛，是因为我这个领悟是先从翻译中初步获得的。有一天我觉得活着实在是很累的，不是说我贪图安逸，相反，安逸对我毫无吸引力。但我突然想到，既是这样，那么我何不就多做翻译，把下半生都用来服务别人。这样下了决定，便顿然轻松起来。这种一定程度的无我，反而使我看到世界的光彩，并顺手变成诗——对诗，我也是有一天发现写诗毫无意义，可正是在这毫无意义之中，如果还有能够打动我去写的，那必然是有意义的，于是真诗便来找我了。”也许，诗歌之神正是因为黄灿然心中有“别人”，而走向这个诗人的。

我们再看看这首《慈悲经》：

“约翰放走那羔羊，
屠夫希律找到它。
我们把一头忍耐、
无过错、忍耐的羔羊，
一头温顺的羔羊领向死亡。”

啊，忍耐、无过错、忍耐的约翰，
忍耐、无过错、忍耐的屠夫，
忍耐、无过错、忍耐的羔羊！

全诗共八行，前五行是直接引语，讲述的是一个过程。从这个过程，我们可以看到三个形象：行善的约翰，行恶的屠夫希律，以及“忍耐、无过错、忍耐的羔羊”“温顺的羔羊”。最初，我猜测这几句如果不是诗人的一种写作技巧，就应该是摘引或综合《圣经》中的意思。后来专门去信向作者求教，才知道，这几句话是马勒《第四交响曲·第四乐章》的歌词。

后三句仍然涉及上面的三个形象，但在诗人眼中，没有谁是无辜的，也没有谁是恶的，从更高层面上看，无论行善的约翰，行恶的希律，都与羔羊一样“忍耐、无过错、忍耐”。这种对善的爱护与对恶的宽容，体现了诗人的大爱之心，发人深省。我们的教育，历来是“爱友人，恨坏人”“对敌人像冬天般寒冷”，很少有“爱自己的仇敌”的宽宏，于是，生活中充满了“以眼还眼”“以牙还牙”“报仇雪恨”等字眼，用真诚去感化别人属于极端迂腐的行为，至于“以德报怨”，似乎更是多少万年前的事情了。这也难怪，毕竟，这样一种大慈悲，需要宽厚的修养和胸怀作底蕴，以及淳朴和谐的民风，而多年以来中国的文学作品中很少能看到这一宝贵品质，今天，它在黄灿然笔下出现了。由此，我们感受到的不仅仅是文学意义上的诗人情怀，更是一种立足世界的精神之本。

黄灿然这一阶段的许多诗歌都有“爱”的主题，这种爱，不仅是对弱者，还遍及某些看似强者以及那些“无关紧要”、易被人忽略的人和物。《水池边》书写了一种单方面的，不需要回报的关怀（而我们习惯的是“投桃报李”）；《善》告诉我们，“你身边这陌生人也是善的”（而现在我们的媒体四处宣扬“不要和陌生人说话”，这种状况如果发展下去是多么恐怖）；一个老人，即使“连他的表情和动作也不属于自己”，我们也应该祝福他，他那稍纵即逝的“神采奕奕”，会“在我们恍惚的瞬间把我们也照亮”（《现在让我们去爱一个老人》）；一个为了送孩子上学，“来不及做太多的打扮”的女人也是美的（《现在让我们去爱一个女人》）；“受过良好教育，做着低等的工作，过着贫穷的日子”，离开祖国到香港打工的菲佣，是值得尊敬的，他们也是我们中的一员，“我的灵魂是她们的丈夫、兄弟、姐妹、子女／尤其甘愿做他们的仆人”（《菲佣》）；还有一首诗，仅看看标题，我们的内心就会生起一股暖流：“现在让我们去爱街上任何一样东西”。

大约在2002年，我写过一篇题为“什么是好的”的随笔发表在《扬子鳄》诗歌民刊上，两年后，被《诗刊》转载。后来，又将此文的删节版改名为“爱与暧昧”，收进了我的随笔集《让时间说话》（岳麓书社2005年5月出版）之中，文章的开头，表达了对“爱”的呼唤：

> 如果要我衡量一篇文学作品的好坏，我首先会看里面有没有爱。这“爱”不仅是人与人之间的爱与关怀，更是人与世界、个体与环境之间的相依相靠、相互依存的融洽关系。而恨，是爱的极端，仍属于“爱”的范畴。
>
> 爱与悲悯紧密相连。优秀的文学作品，除了爱，还应该灌注着悲悯之情。这种悲悯不是一时一地的小忧伤、小关注，而是隐含在平凡中的热情，以及博大的、近于宗教般的情怀。正如里尔克所说的“以人去爱人”：“这也许是给予我们的

最艰难、最重大的事，是最后的试验与考试，是最高的工作，别的工作都不过是为此而做的准备”。一个受人敬重的作家，其人生道路可能有过艰辛，但只要他还在爱着，天堂之门就会为他敞开。生活让他痛苦，而爱坚强了他的意志。像帕斯捷尔纳克的小说《日瓦戈医生》里的一个细节：雪野苍茫，作家在奋笔疾书，小屋四周群狼嚎叫，作家仍不愿意让自己的笔下出现杂音，因为对恶的屈服将会取消作家提笔创作的意义。令人肃然起敬的是，小说中的这一形象，正好是作者帕斯捷尔纳克在生活中的真实反映，由此我们看到了一个作家与其作品从内到外的完美融合。我们还可以从艾略特的两部传世诗篇《荒原》和《四个四重奏》中找到脉络，从对荒原般的人世的披露回归到宗教的神圣光辉，正是爱与悲悯的力量。可以这么说，一个真正的作家，他的写作就是向世界说出他的爱。

遗憾的是，多年以来，除了少数几个诗人零星的作品，我没有读到更多的诗人对“爱”的关注，有人甚至认为“爱”的诗歌是低浅的，不入流的。我对持这样见解的诗人历来尊重不起来，在我看来，他们说出如此的结论，正好证明他们的冷漠和对这种品质的陌生。而今天，我读了黄灿然的《奇迹集》之后，内心的一块石头终于落地，我感到自己的腰杆挺直了许多。有了如此开阔的境界和体悟，黄灿然的博大，将成为一种必然。

黄灿然对这一阶段的诗歌也非常自信，在《奇迹集》自述中，黄灿然认为，“如果说，早期诗是‘看山是山’，中期诗是‘看山不是山’，那么《奇迹集》便是‘看山又是山’。在语言上，是出了语言。这并不是说它完美了。它恰恰是不要完美了。这不要完美可能带来完美，也可能带来不完美，但都是附带性的，因为完美不是它的准绳或尺度或目标。实际上这是我写诗以来第一次解除了完美的束缚。我处于无情绪的状态，也可以说是处于‘全诗’的状态，如同一湖静水，任何风吹草动或叶子飘落或阳光的温暖或没有阳光的阴凉，都使它起反应，都是诗。我自己对写诗的态度也与此相吻合：以前，总是害怕写不出诗，但《奇迹集》却是诗自己找来。以前是我在写诗，现在是诗在写我。”

必要的角度

文学作品的阅读除了受制于自己的心性、兴趣和接受能力，还必须对大量风格相似的作品做出甄别与筛选。世界太大了，值得阅读的东西堆积起来可以花掉几辈子的时光。那么，读者面对浩如烟海的作品时，就有了选择的理由。正如黄灿然一首诗的标题所说，“我要包容的事物岂止这么多”，从他的几个创作阶段看来，他是一个趣味较杂的诗人，1997 年以前，他的诗歌比较抒情，相对传统，无论是观念还是技巧都还称不上出类拔萃，这样的诗人正好是最容易被人忽略的。在艺术创作中，“极端”往往是新事物诞生的前兆，“极端”的方向即使偏离轨道，也至少能够吸引眼球，如欧阳江河的《悬棺》、钟鸣的《树巢》、周伦佑的《自由方块》、伊沙的《结结巴巴》以及余怒和沈浩波的部分作品，都成为诗界或大或小的话题。如果不能做到极端，则必须能融众家之长，站在众人的肩膀上，形成自己的风格，否则永远无法达到艺术的最高层次。黄灿然的可贵之处在于，他不在上面的几种方式之中，1998 年后，他走了一条属于自己的独特的道路。他的诗歌不仅来源于阅读，还来源于生活经验以及对人生的深刻洞察。经过再一次嬗变，2006 年以后的黄灿然，真正称得上出类拔萃。至少在我的阅读印象中，他当之无愧地成为最前列的诗人之一，即使将他夹杂在中国最优秀的几个诗人之间，他也不会被忽略——这不仅得益于他的诗歌，还得益于他在文学评论与翻译方面的能力。

如果要我以一个词来概括我对黄灿然的印象，我选择“平静”。身居香港这个繁华之都，黄灿然的写作却没露丝毫浮躁的苗头。香港带给他的不是令人无所适从的光怪陆离的现象，而是不同生活习惯和写作观念的冲突，黄灿然却又能将这些不同元素完美地综合利用，这极大地成就了他的写作，特别是文学评论写作和文学翻译。

在我看来，黄灿然的文学评论和翻译的成就不在诗歌之下。因此，要写黄灿然，不可能避开这两方面的成就。

黄灿然说，他的一生大概只会写两三部评论集：一部试笔集，一部成熟集，最多再加上一部余响集，试笔集便是辽宁教育出版社 2001 年 10 月出版的《必要的角度》。

有意思的是，黄灿然把《必要的角度》谦称为“试笔集”，这本书却令我有找到知音的感觉。2002 年夏天，我从桂林的一家书店里看到这本书时，就揭开了我对黄灿然的诗歌之外的另一种阅读，即文学评论和翻译作品的阅读。这些年，我在刊物和网络上读到了黄灿然的大量文字，这些文字长短不一，无论是论及外国诗歌大师还是与我相识的朋友李少君、杜涯等人，我都深爱不已。我还购买了黄灿然翻译的多部著作，比如他对苏珊•桑塔格、卡尔维诺的译本。

《必要的角度》讨论的问题都很细致，可谓抽丝剥茧，切实可行。比如关于诗歌的分行、在诗句中标点符号的作用，等等，说出了现代诗形式上的部分奥妙。我平时对此多有感触，也曾经多次想动笔写这样的经验之谈，但每一次都是因为担心笔力不逮而作罢。《必要的角度》彻底断绝了我的念头。该书中讨论诗歌翻译问题的部分更值得一读，关于译诗的个性化、直译和意译的长短、翻译与现代敏感，等等，均为行家行话。而对异域诗人的评价与介绍，对国内诗歌翻译状况的批评，无异于为我等“外文盲”安装上另一双眼睛。这本书中的一篇文章，谈到了漓江版“诺贝尔文学奖”丛书中的《从彼得堡到斯德哥尔摩》一书的翻译。黄灿然肯定了该书散文部分的翻译质量而对诗歌部分提出了严厉的批评，资料翔实，见解独到，让人读后豁然开朗。的确，翻译是个问题，特别是诗歌翻译，如果译者对原作背景和作家的风格缺乏发自内心的体察，而且本身诗歌素养不足，匆忙上阵，结果只能使本来优异的作品变得平庸，并且误导读者。

除了购买过黄灿然翻译的苏珊•桑塔格和卡尔维诺，我还读过黄灿然翻译的《卡瓦菲斯诗集》（河北教育出版社 2002 年 5 月出版）。对于诗歌翻译，黄灿然有极其精辟的见解，他认为，译诗和文学创作一样，译者必须有所感而译，他译的全部是打动过自己的诗和诗人，但即使如此，“尚有不少打动我的诗和诗人是我不敢译或暂时不敢译的，因感到译出来的效果比不上自己受打动的深度”。于是，黄灿然提出了“一手感受”和“二手感受”的说法：“我是在平时广泛阅读中遭遇我所译的诗人和诗，而不是二手的。我说的二手，是指一种普遍的现象：译者译某诗人或某首诗，并不是自己从阅读中发现的，而是先受了别人的译文打动然后找来原文并参考原译文重译，并试图改善别人的版本。这样译的时候，译者的注意力转向文字的讲究和比较，而完全没有我所称的那种先被打动。即使不是重译别人，而是看了别人译的某诗人而被打动，于是找来那诗人写的其他诗来译，而自己却并未被这些要译的诗打动，也仍属于二手感受。这种翻译我认为意义不大，就像写诗时没有深刻的感受力一样没有意义。相反，即使以前已有很多译本，但译者在读原文时受打动并翻译之，而不去理会已有译本，这也是第一手感受的翻译。同样地，即使是转译，如果转译者是被原译打动并转译之，仍是第一手感受的翻译；相反，即使从原文翻译，而译者并未被所译的诗打动，仍是第二手感受的翻译。另外，我们鉴别一位译者有没有第一手感受，一个指标是译者是否为我们介绍新的外国诗人并吸引我们，或以前已有人译过但我们读了没感觉而这位译者的版本却使我们对那个或那些诗人有了全新认识。”

关于卡瓦菲斯，近几年陆续读过不少，但我最喜欢的还是黄灿然的译本，它精到、朴实，有节制，有时候短短几句，就能给人无穷思索。我不懂英文或希腊文，不知道黄灿然是否又做了一回“叛徒”，但我一厢情愿地认为黄灿然还原了卡瓦菲斯的精妙之处。我不知道，黄灿然的卡瓦菲斯译本在别人心目中的地位如何，至少在我看来，这是符合他的“一手感受”的要求的，因为我对另外的译者，怎么读都不大喜欢。通过这条路径，对照国内某些诗歌翻译家的“成果”，我们可以很容易地辨别出哪些翻译是“一手”的，哪些是“二手”的。有两个翻译家，翻译过十多个欧美国家的诗人的诗集，而我们读来，竟然发现他笔下所有诗人的风格都是一样的，毫无疑问，译者对自己所翻译的诗人作品没有“一手感受”，只不过是为翻译而翻译而已。

我喜欢黄灿然翻译的卡瓦菲斯，还因为黄灿然以他的译笔告诉我们国内某些著名诗人的一部分诗歌资源。此前，我一直认为某些诗人作品具有原创性，而读了卡瓦菲斯之后，才发现并非如此。而诗人与诗人之间的种种微妙的联系，如果缺乏一个优秀的译者的沟通，普通读者极难察觉。

诗歌翻译的“叛徒”

除了区分“一手”和“二手”感受，诗歌翻译还有其他复杂性。黄灿然写过一篇短文《做个好叛徒》，在这篇文章里，黄灿然谈到了翻译中的一个有趣的问题：违背原文的翻译并不见得都是坏事，有的时候，这样的翻译更能给人好感。因此，叛徒也有好有坏，有的叛徒对于我们而言是好的。黄灿然以王永年翻译的聂鲁达诗歌《二十首情诗》第六首中的第一节为例：

我记得你去秋的神情。
你戴着灰贝雷帽心绪平静。
黄昏的火苗在你眼中闪耀。
树叶在你心灵的水面飘落。

黄灿然说，他查了西班牙词典，这首诗的前两句并没有任何一个字有“戴着”的意思，所谓的“戴着”，无疑是译者增加进去的，而著名诗人默温对这两句话的英译很忠实于原文，“我记得你在去年秋天的样子 / 你像灰色的贝雷帽和宁静的心”，由此可见，王永年是一个翻译“叛徒”。然而，黄灿然喜欢这样的“叛徒”，因为“你戴着灰贝雷帽心绪平静”这句话体现出来的形象，由于当年的阅读，已经深入人心，成为自己的“诗歌成长史”中不可分割的一部分，倒是默温的翻译显得不甚自然，更像“翻译体”。

同样是翻译聂鲁达，黄灿然也曾做过“叛徒”，他对《二十首情诗》的第一首中的第三节是这样翻译的：

但是报复的时刻降临，而我爱你。
肌肤的肉体，苔藓的肉体，热切而结实的
奶汁的肉体。
啊——乳房的酒杯！啊——迷茫的双眼！
啊——耻骨的玫瑰！啊——你迟缓而悲哀的
声音！

据黄灿然交代，诗歌中“耻骨的玫瑰”一句，原作的意思就是“耻骨”，但他不敢翻译成“耻骨”，因为这个词实在不够美观，甚至可以说是太丑了。因此开始翻译时，他当了“叛徒”，把这句话翻译为“阴部的玫瑰”，然而，几乎所有的诗人朋友都认为“耻骨的玫瑰”要比“阴部的玫瑰”更美，甚至比王央乐翻译的“腹部的玫瑰”美，于是，他在定稿时“改过自新”，将那句话按照原意，译为“耻骨的玫瑰”。

在文末，黄灿然如此总结道：他喜欢王永年做“叛徒”，毫无条件地赞成他加上一个原文没有的“戴着”，朋友们则不喜欢他做“叛徒”，认为他不应该违背原意将“耻骨”改为“阴部”，这是一个悖论，但二者一个有趣的共通点，在翻译上做“叛徒”可以，但不能做“汉奸”——不能出卖汉语读者的利益，因为读者的眼睛是雪亮的。只要照顾了读者的审美感受，不做“汉奸”，你这个“叛徒”就是一个好叛徒。

这种讨论翻译的方式，鲜活而有趣，不像那些专业性的论文那样晦涩难懂。这反映了黄灿然对翻译的独到见解和精深认识，由于他本来就长期浸淫于诗歌、随笔与翻译之中，其中的体认非一般人所能为。后来，我接触到学者沈睿对聂鲁达这首诗的译本，第一眼就看“耻骨”部分，发现沈睿和王央乐一样，译成“那玫瑰般的腹部”，便把注意力移开了。

关于这一点，可以在其他翻译家的译作里找到例证，我曾接触过爱尔兰诗人叶芝的《当你老了》的六种汉译本，其中第二节最后一句“And Loved The Sorrows Of Your Changing Face”，这六个翻译家分别翻译为：

爱你衰老了的脸上痛苦的皱纹（袁可嘉）

也爱你那衰老了的脸上的哀伤（裘小龙）

爱你日益凋谢的脸上的哀戚（飞白）

爱你变化的面容有那些怔忡错愕（杨牧）

爱你渐衰的脸上愁苦的风霜（傅浩）

当你洗尽铅华，伤逝红颜的老去，他也依然深爱着你！（Lover）

在这里，我想首先把杨牧和 Lover 的译本从我们的讨论范围中剔除，因为那不像诗歌。从忠实于原文的角度来说，裘小龙、飞白和傅浩都没有译错，“sorrows”是哀伤、悲哀的意思。然而，“哀伤”这样的词放在这首诗里，显得很虚浮，不实在，没有形象感。袁可嘉别出心裁，翻译成“爱你衰老了的脸上痛苦的皱纹”，虽然“皱纹”是原作没有的，但我们可以想象，一个人老了，自然而然地会产生皱纹。同样，因为哀伤，也可以产生皱纹。因此，这两者是具有内在的联系的。袁可嘉把“悲伤”这种本来很虚的词语细节化、形象化了，非常高明。所以，在这几个译本中，我最喜欢的是袁可嘉的译本。

当然，袁可嘉把这句话翻译得那么漂亮，也可能是误打误撞。我的朋友莫雅平就有一个观点，说袁可嘉可能把“sorrows”（哀伤）误以为是“furrows”（犁沟）了，因为这两个单词太相似了。犁沟一行一行的，把它比喻为皱纹，非常形象，也符合情理。莫雅平毕业于北大英语系，也是个诗人、翻译家，他的推断应该是有一定道理的。但误打误撞也好，别出心裁也好，袁可嘉把这句诗翻译得很棒。

写文章就是这样，有时候一点细微的差别，给读者的感受就大不一样。有时候，说很多大道理还不如讲一个很生动的细节更来得深入人心。

对英文的精通，使黄灿然的阅读如虎添翼，他不仅对许多大家的作品有自己的见解，同时，他还用诗歌向这些大家致敬或“交流”。早在 1987 年，二十四岁的黄灿然就写下了《彭斯》一诗：

我在日落时分读你纯朴的诗篇
淳朴的苏格兰人，我多羡慕你
你在人间种植了青枝绿叶
爱情的河流环绕你的家乡
而我已经丧失了故乡的优秀品格
绝望的肉体再也开不出美丽花朵

在诗歌中，黄灿然表达了对这个苏格兰诗人的喜爱与景仰，彭斯从诗篇到他生活的环境，都成了诗人的向往。而这首诗的底色却是哀伤的，从最后两行可以很明显地感受到。正如“我已经丧失了故乡的优秀品格”所言，在我们这个农业大国，纯粹与宁静的生活格局已被打破，失去了作为故乡的优秀品质。联想到作者后来一直生活在现代化的大都市，这种无奈与追忆就愈发突出了。

1995 年和 1996 年，黄灿然又分别写下了致蒙塔莱的《在一个忧烦的初夏下午——读蒙塔莱后期作品》和致洛厄尔的《夜读洛厄尔》，在这两首诗中，诗人的语调沉静而平稳，看来十年之后，诗人由于诗艺的成熟和对世界了解的深入，自信心得到了空前的提高。他与前人之间不是老师与学生的关系，而是一种平等的对话与交流。他生活在喧嚣之中，内心却能够平静如初。现在看来，这两首诗虽算不上十分出色，却预言了一个诗人的广阔前景。

假黄灿然之名

几年前，一个朋友毕业分配到国内某著名出版社工作，我们曾经计划编辑一套诗人随笔丛书。在拟订作者名单时，我们不约而同地列出了黄灿然的名字，遗憾的是，这个朋友后来离开了出版社，这个计划胎死腹中。但这一动议，也使我进一步确认，不少人对黄灿然的好印象，不仅是来自诗歌、评论和翻译，还来自他的随笔。

2009 年元月，上海人民出版社出版了黄灿然的随笔集《格拉斯的烟斗》，书用塑料薄膜封着，无法看到内容，但从装帧风格就能猜到是陆智昌的设计。别人怎么看我不知道，于我而言，仅仅是“黄灿然 + 陆智昌”就足以让我毫不犹豫地拿起它走向收银台了。

这是黄灿然的专栏小文章结集，大多数都在七八百字，偶尔有几篇超过千字。严格地说，这些文章不是黄灿然的原创，用黄灿然在该书的后记中的话：“这本书的小文章，主要是应马家辉之约，为香港《明报》世纪版写的一个专栏，介绍网上报刊文章……”也就是说，这些文章是对近几年各种报刊发表的长文的摘要或缩写，都有原作者，当然，他使用了别人难以模仿的“黄灿然体”。为此，黄灿然在后记的最后一段，一本正经又不无幽默地进行一系列感谢：“最后也最重要的，尽管基于文章都有原作者的缘故，我不敢宣称一切谬误概由本人负责，但我不能不感谢当今互联网文化之繁荣与昌盛，感谢像英文‘艺术与文化日志’和‘雅虎文学新闻’等网站推荐好文章，尤其要怀着深情与尊敬，感谢各大小报刊和各大小作者们无私的奉献：在讲究知识版权的年代还要忍受被撮要、被转述、被直译、被意译、被评论、被压缩、被稀释、被曲解、被挖苦、被戏仿、被虚拟成这些假黄灿然之名的文章。”

全书包括序跋在内，共一百五十五篇短文，简练、隽永、有趣，如同《世说新语》，读得我不忍释手，有的篇什甚至一再重读。鉴于这篇长文所写的多为枯燥无比的内容，在结束之前，我也不妨向黄灿然学习，撷取其中几篇“被撮要、被转述、被直译、被意译、被评论、被压缩、被稀释、被曲解、被挖苦、被戏仿、被虚拟成这些假黄灿然之名的文章”再进行一次撮要与转述，将其变为“假刘春之名”的短文吧——

买鱼：《英国病人》作者昂达吉写过一篇关于他父亲青年时代的浪荡生活的散文。文中提到，有一次家里让他父亲开汽车去买些鱼回来，两天后，家人收到他从邻城发来的一封电报，说他买到鱼了，很快就会回家。

幽默的遗言：大诗人惠特曼的遗言是："扶我起来，我要拉屎。"英国剧作家亨利·阿瑟·琼斯临终时被问到愿意让保姆还是侄女陪伴他，他答道："漂亮些的那个，别争。"行刑队长问詹姆斯·罗杰斯有什么要求，他答道："那还用说，当然是避弹衣！"管家问临终的马克思有什么话要说，马克思说："真啰唆，滚开！没说够的傻瓜才有临终遗言！"

墓志铭：玛丽·韩森4月底嫁给约翰·韩森，6月，丈夫去世，而玛丽已怀孕。次年2月，玛丽因病去世，年仅二十五岁。她的墓志铭的结尾是这样的："因此，在不到十个月的时间里，她是处女、妻子、寡妇、母亲和死者。"这句话简洁、精确，足以令诗人汗颜。无独有偶，一个普通读者为诗人彼得·罗宾逊写的墓志铭更是精辟异常："这里躺着牧师、法官和诗人彼得，他打破上帝、人和格律的规则。"

附录

不仅仅是“一个人”的诗歌史[1]

您写这本书的初衷是什么？

前些年，我发表过很多诗歌，发表得多了，就有些厌倦，想干些其他的事情，于是我想到了写一些与诗歌有关的随笔。通过思考，我发现，新时期以来，那么多优秀的诗人和作品涌现，对他们作品的评论也不少，但就是没见到一本系统地论述诗人们的成长经历和创作特色相结合的著作，于是我想试一试自己的能力，给自己一个目标，也让家人为我荣耀一下。

我看你太太的文章中提及，这本书中的文章从2002年就开始创作，从那时候起，你是否就已经有了这本书的轮廓？写作其

1 提问者：《深圳晚报》记者刘琨亚，2011年1月。

间有哪些困难?

最初，我只是想写一个系列随笔，从个人阅读的角度出发，结合诗坛现象，系统地梳理一下新时期以来的代表性诗人、诗作以及诗坛事件，还没有清晰的轮廓。因此，收录进目前已经出版的两本《一个人的诗歌史》中的10篇长文，它们的最初模样仅仅是两三千字的小随笔，比较片面地谈论各位诗人的代表作以及我对这些诗人的阅读印象。2003年，《星星》诗刊以每月一篇的速度为这些文章开了近一年的专栏，当时我还不满30岁，这是该刊第一次为70后诗人开评论专栏，引起了较大的反响。严格地说，我作为一个评论家的身份，就是从那一批文章的发表开始的。

正因为《星星》专栏的推动，我的野心开始膨胀，开始有意识地收集资料，对原有文本进行充实。在后来的几年中，随着阅历的丰富、接触材料的增多，以及与所写的诗人交往渐多，那些文章逐渐从两三千字充实到六七千字，然后是一两万字，最终形成了目前这样的每篇三五万字的规模。到了2008年初，《一个人的诗歌史》系列图书的构架在我心里已经十分明晰了。

写作这两本书，遭遇过哪些困难?

写作的困难包括两方面。一是材料收集整理的困难。一篇三五万字的文章，背后的基础材料可能是三五十万字。关于这些诗人的自述、书信、回忆，以及别人对他们的作品的评论，对他们生活的介绍，等等，只要能够接触到，都必须认真地阅读，然后进行考证、甄别、归纳、整理，最后还要加入我自己对他们的采访、阅读理解过程以及对他们为人的印象、作品的解读等。一篇三五万字的文章，花费的精力足以完成一部长篇小说。所以，我在很多场合都毫不讳言我对这两本《诗歌史》的偏爱，因为里面有我的太多心血。我妻子在第二部的序言中说我曾为了写作这本书而晕倒，朋友们很震惊。其实这并不算什么。2010 年 1 月中旬，我刚拿到出版社寄来的《诗歌史 1》样书没几天，身体扛不住了，到医院打了 8 天针；2010 年 12 月初，我拿到《诗歌史 2》样书刚好一周，旧病复发，到医院住了 15 天。我觉得《诗歌史》是我的命，当我透支了它时，命运会适时地给予提醒。

另一个困难是文章形式的确定。阅读过我《诗歌史》系列作品的读者，对这两本书的定位有一些分歧，有的读者认为这是一本随笔集，另一些读者认为它是一部理论专著，还有一个记者把它当作一部新闻作品集，而当当网则把《一个人的诗歌史》同时列入了传记、随笔、文艺理论三种序列之中。也就是说，我的这一系列作品，到底属于什么文体，比较难以定位。用我在后记里的话说，“它不仅仅是谈诗，还有诗人的成长故事、作品细读、诗坛状况介绍等，总体而言，它是一部随笔集，但它又兼容了文学评论、人物传记甚至新闻报道的特征。而书中引用的那几十首诗，也足以构成一个优秀的诗歌选本”。那么，既然同时拥有这些特征，如何平衡它们，就成了一大难题。2008 年底和 2009 年初，我曾经花了将近半年的时间来思考文章的形式问题，最后我将其定位为随笔集，既然是随笔，它就应该有一个中心，我把每篇文章的中心定位为“命运”，通过“经历 + 作品”的方式反复展现——从一个诗人的成长经历，读者可以看到时代的背景和一代精英的命运；从他们的作品，你可以看到他们的思考和思想深度。

既然名为“一个人的诗歌史”，当然是以个人角度来审视和阐述诗歌史，请问您选择代表诗人的标准是什么？

其实，虽然说是“一个人的”诗歌史，但对于我的同龄人（“70后”）而言，我所写的这些诗人同样也是“他们的”，顾城、海子等诗人的作品已经形成了一个小小的传统，在影响着我们，纠正着我们。目前，这些诗人的大部分已经成为中国当代文学史的座上宾，可见，对人物的选取，读者、诗歌界同行以及文学史研究者是有一些共识的。当然，也有例外，比如黄灿然，很多普通读者对这个名字不熟悉，近几年出版的中国当代文学史和当代诗歌史中对其也很少提及，但在我看来，黄灿然是90年代以来中国最重要的诗人之一，他的诗歌、翻译和文论的价值，将随着时间的推移而逐步增强。给黄灿然以海子、西川等人同等的地位，是我对自己的认知能力的一个赌博，我相信自己不会看走眼。正因为我在尊重大多数人的共识的基础上，作出了个人的选择，“一个人的诗歌史”几个字才更为名副其实。因此，要我说选人的“标准”，我可以归纳为：对读者的影响力、作品的创造性以及所达到的深度。

当然，可能有人会问：另一些诗人同样具有巨大的影响力，作品同样优秀，你为什么不写他们。对此，我只能回答：一个人的能力和精力是有限的，我不可能面面俱到。在我正在写作的《诗歌史3》中，还会写到一些诗人，甚至会写一些具有实力但还未获得广泛关注的诗人，但这仍然远远无法概括诗坛的全貌，这是没有办法的事。好在我写的仅仅是“一个人”的诗歌史，以后应该会有另一些人撰写他们眼中的诗歌史，这样，几种“史”结合起来，读者对诗坛状况的了解就更为全面了。

我注意到，你写的诗人都是当代的，实际上你是在写一个自己同时代的诗歌史，而且其中很多与你相识，这样会不会出现一些粉饰性的曲笔呢?

严格地说，虽然我和我笔下的人物都是当代的，但不是同时代。我是70年代出生的，我笔下的诗人绝大部分是50年代中期到60年代前期出生的，与我相差10～20岁。他们亲身经历了“上山下乡”和风起云涌的80年代，而1986年徐敬亚等人在《深圳青年报》和《诗歌报》操持现代诗大展时，我还在读小学。因此，对于诗歌写作来说，他们比我早一代甚至两代，我们这一代人，是读着他们的诗歌长大的。

但是正如你所说，我和他们共同经历了诗歌之火逐渐冷却的90年代和新世纪，而且随着我的成长，我和很多前辈诗人成了朋友，或者成为“熟人”，时常能在各种场合见面，这样一来，怎么样“写”他们，的确成了一大难题。首先，我不能乱写，因为除了那些因意外去世的诗人，大家都还健在，对同一个诗歌事件，很多人都亲身参与过，要是乱写，马上就会被人质疑。但也不能粉饰笔下的人物，如果是这样，那这本书就仅仅是我一个人的“私人致敬文本”，没必要出版。所以，我得为自己的行文把好“度”。我自认为我的立场是客观公正的，书中对一些诗人和诗歌的赞扬，是发自内心的，因为他们的确优秀。如果一个读者面对欧阳江河的《玻璃工厂》《傍晚穿过广场》等作品，面对顾城和海子的绝代才华，只是淡淡地说一句“不过如此”，我会认为他不够诚实。一个读者，对好诗人和好作品要有尊重的态度。事实上，书中有很多地方对我笔下的诗人是批评的，只是比较委婉而已。

就像你自己所说，有几个诗人是你从来没有接触过的（譬如张枣），仅仅通过资料的整理而成，你觉得写他们和写认识的诗人有何异同？是否会担心二手资料影响真实性？

我写已故的诗人和写健在的诗人时，心情没有什么变化，更不会因为死者不能反驳便以为自己可以妄言，毕竟，我持的是同一个标准。

在目前已出版的两本《诗歌史》所写到的10个诗人中，除了顾城、海子、张枣三位英年早逝的诗人与我没有接触过，其他几位诗人都有或多或少的联系。对于与自己没有联系的诗人，我的确主要依靠收集到的材料，至于真实性，则需要依靠多方面对照、求证了。我比较自信的是，写张枣一文的史实，由张枣生前最好的朋友柏桦专门审订过；写海子一文，审订者则是海子生前最亲密的朋友西川；写顾城的文章，顾城的姐姐顾乡也在百忙中阅读了一部分，并提出了几个意见。所以，真实性问题，应无大碍。

另外，虽然这几个诗人去世了，但并不意味着我所了解的都是二手材料，我在写作的过程中，仍然通过自己对他们的亲属好友的采访而获知一些相对新鲜的情况。比如说顾城，他 1986 年带谢烨到过我所在的城市，参加著名的漓江诗会。当时我才读小学，自然无缘与其见面，但当时接待他的一些桂林作家后来成了我的朋友，他们向我透露了当年顾城在桂林的一些表现，而这些情况，朋友们一直都没有形成文字。就在前两天，朋友王布衣还告诉我一个顾城当年在桂林的趣事：顾城在和王布衣结识后，递了一张顾工的名片给王布衣，说，对不起啊朋友，我没有工作，不能印名片，所以我把一张我父亲的名片给你吧。

你自己也写诗，书中对于诗歌的评论也不少，在你看来，谁是当代最优秀的诗人?

这倒真是一个很大的难题，所谓文无第一武无第二，我所写的，都是具有标志性的诗人，要从中挑选出一个“当代最优秀的”，我下不了手，而且也太容易得罪人，太容易滑入片面了。我只能说，通过我对顾城诗歌、讲演稿和散文的全面接触，我认为顾城不仅仅是“童话诗人”这个范畴所能界定的，他是一个厚重的诗人；欧阳江河的诗歌，不管是现在还是再过 50 年，人们也无法绕过，人们应该对他的《傍晚穿过广场》等作品脱帽致敬；于坚正在成长为“信手拈来即是诗”的大诗人；西川作品中的雍容气度以及他为人的平和，让我对他持有最高的期待。还有多多、王家新、韩东、柏桦、黄灿然、李亚伟、陈先发、雷平阳、蓝蓝……都是优秀的诗人。

《一个人的诗歌史》还有3、4等后续作品吗？如果有，计划什么时候出版？

在我原本的计划中，《一个人的诗歌史》[1]系列会有6本，但鉴于前面谈到的每出版一本《诗歌史》我都会生一场病的“惯性”，我打算把自己的“野心”缩小一些，把原本6本的计划精简为3本或者4本。正在创作中的《诗歌史3》，涉及一些80年代中期成名的诗人，但更多的是90年代以后成名的诗人。如果还有《诗歌史4》，将不再以“人”为主，而是全面梳理新时期以来的诗歌出版物、争论、事件、关键词等。至于何时出版，不是我考虑的事情，我只能说：不出意外的话，《诗歌史3》应该能够在今年年底完稿。

1 作者注：《一个人的诗歌史》第三部已于2013年由广西师范大学出版社出版，第四部更名为《一个人的诗歌史4：从一首诗开始》，2017年由漓江出版社出版。

我写的是命运本身[1]

你写《一个人的诗歌史》系列的初衷是什么?

许多人都问过同样的问题，我还是用《一个人的诗歌史》第一部后记里的一段话来回答吧——我对中国诗歌的关注最初是从北岛、顾城、舒婷等“朦胧诗人”开始的，随后就转到了西川、于坚、海子等“第三代诗人”身上。如果说北岛、顾城等人是上个世纪五六十年代出生的读者心目中的偶像，那么毫无疑问，西川、于坚、欧阳江河、海子、柏桦、韩东等“第三代”则是我们“70后”这一代人的明星，我们的成长和阅读和他们密切相关。无论从技艺还是思想层面，“第三代”都值得研究，他们坎坷的人生经历、艰辛的求学道路，他们在几乎无书可读的年代，

1 提问者：《新快报》记者徐绍娜，2011年1月。

从“老三篇”、小人书、大字报，从糊墙壁的《人民日报》，甚至从烟盒、招牌、启事、赤脚医生手册、标语、小字条进入文学，最终走进文学史和诗歌史，其中有多少心酸、多少欢乐、多少启示等着我们去分享、品味。为这一代人立传，一直是我内心的愿望，我想用自己的笔，展示新时期以来百转千回的诗歌之河，记录一个时代精英的光荣与梦想。于是，2002年秋天，我向这个愿望迈出了第一步。

在已出版的《一个人的诗歌史》第一部和第二部中，涉及不少著名诗人不为人知的一面，在写作中是否曾有过顾虑，或因此受到一些干扰？对这些“隐情”，您又是采取怎样的立场？

受到过一些干扰，比如个别诗人读了初稿后，抱怨我没有论述他们自认为的“重要作品”，或者认为某个章节深度不够等。但这种情况与其说是“干扰”，不如说是一种有益的提醒，由此我会反思自己：是不是自己的视角出现偏差，什么地方需要加强理论性？等等。可以说，没有这些“干扰”，已经出版的两部《诗歌史》不会有今天这样的质量和影响。

诚如你所说，比较难以处理的是关于诗人的“隐情”。在这方面，最初，我为自己订立了三个准则：①当诗人明确表示不希望我提及他的某段往事，而我又觉得那段“隐情”必不可少时，我考虑的不是写不写的问题，而是怎么写才能做到让对方接受又不影响我的立场。②如果仅仅通过调整行文还不能完全解决问题，我会很委婉地表达我的意见：缺乏了这些段落，他的形象就不是真实的。我相信任何一个优秀的诗人都不愿意读者把他当完人，因为这个世界上没有完人，所以，我的书中，必须对他们有所“不敬”。③如果我的上述建议仍然没有获得理解，那么我会返回来，更加严格地审视自己的材料来源以及可信度，如果是确切无误的，我就只能遵从自己的内心和事实了。

事实上，我的担忧是多余的，这本书里，虽然不乏追问、质疑甚至批评的语句，但被我论及的诗人们并没有表示异议。当然我知道，这并不一定是因为我的意见正确，而是诗人们有容纳不同意见的胸怀。

在《一个人的诗歌史》中，您首次披露顾城杀妻背后的隐情，也直接采访过顾城的姐姐，您是怎样看待顾城的生存状态?

说我是“首次披露”，这不敢当，顾城杀妻的隐情，其实很多人都“披露”过，只不过各有说法，我只不过是收集的材料多一些、全面一些；同时首先把顾城当作一个“人”的角度去考虑，而不像有的人那样，在动笔前就给顾城预设了一个“杀人凶手”的身份。所以和某些“知情者”的文章相比，我的论述更公允，更客观和人性化。

顾城给我的印象，不仅是一个长不大的孩子，还是一个心理不够健康的成年人。很多男人可能会悄悄向往过顾城的生活，但他们止于“悄悄”，而顾城却把它变成了事实，这就注定了最终的命运。我和顾城的姐姐顾乡通了两次长话，顾乡对弟弟的爱，以及她对某些“伪知情者”的言论的厌恶，在电话中显露无遗。

我一直认为，在“顾城袭妻”事件中，顾城和谢烨之间，没有谁是完全无辜的。当然，我同情顾城，但不会原谅他在最终一刻对妻子举起凶器的行为。

您说“在所有诗人中，顾城是唯一让我在写完后两次流泪的诗人”，是哪两次让您落泪的，能聊聊这种感触吗？

写到顾城给木耳的诗歌时，我流泪了。那时候木耳才五六岁，而他不知道自己的父亲即将走向死亡。一个六岁的孩子，没有了父母，而且很可能一辈子承受“父杀母”的回忆，他的将来会是怎么样的？在写到这一部分时，我的女儿也是木耳那个年纪，所以我马上联想到了自己的孩子……

第二次流泪是在我写完全文之后，我想到了自己为写这篇长文所付出的精力，想到了顾城与谢烨童话般美丽又凄惨的人生，真是禁不住悲从中来。诗歌那么美丽，诗人那么单纯，但是美丽与丑陋、单纯与暴烈仅仅一纸之隔，一捅就破，而这就是真实的人生！

对于很多诗人不为人所知的一面，很多读者也想知道您是通过什么途径了解的，比如海子卧轨自杀的真相等。

很多人都以为我能力很强，掌握了许多人们所不知道的内幕，其实，我只不过是下的笨功夫比别人多一些而已。我最主要的资料来源仍然是相关当事人的文章、日记、访谈，以及知情者的回忆。与一般的传记作家不同的是，对同一件事情，我会尽可能地找到更多的不同当事人的论述，然后从中找出一个令人信服的说法。如果对多种说法拿不定主意时，我会将这些说法一一列举出来，让读者自己从中寻找答案。另一部分资料来自对相关人士的采访和了解。如果说查找文字资料是每个人都能做的，那么，对相关人士的接触、交流与采访则要相对“独家”一些。比如西川在邮件中告诉我海子卧轨时的真实状况，比如柏桦长达10年的畅销书作家生涯，这些内容都是很少人了解的，后者甚至是独家的。还有一个途径，就是我与诗人们的面对面交流，或者时常能够通过各种会议碰面，这就为我的写作提供了别人无法替代的角度。能做到这一点，得益于我本身就是一个诗人，平时与很多诗人有交往，这种天然条件使得《一个人的诗歌史》涉及的诗人虽然早已为人熟知，但仍然觉得很新鲜。

在写第一本时，据说您花了7年的时间，是什么力量支撑您完成创作的?

如果连2010年也算上，那就是8年了，因为即使图书出版后，我仍然在不停地修改。当然，需要说明的是，这8年来我不是只写这一本书，我还同时写了其他作品。能够把一本不可能畅销的书断断续续地坚持8年，主要是源于自己对诗歌的热爱。我从80年代后期开始接触现代诗歌，正是我笔下的这些诗人的作品激励了我、鼓舞了我。另外，我觉得我的性格中有一种很倔强的成分，那就是无论如何也想做一件自己喜欢的事，而且尽力做好。因此，当我选准了“一个人的诗歌史”这个角度后，我就决心要把它变成现实。

当然，这是一种很“堂皇”的解释。其实我内心里还有另一种解释，那就是：2002 年，我结婚了，我的孩子即将在 2003 年春天诞生，我希望在妻子和孩子面前博取一点虚荣感。直到今天，我仍然很注重这种“虚荣感”，比如我想看书时，会叫女儿刘夏秋冬到书架拿一本“刘春著”的书来，然后对她说：“希望以后我们家的书架上能够出现一本‘刘夏秋冬著’的书。”有意思的是，第二天，家里就出现了一本“刘夏秋冬著”的书——她把她在小学一年级时的写话本封面上工工整整地写上“刘夏秋冬著”几个字。

《诗歌史 3》是否已有面市计划?

广西师范大学出版社的编辑们都非常支持“诗歌史”系列写作，早在一年前就表示过，只要完稿，都会尽快出版。从 2010 年《一个人的诗歌史》第一部的出版，到 2010 年 4 月的再版，再到 12 月《诗歌史 2》和《诗歌史 1》增订版的同时推出，可以看到上海贝贝特的魄力以及这个系列作品的影响力。不过《诗歌史 3》仍在创作的过程中，争取在 2011 年内完成吧。计划中的《诗歌史 3》，主要涉及 20 世纪 90 年代崛起的一批诗人，着力点不会像《诗歌史 1》《诗歌史 2》那样书写诗人的成长经历，而会把重心放在对他们的作品的介绍上，因为这一代诗人在诗艺的追求上与他们的前辈和兄长有很大的区别。

在这个系列中，您是以年轻诗人的眼光在打量“从前诗坛发生的一切”，这个过程您“发现”了什么？之前是否担心过“认可度”的问题？

在写作的过程中，我有几点十分强烈的感想，这些感想也曾在《诗歌史》第二部的后记里表达过——

其一，对于上个世纪80年代中期崛起的“第三代诗人”来说，北岛与《今天》影响之大，无人能及。两本“诗歌史”虽然没有关于北岛的专文，但北岛的形象无处不在。其二，“诗人评论家”的出现是当今诗界最显眼的现象。最近20年，对青年诗人的评价与宣扬，很大程度上是由诗人自身完成的，这个事实既令人振奋也令人悲哀。振奋的是文坛出现了一批真正懂得诗歌的批评家，悲哀的是，“诗人评论家”的批量出现，正好反衬出时代对诗歌的冷漠！其三，不管是“朦胧诗人”还是“第三代诗人”，他们中的大部分在写作之初，都是从旧体诗开始的，由此可见传统诗词的巨大影响力。

对于读者对我所写的诗人的认可度，最初我是毫不担心的，但是，《诗歌史1》出版后，我的信心有所动摇。举一个例子——《诗歌史》第一部出版后，许多读者对文中所写的诗人故事津津乐道，有的读者读了部分文章，还按图索骥，找来了诗人的诗集详细研读。作为作者，我在欣慰之余，又感到悲哀。其实，书中所写的这些诗人，在中国诗歌界乃至整个文学界，都已经获得巩固的地位，按理说，读者对他们的作品应该耳熟能详才对。然而，事实上并非如此，从普通读者的反应来看，除了通过震动人心的社会事件引起人们关注并最终走进神坛的海子和顾城，其他人要获得更广泛更深入的影响，仍有一段路要走。所以，我的第四个感想是：人们对现代诗歌成就的认识仍然不够，对中国新时期诗歌取得的成就还有待进一步宣传。

从您的《诗歌史》可以看到，在上世纪80年代，诗人在人们心目中不亚于今天的影视明星，但在今天，却有人认为诗歌已经“边缘化”，您对此有何看法?

诗歌“边缘化”，既正常，也不正常。说它正常，是因为社会发展到今天，人们的选择性空前增大，不再像以往那样除了读书就没有其他的娱乐方式了。选择性多了，诗歌所占的份额减少，是很自然而然的事。不仅是诗歌，整个文学作品都如此。说它不正常，是因为从文学整体受到冷遇，证明了这个时代，内心浮躁者越来越多了。很多年轻人已经没有耐心从一首诗里寻找言外之意，他们喜欢肥皂剧、电脑游戏，因为“得来全不费工夫”。也许，诗歌本身就是一项挑选读者的高级娱乐，因为它的难度和高度，不可能受到大多数人的欢迎。比如，从80年代“诗歌大爆炸”我们至少可以得出这样的教训：80年代的很多“诗歌”都算不上诗歌，当时诗人们陷入一种自由的写作狂欢之中，很多作品无非是文字游戏而已，于是形成了一种虚假的繁荣，而现在，诗人们在创作时基本上懂得自律。“做游戏”的机会少了，“诗坛”自然就没那么热闹了。

很多人也会好奇，诗歌是否还有“重振江湖”的一天？

应该不会了，诗歌只会越来越孤独。除非世界大战爆发，一切现代化的东西消失，人类生活又从原始社会开始。比如，最近十多年来，除了汶川大地震期间诗歌有“重振江湖”之势，其他时间，走势还是相当平缓的。

诗坛精英的成长史或心灵史与诗歌的“潮起潮落”又有怎样的联系？

诗歌的“潮起潮落”与时代变迁有关，也与代表性诗人的出现有关。前者暂且不讨论，单说诗坛精英对诗歌生态的影响。我觉得，一个时代的诗歌繁荣与否，与诗坛是否热闹关系不大，关键在于这个时代贡献出了多少个有代表性的诗人和诗歌文本。比如 80 年代，诗歌为什么繁荣，那是因为几乎每年都有震动人心的作品出现，比如《回答》《致橡树》《中国，我的钥匙丢了》《尚义街六号》《静安庄》《玻璃工厂》《在哈尔盖仰望星空》……很多作品是在 80 年代不同年份出现的，而现在，我们只看到“人”，却不知道有什么“诗”。我为什么写《一个人的诗歌史》，除了向优秀者致敬，更是希望通过对优秀者的成长史和心灵史的挖掘，让我们再次缅怀一个虽然算不上伟大但却充满了可能性的时代。所以，很多读者仅仅把目光盯住我的作品中的“揭谜”部分，这不是我的初衷。我最想写的是文学精英在一个时代的遭遇，从而反衬出这个时代的光荣与辉煌、污浊与荒谬。一句话：我写的是人的命运。

故事只是表象，“揭秘”不再是目的[1]

《一个人的诗歌史》第一部在今年2月出版后备受好评，如今又出版了第二部。通过对多位诗人生活经历与诗作的梳理，您最想表达的是什么？

我最想告诉读者的是：“揭密”已经不再是我的主要手段和目的。相对于2月出版的《一个人的诗歌史》第一部，12月出版的《诗歌史2》和《诗歌史1》的修订版中虽然也存在着大量名人逸事以及对“内幕”的注重与炫耀，但它们已经不是主流，我已经抓住了更为重要的东西。《诗歌史2》和《诗歌史1》的修订版有一条贯穿全书的脉络，这条脉络，无论是在《第一代》对王家新等一代诗人的影响，还是柏桦在诗歌写作如日中天时开始

1 提问者：《生活新报》记者于海军，2010年12月。

长达10年的畅销书写作生涯，还是韩东与“断裂”行为的相互成就，都有一种历史之手在无形地掌控着，那就是“命运”。换句话说：故事只是表象，重要的是背景。

您的这部作品是“诗歌史”，可是与以往的诗歌史区别很大。您本身是一位诗人，同时也是一位“诗人与诗歌”的记录者或者是批评者，您怎样看待这两个角色？这二者又是一种怎样的关系呢？

我本质上是一个感性的诗人，写了20年诗歌，我的诗歌上过中国大部分最著名的刊物和选本的版面。但我的本职工作是一个新闻工作者，这让我具有一般的诗人所无法拥有的客观。这一隐一显两个“身份”，造就了《一个人的诗歌史》的内容和表达方式。

比如说，作为诗人，我知道哪些诗人重要，哪些作品值得评论，哪些事件应该被记录，从而主动地剔除了一些人为的乱象；作为一个新闻工作者，我知道什么样的文章才能让读者驻足，什么样的表达能够深入人心，知道读者在阅读一本书时所持有的心态。此外，作者的姿态也非常重要：如果你表达得过于浅显和高深，读者都会有抵触情绪，作者在行文中所持有的态度，也会深刻地影响读者对作品的感受。因此，我采取了一种平和、平视的方式面对我笔下的诗人和我的读者。我把他们当朋友，不紧不慢，娓娓道来，让他们感到我讲述故事时的那种诚恳，也让他们感觉受到尊重。可以说，我的切入方式是成功的，《诗歌史》第一部出版后引起的反响就是一个典型事例。

可以看出，《一个人的诗歌史》是您花费时间和精力最多的作品，如果有可能，您会继续第三部、第四部的写作吗？这条路是否将越走越艰难？

这条路是越走越艰难了，因为每一部《诗歌史》出版后，我都会大病一场。

《一个人的诗歌史》是我计划中的一个系列著作，也许要用我一生的大部分时间来完成。我想象中的这个系列有 4 ～ 6 部，包括了诗人、作品阐释、出版物、事件等各个方面。

在《诗歌史 1》出版后，我本来想休息一下，后来欲罢不能。《诗歌史 1》出版两个月后，即 2010 年 4 月，出版社就加印，编辑就和我商量《诗歌史 2》的出版事宜。现在，第二部也出版了，有很多读者就在追问第三部的问题了。

第三部的内容我已经准备了一部分，心里的脉络也很清晰，只要按部就班地做，进展顺利的话，明年底就可以完成。出版社也表示只要我交稿子，随时可以出版。但我还是希望再慢些。我今年三十六岁了，按照我的身体状况，我的人生应该过半了，不希望自己仍然像三十岁前那么虚荣。

现在最大的问题是我身体不怎么配合。我已经因病住院快两个星期了，回答你的问题时，我仍在住院，只是悄悄从医院跑回家里开小差（一笑）。我妻子说这个病是《一个人的诗歌史》给我的报复，因为这两本书我写了 8 年，时常熬夜。说是“报复”，最明显的是今年初《诗歌史》第一版出版后5天，我就因病在医院打了7天针，但没动手术。现在《诗歌史2》也是刚出版一周不到，我又因为同样的病进了医院。我现在要尽最大力量避免这个“惯性”。

《一个人的诗歌史》第一部曾重点写到于坚，您对于坚也评价很高。于坚说汉语的最高典范是诗确立的，那么您认为在如今的汉语体系中，诗歌处于什么样的地位?

我赞成于坚的判断。我做了15年的报纸副刊文学编辑，在阅读方面，我读到的当代小说要比诗歌多很多，中国也有一些好作家，比如余华、苏童、李洱、迟子建、毕飞宇等人，但是总体说来，中国诗歌的成就更令我欣慰，多多、欧阳江河、于坚、西川、王小妮、黄灿然、柏桦、周伦佑……这些名字，无论和中国任何小说家并列在一起，都是熠熠生辉的。当然，从世俗意义上说，小说作为一种叙事性文体，受到的关注要比诗歌高很多，这也是正常的。好在艺术自有其内在的标准。

《一个人的诗歌史》谈到了许多诗人、诗作，您认为当代诗人在诗歌创作上面临哪些困局？为什么?

在汶川大地震时，我写了一首诗，里面有这么一句：我以前写下的诗歌是贫血的。前几天的一个夜晚，我一个人在病房阳台上，倾听楼上楼下那些病痛者及他们的亲人各不相同的呻吟与呼号，我再次想起了我的这句诗。

现在的诗人们写得太安逸了，太阳光灿烂春暖花开了，我看到了他们脸上的快乐，但很少看到眼角的泪水，更不要说那些压抑于心底的不为人知的创痛。

其实一个诗人在写作遇到问题时，暂停几年也未尝不是好事，《一个人的诗歌史》里写到的诗人，很多都会自觉或不自觉地停笔，比如柏桦，一停就是好几年。但读者的眼睛是雪亮的，只要你写出过好诗，就不会被遗忘，你看柏桦这些年，声誉不降反升呢！

如果说诗人与作品逐渐被冷漠，这是读者不关注诗歌，还是某些诗歌的写作方式让读者难以进入?

这个应该是相互的，两方面的因素都存在。时代与人心的浮躁，人们选择性的增多，导致一些高雅艺术品乏人关注；一些诗人故意把诗写得像饭店里的点菜单一样一览无余，或者写得像理论报告那么高深莫测，都会影响读者的印象。其实诗歌并没有脱离群众，人们也并非不需要诗歌。这几年我在北京、深圳、厦门、海口、长沙等城市参加朗诵会，都会发现大量热爱诗歌的读者，有的朗诵会甚至一票难求。看来，诗歌以什么样的形式接近读者，是值得我们思考的问题。

从《一个人的诗歌史》里我们可以看到，相比之下，以前的诗人似乎更纯粹，写诗也是艺术高于技术，没有那么多的目的性和功利心。现在有很多所谓的诗人通过各种手段自我炒作，许多

诗人是为了发表、为了出名而写作，今年颇受关注的“羊羔体”获鲁奖诗歌奖引发争议，对于这一类现象，您是怎样看待？

严格地说不是“羊羔体”获鲁迅文学奖，因为那两首诗没有出现在参评著作中，只是车延高获奖后人们从他的博客里找出来的而已。

我对本届鲁迅文学奖诗歌奖的评价并不像很多愤怒的诗人所想的那么低，我觉得，相对于前几届，本届获奖的5个诗人大部分都是实至名归的，傅天琳早有诗名，近几年的作品堪称信手拈来又出神入化；刘立云一直是被“民间”诗歌界低估的诗人，事实上他的很多作品非常优秀；雷平阳就更不用说了，我把他的获奖当作是对此次整个鲁迅文学奖评选的一次提升。包括最受诟病的车延高，也写过不少好诗，而且，他也不是鲁迅文学奖颁奖以来最差的获奖诗人。

近十年来，80后作家风生水起，但多数人的目光停留在少数偶像作家身上，对80后诗人的关注远远不及前者，在你的视线之内，有哪些80后诗人值得推荐和关注？他们的作品具有怎样的特质？《一个人的诗歌史》的续篇会写到他们吗？

如果前几年你要我列举80后诗人的名单，我会很乐意，但今天我暂时不想说。我前两年还和一个80后朋友合作了一套影响颇大的诗歌选本：《70后诗歌档案》和《80后诗歌档案》。即使是那个时候，80后的小兄弟们也能持有一种可爱且可贵的狂妄，但这两年情况已经有所变化，80 后诗人普遍失去了当初那种锐气，很多诗人变得和他们的前辈一样世俗、谨慎、左顾右盼，甚至完全融入 70 后之中。也许这是年轻的增长和对世道熟悉之后一种“识趣”的选择，但过早地丧失锐气对于诗歌创作来说，却是一种伤害。

至于以后《一个人的诗歌史》会不会出现这一拨诗人的面孔，我现在也还不知道，不过可以肯定的是：至少第三部还不会出现 80 后诗人。

后记

每个人都有一部自己的“诗歌史”

1

多年以来，我一直有一个愿望：用一本书，展示新时期以来百转千回的诗歌之河，记录一个时代精英的光荣与梦想。那是一本理想中的书，如果它能够完成，也将成为作者本身的光荣与梦想。2002年秋天，我向这条河流迈出了第一步。

起初，我把“网”撒得很宽，希望在一本书中介绍新时期以来涌现的六十个诗人，并且包括与诗歌有关的刊物、选本、事件、争论、流派等内容。随着阅读的深入，方向越来越明晰，“网”越收越拢——我决定重点写十五到二十个在我的阅读过程中印象深刻，又在文坛上得到公认的诗人，写他们的生活、作品、经历以及与他们相关的一切。

现在这本书所谈论的十个诗人，是我长时间“跟踪”的诗人的一部分。他们均出生于1954年至1964年之间，除了顾城成名较早而成为“朦胧诗人”的代表，其余九人，一部分被命名为“第三代诗人”，另一部分被称为“后朦胧诗人”，由于在大部分诗歌研究者的文论中，两种“诗人”名单常有交叉，我习惯将他们统称为“第三代诗人”。

如果说北岛、顾城、舒婷等“朦胧诗人”是20世纪五六十年代出生的读者心目中的偶像，那么毫无疑问，西川、于坚、欧阳江河、海子、王家新、柏桦、李亚伟、韩东、张枣等“第三代”是我们这一代人的明星，我们的成长和阅读和他们密切相关。我至今仍能回忆起当年读他们作品时的欢乐与激动，可以说，没有这些诗人的滋养和激励，我的文学道路不可能如此顺利地走到今天。无论从技艺还是思想层面，“第三代”都值得研究，他们坎坷的人生经历、艰辛的求学道路，他们在几乎无书可读的年代，从“老三篇”、小人书、大字报，从糊墙壁的《人民日报》，甚至从烟盒、招牌、启事、赤脚医生手册、标语、小纸条进入文学，最终走进文学史和诗歌史，其中有多少心酸、多少欢乐、多少启示等着我们去分享、品味。为这一代人立传，一直是我内心的愿望，我要像爱伦堡写《人·岁月·生活》那样写一本书，向这些亦师亦友的前行者致敬，让更多的读者分享他们的痛苦与光荣。

当然，即便我把他们当老师，也不意味着我会因此丢掉自己的立场。作为评论者，从自己的阅读感受出发，忠实于内心的判断，才是对被评论者的最高的尊重，为利益所驱而发出违心言论的写作者不仅虚伪，而且可耻。在讨论一些诗人的创作时，我没有面面俱到。特别是长诗，我很少详细论及。此举源于我对自己能力局限性的认识，这些诗要么过于高深了，超出了我的理论能力，要么和我的观念不甚符合，与其勉强自己去阐释，不如识趣地藏拙。此外，我较少论及长诗还与我对本书的定位有关，我一开始就不想写一本纯粹的诗歌评论集。

另外，这本书里，不乏追问、质疑甚至批评的语句。我敢于对“老师”们表达不满，不是因为自己的意见准确到什么地步，更不是想标新立异，借名人来拔高自己，而是我相信，被我论及的诗人们，他们有容纳不同意见的胸怀。如果没有博大的胸怀，他们不可能走到今天这个高度。

事实上也的确如此，在和诗人们的交往中，我无论从为人为文上，都获益良多。为了避免出现时间和事实上的硬伤，写完全书后，我把稿子分别发给这些诗人阅读（其中写海子一文发给西川校订，写顾城一文开头部分得到了顾乡的指点，关于张枣的那篇由张枣的好友柏桦审阅），所有诗人都严格地校订了文中的时间和事实，有的诗人对文章中不够透彻的地方提出了建议，并寄来了新作供我参考，但他们很少对文章中的批评之语提出异议，这份宽容与大气，令我感慨万分，这宽容是一种无声的鼓励与鞭策，令我不得不更为谨慎地对待自己笔下的一字一句。从这个角度而言，我也很庆幸自己写了这么一本书，如果没有这个桥梁，我不可能和这些优秀的灵魂有那么多交流与碰撞，更不可能受到那么多启发。至于文章中词不达意甚至有所冒犯的地方，自然应该由我个人负责。

2

本书中，顾城是“第三代”诗人之外的唯一选择。之所以选择了顾城，是因为我自小就关注顾城的创作，对他的材料掌握得比较多，在阅读的过程中，我一再为他的天才所折服；他的命运，也令人唏嘘——在所有诗人中，顾城是唯一让我在写完后两次流泪的诗人。

我曾经想写一本关于“朦胧诗”的书，特别是想为北岛写一篇专文，但心里没把握。于我而言，北岛的地位至今仍然无人可比。北岛的《今天》也影响和激励了大量的“第三代诗人”，这一点，在本书中可以找到多处证据。但北岛也是一个十分难以评价的诗人，无论他的身份、创作、信仰和生活状况等，都还不是我的能力所能完全把握的。

而江河、舒婷、林莽、杨炼、多多、芒克等“朦胧诗人”，我同样了解不多，算起来，我和舒婷、林莽都见过三四次面，很佩服他们的人品，却没机会深聊；和多多在一次会议上见过，但整个会议期间他都忙于和其他诗人交流，除了见缝插针地合了几张影，很难再有其他聊天的机会；江河、杨炼和芒克，读过他们的不少作品，却从未接触过真人。相对于“第三代诗人”，总体而言，我对“朦胧诗人”比较陌生，更重要的是，在我疯狂地阅读现代诗的20世纪90年代初期，他们却集体“消失”了，如果我硬着头皮写一批自己不熟悉的诗人，那样不仅是对自己也是对别人的不负责任。

这样看来，写一本关于“朦胧诗”的书，只能是内心深处的梦想，至少在最近几年内不可能实现了。

本书论述的最后一位是黄灿然。在我的理解中，黄灿然是一个大器晚成的诗人，虽然他和本书中的一些诗人一样，从20世纪80年代中期就开始发表作品，属于“第三代”的一员，但他真正享有实质上的影响应该是90年代中期以后，尤其是进入新世纪后，黄灿然无论诗艺还是诗歌批评、诗歌翻译都取得了极其突出的成就，与本书中的其他诗人相比，虽然在人生的传奇性方面稍微平淡，但其在文学领域的地位已足以与他们并驾齐驱。

3

也许是人生经历和个人爱好的原因，我尝试过多种文体的写作。最初，我写古体诗，1987年左右，在一些台湾诗人（主要是余光中和席慕蓉）的影响下，开始写新诗，同时写一些小散文。参加工作的头一年，我写过小品剧本并参与表演。

到新闻单位工作后，又习惯了消息、特写和通讯。再后来，写文学评论也上瘾了。1998年到2001年间，我还写过几个短篇小说。2002年左右，我决定写长篇小说，但最终半途而废——我发现已经写好的五六万字，至少有一半内容非常低级琐碎，读一遍感到好玩，读第二遍就感到有些恶心了。现在，这个小说片段仍躺在笔记本电脑里，我想，只要我还未沦落到卖文为生的地步，这一辈子我是不会再碰它了。

因为上面的尝试，我历来有一个见不得人但又悄悄得意的想法，那就是，能够像我这样比较自觉地在各种文体中转换的——我说的是在同一篇文章中同时具备几种文体的性质——在诗歌界并不多，它们令我的文章既有一定的文学性，又兼具新闻的现场性和传记的资料性。本书也是如此。由于涉及的内容比较复杂，不仅仅是谈诗，还有诗人的成长故事、作品细读、诗坛状况介绍等，总体而言，它是一部随笔集，或者文学评论集，但它又兼容了人物传记甚至新闻报道的特征。而书中引用的那几十首诗，也足以构成一个优秀的诗歌选本。我戏称它为“四不像”。柏桦在阅读了我的部分文章后，来信说，其实你可以把“四不像”写成“四像”的。在他的鼓励下，我花了大量时间进行打磨，最终成为现在这副模样。其实，不管它是“四像”还是“四不像”，我很满意这种文体，它最大程度地表达了我的内心。

令我欣慰的是，对这本书最初的设想也没有浪费，关于刊物、选本、事件、争论、流派等方面的论述，构成了我的诗歌研究专著《朦胧诗以后：1986—2007 中国诗坛地图》的主要内容，这本书获得了我所在的省份四年一度的最高文艺奖唯一的评论类获奖作品，也算是对我的努力的一个小小的肯定。

4

本书的十篇文章，有三篇发表于《读库》，六篇发表于《花城》，一篇发表于《汉诗》。由于上述刊物的影响，这些文章受到了不少读者的关注。当然，好评居多，但也有少数读者提出了一些意见。按理说，作品发表了，读者如何评价是他们的自由，作者没必要在意，但考虑到这是一个系列作品，而且大部分提意见者非常真诚，我觉得有必要认真对待，告诉读者我的一些想法，使他们更清楚我的创作立场和思考角度。

在各种意见中，比较集中的一点是：个别地方“稍显枝蔓”，甚至有“注水”嫌疑。我想，这可能是这些读者对我的创作思路比较陌生的缘故。其实，目前这种风格既与这一系列文章的写作过程有关，也与我的文学追求有关。这些文章写了很多年，初稿只有三五千字，随着掌握的材料的增加，篇幅也慢慢增大，一篇文章，从最初的三五千到七八千，到一两万，直到现在的三四万，不可能一气呵成，也不是三天五天能完成的，所收集的材料，也不是用一种方式就能够完全处理的。所以，有些时候，会给那些希望简单直接的读者一种“蔓延”的印象。实际上，如果从整本书的高度看，“蔓延”的部分，与“诗歌史”密切相关。与此同时，“稍显枝蔓”的写法也是我有意为之，或者说是属于我希望达到的个人风格，因为我不希望作为一个旁观者去单纯地叙述某个具体诗人的经历，而是要求有自己的亲身经历和体验以及思考贯穿其中。如同前文所言，我操作的是一种比较复杂的文体，总体而言，它是一部随笔集，但它又兼容了浓郁的文学评论、人物传记，甚至新闻报道的特征。这也是我的文章与一般作家的文章不大相同的地方。有的文章很利索，一条线走到底，快得让人喘不过气来，而我的文章则是走走停停，且随时会出现岔道，让你领略另一番风景后再回到正途来。只要你在阅读的过程中不至于迷路，我就认为我的尝试无伤大雅。事实上，在众多读者的反馈中，的确也有很大一部分人表示，相对于具体诗歌的阐释，他们更喜欢那些“旁逸斜出”的细节。看来，这样的写法之得失，只能是仁者见仁智者见智了。

有朋友提醒说，某篇文章的某些细节你最好删掉，否则有人读了会不高兴。我没答应，我的文章从来就不是为了让谁高兴或不高兴而写的，只是想客观地表达自己多年以来的所见所闻所感而已。我一直认为，一个作家能否面对自己的内心，能否敢于表露自己的内心，是评判这个作家对文学、对世界是否真诚的一项标准。再说，我不相信会有人狭隘到在读一本书时因观点不同而对作者产生责怪之意。比如北岛，他是我心目中的中国诗人谱系中排名最前的一个，从本书中无处不在的北岛形象，我们甚至可以说，《一个人的诗歌史》是一部向以北岛为代表的诗歌前驱者致敬的著作。但我不甚欣赏北岛的诗学专著《时间的玫瑰》，这一点早在十年前我就表达过，本书里也有相关段落，即使北岛看到这些文字，我相信他也不会在意。当然，如本书的确让某些人心里不舒服，只好请他们多多包涵了。

又有读者说，你对某首诗歌的解读我不同意，该诗的含义不是你写的那样。这个其实不是问题，一千个人有一千个哈姆莱特，一千个人也有一千种理解诗歌艺术的方式。诗歌本来就不限于某一种理解，如果诗歌也像数学那样一加一等于二，它早就没必要存在了。比如海子的《面朝大海，春暖花开》，很多诗人对此诗的情感基调已经达成共识，即那是一首感伤的诗，诗中的“房子”指的是坟墓。但也有更多的人认为这首诗的基调是乐观向上的，房子就是房子本身。这些理解没有对错之分。一个心情愉快的人看到下雨，心情会更畅快，而一个本身就柔肠百结的人遭遇雨天，则可能会把这些雨水当作天空的眼泪。读者的天赋、经验、知识面、生活阅历以及阅读时的心情等各不相同，对同一首诗歌得出的结论自然也会有差异。我想，如果我的解读激发起你探究这首诗的兴趣，即使最终得到的结论完全相反，这也是值得欣慰的事情。

还有人在网上匿名发牢骚说，因为你对所写的诗人的评价是正面的，是“仰望”的，所以你的记述是“势利”的，是不可信的“流言蜚语”，“篡改了我的记忆”。而另一方面，这个批评者又自相矛盾地说，你所写的故事“陈旧老套”“少有新意”，而我感兴趣的内容你却没有写到，比如你提到了“青春诗会”，那么某某、某某某为什么没能参加“青春诗会”，参加首届“青春诗会”的诗人从哪里来，他们为什么入选，年龄最小的那位女诗人为何能当选，成为诗人对她来说是不是人生悲剧的开始……这是我读到的最为偏激也最不以为然的意见。这种蛮横自大的姿态和看似内行的疑问，令我有些纳闷。他凭什么认定我所写是虚构的“流言蜚语”？他对当代中国新诗史，特别是正规文学史之外的历史了解多少？他自己所了解的历史很宝贵，而别人挖掘出来的历史就毫无用处？正面评价所写的对象就是“势利”的？如果他具有基本的阅读理解能力，怎么连我对笔下的诗人是“仰望”还是平视都读不出来？

这些意气之争暂且搁下，我们可以转回来看看这位读者所列举的那几个关于首届“青春诗会”的内容是不是就珍贵异常，毫不“陈旧老套”，富有“新意”。于我而言，他希望了解的那些内容甚至更老套，更不新鲜。这些内容就集中在《南方都市报》对王燕生老师的一篇采访文章里，那篇题为“这里能看到中国诗歌发展的缩影”的文章，早已在网络上与诗友间流传，后来收录进了广东教育出版社出版的《变迁：中国改革开放三十年文化生态备忘录》中。我相信，类似的内容在王燕生老师的著作中也有所表达，这本著作就是这个质疑者在批评了拙作之后紧接着表示“更愿意推荐”的“第一届‘青春诗会’以及此后几届‘青春诗会’班主任王燕生的回忆录《上帝的粮食》”。说到这里，我想读者基本上可以明白是怎么回事了——此人是在现炒现卖！可以想象到他在读完拙作后，突然读到（或回想起）这篇文章或《上帝的粮食》中的某些片段，于是哥伦布发现新大陆般急不可待地向世界宣布他还知道“刘春的文章”没有写到的“秘闻”的得意表情。这倒没什么，令人反感的是他那种自以为掌握了一点材料就真理在握的态度。我觉得，如果他也是一个文化人，那么这种真正的“势利”态度对他的成长是非常危险的。

其实，我所写的只是普通的小文章，展现的是当代诗歌的一部分风景，无论在写作技巧还是在内容上都肯定存在大大小小的局限。作为作者，我希望得到一些真正有故事的当事人的指教，也愿意倾听各种真诚的有见地的批评，而不希望遭遇上面所说的那种自以为是的炫耀，要知道读者在选择作品的同时，作品同样也在审视着它的读者。

5

什么样的诗歌史才是真正的诗歌史？这是我一直在思考的，而且思考的结果可能与很多人不甚一致。有读者说，你将此书命名为“诗歌史”，但这书的结构跟我在学校里读到的诗歌史区别太大了，只写几个人，就能称为“诗歌史”吗？这书名有误导读者之嫌。我想，这位读者说这本书不像“诗歌史”，可能还因为我写的不是普通读者所习惯的那种“史”。的确，我写的只是我自己感兴趣的诗人生活史和创作史，以及我自己的诗歌阅读史，在这个基础上，又会牵涉到很多“正史”可能会隆重提到也可能一笔带过甚至完全忽略的作品、故事。和教科书的客观机械地梳理和介绍不同，我希望我的文章比较生动，有血肉，以及有自己的立场。一句话，我写的不是教科书。我甚至想，如果大学的诗歌史教科书编者能够参考一下我这本书的风格，也许对诗歌感兴趣的学子会成倍增加。

需要再次强调的是：书名中的“一个人”，既是我笔下的一个个诗人，也是我自己。既然是“我自己感兴趣的诗人”和“我自己的阅读史”，所涉及的人选及作品自然会与别的研究者不大一样。有人会觉得某某很优秀，而我则有可能觉得这个人很差劲；有人觉得某首作品非常重要，无法绕开，而我也有可能觉得即使不提到那首作品也不会影响读者对诗人的整体判断。总之，这是我所认可的历史，你如果读了有同感，我很高兴；如果你认为和你的观念差距太大，也很正常。

事实上，每个人都有一部自己的“诗歌史”，这里面掺杂了太多个人好恶，与自己的生活、阅读以及世界观密切相关，没有任何一部书籍能够得到所有读者的赞赏。假如那些抱怨我写得不够好的读者持着这种心态去阅读这本书，也许心里会平和很多。

6

既然是写史，最担心的是史实问题。本书的某篇文章发表后，刊物编辑向我反馈说，一个诗人读了我的文章，觉得有的地方提到的史实与他所了解的不同，是不是我弄错了？

这个诗人说中了我内心的忧虑。史实一直是我在写作《诗歌史》系列文章时重点思考的问题。如果一部号称“诗歌史”的著作，对历史事实不严谨，就完全失去了存在的意义。但是这个问题，有时候表现得比较复杂。

我历来对“历史是一个任人打扮的小姑娘”这句话怀有同感，远的不说，这句话暗含的政治上和思想上的微言大义此处也不说，单谈谈我在写作“诗歌史”系列时产生的困惑。很多时候，对同一件事，不同的人叙述的过程是完全不同的，比如第一章里谈到的关于顾城在激流岛上杀鸡的事（这关系到顾城的品格和形象），芒克、顾乡、舒婷、英儿的描述就大相径庭；关于海子在“幸存者诗歌俱乐部”遭到“前辈诗人”批评这段公案，无论是那位“前辈诗人”所说的话还是事情的发生地点，唐晓渡、芒克、王家新等人的叙述也有很大区别。又如张枣出国后是在西德什么大学读书或工作的问题，我看到过三种版本；张枣是何时发现自己患病的，也有几种说法；《夏歌》的真正作者是谁？相关人士也各执一词。有意思的是，每个人都以为自己的说法是正确的。

在写作的过程中，我一再感觉到，很多消息的来源不可靠。有的是叙述者道听途说而以讹传讹，有的是诗人记忆模糊而出错（比如于坚就一度记错《尚义街六号》的写作时间），有的是看似错了其实没错（比如海子的父亲名叫“查正全”，但有时候他自己也写为“查振全”），甚至有的可能是相关人士为了维护诗人的形象而故意弄得云山雾罩……在“诗歌史”系列文章中，读者可以很明显地发现我处理历史事件的方式——对同一事情，时常列举出多种说法，如果这些说法经过考证与核实，就在文中提供结论，如果我自己没把握的，就不下定论，只将各种状况罗列出来，供读者自己甄别、判断。

同一件事情出现各不相同的说法，也不算什么坏事，正是差异的出现，才吸引人们去寻找事实的真相。而在寻找真相的过程中，又会遭遇更多的趣事，从增加文章的丰富性来说，这份劳动是值得的。

7

将本书十篇文章全部编定之后，我有几点十分强烈的感想。

第一，对于上个世纪 80 年代中期崛起的“第三代诗人”来说，北岛与《今天》影响之大，无人能及。甚至对于“今天派”或“朦胧诗”的同时代诗人，北岛的地位也堪称至高无上。不管你是敬仰、崇拜还是批评与质疑，北岛都是一个人物、一个象征，难以避开。

第二，新时期三十年，好诗很多，大诗人呼之欲出。本书重点书写的十个诗人，每人都有脍炙人口的名篇，仅就本书详细解读的篇目来说，就有于坚的《尚义街六号》《在漫长的旅途中》，欧阳江河的《玻璃工厂》《最后的幻象》《傍晚穿过广场》，韩东的《有关大雁塔》《你见过大海》，海子的《亚洲铜》《面朝大海，春暖花开》《春天，十个海子》，西川的《在哈尔盖仰望星空》《夕光中的蝙蝠》，王家新的《帕斯捷尔纳克》《瓦雷金诺叙事曲》，张枣的《镜中》，顾城的《一代人》《墓床》，黄灿然的《亲密的时刻》，柏桦的《往事》《现实》《在清朝》……这些作品，已经成为当代诗歌经典库中不可或缺的组成部分，难以想象，缺少了它们，中国新时期文学的图景将会是何等的苍白。

第三，新时期以来，对青年诗人的评价与宣扬，很大程度上是由诗人自身完成的。“诗人评论家”的出现是近三十年中国文学界的一个引人注目的现象，欧阳江河、王家新、于坚、西川、柏桦、钟鸣、黄灿然、臧棣等诗人，其诗学随笔和评论所达到的深度和受到的关注度并不亚于专业批评家。一些评论家其实本身就是诗人，比如唐晓渡、陈超、张清华、程光炜、沈奇、杨远宏等。两者加起来，足以占据新时期诗歌评论界的半壁江山。

第四，对中国新时期诗歌取得的成就还有待进一步宣传。举一个例子——本书的部分文章发表后，许多读者对文中所写的诗人故事津津乐道，有的读者读了部分文章，还按图索骥，找来了诗人的诗集详细研读。作为作者，我在欣慰之余，又感到悲哀。

其实，我所写的这些诗人，在中国诗歌界乃至整个文学界，都已经获得稳固的地位，按理说，读者对他们的作品应该耳熟能详才对。然而，事实上并非如此，从普通读者的反应来看，除了通过震动人心的社会事件引起人们关注并最终走进神坛的海子和顾城，其他人要获得更广泛更深入的影响，仍有一段路要走。

此外，我们还可以发现，不管是“朦胧诗人”还是“第三代诗人”，他们中的大部分在写作之初，都是从旧体诗开始的，由此可见传统诗词的巨大影响力。这里就不展开论述了。

8

收入本书的十篇文章，2010 年曾由广西师范大学出版《一个人的诗歌史》第一部和第二部的形式出版过。它们的出版使我在“诗人”的身份之外，增添了“批评家”这一称谓；同时，因为广西师大版那两本书，我获得了更多读者的关注，尤其是对于高校里研究诗歌的许多研究生，《一个人的诗歌史》几乎成为他们必备的参考书。这份小小的成功令我有些得意忘形。2013 年，我着手整理《一个人的诗歌史》第三部的书稿，虽然我很清醒地知道它与前两部在质量上的差距，但因为浮躁，我默许自己用这本书透支自己的信誉度。2014 年底，我又差点重蹈覆辙，在一个省级资助项目表格的“拟书名”一栏写下“《一个人的诗歌史》第四部”等字样，还好我还没彻底不可救药——后来我在整理这个项目的成果给漓江出版社时，识趣地把原本申报的主书名删掉，换成另一个书名。

因此，严格意义上的《一个人的诗歌史》只有前两部的十篇文章。而现在这本书，正是这些文章的合集，在原版的基础上，我对关于顾城和海子的文章进行了较大幅度的充实，增加了不少关键性的内容，对另外一些篇目，也进行了必要的修订；同时，改变了全书的形式，给所有章节都拟了标题，如此，整本书十篇长文又成了一百余篇独立成章的小随笔，既便于读者阅读，更有利于研究者抓住重点。

本书所写的十个诗人的生平和创作，以及书中涉及的各种文坛现象和诗歌事件，贯穿了我自1990年以来近三十年的跟踪性阅读和思考。毫无疑问，这是我迄今为止最满意的著作，如果不出意外，它应该是我的诗歌史研究的“封山之作”，今后我会把主要精力转向诗歌写作之中——我对做一个“诗人”的渴望要远远大于“评论家”。

刘春

2017年2月

“修订版”后记

《一个人的诗歌史》首版于2010年，至2013年，由广西师范大学出版社连续出版了3部。2017年6月，人民文学出版社将前两部合成一部出版。目前这一版，重新将人民文学出版社那一版拆分为两册，经过大量修订后，以上下册的形式出版，是名副其实的“修订版”。

书中的叙事终止于2017年人民文学出版社的版本出版之时，个别叙事延伸到2023年我为目前这个版本进行修订的时候。我也曾考虑过要不要把对所有在世诗人的论述时间线延伸到当下，把他们最近几年的作品和经历纳入讨论范围，后来认为此举意义不大。这主要是因为在2017年的时候，本书所论述到的诗人，均已成名，他们的经历和代表作已经构成了中国当代诗歌史不可或缺的部分，再延伸下来，无非是极为有限的锦上添花而已。而且我写这本书的主要目的在于揭示一个诗人的成长经历，展示

20世纪80年代风起云涌的中国现代式大潮的，立足于“一个人”，实际上是写一代人，在这个基础上，把某个诗人的近作拿出来讨论，虽然不乏意义，但总体上也可忽略不计。

本次修订是在2017年人民文学出版社的版本的基础上进行的，在交稿之前，我委托“诗想者”工作室的覃伟清编辑为我最后梳理一道文字，原本以为已经不会出现什么差错，没想到认真仔细的小覃编辑为我完善了大量文字上的小瑕疵，并且提出了二三十处疑点供我再度订正，殊为难得。与此同时，我也对原书中的一些文字和段落进行了增删，以使全书的内容更合我心。因此，这个修订本是我目前最为满意的版本。

从2002年秋天，我迈出了“诗歌史”写作道路的第一步，一晃就过去了20多年，我也从一个风华正茂的青年变成了油腻大叔，但视野见识并未见明显增长，对抗庸俗的勇气更是日益稀薄。感谢《一个人的诗歌史》，它的存在，是我对自己的青春年华最完美的纪念。

刘春

2023年8月25日

小馬过河

有　态　度　的　阅　读

微　博　小马BOOK
公众号　小马文艺
小红书　小马book

抖音　小马文化
淘宝　小马过河图书自营店
微店　小马过河图书自营店

全案营销　小马青橙工作室

投稿邮箱　xiaomatougao@163.com

图书在版编目（CIP）数据

一个人的诗歌史 / 刘春著. -- 北京 : 华龄出版社,
2023.11

ISBN 978-7-5169-2646-8

I. ①一… II. ①刘… III. ①随笔 – 中国 – 当代
IV. ①I267.1

中国国家版本馆CIP数据核字（2023）第215421号

一个人的诗歌史

作　　者　刘　春
出版策划　冀　晖
责任编辑　梁玉刚
责任印制　李未圻
策划监制　小马 BOOK
产品经理　时　雨

出版发行　华龄出版社 HUALING PRESS
地址　北京市东城区安定门外大街甲 57 号
邮编　100011
发行　010-58122255
传真　010-84049572
承印　定州启航印刷有限公司
版次　2024 年 5 月第 1 版
印次　2024 年 5 月第 1 次印刷
规格　880mm × 1230mm
开本　1/32
印张　22.75
字数　500 千字
书号　ISBN 978-7-5169-2646-8
定价　118.80 元（全两册）

版权所有，侵权必究
本书如有破损、缺页、装订错误，请与本社联系调换